独角兽书系

The Warlord Chronicles
A Novel of Arthur : Excalibur
by Bernard Cornwell

亚瑟王

卷三 湖中剑

[英]伯纳德·康威尔 著
苏伊达 译

EXCALIBUR (The Warlord Chronicles #3)
Copyright © Bernard Cornwell, 1997
Simplified Chinese translation copyright © 2021 by Chongqing Publishing Media Co., Ltd.
This edition published by arrangement with David Higham Associates Ltd.
through Bardon-Chinese Media Agency
All rights reserved

版贸核渝字（2020）第 43 号

图书在版编目（CIP）数据

亚瑟王. 卷三, 湖中剑/[英]伯纳德·康威尔著; 苏伊达译. —重庆: 重庆出版社, 2021.7
书名原文: Excalibur: A Novel of Arthur
(The Warlord Chronicles Book 3)
ISBN 978-7-229-15316-8

Ⅰ.①亚… Ⅱ.①伯… ②苏… Ⅲ.①长篇小说—英国—现代 Ⅳ.①I561.45

中国版本图书馆 CIP 数据核字（2020）第 189701 号

亚瑟王（卷三）：湖中剑
YA SE WANG(JUAN SAN) : HU ZHONG JIAN
[英]伯纳德·康威尔 著　苏伊达 译

责任编辑：邹　禾　许　宁　方　媛
装帧设计：小　年
封面插图：seyo
责任校对：杨　婧

重庆出版集团　出版
重庆出版社

重庆市南岸区南滨路162号1幢　邮政编码：400061　http://www.cqph.com
重庆出版社艺术设计有限公司　制版
重庆豪森印务有限公司　印刷
重庆出版集团图书发行有限公司　发行
E-MAIL: fxchu@cqph.com　邮购电话：023-61520646
全国新华书店经销

开本：890mm×1230mm　1/32　印张：14.875　字数：406千
2021年7月第1版　2021年7月第1次印刷
ISBN 978-7-229-15316-8
定价：69.80元

如有印装质量问题，请向本集团图书发行有限公司调换：023-61520678

版权所有　侵权必究

地图

康诺瓦
莫岛
林恩
格温内德
盖伊堡
狄那拉克
塞文河
司乌思堡
勒格溪谷
波伊斯
格温特
德米缇亚
格兰温
尤斯卡河
瑟卢瑞亚
瓦伊河
布瑞恩
塞文河
尤斯卡
巴顿
萨丽丝泉
北
塞文海
怀君岛
维尔岛
敦卡里克
卡丹
林第尼斯
德莫尼亚
杜努妞
埃克塞河
杜诺维瑞阿
伊斯卡
麦辛
西海
卡姆兰
亡者之岛
康沃尔

0 10 20 30 40 50 miles

Peter McClure 1997

不列颠王国

The Kingdoms of Britain
公元525年

- 日耳曼海
- 伊斯
- 特伦特河
- 洛依格（阿尔属地）
- 拉克托杜若姆
- 乌斯河
- 格温特
- 科里尼翁
- 泰晤士河
- 伦敦
- 图恩里斯亚
- 庞蒂斯
- 泰晤士河
- 安布拉堡
- 索尔维奥杜努姆
- 汶塔
- 洛依格（策尔迪克属地）
- 贝尔盖之地
- 汶塔
- 伊斯卡
- 海峡
- 特雷贝斯岛
- 布罗塞利昂
- 阿莫里凯
- 贝诺克

目　录

第一部　麦敦之火 / 001

第二部　巴顿山 / 129

第三部　妮慕的诅咒 / 269

第四部　最后的秘咒 / 407

史料拾遗 / 464

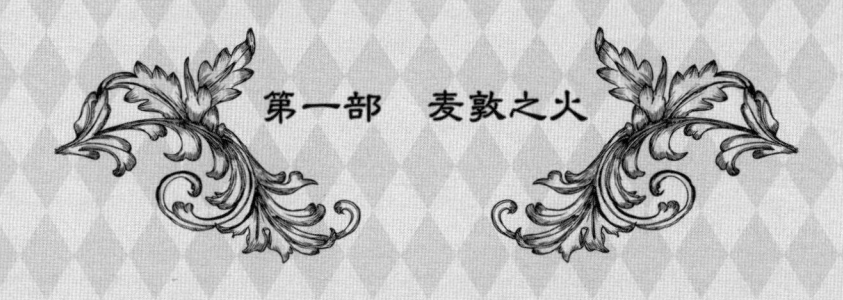

第一部　麦敦之火

女人，她们在这个故事里简直阴魂不散。当初提笔欲写亚瑟故事时，本以为将是一部关于男人的故事；一部剑和矛的编年史，一部战争胜利、开疆扩土的编年史，一部事关盟约破碎、国王陨落的编年史，从古至今，人们不都是这样讲述历史的吗？我们谈到国王的形象时，只字不提他们母亲和祖母的名字，而是说金纲尔之子库斯坦宁，库斯坦宁之子乌瑟，乌瑟之子莫德雷德，莫德雷德之遗腹子莫德雷德，如此一直向上溯源到我们共同的伟大祖先贝利①。历史是由男人讲述，由男人缔造，但在这部有关亚瑟的故事中，女人却如同鳞光闪闪的三文鱼，于泥沼黑水中绽放出别样光彩。

男人确实缔造了历史，但我也不会否认，让不列颠万劫不复的也是男人。与子同袍，一呼百应，我们全身上下戎装铁甲，手持盾牌长枪，腰悬利剑，只因为战士的身份，就理所当然地认为不列颠理应由我们统治，殊不知真正让不列颠堕入低谷的既有男人，也有女人，而二者之中，女人造成的破坏更大。且看她轻启朱唇，一道诅咒就能让泱泱王国顷刻间全军覆没，所以这个故事也是她的故事，因为她曾是亚瑟的仇敌。

"谁？"伊格莲读到这里，一定会按捺不住想要知道。

伊格莲是我的王后。她已有身孕，我们所有人都欣喜若狂。她的丈夫是布洛奇维尔国王，现在，我正是在此人的保护之下，在狄那拉克的这座小修道院里书写亚瑟故事。我是奉伊格莲王后的指令进行写作的，她还太

---

① 贝利·毛尔（Beli Mawr）据传为德莫尼亚国王的先祖，其事迹见诸中世纪威尔士文学作品，威尔士人将其奉为祖先。——译者注

亚瑟王

年轻,并不谙熟大帝伟绩。对,大帝,这是我们对亚瑟的称谓,不列颠语里叫做"安赫拉瓦德",不过亚瑟本人很少使用这个头衔。书是我用撒克逊语写的,其一因为我自己就是撒克逊人,其二因为狄那拉克教区的桑森主教根本不允许我记录亚瑟的事迹。桑森憎恨亚瑟,对于他的记忆,桑森自然避之唯恐不及,咬牙切齿地斥其为叛徒,所以伊格莲和我只得串通好,一起对这圣人撒谎说我是用撒克逊语记述耶稣基督的福音,好在桑森不仅不会说撒克逊语,而且目不识丁,谎言也就没有被戳破。

故事走向急转直下,基调越来越黑暗,细节也越来越难以诉说。有些时候,当我想起敬佩的亚瑟时,往事仿佛历历在目,不久之前,他的事业如日中天,好似烈日灼人,谁知乌云竟来得如此之快!下文很快就能见分晓。到了后来,虽然乌云散去,太阳再次芳醇地遍洒大好河山,夜幕却又悄然降临,自此以后再无天日。

能够让天光暗淡的那个人不是别人,正是格温薇儿。那是发生在兰斯洛特举兵反叛时的事情了,亚瑟曾把他认作朋友,可他却图谋不轨,妄图篡夺德莫尼亚的王位。兰斯洛特得到了基督徒的帮助,这帮家伙沆瀣一气,在教区首领们(桑森便是其中一员)的唆使下,发疯般地认为,基督徒的神圣职责之一,就是清除异端,以迎接圣主于公元五百年的第二次降临。兰斯洛特还沾了撒克逊国王策尔迪克的光,后者在泰晤士河沿岸发动了一场声势浩大的侵略,意欲分裂整个不列颠。如果撒克逊人抵达塞文海[①],整个不列颠王国将被拦腰斩断,令北方与南方一分为二,幸蒙众神恩典,我们不仅击败了兰斯洛特和基督徒的乌合之众,还让策尔迪克折戟沉沙。谁知在击败他们的过程当中,亚瑟发觉了格温薇儿的背叛。亚瑟亲眼看到她赤身裸体地蜷缩在另一个男人的臂弯之中,在那一刻,仿若日月

---

① 布里斯托海峡的旧称。——译者注

无光。

"我弄不明白。"伊格莲在夏末某天问我。

"什么事,亲爱的夫人,您哪里不明白?"我问道。

"亚瑟爱过格温薇儿,对吗?"

"是的。"

"那他为什么不肯原谅她?我就能原谅布洛奇维尔和耐维丽的事。"耐维丽是布洛奇维尔的情人,但不久之前害了皮肤病,娇容尽毁,美貌不复。虽然我从未过问,但我在心里怀疑是伊格莲下了某种毒咒,让自己的情敌疾病缠身。我的王后自诩基督徒,但是基督教并不宣扬信徒要在复仇之中求得慰藉。如果要达到复仇目的,那就必须找寻某个老妇人,她知道该采摘什么草药,也知道在阴缺的月色下吟诵哪般咒语。

"你原谅了布洛奇维尔,"我同意,"但同样的事情布洛奇维尔会原谅你吗?"

她闻言打了个寒战。"当然不会!他会把我活活烧死,这就是王法。"

"亚瑟本可以烧死格温薇儿,"我说道,"很多人都是这么建议的,但正因为他爱着她,爱得又那么炽烈,所以他既没有杀死她,也没有原谅她。至少起初没有。"

"那他就是个傻瓜!"伊格莲说道。她还很年轻,话语间总带着年轻人那种神采奕奕的笃定。

"他是个很有自尊心的人,"我说道,或许这也是亚瑟像个傻瓜的原因,可我们谁又不是?我顿了顿,略作思考。"他想要很多很多,"我继续说,"他想要解放不列颠,想要击败撒克逊人,但在他灵魂深处,他想要格温薇儿一直坚定地认为他是一个好人。谁知她却睡卧在兰斯洛特的床上,犹如一记耳光,向亚瑟证明了他并非完人。这当然不对,但却很伤他的心,所以他伤心欲绝。我从来没有见过如此受伤的男人。她活活撕裂了他的心。"

亚瑟王

"所以就把她打入牢笼?"伊格莲问我。

"他是囚禁了她,"我边说边回想起自己奉命带着格温薇儿前往怀君岛的圣荆神庙,亚瑟的姐姐莫甘成了她的看守。她们一个是异教徒,一个是基督徒,根本合不来。我把格温薇儿关在神庙的那一天,她竟泣涕涟涟,这在我看来实属罕见。"她要一直关在那儿,"亚瑟告诉我,"直到她死去。"

"男人都是傻瓜,"伊格莲说完瞥了我一眼,"你背叛过夏汶吗?"

"没有。"我忠实地回答。

"那你有没有动过这样的念头?"

"噢,有过。欲望并不因为收获幸福而黯淡凋零,夫人。更何况,没有经历过考验的忠贞还称得上美德吗?"

"你把忠贞看做美德吗?"她发问,我很好奇在她丈夫的城堡里,是不是有哪个年轻俊朗的战士入了她的法眼。自然,她的身孕让一切想入非非都烟消云散,但我忧虑的是将来。又或许是我多虑了。

我微微一笑。"我们都希望自己的爱人忠贞不渝,夫人,推己及人不是同一个道理吗?忠贞是我们献给爱人的礼物。亚瑟把它留给了格温薇儿,但她却不能礼尚往来。她想要的不是这个。"

"那是什么?"

"荣耀,然而亚瑟向来对荣耀嗤之以鼻。他曾经企及过,但他并不沉湎于此。不过格温薇儿想要的却是一呼百应、千军万马,有耀眼旗帜在她头顶迎风飘扬,她想要整个不列颠岛臣服于她。而亚瑟呢,只求正义与丰收。"

"还有解放不列颠和打败撒克逊人。"伊格莲干巴巴地提醒我。

"没错,"我承认,"他还想要一件东西。他把这样东西看得比万事万物都重要。"我莞尔一笑,思索回忆着,大概在亚瑟所有的抱负中,他发现最后这一件最难企及,而我们作为他为数不多的几个朋友,似乎也从未把它真正当做他的心之所向。

"说下去。"伊格莲怀疑我睡着了。

"他只想要一方土地,"我说道,"一个门厅,养几头小牛,还有一间属于他自己的铁匠铺。他想要的,就是这么一份平凡生活。为此,他不惜让贤他人来照料不列颠,自己寻找属于自己的那份幸福去了。"

"然而他却遍求而不得?"伊格莲问。

"他的确找到了,"我肯定无误地告诉她,"但是在兰斯洛特叛乱的那年夏天又得而复失。那是一个血雨腥风的夏天,天道轮回的季节,更是亚瑟动用铁腕让德莫尼亚真正臣服的时代。

兰斯洛特向南逃窜到他在贝尔盖的领地。亚瑟自是想要引兵追击,但策尔迪克率领的撒克逊人侵威胁更大。在叛乱结束之际,撒克逊人曾一度染指科里尼翁,如果不是众神显灵,一场瘟疫摧毁了敌人进犯大军的话,恐怕那座城市早已沦陷。入侵者的身体腹泻不止,甚至到了便血的程度,他们饱经摧残,到后来连站也站不起来。瘟疫最为肆虐的时候,亚瑟的军队来临了。策尔迪克想要召集人马与之决战,但是撒克逊人以为他们已经遭到了神灵的抛弃,仓皇逃跑了。亚瑟王同我站在策尔迪克殿后军队的尸体之中,对我说道:"他们还会回来的。明年春天,"他说,"他们就会回来。"他用自己血染的斗篷擦了擦埃克斯卡利伯的剑锋,然后将其插回剑鞘。他长出了胡子,颜色灰白,面容因此而苍老,非常苍老,格温薇儿的背叛也让他憔悴了许多,因此,至那年夏天为止从未见过亚瑟的人兴许会觉得他面目可怖,而他自己却不以为意,也不加以修饰。曾经的他,是一个很有耐心的人。如今的愤怒却溢于言表,哪怕最不经意的挑衅也能让他爆发。

在那个血雨腥风的夏天,天道轮回的季节,格温薇儿的命运,也被禁锢在了莫甘神殿的幽冥之中。亚瑟将自己的妻子发落到了活死人的坟墓,吩咐看守要永远看管她。格温薇儿,汉尼斯-维恩的公主,从此就算是在

亚瑟王

这个世界上消失了。

"别傻了,德瓦,"一个星期后,梅林突然厉声说,"两年之内她就能出来!或许一年就行。如果亚瑟真想把她从自己的生命中抹去,那他早就烧死她了,当初也该这么干的。没有什么比烈火更能考验女人操守的了,可亚瑟听不进忠言。那傻瓜爱上了她!他明摆着就一傻瓜。想想看!兰斯洛特活着,莫德雷德活着,策尔迪克活着,格温薇儿也活着!一个灵魂要想永垂不朽,似乎找不到比成为亚瑟的仇敌更好的办法了,如果可以,我也巴不得。谢谢你的提问。""我之前也问过你,"我耐心地说,"但你没有理睬我。"

"都怨我的听力,德瓦。耳朵差不多聋了。"他摇了摇耳朵,"聋子的耳朵——摆设。上年纪啦,德瓦,就是上年纪啦。看着看着就老啦。"

才不是这样。他看上去比以往任何时候都要矍铄,我十分确信,他的听力和他的视力一样敏锐——还有,虽然年过八旬,他的精神头依然警觉好似雄鹰。梅林并未老朽,与此相反,他的身体仿佛注入了一股崭新的力量,就像是不列颠宝藏蕴藏的力量。这十三件宝藏非常古老,几乎与不列颠一样古老,好几个世纪以来,它们流散各地,是梅林成功找齐了它们。宝藏孕育着能够召唤古老神灵并让它们重返不列颠的神奇力量,至今为止还没有人染指这份力量,但是彼时的德莫尼亚正是动乱的年代,梅林或许能够利用这份伟大的魔力干一番事业。

押送格温薇儿去怀君岛那天,我找过梅林。那天雨下得很大,我爬上托尔山,半心半意地找寻梅林,却发现山顶空无一人,不禁一阵失落。梅林曾经在托尔山上有一处府邸,接连着一处如梦似幻的塔楼,如今却付之一炬。我站在托尔山的废墟之中,心中泛起莫大凄凉。亚瑟,我的朋友,独自落寞,黯然神伤。夏汶,我的女人,远在波伊斯。莫温娜和塞伦,我的两个女儿和夏汶在一块儿,最小的女儿戴安却与我天人两隔,她是被兰斯洛特害死的。我的朋友们要么已经死去，要么远在天涯海角。撒克逊人正紧锣密鼓地准备在新年来犯，我的房子早已化作灰烬，人生似乎没了指望，黯淡无光。或许是格温薇儿的伤感情绪感染到了我，在那天早上，在怀君岛雨水冲刷的山顶上，我感受到了这辈子从未感受到的孤独，情不自禁地跪倒在断壁残垣之间，向贝利祈祷。我祈祷太阳神能够拯救我们所有人，并且像个孩子一样，祈求贝利能够显灵，以此证明诸神并没有抛弃我们。一个星期过后，这次显灵终于降临了。亚瑟为了袭扰撒克逊人的先锋而策马东驰，我留守卡丹城堡，等待夏汶和我的女儿们归来。那个星期的某个时候，梅林和他的伴侣妮慕来到了林第尼斯空旷的宫殿。我曾经住在那里，共同监护我们的国王莫德雷德，不过等莫德雷德成年以后，宫殿移交给了桑森主教，充当后者的修道院。桑森的传道士已经被驱逐了，复仇心切的长枪兵在他们身后穷追不舍，于是宫殿又空了出来。

还是当地人告诉我宫殿里住进了一个德鲁伊。他们七嘴八舌地讲述幽灵的故事，奇迹的显灵，还有诸神在夜间游走，于是我骑马来到了宫殿，却连梅林的影子也没找到。大约两三百人在大门之外安营扎寨，兴奋地反复述说夜间的奇异景象，我侧耳聆听之后，不禁心头一沉。德莫尼亚刚刚经历过基督徒叛乱，罪魁祸首正是疯狂的迷信煽动，而这一次异教徒的疯狂程度似乎更不亚于基督教叛乱。我一把推开宫殿大门，穿过偌大的前庭，骑着马通过林第尼斯空旷的大厅。我呼唤着梅林的名字，但没有人回应。我找到了一处尚有余温的灶台，另一个房间留存着住宿过的痕迹，但除了老鼠以外再没有其他生物。

那天在林第尼斯聚集的人越来越多。他们来自德莫尼亚的各个角落，每个人脸上都带着病态的希望。他们扶老携幼，有腿瘸的，也有生病的，就这么一直耐心地等到日暮黄昏，宫殿大门打开，众人才依次或行走，或跛行，或匍匐，或让人搀扶着进入宫殿，有人打开了大门，点燃了火炬，前庭的拱廊瞬间照亮。我加入人群，一同挤进前庭。和我一同前来的还有

亚瑟王

我的副官伊撒，我们二人耷拉着脑袋，躲在各自又长又黑的斗篷不愿露面，于大门边旁伫立。据我观察，这群人大概都是泥腿子乡下人。他们大多衣衫褴褛，面目发黑，面露饥色，散发着那种面朝黄土背朝天的人所特有的痛苦神情，不过在火光照耀下，这些人的脸上又闪动着希冀。这情景如果让亚瑟见了，他免不了要心生憎恶，因为他憎恨向劳苦大众施与不切实际的希望，但这些人是多么渴望希望降临呀！女人们高举着病弱的婴儿，或者推着一瘸一拐的孩童向前挤，所有人急于聆听梅林召唤幽灵的奇迹。这已经是奇迹显灵的第三天夜晚，依然有人络绎不绝地想要一睹为快，甚至那些没能挤入宫殿前庭的，有的直接爬上了我身后的高墙，其他人则填鸭似的簇拥在大门口，就是没有人向环绕在前庭三面的拱廊近前半步，因为那儿有四名长枪兵把守，不让人群靠近。四名士兵都是黑盾战士，从德米缇亚——伊仑之子欧侬戈斯王国来的爱尔兰人，我倒想知道他们远离家乡，跑到这里来有何贵干。

最后一丝日光消失在天边，蝙蝠在火炬上方扑动翅膀，人群站在石砌地板上，翘首凝视庭院前方的宫殿主门。不时有某个女人大声呻吟。孩子放声号哭，又让大人训斥着安静下来。四个长枪兵在拱廊角落蹲下身来。

我们在耐心等待。一等就是好几个钟头，我的心里千愁万绪，一会儿想到夏汶，一会儿又想到我死去的女儿戴安，突然宫殿里面传来铁器的巨响，仿佛某人用长枪狠狠地敲了一下铁锅。人群屏住呼吸，有些女人站起来，身影在火光中摇曳。他们在半空中挥手，嘴里呼唤着诸神的名字，但是幽灵并未显现，宫殿依旧大门紧闭。我摸了摸海威贝恩的剑柄，慢慢镇定下来。不过人群依旧躁动不安，依旧歇斯底里，我从来都不知道梅林做法时还需要这么一大帮子观众，事实上，他鄙夷那种动辄召集人群、制造声势的德鲁伊。"随便一个耍戏法的都能忽悠傻瓜。"他总喜欢这么说，但是在这里，在今晚，他自己恰恰成了那个忽悠傻瓜的家伙。他调动了群情高昂的人群，任由他们呻吟叫唤，扭动身姿，紧接着，当巨大的金属声音再次响起时，人群又纷纷站起，开始呼唤梅林的名字。

宫殿的大门徐徐开启，人群逐渐安静。

对于一些人来说，门廊里什么都没有，只有一块漆黑的空地，接着一名年轻的战士全副武装走出黑暗，站在了拱廊最上方的台阶上。他本人并没有什么神奇可言，只是他英俊得不可方物。没有其他的语言可以形容他。在这群缺胳膊少腿、颈部浮肿、面目狰狞的痛苦魂灵之中，这个战士简直英俊无比。他个子很高，身材瘦削，头发金黄，面如止水，只能用类似善良，甚至温文尔雅这样的字眼来形容。他的双眼是惊艳的湛蓝之色。他没有戴头盔，所以那女人一般的长发如流云般披在双肩。他身着一副耀眼的白色胸甲、白色胫甲，腰间是白色剑鞘。这副装备看起来价值不菲，我很想知道他究竟是谁。不列颠绝大多数的战士我都认识——至少能负担起这副铠甲的年轻人我肯定是心中有数——但却唯独不认识他。他冲着人群微微一笑，接着双手扬起，示意众人下跪。伊撒和我却站立不动。或许是出于战士的骄傲，或许只是想越过人群的脑袋，占据一个更好的视野。

长发战士虽一言未发，但每个人都向他跪拜，他以微笑致谢，又绕着拱廊走了一圈，从环索取下火炬，再放入备好的水桶中一一熄灭。我注意到，他的举手投足透着精心的编排。前庭变得越来越暗，直到最后仅仅剩下宫殿大门两端的火炬还在燃烧闪耀。月光暗淡，夜色寒冷。

白甲战士站在剩下的两把火炬之间。"不列颠的子民们，"他的声音配得上英俊的面庞，话语间包含暖意，"向你们的诸神祈祷吧！在这高墙之内就是不列颠的宝藏，不久之后，它们的力量就能得到释放，但是现在，既然已经见识到了它们的力量，我们应当让众神亲自驾临到我们中间。"话音刚落，他熄灭了最后两把火炬，前庭瞬间漆黑一片。

什么都没有发生。人群窃窃私语，默默召唤贝利、戈万南、格兰纳

亚瑟王

斯①和棠，祈求他们展现神力。我浑身起了鸡皮疙瘩，不禁握紧了剑柄。众神在靠近我们吗？我举目望向斑斓星空，幻想着伟大的众神从天界降临，伊撒不由得喘了口气，我又低下头来。

眼前一幕让我呆若木鸡。

因为有一个女孩，一个即将步入成年的女孩，在黑暗之中倏忽显露倩影。这个女孩面容精致，楚楚动人，举手投足间又透着优雅，浑身上下一丝不挂，仿佛初生婴儿。她身形苗条，酥胸挺拔，大腿修长，一手捧着一簇百合花，另一只手握着细刃长剑。

我只有驻足凝望的份儿。因为在这黑夜之中，刺骨的寒意瞬间被一阵火光吞噬，那女孩竟然在发光。千真万确，她真的绽放着光芒。身上闪耀着白光。光芒并不耀眼，但是足够夺目，仿佛星尘在她白皙的皮肤上粉刷了一道。这是一种破碎的、粉尘似的光辉，从她的身体、四肢和头发上散发而出，只有脸上找不见。就连她手里的百合花也在闪耀，光辉一直投映到她那把长剑上。

通身熠熠生辉的女孩举步走过拱廊。在跛行的人群以及生病的孩子中，她仿佛消失不见了一般。她对人群一概不理不睬，只顾自己步伐轻盈优雅地沿拱廊拾阶而上，阴影下的面庞低头凝望着石阶。她脚步仿若羽毛般轻灵。她似乎陷入了某种自我沉迷，迷失在自己的梦里，人群在旁哀号地呼唤着，她却不曾一顾。她一直挪移脚步，奇异的光芒照在她的身上、手臂和双腿上，也照耀着她乌黑的秀发，在长发的掩映下，她的脸像是戴上了一副黑色面具，流露出异样的光辉，或许是出于直觉，我猜测她的面容一定美丽动人。她向伊撒和我站立的地方越走越近，突然往我们的方向抬起了头。我闻到了某种气息，让我想起了大海，接着，一如先前她离奇的出现，她又离奇地消失在一扇门后，人群爆发出一阵叹息。

---

① 格兰纳斯（Grannos）是凯尔特神话中的温泉之神，也代表矿藏、治愈。

"那是什么?"伊撒向我低语。

"我不知道。"我回答。我有些害怕。刚才一幕并不是痴人呓语中的疯狂情景,这一切都是真的,是我亲眼所见,但刚才那人究竟是什么来头?女神?但为什么我闻到了大海的气息?"或许是玛纳怀登的精灵。"我告诉伊撒。玛纳怀登是海神,作为他的精灵,身上有一股海咸味也不足为奇。

我们等了许久才看到第二个魅影,等到它真正来临时,却远没有浑身闪光的海精灵那样令人印象深刻。只见宫殿屋顶出现一个身影,一个黑色的身影,慢慢地越来越大,成了一个戎装在身、穿斗篷的战士形象,戴有硕大的头盔,上面装饰雄鹿的鹿角。这个人几乎荫庇在黑暗之中,等到乌云拂过月光,我们才看清了他的真实面目,人群一时哀鸿遍野,他却屹立于宫殿之上,双臂张开,脸颊藏在头盔的贴腮片后面。一手握矛,一手执剑。他站立片刻,随后也不见了,不过我敢发誓,恰在他消失的时候,我听到了远处房顶瓦片掉落的声音。就在他隐匿以后,不着一缕的那个女孩又出现了,只不过这一次她似乎是凭空出现在拱廊的最高一阶。刚开始还是一片黑暗,刹那之后现出了她修长而闪烁发光的胴体,亭亭玉立,纹丝不动。她的脸依旧隐藏在黑暗之中,看上去犹如遮蔽在熠熠长发下的阴影面具。她静立片刻,然后缓缓开始舞蹈,曼妙婀娜,在拱廊雕饰的衬托下,或旋转身姿,或交叉舞步。她一边跳舞,一边俯视众生。给我的感觉仿佛是有某种超自然的光芒洒在她的肌肤上,因为有些部位比其他部位更加明亮,而且肯定不是人类所为。眼见此景,就连伊撒和我也不由得双膝跪地,相信这一切定是神谕。黑暗中凭空闪烁的光芒,废墟中无可言状的美感。精灵在翩翩曼舞,身上的光芒慢慢消散,没过多久,当她幻化成为拱廊黑暗中勉强闪耀的美人时,她停下了舞步,张开手臂和双腿,勇敢无畏地面向我们,最后消失了。

过了一会儿,有人从宫殿带出两支火炬。人群开始高声呼喊,召唤着他们的众神和梅林,在山呼海啸之中,梅林终于在宫殿入口现身了。白甲战士手里拿着一支火炬，独眼的妮慕拿着另一支。梅林站在最高的台阶上，在白色长斗篷掩映下显得十分高大。他没有打断人群的高呼。梅林的灰色胡子几乎垂至腰间，编织成辫子，上面还系了黑色丝带，式样与他一头白发相互呼应。他手握黑法杖，过不多时，就扬起法杖，示意众人噤声安静。"刚才是否有神照出现？"他殷切地发问。

"是的！是的！"人群呼号着回应，梅林那张老奸巨猾的脸上表现出吃惊的样子，好像他对庭院里发生的事情一无所知。他淡然一笑，接着站向一边，用空出来的手略作示意。一男一女两个孩子从宫殿里搬出了圣锅。不列颠宝藏大多数都是小器物，甚至让人觉得稀松平常，但这圣锅却是货真价实的宝贝，其中蕴含的力量也冠绝同类。其实说白了，它不过是一个巨大的银碗，上面装饰着战士和怪兽的金纹图案。两个孩子费劲地搬动它，最后将其安置在德鲁伊身旁。"我拥有不列颠的宝藏！"梅林向众人宣布，大家兴奋地呼应。"不久以后，很快，"他继续说道，"宝藏的力量就能释放。不列颠马上能够重回正轨。我们的敌人将顷刻间灰飞烟灭！"他顿了顿，好让人群的欢呼响彻庭院。"你们今晚已经见证了神力，这不过是其中很小的一部分，简直不足挂齿。很快整个不列颠都能见证，不过要想成功召集诸神，我还需要大家的帮助。"

人群山呼海啸般地应和他，梅林赞许地向他们微笑致意。这般仁慈的笑容反倒让我生疑。我一边觉得他在和人群玩着某种把戏，同时又告诉自己，即便是梅林也没办法让一个女孩于黑暗之中凭空绽放光芒。我是亲眼见证，心里也巴不得信以为真，那个修长曼妙、熠熠生辉的胴体让我确信，诸神并未抛弃我们。

"你们必须前往麦敦！"梅林换了一副严肃的口吻，"只要你们一息尚存，就必须到那儿去，一定要带上食物。如果你们有武器，那也必须带上。到了麦敦，我们有一番事业要干，这份事业注定漫长而艰辛，但是到了萨温节①,在死人再度行走于世间之时,我们将召集诸神。你们大家和我戮力同心!"他啜嚅了一下,接着将法杖指向人群。黑色的法杖在摇晃,好像在人群中寻找什么,然后在我身前停了下来。"德瓦·卡丹大人!"梅林在传唤。

"大人?"在人群中被单个儿挑出来让我有些尴尬。

"你留下来,德瓦。其他人可以走了。回各自家里去,直到萨温节以前,诸神都不会降临。回你们家里去,照料好你们的田地,然后启程前往麦敦。带上斧头,带上食物,准备好见证诸神铸造伟大的神迹!好了,走吧!都走吧!"

人群纷纷顺从地离开。许多人还不忘驻足伸手摸了摸我的斗篷,因为我是战士中的一员,是我们将圣锅从莫岛带了回来,至少对于异教徒来说,这件事情足以让我跻身英雄之列。他们也摸了摸伊撒,因为他也是寻宝战士之一,等到人群散尽,伊撒没有跟过来,而是在大门等候,我独自进门面见梅林。我向他打了招呼,但他没有理会我的寒暄,而是问我有没有享受这个夜晚的新奇事。

"到底怎么一回事?"我问。

"什么怎么一回事?"他装作满脸无辜地反问。

"黑暗中的那个女孩。"我说。

他故作震惊地瞪大双眼。"她又出现了,对不对?真是匪夷所思!是长着翅膀的女孩,还是身上发光的那个?发光的女孩!我不知道她是谁,德瓦。在这世间,并非所有的谜题都是我能够解答的。你在亚瑟身边待太久了,总觉得每件事都能找出个直白的解释,这点真是越来越像他了,但

---

① 萨温节为每年 11 月 1 日,四个跨季节日之一,标志着每年收割季节的结束,10 月 31 日夜晚为其前夜。不列颠群岛的德鲁伊教徒会在萨温节之夜燃点农作物作为祭品,大家围在篝火旁载歌载舞。——译者注

亚瑟王

是天哪,诸神几乎从不显现自己。能劳驾你把圣锅搬到里边去吗?"

我抬起硕大的圣锅,将它搬入宫殿高柱林立的会客大厅。先前我过来的时候,这里空空如也,现在却不知从哪儿蹦出来一张躺椅,一张矮桌,还有四个铁做的油灯盏。那个年轻英俊的白甲战士头发乌润,正坐在躺椅上向我微笑,妮慕身着破旧的黑色长袍,手握挑灯锥拨弄着灯芯。"今天下午这里还是空的!"我责难道。

"在你看来必然如此,"梅林快活地说道,"或许是我们有意隐藏了起来。你见过高文王子了吗?"他指向那个站起来鞠躬的年轻人。"高文是布罗塞利昂王国布蒂克国王的儿子,"梅林在介绍王子,"也是亚瑟的外甥。"

"王子殿下。"我向高文致意。我听说过他,但未蒙幸面见。布罗塞利昂曾经是不列颠王国在隔海相望的阿莫里凯之一部分,近些时日,法兰克人进逼到了王国边境,从这个王国跋涉而来的旅者向来罕见。

"我很荣幸能够结识你,德瓦大人,"高文礼貌地说道,"你的声名已经远播不列颠了。"

"别打岔,高文,"梅林抢白,"除了他那傻大个,德瓦的名声哪儿也传不到。高文是来这儿帮我的。"他向我解释。

"帮什么?"我问。

"当然是保护宝藏了。他可是个让人胆寒、善使长枪的好手,反正我是这么听说的。对不对,高文?让人胆寒?"

高文只是略作微笑。他身上并没有让人胆寒的气势,因为他还十分年轻,大概只见过十五六个夏季,甚至还不到刮胡子的年纪。他的长发和脸看起来就像个姑娘,而他的白色铠甲并不像起初我想象的那样造价不菲,仅仅只是一件石灰色的外衣,上面装了个铁片而已。如果不是他故作镇静的神态以及不容置疑的漂亮外表,他这副装扮本显得滑稽可笑。

"那么上次见面以后,你都在忙活些什么呢?"梅林先问我,随后我便讲述了格温薇儿的境遇,他嘲笑我天真地以为格温薇儿要被监禁终身。

"亚瑟是个傻瓜,"他强调,"格温薇儿的脑瓜或许聪明些,但他不需要这样的她。他只想要普普通通的愚蠢玩意儿——比如有人能够在他忧患撒克逊人的时候,帮他暖一暖床头即可。"他坐在沙发上,仰头微笑,刚才负责搬运圣锅的仆僮给他送来了面包、奶酪和一小罐蜂蜜酒。"晚餐!"他高兴地欢呼,"跟我一块儿吃吧,德瓦,我们想和你说说话。坐!地板上也很舒服。就坐妮慕旁边吧。"

我坐了下来。妮慕刚才一直有意对我视而不见。她有一个深陷的眼窝,上面盖了一个眼罩,眼睛让某个国王剜了下来,她原来的短发开始变长了,这头发是她去格温薇儿的海上宫殿之前剪短的,现在看起来依然像个假小子。她似乎有些生气,但妮慕这个人总是一副气冲冲的样子。她的一生全部奉献给了一件事——追随诸神足迹,在此期间容不得任何阻碍和分心,或许她觉得梅林挖苦似的幽默全是在浪费时间。她和我一起长大,从小到大我就没少救过她的命,我给她东西吃,给她衣服穿,但她依然像对待孩子一样看待我。

"是谁统治着不列颠?"她突然问我。

"问得不对!"梅林突然言辞激烈地打断,"问得不对!"

"说呀?"她罔顾梅林怒火,依然质问我。

"谁都没有。"我回答。

"回答正确。"梅林报复似的回应。他的坏脾气让高文感到不安,后者正站在梅林的睡椅旁边,紧张地望着妮慕。他有些怕她,这也怪不得他。在很多人眼里,妮慕就是一种可怕的存在。

"那么是谁统治着德莫尼亚?"她又问我。

"亚瑟。"我回答。

妮慕向梅林投去胜利的目光,但是德鲁伊仍然摇着脑袋。"应该用

亚瑟王

'雷克斯[①]'称呼。"他说道。

"'雷克斯',如果你们稍微懂一点拉丁语,你们就该知道'雷克斯'是国王的意思,不是皇帝。皇帝一词在拉丁语里另有表达。就因为你们两个愚顽不化,我们就非得冒莫大的风险不可吗?"

"亚瑟统治着德莫尼亚。"妮慕固执己见。

梅林没管她。"谁是这里的国王?"他质问我。

"非莫德雷德莫属。"

"没错,"他重复道,"莫德雷德!"说完就冲妮慕的位置吐了口唾沫。"莫德雷德!"

她转过身去,好像他故意纠缠不清似的。我顾自茫然,一点儿也不明白他们争吵的来由,也逮不住机会问个明白,因为刚才那两个孩子又带着面包和奶酪从门帘里走了过来。他们把盘子放在地板上的时候,我闻到一股海咸味,准确说来是一股海盐和海草交杂的味道,和那个一丝不挂的魅影身上的味道一模一样,等到孩子们穿过门帘离开以后,气味也随之消失了。

"那么,"梅林用一种获胜的口吻得意洋洋地问我,"莫德雷德有孩子吗?"

"有几个吧,大概,"我回答,"他没少糟蹋姑娘。"

"国王都是这一副德行,"梅林若无其事地说道,"王子也一样。你有没有糟蹋过姑娘,高文?"

"没有,大人。"梅林话锋一转,弄得高文有些怔忪。

"莫德雷德打从一开始就是个强奸犯,"梅林说道,"算是继承了他父亲和祖父的优良传统,不过我必须说,他的先人比起他可是望尘莫及了。乌瑟从来经受不住美貌的诱惑,当他一时兴起,甚至连最丑陋的婆娘也不

[①] 原文为 rex。——译者注

放过。不过亚瑟从来不轻贱人,他这点很像你,高文。"

"我深表荣幸。"高文说完,梅林就嘲弄似的翻了个白眼。

"所以说,亚瑟打算怎么收拾莫德雷德?"德鲁伊问我。

"把他关在这里,大人。"我边说边用手指了指这座宫殿。

"关起来!"梅林似乎觉得好笑,"格温薇儿与世隔绝,桑森主教身陷囹圄,照这样发展下去,只怕用不了多久,出现在亚瑟生命中的所有人都要统统给关起来了!我们全部要在潮湿的牢房里啃发霉的面包啦。亚瑟这家伙,真是个不折不扣的傻瓜!他应当叫莫德雷德脑袋开花。"莫德雷德继承王位的时候还是个孩子,亚瑟代为行使王权,不过等莫德雷德到了年纪,亚瑟为了履行对至尊王乌瑟的承诺,将王国转交给了莫德雷德治理。谁知莫德雷德独断专行,倒行逆施,甚至图谋害死亚瑟。正是那场阴谋怂恿了桑森和兰斯洛特举起叛旗。莫德雷德很快就要面临监禁,不过亚瑟坚持认为,德莫尼亚的合法国王流淌着众神的血脉,即便权力被剥夺,也理应受到公正对待。他将在严密的看守下,在这奢华的宫殿庭院中,衣食无忧地独自了此余生。"那你倒是说说,"梅林问我,"莫德雷德留了多少野种?"

"十来个吧,我猜的。"

"如果你是认真的,"梅林打断我,"那就告诉我名字,德瓦!告诉我名字!"

我略作思忖。我比大多数人更了解莫德雷德的罪行,毕竟我曾是他的监护人,不过这份差使我干得既不情愿,也不称职。我从来没有适应父亲的角色,夏汶也尝试做一名母亲,最后都以失败告终。后来这个可怜的孩子变得越来越阴郁,脾性也越来越邪恶。"这儿曾经有个侍女,"我说道,"他一直和她做伴。"

"名字呢?"梅林满嘴奶酪地问我。

"赛维洛格。"

亚瑟王

"赛维洛格!"仿佛他觉得这个名字很可笑,"你是说他在这个叫赛维洛格的肚子里播了种?"

"还是个男孩,"我说道,"应该是他的没错了。"

"那这个赛维洛格,"他边挥舞餐刀,边问道,"她人又在哪里?"

"恐怕就在附近某个地方,"我回答,"她没有和我们一起去厄弥德大厅,夏汶一直觉得莫德雷德给了她一笔钱。"

"这么说他喜欢她咯?"

"我觉得是这样的。"

"这狼心狗肺的家伙居然还有点儿良知,真叫人不可思议。赛维洛格,是叫这个名吧?你能找到她吗,高文?"

"我试试,大人。"高文热切地回答。

"不能只是试试而已,一定要找到!"梅林抢白道,"她长什么样子,德瓦,这个名字古怪的赛维洛格?"

"个子矮,"我说道,"有些丰满,黑头发。"

"很好,这下我们把搜索范围缩小到全不列颠年纪二十岁以下的姑娘了——你就不能说详细点吗?那孩子现在多大了?"

"六岁,"我说道,"如果我没记错,他的头发偏红色。"

"那姑娘呢?"

我摇摇头。"样子倒还凑合,只是没那么让人印象深刻。"

"只要是个姑娘就能让人印象深刻,"梅林语气傲慢,"特别是一个叫做赛维洛格的姑娘。找到她,高文。"

"你为什么要找她?"我问。

"我有没有伸鼻子到处管你的闲事啊?"梅林质问,"我有没有跑过来问你什么长枪搭配什么盾牌一类的愚蠢问题?我有没有缠着你问些自以为公正的傻瓜问题?我有没有在乎过你的收成?就一句话,我有没有吃饱了没事干,过来干涉你的闲事呢,德瓦?"

"没有，大人。"

"那就别好奇打探我。区区一只小麻雀又怎么知道我的志向。过来吃点奶酪，德瓦。"

妮慕却不想吃东西。她若有所思，暗自生着梅林的闷气，刚才她坚持认为亚瑟是德莫尼亚真正的统治者，可梅林置若罔闻。他没有再提莫德雷德，也不会说他在麦敦有什么安排，不过等到最后他往宫殿外门送我时，还是跟我说了说宝藏的事情。伊撒在等着我。德鲁伊用黑法杖一边敲打石头，一边和我走向那个人群曾经看到魅影出没的庭院。"我需要人手，你看到了，"梅林说道，"要想召唤诸神，就必须做很多工作，光妮慕和我是不够的。我们需要一百号人，或许还要更多！"

"做什么工作？"

"你会知道的，会的。你喜欢高文吗？"

"是个精力充沛的小伙子。"

"噢，当然精力充沛了，我是说难道他不可爱吗？狗精力也充沛。不过他让我想起了亚瑟年轻的时候。就凭他那建功立业的热忱。"他大笑。

"大人，"我依然急不可耐，"麦敦到底是怎么一回事？"

"我们要召集诸神，这是肯定的。过程很复杂，希望一切顺利。就怕万一不奏效——估计你也看出来了，妮慕觉得我的做法不对，但我们还是拭目以待吧，拭目以待。"他又沉默着走了几步。"如果我们成功了，德瓦，如果能成功，那是怎样一幅景象！诸神纷至沓来，竞相展现各自神力。玛纳怀登漂洋过海，光芒万丈。塔拉尼斯①用闪电劈穿层云，贝利驱策着天际圣域的火焰，棠则用她的烈焰长枪撕裂乌云。基督徒一准会吓个半死，嘿！"出于兴奋，他笨拙地跳了几个舞步，"就连他们的主教都难免

---

① 塔拉尼斯（Taranis）是凯尔特神话中司暴风雨的"行雷者"，雷神。——译者注

亚瑟王

要在黑斗篷里吓得尿裤子呢,嗯?"

"可你也拿不准。"我还是想听到确切答案。

"别傻了,德瓦。你为什么总喜欢刨根问底?我能做的就是完成仪式,尽量不出差错!你今晚也亲眼做了见证,难道不是?难不成你还不相信?"

我有些犹豫,回想着自己刚刚目击的一切究竟是不是某种戏法。但这世上哪有能让女孩的皮肤凭空在黑夜中发光的戏法?"诸神会和撒克逊人战斗吗?"我问。

"这正是我们召集诸神的原因,德瓦,"梅林耐心地说,"就是要赶在撒克逊人和基督徒玷污不列颠之前让它重回正轨。"他在大门口停下,向漆黑的村外眺望。"我深爱着不列颠,"他一下子伤感了起来,"我爱这片岛屿。这一片神奇的土地。"他把手搭在我的肩膀。"兰斯洛特把你的房子烧了,你现在住哪儿呢?"

"我会再建一个住处。"不过地点不会选在戴安死去的厄弥德大厅。

"敦卡里克空了出来,"梅林说道,"我准许你住进去,不过有个条件:等到我的事业完成,诸神再度降临以后,我或许会过来,然后在你的房子里安详死去。"

"不如说是安享晚年,大人,"我说。

"不,是与世长辞,德瓦。我只有一个任务了,这个任务即将在麦敦完成。"他的手依然放在我的肩上,"你难道认为,我不知道其中的风险吗?"

我感觉到了他语气里的恐惧。"什么风险,大人?"我语气有些不自然。

凄清的夜空传来猫头鹰的尖啸,梅林侧着脑袋想要聆听回应,但什么也没有。"我这一生,"他思忖片刻后说道,"一直在找寻能够让诸神重返不列颠的办法,现在我找到了,可我不知道这个方法究竟管不管用。也不知道自己是不是举行仪式的不二人选。甚至不知道我能不能苟活到亲眼见证。"他用手捏了捏我的肩膀。"走吧,德瓦,"他说,"走吧。我要休息了,明天我就要往南边走。萨温节那天记得来杜诺维瑞阿,过来亲眼见证诸神降临。"

"我会的,大人。"

他略作微笑,转身走了。我头昏脑涨地回到卡丹城堡,满怀希望,却也担心害怕,不知道梅林的魔法到底将让我们何去何从,或许到头来,我们还是免不了在来年春天经受撒克逊人铁蹄的蹂躏。如果梅林不能召集诸神,不列颠注定在劫难逃。

如同泛起涟漪的湖泊重归平静,不列颠也逐渐安定了下来。兰斯洛特在汶塔瑟瑟发抖,日夜担心招致亚瑟的报复。莫德雷德——我们名正言顺的国王——去了林第尼斯,虽富贵加身,周围却遍布长枪兵,托名"保护"。格温薇儿置身怀君岛,莫甘负责严加看管,莫甘的丈夫桑森则被幽禁在杜诺维瑞阿主教埃姆里斯的客房里。撒克逊人退到了边境线以外,时不时越境掳掠另一方的收成。亚瑟的努米底亚指挥官塞格拉莫镇守着与撒克逊人的前沿边塞,亚瑟的表亲库尔威奇则重新成为战士统领,在杜努姆要塞密切留意兰斯洛特所在的贝利盖边境。我们的盟友,波伊斯的昆格拉斯国王留下一百长枪兵任亚瑟指挥,然后回到了自己的王国,途中他遇到正欲返回德莫尼亚的夏汶公主——也就是他的妹妹。虽然夏汶发誓终身不嫁,但她已经是我的女人了,正如我是她的男人一样。早秋时节,她领着我们两个女儿前来看望,我承认在她回来之前,每夜辗转反侧,总是感受不到真正的快乐,一与她在格兰温南方的路上重逢,我就一把将她揽入了怀中,久久不放。我还以为这辈子都见不着她了。她是个美人,我的夏汶,金发公主,很久以前曾经许配给亚瑟,但后来亚瑟却放弃了这段婚约,转而与格温薇儿喜结连理。也有许多王公贵族追求夏汶,但她最终和我选择远走他乡。我可以厚脸皮地说,我们二人感情还算不错。我们在敦卡里克盖起了自己的房子,距离卡丹城堡没有多远。敦卡里克字面的意思

亚瑟王

是"可爱的河边的小山坡",这名恰如其分,此地煞为可爱,我那时候也天真地认为,我们能够幸福地长相厮守。山坡上的厅堂是橡木结构,上面铺了稻草,十几间外屋聚拢在腐朽的木栅栏里。住在小村里头的村民都以为厅堂里闹鬼,因为梅林曾在那儿看见过老德鲁伊巴里斯显灵,不过我的长枪兵还是把蛛网和害虫清理了个干净,巴里斯的所有仪式物品也统统搬走了。虽然村民害怕大厅里闹鬼,但我丝毫也不怀疑,正是他们早早将大厅里真正值钱的大锅、三角桌等物品洗劫一空。等我们来到以后,除了地上的蛇皮、枯骨以及鸟类分解的尸体以外,四周遍布蛛网尘埃。在这枯骨当中,相当多一部分是人骨,满满当当好几堆,我们把遗骸分开埋藏起来,以免死去的亡魂重新组合起来搅扰我们。

亚瑟给我派来了几十个年轻人,还吩咐我把他们训练成为战士,整个秋天我都在传授他们长枪和盾牌的使用要领。每个星期,我都会像履行任务一般前往怀君岛拜访格温薇儿,我本人心里相当不乐意。我给她带了食物,外加一件熊皮袍子当做见面礼。有时候我会带她的儿子格温德瑞一起,但她从来不关心这个儿子。他讲的故事她都听腻了,比如在敦卡里克河里钓鱼,或者在我们的树林里打猎。她本人对打猎倒是一往情深,现在连这份开心事也给剥夺了,只能每天绕着神庙散步。她的美貌并未凋零,她的悲剧让她那双杏眼平添了一份不曾有过的光辉,但她从来都不愿承认内心的伤悲。她太骄傲了,不过我看得出来,她并不高兴。莫甘羞辱她,没日没夜地念叨基督教教义,隔三差五就咒骂她是巴比伦的娼妇[①]。格温薇儿一直隐忍,唯独有一次在某个早秋的夜晚,由于黑夜愈发漫长,空空如也的房子也起了白霜,她向我埋怨屋子太冷清。亚瑟迅速做出回应,他吩咐管事手下,不论格温薇儿想要多少柴火都得准备妥当。他依然爱着

---

① 《圣经·新约·启示录》中提到的寓言式的邪恶人物,在末后会掌有管辖地上众王的能力,她与敌基督与七头十角的兽有关。——译者注

她，只是不喜欢我提到她的名字。至于格温薇儿，我还真不知道她到底爱着谁。她时常向我打听亚瑟的近况，但绝口不提兰斯洛特。

亚瑟也是他自己的囚徒，饱受着自寻自找的折磨。他的家（如果有的话）在杜诺维瑞阿的王宫，不过他更喜欢在德莫尼亚游历，从一座要塞访问另一座要塞，无时无刻不在动员我们做好准备，来年要与撒克逊人一较高下，如果一定要从他滞留过的要塞当中挑一个他逗留时间最长的，那便是在敦卡里克和我们在一起了。我们常常看到他驾临山顶大厅，跟随号角吹响，他的骑兵如闪电般渡河而来。格温德瑞——他的儿子——一路小跑过去迎接他，亚瑟则从勒姆芮的马鞍上垂下头，捧起男孩，然后向后往马腹一蹬，驰骋至我们的大门口。他在格温德瑞面前会展露柔情的一面，且对所有的孩子都是如此，但是在招待成年人时则变得冷淡而世故。曾经的亚瑟，那个热情洋溢、振奋人心的男人已经不复存在了。他唯独只对夏汶一人毫无保留，每次来敦卡里克，都要和她说上好几个钟头。他们大概在议论格温薇儿的事，除此之外还能有谁？"他仍旧爱着她。"夏汶告诉我。

"他应该另娶的。"我说道。

"那怎么可能呢？"她问，"在他的眼里，除了她就没有别人了。"

"你怎么和他说的？"

"当然是原谅她了。我怀疑她今后还有可能犯浑，但如果她是那个能让他感觉到幸福的女人，那他就应当咽下自己的傲气，恭恭敬敬地迎她回来。"

"但他太骄傲了。"

"表面上确实如此，"她有些不同意，放下了手里的卷线杆和纺锤，"我想，大概，他当初就应该杀掉兰斯洛特的。那样他心里能好受些。"

那年秋天亚瑟的确动过这念头。他向兰斯洛特的国都汶塔发动了突袭，哪知兰斯洛特听到了风声，跑去向策尔迪克摇尾乞怜了。和他一同逃逸的还有安赫和罗赫，这两人是亚瑟同他爱尔兰情妇艾利恩的儿子。双胞

亚瑟王

胎一直对私生子的身份心怀芥蒂，竟然和亚瑟的仇敌结下了盟约。亚瑟没有找到兰斯洛特，但是他带回了我们迫切需要的粮食，那年夏天，由于战火纷纷，我们田地的收成蒙受了严峻的损失。

到了中秋时节，离萨温节还有两个星期时，亚瑟在突袭汶塔之后又回到了敦卡里克。他身子更加消瘦了，面目也愈发憔悴。他以前从未叫人心生畏惧，可现在他的防备心极强，大家都不知道他究竟在想什么，惜字如金为他平添了一种神秘感，灵魂深处的伤痛凸显着他的冷酷决绝。从前的他几乎从不动怒；如今，哪怕是最不经意的冒犯也能使他暴跳如雷。大多数时候他都是和自己较劲，因为他深信自己是个失败者。他的头两个儿子抛弃了他，后来婚姻又染上了污点，德莫尼亚的重担让这层失败感雪上加霜。他原以为自己能够建立一个完美无瑕的理想王国：伸张正义，维护安全，与民和睦。但是基督徒偏偏选择同室操戈。他责怪自己没有料到世事变迁，现如今，虽然风暴过后一切又恢复平静，他仍然对自己的理想图景产生了怀疑。"我们必须专注于一些小事，德瓦。"他那天对我说。

那个秋日天气格外好。天空点缀着些许乌云，我们西方的黄棕色土地上，阳光斑驳地洒下光辉。亚瑟破天荒地没有去找夏汶倾诉衷肠，而是带我来到敦卡里克外的草地，栅栏已经修葺一新，他却郁郁寡欢，兀自凭栏眺望，端详着托尔山高高拱起的天际线。那儿正是怀君岛的方向，格温薇儿的幽禁之地。"小事？"我不解。

"当然还有打败撒克逊人。"他有些难堪，因为他知道击败撒克逊人可不是什么小事，"他们断绝了与我们的来往。一旦我派遣使者，他们一律斩杀不赦。上个星期他们就是这么告诉我的。"

"他们？"我问。

"是他们。"他阴沉地确认道。"他们"一词意指策尔迪克和阿尔。放在过去，这两名撒克逊国王曾是不共戴天的仇敌，为了怂恿他们窝里斗，我们没少花费金银，只是两人似乎都汲取了教训，这个教训亚瑟很早之前也让不列颠诸王国深刻领教过——只有团结才能孕育胜利。为了彻底毁灭德莫尼亚，两名撒克逊君主组成了联军，一概拒绝使者来访，不仅铁了心要沉瀣一气，同时也不失为一种自保——不让亚瑟的信使有机可乘，进而贿赂撒克逊的军官。说到底，全天下的使者不管内心寻求和平的意念多么热忱，都在不可避免地打探敌情。所以两个国王选择了放下彼此的分歧，矛头一致指向我们。

"但愿瘟疫能够削弱他们的实力。"我说道。

"可还是有新的兵源不断涌入，德瓦。"亚瑟说道，"听说他们每天都有船只登陆，每艘船上都有百来号人。他们知道我们十分羸弱，来年必定会率领上千人马再兴战火。"亚瑟似乎不太乐意提及惨淡的前景。"强敌环伺！或许这就是我们最后的下场，至于你我？两个战地老友，彼此高举盾牌负隅顽抗，然后被蛮子的斧头砍下脑瓜。"

"还有比这更惨的死法，大人。"

"也有更好的。"他言简意赅，目光向托尔山久久凝视，只要一来敦卡里克，他总是在西山腰驻足；从不涉足东山，也不会于面朝卡丹城堡的南坡滞留，他向来习惯于在此地眺望溪谷。我知道他在想什么，他也同样心知肚明，但他从来不肯提及她的名字，因为他不想让我知道，每天早晨他都是在那对她的思念当中醒来，每天夜晚更是祈祷能够与她梦中相会。这时，他突然意识到我的目光，赶忙向下俯瞰练兵场，伊撒正在训练那伙毛头小子。秋日的天空弥漫着长枪短兵相接的激烈碰撞，同时能够听到伊撒粗厚的嗓音，呼喊着剑刃要放低、盾牌要举高。"你看他们能成器吗？"亚瑟一边向新兵点头致意，一边问我。

"就像二十年前的我们，"我说道，"长辈总说我们注定成不了战士，二十年过后，这些小伙子也会对他们的孩子说同样的话。他们一定会成为称职的战士。一场战斗就能让他们脱胎换骨，到那以后，他们会像任何一位不列颠战士一样万里挑一。"

亚瑟王

"一场战斗，"亚瑟阴郁地说道，"或许我们也只有一场战斗可打。等到撒克逊人来，德瓦，对方的人数一定远超我们。哪怕波伊斯和格温特各自派来人马，我们还是寡不敌众。"他说的都是令人痛苦的事实。"梅林让我不必担忧，"亚瑟有些反讽似的补充，"他会在麦敦做法事，从此以后就不需要再打仗了。你去过那个地方吗？"

"还没有。"

"会有数以百计的傻瓜背着柴火爬上山顶。真是疯狂透顶。"他往山坡下吐了口唾沫。"我可不会把希望寄托在宝藏上头，德瓦，我只相信坚不可摧的盾墙和无往不利的长枪。不过我还有一个希望。"他顿了顿。

"是什么呢？"我在鼓动他。

他转身看我。"如果我们还能够故技重施、分化敌人就好了，"他说道，"那样我们就还有机会。如果只是策尔迪克，我们还能打败他，只要波伊斯和格温特施以援手的话。但要是策尔迪克和阿尔一起来，我也没有办法了。如果多给我五年时间准备军队，兴许还有一线生机，但实在是来不及了，来年春天势必有一战。我们唯一的希望，德瓦，就是能够各个击破。"这是古老的斗争方法。贿赂一个撒克逊国王去和另一个撒克逊国王龙争虎斗。但是亚瑟已经告诉我，为了不让相同的剧本上演，撒克逊人可谓费尽心思。"我要向阿尔许诺永久和平，"亚瑟继续说道，"许诺他能够保有现在所有的土地，能从策尔迪克那儿夺来的他也尽管留着，子孙万代永久统治。你明白我的意思吗？我许诺将那些土地永远授予他，只要他承诺下一场战争爆发时站在我们这一边。"

我没有说话。曾经的亚瑟，在那天夜晚驾临艾西斯神庙之前还是我亲密战友的亚瑟，绝不会说出刚才这一番谎话。不列颠人是不可能向撒克逊人割让土地的，亚瑟却巴望阿尔信以为真。殊不知不用几年，亚瑟就会撕毁盟约，调转矛头指向阿尔。我心里明白，但不敢说破，因为万一谎言戳穿，我也就没了自欺欺人的理由。我只是提醒亚瑟，在远处的某棵树下，埋着一块刻有誓言的石头。"你发誓要杀死阿尔的,"我提醒他,"难道你忘记誓言了吗?"

"我现在可不在乎什么誓言不誓言的,"他冰冷地回击,脾气瞬间爆发,"凭什么让我在乎呢?其他人又对我信守誓言了吗?"

"我信守了,大人。"

"那就服从我,德瓦,"他直截了当地说道,"去阿尔那儿一趟。"

我知道他迟早会提出这个要求。起初我一言不发,静静看着伊撒指挥手下那群年轻人摇摇晃晃地摆出盾墙,然后我转向亚瑟。"我听说,只要是你的使节,阿尔不论好歹统统处死?"

亚瑟没有看我,而是望向远处青绿的高地。"老人们都说今年冬天会很艰难,"他说,"我希望在大雪降下之前收到阿尔的回复。"

"好的,大人。"我回答。

他一定察觉到了我语气中的不悦,再次转头看我。"阿尔不会狠毒到连自己的儿子都杀。"

"也只能这么想了,大人。"我语气平静。

"那就到他那儿去。"亚瑟说道。其实他知道,这么做无异于让我送死,但语气中一丝一毫的悔意都没有。他站起身,拂去白袍上的碎草。"如果我们能够在来年春天击败策尔迪克,德瓦,我们就一定能让不列颠浴火重生。""是的,大人。"我回应。他说得太简单了——只要击败策尔迪克,不列颠就能浴火重生。我想起了那些陈词滥调:首先完成一项重大使命,之后就能一劳永逸,可惜事实并非如此。但如今看来,这是我们孤注一掷的最后机会,我必须动身去见我的生父。

我是一个撒克逊人,我的撒克逊母亲艾尔塞在怀我的时候被乌瑟掳走成为奴隶,不久后诞下了我。很小的时候,我就被带离母亲身旁,不过我到底还是学会了撒克逊语。很久以后,在兰斯洛特造反的那天夜晚,我找到了母亲,从她嘴里得知我的生父是阿尔。

如此说来,我的撒克逊血统是纯正的,甚至还有一半王室血脉,但又因为我是在不列颠人的环境里长大的,我对撒克逊人并没有任何亲近感。对我来说,撒克逊人是从东面大海漂洋过来的瘟疫,这个看法与亚瑟以及任何自由的不列颠人的看法没有丝毫差异。

至于他们是什么时候来的,没有人能说清楚。在亚瑟的指挥官阵营中,塞格拉莫游历最广,他告诉我们撒克逊人的发祥地远在天边,那儿常年雾气弥漫,遍布沼泽和森林,不过他也承认自己从未亲自踏访。他只知道那地方在海的对岸,撒克逊人正在迁出故地,根据他的说法,这是因为不列颠的土地更肥沃,不过我也听说撒克逊人的土地正遭受来自世界尽头的另一个部落的入侵。但不管是什么原因,撒克逊人漂洋过海侵略我们的土地已有一百年的历史,目前已经攻占了整个东不列颠。我们管那一片陷落的土地叫做洛依格——失落的土地——在不列颠,没有一人不想收复失落的土地。梅林和妮慕相信只能凭借诸神的力量才能收复失地,而亚瑟则希望用刀剑成就伟业。我的使命则是分化敌人,让事情变得更加简单,不论是为了诸神,还是为了亚瑟。我在秋天动身启程,一路橡树已换上金装,山毛榉变得红艳,寒意朦胧,黎明欲晓。我一个人单独旅行,如果阿尔对待使者必杀之的态度属实,那么死一个总好过死一片。夏汶恳求我带一支卫队，但即便如此，又有什么用呢？一支卫队可没办法抗衡阿尔的一整支军队，因此，就在秋风从榆树枝丫上卷走第一片黄叶时，我一路策马向东。夏汶试过说服我萨温节以后再走，如果梅林在麦敦请神成功，那么自然就不需要冒险派遣使者与撒克逊人费口舌了，但是亚瑟不容许任何贻误。他把信念寄托在了阿尔的叛心，迫切想要听取撒克逊国王的答复，我只好驾马启程，自求多福，希望赶在萨温节之夜活着回到德莫尼亚。我带了自己的剑，背上挂着盾牌，其他武器一律不带，片甲未披。

我并没有径直向东，不然就会涉足策尔迪克的凶险土地，因此我一路向北，首先进入格温特，然后再向东走，那里才是阿尔统治下的前沿阵地。一天半的行程里，我穿过格温特肥沃的田地，经过村庄和宅地，看到炊烟从房顶烟囱上袅袅升起。田野让圈养牲畜的蹄子搅得泥泞不堪，这些动物都是冬日的储备粮，它们的叫吠声为我的行程更显一份阴郁。空气中第一次有了冬天的迹象，清晨的时候，大到臃肿的太阳在雾霭中显得低垂而苍白。燕八哥在休耕地里云集景从。

我继续顺东而行，沿途风景变幻，目不暇接。格温特是一块基督教徒居多的辖地，最开始我经过了许多匠心独运的大教堂，但到第二天，教堂的规模变小了许多，农场也不似之前富足，直到最后，我到达腹部地带，那里是撒克逊人和不列颠人都弃置不管的荒地，只被充当厮杀的战场。曾经供养整个家庭的草地牧场现如今都长满了橡树苗、山楂和桦树，当然还有废墟灰烬，小房没有屋顶，大厅里都是烧焦的人骨。然而，依旧有人住在这里，当我听到附近树林里传来窸窣脚步时，我不由得拔出海威贝恩，担心那些是躲藏在荒野地带无家可归的人。但直到某天晚上一群长枪兵挡住我的去路以前，一直都没有人敢出来和我搭话。他们是格温特的人，像所有莫里格国王的士兵一样，通身着古罗马式样的军装：青铜胸甲，头盔上装点着染红的马鬃，身披锈红色斗篷。他们的首领是一个叫卡里格的基督徒，他邀请我到他们的堡垒，这座堡垒矗立在一处高耸而林木茂密的山

亚瑟王

脊之上。卡里格的工作是看守边界，他唐突地想要知道我的差事，我告诉他我的名字，并且表明自己是为亚瑟驱驰，他听完却什么也不再过问了。

卡里格的堡垒实际是一个栅栏围成的要塞，里面盖了两间茅草屋子，外面烧着明火，浓烟弥漫。我在烤火的时候，卡里格十几个手下正忙着用缴获的撒克逊长枪烧烤鹿肉。经历过一天的跋涉，我看到了十几处这样的堡垒，全部面朝东方，防范阿尔的突袭。德莫尼亚也有很多类似的防御工事，不过我们更倾向让一支军队永久驻扎在边境。边防驻军的开销是巨大的，那些为军队缴纳谷物、皮革、盐和羊毛充当税赋的人民大众很讨厌这一点。亚瑟总是想方设法保持税收公平，减轻人民的负担，但是在平息叛乱以后，亚瑟对所有追随兰斯洛特的富裕领主施加了惩罚性征税，标准近乎严苛，基督徒更是首当其冲。格温特的基督徒国王莫里格虽然发出过抗议，但亚瑟一律充耳不闻。卡里格是莫里格的忠实追随者，他对我有所保留，但还是尽了最大努力提醒我。"你难道不知道吗，大人，"他说，"撒克逊人拒绝任何人擅自越过边境？"

"我听说了，是的。"

"上个星期有两个商人去了另一边，"卡里格说道，"他们带着陶器和羊毛。我警告过他们，但，"他停下来耸了耸肩，"撒克逊人把货物扣留，送回来两个头骨。"

"如果我的头骨送了回来，"我告诉他，"请转交给亚瑟。"我看到鹿肉的脂肪滴了出来，在火焰中闪闪发光。"有从洛依格过来的人吗？"

"好几个星期都没有了，"卡里格说道，"但是明年，肯定不会错的，准能看到一大群撒克逊长枪兵涌入德莫尼亚。"

"难道不会涌入格温特吗？"我叫板道。

"阿尔和我们没有结下梁子。"卡里格语气镇定。他是个神经紧张的年轻人，不太喜欢在不列颠的边境上抛头露面，但他还是认真地履行了自己的职责，在我看来，他的手下也是训练有素。

"你们是不列颠人，"我告诉卡里格，"阿尔是撒克逊人，这还不够结梁子的吗？"

卡里格耸耸肩。"德莫尼亚风雨飘摇，大人，撒克逊人知道这一点。但格温特很强盛，撒克逊人肯定要柿子拣软的捏。"他竟令人可怖地有些洋洋得意。

"一旦他们打败了德莫尼亚，"我说，摸了摸剑柄以驱邪，"北上进取格温特也只是时间问题了吧？"

"基督会保护我们的。"卡里格虔诚地画了一个十字。墙上挂着一个十字架，我看到他的一个手下先舔了舔自己的手指，然后擦了擦耶稣基督的脚。我心里作呕，暗自朝火堆里吐了口唾沫。

第二天早晨，我向东策马。乌云在夜晚时卷集，晨曦时分，淅淅沥沥的冷雨拂过我的脸庞。罗马人修筑的道路如今已破碎不堪，遍布野草，一直延伸到潮湿阴暗的森林，我沿路骑行越深，心情就越是低落。我在卡里格的前沿堡垒里耳濡目染的每一件事，无不暗示格温特不会为亚瑟而战。格温特年轻的国王莫里格从来都不好争战，他的父亲——图锥克——早就知道不列颠人必须联合起来才能对抗他们共同的敌人，但是图锥克已经禅让了王位，自己到瓦伊河过隐居教士生活去了，他的儿子注定也不是块领兵者的材料。没有了格温特训练有素的军队，德莫尼亚注定在劫难逃，除非那个一丝不挂、光芒闪耀的仙女的确预示诸神即将创造奇迹。抑或阿尔会相信亚瑟的谎言，阿尔会接纳我吗？他会把我当自己的儿子看待吗？在有限的几次碰面中，撒克逊国王的确对我十分友善，但这并不济事，我依然是他的敌人，而且我越是深入那片潮湿的树丛，内心的失落感就越膨胀。我确信亚瑟是让我白白送死，更难以接受的是，他这么做的背后，是带着一种赌徒般背水一战、孤注一掷的心态。

临近中午，树林走到了尽头，我骑行到一片空地，中间流淌着一条清澈的溪流。小路浅涉溪水，在河流与小路的交叉地带立了一根高及人腰的

亚瑟王

十字架，一旁还有一棵枯死的冷杉树，上面挂满供奉之物。我觉得有些奇怪，不知道这棵装饰树木是为了守护道路，还是为了平息水流，或许仅仅只是附近孩童所为。从马背上滑下来后，我终于看清楚在树枝上挂着的竟然是人脊椎上的无数小骨，看来这并非孩子的恶作剧。那到底是什么？我向旁边的土墩吐了口唾沫驱邪，又碰了碰海威贝恩的铁质剑柄，牵着马蹚过浅滩。对面的树林沿着小溪延伸了将近三十步远，我还没走过十五六步，从树荫当中突然闪出一截斧子。看架势似乎是奔我来的，灰色的天光从旋转的斧刃上一闪而过。所幸斧头并没有扔对地方，从我耳边嘶嘶地落到了四步开外。没有人跳出来向我发起挑战，树林里也没有冒出来其他武器。

"我是撒克逊人！"我用撒克逊语喊道。还是没人回应，但是我听到一阵低语，还有枝杈被踩断的声音。"我是撒克逊人！"我又招呼了一遍，心里嘀咕躲在暗处的人可能不是撒克逊人，而是逍遥法外的不列颠人，因为我仍处于无主的荒地，这里鱼龙混杂，不受法律束缚。

我正准备用不列颠语宣称自己无意冒犯的时候，从暗影深处传来了撒克逊语吆喝。"放下你的剑！"某人喝令我。

"你可以走出来亲自取走我的剑。"我回答。

那人顿了顿。"你的名字？"有声音质问。

"德瓦，"我说道，"阿尔之子。"

我以挑衅的口吻说出自己父亲的名字，对面开始不安分起来，我又听到他们在低声议论，过了一会儿，六个人推开荆棘走向空地。所有人都身披撒克逊人钟爱的厚重皮毛权当铠甲，每个人手里都握着一柄长枪。其中一人戴着角盔，显然是头领，正沿着路边向我走来。

"德瓦。"他在离我六七步的地方站定。"德瓦，"他又念了一遍，"名字我倒是听过，可并不是撒克逊人的名字。"

"这的确是我的名字，"我回答，"而我也的确是撒克逊人。"

"阿尔之子？"他怀疑。

"千真万确。"

他略作思索。这是一个高大的男子,一头棕色头发乱糟糟地收在角盔里。他的胡须几乎垂到了腰身,长髭挂到了皮制胸甲的顶端,胸甲上面披了一身皮斗篷。我看出他是个小首领,或许只是守护边境的战士。他用空出来的手捻了捻了自己的长髭,然后让胡须自己松开。"罗斯加尔,阿尔之子,这我知道,"他说,"还有赛宁,也是阿尔的儿子,还是我的朋友。彭达,赛博德以及伊夫,他们都是阿尔的儿子,我都在战场上见过,要说阿尔还有个儿子叫德瓦嘛……"他摇了摇脑袋。

"远在天边近在眼前。"我说道。

他举起自己的长枪,注意到我的马鞍上依然挂着我的盾牌。"德瓦,亚瑟之友,这我倒是听说过。"他控诉道。

"你眼前的也是他,"我说道,"他和阿尔有要事相商。"

"阿尔和不列颠人没有什么好商量的。"话音刚落,他的手下张牙舞爪、号啕叫好。

"可我是撒克逊人。"我反驳。

"那你来此有何贵干?"

"我只能亲口对我父亲说。和你没有干系。"

他转过身,指示手下:"那就别怪我们来硬的了。"

"你叫什么名字?"我质问。

他犹豫片刻,后来还是觉得透露名字也无伤大雅。"切奥尔伍尔夫,"他说道,"埃德贝特之子。"

"那么,切奥尔伍尔夫,"我说道,"如果知道我的行程让人给耽搁了,你觉得我父亲还会反过来奖赏你吗?你期望他赏你什么呢?黄金?还是坟墓?"

我的咄咄逼人虽然不中听,但能起到作用。我不知道阿尔到底想要迎接我还是杀死我,但是切奥尔伍尔夫对他们国王的脾气敬畏有加,于是很

亚瑟王

不乐意地为我让开道路,还派了四名长枪兵护送我一路向失落的土地长驱直入。

就这样,我踏上了整整一代自由的不列颠人都不曾涉足过的土地。这里是敌人领土的心脏地带,我骑了整整两天的马。乍一看,这个王国与不列颠的土地并无二致,撒克逊人从我们手里夺取田地以后,也用和我们一样的方法耕耘播种,不过我注意到他们的草堆不仅堆得比我们高,形状也更方正一些,房子也盖得更结实。罗马人的别墅大多都荒弃了,只有偶尔还能看到还在使用的不列颠人住处。这里根本没有基督教教堂,目之所及连一处神庙也没有,我只看到过一座不列颠偶像,在其底座仍留有供奉物品。这里依然住着些不列颠人,有些甚至还拥有自己的土地,但大多数都沦落成为奴隶或者撒克逊人的妻子。地名几乎全部改头换面,一路护送我的战士甚至叫不出以前不列颠人统治时期的名字。我们经过莱切沃德和斯特福德,然后是洛达沙姆和塞梅雷斯福特,全是奇怪的撒克逊名字,但是十分富饶。这里并不是侵略者成家立业、经营农场的地方,而是移民的定居点。过了塞梅雷斯福特之后,我们向南穿过比德旺与威福德,就在继续骑行的时候,我的同伴骄傲地告诉我,正骑马穿过的是策尔迪克今年夏天刚刚割让给阿尔的田地。他们说,这片田地就是在下一场战争中买通阿尔效力的代价,战争的结果则是能够让撒克逊人一路横穿不列颠,不受阻拦,直至西海。护送我的人都认为他们稳操胜券。他们都听说兰斯洛特的叛乱使得德莫尼亚元气大伤,这场叛乱促成了撒克逊诸王放弃争端,齐心协力想要侵吞整个不列颠南部。阿尔的冬季军营就设在撒克逊人称为图恩里斯亚的地方。此地位于高山之上,四面是地势相对较缓的平原,多黏土和黑水沼泽,从平坦的顶峰可以向南望见宽阔的泰晤士河,向策尔迪克统治下那雾霭环绕的领地瞭望。山上耸立着一座大殿。那是一处用深色橡木建造的宏伟建筑,大殿山墙高悬着阿尔的象征之物:染着鲜血的公牛头骨。黄昏时分,隐约可见孤零零的黑色大殿空空荡荡。在东面林木之外有一座村落，我可以看到那里闪过点点火光。似乎我赶上了图恩里斯亚举行某种集会，火焰指示着人们宿营的地方。

"这里正在举办盛宴。"我的一个同行告诉我。

"为了纪念众神吗？"我问。

"为了策尔迪克准备的。他来和我们国王会谈。"

本来还有渺茫的希望，如今算是彻底没有指望了。如果只有我和阿尔，或许我还有侥幸捡回一条命的可能，但现在半路杀出个策尔迪克，我是真的性命堪忧了。相比阿尔这种时而慷慨大度的性情中人，策尔迪克可是极尽冷酷刻薄。

我碰了碰海威贝恩的剑柄，挂念起夏汶。我向诸神祈祷自己还能与她重逢，然后从疲惫不堪的马背上滑下来，伸手把斗篷拉直，并从马鞍上解下盾牌，就这么准备好"羊入虎口"了。

大厅高耸而荒凉，地板上铺着灯芯草，里面有三百多名战士，熙熙攘攘，大家正大吃大喝。这是三百多个兴高采烈、满腮须髭、面红耳赤的男人，不像我们不列颠人，他们觉得带武器前往主人的宴会厅并没有过错。大厅中央有三处熊熊燃烧的篝火，浓烟弥漫，起初我甚至看不到坐在大厅尽头那张长凳后面的人。没有人注意到我走了进来，因为我一头金发，苍髯如长戟，看起来和一个撒克逊长枪兵没有两样，但当他们领着我走过熊熊烈火时，一个战士看到了我盾牌上的五点白星，逐渐回想起曾经在战场上见识过这个标志，人群的欢笑吵闹声中瞬时爆发出一阵怒吼。过不多时，咆哮声在大厅里蔓延开来，我走向高台，上面摆了一张贵宾桌，大厅里的人在向我高声号叫。呼号的战士放下了他们的酒樽，纷纷用手拍打地板，或是敲击盾牌，高耸的屋檐回响着死亡的节拍。贵宾桌上响起刀锋的撞击声，人群的躁动戛然而止。阿尔站了起来，刚才就是他用剑重重地砸向桌角，十几个人围坐在桌旁，桌上一派玉盘珍馐、觥筹交错。策尔迪克就坐在他身边，兰斯洛特则位列策尔迪克身旁。兰斯洛特并不是那里唯一

亚瑟王

的不列颠人。鲍斯——他的侄子——懒洋洋地站在他身侧，而安赫和罗赫——亚瑟的儿子们——落座在桌子尽头。所有这些人都是我的仇敌，我不由摸了摸海威贝恩的剑柄，祈祷能够死得其所。阿尔正向我注目凝视。我和他的确打过许多照面，但他是否知道我是他的儿子？兰斯洛特一脸惊讶，目瞪口呆地看着我，竟羞愧到连脸都红了，然后他招来一个翻译，跟他简短地谈了几句话，那翻译又把身子倾向策尔迪克，对他耳语了几句。策尔迪克也很了解我，但不论是兰斯洛特的话还是他对仇敌的记忆都没有改变他脸上不可洞悉的表情。那是一张不动声色的脸，胡子剃得干干净净，下巴狭窄，前额高而广。他的嘴唇很薄，稀疏的头发一丝不苟地梳到脑后，打了一个发结，他这张本来难以辨认的脸却因为一双眼睛而叫人印象深刻。那是一双苍白的眼睛，目光中毫无怜悯，是杀人如麻的人才有的眼睛。阿尔似乎惊讶得说不出话来。他比策尔迪克年长很多，实际上他已五十一二了，怎么说都成了一个老人，但威风的气势依旧令人胆寒。他个子很高，胸膛宽广，脸扁平粗糙，褐色鼻子，面颊上满是疤痕，黑色胡须十分浓密。他穿着一件漂亮的猩红长袍，脖子上戴着厚重的金色项圈，手腕上佩挂着许多金器，但是任何华丽的饰物都无法掩饰阿尔最本源也最凌厉的战士本性，他简直堪称撒克逊战士中的大熊星座。他的右手丢了两根手指，也不知道是在多久以前的战斗中被砍下来的，我敢说，为了复仇，他一定不惜掀起一场血雨腥风。现在他终于开口了。"你居然敢到这儿来？"

"为了觐见您，国王陛下。"回答过后，我单膝跪地。我先向阿尔鞠躬致意，接着对策尔迪克也行了相同礼数，唯独没有理会兰斯洛特。对我来说，兰斯洛特什么也不是，他只是策尔迪克手中的傀儡国王，一个自诩不凡的不列颠叛徒，那张黝黑的脸庞写满了我的嫌恶。

策尔迪克用长刀刺了一块肉，送到了嘴边，犹豫不决。"我们绝不接受亚瑟的使者，"他漫不经心说道，"任何胆敢来此逞口舌之勇的愚夫都只有死路一条。"他把肉放进嘴里，然后转过身去，好像我的存在只是一件可有可无的琐碎小事。他的部下如犬吠般嚷嚷着要处死我。

阿尔又一次用剑敲桌，止住了大厅的喧闹。"你从亚瑟那儿来的吗？"他在试探我。

我觉得诸神会原谅我这次不诚实。"我来向您问好，国王陛下，"我说，"看在艾尔塞的面子上，艾尔塞之子想要尽他的孝道，请容许他欣喜地告诉您，他是您的儿子。"

这些话对策尔迪克毫无意义。兰斯洛特听了翻译，再次迫切地与翻译耳语了几句，那人又转向策尔迪克传达了一番。我毫不怀疑是他鼓动着策尔迪克说出了如下几句话："他必须被处死，"策尔迪克得理不饶人。他语气异常平静，好像处死我只是一件微不足道的小事。"别忘了我们达成的约定。"他提醒阿尔。

"我们的约定是不接受敌人的使节。"阿尔依旧盯着我。

"他不是使节又是什么？"策尔迪克终于按捺不住了。

"他是我的儿子，"阿尔简单回答完，又喘了一口粗气，那声音在拥挤的大厅里久久回响不散，"他是我的儿子。"

阿尔又反问道："难道不是？"

"我的确是您的儿子，国王陛下。"

"你的儿子多的是，"策尔迪克不以为意，随手指了指阿尔左手边的那几个蓄胡子的男人。这些人——看来是我的同父异母兄弟——都在满眼疑惑地望着我。"可他是来给亚瑟传信的！"

策尔迪克并不罢休。"这条狗，"他用刀指着我，"总是在为亚瑟奔走效力。"

"你当真是来给亚瑟传信的？"阿尔问道。

"我的心意就像儿子向父亲致以问候那样简单，"我又撒了谎，"除此之外别无其他。"

亚瑟王

"他在撒谎！"策尔迪克直截了当地反驳，他的支持者全都咆哮着表示赞同。

"在我自己的大殿之下，"阿尔说道，"我是绝不会杀死自己的儿子的。"

"那不如让我代劳？"策尔迪克尖酸地问道，"要是我们这儿来了个不列颠人，那就必须处死他。"他向大厅里所有人说道。"这是我们约定好了的！"策尔迪克坚持己见，他的部下吼叫着表示同意，并且用长枪杆子敲打盾牌。"这家伙，"策尔迪克手一甩，指着我说道，"是个为亚瑟战斗的撒克逊人！他是害虫，你们知道该怎么收拾害虫！"

战士们叫嚣着要陷我于死地，他们的猎犬也在火上浇油地号叫不停。兰斯洛特看着我，脸上毫无表情，安赫和罗赫迫切想要卸下我的佩剑。罗赫对我有一种特别的切肤之恨，当初就是我按着他的手臂，让他的父亲砍掉了他的右手。

阿尔一直等到骚动渐渐平息。"在我的大厅里，"他特意在"我的"二字上加重语气，有意识地告诉人们这里他说了算，而不是策尔迪克，"战士都是手握利剑力战而死。这里有谁愿意用自己的剑杀死德瓦的？"他向大厅四处张望，刺激着人群向我发起挑战，但是没有人敢站出来，阿尔低头看了看另一位国王。"我不会打破约定，策尔迪克。我们的长枪将一同指向敌人，不管我的儿子说什么，他都无法阻止我们凯旋。"

策尔迪克从牙齿上摘下一块肉。"他的脑袋，"他指着我说道，"用来祭旗恰到好处。我要他死。"

"那你就去杀了他吧。"阿尔轻蔑地说。他们或许是盟友，但彼此之间毫无情义可言。阿尔打心眼里看不起策尔迪克这种暴发户，而策尔迪克则认为老国王不够冷血。

阿尔出言挑衅，策尔迪克皮笑肉不笑。"不必我亲自去，"他平静地说道，"就让我的勇士来取他的性命吧。"

他目光扫向大厅，找到了中意的人，伸出一根指头指了过去。"里奥法！这儿来了只害虫。消灭它！"

战士再次欢呼起来。只要有人打架，他们就立刻聒噪起来，丝毫不需要怀疑的是，在今晚酒水喝光之前，肯定还会上演好几场致命的斗殴，更何况决斗双方是国王的勇士以及国王的儿子，这般生死之战绝对比任何醉汉打闹要精彩得多，娱乐性也远超大厅边缘袖手旁观的两位竖琴演奏者。我转过身去看自己的对手，满心期望他已经喝了个半醉，不费多少力气就能成为海威贝恩的板上之肉，但是从人群中走上前来的那个人根本不是我预想中的样子。我本以为会是个大个子，个头至少与阿尔不相上下，却不想这名勇士是个身体柔韧的瘦子。他的脸上透着沉着冷静，带了些精明狡黠，最出人意料的是，竟然连一道疤痕都没有。他不慌不忙地瞥了我一眼，然后任由斗篷从身上滑落，从皮革剑鞘中拔出一把薄刃长剑。他戴着一条普通的银项圈，这是他仅有的首饰，衣服透着大多数勇士所不具备的华丽。这一切都说明了他是一个经验丰富、信心十足的家伙，而没有疤痕的脸只可能说明，要么他运气出奇的好，要么他具备非同寻常的技能。当他来到贵宾桌前的开阔空间向众位国王鞠躬时，他的神态清醒得让人害怕。

阿尔看上去有些不太高兴。"和我谈话的代价，"他告诉我，"就是在里奥法面前先保住你的小命。你也可以现在走，安然无恙地回家去。"战士都在嘲笑第二条建议。

"我选择和您谈话，国王陛下。"我说。

阿尔点了点头，坐了下来。他脸上依旧不太高兴，我猜作为剑士，里奥法的名声只能以"令人闻风丧胆"来形容。他必须有一技之长，否则不可能成为策尔迪克的勇士，而里奥法的脸告诉我，他的剑术恐怕不仅仅只是有一技之长这么简单。

不过，我也算名声在外，鲍斯似乎对此特别在意，所以他焦急地对兰

亚瑟王

斯洛特耳语了几句。兰斯洛特一等他说完，马上召来翻译，让他带话给策尔迪克。策尔迪克听完，阴沉地向我看了一眼。

"阿尔，"他问道，"我们怎么知道，你的儿子没有佩戴梅林注魔的法物？"

撒克逊人害怕梅林，他们听完这话立马愤怒地咆哮起来。阿尔皱起眉头。"你有吗，德瓦？"

"没有，国王陛下。"

策尔迪克不相信。"这些人认得出梅林的法术。"他毫不妥协，招呼着兰斯洛特和鲍斯，然后对翻译说了几句，后者又将命令转述给鲍斯。鲍斯耸耸肩，站起身，绕着桌子走下高台。他犹豫着向我靠近，但我还是张开双臂，表示我无意伤害他。鲍斯检查了我的手腕，或许是在寻找草环或是护身符什么的，然后解开了我皮革短衣的束带。"当心点儿，德瓦。"他用不列颠语向我面授机宜，我出乎意料地发现鲍斯根本没有把我当做仇敌看待。他之所以苦心劝兰斯洛特和策尔迪克要搜我的身，其实是想提前警告我几句。"他的速度极快，好比黄鼠狼猎食，"他继续说道，"他会用双手战斗。当他假装脚底打滑的时候，千万要留心。"他看到一个小巧的金质胸针，那是夏汶送给我的礼物。"这东西有没有注入魔力？"他问我。

"没有。"

"还是交给我来保管吧。"他边说边取下胸针，然后向大厅展示，战士们在愤怒地嘶吼，以为我戴了某种护身符想蒙骗过关。"把你的盾牌也给我。"鲍斯说道，因为里奥法没有带盾牌。

我从左臂解开圈环，卸下盾牌交给了鲍斯。他把它靠在高台上放好，然后把夏汶的胸针放在了盾牌的上沿。他看了我一眼，好让我知道他把东西都放在了哪里，我点了点头。

策尔迪克的勇士在浓烟缭绕的空气中用剑比画了几下。"我曾在一场战斗中杀死了四十八人，"他的语气平和得近乎无聊，"至于死在我脚下的剑下鬼魂更是不计其数。"他停下来摸了摸自己的脸。"在所有的战斗中，"他说道，"我都不曾留下一道伤疤。如果你想死个痛快，现在缴械投降还来得及。"

"倒不如你把剑交给我，"我告诉他，"省得你叨叨个没完。"

唇枪舌剑的人身攻击本来就是一种例行公事。里奥法对我的建议不屑一顾，转身面向诸位国王。他又鞠了个躬，我也跟着做了一次。我俩相隔十步，各自站在高台和最近的那三处篝火之间，大厅两侧全都挤满了兴奋的人群。我甚至能够听到硬币的叮当响声——人群开始下赌注了。

阿尔向我们点了点头，示意决斗开始。我拔出海威贝恩，举起剑柄，与嘴唇平齐。我亲吻了猪骨挂饰。这两块骨头才是我真正的护身符，魔力要比胸针大得多，它们曾是梅林的法术杰作。虽然起不到任何魔法保护作用，但我还是第二次亲吻了剑柄，然后抬头看着里奥法。

我们的剑沉重而笨拙，在战斗中并不占据优势，所以逐渐演变成一种必须使足了劲才能挥动的铁棒。在剑术决斗里，技巧有是有，但并没有什么微妙之处。这份技巧不外乎欺骗，比如声东击西，不过大多数剑术决斗并不是靠这种技巧来取胜的，蛮力往往能起到一锤定音的效果，当一个人力量逐渐耗尽，渐渐招架不住的时候，胜利者的利剑最终将捣毁最后一道防线，杀死对手。

但是里奥法的决斗方式却另辟蹊径。说句老实话，不论在此之前或在此之后，我都没有碰到过像里奥法这样的对手。他靠近我的时候，我就感觉到了这份与众不同，因为他的剑刃虽然和海威贝恩一样长，但是却更加轻薄。为了速度，他牺牲了重量，我意识到这个男人会像鲍斯警告我的那样快速——简直快如闪电。我刚反应过来，他就率先发动了攻击，但他并不是用剑刃横扫，而是整个人随着剑刃一同冲刺过来，试图用剑尖扎中我的右臂。

我赶紧挪步闪开。这一切好似电光石火，在我试图回想战斗经过时，

亚瑟王

居然记不确切他每一次的动作和反击了。我只能瞧见他眼神闪烁，眼看着他的剑走一路，笔直向我刺了过来，而我刚好能够挪转脚步，躲过他的攻击。他的冲刺速度让我吃惊，但我假装不动声色，并没有格挡招架，而是运用步伐躲闪，在估计他要失去平衡时，才使出足以将公牛大卸八块的力气，挥动海威贝恩奋起反击。

他向后跳了一步，根本没有失去平衡，在他张开双臂的瞬间，我的反击不痛不痒地从他腹部六英寸以外拂掠而过。他在等着我再次挥剑，但我没有顺遂他的心意。人群向我们报以呐喊，他们渴望看到鲜血淋漓，但我没空听他们的叫喊。我的目光紧紧锁定在里奥法平静如水的灰色双眼上。他用右手拿起剑，向前挥舞，碰触到我的剑刃，接着从我身前扫掠过来。

我轻松地招架住，接着像白昼顺应黑夜一般自然而然地抵住他的剑身回摆。两支剑铿锵一响，但我心下察觉，里奥法的击打并没有使出全力。或许他和我是棋逢对手、将遇良才，但他向前突刺、接连出招的动作更像是在试探我。我一面防御，一面感觉他一次更比一次用劲，等我以为他要动真格的时候，他却突然打住，任由悬在半空的剑自由垂落，又用左手抓住剑柄，直冲我脑袋劈下来。他的动作如同毒蛇出击般神速迅猛。

海威贝恩挡住了他的劈砍。我也不知道是怎么做到的。我刚刚从侧面招架过一次，本来脑袋上方已经暴露给了敌人，可就在距离死神半步之遥的时候，我的剑却出现在应该出现的地方，他那柄重量稍逊的剑滑向海威贝恩的剑柄，我想瞅准机会，化疲于招架为反戈一击，无奈力量不足，被他向后一跃，轻易躲过了。我继续向前，每当他刚以剑劈打完毕，我就反劈回敬，只不过我每次都动用了全身的力量，力争每次打击都足以刺破他的五脏六腑，以进击速度和力量逼得他别无选择，唯有不停退却。但他仍能像我一样，一路轻松地招架我的还击，只是没有明显的交锋抵抗。他让我一直挥剑，自己却并没有使用格挡，而是运用步伐，不断后退来保护自己。他接连让我打空，消耗我的力量，可完全伤不到他一根毫毛。我最后用力劈砍了一次，在半路停下剑势，手腕一转，以海威贝恩刺向他的腹部。

他不慌不忙地跟着剑锋一转，化解了我的突袭，在回避的同时反手举剑一挑。我同样快速地回避，两个人都没有击中目标，而是撞在了一起，胸口碰胸口，我甚至能呼吸到他的鼻息，里头透着一股淡淡的麦芽酒味，但看他样子又丝毫没有醉意。他先是愣了一下，礼貌地用手臂举起剑，诧异地看了我一眼，仿佛示意我们先分开，再继续决斗。我点了点头，于是两个人都向后退了一步，将各自兵器拖在身侧，人群兴奋地议论纷纷。他们心里都清楚，这场竞技势均力敌，十分罕见。里奥法在他们中间很有名气，我也敢说我的名字他们并不陌生，但我心里清楚，自己这次恐怕真的要敌不过了。如果我也有所谓的击剑技术，那顶多是战士的技能。我知道如何破解盾墙，也知道如何用长枪和盾牌战斗，用剑和盾牌战斗也没问题，但是策尔迪克的勇士里奥法只知道一种技能——仅凭一把剑与人一对一决斗。所以他是致命的。

我们往回退了六七步，然后里奥法向前一跳，步伐轻盈好似舞者，以迅雷不及掩耳之势劈斩而来。海威贝恩笨重地承受住了这次劈斩，我看到他退缩了一下，结结实实抵挡了一番又退了回去。我比他预想的要快，又或许是他比平常要慢，酒喝得再少也能减缓人的速度。有些男人偏偏喜欢在喝醉的时候决斗，但是笑到最后的往往都是神志清醒的人。我在心里琢磨他退缩的动作。

他从来没有受过伤，但我刚才的攻势显然让他有所犹豫。在我向他劈斩的时候，他却跳了回去，正是这次跳跃让我停下来略作思考。他为什么退缩？接着我想到了他防御的薄弱之处，我猜想他是不敢白刃相接，因为他的剑太轻了，如果我能用尽全力击中他的剑，剑身恐怕轻易就会折断。于是我又劈了一剑，这次我一边不停地劈砍，一边张口大吼，迈着流星大步向他紧逼不舍。我轮番用天空、火焰和海浪诅咒他。我嘲讽他是个娘们

亚瑟王

儿，我要朝他的坟墓以及他母亲草草下葬的坟头吐唾沫，他始终一言不发，只是用剑迎击，不动声色地不断后撤，苍白的双眼盯着我不放。

他几乎蹉跌。似乎是右脚在奔跑的过程中不慎失足，腿一个趔趄。只见他往后一仰，急欲伸出左手稳住身子，我见状嘶吼着让他纳命来，手中高高举起了海威贝恩。

但我只是从他身旁走开，甚至都没有完成致命一击的意思。

因为鲍斯刚刚还警告过我，要我小心他看似失足滑倒的动作，而我也一直在等待这一时刻。说实话，能够亲眼看到这一幕真是不可思议，我差一点就让他给耍了，因为我可以发誓，他这看似滑倒的动作简直以假乱真，和意外摔倒几乎别无二致，但是里奥法不仅剑术了得，身手也格外矫健，旁人看来显而易见的滑倒突然演变成为了动作复杂的柔韧技巧，他的剑刃突然横扫一片，如果不是我料敌机先，恐怕双脚早已被他砍中，我甚至能听到细长的剑刃嗖嗖作响，离地仅有几英寸的距离。这一击本来可以命中我的脚踝，彻底让我残废，只是万幸，我并没有在错误的时间出现在错误的地点。

我后退了一步，平静地注视着他。他可怜巴巴地抬起头来看着我。"站起来，里奥法。"我的声音很平稳，好让他明白我所有的愤怒都是事先装出来的。

我想他当时真以为我会发起致命一击。他眼睛眨巴了一两下，我猜他已经使出最阴险的看家本领了，然而一招都没有奏效，使得他自信大挫。但他的剑术依然在那里，只见他猛地迅速向前，连续用眼花缭乱的短劈、快步弓刺和横扫突袭逼得我连连后退。我没有用剑招架他的横扫，其他招数则尽力迎击，一边见招拆招，一边试图打乱他的节奏，但还是有一招没有躲过。我的左前臂中了一剑，尽管皮袖已折损了利剑的威力，不过决斗一个多月以后我这处擦伤依旧没好。人群倒吸了一口凉气。他们目不转睛地观看这场争斗，终于等到了第一滴血。里奥法将剑刃向后一收，想让它穿过皮革扎进我的骨头里，但我及时甩开胳膊，挥舞海威贝恩又把他赶了回去。

他在等我继续反击，但现在轮到我耍花招了。我故意没往他那边去，而是喘着粗气垂下了剑。我甩甩头，想从前额撩去被汗水沁透的头发。篝火旁边很热。里奥法小心翼翼地看着我。他看出来我已经上气不接下气，也看到我剑身在颤抖，但是他杀死四十八个人的本事可不是靠莽撞冒险得来的。他一面向我快速劈斩，一面试探我的反应。这是一次不得不招架的短扫，只是不会像斧头劈头盖脸那样致命。我故意延后招架，让里奥法的剑打在我的上臂，海威贝恩则同他剑身最厚的部位发出咔哒的声响。我发出一声咕哝，佯装反击，随后在他轻巧地侧身闪开时收回了剑刃。

我又在引诱他主动出招。他弓步上前，我把他的剑打到一边，只是这一次，我没有趁势反击。人群霎时安静下来，他们似乎已经感应到这场战斗即将落下帷幕。里奥法再次尝试了一次弓步突刺，我又招架了一回。他喜欢用弓步突刺，因为这样不会伤及他宝贵的剑刃，但我知道，如果我一直这么抵挡他的快速突刺，那么最终他一定会得手并且击倒我。他试了两下，我笨手笨脚地抵挡住了第一次攻势，退后躲过了第二次，然后用左手的袖子擦向双眼，像是汗水扎得我眼睛疼要拭去汗水。

这时，他破天荒地大吼着挥舞利剑，动用自己全身的力量，将剑举过头顶，向我的脖子劈下来。我轻而易举地挡住了他的重击，但是在用海威贝恩的剑刃安全地卸下他的劈砍时，我不禁踌躇了数步，稍稍垂下剑身，眼看着他中了圈套，正如我意料中一样。

他用尽全身力量反向挥舞剑锋。动作又快又熟络，但我早已熟悉他的速度，早就准备好了用同样的速度举起海威贝恩回击。我双手握住剑柄，使出全部气力向上猛劈，目标却并不是里奥法，而是他的剑。

两把剑就这么直接撞在了一起。

只是这一次没有任何响声，取而代之的是一次碎裂。

亚瑟王

里奥法的剑被劈断了。剑身折损的三分之二全部掉落在地，手里所剩无几。他瞬间大惊失色，可马上又试图以残剑再次发动攻击，但我用海威贝恩迅速劈斩两次，迫使他不得不回撤。他这才发现我其实一点也不累，同时也意识到胜负已分——他已经是死人一个了。但他仍试图用折断的武器来抵御我的海威贝恩，不过就连这最后的兵器也让我打闪开去，我乘胜向他刺去。

就在剑刃即将触及咽喉的时候，我停了下来。"国王陛下？"我呼唤道，依然紧紧注视着里奥法的眼睛。大厅里一片死寂。撒克逊人亲眼看着自己的第一勇士败下阵来，个个瞠目结舌，全都哑巴了。"国王陛下！"我又喊了一遍。

"德瓦大人？"阿尔回答。

"您吩咐我同策尔迪克国王的勇士决斗，可您并没吩咐我杀死他。我向您请求饶他一命。"

阿尔怔了一下。"他的命归你了，德瓦。"

"你认输吗？"我问里奥法。他并没有马上回答。他的骄傲仍在负隅顽抗，觊觎胜利，但就在他犹豫的时候，我用海威贝恩的剑尖从他的喉咙指向他的右脸颊。"嗯？"我催促他。

"我认输。"他说完扔下了武器。

我手一挥，控制力道，用海威贝恩往他脸上划了一道，不过并没有伤及他的面颊骨。"留道伤疤给你作纪念，里奥法，"我说道，"你好好记住了，你曾经和阿尔之子德瓦·卡丹大人决斗过，但是你输了。"他的脸流血不止。人群爆发出欢呼声。人真是一个奇怪的物种，上一秒还是叫嚣着要看你流血的怪物，下一秒却因为我赦免他们第一勇士的举动而满堂喝彩。我取回了夏汶的胸针，捡起自己的盾牌，抬头望向我的生父。"我向您带来艾尔塞的问候，国王陛下。"我说道。

"我心领了，欢迎你的到来，德瓦大人，"阿尔说道，"欢迎。"

他指了指左手边的位置,刚才他的一个儿子让出了座位,我就这样加入亚瑟仇敌的贵宾桌旁,与他们一同享用盛宴。

吃饱喝足以后,阿尔领我来到他在高台之后的房间。这地方很大,梁木高耸,中间一团烈火,三角墙下有一张毛皮大床。他关上房门,门外有卫兵把守,他招呼我坐在墙边的柜头上,自己则走向房间远端,扯开裤头,往地上尿壶里行方便。"里奥法速度真快。"他边尿边说。

"的确很快。"

"我还以为他会击败你。"

"可他不够快,"我说道,"或许是因为他喝了酒。该往里头吐唾沫了。"

"往哪里吐唾沫?"我生父问我。

"您的尿里。这么做辟邪。"

"我的神才不管什么尿和唾沫呢,德瓦。"他有些打趣地回答。他邀请了两个儿子进到屋里,罗斯加尔和赛宁,这两人都在好奇地打量着我。"那么,亚瑟究竟派你来传什么信的?"阿尔想知道。

"为什么提他?"

"不然你也不会来。你以为你老子是傻瓜吗,孩子?亚瑟到底想要什么?不,先别急,让我猜猜看。"他系着绒裤裤线,坐在一把罗马式扶手椅上,那也是房间里唯一的座椅,黑木质地,虽然嵌有象牙,但大多都从底座剥离了。"如果我答应明年出兵进攻策尔迪克,"阿尔问道,"他就承诺让我永保领地,对吧?"

"是的,国王陛下。"

"恕我拒绝,"他不胜愤懑,"哪里轮得到别人把原本就是我的领地再承诺给我的!这算哪门子承诺?"

"还有永世和平,国王陛下。"我回答。

阿尔笑了。"每当有人做什么山盟海誓的时候,他们都是在玩弄是非。

亚瑟王

这世上没有什么是永恒不变的，孩子，没有。告诉亚瑟，来年我的长枪将与策尔迪克共进退。"他哈哈大笑，"你在浪费我的时间，德瓦，不过能够在这里见到你，我还是挺高兴的。明天我们再聊一聊艾尔塞。晚上要不要个女人陪你？"

"不用，国王陛下。"

"你的公主不会知道的。"他诱惑我。

"不用了，国王陛下。"

"就这样还自称我的儿子！"他抚掌大笑，他的儿子们也跟着大笑不止。他们俩个子都很高，虽然头发比我黑一些，但多少有些像我，我猜想他们之所以被带到这里，就是为了把刚才阿尔断然回绝的样子告诉给其他撒克逊首领。"你就睡在我门外吧。"阿尔说完，又招呼着自己的儿子们离开房间。

"没有人会伤害你的。"他等着罗斯加尔和赛宁走出房门，伸手让我稍作留步。"明天，"我的生父低声说，"等策尔迪克带着兰斯洛特回去以后，他肯定疑心我为什么留你一命，不过不用担心我。等明天我们再好好聊聊，德瓦，好好聊一聊亚瑟。或许他得不到想要的答复，但没准还在他的忍受范围之内。现在去睡吧，我的床伴要来了。"

我睡在高台和自己生父的房门之间。晚上，一个女孩从我身边溜到阿尔的床上，而在大厅里，战士们还在高歌、打架、饮酒，折腾了许久才纷纷入睡，到了黎明时分最后一个人才开始鼾声连连。恰在这时，我听到了图恩里斯亚山上传来小公鸡的报晓声，我没了睡意，握住海威贝恩，捡起自己的斗篷和盾牌，蹑步跨过篝火余烬，来到了寒冷的大厅外面。这里高地浓雾笼罩，地势向下一直蔓延到辽阔的泰晤士河入海口。我远离大厅，走到山崖，凝视着泰晤士河上方漫天的白雾。

"我的国王，"身后传来一个声音，"命令我，如果发现你独自一人，就杀掉你。"

我转身看到鲍斯，兰斯洛特的侄子，也是他的第一勇士。"我欠你一声道谢。"我说道。

"因为警告你里奥法的惯用伎俩吗？"鲍斯耸耸肩，仿佛那只是区区小事，"他很快，难道不是吗？又快又致命。"鲍斯走到我身边，咬了一口苹果，可能是嫌弃果肉烂熟，他又把苹果给扔掉了。作为一名战士，他的体格要魁梧得多，身上伤痕累累，蓄着黑胡子。不知道他曾经多少次手持长枪立起盾墙与敌奋战，也不知道曾经看到过多少战友被砍倒在地。他打了个嗝儿。

"我不介意为自己的叔叔争取德莫尼亚的王位，"他说，"但我绝不愿意为撒克逊人而战。我也不愿意看到你的脑袋被砍下来逗策尔迪克开心。"

"但是明年，大人，"我说道，"你就将为策尔迪克战斗了。"

"是吗？"他反问，仿佛话里有话。"我不知道明年该怎么办，德瓦。或许我会乘帆远航至里昂尼斯？人们说那儿的女人美貌倾城。她们银发如洗，身体如金，而且一个长舌妇都没有，这点最重要。"他哈哈大笑，接着从口袋里又掏出个苹果，用袖子擦了擦。"我现在的国王陛下，"他指的是兰斯洛特，"他会同策尔迪克一同战斗，但他能有什么选择呢？亚瑟不欢迎他。"

我意会到他的弦外之音。"我的国王陛下亚瑟，"我小心翼翼说道，"和你并没有嫌隙。"

"我们的确没有，"鲍斯嚼着苹果说道，"也许我们还有机会再见面，德瓦大人。真遗憾，今天早上我不能来找你了。如果我杀掉了你，我的国王陛下定会重重赏赐。"他咧嘴一笑，径自走开了。

两个小时后，我看着鲍斯同策尔迪克一起离开，向山下走去，浩渺薄雾在红叶树丛中弥漫。有上百人跟着策尔迪克，大多数还带着宿醉，阿尔派来护送贵客临别的众人也是醉意微醺。我骑马跟在阿尔后面，他自己牵着马与策尔迪克和兰斯洛特步行。他们后面是两个执旗兵，一人握着阿尔

亚瑟王

那面沾满鲜血的牛头大旗，另一人则高举策尔迪克染红的灰狼头骨，上面还挂着死人的剥皮。兰斯洛特对我视而不见。早些时候，我们曾经在大厅不期而遇，他却只当我是透明人，我也没有向他打招呼。他的手下杀死了我的小女儿，虽然我已经将凶手正法，但还是忍不住想用兰斯洛特的鲜血来祭奠戴安的灵魂，只是在阿尔的大厅里显然不允许我放肆。此刻，在这俯瞰泰晤士河泥泞河岸的杂草滩，我只能眼睁睁看着兰斯洛特和他少数几个随从向策尔迪克的船只缓缓走去。

只有安赫和罗赫敢来找我的茬。这对双胞胎年纪虽轻，脾气却很大，不仅憎恨自己的父亲，还对他们的母亲嗤之以鼻。他们自诩贵胄，但亚瑟却剥夺了他们的头衔，拒绝授予他们荣耀的地位，于是他们对亚瑟的恨意从此不可收拾。他们总认为自己的王室地位、领土封地和荣誉头衔都是被人骗走了，并把一切厄运都怪罪于亚瑟，只要有人胆敢挑战亚瑟，他们总会跳出来与其狼狈为奸。罗赫的右臂的断肢包裹在银器里，末端接了一对熊爪。罗赫首先转身向我看了过来。"明年我们会再见的。"他告诉我。

我知道他是在怂恿我，要跟我决斗，但我就是不为所动。"走着瞧吧。"

他举起包裹在银器里的断肢，提醒我回想起当初我按住他的臂膀，让他的父亲用埃克斯卡利伯砍下他右手的故事。"你欠我一只手，德瓦。"

我什么也没说。安赫走过来站在他兄弟旁边。他们两人都遗传了亚瑟的面庞，骨骼粗犷，下巴狭长，但是内里的灵魂已经腐朽，因此并没有展现出亚瑟的那份巍峨的力量感。他们两人狡黠无比地站在一起，形同豺狼。

"你没听见吗？"罗赫质问。

"知足吧，"我告诉他，"你还剩了一只手能用。至于我欠你的，罗赫，我会用海威贝恩补偿给你的。"

他们在犹豫，因为他们不确定策尔迪克的卫兵会不会准许他们拔剑出鞘，最后只能朝我吐了口唾沫出气，这才转过身，往策尔迪克停在海滩的两艘船悻悻走去。

位于图恩里斯亚山脚下的这处海滩是一块不毛之地，半是陆地，半是海洋，河流入海口交汇成一片萧索无趣的土地，浅滩沙洲，滩头泥泞，浅溪密布。海鸥在呼喊，策尔迪克的长枪兵冲向黏稠的前滩，涉水走入阴凉的小溪，用力拖动大桨船的舷缘。我看到兰斯洛特抬起斗篷的下摆，小心翼翼地从散发着恶心气味的泥巴里择路前行。罗赫和安赫跟在他后面，等来到船前，他们转过身，用手指对我一通乱指，仿佛在诅咒我。船已经挂好了风帆，但由于风力不足，两艘船首高高昂起的大桨船只能借由策尔迪克长枪兵挥动长桨的动力，缓缓顺着小溪驶入大海。船头的狼首饰物刚刚对准开阔的海域，由战士组成的桨手便开始放声高歌，跟随节奏的律划动船桨。"铆足干劲为你母亲划呀，"他们吟唱着，"铆足干劲为你姑娘划呀！铆足干劲为你情人划呀，铆足干劲别叫她们失望呀！"他们每每唱到"铆足干劲"的时候，总是大声一吼，齐心协力划动长长的船桨，两艘船渐渐加速，薄雾在他们恐怖的狼首风帆上缭绕不散。"铆足干劲为你母亲划呀，"他们又唱了起来，只是这一次声音在水汽中变得模糊了些，"铆足干劲为你姑娘划呀！"风帆上的狼首也看不清了，直到最后两艘船都消失在白雾之中。"铆足干劲为你情人划呀，铆足干劲别叫她们失望呀！"这声号子仿佛生于无形，空灵激荡，后又跟随船桨溅水的声音一同消弭。阿尔的两个手下扶着他们的主子骑上马。"你睡过了吗？"他一边在马鞍上正襟危坐，一边问我。

"睡过了，国王陛下。"

"我还有事要忙，"他言之寥寥，"现在跟我来。"他踢了踢后跟，让马沿着河岸转过身，河水波光粼粼，反噬着退潮的海水。这天早晨，为了表达对客人的敬意，阿尔特意打扮成国王战士的形象。他的铁盔镶着金边，上面插有黑色羽毛，皮制胸甲和长靴全是印染的黑色，双肩垂下一件长长的黑熊皮斗篷，连他的马都相形见绌。他手下十几人骑着马跟着我们，其

亚瑟王

中一人手执牛首大旗。阿尔和我一样,都在蹒跚着骑行。"我就知道亚瑟会派你来的,"他见我没有答话,便转身对我继续说,"那么你找到你母亲了吗?"

"找到了,国王陛下。"

"她怎么样?"

"老了,"我实话实说,"老了,胖了,臃肿了,也病了。"

听到这个消息,他一声叹息。"想当初她们都是倾国倾城的美人,生了孩子就变得又老又胖,健康状况每况愈下。"他略作停顿,若有所思。"可我从来没想过,有朝一日艾尔塞也会变成这样。她十分美丽,"他满怀留恋,然后咧嘴一笑,"不过感谢上帝,年轻漂亮的姑娘总是源源不绝的,对吧?"他哈哈大笑,又瞥了我一眼。"你第一次说出你母亲的名字时,我就知道你是我儿子了。"他顿了顿,"我的长子。"

"您的私生长子。"我说。

"那又怎么样?血浓于水,德瓦。"

"我很荣幸继承您的血脉,国王陛下。"

"你本应如此,孩子,不过享此殊荣的可不止你一个。我从不吝惜自己的精血。"他咯咯笑道,然后赶着自己的马上了泥滩,鞭策那畜生爬上潮湿的山坡,那儿横七竖八地停了一支船队。"瞧瞧看,德瓦!"我的生父骑着马用手指向船只,"瞧瞧!现在是没用了,可它们几乎全是这个夏天漂洋过海来的,每一艘船都满载着人员。"他踢了踢鞋跟,我们就这样缓缓骑马经过了乌泱泱的闲置船队。

泥滩上大概停了八九十艘船。全部都是首尾俱足的大船,只是现在都腐朽了。船板发霉,船底淹水,木质结构上遍布腐朽的黑点。一些船肯定闲置了一年以上,只剩下一副黑乎乎的骨架。"每条船可载六十人,德瓦,"阿尔说道,"至少六十人,每一次涨潮又带来更多的人。现在海上风暴肆虐,他们来不了,但是大家正紧锣密鼓地造船,来年春天就能过来。

不仅这里如此，德瓦，整个海岸遍挂我们的白帆！"

他手臂一挥，比画着要将整个不列颠东岸揽入怀中。"一艘接一艘，纷至沓来！每一艘船都满载人马，他们渴望在此建立家园，渴望能够分得土地。"他最后一句话说得尤其重，然后又不等我做出回应，策马掉头。"过来！"他喊道，我只能跟随他跨入水光潋滟的小溪，登上砾石滩，接着穿过荆棘丛，朝着他的王厅，向山丘攀登。

阿尔在山肩勒住马，等我跟上来，然后我们并肩骑行，他默默地指向一片鞍状土地。那儿有支军队。我数不清人数，只看见人头攒动，而且我知道这些人仅是阿尔大军的一部分而已。撒克逊战士比肩接踵，当看到自己的国王正于天际线方向傲立并检阅他们时，人群爆发出震耳欲聋的喝彩，同时开始用长枪击打盾牌，使得整片黑色天空都充斥着可怕的金属轰鸣声。阿尔抬起自己伤痕累累的右手，所有声音才渐渐消失。"你看到了吗，德瓦？"他问我。

"我看到了你想让我看到的东西，国王陛下。"我闪烁其词，心里十分清楚他为什么要带我见识废弃的船只以及全副武装的军队。

"我现在十分强盛，"阿尔说道，"亚瑟却孱弱可欺。他还能召集五百人马吗？恐怕不行吧。波伊斯的长枪兵或许会助他一臂之力，但这足够吗？不见得吧。光是训练有素的长枪兵我就有一千，德瓦，此外还有两倍于此的附属军队，这些人不惜为了一寸土地而挥动斧头大杀四方。策尔迪克的人马更多，他对土地的渴求更甚于我。我们都需要土地，德瓦，我们都需要土地，亚瑟有土地，而亚瑟很孱弱。"

"格温特有一千长枪兵，"我说道，"如果您入侵德莫尼亚，格温特一定会策马驰援的。"但我自己也不确定，不过为了完成亚瑟的使命，自吹自擂也没有什么坏处。"格温特、德莫尼亚和波伊斯，"我说道，"都将参战，到时候还有其他人团结在亚瑟的旗帜之下。黑盾战士会加入我们一方，格温内德和艾尔蒙特也会派来长枪兵，就连雷吉德和洛锡安也不会作

亚瑟王

壁上观。"

阿尔对我的吹嘘只是报以一笑。"看来你还没吸取教训,德瓦,"他说道,"过来吧。"他再次策马前行,继续爬山,不过这次他朝向右边的树林。他在林边下马,示意鼍从就地等待,然后领着我走上一条潮湿的小路,来到一处伫立着两座小木屋的空地。这是两个稻草为顶的茅舍,充当墙壁的是未修边的树干。"看到了吗?"他指着最近一所茅舍的三角墙。

我吐了口唾沫驱邪,因为三角墙上高耸着一个十字架。在异教徒占多数的洛依格,眼前一幕还真是我最意想不到的景象——居然是一座基督教堂。第二所茅舍略微比教堂矮一点,显然是传教士生活起居的地方,牧师从低矮的房门爬出来迎接我们的到来。此人剃度削发,身披传道士的黑色长袍,褐色的胡子胡乱搅扰在一起。他认出来阿尔,深深鞠了一躬。"基督赐福,国王陛下!"这人的撒克逊语带了很重的口音。

"你从哪里来的?"我用不列颠语问他。

身在异乡却听到有人说家乡话,他感到十分惊诧。"从戈本尼姆来的,大人。"他告诉我。传道士的妻子是个邋遢的女人,眼神里透着幽怨,也从茅舍钻出来站到她男人身边。

"你们在这里干什么?"我问他。

"圣主耶稣基督敞开了阿尔的双眼,大人,"他说道,"并邀请我们来到这里为人们讲述耶稣的胜迹。我和我的兄弟高菲迪同为传教士,一起来到这里为撒克逊人宣扬福音。"

我看了看阿尔,他的笑容有些诡异。"从格温特来的传教士?"我问。

"真是些没有脊梁的动物,难道不是?"阿尔示意传道士带着他的老婆回到茅屋里。"但他们却自以为能够让我们摒弃索尔和萨克斯诺特[①],转而信仰基督,我倒不介意睁一只眼闭一只眼。姑且如此。"

---

① 撒克逊部落庇护神,钢铁之神、战神。

"因为，"我缓缓说道，"莫里格向您承诺，只要您允许他的传教士来到您的人民中间，他就愿意与您化干戈为玉帛。"

阿尔大笑。"他是个傻瓜，那个莫里格。比起自己领土的安全，他更在乎我领民的灵魂，区区两个教士不过是我们攻取德莫尼亚时，换取格温特一千军队按兵不动的砝码罢了。"他伸手揽住我的双肩，带着我回到了下马的地方。"你看到了吧，德瓦？格温特不会参战，只要他们的国王自以为能够趁此机会在我的人民之间传教的话，他们就不会参战。"

"那么传教顺利吗？"我问。

他轻蔑地哼了一声。"在几个奴隶和女人中间传得不错，只是信众不多，难以为继。这事有我亲自盯着。我亲眼目睹过宗教信仰在德莫尼亚造成的浩劫，所以我决不允许类似事件在此上演。既然旧的诸神对我们慷慨有加，德瓦，那么我们有什么理由迎接新的神呢？不列颠人的麻烦一半就源于这里——他们已经失去了诸神的信仰。"

"梅林并没有。"我说道。

阿尔怔住了。他从树影中转过身，我可以从他脸上看到疑虑。他总是那么害怕梅林。"我听说了。"他有些踌躇地说道。

"不列颠的宝藏。"我说道。

"它们到底是什么玩意儿？"他质问道。

"什么也不是，国王陛下，"我尽可能诚恳地说道，"就一堆破铜烂铁而已。只有两件价值连城，一把剑，还有一口锅。"

"你见过它们？"他凶狠地问道。

"见过。"

"它们有什么能耐？"

我耸耸肩。"没人知道。亚瑟觉得一点用处都没有，但是梅林却认为它们能够召唤诸神，如果他的魔法使用得当，那么旧的不列颠诸神将对他唯命是从。"

亚瑟王

"那他会引导众神的矛头指向我们？"

"是的，国王陛下。"我有所保留，没有把很快就要举行法事的消息告诉我的生父。阿尔眉头紧锁。"我们也有自己的神。"他说道。

"那么召唤他们吧，国王陛下。让诸神与诸神交战吧。"

"神可不是傻瓜，孩子！"他咆哮道，"既然可以指使人来代劳，那诸神又何必自己大动干戈？"

他又开始步行。"我老了，"他告诉我，"我这一生从未见识过诸神。我们信仰他们，但他们真的在乎我们吗？"他面目焦虑。"你相信这些宝藏的神力吗？"

"我相信梅林的法力，国王陛下。"

"难不成诸神会行走世间？"他略作思忖，摇了摇头。"如果你们的神当真降临，我们的神又岂能袖手旁观？就连你，德瓦，"他语带讽刺地说道，"到时候也难敌索尔的战锤。"他引我出了树林，可他的扈从和我们的马都不见了。"我们走走，"阿尔说道，"让我来告诉你有关德莫尼亚的一切。"

"我对德莫尼亚的事情一清二楚，国王陛下。"

"那么你应该知道，德瓦，德莫尼亚的国王是个傻瓜，实际统治者却又不想称王，就连……那个词叫什么来着？你称呼他的头衔？凯撒？"

"皇帝。"我回答。

"皇帝。"他重复，故意戏谑地模仿发音。他领着我走在一条树林边的小道，目之所及一个人也没有。在我们左手边，地势陡然向下，一直延伸到雾霭朦胧的入海口，而我们的北边是深邃且潮湿的树林。"你们的基督教徒造反作乱，"阿尔总结陈词，"你们的国王是个跛腿傻子，而你们的领袖拒绝从一个傻子手里夺走王位。兰斯洛特想要僭越，差点儿还得了手，不过很快就有一个比兰斯洛特更优秀的候选人竞逐王位。"他顿了顿，依然皱着眉头。"真想不通，格温薇儿为什么要对他叉开双腿？"他问。

"因为亚瑟不愿称王。"我阴郁地说道。

"那他就是一个傻瓜。除非他接受我的提议，不然明年他就要以傻瓜的身份入土为安了。"

"什么提议，国王陛下？"我在一棵火红的山毛榉下停住脚步。他也跟着驻足，用手搭在我的肩膀上。"叫亚瑟把王位让给你，德瓦。"

我目瞪口呆地看着父亲。一开始我还以为他在说笑，但他的表情却严肃得不能再严肃。"我？"我吃惊不小。

"就是你，"阿尔说道，"然后你发誓向我效忠。我会向你索要土地，不过你可以告诉亚瑟，让他把王位让给你，这样你就能统治德莫尼亚了。我的人民会在这片土地定居务农，你来治理他们，不过是以附庸于我的藩属王名号。我们可以建立联盟，你和我。父与子。你来统治德莫尼亚，我来管领盎英格兰。"

"盎英格兰？"我还是第一次听见这个地名。

他从我肩上收回双手，指着一片沃野。"就是这里！虽然你管我们叫撒克逊人，但实际上你和我都是在英格兰出生的撒克逊后裔。只有策尔迪克才是撒克逊人，他和你我都不一样，我们的国家叫盎英格兰。这里就是盎英格兰！"他自豪地说道，眼睛望向湿气笼罩的山顶。

"那策尔迪克呢？"我问他。

"你和我一起杀掉策尔迪克。"他毫不避嫌地说完，又拉起我的手肘，迈步向前。只是现在，他领我来到一条林间小径，有野猪拱着鼻子在落叶中寻觅坚果。"把我的建议告诉给亚瑟，"阿尔说，"告诉他，如果他愿意，他也可以自己取而代之，但不论你们谁君临天下，务必要以我的名义继承大统。"

"我会告诉他的，国王陛下。"我知道亚瑟肯定会对这个提议嗤之以鼻。我想阿尔肯定也知道这一点，但他对策尔迪克的仇恨驱使他提出了这个建议。恐怕他也知道，即使和策尔迪克真的占领了整个英国南部，未来也难免会爆发另一场战争——决定不列颠共主，也就是撒克逊人中"至高

亚瑟王

王"的归属。"假设，"我说道，"亚瑟和您来年一起进攻策尔迪克呢？"

阿尔摇了摇头。"策尔迪克在我的首领当中广施钱粮，只要他承诺他们可以在德莫尼亚分一杯羹的话，他们就不愿与他为敌。但如果亚瑟把德莫尼亚拱手让给你，你再转交给我，他们也就不稀罕策尔迪克的金银财宝了。你把这话也告诉给亚瑟。"

"我会告诉他的，国王陛下。"我又说了一遍，但我心里还是清楚，亚瑟绝不会同意这个提议，因为这意味着违背对乌瑟的誓言，违背他承诺要让莫德雷德继承王位的誓言，要知道，这个誓言一直贯穿着亚瑟人生的始终。事实上，我确信亚瑟根本不会违背誓言，不管我对阿尔说了什么，我怀疑自己根本不会把他的建议告知亚瑟。阿尔把我带到一片空旷地带，我看到了我的马，还有骑着马的长枪兵扈从。空地中央有一块粗犷巨石，与成年男子一般高，虽然它并不像德莫尼亚古老神庙前棱角磨平的砂岩，也不像我们的国王踩在脚底、接受我们欢呼喝彩的平坦圆石，但这块石头平淡无奇的外表下潜藏着一种神圣感，它孤零零地耸立于草丛之中，只有旁边有一个撒克逊人自制的某种圣物——一块剥去树皮、刻有粗糙面庞的树干插在土里。阿尔领我到那块巨石前停了下来，在佩剑的腰带上摸索着口袋。他取出一个小小的皮包，解开线绳，掏出什么东西放在手掌上。他把那东西拿给我看，我才看清原来是一枚金戒指，上头镶嵌着一小块玛瑙。

"我本来打算亲手交给你母亲的，"他告诉我，"但乌瑟抢在我之前掳走了她，从此以后这东西我一直留在身边。现在交给你吧。"

我接过戒指。这东西工艺很简单，像是乡下人做的。观品相应该不是出自罗马人之手，因为缺少一种宝石镶嵌的奢华感，也不是撒克逊人的手艺，因为撒克逊人讲究的是珠圆玉润、分量十足。恐怕这枚戒指原本属于某个不列颠人，后来不幸落入撒克逊人手中。方正的绿色玛瑙甚至都没有镶嵌端正，但总的说来，这枚小戒指还是别具一格。"我没有机会亲手送给你母亲，"阿尔说道，"不过听你说她臃肿了，恐怕她现在也戴不进了，那就把它送给你那波伊斯的公主吧。我听说她是个不错的女子？"

"是的，国王陛下。"

"那就给她吧，"阿尔说道，"然后告诉她，如果我们两国交战，只要是戴着这个戒指的女人，我会赦免她，也会赦免她的家人。"

"谢谢您，国王陛下。"我把戒指收进口袋。

"我还有最后一件礼物要送给你，"他边说边搭着我的肩膀领我向那块巨石走去。我面露窘色，因为自己两手空空，什么见面礼也没有带，事实上因为我太担心这次来洛依格的旅程，根本没想过礼尚往来之事，不过还好，阿尔一笑置之，不以为意。他在巨石旁边站定。"这块石头曾经属于不列颠人，"他告诉我，"对他们来说十分神圣。这儿有一个洞，看到了吗？过来这边，孩子，仔细看。"

我走到巨石旁边，看到巨石心口真的有一个黑色的大洞。

"有一次我和一个年迈的不列颠奴隶聊过，"阿尔说道，"他告诉我只要朝这个洞轻声低语，地底下的死人就能听到你说的话。"

"但您不信？"我听出他声音里的将信将疑。

"我们相信，凭这个洞，我们可以同索尔、沃登①和萨克斯诺特对话，"阿尔说道，"至于你嘛，或许你能够用它和死人通灵，德瓦。"他微笑。"我们会再见面的，孩子。"

"希望如此，国王陛下。"我想起来母亲奇怪的预言，她说阿尔会被自己的儿子杀死，我总是想把这个预言当成疯女人的痴人呓语，但是诸神总是选择这样的女人充当自己的喉舌，我无话可说。阿尔突然抱住我，把我的脑袋按在他厚实的皮毛披肩上。"你母亲还有多少时日？"他问我。

"恐怕不多了，国王陛下。"

"埋葬好她，"他说道，"让她双脚向北，这是我们的习俗。"他最后拥

---

① 战神之父。

亚瑟王

抱了我一下。"你会平安回家的，"他说完退了一步，"过去和死人说说话吧，"他喘着粗气说道，"你必须绕着石头走三圈，然后面朝石洞跪下来。代我吻一下我的孙女。"他微微一笑，他居然对我如此了解。我吃惊不已，他看上去心满意足，然后转过身走远了。

在一旁等候的扈从看着我绕着石头走了三圈，随后我面向石洞跪下双膝。我突然间想大声啜泣，轻声呼唤女儿名字的时候，声音竟然哽咽颤抖。"戴安？"我向石头的中心地带轻语，"我亲爱的戴安？好好等着我们，我亲爱的宝贝，我们会来找你的。戴安。"我死去的女儿，我可爱的戴安，早已被兰斯洛特的人杀死了。我告诉她，我们爱着她，并且献上了阿尔代为问候的一吻。紧接着，我前额贴上冰冷的石头，想象着她一个人在彼世形单影只的样子。梅林，真的，他曾经告诉我们，在亡者的世界里，孩子们都会在安努恩①的苹果树下欢快地玩耍，但当我想象她突然间听到我声音的情形时，还是忍不住抽泣流泪。她有没有抬头看？她会不会像我一样哭泣？

我骑马走了。花了三天时间才到敦卡里克，然后把那个小金戒指交给了夏汶。她总是对精致的小物件情有独钟，而这枚戒指比起其他华而不实的罗马珠宝更配她。她把戒指戴在右手小拇指上，唯独这里才能戴进去。"不过我倒不觉得它能救我的性命。"她伤感地说道。

"为什么？"

她莞尔一笑，细细欣赏这枚戒指。"撒克逊人难道会停下来检查一枚戒指吗？先奸淫，后抢劫，天底下当兵的不都是这个德行？"

"如果撒克逊人打了过来，此地不可多留，"我说道，"你必须回波伊斯。"

她摇摇头。"我要留下来。不能一有灾祸就跑去哥哥那儿。"

我没有继续争论下去，而是派遣信使去往杜诺维瑞阿和卡丹城堡，通

---

① 安努恩（Annwn）即凯尔特神话中的冥界彼世。——译者注

知亚瑟我回来了。四天过后亚瑟亲临敦卡里克，我把阿尔拒绝的消息告诉了他。亚瑟耸耸肩，好像他本来也没奢求什么似的。"试一试总没错。"他举重若轻。我并没有告诉阿尔那个牵涉到我的提议，如果亚瑟心情不好，他也许会以为我经受不住诱惑自己先应承了下来，然后再也不信任我了。我也没有把兰斯洛特在图恩里斯亚的消息告诉给他，因为亚瑟对这个名字恨之入骨，我可不想自讨无趣。不过我还是一五一十地把格温特传教士的见闻告诉了他，亚瑟的脸瞬间阴沉下来。"我想该亲自会一会莫里格了。"他一脸阴郁地看着托尔山出神，随后又转向我。"你知道吗？"他像是在谴责我，"埃克斯卡利伯也是不列颠宝藏中的一分子。"

"知道，大人。"我点头承认。梅林老早以前就告诉过我，但他要我保守秘密，以免亚瑟一怒之下毁掉宝剑来证明自己不信鬼神。

"梅林要我把剑还回去。"亚瑟说道。他早就料想到会有这么一天，在梅林将这把充满无尽魔力的宝剑交予年轻的亚瑟时，亚瑟就已经知道了。

"您会把它还回去吗？"我急切地问道。

他面露苦相。"就算我不还，德瓦，难道梅林会停止那些乱七八糟的无用功吗？"

"是不是无用功尚无定论，大人。"我想起了那个浑身发光的裸体女孩，心里嘀咕那就是奇迹的先兆。

亚瑟连同剑鞘一起，将宝剑卸下皮带。"你把这个带给他，德瓦，"他不情愿地说道，"你亲自交给他。"他把宝剑推到了我的手上。"但是告诉梅林，事情完了以后我想取回它。"

"遵命，大人。"我许下承诺。如果诸神并未于萨温节之夜降临，那么至少还有理由挥舞着埃克斯卡利伯斩杀撒克逊人的军队。

萨温节之夜近在眼前，在这个亡灵返乡的夜晚，梅林将尝试召集诸神。

第二天，我就带着埃克斯卡利伯一路向南踏上征程。

麦敦位于杜诺维瑞阿以南，是一座巍巍大山，想必曾经一定是全不列颠最蔚为壮观的堡垒。它有一个宽阔的、圆拱形的山顶，向东西延伸，古人依傍山势，建起了三堵巨墙，陡峭的高墙之内是草场。没有人知道它是什么时候建造的，甚至连古人如何建造也不得而知，有些人甚至断言是诸神自己搭建了堡垒，因为对人工来说，三堵巨墙实在太高，沟堑也太深了。只是说来讽刺，不论墙有多高，沟有多深，还是阻挡不了罗马人占领堡垒、屠戮卫戍之兵，从那以后，麦敦便空空如也，只有高原东面还有一座罗马人建起来供奉密特拉的小石庙。夏天的时候，古老的堡垒是一处可爱的地方，绵羊在高耸的壁垒旁吃草，蝴蝶在草地、百里香和兰花之间翩翩飞舞，但是到了深秋，夜幕更早降临，雨水从西面的德莫尼亚扫掠过境，光秃秃的山顶又变成了一处寒冷刺骨、狂风呼啸的地方。往山顶的主路一直通往迷宫般的西门，我带着埃克斯卡利伯要给梅林，一路泥泞不堪。一大群民众跟着我一同跋涉，有些人背着大捆大捆的木柴，还有些人搬运着装水的皮囊，另外一些人则牵引着牛群，这些牛要么拖动着大树干，要么拉着雪橇，上面堆满了修剪过的树枝。牛的侧背血流涔涔，奋力地负重拖动，向陡峭曲折的小路攀爬，我抬头向最外围的草场望去，小路尽头是一伙长枪兵站岗守卫的地方。这些枪兵证实了我在杜诺维瑞阿听到的消息：梅林已经将麦敦全境封锁，只让前来做工的人进出。

大门由两名长枪兵守卫。他们都是爱尔兰的黑盾战士，从伊仑之子欧依戈斯手下招来的雇佣兵，为了让废弃的堡垒准备停当，迎接诸神降临，真不知道梅林到底破费了多少。士兵一眼看出来我并非来麦敦做工的民众，于是从山坡上走下来问候我。"大人，您来此有何贵干？"其中一人很尊敬地问我。我并没有披挂盔甲，不过海威贝恩和它的剑鞘足以证明我是一个有身份的人。

"我找梅林有事。"我说。

黑盾战士并没有让出路来。"这儿人来人往的，大人，"他说道，"每个人都说找梅林有事。可梅林大人真的认识他们吗？"

"告诉他，"我说道，"就说德瓦大人带给了他最后一份宝藏。"我郑重其事地回答他，可黑盾战士依旧不为所动。年轻一点的带口信走了，剩下一个年长的和我聊天。和大多数欧依戈斯的长枪兵一样，他也是个不令人讨厌的家伙。这些黑盾战士从德米缇亚来，那儿是欧依戈斯在不列颠的西海岸建立的王国，虽然他们是入侵者，但是欧依戈斯的爱尔兰长枪兵并不像撒克逊人一样讨人厌。爱尔兰人的确和我们交手过，他们偷我们的东西，把我们的人民变卖为奴隶，抢夺我们的土地，但他们的语言和我们非常相似，他们的诸神就是我们的诸神，只要没有刀兵相见，他们可以非常自如地融入我们不列颠人之列。有些人，就比如欧依戈斯自己，说他是爱尔兰人，倒更像是不列颠人，因为他的家乡爱尔兰——那个总是自吹自擂地标榜从未被罗马人入侵过的地方，却屈服在罗马人的宗教权威之下。爱尔兰人皈依了基督教，而那些"海外领主"——像欧依戈斯这样在不列颠攻城略地的国王，依旧秉持着最初的信仰。明年春天，即便梅林的仪式没能召集诸神救我们于水火，黑盾战士也会加入不列颠的阵营，共同抵抗撒克逊人，这是不容置疑的。

年轻的高文王子从山顶下来迎接我。他骑马沿路而下，身着白灰色的战袍，只是这份光彩亮丽的形象在他伸脚踩在泥巴路上的那一刹那荡然无存，因为他一个不小心溜出了好几码，最后摔了个屁股蹲。"德瓦大人！"他一边爬起来，一边向我问好，"德瓦大人！快来，快来！欢迎你！"他笑容灿烂，看着我走近。"这世间难道还有比这更让人兴奋的事情吗？"他问道。

"我还不知道什么事呢，王子殿下。"

亚瑟王

"一次胜利!"他兴奋地高呼,小心翼翼地走在泥巴路上,以免再跌倒,"一个伟大的工程!让我们一同祈祷这一切努力不要白费。"

"全不列颠都在保佑,"我说道,"除了基督徒。"

"还有三天时间,德瓦大人,"他向我保证,"不列颠就不会再有基督徒了,因为到时候,大家就能亲眼看到真正的神了。只要,"他急切地补充道,"不下雨。"他抬头看着阴云,几乎就要流出眼泪。

"下雨?"我问道。

"或许是乌云让我们看不到众神。下雨或乌云,两者之一。梅林已经没了耐心,他没有说什么,但我觉得下雨就是敌人,乌云或许也是。"他停顿了一下,仍然可怜兮兮的。"又或者祸不单行,两个都赶上了。我问了妮慕,但她不太喜欢我,"他听起来很悲哀,"所以我不太确定,但我也在祈求诸神,让天空恢复晴朗。后来,天气一直多云,乌云很密很密,我忍不住怀疑是基督徒在求雨。您带埃克斯卡利伯来了没有?"

我解开将剑和剑鞘一同包裹起来的布,握住剑柄向他递了过去。刚开始他还不敢碰,后来又兴致勃勃地伸出手来,从剑鞘扯出宝剑。他满怀敬意地凝望剑刃,然后用手指轻轻地抚摸剑身雕镂的螺纹和龙形图案。"彼世铸剑,"他用一种充满惊奇的声音说道,"戈万南亲手锻造的!"

"更像是在爱尔兰锻造出来的。"我不以为然,高文性格天真稚嫩,有时虔诚到容易上当,这点让我忍不住浇他冷水。

"不,大人,"他认真地和我理论,"这是彼世的产物。"他把埃克斯卡利伯放回到我手里。"来吧,大人。"他刚想催我,又让泥巴给滑了一跤,手舞足蹈地想要站起来。他的白色盔甲放远了看格外引人注目,如今却变得脏兮兮的。白石灰沾上了泥巴,颜色暗淡了许多,不过他自带一种无法抗拒的自信模样,所以就算是出丑,样子也还不至于滑稽。他修长的金色头发扎成一个松散的辫子,一直垂到腰背。我们顺着芳草萋萋的小道沿路向上,我问高文当初是怎么认识梅林的。

"噢，我从小就认识梅林啦！"王子欢快地回答，"他很早就来到我父亲的王廷，说来也不算太早，不过我还是个孩童的时候，他就经常过来。他是我的老师。"

"你的老师？"我吃惊地反问，梅林总是行踪诡秘，从来没有跟我说过高文的事情。

"不是教我读书识字，"高文说道，"女人负责教我这些。不，梅林教我的是如何应对自己的命运。"他有些羞涩地笑了笑。"他教导我洁身自好。"

"洁身自好！"我好奇地瞥了他一眼，"你没睡过女人？"

"一个都没有，大人，"他天真地承认，"是梅林一直让我这样的。至少现在不行，但将来肯定可以。"他声音越来越弱，脸红了。

"也难怪，"我说道，"所以你在祈祷天气赶快晴朗。"

"不是的，大人，不是这样的！"高文反驳，"我祈祷天气晴朗，这样诸神才能降临！等到众神来临，他们还会带上银月之轮奥伦。"他的脸又红了。

"银月之轮奥伦？"

"您见过她了，大人，在林第尼斯。"他英俊的面庞几乎变得缥缈，"步履轻如峦风，玉肤照耀黑夜，所到之处花开草盛。"

"她就是你的天命所在？"一想起那个皮肤闪闪发光、体态婀娜的精灵即将嫁给年轻懵懂的高文，我就不得不强忍住艳羡之情。

"等到任务结束，我就能娶她为妻了，"他热忱地说，"别看我现在的任务只是守卫宝藏，可三天以后，我就要迎接众神，指引他们荡平进犯之敌。我将化身成为不列颠的解放者。"这番惊天地泣鬼神的豪言壮语从他嘴里说出来却云淡风轻，仿佛一件再普通不过的任务。我什么也没有说，只是跟着他越过麦敦外墙和内墙之间的壕沟，看到里面满是用树枝和稻草搭建的临时棚屋。"还有两天时间，"高文注意到我的视线，"我们就把这些屋子拆了当柴火烧。"

亚瑟王

"当柴火烧?"

"很快就见分晓,大人。您很快就都明白了。"

虽然一开始在我抵达山顶的时候,眼前一切都让我无所适从,麦敦的山顶原本长满青草,如果在战争时期,整个部落连同其所有家畜都可以将此作为庇护之所,但是现在山坡西侧全部点缀着干木制成的篱笆,星罗棋布,排列十分复杂。

"在那儿!"高文自豪地用手指向篱笆,就好像那是他一个人的杰作。老百姓扛着柴火,让人指使着在离我们最近的一个篱笆旁卸下重担,接着又蹒跚着前去收集更多木材。我细细一看,原来运来的柴火都是用来堆起来做篝火的。这堆篝火比人还要高,一直绵延好几英里,高文一直领我到堡垒最深处,这才让我看到了篱笆的全貌。

这些篱笆架子占据了整个高原的西半边,在它们的中央区域高高地摆着五堆柴火,摆出了一个直径大约六七十步的圆形空地。这片宽阔的地带又被一圈呈漩涡形的圆形篱笆团团围住,一共绕了三个整圈,如果算上中央空地,整块地方半径有一百五十步。漩涡形区域之外是一圈草地,草地外围又环绕着由六个双螺旋图案组成的大圆环,每个双螺旋图案首尾相继,一前一后勾勒出两个小圆圈,因此整个大圆环一共有十二处可供摆放篝火的小圆圈。螺旋图案彼此首尾相接,如果点上火,它们足以让整片区域火光通明,形同白昼。"一共十二个小圈,"我问高文,"哪里够放十三样宝藏?"

"圣锅,大人,将摆放在正中央。"他满怀敬畏地说道。这是一桩了不起的工程。篱笆很高,比一个成年男子的个头还要高,上面全部涂满了燃料;我很确信,山顶上的柴火加起来足够让杜诺维瑞阿度过九个或者十个冬天。堡垒西侧的双螺旋图案仍在赶工之中,我可以看到人们劲头十足地卸下木头,他们要的可不是转瞬即逝的火焰,而是熊熊大火。在堆积的柴火里面还放着整块整块的树干。我暗自设想,等到真正派上用场,火光足以遮天蔽日，好似末日来临。但转念一想，这不正是梅林的目的吗？火焰滔天，正是世界末日，如果梅林不出差错，那么不列颠的众神必将从天界降临高地。法力稍逊的众神将在大圆环的小圆圈内齐聚，而贝利将亲自来到麦敦熊熊燃烧的烈焰中心，圣锅将在那里迎候它的真正主人。伟大的贝利——诸神之神，不列颠的主宰——将在狂风呼啸之时驾临人间，一时间天上星宿激荡，好似秋风扫落叶。而在梅林用五束篝火标记的中心地带，贝利将重返不列颠之岛。这让我瞬间感觉体肤发冷。直到此时此刻，我才能像管中窥豹一般体会到梅林的宏伟梦想，这瞬间让我五体拜服。还有三天，也只有三天，诸神就将在此地云集。

"我们有四百多人在此工作。"高文认真地告诉我。

"我信。"

"我们用贞洁之绳标记圆形。"他继续说道。

"用什么？"

"一种绳子，大人，以守贞之人的头发一根一根绑起来的，只有一缕宽。妮慕站在中央，我用脚丈量周长，然后梅林大人用鹰石标记我的步子。每个图案都必须严丝合缝、完美无瑕。我们花了整整一个星期的时间，因为绳子总是不停断裂，每断一次我们就得重头再来。"

"只怕这绳子还不够'贞洁'。"我取笑他。

"哦，不是这样的，大人，"高文一脸正经地向我保证，"我还用了我自己的头发呢。"

"到了萨温节之夜，"我说，"你们点完火以后就干等着？"

"大火要连续烧六个钟头，大人，必须一直烧下去，到了第六个钟头，我们就得启动仪式。"到那以后，黑夜变白昼，火光冲天，诸神将拍扑翅膀，搅开滚滚浓烟从天而降。

高文一直沿着堡垒的北墙为我带路，然后指向圆环东面的密特拉小神庙。"您可以在那儿候着，大人，"他说，"我去接梅林。"

亚瑟王

"他在很远的地方吗?"我问,梅林有可能蛰居在高原东面的某一个临时住处。

"我也拿不准他究竟在哪儿,"高文坦白,"但我知道他是去找安驳尔了,所以我大概知道他的位置。"

"安驳尔?"我问。这名字我只在神话故事里听过,据说是一匹神奇骏马,永远不知疲倦,尤其善于日行千里,水陆双栖。

"我会骑着安驳尔与诸神并驾齐驱,"高文不无自豪地说,"并且高举我的旗帜冲向敌人。"他指向小庙,有一面大旗不大稳当地靠在低瓦屋顶上。

"不列颠的旗帜。"高文补充道,他领我下山,来到小庙前,展开了那面旗帜。旗面由一大块白色亚麻布制成,上面绣了一头象征德莫尼亚的红龙。张牙舞爪,尾巴摇曳,口吐火焰。"其实是德莫尼亚的旗帜,"高文坦白,"但我想,不列颠诸王不会介意的,对吧?"

"只要你能把撒克逊人赶到海里去。"我说道。

"这是我的使命,大人,"高文非常严肃地说道,"当然,还要仰仗众神的帮助,且不能少了这个。"他指了指我胳膊下夹着的埃克斯卡利伯。

"埃克斯卡利伯!"我意外不已,因为我难以想象,除了亚瑟之外还会有其他人挥动这把魔剑。

"还有什么呢?"高文问我,"我要举着埃克斯卡利伯,身骑安驳尔,痛击敌人,将他们赶出不列颠。"他开心地笑起来,然后指向神庙旁的长椅。"希望您不介意稍候片刻,大人,我这就去找梅林。"

神庙有六名黑盾战士把守,不过他们看到我是和高文一起来的,也就没有阻拦我弓着腰步入神庙低矮的门楣。我之所以进来并不是出于好奇,密特拉是我一直信仰的主神。他是战士之神,是我们秘密信仰的神灵。当初罗马人将这份崇拜带到了不列颠,即便罗马人早已离去,密特拉依旧是战士的宠儿。这座庙十分小巧,里面只有两个房间,房间里没有设立窗户，以此仿照密特拉出生的山洞。靠近门外的房间装满了木头箱子还有柳条筐，我估计里面就是不列颠宝藏，但我并没有掀开盖子一探究竟。我爬过内门，来到一间黑乎乎的神殿，看到那里闪耀着金银之色的圣锅。透过圣锅，两扇矮门掩映着灰色光亮，顺着光亮望进去，正好可以看到密特拉的神坛。梅林和妮慕都喜欢拿密特拉开玩笑，这次不知道是谁，居然在神坛上放了一个猪獾的头骨，想要分散神的注意力。我把头骨拍到一边，在圣锅旁跪倒，口念祈祷。我祈求密特拉能够助诸神一臂之力，祈祷他也能降临麦敦，并且借助他的卓绝力量屠戮敌人。我用埃克斯卡利伯的剑柄碰了碰他的石像，不知道这地方有多久没有供奉公牛了。我想象着罗马士兵强迫公牛跪倒在地，后面的人用力推公牛的臀部，前面的人费劲地拽着硕大的牛角，硬把它塞进矮门，进入神殿里面，那畜生吓得起身低吼不止，除了藏身暗处、磨刀霍霍的长枪兵，它什么味道也闻不到。在可怖的黑暗中，公牛被挑断腿筋。它哀号连连，腿一软瘫倒在地，依然负隅顽抗，恶狠狠地向供神者舞动牛角，但终是寡不敌众，渐渐地流光了血液，缓缓死去，顷刻间，神庙里混杂着牛粪和牛血的恶臭。之后战士们将以密特拉的名义生饮公牛的鲜血，尊崇他的指示。我听说基督徒也有类似的仪式，但他们坚信任何仪式都不应献祭生灵，不过异教徒不信这一套，因为众神赋予了我们生命，我们则用死亡来抵偿我们亏欠众神的债。

我依然跪在黑暗中，如同一个战士，来到这座属于密特拉却又被遗忘的庙宇里。就在我诚心祈祷的时候，我闻到了在林第尼斯似曾相识的海咸味，当时银月之轮奥伦挺着苗条的身体，步履轻盈、神态悠然地走过林第尼斯的长廊，我的鼻子就闻到了这混杂着海草和盐巴的味道。恍惚间，我以为是神仙显灵，或者是银月之轮奥伦亲临麦敦，但是周围什么动静也没有；既没有奇异景象，也没有发出光泽的裸露皮肤，只有海盐的味道，还有微风拂过神庙的柔音。

我转过身，出了内门来到外室，大海的味道变得更加浓烈了。我打开

亚瑟王

箱盖，抬起柳条筐上的麻袋，发现其中两个筐子里装满了盐，此刻因为空气潮湿的缘故已凝结成块，我以为自己找到了气味的来源，但大海的气息并非源于盐块，而是来自另一个柳条筐，这个柳条筐外面包裹着一层湿漉漉的墨角藻。我摸了一下墨角藻，舔了舔手指，又尝了尝咸水。柳条筐旁边还放了一个大陶罐，我打开盖子，发现里面装满了海水，大概是用来保持墨角藻的湿润，我伸手往墨角藻的篮子里打探，离表面不深的地方装满了一层贝壳，两片瓣状壳，形状狭长，十分漂亮，像是某种贻贝，只是体形更大些，颜色呈灰白色而不是黑色。我抓起一个，放在鼻子前嗅了嗅，心想大概只是梅林喜欢吃的某种稀罕食材罢了。那贝壳似乎感受到了我的触摸，突然外壳张开，朝我手上吐了一溃水。我把它放回篮子，又把墨角藻盖了上去。

我刚想往外门转身出去，不经意间注意到自己的手。我盯着它愣了很久，还以为是双眼欺骗了自己，但是门外透着微光，我不能确定，所以我又穿过内门，来到圣锅所在的神坛，这里是密特拉神庙最幽暗的所在，我将右手举到面前。

发现它居然在发亮。

我一动不动地紧盯不放。我实在不想相信眼前的一切，但是我的手确实在发亮。我的手掌闪动着光亮，并不是由内向外散发的——这点不容置疑。我用手指划过刚才被贝壳喷过水的地方，居然能在闪光的表面画出一道黯淡的痕迹。这么说来，银月之轮奥伦并非海的精灵，也不是诸神的信使，而只是一个寻常的女孩，身上涂满了贝壳的汁水而已。魔力的源泉也并非诸神，而是梅林，我所有的希望仿佛都在这暗无天日的漆黑当中寿终正寝了。

我往斗篷上擦了擦手，接着走回到日光之下，然后在门口边的长凳上坐下来，向堡垒之内张望，一伙小男孩正跌跌撞撞地嬉戏玩耍。我的脑海里又闪现出洛依格之旅的可怕记忆。我多么想将自己交予众神，如今却对这一切充满怀疑。我问自己：就算那女孩是凡夫俗子又有什么关系？就算那看起来不像是凡人所具备的光亮只是梅林的戏法又有什么关系？这些都不会贬损不列颠宝藏的神力，每当我怀疑神器的魔法时，我就在心里呼唤那个浑身赤裸却闪闪发亮的女孩，用她来自欺欺人，但现在，谎言已被戳破，她不再是诸神的先驱，而仅仅只是梅林制造的幻象而已。

"大人？"一个女孩的声音搅乱了我的思绪，"大人？"她又试探了一声，我抬起头，看到一个身材丰满的黑头发年轻女子，她面带紧张的微笑看着我。她穿着一件朴素的长袍，深色的短卷发系着丝带，手牵一个红头发的小男孩。"您不认识我了吗，大人？"她有些失望地问道。

"赛维洛格。"我想起了她的名字。她曾是我们在林第尼斯的一个佣人，后来中了莫德雷德的圈套。我站起身。"别来无恙？"我寒暄道。

"还凑合，大人，"我还记得她的名字，这让她很高兴，"这是小马尔多克。很像他父亲，对吧？"我看了看那个小男孩。他六七岁的年纪，身体结实，脸蛋圆鼓鼓的，发质很硬，和他父亲莫德雷德如出一辙。"不过这孩子很有个性，品性倒没有遗传他父亲，"赛维洛格说道，"他是个听话的小男孩，表现很乖，大人。从来不惹麻烦，真的，是不是这样呀，我的小宝贝？"她弯下腰给了马尔多克一个吻，男孩因为这亲昵举动而受宠若惊，但他还是忍不住咧嘴笑了。"夏汶女士还好吗？"赛维洛格问我。

"她很好。如果知道我们又见面了，她一定会很高兴的。"

"她对我很好，"赛维洛格说道，"我本来想去你们新家看看的，大人，但我遇见了一个人，现在结婚了。"

"是谁呀？"

"梅里克之子埃德菲尔，大人。他现在为兰瓦大人效劳。"

莫德雷德如今被幽禁在金碧辉煌的宫殿之内，兰瓦队长正好负责统一调度看守。"我们还以为当初你离开，"我向赛维洛格坦白，"是因为莫德雷德给了你一笔钱。"

亚瑟王

"他？给我钱？"赛维洛格闻言大笑，"怕是等到繁星从天空坠落那天也等不到呢，大人。我那时候就是个傻瓜。"赛维洛格轻快地向我坦白。"当然了，我当时并不知道莫德雷德的为人，他当时也并非成年人，我想，当初自己也是因为想着他有朝一日能够成为国王而对他青睐有加，但我并不是他第一个女人，对吧？而且我敢说我也不是最后一个。所幸时来运转，我的埃德菲尔是个不折不扣的好人，他并不介意小马尔多克'鸠占鹊巢'。嘿，我亲爱的，"她亲昵地说道，"你就是那只小斑鸠！"她又蹲下来抱起蜷缩在她臂弯里的马尔多克，不停地挠他痒痒，逗得他哈哈大笑。

"那你来这里做什么？"我问她。

"是梅林大人要我们来的，"赛维洛格不无骄傲地回答，"他喜欢小马尔多克，真的。他都快宠坏他了！总是不停喂他吃东西，瞧啊，你都变胖啦，是的，会的，总有一天你会和猪猡一样胖的！"

她又挠他痒痒，男孩笑得前仰后合，挣脱出母亲的怀抱。不过他并没有跑远，在几英尺之外吮吸着大拇指，静静地看着我。

"是梅林要你们来的？"我问。

"他要找个厨师，大人，他是这么说的，不过我得说，我的手艺和一般的女仆没有什么区别，但是他付的报酬相当可观，埃德菲尔硬要我来。倒不是因为梅林大人吃得多，他就喜欢吃那奶酪，真的，但这也没有必要请个厨子，对吧？"

"他吃贝壳吗？"

"他喜欢吃鸟蛤，但我们不经常做。不，大多数时候他还是偏爱奶酪。奶酪和鸡蛋。他和您可不一样，大人，您以前可是无肉不欢，我没记错吧？"

"现在依然如此。"我说道。

"那段日子真是太美好了，"赛维洛格说道，"小马尔多克和您的女儿戴安一样的年纪。我总是想，他俩一定能成为青梅竹马的玩伴。怎么样，她还好吗？"

"她死了，赛维洛格。"我说道。

她脸一沉。"噢，不，大人，您是在说笑吧？"

"兰斯洛特的人害死的。"

她向草地吐了口唾沫。"邪恶的家伙，这帮渣滓。我很遗憾，大人。"

"不过她在彼世很幸福，"我宽慰她，"迟早我们会团聚。"

"是的，大人，是的。那其他人呢？"

"莫温娜和塞伦都还好。"

"那就好，大人。"她微微一笑，"您会一直待到集会开始吗？"

"集会？"我还是第一次听到有人用这个字眼来形容召神仪式。"不，"我说道，"没人要求我。我大概要回杜诺维瑞阿了。"

"一定很壮观。"语罢，她莞尔一笑，连声感谢我陪她说话，然后假装去追那个一边听她呼唤、一边心里偷乐的马尔多克去了。我静坐下来，能够与她重逢，我感到很高兴，但与此同时，我也在纳闷梅林究竟在玩什么把戏。他为什么想要找到赛维洛格？为什么以前从来没有让人准备过三餐的他，如今却要雇一个厨子？堡垒外忽然响起一阵喧哗，玩耍的孩子作鸟兽散。我站起来，看到两个男人正拖着一根绳子，不多时，高文又冲进我的视野。在绳子的末端，我看到一匹魁梧的黑色骏马，这匹马不羁地想要挣脱自由，差点儿就把牵绳的那两个人甩下壁垒。突然马儿惶恐地摆出要冲下陡峭内墙的架势，在他身后的人差一点就要被它拖走，还好那两人眼疾手快，一把抓住缰绳，使出九牛二虎之力勒住了它。高文大叫着让他们小心，半滑半跑地到了那马儿身后。梅林显然对刚才发生的小插曲不为所动，静静地跟在妮慕后面，他目送着马匹被引至东边一个棚屋里面，然后和妮慕一起走向神庙。"噢，德瓦！"他心不在焉地向我打照面，"你怎么阴沉着脸，是牙疼吗？"

"我把埃克斯卡利伯给您带来了。"我生硬地说道。

"我的眼睛还能看到。我可没瞎，你又不是不知道，只是耳朵偶尔不

亚瑟王

灵光,尿泡也不经用了,不过我都一把年纪了,还能有什么指望呢?"他从我手中接过埃克斯卡利伯,从剑鞘里略微抽出几英尺的剑身,然后亲吻了一下。"赖泽赫之剑,"他充满敬畏,脸上带着一种奇怪的狂喜,然后又一下子把剑收入剑鞘,让妮慕拿了过去。"你见过你的生父了吧,"梅林问我,"你觉得他人怎么样?"

"十分不错,大人。"

"德瓦,你这人真怪,总是一副多愁善感的样子。"梅林说完,瞟了一眼妮慕,后者刚从剑鞘中抽出埃克斯卡利伯,正用剑身贴紧自己瘦弱的身子。不知怎的,梅林似乎很讨厌她这么做,于是从她手里夺回剑鞘,又想抢回宝剑。可她不撒手,梅林做了几番尝试,终于作罢。"我听说你留了里奥法一命?"他转过身对我说道,"这是个错误。里奥法是个相当可怕的家伙。"

"你是怎么知道我留他一命的?"

梅林给了我一个责难的脸色。"没准我化身成为阿尔大殿横椽上的一只猫头鹰,德瓦,或许我又变成了地上灯芯草里的老鼠?"他哈哈笑着望向妮慕,终于出其不意地从她手里夺走了宝剑。"千万别折损了宝剑的魔力,"他自言自语,笨手笨脚地把埃克斯卡利伯收回剑鞘,"交出宝剑的时候,亚瑟没有怨言吧?"他问我。

"为什么要有怨言呢,大人?"

"因为亚瑟不信鬼神的态度十分危险,"梅林说完弯下腰,把埃克斯卡利伯傍着神庙门口放了下来,"他以为我们能够摆脱众神,靠自己得来幸福。"

"这么说还真有失公允,"我辛辣地讽刺道,"他还没见过银月之轮奥伦在黑夜中发光呢,真遗憾。"

妮慕向我发出嘘声,示意我赶紧打住。梅林顿了一下,缓缓转过身,从神庙门口直挺挺地走了过来,脸上表情尤其难看。"德瓦,有什么可遗憾的。"他的声音透着危险。

"因为如果他见了她，大人，或许他就会相信众神了。当然啦，前提是他没有发现你那些贝壳。"

"原来如此，"他说道，"你这家伙一直都在找茬，难道不是吗？你一直在用你那臃肿的撒克逊鼻子在不该打探的地方嗅个不停，然后发现了我的海笋。"

"海笋？"

"就是那些贝壳，傻瓜，它们的真名叫做海笋。乡下人都是这么叫的。"

"它们能发光？"我问。

"它们的汁水确实能发出荧光。"梅林得意地承认。我能看出来，因为我多管闲事，他正生着闷气，拼尽浑身解数才勉强压抑住怒火。"普林尼①记载过这个现象，可他用了连篇累牍的介绍，反而让人难以确信。他说的话大多是胡言乱语，这是当然的了。就比如德鲁伊应该在新月的第六天割下槲寄生！我就绝不会这么做！是啊，要割就在第五天割，有时是第七天，至于第六天，想都别想！我记得，他还建议，头痛医头的时候，要记得把女人的胸带缠到伤者的脑袋上，但这法子根本一点用处也没有。怎么不是呢？真正有魔力的是女人的胸脯，才不是胸带呢，所以脑袋受伤，倒不如一头扎进女人的胸脯里。这法子我屡试不爽，我可以向你保证。你读过普林尼吗，德瓦？"

"没有，大人。"

"那就对了，我从没教过你拉丁语。怪我疏忽。嗯，他确实讲到了海笋，人吃了这玩意以后，手和嘴都会发光，我承认我是耍了手段。谁又不

---

① 古罗马博物学家，著有《博物志》，他写作、摘录了上自宇宙、地球，下到植物、动物、人文等资料，汇总为这套达三十七卷之多的百科全书。该书被看作西方百科类图书的起源。

亚瑟王

会呢？我本来也不想深究下去，因为我把大部分时间都浪费在普林尼记述过的其他谣言里，没想到这一次倒是歪打正着。你还记得卡多吗？他现在专门为我捕捉海笋。这东西栖居于礁石之间，不好弄，但我给了卡多丰厚的报酬，他也尽职尽责，勤勉而专业地为我干活。你看上去有些不高兴，德瓦。"

"我原以为，大人，"话刚说出口，我又支支吾吾起来，心想自己又要被嘲笑了。

"噢！你原以为那姑娘是从天上来的吧！"梅林帮我说完了话，不出所料又开始嘲讽我，"你听到了吗？妮慕？我们伟大的战士，德瓦·卡丹，居然相信咱们的小奥伦真的是圣灵！"他说最后几个字的时候，特意拉长了音调，盛气凌人。

"这才像他哩。"妮慕话里带刺。

"我看也是，想想看吧，"梅林退一步讲，"这戏法还不错吧，德瓦？"

"戏法终究是戏法，大人。"我依然难掩失望。

梅林叹了口气。"你真是个奇怪的家伙，德瓦，真是奇怪得不可理喻。耍戏法不代表一点儿魔法都没有，而魔法也不是诸神的专利。你真的是什么都不知道吗？"他最后一个问题问得十分愤怒。

"我只知道我被骗了，大人。"

"被骗了！被骗了！别这么可怜巴巴的。你简直比高文还不上进！一个训练了两天的德鲁伊都能骗倒你！我们的工作可不是为了满足你孩童般的好奇心，而是为了众神的事业，而那些神，德瓦，他们在远离我们。远离我们！他们在消逝，和混沌的黑暗融为一体，堕入安努恩的深渊。我们必须召唤他们，为了召唤他们，我需要人手，为了吸引人手，我就需要带给人们一点点希望。你难道以为光凭我和妮慕就能筑起这些柴火堆吗？我们需要人手！成百上千的人手！这事儿往女孩身上涂海笋的汁液就能办到，可你居然还嚷嚷着自己被骗了。谁在乎你的想法呢？你干吗不一气之下把海笋全吃了呢？或许这样能启发你。"埃克斯卡利伯依然竖立在神庙口，梅林朝剑鞘踢了一脚，"我看高文那个傻瓜把所有的东西都给你看过了？"

"他领我看了那些篝火圈，大人。"

"你想知道它们都是做什么用的，对吧？"

"是的，大人。"

"任何一个智力平平的人都能自己想出来，"梅林堂皇地说道，"诸神远在天边，这点显而易见，不然他们也不至于对我们视而不见。不过很多年前，众神告诉了我们召唤他们的方法：不列颠宝藏，可如今众神在安努恩的鸿沟深处，仅仅只靠不列颠宝藏自己的法力是不够的，所以我们必须吸引众神的注意。怎么做呢？很简单！我们把信号送到深渊之中，就靠这火焰，每个圆圈里放一件宝藏，接着做两三件无关紧要的法事，然后我就能平静地死去，不用再去跟那些容易上当的白痴解释这又解释那了。不行，"我刚想提问就被他制止了，"萨温节之夜那天你不能留在这里。我只能留下我信得过的人。要是你不听我的话执意再来这里，我就要命令守卫拿你的肚皮练枪刺了。"

"为什么不干脆架个鬼栅栏呢？"我问道。鬼栅栏由头骨组成，由于德鲁伊在上面施了法术，没有人胆敢僭越。

梅林像看一个白痴一样看我。"鬼栅栏？那可是萨温节之夜！在那一年一度的夜晚，白痴，鬼栅栏根本不起作用！难道我什么都得解释给你听吗？傻瓜，鬼栅栏之所以管用，是因为它能禁锢死人的魂魄来吓唬活人，但是在萨温节之夜，亡灵重获自由，不受禁锢。在萨温节之夜，鬼栅栏就像你的智力一样，在这世上毫无用处。"

我平静地接受了他的责备。"我只希望那天不要有乌云。"我试图安慰他。

"乌云？"梅林在质疑我。"我为什么要担心乌云？噢，我知道了！是

亚瑟王

高文那个笨蛋告诉你的,他全错了。就算那天乌云密布,众神依然能够看到我们发出的信号,因为他们不像我们凡人,视力不会受到乌云的阻碍。但如果乌云太浓,或许会下雨,"他的声音像是正在教育孩子一个简单问题的大人,"大雨会熄灭火焰。你自己怎么也想不到这一点吧?"他对我怒目而视,接着又望向柴火堆积成的圆环。他倚靠在黑色法杖上,思考着来到麦敦之巅一手策划的伟大事业。他很久都没有说话,倏忽耸了耸肩。"你有没有想过,"他问,"万一基督徒成功地将兰斯洛特推上王座了呢?"他的怒气烟消云散,转而透出一丝忧郁。

"没有,大人。"我说道。

"他们的五百年就要到了,都在翘首盼望他们那个被钉死的神指引他们鸡犬升天呢。"梅林边说边看向圆环。"可万一他们的神没有降临呢?"他疑惑地问我,"假设基督徒已经都准备好了,穿着一新,焚香沐浴,梳妆打理,虔诚祈祷,可然后什么都没发生呢?"

"那么到了五百零一年,"我回答,"这世上就不会再有基督徒了。"

梅林摇了摇脑袋。"我对此表示怀疑。牧师的职责就是解释不可解释的道理。像桑森这样的人总会捏造出某个理由,人们总会相信他,因为他们迫切需要这份信仰。人们不会因为失望而放弃希望,德瓦,他们只会加倍渴望。我们都是这样的蠢人。"

"这么说你害怕了,"我突然有些同情他了,"生怕萨温节那天什么也没有发生。"

"我当然害怕了,你这个白痴。妮慕却不怕。"他瞥了一眼妮慕,后者正阴着脸看我们。"你总是那么笃定,我的小家伙,对吧?"梅林在取笑她,"但对于我来说,德瓦,我真希望事情不要进展到这个地步。点火以后,我们甚至连会发生些什么都不知道,众神或许会降临,又或许会再另择时机呢?"他狂躁地向我使了个眼色。"如果什么也没有发生,德瓦,那也并不意味着真的什么都没有发生。你能明白这个道理吗?"

"我想可以，大人。"

"我不信。我甚至不明白自己为什么要浪费时间向你解释！真不如对牛弹琴！你真是个奇怪的家伙。你可以走了。既然埃克斯卡利伯已经让你送来了。"

"亚瑟想拿回它。"我交代了亚瑟的嘱托。

"我知道他想，或许等高文用完以后他就能拿回去了。或许不行。那又怎么样？别拿这些琐事烦我了，德瓦。再会。"他扬长而去，又一副怒气冲冲的样子，走了几步又停下来招呼妮慕。"过来，女孩！"

"我要看着德瓦离开。"妮慕边说边拽住我的手肘，把我往堡垒内城领。

"妮慕！"梅林喊道。

她没理会，依然拉着我穿过青草山坡，沿着向堡垒的小路走去。我目光注视着复杂的柴火环。"你们还真挺能干的。"我一步一顿地说道。

"如果仪式稍有疏忽，这些都会前功尽弃。"妮慕一针见血地说道。梅林对我发脾气，但他的脾气大多是装出来的，势同闪电，来得快去得也快，而妮慕的愤怒却发自内心深处，她怒火中烧，脸都给气白了，连楔子状的脸颊也紧张了起来。她从来都不算美丽，丢了一只眼睛让她的面目多了一层恐怖，然而她的外表又透着一种野性和智慧，叫人难以忘怀，而现在，在西风凛冽的高地堡垒映衬之下，她的形象出奇的令人敬畏。

"难不成仪式有什么困难不能克服吗？"我问。

"梅林和你都一样，"她气冲冲地说道，没有理会我的问题，"他也是个多愁善感的人。"

"别说这些没用的。"我说。

"那你又知道些什么，德瓦？"她厉声打断，"你非得忍受他夸下的海口不可吗？你非得和他争辩不可吗？你非得让他放心不可吗？你非得眼睁睁看他铸成历史大错不可吗？"她暴风骤雨般向我发问。"你非得眼睁睁看着他将一切努力付诸东流不可吗?"她挥动着瘦弱的手,向篝火位置指去。"你就是个傻瓜,"她痛苦地继续道,"梅林放个屁,你都能当成智者箴言。他老了,德瓦,他没多少日子了,法力也消耗殆尽。而所谓的法力,德瓦,来自于内心。"她用手捶了捶自己含羞的胸口。她在堡垒顶端停下脚步,转过身面对我。我堂堂一个魁梧战士,却让她一个身材矮小的女人完全占据了上风。她总是这样。在妮慕心灵深处隐隐潜藏着一种强大到几乎无坚不摧的热烈情感。

"为什么梅林的情绪会对仪式产生威胁?"我问。

"就是会!"妮慕转身又接着走。

"告诉我为什么。"我质问。

"休想!"她断喝,"你就是一个傻瓜。"

我走在她后面。"银月之轮奥伦究竟是谁?"我问她。

"我们从德米缇亚买来的奴隶。从波伊斯抓来的,花了我们六块金子,因为她长得美。"

"的确很美。"我想起她在林第尼斯那个夜晚中翩若惊鸿般的轻盈步伐。

"梅林也这么觉得,"妮慕轻蔑地回答,"他一见她便灵魂出窍,可他实在是一把老骨头了,而且因为高文的缘故,我们还要将她视若处女。他居然还真相信了!也难怪,那家伙什么都信!他就是个白痴!"

"在这一切结束以后,他真要娶奥伦吗?"

妮慕闻言大笑。"我们是这么答应那傻子的,不过等他发现那姑娘是奴隶出身,并非什么仙女的话,或许他会改变主意,到时候我们再转手卖掉她也说不定。要你买你会买吗?"她不怀好意地瞟了我一眼。

"不会。"

"对夏汶还是这么忠诚?"她半开玩笑说道,"她还好吗?"

"还不错。"我说道。

"她会来杜诺维瑞阿来看这场集会吗？"

"不会。"我回答。

妮慕有些怀疑地回头看我。"那你会吗？"

"会的，我会看。"

"还有格温德瑞，"她问，"你会带他来吗？"

"他想来，是的。但我首先必须征得他父亲的同意。"

"告诉亚瑟，应该让他来。每个不列颠的孩子都应该亲眼见证众神降临。这将成为他们一生都难以忘记的景象，德瓦。"

"这一切当真会发生吗？"我问，"哪怕梅林捅了娄子？"

"会发生的，"妮慕咬牙切齿地说道，"不论梅林出错与否。之所以会发生，是因为我无论如何也要让它发生。我会让那老傻瓜得偿所愿，不管他喜欢与否。"她停下脚步，转过身抓住我的左手，然后用她仅存的那只眼睛注视着我手掌上的刀疤。我曾经发过誓，有朝一日要听从她的差遣，这道伤疤就是见证，所以我隐隐察觉她会命令我做什么事情，但她欲言又止。她深吸一口气，眼睛盯着我，放下了我的手。"剩下的路你自己走吧。"她颇有些幽怨地说完，独自走远了。

我顺坡下山。人们仍在艰辛地向麦敦山顶搬运柴火。高文以前说过，大火必须燃烧整整九个小时。整整九个小时用火焰吞噬天空，指引众神降临世间。又或者，仪式也许会出什么岔子，火焰之后什么也不会发生。

再过三个夜晚，便能见分晓。

夏汶本来想到杜诺维瑞阿亲眼见证召集诸神的仪式，但是萨温节之夜是死人遍行世间的夜晚，她想亲自为我们的戴安准备礼物，供奉的最佳场所自然是戴安死去的地方，因此她带着我们两个还活着的女儿去了厄弥德大厅，在大厅的灰烬里，她摆了一罐兑水的蜂蜜酒，一些蘸了黄油的面包，还有几个戴安最喜欢吃的蜂蜜坚果。戴安的姐姐们在灰烬中放了一些

亚瑟王

胡桃和熟鸡蛋，然后一行人来到附近一间由我派兵守卫的护林人小屋落脚休息。她们并没有看见戴安，因为在萨温节之夜，亡灵从不会显露自己的行踪，但如果忽略它们的存在则会招致不幸。夏汶后来告诉我，第二天早晨她们发现供奉的食物全都不知所踪，连蜂蜜酒罐也空了。

我在杜诺维瑞阿的时候，伊撒领着格温德瑞找到了我。亚瑟同意让他的儿子观摩召神仪式，格温德瑞听后欢欣雀跃。他那年十一岁的年纪，生机勃勃，喜气洋洋，对一切都充满了好奇。他继承了父亲精瘦的身材，但是拥有一副格温薇儿的俊美面貌，鼻梁修长，双眼轮廓清晰。他眼神当中闪过一种恶作剧般的光芒，但没有掺杂任何邪念，如果他的父亲预言成真，他当真娶了莫温娜的话，我和夏汶一定都会很高兴的。这事情尘埃落定还要再等两到三年，到那时候格温德瑞就会和我们生活在一起。他很想要去麦敦之巅一探究竟，但是我向他解释，除了举行仪式的人以外，任何人都不得靠近麦敦半步，他听了以后非常失望。就连贡献柴火的百姓在那天都要统统遣返回去，这些人和来自不列颠各地数百好奇的人们一样，只能在古堡底下的田野里遥看仪式了。

亚瑟在萨温节之夜那天抵达了这里，我看到他欣喜地向格温德瑞打招呼。那男孩是他在苦难阴影下唯一的快乐源泉。亚瑟的表亲库尔威奇也从杜努姆赶了过来，随行还有五六个长枪兵。"本来亚瑟吩咐我不要过来的，"库尔威奇咧嘴对我笑道，"但我怎么能错过这事呢。"库尔威奇蹒跚着见过了加拉哈特，后者近来一直和塞格拉莫一起在边境线防范以阿尔为首的撒克逊人，塞格拉莫自然要服从亚瑟的命令留在边境，所以他请加拉哈特来到杜诺维瑞阿为他带去盛况的消息。大家都殷切盼望，亚瑟却愁眉不展，他担心如果什么也没有发生，那么追随者的自信心将会遭受难以挽回的打击。

然而人们的期望随着时间临近而水涨船高，那天中午，波伊斯的国王昆格拉斯与随行十几人一同骑马来到镇上，其中还包括他的儿子皮德尔，小家伙已经是个颇有主见的年轻人,差不多要长出第一茬胡子了。昆格拉斯给了我一个拥抱。他是夏汶的哥哥,没有人比他更正派诚实。他曾拜访过格温特的莫里格,证实了那国王不愿与撒克逊人交战的传言。"他相信他的神会保护他。"昆格拉斯冷淡地说道。

"我们也一样。"透过杜诺维瑞阿宫殿的窗户,我伸手指向麦敦地势较低的山坡,那儿黑压压聚集着很多人,他们举首戴目,期望能够一睹夜晚的仪式盛况,不管那究竟意味着什么。很多人都试着向山顶簇拥,但还是让梅林的黑盾战士阻止了。在堡垒北面的原野上,有一队鲁莽的基督徒吵闹地向他们的神求雨,祈愿能够挫败异教徒的仪式,不过后来,还是让愤怒的人群给赶走了。一个信基督的女人被打得面目全非,亚瑟不得不出面派兵维持秩序。

"今晚到底会发生什么呢?"昆格拉斯问我。

"或许是一场空,国王大人。"

"我大老远过来,结果什么也见不着?"库尔威奇不禁嘟哝。他五短身材,生性好斗,脏话连篇,不过我依然把他视为最亲密的朋友。自从在伦敦被阿尔的手下拿刀深深砍伤了腿以后,他走路就一瘸一拐的,但他却不以为意,反而依旧自诩是最令敌人胆寒的长枪武士。"你又在这里做什么呢?"他在挑衅加拉哈特,"我听说你是个基督徒吧?"

"我是。"

"所以你也在祈求下雨吧?"库尔威奇指责道。就在我们说话的这当口,雨下了起来,不过只是蒙蒙细雨,从西边淅淅沥沥喷洒而来。有些人相信细雨过后就是好天气,但是也有悲观主义者不可避免地预测大雨将至。

"如果今晚真下起了瓢泼大雨,"加拉哈特在刺激库尔威奇,"你会承认我的神比你的神能耐更大吗?"

"我会割断你的喉咙!"库尔威奇咆哮,他当然是口是心非了,因为他和我一样，都是加拉哈特多年的挚友。"

昆格拉斯去和亚瑟说了几句话，库尔威奇则去看杜诺维瑞阿北门某个酒馆的红发女子还有没有做生意，而加拉哈特和我与格温德瑞一起走进了城镇。气氛很热闹，就像是一场大型秋市，大街上熙熙攘攘，就连周围的草场也水泄不通。商人们摆好了摊位，酒馆里生意兴隆，杂耍艺人在卖弄本事，吟游诗人则齐声歌唱。在杜诺维瑞阿山丘底下的埃姆里斯主教房前，有一头表演杂耍的熊爬上爬下，驻足观看的人纷纷用碗给它灌蜂蜜酒，场面越发惊险。我看到桑森主教透过窗户瞥了那熊一眼，但等他注意到我的目光以后，他又马上拉下了百叶窗。"他还要囚禁多久？"加拉哈特问我。

"直到亚瑟原谅他，"我说，"亚瑟会原谅他，因为他总是原谅自己的敌人。"

"他可真像个假仁假义的基督徒。"

"他可真愚蠢。"确定格温德瑞听不见以后，我才这么说。格温德瑞跑去看熊去了。"可我不觉得亚瑟会原谅你同父异母的兄弟。"我继续说道，"几天前我还见过他。"

"兰斯洛特？"加拉哈特惊讶地问道，"在哪里？"

"和策尔迪克在一起。"

加拉哈特在胸口画十字，眉头不由得皱了起来。杜诺维瑞阿和大多数德莫尼亚的城镇一样，居民主要以基督徒为主，但今天街上却挤满了从乡野慕名而来的异教徒，有不少人想趁机制造冲突。"你觉得兰斯洛特会为策尔迪克而战吗？"加拉哈特问我。

"他战斗过吗？"我刻薄地反问。

"他可以。"

"如果他真想战斗，"我说道，"那肯定是充当策尔迪克的马前卒。"

"那我祈祷能有机会亲手杀了他。"加拉哈特说完又画了一道十字。

"如果梅林的计划奏效,"我说,"就不会发生战争了。之后就是神灵戮敌的事了。"

加拉哈特笑了。"老实跟我说,德瓦,这次我们真的能如愿以偿吗?"

"我们来这里就是为了作见证。"我闪烁其词,因为我突然意识到,镇子里恐怕早已潜藏数十名撒克逊探子打听消息。这些人很可能也是不列颠人,而且还是兰斯洛特的追随者,他们能够神不知鬼不觉地一整天混在人群当中。我想,如果梅林失败,撒克逊人肯定军心大振,我们来年春天的战斗也会因此变得尤其艰苦。雨下得越来越大,我喊来格温德瑞,三人跑回宫殿避雨。格温德瑞请求他父亲能够同意让自己去麦敦堡垒附近的田野观看仪式,但亚瑟摇头拒绝了。"如果雨这么一直下,"亚瑟对他说道,"那注定什么也不会发生。而你只会白白感冒一场,然后——"他突然停了下来。"然后你母后会生我的气。"——最后这一句是他想说却没有说的话。

"然后你会把感冒带给莫温娜和塞伦,"我帮着亚瑟打圆场,"跟着我也得了病,又传染给了你的父王,最后我们整支军队在面对撒克逊人的时候就得喷嚏连连了。"

格温德瑞略一思忖,只觉得一派胡言,又开始来回拽他父亲的手求情。

"求你了!"他说。

"你可以和我们其他人一起到上层大厅一同观看。"亚瑟依然不松口。

"那我可以回去看熊吗,父王?那熊醉了,人们等着要把狗放出去跟它打架,我会待在门廊下边,一滴雨都不沾。我保证。求你了,父王?"

亚瑟让他去了,我派伊撒看着他,然后和加拉哈特一起爬上了宫殿。一年前,格温薇儿尚且来过这里几次,当时这里还干净整洁,现如今却已物是人非,宫殿早就弃置不用,尘土飞扬。这是一座罗马式的建筑,格温薇儿曾试图让它恢复昔日壮丽,但是兰斯洛特起兵作乱时,他的手下将此

亚瑟王

地洗劫一空,自此以后再也无人重建此地。昆格拉斯的人生了一团火,火焰在殿内小瓷砖上噼啪作响。昆格拉斯自己站在大窗旁边,透过杜诺维瑞阿的茅草屋,一脸阴沉地向几乎隐匿在雨幕中的麦敦遥望。"差不多该放弃希望了,不是吗?"我们进来的时候,他向我们问道。

"情况可能会更糟。"加拉哈特话音刚落,从北边传来一阵雷鸣,雨势瞬间变本加厉,坠落的雨滴在屋顶跃起,足有四五英寸高。麦敦山上准备的柴火一定湿透了,但是到目前为止,只有包裹在外层的木料会被浸湿,火心深处的木料仍将保持干燥。事实上,哪怕大雨再下一个小时或更久,内层的木材也不会淋湿分毫,火心处的干燥木材很快就能将外层的潮湿雨水燃烧殆尽,但如果雨一直下到夜晚,那就难说了。"至少这雨足可浇醒醉汉。"加拉哈特品评道。埃姆里斯主教出现在大厅门外,象征他牧师身份的黑袍都湿透了,上头泥泞不堪。他忧虑地瞥了一眼昆格拉斯那模样可怖的长枪兵,匆匆忙忙跑来窗边加入我们。

"亚瑟在吗?"他问我。

"他在宫殿里的某个地方。"我说,然后把埃姆里斯介绍给昆格拉斯国王,并补充说主教虽是基督徒,但良心不坏。

"我相信我们的良心都不坏,德瓦大人。"埃姆里斯说完向国王鞠了一躬。

"在我看来,"我说,"没有造反背叛亚瑟的基督徒才算有良心。"

"那能算造反吗?"埃姆里斯问,"我看是一种疯狂,德瓦大人,是因为信仰过于虔诚而走火入魔,我敢说,梅林今日所做之事也是如此。恐怕他这次要失望了,就如去年我那些穷苦人一样。但是今晚大家伙儿大失所望之后,谁知道又会发生什么?这也是我来这里的原因。"

"那你说会发生什么呢?"昆格拉斯反问。

埃姆里斯耸耸肩。"国王陛下,如果梅林的众神不显灵,那么该怪罪谁呢?基督徒。谁又会被迁怒的暴徒杀死?基督徒。"埃姆里斯在胸口画了一道十字。

"我想说服亚瑟保我们周全。"

"我敢肯定,他愿意承诺。"加拉哈特说道。

"如果是对你,主教,"我补充说,"他会承诺的。"埃姆里斯一直忠于亚瑟,哪怕他提出的建议如同他老朽笨拙的身体一样谨小慎微,但他的确是一个好人。和我一样,主教也是王廷顾问中的一员,一起为莫德雷德出谋划策,只是现如今我们的国王被软禁于林第尼斯,顾问们也很少聚首会面。亚瑟在制定决策前,也会私下召见顾问商讨,当今唯独需要共同商议的大计是充分动员德莫尼亚,防范撒克逊人入侵,好在我们有亚瑟作为中流砥柱,所以我们都很放心。灰云间闪过几道闪电,不久以后,惊雷乍起,声彻大地,我们都不自觉地闪身躲避。末了,猛烈的雨势越下越大,急促的雨滴愤怒地砸在屋顶上,杜诺维瑞阿的街道和小径积攒的雨水已是倾泻如流,大厅地板上布满了小水洼。

"也许啊,"昆格拉斯闷闷不乐地说道,"众神不想被人呼来唤去?"

"梅林说他们远在天边,"我说,"所以这场雨并非他们的意愿。"

"当然,这也证明了,"埃姆里斯争辩道,"在这大雨背后一定还有法力更大的神。"

"还是听你命令的神?"昆格拉斯尖酸地问道。

"我没有祈求下雨,国王陛下,"埃姆里斯说,"说真的,如果可以的话,我会祈祷雨停下来。"他话音刚落便闭上眼睛,张开双臂,抬头祈祷。此刻的庄严让一滴从瓦片缝隙掉落的雨滴给破坏了,因为这滴雨不偏不倚恰好掉落在他额头上。但他已经完成了祈祷,画了一道十字。

如同奇迹一般,埃姆里斯刚用自己胖乎乎的手在脏兮兮的长袍上画完十字,雨势便有减弱迹象。虽然还有雨水借着西风作威作福,但是屋顶的聒噪已骤然停止,窗口和麦敦山顶之间也变得清晰起来。不过在乌云的笼罩之下,山顶依然灰暗,除了在堡垒守卫的一伙长枪兵以外,什么也看不

亚瑟王

见,在他们下方,可以望见几个朝圣者傍着山势,尽可能向山顶搭建的临时住处靠近。埃姆里斯也不知道该为自己祈祷灵验开心还是尴尬,但眼前一幕让我们其他人都印象深刻,尤其是西边的云层裂开一道口子,一缕阳光如流水般斜照在麦敦的山坡上,平添了一份清新的绿意。

奴隶给我们送来了暖和的蜂蜜酒和冰冷的鹿肉,但我却一点胃口也没有。我守望着夜幕降临,云层变得千疮百孔,雨停了天色放晴,西方层云犹如一团巨大的红色火焰,远远地盘旋于里昂尼斯的大地之上。太阳开始西沉,整个不列颠大地,甚至在基督教盛行的爱尔兰,人们都在为死人准备食物酒饮——据传在今天夜晚,亡灵将跨越安努恩上的宝剑之桥,漂泊的魂灵也将重返世间,重新回顾这片他们曾经呼吸过、挚爱过并且生老病死的故土家园。许多人死在麦敦,这座山注定有不少他们的幽灵;我情不自禁地想起了戴安,想象着她以娇小的身躯,踟蹰游走于厄弥德大厅的废墟之中。

亚瑟来到大厅,腰间少了埃克斯卡利伯以后,我觉得他看上去很不一样。眼见雨停,他咕哝了几句,然后聆听了埃姆里斯主教的请求。"我会吩咐长枪兵巡街维护治安,"他向主教保证,"只要你们的人不要挑衅旧教徒,他们就能平安无事。"他从一个奴隶手里拿了一角杯的蜂蜜酒,然后转向主教。"我本来想传唤你过来的,"他话音刚落,又把自己对格温特的国王莫里格的忧虑和盘托出,"如果格温特拒绝作战的话,"他向埃姆里斯警告,"那么撒克逊人就占人数优势。"

埃姆里斯的脸都白了。"格温特是不可能坐视德莫尼亚陷落的,不可能!"

"格温特受了贿赂,主教。"我把事实告诉给他,并且将阿尔允许格温特的牧师在自己的领地传教一事娓娓道来。"只要莫里格认为有一丝机会能让撒克逊人皈依,"我说,"他就不会对他们刀剑相向。"

"一想到能让撒克逊人皈依基督教,连我也难免欣喜若狂。"埃姆里斯虔诚地说道。

"先别忙着高兴，"我警告他，"等阿尔达成目的以后，他会毫不犹豫地抹了那些牧师的脖子。"

"然后再来抹我们的脖子。"昆格拉斯冷冷地补充了一句。他和亚瑟已经商量好要一同拜访格温特的国王，亚瑟正敦促埃姆里斯也能加入进来。"你的话他还是听得进去的，主教，"亚瑟说，"如果你告诉他，比起我来说，德莫尼亚的基督徒受撒克逊人的威胁更大，他或许能够回心转意。"

"乐意效劳，"埃姆里斯说道，"荣幸备至。"

"至少，"昆格拉斯阴郁地说，"我们要说服莫里格那小子，让他允许我的军队借道他的领地。"

亚瑟惊恐万分。"难不成他会拒绝？"

"我的探子是这么说的，"昆格拉斯说，然后耸耸肩，"但是如果撒克逊人真的来了，亚瑟，不管他同意与否，我都要率领军队穿过他的领地。"

"这样一来，格温特和波伊斯之间就会爆发战争，"亚瑟忧心忡忡地说道，"撒克逊人坐收渔利。"他声音开始颤抖。"为什么图锥克要放弃王位？"图锥克是莫里格的父亲，虽然两人都是基督徒，但图锥克历来的立场是与亚瑟共同对抗撒克逊人，这点绝不含糊。西边最后一丝霞光也开始黯淡，再过几分钟，世界将处于明暗交替的混沌状态，之后夜幕会将我们吞噬干净。我们站在窗户旁边，寒风凛冽，从云间闪过第一缕星光。上弦月低沉地照耀在南海之上，层云稀释着月光，朦胧了巨蛇星座的头星。萨温节之夜已至，亡魂正在返乡。德莫尼亚灯影幢幢，但乡间田野漆黑一片，只能看到远处一座陡峭的山坡上，从天边洒下的一束月光为那边一簇树林披上了银装。麦敦就像是黑夜中被无限拉长的黑影，处于亡灵之夜最黑暗深邃的心脏腹地。夜色渐浓，星光熠熠，彩云逐月。跨过宝剑之桥的亡灵已经来到了我们中间，只是我们看不见，也听不见而已。他们的确在这里，在宫殿里，在大街上，在不列颠每一处溪谷、每一座城镇以及每一

亚瑟王

幢房屋里,只有在古战场,由于灵魂与肉体遭到无情的剥离,死人的魂灵才会漫无目的地游走,似过江之鲫般难计其数。戴安被埋葬在厄弥德大厅的树下,亡灵依旧如潮水般越过宝剑之桥,前往不列颠各地。我想,早晚有一天我也会在这天夜晚重返世间,看一看自己的孩子,还有他们的孩子,子孙万代,绵延不尽。我的灵魂会在每一个萨温节之夜游荡于不列颠的土地之上。

风平静了下来。月亮又被一大团高悬于阿莫里凯的云彩给遮掩住了,只是我们头顶的天空显得更加晴朗些。象征众神的明星在这片浩渺空虚中静静闪耀。库尔威奇回到了宫殿,与围在窗前观看夜色的我们会合。格温德瑞也从镇上溜达一圈回来了,但没过多久,他就厌倦了潮湿的夜空,去找宫殿里的长枪兵朋友玩去了。

"仪式什么时候举行?"亚瑟问。

"就快了,"我提醒他,"在仪式开始之前,必须先让柴火燃烧六个小时。"

"梅林是怎么计算时间的?"昆格拉斯问道。

"用他的脑袋,国王陛下。"我回答。

亡灵与我们擦肩而过。寒风停了下来,万籁俱静,只听得见狗吠深巷里。云朵镀上了一层银光,星星在其衬托下闪动着不可思议的光芒。接着,仿佛是刹那之间,在麦敦高墙林立的山峰之巅,第一团火焰冲破黑暗,腾空升起,召神仪式终于开始了。

有一瞬间，一团火焰在麦敦的城垣纯净而明亮地跃动，接着火光蔓延开来，直到堡垒四周的草垣上也笼罩着朦胧而黯淡的光芒。我想象着男人们把火炬插入高大的篱笆下，然后继续带着火焰奔跑，将火种传导至中心或者外环。起初火势不大，火苗在与柴火摞子上层湿漉漉的木柴搏斗，噼噼啪啪响个不停，随着时间流逝，热量逐渐蒸发掉湿气，火光也越来越亮，直到火势最终顺应人为的图案平铺开来，在夜空中发出胜利般的万丈光芒。山顶已经化作一道火烧的脊梁，红色的火舌冒出浓烟，直窜云霄。火光闪耀，足以映照每一个聚集在杜诺维瑞阿街头的人影；有些人甚至爬上了屋顶，只为了一睹这非比寻常的空前盛况。

"六个钟头？"库尔威奇用难以置信的口吻问我。

"梅林是这么告诉我的。"

库尔威奇啐了口水。"六个钟头！我都可以在红发女郎那儿快活一趟回来了。"说是这么说，但他一动也没有动，我们谁都没有动；相反，我们不约而同地望着山顶上狂舞的火焰。它堪称不列颠之火，历史的终结，众神的召唤仪式，我们紧张兮兮地翘首瞭望，就好像我们期望能够看到众神撕散青烟，再次降临世间似的。

亚瑟首先打破了僵局。"食物，"他粗声粗气地说道。"如果真要等六个钟头，那我们还是先吃点儿东西垫垫肚子为好。"

用餐的时候大家只略微交谈了几句，大部分都是有关格温特的国王莫里格以及他有可能按兵不动的可怕情形。我一直在想，是否真的会发生战争，每次这么想时，就忍不住向窗外火光通天的地方眺望。我试着估算时间，但说老实话，我连这餐饭究竟吃了一个钟头还是两个钟头都说不清，

亚瑟王

只知道大家用完餐后又站在大开的窗户前向麦敦张望，因为在那里，不列颠的宝藏首度齐聚一堂。那里有加兰希尔的食篮①，也就是一个用柳条编织成的篮子，大概可以用来装几块面包或是几只碟子，如今早已破破烂烂，换作任何一个爱惜面子的妇人都会毫不犹豫地将其投入火中。布兰·盖尔的角杯②是一个牛角，通体漆黑，由于年代久远，边缘的包锡有些折损。魔冢的战车③已经随着岁月变迁而破烂不堪，战车的规格实在太小，即便能够重新组装，恐怕也只有孩子能够登车驾驭。克莱诺·埃丁的辔④充其量是一捆磨损的牛缰绳，铁环已经生锈，真要摆上台面的话，恐怕连最穷困潦倒的乡巴佬也会犹豫再三。骑手劳弗洛德的餐刀⑤是一把宽刃刀，木质刀柄已经锈蚀，刀刃也已经钝了。图德瓦尔磨刀石⑥是任何手工艺人都会羞于承认的蹩脚货。帕达恩之裘⑦已是百结悬鹑，上边满是补丁，形同乞丐装束，但品相已经比那据说可以让人隐身遁形的吉德披风好得多，后者几乎已经是薄如蛛丝。让基耐德之碟⑧是一块扁平的木头餐碟，碟身都裂开了，什么作用也没有，格文铎劳的棋盘⑨已是一块老旧而弯曲的木头，上面弈棋的痕迹都快磨得看不见了。幸运者艾利耐德之戒⑩看上去与

---

① 以下提及之物均为传说中的不列颠十三件宝藏。食篮据说可将放入其中的食物分量增加百倍。——本页注释均为译者注
② 角杯可提供任意琼浆玉液。
③ 战车可使驾驭者迅速到达目的地。
④ 埃丁是传说中北英格兰的统治者，他有一副马缰，每晚钉在床脚，第二天就能发现其上凭空套着一匹骏马。
⑤ 据说可以同时供二十四人切食物。
⑥ 如果一个勇士用这块磨刀石磨剑，被他的剑划伤而流血的人将必死无疑，如果磨剑的是一个懦夫，那么他的剑将根本无法使人流血。
⑦ 血统高贵者上身天衣无缝，出身卑微者怎么穿怎么别扭。
⑧ 能提供所有食物。
⑨ 能自己下棋。
⑩ 拥有隐身能力，一度为梅林所有。

普通战士佩戴的戒指无异，呈平淡无奇的环形，差不多和长枪兵用缴获的武器打造出来的戒指一个样子。真正名副其实的宝藏只有两件。其一是赖泽赫之剑，也就是埃克斯卡利伯，据传是由彼世之神戈万南亲手锻造，另一件则是圣锅。所有这些宝藏，不管俗气也好，华丽也罢，此刻都作为召唤遥远众神的信号，围绕火焰一一贡献了出来。

天空依然清朗，只有南面的地平线上还聚集着些许云彩。夜深了，一道闪电划过天际。这道闪电是众神的第一个征兆，我惊恐中触碰了一下海威贝恩的剑柄，但是闪电距离非常遥远，大约在远海或者千里之外的阿莫里凯。闪电在南方的天空劈裂层云，其他地方大多悄无声息，只能看到云层之中有电光闪动，我们不由得倒吸一口凉气，埃姆里斯主教也在胸口画了十字。

终于，远处的闪电消弭了，只有麦敦堡垒里的大火还在熊熊燃烧，这是足以传达至安努恩的信标之火，以火光跨越两个世界之间的鸿沟。那么亡灵会不会好奇？它们会不会成群结队聚集在麦敦，一起见证诸神降临？我想象着宝剑之桥上跃动的耀眼火光，通天光芒闪照彼世，我承认自己的确十分害怕。闪电完全消失了，除了熊熊燃烧的大火，似乎什么也没有了，但我们所有人都能隐约注意到，整个世界正处于激荡变化的边缘。然后，随着时间流逝，又出现了另一个征兆。加拉哈特第一个发现了它。他自己首先画了一个十字，紧盯着窗外，仿佛连他都无法相信眼前的一切，接着他用手指天，一股硕大的烟柱滚滚升腾，仿佛为星空蒙上了一层面纱。"你们看到了吗？"他问道，我们都靠着窗台挤了过来，纷纷向上方天空凝视。

我看见夜空中洒下异样光辉。

从前我们也见过类似的光辉，尽管并不常见到，但眼前这番景象换作今晚的确意义非凡。起初，黑夜中只闪烁着蓝色的薄雾，但是慢慢地薄雾越来越厚，光线也越来越亮，红色的火幕掺杂进蓝色的雾光，就如同为星

亚瑟王

空悬挂了一张斑斓的画布。梅林曾经告诉过我,这种光亮在遥远的北方很常见,但这里是南方,眨眼之间,我们头顶上方的天空仿佛全部变成了蓝色、银色以及深红色的瀑布,壮丽无比。我们都下去院子里一探究竟,眼前的景象让所有人叹为观止——整片天空全都在闪耀生辉。在院子里我们没有办法再看到麦敦的大火,但火光填满了南面整片天空,就如同我们头顶上奇异的光芒一样。

"你现在相信了吗?"库尔威奇问。

埃姆里斯似乎说不出话来,但他又哆嗦了一下,摸了摸脖子上挂着的十字架。"我们从来没有,"他平静地说道,"否认过其他神力的存在。我们只是相信,只有我们的神才是真正唯一的神。"

"那其他的神又是什么呢?"昆格拉斯问。

埃姆里斯皱起眉头,一开始还不肯说话,但诚实让他不得不继续开口。"他们是源自黑暗的力量,国王陛下。"

"不,他们肯定是光明的力量。"亚瑟语带敬畏,就连他都被眼前一幕深深折服了。从前,亚瑟认为诸神根本就没有在我们身边降临过,这次亲眼见证了他们的力量,他的心中满是惊叹。"接下去会发生什么事呢?"他问。

这个问题是亚瑟抛给我的,但埃姆里斯主教先我一步给出了他的回答。"死亡,大人。"他说。

"死亡?"亚瑟不解,还以为自己听错了。

埃姆里斯踱步走到门廊底下,仿佛他害怕星空中闪烁流淌的神奇力量。"所有的信仰都在利用死亡,大人,"他的口吻仿佛一个学究,"就连我自己的宗教也相信牺牲。只是在基督教里,上帝之子舍身取义,从此以后便不需要将人牺牲在那祭坛之上,但是利用死亡故弄玄虚的宗教依旧多如牛毛。奥西里斯被杀了,"他突然意识到自己谈论的宗教与艾西斯崇拜有关,这可是亚瑟一辈子的忌讳,赶忙搪塞着说了下去,"密特拉也死了,而要崇拜他就要献祭公牛。我们的神都死了，大人，"主教说道，"除了基督教以外，所有宗教都视死亡的重现为不可或缺的一部分。"

"可我们基督教徒已经超然死亡了，"加拉哈特说道，"我们看重的是现世现报。"

"赞美上帝，的确如此，"埃姆里斯一边赞同一边画十字，"但梅林却执迷不悟。"天光更明亮了；色彩斑斓的天幕像挂毯上的丝绒，白色的光芒在其间闪烁飘零。"死亡是最强大的魔法，"主教不以为然地说道，"慈悲为怀的神不会坐视世人滥用死亡，所以我们的上帝才会以自己儿子的死终结这一积弊。"

"可梅林并没有利用死亡！"库尔威奇厉声反驳。

"事实并非如此，"我轻声说道，"我们前去取圣锅的时候，他就用活人做了祭祀。他亲口告诉我的。"

"谁？"亚瑟立马问道。

"我不知道，大人。"

"没准是他信口胡诌，"库尔威奇阴沉地低下双眼，"这是他的老毛病。"

"更像是实话实说，"埃姆里斯说，"旧的宗教流淌着太多鲜血，通常还是人的鲜血。当然了，我们对此知之甚少，但我记得老巴里斯告诉过我，德鲁伊都是嗜血杀人之徒。杀的往往是囚犯，有些活活烧死，有些填入死人坑。"

我轻柔地加了一句："也有人逃过一劫。"小的时候，我就曾经被扔进德鲁伊的死人坑里，后来又挣扎着爬了出来，但我见识过死亡以及尸首残缺的可怖景象，幸得梅林收养长大。埃姆里斯没有理会我。"当然，在其他场合，"他继续说道，"还需要付出更大的牺牲和奉献。在黑暗年代的阿尔蒙特和康诺瓦，人们口耳相传着一次特别的祭祀。"

"哪次祭祀？"亚瑟问。

"兴许只是一个传说而已，"埃姆里斯说道，"毕竟事发已久，没有人

亚瑟王

记得确切。"主教说的"黑暗年代"指的是罗马人占领莫岛并一举摧毁德鲁伊信仰的年份,距今大约已经过了四百多年。"但那儿的人们依然流传着策菲迪国王的一次祭祀。"埃姆里斯接着说道。"这故事我耳闻已久,然而巴里斯相信确有其事。是这样的,策菲迪当时正与罗马军队交战,战事不利之时,他献祭了自己最宝贵的东西。"

"是什么?"亚瑟追问道。他已经忘记了天边的光彩,目不转睛地盯着主教。

"他的儿子。就是这样,大人。我们的神献祭了他的圣子——耶稣基督,甚至还要求亚伯拉罕杀死以撒,当然,后来他还是后悔了。但是策菲迪的德鲁伊劝他杀死自己的儿子,这办法后来当然没有奏效。历史记载,罗马人杀死了策菲迪,屠戮了他整个军队,并摧毁了德鲁伊在莫岛的神秘丛林。"我感觉主教接下去想要为那次摧毁而感谢他的神,但埃姆里斯毕竟不是桑森,所以他很明智地见好就收、闭口不语了。

亚瑟踱步走向门廊。"在那山顶上究竟会发生什么,主教?"他低声问道。

"我不能说,大人。"埃姆里斯义愤填膺。

"你觉得又是一次祭祀?"

"我认为有这个可能,大人,"埃姆里斯紧张地说道,"很有可能。"

"会献祭谁呢?"亚瑟质问,严肃的口吻让院子所有抬头望天的人都不自觉看向他。

"如果遵循古例,大人,那自然是最至高无上的祭祀仪式,"埃姆里斯说道,"献祭的供奉非统治者的子嗣莫属。"

"高文,布蒂克之子,"我轻轻说道,"还有马尔多克。"

"马尔多克?"

"莫德雷德的一个儿子,"我刚回答完,脑袋突然醒悟,终于知道梅林为什么会问我赛维洛格的事情,还有他为什么要把那孩子带上麦敦,以及他对孩子照顾有加的原因。我为什么一开始没有反应过来？现如今全部水落石出了。

"格温德瑞在哪里？"亚瑟突然问道。

过了一会儿，依然没有人回答，加拉哈特指向门楼示意。"我们吃晚饭的时候，"加拉哈特说道，"他还和士兵在一起。"

但现在格温德瑞已经不在那里了，也不在亚瑟驾临杜诺维瑞阿时充当卧室的房间里。孩子已经无处可寻，也没有人能够回忆起黄昏以后还有没有再见着他。亚瑟完全忘记了神奇的天光，他把宫殿搜了个遍，又从地窖里一直找到果园，就是没有寻觅到他儿子的蛛丝马迹。我不由得细细想着妮慕在麦敦对我说过的话，是她鼓动着我，让我把格温德瑞带到杜诺维瑞阿来，又记起她在林第尼斯与梅林争论谁才是德莫尼亚真正的统治者，我不忍证实自己的怀疑，但事到如今，又不能视若罔闻。"大人，"我扯住亚瑟的衣袖，"我想他已经被人带到山上了。不是梅林，而是妮慕。"

"可他不是国王的儿子。"埃姆里斯神色十分紧张。

"但格温德瑞是统治者的儿子！"亚瑟惊呼，"在场有人能否认吗？"突然间大伙儿鸦雀无声。亚瑟冷眼警向宫殿。"海崴德！给我备剑，长枪，盾牌，勒姆芮！海崴德！快！"

"大人！"库尔威奇想插话。

"安静！"亚瑟吼道。他整个人出奇的愤怒，怒火全指向了我，因为当初就是我劝他准许格温德瑞来到杜诺维瑞阿。"你是不是早知道会是这么回事了？"他问我。

"当然不知道，大人。现在我也不明就里。您觉得我会忍心伤害格温德瑞吗？"

亚瑟冷酷而决绝地盯着我，然后转过身去。"你们不必跟来，"他回过头说道，"我要骑马赶去麦敦救我的儿子。"他大步流星穿过院子，管家海崴德已经牵出了勒姆芮，马夫为它上好了鞍。加拉哈特静静地跟着他。我

亚瑟王

承认，我曾有一瞬间一动也没有动。是我自己根本不想动。我希望众神降临。我希望随着伟大的贝利扑扇着硕大的翅膀驾临世间以后，我们所有的麻烦也会跟着烟消云散。我想看到梅林口口声声许诺的那个不列颠神话再度降临。

这时我想起了戴安。那天晚上我的小女儿是否也出现在了宫殿的庭院里？她的灵魂一定还在世间游荡，因为那天是萨温节之夜，痛失爱女的记忆让我噙满泪水。我再也无法站在杜诺维瑞阿的庭院里袖手旁观，再也不能忍心坐视格温德瑞死去或是马尔多克受苦。我实在不愿去麦敦，但我知道如果我坐视一个孩子无辜死去，那么我就将再无颜面去见夏汶，所以我跟在了亚瑟和加拉哈特后面。库尔威奇试图阻止我。"格温德瑞是婊子生的，"他轻声喝阻，不让亚瑟听见。我这次没有为亚瑟儿子的血统争吵。"如果亚瑟一个人去，"我说，"他会被杀死的。山上可有四十好几个黑盾战士。"

"如果我们去了，那就是与梅林为敌。"库尔威奇警告我。

"如果我们不去，"我说道，"那就是与亚瑟为敌。"

昆格拉斯走到我身旁，搭着我的肩膀。"所以呢？"

"我要和亚瑟一起去，"我回答。并不是我想去，而是我身不由己。"伊撒！"我喊道，"备马！"

"如果你去，"库尔威奇咕哝道，"那我也非去不可了。免得你不小心受伤。"突然间，我们所有人都在大喊备马，整备武器和盾牌。

我们究竟为什么要跟随亚瑟同去？这是我后来一直回想的问题。从今想来，我似乎双眼还能看到天空闪烁光芒，鼻子闻到自麦敦山顶弥漫而下的烟雾，心里感受到不列颠上空难以言表的巨大魔力，但在那个夜晚，我们依旧义无反顾地策马向前。我知道，在那火焰滔天的夜晚，我曾经也感到迷茫困惑。我的确是感情用事了，因为我想到有一个孩子很可能无辜受死，有关戴安的回忆也唤起了我的内疚，是我促成格温德瑞来到杜诺维瑞阿的，但至关重要的是我对亚瑟的感情。这么一来，那我对梅林和妮慕的感情何在？我只能宽慰自己，他们从来都不需要我，但亚瑟不同，在那天晚上，在那个火与光交织的不列颠夜晚，我必须骑马去找寻他的儿子。

我们一共有十二名骑手，亚瑟、加拉哈特、库尔威奇、德瓦和伊撒代表德莫尼亚，其余则是昆格拉斯和他的扈从。时至今日，故事依旧在流传，但孩子们只知道在那属于亡者的夜晚，有亚瑟、加拉哈特和我三个人策马狂奔，却不知道实际上有十二人。我们没有佩戴盔甲，只挂了盾牌，每个人都带了一支矛和一柄剑。

我们一路骑行到杜诺维瑞阿的南门，民众赶忙躲到火光闪烁的街道两侧。大门洞开，每个萨温节之夜都是如此，为的是让亡灵自由进入小镇。我们低头越过门梁，然后在人山人海的田野之间先向南后向西疾驰，四处都是乌泱泱的人群，全部抬头凝望着山顶的飞火和狂烟。

亚瑟蹑影追风，我紧紧夹坐在马鞍上，无时无刻不在担心会跌落马下。我们的斗篷随风招展，剑鞘上下颠簸，而在头顶上方，烟雾缭绕，光芒璀璨，甚至在距离山坡很远的地方，我就闻到了木头燃烧的味道，耳朵听见了火焰的噼啪声。

我们催马上坡，没有人试图阻止我们，直至来到错综复杂犹如迷宫一般的入口时，才有长枪兵摆开阵势。亚瑟知道堡垒的地形，因为和格温薇儿住在杜诺维瑞阿时，他们就经常在夏天来到山顶，所以他能准确无误地引领我们通过九曲回肠般的通道。就在那里，有三名黑盾战士扯出长枪对准了我们，但亚瑟没有丝毫犹豫。他用脚后跟蹬了马一下，平举自己的长枪，让勒姆芮疾驰。黑盾战士闪躲到一边，无可奈何地大喊大叫，眼睁睁看着一匹又一匹高头大马绝尘而过。

夜空中充斥着喧嚣和光亮，声音来自于熊熊燃烧的火焰，数不清的木柴被饥饿的火焰无情吞噬，响个不停。浓雾遮天蔽月。从城墙里不断传来长枪兵喝阻我们的吼声，但就是没有人敢站出来阻拦。我们就这样突破了

亚瑟王

内墙,向麦敦之巅疾驰。

但我们还是停下了脚步,前来阻拦的不是黑盾战士,而是无比灼热的火光。我看到勒姆芮马蹄退后,远离火焰,又看到亚瑟紧紧抓住马的鬃毛,眼露红光,火影斑驳。此处热气蒸腾,好似有一千个铁匠铺的锻造炉,灼热的空气让我们每个人都退缩不前。透过火焰,我什么也看不见,梅林布置的中心区域已被一堵火墙掩盖。亚瑟骑着勒姆芮来到我身边。

"哪个方向?"他喊道。我疑惑地耸了耸肩。

"梅林怎么进去的?"亚瑟问。

我只能凭空猜。"从远处,大人。"神庙位于烈火迷宫的西边,我怀疑那里一定有通向篝火外环的通道。亚瑟用力拽住缰绳,催促着勒姆芮走上通往堡垒内墙的山坡小道。黑盾战士作鸟兽散,没有人敢做拦路虎。我们紧随亚瑟,向堡垒上方进发,尽管身下坐骑都害怕右侧的熊熊大火,它们还是跟着勒姆芮穿过空中回旋的焰心和烟雾,勇敢驰骋。就在我们疾驰时,一处柴火攞子发生坍塌,我的马受了惊,从烈火炼狱急忙转向内墙外壁。刹那间,我还以为它会摔进沟里,我拼命在马鞍上坐定,左手紧紧抓住它的鬃毛不放,但不知何故,它找到了平衡点,又回到了小路上,然后跟随众人疾驰。一过火圈的北端,亚瑟就再次向山顶高原俯冲而下。一块闪烁着火光的余烬掉落在他雪白的斗篷上,毛绒跟着焖烧。我赶紧骑到他身边,扑灭了小火。"在哪里?"他只问我。

"就在那儿,大人。"我指向最靠近神庙的一处火焰。我看不见那里有任何空隙,但等我们策马靠近时,显然有一个用木柴封闭出来的狭小间隙,这里的木柴并没有其他地方堆得那么厚,人为留下了一个狭窄的空间,没有八英尺或十英尺那么高,不及一个成年男人的腰部。越过这道间隙,就是内环和外环之间腾留出来的空地,我们可以透过火焰看到有更多的黑盾战士在注目等待。

亚瑟领着勒姆芮走向空隙。他身子前倾,对着马耳语几句,仿佛是在向它解释自己想怎么做。马很害怕,耳朵一直在前后摆动,它紧张地小步走了几下,并没有因为空隙两边的火焰而面露惧色。亚瑟在距离空隙前几步的位置停下马,让马儿冷静下来,但马头一直在摇动,双目圆睁,眦着眼白。亚瑟让马儿看着间隙,然后拍了拍它的脖子,又对它说了几句,这才调转马头。

他绕了一个大圈,接着策马让它先来一个慢跑,然后瞄准空隙,又蹬了马一下。马晃了晃脑袋,我以为它要放弃了,慢慢才看出来它已经下定了决心,最终风驰电掣般向火焰飞驰过去。昆格拉斯和加拉哈特紧随其后。看到我们所面临的莫大风险,库尔威奇嘴上咒骂了一句,但所有人仍都蹬着各自坐骑,相继追随勒姆芮。

在火影闪烁中,亚瑟身偎马脖,躬下躯体。他让勒姆芮自由选择步伐,让它放慢了速度。我以为那马儿想半途而废,转眼却看到它积攒力气,奋身一跃。我不由得惊呼出声,试图掩盖内心恐惧。我眼看勒姆芮腾空跳起,消失在视野之外,它的身影刮起一阵风,身后扬起一股浓烟。加拉哈特紧随其后,但是昆格拉斯的马突然调转了马头。我艰难地跟随库尔威奇疾驰,耳旁的空气搅动着火焰的炙热和四周的嘈杂声音。我心里有一半期望自己的马望而生畏,但它还是继续前进,我只好在即将被火焰和烟雾包围的时候闭上了双眼。我感觉到马儿跳起身,听到它的嘶鸣,随后我们一同降落在火焰的外环之内,我长舒了一口气,心里只想胜利地欢呼,谁知一柄长枪从我肩膀后方刺入斗篷。我太在意如何能在火海中保住一命,根本没有想到火环内还有人等候多时。一名黑盾战士用长枪向我突刺,但没有刺中,他马上放弃长枪,跑来想把我拽下马鞍。他靠得太近,我用长枪施展不开,索性反手用矛柄砸了他脑袋一下,继续策马奔驰。那人抓住我的长枪,我松手不予理会,扯出海威贝恩向后劈砍了一下。我瞥见亚瑟从勒姆芮上不断转身,左右挥动长剑,便也如法炮制。加拉哈特一脚踢在一个士兵脸上,用兵器刺中另一个,然后赶紧继续赶路。库尔威奇

亚瑟王

连头盔一起抓住了一个黑盾战士，将那人一把拖向火焰，那人惊慌地解开下巴扣带，惊声尖叫，任由库尔威奇把自己扔在了火焰旁边，眼巴巴看他转身扬长而去。

伊撒也越过了空隙，昆格拉斯和他六名扈从也不甘于后。侥幸逃脱的黑盾战士纷纷向迷宫的中心逃散，我们紧跟在他们身后，在火光跳跃的两座火墙之间策马小跑。亚瑟手中借来的剑闪耀着红色火光，他又蹬了勒姆芮一下，马开始慢跑，知道迟早要被抓住的黑盾战士退到一边，放下手里的长枪，表明不想再继续战斗。

我们围着圆环转了半圈才找到内环的入口。内外环之间只有三十步之遥，宽度刚好容许我们骑行，又不至于被活活烧死，但通道内的空间宽度却不足十步，而且火焰最盛，火势也最为猛烈，我们都在入口处犹豫不决。圈内发生什么，我们依旧看不见。梅林知道我们来了吗？众神呢？我抬起头，半心半意地期盼能有一支巨大的长枪从天而降，但眼前只有光线层叠的夜空，还有裹挟在漫天烟雾中的星星火光。

我们来到了最后一道火光螺旋。我们艰难地快速骑行，在步步紧逼的滔天火焰之间追风逐电。鼻孔里充斥着烟气，烈焰余烬灼烧着我们的面庞，但一步接一步，我们越来越接近谜题的中心了。

大火的噼啪声掩盖了我们的马蹄声。我认定梅林和妮慕根本不知道他们的仪式即将中止，因为他们根本看不见我们。火圈中央的守卫最先看到了我们，他们大声警告不得靠近，纷纷跑来和我们对峙，但是亚瑟像是用浓烟遮罩身躯的魔鬼，以迅雷不及掩耳之势冲越火光。千真万确，浓烟自他身上流淌而过，他扯着嗓子大喊，骑着勒姆芮，冲入黑盾战士匆忙组成的阵列，完全是靠惯性冲散了盾墙，我们其余的人也挥舞利剑跟在他后面，见此架势，连少数最忠诚的黑盾战士也不得不作鸟兽散。终于，格温德瑞找到了。格温德瑞还活着。

他被两个黑盾战士抓着，看到亚瑟以后，那两个人放开了男孩。妮慕向我们尖叫，直瞪着格温德瑞，后者正哭丧着脸奔向他的父亲。她气急败坏，在五处篝火组成的中央圆环内厉声咒骂，亚瑟俯下身，用强壮的手臂将他儿子揽到马鞍上，然后转身看向梅林。梅林脸上汗渍涔涔，一言不发地注视着我们，他正站在一架梯子的中间，梯子靠着一个绞架。这个绞架实际上是由两根插在地上的树干组成，第三根树干横在上面。绞架的位置正好位于中央圆环的正中心。梅林身着白色长袍，衣袖沾染着血红之色，从袖口到肘部全是淋淋鲜血。他手里拿着一把长刀，但我敢发誓，他的脸上显露出一丝紧张的神情。马尔多克还活着，但是看上去命不久矣。那男孩赤身露体，嘴里被捂着布条，免得他惊声尖叫，脚踝也被绑在绞架上。在他旁边还绑着另一对脚踝，那是一个白皙而又瘦弱的身体，在火焰中越发苍白，喉咙部位明显有一处刀痕，一直向后切到脊椎，血液全部流进了圣锅内。他的发辫依旧在滴落血液，那是高文的长发，发迹末端呈血染的红色。他的头发实在太长了，沾满血腥的发辫垂落在银质的圣锅里，我完全是凭借这一头长发才认出了他。高文英俊的面庞如今血肉模糊，隐藏在血色之下，像是戴着鲜红可怖的面具，梅林的手里依然握着献祭高文的长刀，似乎对我们的突然来临感到茫然而不知所措。倏忽之间，他脸上淡定释然之色消失了，我完全看不懂他的表情，只有妮慕依然在向我们尖啸。

她举起左手掌，那上面留有誓约的刀痕。"杀掉亚瑟！"她对我喊道，"德瓦！你和我立过誓约！杀了他！我们不能回头！"

我的胡子底下突然闪过刀刃的寒光。加拉哈特用剑指着我，对我轻轻微笑。

"别动，我的朋友。"他说。他知道誓约的咒力。但他也知道，我不会杀死亚瑟，他这么做不过是想打消妮慕对我的报复之心。"德瓦要是敢动一下，"他对妮慕招呼道，"我就割断他的喉咙。"

"你倒是动手啊！"她尖叫道，"今晚正好是国王之子的祭日！"

"放了我的儿子。"亚瑟说道。

亚瑟王

"你并不是国王,乌瑟之子亚瑟,"梅林终于开口,"你真以为我会杀死格温德瑞?"

"那他为什么出现在这里?"亚瑟反问道。他用一只胳膊护住格温德瑞,另一只手紧握着红光闪耀的利剑。"他为什么会在这里?"亚瑟再次质问,语气更加愤怒。梅林一时间说不出话,妮慕抢着回答。"他之所以在这里,乌瑟之子亚瑟,"她冷笑一声,"就是担心牺牲掉这一个可怜的小家伙还不够。"她指了指在绞架上无助扭动的马尔多克。"他是国王的儿子,但不是正统的继承人。"

"所以就拿格温德瑞充数吗?"亚瑟问。

"醒醒吧!"妮慕凶狠地说道。她不得不在火焰肆虐的噪音中提高嗓门。"你难道不知道圣锅的神力吗?把死了的人放在圣锅之内,那人就能复活,就能再次行走,并且又能呼吸了。"她向亚瑟走了过来,独眼之中闪烁着疯狂的光芒,"把男孩交给我,亚瑟。"

"不。"亚瑟扯了扯勒姆芮的缰绳,那马跳着远离了妮慕。她又转身望向梅林。"快杀了他!"她尖叫着指向马尔多克,"至少要试一试。快杀了他!"

"住手!"我喊道。

"杀了他!"妮慕嘶吼,但梅林依然没有动手,妮慕见状索性向绞架跑了过去。梅林似乎动弹不得,亚瑟却让勒姆芮掉转回头,向妮慕冲了过去。他骑马撞倒了妮慕,看她跌倒在了草坪上。

"放那孩子一条生路!"亚瑟对梅林说道。妮慕张牙舞爪向亚瑟跑来,却被他一把推开,等她又跑回来的时候,亚瑟剑锋一旋,指着她的脑袋,这才让她稍稍冷静下来。

梅林握着刀刃,越来越靠近马尔多克的喉咙。尽管袖子上浸着鲜血,手里握着长刃,梅林看上去却异常温和。"乌瑟之子亚瑟,你真以为自己可以在众神袖手旁观的情况下打败撒克逊人吗?"他发问。亚瑟却没有理会。"我命令你放了这个男孩。"他吩咐道。

妮慕扭头看着他。"你想被诅咒吗,亚瑟?"

"我早就被诅咒了。"他的语气中透着苦涩。

"让这男孩死吧!"梅林在梯子上喊道,"亚瑟,他对你一文不值。不过是一个国王的庶子,一个婊子养的私生子!"

"那我又是什么?"亚瑟喊道,"不过也是一个国王的私生子,一个婊子养的私生子!"

"但是他非死不可,"梅林耐下性子继续说道,"他的死将引领诸神重新回到我们身边。等到众神降临,亚瑟,我们就把他放到圣锅里,让他复活。"

亚瑟指着他侄子高文那生机全无的可怕尸体。"一个人的死还不够吗?"

"一个人永远不够。"妮慕说道。她绕过亚瑟的坐骑跑到了绞刑架上,伸手帮忙按着马尔多克的脑袋,方便梅林割开他的喉咙。亚瑟领着勒姆芮走近绞架。"梅林,如果两个孩子无辜死去以后,众神依然没有降临,该怎么办呢?"他问,"还要杀多少人?"

"直到够数为止。"妮慕回答。

"每一次,"亚瑟特意提高了嗓门,好让我们都能听到,"不列颠灾厄降临,每一次强敌入侵,每一次瘟疫肆虐,每一次百姓惶恐不安,我们都要像这样把孩子送上绞架吗?"

"如果众神降临的话,"梅林说,"就不会再有瘟疫、恐惧或是战争了。"

"那他们当真会来吗?"亚瑟问道。

"他们即将降临!"妮慕尖叫道,"看哪!"她用另一只手指向夜空,我们不约而同地抬起头,我看到天空中的光亮正在褪去。原本明亮的蓝色天光变成了黯淡的紫黑色,红色光线已经被浓烟弄得模糊不清,原先阴沉的烟幕又开始重新星光闪烁。

"不!"妮慕在痛苦号啕,"不!"她最后的一声号啕尤其悠长,似乎永

亚瑟王

远也不会断绝。亚瑟骑着勒姆芮走到绞架面前。"你称我为不列颠的大帝,"他对梅林说,"那么皇帝必须济世安民,否则就不配当这个皇帝,如果大人的性命一定要孩童以生命作为代价才能保全的话,这样的不列颠不值得我统治。"

"少胡说八道了!"梅林抗议道,"你这是妇人之仁!"

"如果人们要铭记我,"亚瑟说,"那也是铭记我的公正无私,我的手上已经沾染太多鲜血了。"

"你会被人们铭记在心的,"妮慕向他啐了口水,"但却是以一个叛徒、一个掠夺者和一个胆小鬼的身份。"

"但至少,"亚瑟轻描淡写地说道,"这个孩子的后代不会这么认为。"他话音刚落,便抬起手砍断了绑住马尔多克脚踝的绳索。男孩跌倒时,妮慕又尖叫起来,她伸出双手,像抓钩一样想要挠亚瑟,但亚瑟只用剑柄猛地往她头上一敲,一击将她弄晕了过去。虽然火焰噼啪声犹在耳,这一下我们却听得很清楚。妮慕蹒跚了几步,耷拉着下巴,硕果仅存的那只眼睛失去了神采,一下子瘫倒在地。

"当初真该给格温薇儿也来这么一下。"库尔威奇小声向我咕哝。

加拉哈特已经从我身旁离开,默默下马,解开了马尔多克身上的束缚。那孩子哇哇大哭,要找他母亲。

"真是受不了孩子哭闹。"梅林细声细语说道,然后移动梯子,让它靠近拴着高文的那根梁柱,又缓缓爬上梯级。"我不知道,"他一边向上爬,一边说,"究竟众神有没有降临。你们的期望太多了,或许他们已经来到这里了也说不定。谁能说得清呢?但我们至少可以在莫德雷德的孩子不流一滴血的情况下完成仪式。"话音刚落,他笨拙地割断了绑着高文脚踝的绳子。在他来回切割的时候,高文的尸体在左右摇晃,鲜血顺着头发往圣锅的边缘滴答掉落。不一会儿,绳子断开,整个尸体笨重地掉落在了盛满鲜血的圣锅里,溅起来的血液溢满了器皿的边缘。梅林缓步从梯子上爬下来，然后命令一直在旁边对峙观察的黑盾战士取来不远处的柳条筐。男人们把筐里的盐舀进圣锅，密不透风地紧紧包住高文弓曲的尸体。

"现在怎么办？"亚瑟收起了剑。

"结束了，"梅林说，"全都结束了。"

"埃克斯卡利伯呢？"亚瑟问。

"它在阵法最南端，"梅林用手指引道，"不过你必须等到火势烧尽以后才能去取。"

"不！"妮慕刚刚恢复意识，又开始叫嚷。她吐出嘴里的血渍，亚瑟刚才那一击在她脸上划出了一道口子。"宝藏是我们的！"

"宝藏，"梅林疲惫不堪，"已经收集起来使用完毕了。它们现在什么用也没有了。亚瑟可以取回他的剑了，他兴许还用得上。"他转过身，把长刀扔到最近的火堆里，然后转身看着两个黑盾战士将圣锅封存完毕，高文伤痕累累的尸体上满盖着白盐，由内向外泛出粉红血色。"到了春天，"梅林说道，"撒克逊人就会来到，那时候就能知晓今晚的魔法到底管用不管用了。"

妮慕向我们怒号。她半似哭泣半似咆哮，嘴里吐着口水，咒骂连连，她向空气、火焰、大地和海洋下了毒誓，要让我们不得好死。梅林没有管她，但妮慕从来不肯接受半途而废，所以那天晚上以后，她就成了亚瑟的敌人。从那以后，她开始研究诅咒，这些咒语能够报复那些阻止众神降临麦敦的人。她称我们肆意践踏不列颠，还发誓要让我们永远生活在恐怖之中。

我们那天整晚都在山上没有下来。众神并没有来临，大火烧得异常猛烈，直到第二天下午亚瑟才取回埃克斯卡利伯。马尔多克回到了母亲的怀抱，但后来我听说，他没有熬过那年冬天，高烧不退死了。

梅林和妮慕带走了其他宝藏。他们用一辆牛车，载着可怖的圣锅走了。妮慕在前领路，梅林则像个言听计从的仆人跟在后面。他们牵走了安

亚瑟王

驳尔——高文那匹完好无损的黑色坐骑，还带走了不列颠的旗帜，去往一个我们谁也不知道的地方。不过我们猜测他们要去西部荒凉的土地，在那里妮慕的诅咒会借着冬日风暴肆虐大地。

这都是撒克逊人到来之前的事情了。

如果要回忆亚瑟是如何被记恨的，的确让人觉得奇怪。那年夏天，他粉碎了基督徒的希望，现在，在这秋末时节，他又摧毁了异教徒的日夜魂牵梦绕的念想。和以往一样，眼见自己两面不讨好，他也有些惊讶。"我该怎么做？"他质问我，"让我儿子死吗？"

"策菲迪是这么做的。"我的回答起不到任何帮助。

"可是策菲迪依然输掉了战斗！"亚瑟一针见血。我们向北方骑行。我回到了敦卡里克的家，亚瑟则与昆格拉斯和埃姆里斯主教一道前去拜会格温特国王莫里格。亚瑟唯独只在乎这场会晤。他从来不相信众神能救不列颠于撒克逊人的魔爪之下，在他看来，八九百名训练有素的格温特长枪兵足以让战争的天平重新平衡。他估计，德莫尼亚能够召集六百名长枪兵，其中经历过战火洗礼的有四百来人。昆格拉斯能带来四百兵力，爱尔兰的黑盾战士能再添一百五十，阿莫里凯或者北方王国或许会提供一百多名以烧杀抢掠著称的自由雇佣兵。"大概能有一千两百号人。"亚瑟估测。即便如此，他也会跟随自己心情的波动，对这一数字上下调整，如果他心情乐观，他甚至觉得格温特能够贡献出八百人，我们的部队总数也能一下子激增到两千，但他还是承认，即便如此或许依然不够，因为撒克逊人这一次或许会派出一支规模空前的军队。阿尔至少可以拿出七百名长枪兵，而他的王国还是两个撒克逊王国中实力最弱的。我们估计策尔迪克的长枪兵在一千左右，还有传言说策尔迪克正从法兰克国王克洛维斯那里招兵买马。雇佣兵都是用大把金子雇来的，撒克逊人承诺他们，等到胜利以后，还能继续瓜分德莫尼亚的宝库。我们的间谍还报告说，撒克逊人会等到艾斯特蕾①节庆典，也就是他们的春之庆典结束以后再做行动，以便留出时间让更多新船靠岸。"他们能凑到两千五百人。"亚瑟估计，如果莫里格袖手旁观，我们只有一千二百人。当然，我们也可以征召新兵，但是在训练有素的战士面前，新兵蛋子不堪一击，绝不可能是撒克逊人的对手。

"如此说来，如果没有格温特的长枪兵，"我沮丧地说道，"我们注定难逃一败。"

自格温薇儿背叛以后，亚瑟总是不苟言笑。可他此时分明笑容可掬。"注定？谁说的？"

"您就是这个意思，大人。数字也能说话。"

"难道你从来没有经历过以少胜多的战斗？"

"经历过，大人，我经历过。"

"那为什么我们这次赢不了？"

"只有傻瓜才会找比自己更加强大的敌人战斗，大人。"我说。

"只有傻瓜才会挑起战斗，"他精力旺盛地说道，"我也不想在来年春天打仗。是撒克逊人要打的，我们别无选择。相信我，德瓦，我也不希望处于人数劣势，我无论如何都要说服莫里格前去战斗，不成功便成仁，如果格温特依然固执己见，那么我们就不得不凭自己的力量击败撒克逊人。我们是可以打败他们的！相信吧，德瓦！"

"大人，我情愿相信宝藏的魔力。"

他笑了起来。"我只相信这件宝藏。"他拍了拍埃克斯卡利伯的剑柄。

"相信我们能够胜利吧，德瓦！如果我们像孬种一样面对撒克逊人，他们会把我们的骨头喂给狼群。但如果我们像胜券在握那样同他们英勇奋战，他们就得屁滚尿流、鬼哭狼嚎了。"

说得倒轻巧，要想得胜谈何容易。德莫尼亚阴云笼罩，风雨飘摇。我

---

① 撒克逊人春之女神的名字。

亚瑟王

们失去了神灵的庇佑,人们都说是亚瑟赶走了神灵。现在的他,不仅是基督教神祇之敌,甚至是普天下所有神灵的仇敌,人们还说撒克逊人就是上天对他的惩罚。就连天气也预示灾厄,在我和亚瑟分别后的那天早晨,天就开始下雨,没有任何消停断绝的迹象。低沉的灰云日复一日地弥漫大地,寒风呼啸,淫雨霏霏。万物潮湿。我们的衣服、床铺褥子、柴火垛子、地板全都受了潮,就连房墙也是湿哒哒的。入库的长枪也生了锈;储存的谷物要么发了芽,要么发了霉,可从西边刮来的雨水依旧不停不歇,不留情面。夏汶和我尽最大努力填补了敦卡里克大厅的雨漏。她的哥哥送来了波伊斯的狼皮,我们赶紧挂在木墙上,但屋梁下面的空气似乎潮湿透了。就连柴火也不好烧,火焰若有似无,烟熏缭绕,害得我们眼睛发红。我们两个女儿在初冬时也性情大变。原本文文静静、最让人放心的老大莫温娜变得狡猾了,有时自私到连夏汶都不得不用腰带教训她。"她在想格温德瑞呢。"夏汶后来告诉我。亚瑟已经下令,不得让格温德瑞离开身边半步,所以这孩子和他父亲一起去见莫里格国王了。"他们明年就该成婚了,"夏汶继续说,"到时候她的心病也就治好了。"

"那也得等到亚瑟点头同意,"我浇了她冷水,"最近他对我们可没有什么好感可言了。"我曾以为亚瑟会带我一起去格温特,谁知他却言辞激烈地拒绝了。曾经有一段时间,我自认是他最亲密的朋友,但现在他对我咆哮相向,经常不欢而散。

"他觉得是我有意置格温德瑞于险境。"我说。

"不,"夏汶不同意,"从他发现格温薇儿的那天晚上起,他就一直在疏远你。"

"为什么要扯到那件事?"

"因为当时你和他在一起,亲爱的,"夏汶耐心地说,"因为有你在场,他也就不能装作什么事情都没有发生。你见证了他的蒙羞始末。他一看到你,就想起了她。他是嫉妒你罢了。"

"嫉妒?"

她笑了。"因为他觉得你很幸福。于是他就想,如果当初他和我结婚,或许他也会幸福了吧。"

"或许吧。"我说。

"他甚至还提议过。"夏汶不经意说道。

"他说什么?"我瞬间爆发了。

她安慰我。"不是认真的,德瓦。那可怜人只是想求些慰藉罢了。他觉得,只要一个女人抛弃了他,所有的女人都有抛弃他的可能,所以他才问我。"

我摸了摸海威贝恩的剑柄。"你以前从来没有告诉过我。"

"为什么要告诉你呢?本来也没什么好说的。他问了一个很笨的问题,我告诉他,我已经向众神起誓,这辈子要和你长相厮守。回答他的时候我柔情脉脉,之后他非常惭愧。我还答应他,我不会告诉你,但还是违背了承诺,或许我将因此受到众神的惩罚。"她耸耸肩,仿佛觉得受惩罚也是应该的。"他需要一个妻子。"她无可奈何地苦笑了一下。

"或者一个女人。"

"不,"夏汶说道,"他不是随便的男人。和女人同床共枕以后又拂袖而去的事情,他做不到。他分不清什么是欲望,什么是爱情。一旦亚瑟付出自己的灵魂,他就会倾其所有,毫无保留。"

我怒火难消。"他知不知道如果他娶了你,我会怎么做?"

"在他看来,你会以莫德雷德监护人的身份统治德莫尼亚,"夏汶说道,"他异想天开地认为,我会跟随他一起去布罗塞利昂,在那里我们会像孩子一样沐浴在阳光下,而你会留在这里打败撒克逊人。"她笑了。

"他什么时候说的?"

"就是他命令你去见阿尔的那天。他以为你走以后,我就会跟随他远走高飞。"

亚瑟王

"不然他就是希望阿尔会杀掉我。"我想起撒克逊人叫嚣着要杀死所有不列颠使节的故事,不禁语带愤恨。

"他后来很愧疚,"夏汶诚挚地安慰我,"别和他说是我告诉你的。"她让我向她保证,我信守了承诺。"真没什么大不了的,"她不想再说下去了,"如果我答应的话,他反而要错愕而不知所措。他之所以问,德瓦,是因为他很痛苦,一个人如果痛苦,他总会不顾一切地表现出来。他真正想要的是与格温薇儿一起远走高飞,但他不能这么做,他的骄傲不容许他这么做,他知道我们都需要他来击败撒克逊人。"

要想击败撒克逊人,恐怕还需要莫里格的长枪兵才行。但我们偏偏听不到亚瑟和格温特谈判的消息。好几周过去了,北方依旧音讯全无。来自格温特的一个游历牧师告诉我们,亚瑟、莫里格、昆格拉斯和埃姆里斯已经在格温特首都布瑞恩谈了一个星期了,但有关会议的结果,这名牧师一无所知。这牧师皮肤黝黑,五短身子,一只眼睛斜视,留着一撮胡须,用蜂蜡摆弄成十字形状。之所以来到敦卡里克,是因为小村庄里本没有教堂,他想建一座。像许多类似的巡游牧师一样,他带了一帮女人;三个荡妇,簇拥在他周围。我第一次听说他来这里的时候,他还在溪边的铁匠铺外布道,我让伊撒和两个长枪兵制止他胡言乱语,然后把他带到大厅,喂了他一大包发了芽的谷子,他一顿狼吞虎咽,用勺子舀起麦粥就吃,因为食物烫到了舌头,嘴里啧啧怪响,形状怪异的胡须上还留着稀疏的残渣。等他吃完,他的女人们才肯吃东西。

"我只知道,大人,"他在回答我们迫不及待的问题,"亚瑟向西走了。"

"去了哪里?"

"德米缇亚,大人。去见伊仑之子欧依戈斯。"

"为什么?"

他耸了耸肩。"我不知道,大人。"

"莫里格国王有没有为战争做准备？"我问道。

"他确实在准备捍卫自己的领土，大人。"

"那防卫德莫尼亚呢？"

"除非德莫尼亚承认这世间只有唯一一个真神，"牧师一边说，一边用木勺画了一个十字，脏衣服也溅了不少麦粥，"我们的国王热衷于基督教，他的长枪绝不会为异教徒驱驰。"他抬头看了看我们在房梁上钉的一个牛头，又做了一个十字的手势。

"如果撒克逊人占领了德莫尼亚，"我说，"格温特也不远了。"

"基督会保护格温特的。"牧师固执己见。他把碗给了他一个女人，后者直接用脏手指拈起他吃剩下的食物。"基督会保护你的，大人，"牧师继续说道，"如果你肯谦卑地顺从他。如果你肯弃暗投明，接受洗礼，来年你必能收获胜利。"

"那为什么兰斯洛特去年夏天铩羽而归？"夏汝反唇相讥。

牧师用正常的那只眼睛细细打量她，另一只眼睛在阴影中游移不定。"夫人，兰斯洛特国王并不是被选中的人。莫里格国王才是。我们的经文中有言，只有一人将成为天选之人。似乎兰斯洛特国王并不是那个人。"

"选他做什么？"夏汝问道。

牧师盯着她不放。她仍然是一个美丽的女人，神采奕奕，平静似水，宛若波伊斯的启明星。

"选他，夫人，"他继续说，"来统领全不列颠人信仰永生不灭的上帝。不论撒克逊人还是不列颠人，不论格温特人还是德莫尼亚人，也不论爱尔兰人还是皮克特人，从此都崇拜真正的上帝，永浴和平与博爱。"

"如果我们不听命于莫里格国王呢？"夏汝问。

"那么我们的上帝会毁灭你。"

"你来这里，"我问，"就是来宣扬这些的么？"

"别无他事，大人。我乃受命之身。"

亚瑟王

"受莫里格的命令?"

"上帝之命。"

"但这溪流两岸的领主是我,"我说,"南至卡丹城堡,北到萨丽丝泉,都是我的管辖范围,未经我的许可,你不得在此布道。"

"上帝圣谕不容凡人反驳,大人。"牧师说道。

"那这个容不容?"我拔出了海威贝恩。

他的女人发出嘘声。牧师盯着剑,往炉火里啐了口水。"您是在招唤上帝的怒火。"

"而你在招唤我的怒火,"我说,"如果到了明天日落时分,你还在我的管辖领土逗留,那我就要让你成为我奴隶的奴隶。今晚你就凑合着和牲畜在一起睡个觉,明天给我卷铺盖走人!"

第二天他愤愤不平地走了,仿佛上天也要惩罚我似的,冬天的第一场雪随之早早到来。这场雪下得很早,看来今年冬天注定多苦多难。起初是雨夹雪,但随着夜幕降临,又成了鹅毛大雪,黎明时分大地便已银装素裹。接下去一周天气更加寒冷,甚至连屋顶内部都悬冰挂柱,为了保持温暖,我们也开始了同冬季的鏖战。在村子里,人们把牲畜赶到家里,挤在一起睡觉,我们则生起巨大的火焰,与苦涩寒冷的气候斗智斗勇,冰柱也从茅草上纷纷滴落下来。我们把备冬的牛群赶入牛棚,放不下的统统屠宰杀死,再像梅林储存高文的尸体一样,把它们的肉用盐腌制好。两天之后,村子里回荡着牛被强拽着置于斧头之下的哀鸣嘶叫。白雪溅得通红,空气中弥漫着鲜血、盐和粪便的味道。大厅里,火光通明,但暖意寥寥。我们醒来时依旧瑟瑟寒冷,在皮袭下颤抖不停,徒劳地期盼冰消雪融。就连溪水也封冻了,为了获取日用水源,我们不得不穿凿冰块。

年轻的长枪兵依然在接受我们的训练。我们让他们穿过雪原,锻炼他们的肌肉,为对抗撒克逊人做准备。在雪虐风饕的时候,村子里的小房子上全部覆盖了一层厚厚的积雪,我只好让士兵用柳木板制作盾牌,上面盖一层皮革。我正在整备一支战队,但是看到他们的时候,我打心眼里为他们忧虑,真不知道他们多少人能够活下来亲眼目睹夏日阳光。

冬至来临之前,亚瑟传来了一条消息。在敦卡里克,我们当时正忙着准备一场声势浩大的盛宴,这场盛宴将一直贯穿阳光从有到无的整整一周时间,恰在此时,埃姆里斯主教来了。他骑着一匹打了马蹄铁的马,身边还有六名亚瑟的长枪兵护送。主教告诉我们,他原先留在格温特,继续和莫里格争执理论,亚瑟去了德米缇亚。"莫里格国王并没有完全拒绝向我们施以援手。"主教一边告诉我们,一边在火炉旁边瑟瑟发抖,为了腾出空间,他把我们的两只狗拉到了一边,将自己冻得饱满发红的双手伸向火焰。"但我担心,他会借此漫天要价。"他打了个喷嚏,"亲爱的女士,你是最善良的。"他对端来热蜂蜜酒的夏汶说道。

"什么条件?"我问。

埃姆里斯悲伤地摇了摇头。"他想要德莫尼亚的王座,大人。"

"他想要什么?"我气不打一处来。

埃姆里斯举起一只皲裂的胖手,安抚着我的愤怒。"他说莫德雷德不适合统治,亚瑟又不愿意统治,而德莫尼亚需要一位基督教国王,于是他推荐了自己。"

"混蛋,"我说,"奸诈胆小的小混蛋。"

"亚瑟当然不能接受,"埃姆里斯说,"毕竟他对乌瑟誓言在先。"他啜饮着蜂蜜酒,欣慰地叹了口气。"身子暖和起来的感觉真不赖。"

"也就是说,除非我们把这个王国拱手送给莫里格,"我气愤地说,"否则他是不会帮助我们的了?"

"他是这么说的。他坚称上帝会保护格温特,除非我们接受他的提议,不然就得自求多福了。"

我走到大厅门口,拉开皮革帘幕,盯着门前栅栏上高高的积雪。"你和他父亲谈过吗?"我问埃姆里斯。

亚瑟王

"我确实见了图锥克，"主教说道，"我和阿格里科拉一起去的，他向你致以问候。"

阿格里科拉曾是图锥克国王的得力爱将，一位伟大的战士，他身披罗马人的盔甲，动作迅猛，身手不凡，令人胆寒。但如今，阿格里科拉已是一名老者，他的主人图锥克也已放弃了王位，削发成为传道士，把权力移交给了自己的儿子。"阿格里科拉还好吗？"我问埃姆里斯。

"人老了，但很有活力。当然，他和我们的观点一致，但是……"埃姆里斯耸了耸肩，"图锥克已经放弃了王位，自然也就放弃了自己的权力。他说他没有办法改变儿子的想法。"

"是不愿意吧。"我抱怨着退回到炉火旁。

"或许确实不愿。"埃姆里斯赞同道。他又叹了口气。"我挺喜欢图锥克这个人的，但他现在抽不开身。"

"他还能有别的事情？"我怒气冲冲地问。

"他想知道，"埃姆里斯有些踌躇地回答，"到了天堂以后，我们是否会像凡人一样进食，或者不再需要补充营养了。因为你必须明白一点，人们相信天使根本就不用吃东西，天使的确已经免除了世俗的欲念和胃口，老国王正尝试着像天使一样自在生活。他吃得很少，还向我吹嘘他曾整整三个星期没有排便，这让他自己感觉更加神圣了。"夏汶只顾微笑，什么也没说，而我也只是难以置信地盯着主教。埃姆里斯喝完了蜂蜜酒。"图锥克声称，"他有些不置可否地补充道，"他会一直忍受饥饿，直到自己升华到一种圣洁的状态。我承认我不相信，但他看起来的确是一个最为虔诚的人。我们都应当受到祝福。"

"阿格里科拉呢？"我问道。

"他在炫耀自己排便通畅。请别介意，夫人。"

"想必他们两人重聚的场面一定十分畅快。"夏汶揶揄地回答。

"但对目前的形势没有任何帮助。"埃姆里斯承认。"我曾想要说服图锥克扭转他儿子的想法，但是，唉，"他耸耸肩，"如今我们只能祈祷了。"

"外加打磨长枪。"我说。

"那倒是。"主教附和道。他又打了个喷嚏，做了一个十字架的手势，忙不迭抵消打喷嚏带来的坏运气。

"莫里格会允许波伊斯的长枪兵穿越他的土地吗？"我问。

"昆格拉斯告诉他，无论如何都要挥师穿越的，哪怕得不到准许。"

我呻吟了一声。现在我们最不愿意看到的就是一位不列颠国王和另一位不列颠国王窝里斗。多年来，内部争斗严重削弱了不列颠，撒克逊人趁机浑水摸鱼，一路高歌猛进，占领了一座又一座山谷和城镇，虽然近来撒克逊人之间你争我抢的事情时有发生，我们也利用他们相互的敌意挫败过他们几次，但是亚瑟曾经让不列颠人深深领会的教训——团结铸就胜利——如今策尔迪克和阿尔也吸取了。现在撒克逊人团结了起来，不列颠人反倒意见分裂了。

"我觉得莫里格会让昆格拉斯通过的，"埃姆里斯说道，"因为他不想和任何人发生战争。他只想要和平。"

"我们都希望和平，"我说，"但如果德莫尼亚沦陷，撒克逊人下一个蹂躏的就是格温特了。"

"莫里格不这么看，"主教说道，"他愿意为任何想要躲避战乱的德莫尼亚基督徒提供庇护。"

这不是个好消息，因为它意味着，任何不敢面对阿尔和策尔迪克的懦夫只需要自称皈依基督，就能在莫里格的王国里寻得庇护。"他真相信他的上帝能够保护他吗？"我问埃姆里斯。

"大人，他一定是这么认为的，不然还要上帝做什么用呢？当然，上帝可能另有安排。上帝的想法是非常难以理解的。"主教身子暖和了起来，从肩膀上脱掉了熊皮披风，在那下面，他还穿着一件羊毛上衣。他把手放进上衣里，我以为他要抓虱子搔痒，但却看到他拿出一张折叠的羊皮纸，

亚瑟王

上面还系着丝带,并且用熔蜡密封过。"亚瑟从德米缇亚寄来给我的,"他说完把羊皮纸交给我,"他让你交给格温薇儿王后。"

"当然。"我取过羊皮纸。我承认,我很想打开封印看一看里面的内容,但还是抵制住了诱惑。"你知道上面说了什么吗?"我问主教。

"噢,大人,不知道。"埃姆里斯说,他没有看我,但我怀疑这个老人开启过封印而且知道了信的内容,只是不愿意承认而已。"我敢说这里面没有什么大不了的,"主教说道,"但他特别嘱托要让她在冬至之前收到它。也就是在他回来之前。"

"他为什么去德米缇亚?"夏汶问道。

主教说:"为了确保黑盾战士会在来年春天投入战斗。"他这么说,但我发现他的回答闪烁其词。我怀疑这封信里包含亚瑟问候伊仑之子欧依戈斯的真正原因,既然埃姆里斯不承认他开启了信件,那么我的猜测也就得不到证实。

第二天早上,我骑马来到了怀君岛。路途虽然不远,但大部分的时间我都在奋力牵着马和骡子穿过积雪。骡子上驮着几十张昆格拉斯带给我们的狼皮,这的确是雪中送炭般的礼物,因为格温薇儿的木墙监狱满是裂缝,不停刮着穿堂风。我看到她蜷缩在房间中央燃烧的火堆旁边。下人报告我来了的时候,她站起身,挥手示意两名侍从到厨房里去。"我也想自己下厨来着,"她说,"至少厨房里还算暖和,遗憾的是,那里头全是叽叽喳喳的基督徒,就连破个鸡蛋都要连声赞美上帝。"她打了个寒噤,赶紧又往修长的肩膀上提了提斗篷。"罗马人,"她说,"知道如何保暖,但我们似乎已经遗忘了这项技能。"

"这些是夏汶送给您的,女士。"我说完把狼皮放在了地板上。

"请代我向她表示感谢。"格温薇儿说完,没有在意天寒地冻,依然打开了百叶窗,以便日光照入房间。在冷空气的冲击下,火焰开始摇曳,火星向熏黑的房梁飘浮回旋。格温薇儿穿着厚厚的棕色羊毛大衣。她脸色苍白，但在那双睥睨一切的翠绿色眼睛的衬托下，她的脸庞依然容光焕发，吐露着骄傲的神色。"我原本希望能早点见到你的。"她话里透着些许责备。

"今年冬天实在太艰难了，夫人。"我为自己久疏问候开脱辩解。

"我想知道，德瓦，在麦敦发生的事情。"她说。

"我会告诉您的，夫人，但首先我奉命要给您这个。"

我把亚瑟的羊皮纸从腰带上的小袋子里取出来，再呈送给她。她扯开了缎带，用指甲刮去蜡封，再展开信纸。透过窗外从雪地里反射出的光线，她开始默读信件。我看到她的脸上泛出皱纹，但她纹丝不动，没有一丝半点表情流露。她大概读了两遍，然后把信折起来扔在木箱上。"现在跟我说说麦敦的事。"她说道。

"您都知道了些什么呢？"我问。

"莫甘想告诉我什么，我就知道些什么，但那婊子说得越多，越证明她那可怜的神灵无德无能。"她故意扯开嗓子，有意让隔墙之耳窃听到。

"我怀疑莫甘信仰的神对这件事情十分失望。"我说，然后告诉她有关萨温节之夜的完整故事。我说完以后，她沉默不语，只是盯着窗外冰雪覆盖的庭院发呆，那儿有十几个顽强的朝圣者跪倒在神圣的荆棘下。我从墙边取来柴火，投进了火堆里。

"所以是妮慕把格温德瑞带到了山顶？"格温薇儿问道。

"她派黑盾战士去找他。其实是绑架他。这并不困难，小镇里到处都是陌生人，各式各样的长枪兵在宫殿内外游荡。"我停顿了一下，"不过，我倒不觉得他当时真有性命之虞。"

"当然有！"她断喝。

她的激动表现让我吃了一惊。"当时要献祭的是另一个孩子，"我辩解道，"是莫德雷德的儿子。他被扒光了，刀子都准备好了，但不是格温德瑞。"

亚瑟王

"如果这个孩子死了以后什么都没有发生,接下来又会发生什么呢?"格温薇儿问道,"你以为梅林会就此善罢甘休,放过格温德瑞吗?"

"梅林不会对亚瑟的儿子屠刀相向。"我必须承认我的回答欠缺信念。

"但妮慕会,"格温薇儿说道,"为了迎接她的神,妮慕不惜杀尽全不列颠的孩子,梅林心里也会痒痒。事情都到了这样一个地步,"她食指和拇指分开比画一枚硬币的宽度,"梅林和众神归来之间仅仅只隔了一个格温德瑞?哦,梅林心里怎么会不痒痒?"她走到火堆前,敞开长袍,好让火焰的温暖能够渗透进去。她长袍下面是一身黑色礼服,没有佩戴任何珠宝。手指上甚至连戒指都没有戴。"梅林,"她温柔地说,"可能会因为杀死格温德瑞而感到内疚,但妮慕不会。她认为此世与彼世之间没有任何区别,所以一个孩子的生或是死,对她来说哪里有什么影响呢?但孩子的身份至关重要,德瓦,因为他是统治者的儿子。为了达成最宝贵的理想,你必须放弃最有价值的东西,而在德莫尼亚,最有价值的东西并不是莫德雷德的私生子。统治这里的是亚瑟,不是莫德雷德。妮慕希望献祭的是格温德瑞。梅林知道这一点,只是他觉得不需要付出那么大的代价,但妮慕不在乎。终有一天,德瓦,她要再度聚齐宝藏,叫格温德瑞血洒圣锅。"

"只要亚瑟在世,这样的事情就不会重演。"

"我也决不允许!"她言辞激烈,可就在这时,她意识到自己身陷囹圄,无能为力,只好耸了耸肩。她转身回到窗口,棕色长袍垂落下来。"我不是一个称职的母亲。"她的话让我颇为意外。我不知道该说什么,索性什么也没说。我从来没有如此接近过格温薇儿,事实上,她曾经也用同样原始而复杂的情感取笑过我,如同对待一只又愚蠢又乐意效劳的狗。但现在,或许是因为没有其他人能够分享想法,她这才选择对我吐露心声。"我甚至都不喜欢当一个母亲,"她坦白,"这些女人,这里,"她指着莫甘那些正在神庙前的积雪上行色匆匆的白袍女子说道,"她们都崇拜母亲的角色,但她们自己却像干巴巴的谷壳儿一样死气沉沉。她们在为她们的玛丽哭泣,还告诉我只有母亲才能理解什么叫做真正的悲伤,但这些谁又想知道呢?"她激烈地质问我。"全都是浪费生命!"她现在非常生气,"奶牛也可以成为称职的母亲,绵羊自己也能吸吮母乳长大,成为母亲究竟又有什么好处可言呢?任何一个愚蠢的女孩都可以成为母亲!她们大多数人只适合干这个!所谓母性并不是一种成就,而是一种不可避免的蜕变!"尽管她很愤怒,我分明可以看到她在啜泣。

"但亚瑟只想让我成为一个母亲!一头只管给小牛喂乳的奶牛!"

"不是这样的,女士。"我说道。

她怒气冲冲地回头看我,眼里闪动着晶莹泪光。"你难道比我还更了解他吗,德瓦?"

"他为您感到骄傲,女士,"我有些笨拙地说道,"他深深折服于您的美貌。"

"如果他想,他完全可以为我立一尊雕像!最好在雕像上插几根管子,好给他的婴孩喂奶!"

"他爱过您。"我辩驳。

她盯着我,我以为她马上就要爆发,可她却笑得花枝乱颤。"他崇拜我,德瓦,"她笑得有些疲惫,"这与被爱不一样。"她坐起身,瘫倒在木箱旁边的长凳上。"受人崇拜,德瓦,真叫人非常厌倦。不过他似乎又找到了一位新的女神。"

"夫人,您刚才说他怎么了?"

"你还不知道?"她似乎很惊讶,接着取出了信纸,"给你,自己读一读吧。"

我接过羊皮纸。上面没有任何日期,只有一个题字"自杜努姆",表明信是在伊仑之子欧依戈斯的王国首都写的。这封信的确是亚瑟的笔迹,语气同窗台上厚厚积雪一样冰冷摄人。"你应该知道,夫人,"他写道,"我正式解除你作为我妻子的身份,然后我将迎娶伊仑之子欧依戈斯的女

亚瑟王

儿阿尔甘特。我不会断绝与格温德瑞的父子关系，只是断绝和你的关系而已。"原文如此。上面甚至连署名都没有。

"你真的不知道？"格温薇儿问我。

"不，夫人。"我说。我比格温薇儿表现得还要惊讶。我曾听人说亚瑟应该另娶一个妻子，但他本人什么也没有对我说过，我觉得这是他不信任我，我感觉受到了冒犯，心情无比失望。"我真的不知道。"我坚称。

"有人打开过这封信，"格温薇儿语带讽刺，"你可以看到信的底下留了一个污点。亚瑟可不会这么做。"她身子向后倾斜，红发如火，贴按在墙上。"为什么他要执着于婚娶？"她问道。

我耸耸肩。"男人都应该结婚，女士。"

"胡说八道。加拉哈特就没有娶妻，你总不至于为此看不起他吧。"

"一个男人需要……"我刚开口，声音却弱了下来。

"我知道一个男人需要什么，"格温薇儿快活地说道，"但为什么亚瑟要现在结婚？你觉得他爱这个姑娘吗？"

"希望如此，女士。"

她笑了。"德瓦，他之所以要结婚，就是要证明他已经不爱我了。"

我相信她，却不敢认同她的看法。"我确信他们的确相爱，女士。"我话锋一转。她又笑了。"这个阿尔甘特多大了？"

"十五岁？"我猜道，"也许只有十四岁？"

她皱起眉头，开始回想。"我以为她本来打算要和莫德雷德成婚的。"

"我也是这么认为的。"我回答道，因为我记得欧依戈斯曾提出要把她许配给我们的国王。

"但如果欧依戈斯能把自己的孩子送到亚瑟的床上，怎么还会让她嫁给像莫德雷德这样的跛脚白痴呢？"格温薇儿反问，"才十五岁，是真的吗？"

"话是这么说没错。"

"她漂亮吗?"

"我从来没有见过她,夫人,但欧依戈斯说她漂亮。"

"尤伊利阿塞①的确出美女,"格温薇儿说道,"她姐姐漂亮吗?"

"伊索尔德?是的,可以这么说。"

"这个姑娘一定要美,"格温薇儿像是打趣一样说道,"否则亚瑟根本连看都不会看她。一定要美到所有人都羡慕他,他就是这么要求自己妻子的,她们一定要漂亮,当然,表现也要比我好。"她笑了起来,侧身看了看我。"但是,即使她很漂亮,表现得很听话也不行,德瓦。"

"为什么不行?"

"噢,我确信如果他想,那姑娘的确可以为他生儿育女,但除非姑娘自己很聪明,不然他有朝一日一定会厌倦她的。"她转身注视着火堆,"你觉得他为什么要写信告诉我?"

"因为他认为您应该知道。"我说。

她笑了。"我应该知道?我为什么要关心他跟爱尔兰姑娘上床?我不需要知道,但他恰恰又需要告诉我。"她又看了我一眼,"因为他想知道我的反应,不是吗?"

"真的吗?"我困惑地问道。

"他当然想。那么告诉他,德瓦,说我笑了。"她挑衅似的盯着我,突然又耸了耸肩。"不,不。告诉他我祝他此生幸福。你爱和他说什么就说什么,但请他一定要帮个忙,"她停顿了一下,我知道她厌恶希求他人恩惠,"我不想被一群凶悍的撒克逊士兵蹂躏至死。等到策尔迪克明年春天杀到时,请亚瑟务必把我的囚所转移到一个更加安全的地方去。"

"我认为您在这里很安全,女士。"我说。

"你为什么这么想?"她不由分说地反问。

---

① 早期芒斯特王国的一支,位于今爱尔兰南部。——译者注

亚瑟王

我花了一点时间整理思绪。"撒克逊人真要发动入侵,"我说,"他们也会沿着泰晤士河谷前进。他们的目标是直抵塞文海,这是最快的路线。"

格温薇儿摇了摇头。"阿尔的军队会沿着泰晤士河前进,德瓦,但是策尔迪克会向南部进犯,然后才一路向北与阿尔合兵一处,所以这里是他的必经之地。"

"亚瑟说不会,"我没有松口,"他认为这两个人并不信任彼此,所以他们不会远离彼此,要防止对方背叛。"

格温薇儿连连急促摇头表示反对。"阿尔和策尔迪克可不是傻子,德瓦。他们知道必须保持足够时间的信任才能获取胜利。在那之后,他们或许一败涂地,但绝不是在那之前。他们一共会带多少人?"

"我们估计有两千,或许两千五百也说不定。"

她点点头。"第一波攻势将在泰晤士河爆发,规模足以让你们认为这是他们的主力。一旦亚瑟集结力量反抗时,策尔迪克就会出其不意地绕道南方。接着,他会一路急行军,德瓦,亚瑟不得不调遣人马抵御,但如果他这么做,阿尔则会留下来料理剩下的部队。"

"除非亚瑟放任策尔迪克策马狂奔。"我丝毫不相信她的预测能够成真。

"他当然可以这么做,"她同意,"但如果他真这样做了,那么怀君岛就会落入撒克逊人的手中,倘若真是那样,我可不希望留在这里。如果他不肯放我,那么请你求他将我转移到格兰温。"

我有些犹豫不决。我没有理由不把她的要求传达给亚瑟,但我想确认她到底是不是认真的。"如果策尔迪克真的来了,那么,夫人,"我冒昧地说道,"恐怕他会让您的朋友加入到他的军队里去。"

她杀气腾腾地瞟了我一眼。在说话之前,她目不侧视。"我在洛依格没有任何朋友。"她终于寒气冰冷地回答。

我犹豫了一下,决定把话挑明。"大概两个月前,我见过策尔迪克,"

我说，"兰斯洛特就在他的左右。"

我之前一直没有向她提起过兰斯洛特的名字，这时却见她脑袋猛地一抽，好像我打了她一耳光。

"你说什么，德瓦？"她轻声问道。

"我说，夫人，兰斯洛特会在春天来到这里。夫人，我的意思是说，策尔迪克会让他成为这片土地的主人。"

她闭上了眼睛，过了几秒钟，我甚至不确定她到底是在笑还是在哭。后来才看清楚她是因为发笑而身体颤抖。"你真是个傻瓜，"她又看了我一眼，"你居然想卖我人情！难道你觉得我喜欢兰斯洛特吗？"

"您希望他能成为国王。"我说。

"那与爱情有什么关系？"她嘲弄似的问道，"我希望他成为国王，因为他是一个软弱的男人，一个女人只能通过这样一个软弱的男人统治世界。亚瑟可并不软弱。"她深吸了一口气。"但兰斯洛特是，也许他会在撒克逊人到来时统治这里，但无论谁控制着兰斯洛特，那个人都不会是我，也不会是任何一个女人，只可能是策尔迪克。而且我听说，这个策尔迪克可绝不是什么软蛋。"她站起身，从我身前走过，然后取走了那封信。她展开信纸，最后读了一遍，才扔进火里。羊皮纸被迅速烧黑，皱缩成一团，之后被火焰吞噬。"你走吧，"她看着火焰说道，"记得告诉亚瑟，我为他的消息哭泣。他想听到的就是这个，就这么告诉他好了。告诉他我哭了。"

我辞别离去。在接下来的几天里，冰雪融化了，然而天边又下起了雨，光秃秃的黑树倒在仿佛是让氤氲雾气腐蚀的土地上。虽然太阳从未显现，但冬至到底还是要来临了。黑夜降临时，万籁死一般寂静，阴森而又潮湿。我等着亚瑟归来，但他并没有召唤我。他要带着自己的新娘去杜诺维瑞阿，并在那里庆祝冬至到来。不论他是否在意格温薇儿对他喜结新欢的看法，他都没有过问于我。

亚瑟王

我们在敦卡里克的大厅里举办了冬至盛宴，到场的每一个人都觉得这或许是我们最后一次饕餮了。我们为隆冬的日光供奉了祭品，但我们心里也知道，待到太阳再次升起时，随之而来的将不是勃勃生机，而是尸横遍野。四野八荒都将成为撒克逊长枪、斧头和利剑汇聚而成的海洋。我们祈祷，我们享用盛宴，我们也在隐忧失败早已注定。唯有雨水淅淅沥沥，连日不止。

第二部　巴顿山

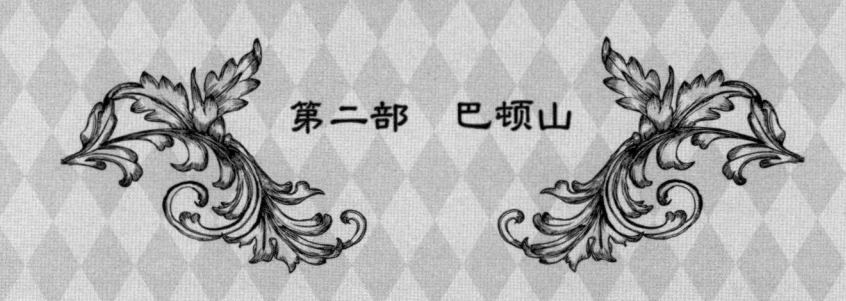

"谁?"刚刚读完最新一卷羊皮纸,伊格莲就迫不及待地追问我。在过去几个月里,她学会了些许撒克逊语,自己颇为得意,可事实上,那不过是一种蛮荒的语言,并不如不列颠语那样耐人寻味。

"什么谁?"我重复着她的问题。

"那个让不列颠走向毁灭的女人是谁?是妮慕,对不对?"

"如果您给我充足的时间写完这个故事,亲爱的夫人,那么您就能自己发现答案。"

"我就知道你会这么说。我真不如不问你。"她一只手放在宽阔的窗台上,另一只手搭在鼓起的肚子上,脑袋歪向一边,好像在倾听什么。过了一会儿,她脸上露出一分淘气的喜悦。"宝宝在踢呢,"她说,"不来感受一下吗?"

我打了个寒战。"不了。"

"为什么不?"

"我对婴儿从来不感兴趣。"

她冲我做了个鬼脸。"可你会喜欢上我的宝宝,德瓦。"

"为什么?"

"他会很可爱!"

"你又怎么知道,"我问道,"会是个男孩呢?"

"因为女孩没有这么大的力气,这就是原因。瞧!"我的王后抚平腹部的蓝色连衣裙,她光滑溜圆的肚皮又动了一下,逗得她笑了起来。"跟我说说阿尔甘特的事。"她边说边放下裙摆。

"矮个,神秘,偏瘦,漂亮。"

亚瑟王

伊格莲似乎不满意我避繁就简，又做了个鬼脸。"那她聪明吗？"

我想了想。"她很狡猾，所以是的，她算得上聪明，但从未受过教育。"

我的王后轻蔑地耸了耸肩。"教育有这么重要吗？"

"我想是的，是的。我总是后悔没有学习拉丁语。"

"为什么？"伊格莲问道。

"因为人类所有的经验都是用这种语言写成的，通过教育我们可以知晓其他人已经知道了些什么，他们害怕些什么，又在梦想些什么，以及成就过什么。当你遇到麻烦时，你或许能发现曾经身处同样困境的人。教育包罗万象，能够解释一切。"

"比如呢？"伊格莲问。

我耸耸肩。"我记得格温薇儿对我说过一句话。我不知道是什么意思，因为它是拉丁语，但她翻译了过来，恰如其分地诠释了亚瑟这个人。后来我再也没有忘记这句话。"

"嗯？继续说呀。"

"*Odi at amo*，"我字斟句酌地引述自己不太熟悉的语言，"*excruaor*。"

"意思是？"

"我爱，我恨，我心戚戚。我记得这是诗人的诗句，但忘记是哪一个诗人了，格温薇儿读过这首诗，有一天我们谈论亚瑟的时候，她就引用了这一句。您瞧，她真是太了解他了。"

"那阿尔甘特了解他吗？"

"噢，才怪。"

"她识字吗？"

"我不确定。记不得了。或许不识。"

"她模样如何？"

"皮肤苍白，"我说，"因为她不愿意曝露在阳光下。她喜欢夜晚，这个阿尔甘特。头发乌黑秀丽，宛若乌鸦羽毛。"

"可你说她又矮又瘦?"伊格莲问道。

"非常瘦,而且很矮,"我说,"但我记得最清楚的是,她几乎很少笑。她目睹一切,从不遗漏,脸上总是一副算计的表情,人们误把它当成聪明,但那根本就不是聪明。她只是国王七八个女儿当中最小的一个,总是担心自己会被排除在恩惠之外。她渴望得到自己应有的份额,但却一直认为没有得偿所愿。"

伊格莲面露苦相。"听你这么说她还真是可怕!"

"她贪婪、刻薄,又非常年轻,"我说,"但她也很漂亮。一种耐人寻味的美丽。"我停顿了一下,叹着气说道:"可怜的亚瑟。他的确很挑剔他的女人。当然,这里不包括艾利恩,他那时并没有挑中她。她是以奴隶之身送给他的。"

"艾利恩后来怎么了?"

"她在同撒克逊人的战争中死了。"

"被人杀了?"伊格莲打了个寒战。

"死于瘟疫,"我说,"正常死亡。"

基督。

这个名字就这么出现在页面上的确很突兀,但我选择保留不删。因为就在伊格莲和我在谈论艾利恩的时候,桑森主教走进了房间。这位圣人目不识丁,而且他绝不会允许我写下任何有关亚瑟的故事,所以伊格莲和我才假装用撒克逊语书写福音。我说他目不识丁,其实一些简单的词语,他多少还是能够认识出来的,就比如基督这个词。这就是我突然写下这个词语的原因。他看是看到了,怀疑地哼了一声。近些日子,他体态似乎愈发苍老了,几乎所有头发都已消失不见,耳朵上面只剩下两簇白毛,活像耗子之神勒泰戈恩的耳朵。他现在撒尿都发疼,但他不肯委身让巫师智者治疗,因为他声称那些人都是异教徒。圣人声称,上帝将治愈他。虽然有时候——还请上帝恕罪原谅——我常常祈祷圣人赶紧死去,好让这个小修道

亚瑟王

院能够迎来新一任的主教。

"我的夫人还好吗?"他眯起眼睛看完这页羊皮纸后又问伊格莲。

"谢谢你,主教,我很好。"

桑森往屋子里巡视了一圈,仿佛在找茬,不过我并不知道他期望找到什么东西。屋子里其实很简单:一张窄床,一张写字台,外加一把凳子和一堆炉火。他本来想批评我烧火的,因为今天还算是一个温和的冬日,我应该节省圣人施舍的木料柴火,但他轻轻地掸了掸灰尘,并未发表任何评论,目光反而朝向伊格莲。"距离您临盆一定不远了吧,女士?"

"不到两个满月了,他们这么说的,主教。"伊格莲在自己的蓝衣上比画了个十字架。

"当然啦,您应该清楚,我们日夜都在为夫人您祈祷,虔诚的祝福已经传遍了天堂。"桑森言不由衷地说道。

"还要祈祷,"伊格莲说道,"撒克逊人不要进犯。"

"真的吗?"桑森警惕地问。

"我的丈夫听说他们正准备进攻莱地。"

"莱地还很远呢。"主教不以为然地回答。

"一天半的行程?"伊格莲说道,"如果莱地陷落,我们和撒克逊人之间还有什么屏障可言?"

"上帝会保护我们的。"主教无意识地重复着格温特虔诚的国王莫里格长久以来的信仰,"正如上帝会在您接受审判的那一刻保护您一样。"他又在屋里留了几分钟,但与我们两人中的任何一人都找不到一个共同话题,最近圣徒越来越空虚无聊了,缺少以往对恶作剧的热衷。几周前,我们几个人里最强壮的马格文教友去世了,他生前承担了修道院大部分的体力劳动,在他与世长辞以后,主教失去了平生最喜欢拿来捉弄蔑视的对象。他并不喜欢折磨我,因为我总能耐心地忍受他的怨恨,除此之外,我还受伊格莲和她丈夫的庇护。

桑森终于走了，伊格莲朝他的背影做了个鬼脸。"告诉我，德瓦，"等圣人听不见以后她说道，"临盆时我该如何是好？"

"您为什么非得问我呢？"我惊讶地问道，"我对分娩一无所知，对天发誓！"我从来没有见过孩子出生时的情形，本来也不想看。

"但你知道些古老的方法，"她急切地说道，"你明白我的意思。"

"您身边那些妇人知道的可比我多得多，"我说，"但是，一到夏汶分娩的时候，我们总会在床上放某种铁器，门口要有女人的尿液，炉火上要烧艾蒿，当然，还要有一个处女时刻准备将新生儿从呱呱坠地的稻草中捧起来。最重要的是，"我一脸严肃地说，"房间里一定不能有男人。没有什么比孩子出生时有男人在场更加晦气的事情了。"我摸了摸写字台上突出的钉子，生怕提及此事也要跟着倒霉运。当然，我们基督徒不该相信触摸铁器会影响运气，无论是厄运还是好运，但桌子上的钉头还是让我磨了个锃亮。"撒克逊人的消息是真的吗？"我问。

伊格莲点了点头。"他们越来越近了，德瓦。"

我又摸了摸钉头。"那么请提醒您的丈夫保持警惕。"

"他不需要提醒。"她严肃地回答。

我不知道战争是否无休无止。只要我还活着，不列颠人和撒克逊人的争斗就不会结束，我们确实赢得了一场伟大的胜利，但是在那次胜利之后的几年里，我们又眼睁睁地看到更多土地沦陷，随着领土一同失落的，还那有依附于群山河谷之中的英雄故事。历史不仅仅是男儿的故事，还有与土地息息相关的附庸之物。我们命名一条河的时候，要么用一位故去的英雄之名，要么便是用某个在河岸之滨仓皇逃窜的某个王公贵族之名，等到旧的名字消失的时候，曾经脍炙人口的故事也随之烟消云散，而新的名字丝毫不会让人想起过去。撒克逊人占据了我们的土地，侵夺了我们的历史。他们就像传染病一样疯狂蔓延，我们也失去了亚瑟的保护。亚瑟，他无愧为撒克逊人的克星，无愧为不列颠的统治者，刀剑之伤无法伤他分

亚瑟王

毫,儿女情长却伤他最深。我是多么怀念亚瑟啊。

　　冬至之时,正值我们同众神祈祷,不要让大地陷入彻底的黑夜与混沌。在冬天最为惨淡的日子里,这些祈祷往往像是绝望的恳求,更何况这是撒克逊人发动攻势之前的最后一年,我们的世界笼罩在一片冰天雪地之中,不祥的预感反而更加强烈了。对于我们这些信仰密特拉的人来说,冬至具有双重意义,因为它同时也是我们神的诞辰之日。在敦卡里克的冬至盛宴之后,我把伊撒也带到了洞穴,我们在那里举行过最庄严的仪式,也正是在那里,我指引他加入了密特拉的崇拜行列。他成功地经受住考验,誓死捍卫我们信仰之神的精英战士们热烈欢迎他,之后我们一起享用了盛宴。那一年,我宰了一头公牛,首先挑断了那畜生的腿筋,让它无法动弹,然后在低矮的洞穴中挥动斧头砍断了它的脊柱。我记得,我取出了一个皱缩的肝脏,这是一个不祥之兆,但在天寒地冻的冬天,哪有什么好兆头可言。尽管天气恶劣,仍然有四十名男人参加了仪式,亚瑟虽贵为我们当中德高望重的早期发起者,这次却没有来,好在塞格拉莫和库尔威奇从他们的边境岗位赶了过来。宴会结束后,大多数战士由于喝多了蜂蜜酒而呼呼大睡,只有我们三个人退到了烟雾不至于太浓烈的隧道里,悄悄地议论局势。

　　塞格拉莫和库尔威奇都确信撒克逊人会直截了当地沿着泰晤士河谷发起攻势。"我听到了一点儿风声,"塞格拉莫告诉我们,"他们正在伦敦和庞蒂斯运送食物和补给。"他停下来用牙齿撕咬骨头上的牛肉。上一次见到塞格拉莫已经是好几个月以前的事情了,有他在身边委实让人放心;这个努米底亚人是亚瑟所有爱将当中最坚韧不拔也最为可怕的一个,他的强悍完全写在了他窄小似斧头般锋利的脸上。他为人最忠心耿耿,也是一位意志坚定、值得托付的朋友,还能够口若悬河地讲述故事,但最重要的是,他天生就是一名骁勇善战之士,敌人闻其名而胆寒。撒克逊人对塞格拉莫可以说是还多畏惧三分，他们都以为塞格拉莫是来自彼世的暗夜恶魔。撒克逊人呆若木鸡一般的恐惧可以为我们所用，尽管我们人数不占优，但是能有塞格拉莫以及他经验丰富的长枪兵与我们并肩作战，多少是一种安慰。

"策尔迪克就不会从南方发动奇袭吗？"我问。

库尔威奇摇了摇头。"没有这个迹象。汶塔没有任何动静。"

"他们彼此不信任，"塞格拉莫开始分析起策尔迪克和阿尔，"他们可不敢离开彼此的视线。策尔迪克担心我们买通阿尔，阿尔则担心策尔迪克分赃不均，霸占战利品，所以他们腻歪得比亲兄弟还亲近。"

"亚瑟会作何打算？"我问。

"我们还指望你来告诉我们的呢。"库尔威奇回答。

"这些天亚瑟都不跟我说话了。"我丝毫没有掩饰心中的苦涩。

"彼此彼此。"库尔威奇低声抱怨。

"算我一个，"塞格拉莫说道，"他来看过我，问了些问题，然后率领骑兵准备突袭，后来就走了。什么也没说。"

"还是寄希望他早已胸有成竹了吧。"我说道。

"没准是忙着和新娘处关系呢！"库尔威奇酸溜溜地说道。

"你见过她了吗？"我问。

"别小看那只爱尔兰小猫，"他轻蔑地品评道，"爪子还挺锋利的。"库尔威奇告诉我们，在向北方动身参加这次聚会的中途，他拜访过亚瑟和他的新娘。"她很漂亮，"他心有不甘地品评道，"如果你把她当奴隶抓了起来，或许也忍不住把她留在自己的厨房里快活一番。好吧，反正我愿意。你可能不会，德瓦。"库尔威奇经常嘲讽我对夏汶的忠诚，可我的忠诚在这群人里也没有什么不同寻常的地方。塞格拉莫的妻子是一个俘虏过来的撒克逊人，他对他女人的忠诚和我一样也是出了名的。"哪有一头公牛只配一头母牛的事儿？"库尔威奇问道，只不过我们都没有理会他的插科

亚瑟王

打诨。

"亚瑟很害怕。"塞格拉莫话锋一转。他顿了顿，理了理思绪。这努米底亚人英语说得很好，只是稍微带些口音，但毕竟不是他的母语，有时为了表达清楚，他说起话来总是慢腾腾的。"他蔑视众神，不仅仅是在麦敦，他还僭越莫德雷德的王权。基督徒都讨厌他，现在连异教徒都视他为仇敌，你能体会到他是多么的高处不胜寒吗？"

"亚瑟的问题在于他不相信上帝。"库尔威奇语带不屑。

"他只相信他自己，"塞格拉莫说道，"格温薇儿背叛他时，他心里大受打击。他很羞愧。损失了诸多骄傲之心，可他偏偏是一个骄傲之人。他以为我们都在嘲笑他，所以他越来越疏远我们了。"

"我可没有嘲笑他。"我抗议道。

"我不怕，"库尔威奇说道，他刚伸直受伤的腿，又退缩了回来，"愚蠢的混蛋。真该用他的绑剑带狠狠地抽打格温薇儿的后背才好，给那婊子长点儿教训。"

"现在，"塞格拉蒙完全忽视了库尔威奇的话，"他害怕失败。他这辈子除了带兵打仗，还能做什么呢？他还把自己当一个好人，因为他是一个天生的统治者，所以他掌权，但真正赋予他力量的是那把剑。如果他扪心叩问自己的灵魂，他也知道，如果输掉了这场仗，他就要失去自己最在意的东西——他的声誉。到那时候，人们只记得他是一个篡位之人，并且是一个无力保护自己篡夺成果的人。他害怕自己的声誉蒙受第二次失败。"

"或许阿尔甘特可以治好他第一次失败。"我说。

"我表示怀疑，"塞格拉莫说道，"加拉哈特告诉我，亚瑟并不想和她结婚。"

"那为什么又结了？"我阴沉地问道。

塞格拉莫耸了耸肩。"为了气格温薇儿？为了讨好欧依戈斯？为了告诉我们他根本不需要格温薇儿？"

"或是为了找个漂亮姑娘爽快一把？"库尔威奇又开始打岔儿。

"他爽没爽快还两说呢。"塞格拉莫说道。

库尔威奇显然吃了一惊，盯着努米底亚人不放。"说什么呢，他当然有啦，"库尔威奇说道。塞格拉莫摇了摇头。"我却听说他没有。只是听说哈。当然，在涉及男女关系的时候，这种谣言往往是最不可信的。可我还是觉得这位公主太年轻了，不合亚瑟的口味。"

"女人嘛，自然越年轻越好了。"库尔威奇轻声咕哝。塞格拉莫只是耸了耸肩。他的城府可比库尔威奇深得多，对亚瑟也有更为深邃的洞察力，亚瑟看起来直来直往，灵魂深处却是百转千回，就像埃克斯卡利伯上的龙形雕纹一样复杂而精巧。

我们在早上告别分开了，长枪和剑刃依旧沾着献祭公牛的鲜血。伊撒喜不自胜。几年以前，他还只是个农场男孩，现在却已融入密特拉信仰的大家庭里。他还告诉我，他很快就要升格当父亲了，他的妻子思嘉莱已经有了身孕。伊撒刚加入密特拉信仰就信心满满，竟盲目乐观地以为我们可以在格温特袖手旁观的情况下击败撒克逊人，但我对此表示怀疑。或许我的确不喜欢格温薇儿，但我从来都不把她当傻瓜，我担心她一语成谶，策尔迪克真的从南方发动突袭。当然，策尔迪克不这么做也说得通；策尔迪克和阿尔的城下之盟毕竟是赶鸭子上架，两个人你不情我不愿，对彼此都留了个心眼。沿着泰晤士河发动攻势是抵达塞文海的最快方式，经此一役，不列颠王国将一分为二，如此说来，撒克逊人怎么还会兵分两路，牺牲掉人数优势，让亚瑟有机会各个击破呢？但是，如果亚瑟准备一劳永逸，只做一次决战的准备，那么撒克逊人在南部发动突袭的优势将是压倒性的。试想，亚瑟在泰晤士河谷与一支撒克逊军队纠缠在一起时，另一支撒克逊人的军队则有了避其锋芒、如入无人之境般进抵塞文海的机会。然而，伊撒并不担心这些事情，他只是想象自己如何位列盾墙之中英勇奋战。被密特拉接纳以后，他感觉自己整个人都升华了，甚至认为能够像收

亚瑟王

割稻草一样砍遍撒克逊人的脑袋。

冬至以后，气候依旧天寒地冻。日复一日，千里冰封，晴空黯淡，太阳像是一块火红的圆盘，低沉地悬挂在云端。狼群甚至胆大到深入农田，寻觅我们已经赶入羊圈的绵羊，我们有一天捉了六只灰狼，用剥下来的狼尾巴给战队的头盔做了装饰。从前在阿莫里凯的深林里同法兰克人作战的时候，我们就戴过这样子的狼尾头盔，又因为像组织严密的群狼一样把他们打得落花流水，他们都管我们叫"野狼"。我们索性把敌人的咒骂当成了恭维。我们是神出鬼没的狼尾战士，但我们的盾牌上没有挂狼头，而是涂了个五角星，作为对夏汶的致敬。夏汶仍然不肯于来年春天前往波伊斯暂避风头。她说，莫温娜和塞伦可以去，但她会留下来。我对此很是生气。"难道你忍心让女儿们同时失去父母双亲吗？"我问道。

"如果这就是众神的旨意，那么我愿意，"她平心静气，耸了耸肩，"或许是我自私，但这就是我想要的归宿。"

"你是想死吗？这还不自私？"

"我不想再天南海北的了，德瓦，"她说，"你能明白自己的男人在浴血奋战，自己却在遥远国度的煎熬滋味吗？每天都在守候消息，惶惶不可终日，害怕见到每一个信使，却又连每一个谣言都不肯放过。所以这次我要一直待下去。"

"好让我分心？"

"你还真是个傲慢的家伙，"她平静地说道，"你以为我不能照顾自己吗？"

"别以为那小玩意儿能保你周全。"我指着她手上的玛瑙戒指。

"那我就自己保护自己。别担心，德瓦，我不会拖你后腿，我绝不会让自己成为俘虏。"

第二天，第一批羊羔在敦卡里克山下的羊圈里诞生了。按照以往，这算是非常早的降生了，我却将其视为众神恩赐的好兆头。只可惜，为了其他羊羔能够顺利诞下，甚至还不等夏汶出面制止，这批羊羔就已献祭掉了。可怜的小家伙皮毛还带着血，就让人剥下来钉在溪边的柳树上，第二天，树下竟然生出了附子草，黄色的小花瓣绽放出年交之际的第一抹亮色。那天，我还看到在冰封的溪水旁边，三只翠鸟振翅翱翔。生机萌动。黎明时分，公鸡叫醒我们以后，我们又听到了画眉、知更鸟、云雀、鸫鹑和麻雀的歌声。在第一只羊羔出生后的第二周，亚瑟就派人找我们了。积雪开始消融，亚瑟的使者费尽周折地走过泥泞崎岖的道路，告诉我们前往林第尼斯的宫殿。我们将在那里举办初春节①的盛宴，这是至日之后的第一次盛宴，也是献给生育女神的盛宴。在初春节，我们赶着新生的羔羊穿过燃烧的火圈，之后，年轻姑娘自以为没有人看的时候，也跟着跳过焖烧的箍圈，并用手指沾上初春节的灰烬，涂抹至两腿之间的部位。十一月出生的孩子被称为初春节的孩子，灰烬是其母亲，烈火是其父亲。夏汶和我在初春节的下午抵达了目的地，寒光黯淡的太阳在苍凉的草地上投下长长阴影。亚瑟的长枪兵将宫殿团团围住，拱卫守护着他，曾经，梅林就是在这座宫殿的庭院里召唤出身体发光的女孩，依旧有人对亚瑟破坏神迹一事耿耿于怀。

令我感到惊讶的是，庭院内部全部为初春节装点一新。亚瑟从不关心这种事情，他总是把大多数宗教仪式都交给格温薇儿打理，但后者从来不会庆祝像初春节这样的乡野节日；但是现在，院落里摆着编织好的大草环，为院子中央的火焰做好了准备，同时还有一群新生的羔羊和它们的母亲一起关在一个小围圈里。库尔威奇向我们打招呼，淘气地向草环点了点头。"您又有机会生个孩子了。"他对夏汶说道。

---

① 初春节是凯尔特四大跨季节日之一，用以庆祝春天的到来。北半球的初春节通常在2月1日或2日（旧历为2月12日）。这一天大致在冬至与春分的中间。基督徒称此节为圣布里吉德节。——译者注

亚瑟王

"不然我为什么要来这里呢?"回答过后,她给了他一个吻,"你现在有多少孩子了?"

"二十一个。"他自豪地回答。

"那得有多少个妈妈?"

"十个,"他咧嘴一笑,又拍了拍我的背,"明天我们就能接到命令了。"

"我们?"

"你、我、塞格拉莫、加拉哈特、兰瓦、巴林、墨凡斯,"库尔威奇耸了耸肩,"所有人。"

"阿尔甘特在这里吗?"我问。

"不然你以为是谁立的稻草环?"他反诘,"这都是她的主意。她从德米缇亚带回来一个德鲁伊,今晚睡觉之前,我们还得先拜一拜南图苏尔塔①。"

"谁?"夏汶问。

"一个女神。"库尔威奇漫不经心地说。这世上那么多男神和女神,除了德鲁伊之外,一般人绝不可能记清所有名字,也难怪夏汶和我从来没有听说过什么南图苏尔塔了。

天黑之后,亚瑟的仆人海崴德才把我们全部召集在一起,庭院四周全部让火炬的火光点亮。这个地方让我联想起梅林在场的那天夜晚,当时还有满脸写着敬畏的人群,他们高举着或伤残,或生病的婴儿,迎奉着银月之轮奥伦的到来。现如今,一群贵族和他们的夫人别扭地站在草环两侧,院子西角的高台上摆了三把椅子,上边盖着白色亚麻布。一个德鲁伊站在草环旁边,我猜他就是阿尔甘特从她父亲王国里带来的德鲁伊。这人身材矮胖,黑胡碴子,须发间还混杂着一簇狐狸毛和一串小骨编成的辫子。

---

① 在凯尔特人的神话体系中,南图苏尔塔(Nantosuelta)为自然、大地、火焰及生育之神。——译者注

"他叫做费格尔，"加拉哈特告诉我，"他讨厌基督徒，整整一个下午都在对我施法。后来塞格拉莫到来，费格尔吓得都快晕倒了，他还以为是矿顿神投胎显灵了呢。"加拉哈特哈哈大笑。

别说，塞格拉莫还真像，因为他穿戴黑色皮甲，胯侧悬着黑色剑鞘。与他一同来到林第尼斯的，还有他那身材魁梧却面容平静的撒克逊妻子玛拉，两人在庭院的另一边，与我们其他人隔了很远。塞格拉莫崇拜密特拉，但对不列颠众神涉猎不多，而玛拉也只向沃登、艾斯特蕾、索尔、费尔和萨克斯诺特祈祷：他们全是撒克逊人的神灵。

亚瑟的领兵爱将都在这里，但是就在我等待亚瑟出现的时候，我想起了那些没有来的人，比如和亚瑟在遥远的格温内德一起长大的凯，他在兰斯洛特叛乱时已死在了德莫尼亚的伊斯卡。他是被基督徒谋害身亡的，亚格拉宾多年以来一直是亚瑟的骑兵指挥官，冬天因一场高烧而猝然离世。巴林接替了亚格拉宾的职责，把他三个妻子也带到了林第尼斯，后面还跟着一群小不点般的孩子，他们惊恐地盯着全不列颠最丑陋的男人墨凡斯，不过我们对他的脸见怪不怪了，所以也不再注意他的兔唇、肿胀的脖子以及扭曲的下颌。除了还是个孩子的格温德瑞以外，或许我就是在场最年轻的人了，内心不免怅然若失。我们需要后辈填补空缺，于是我决定在和撒克逊人的战争结束以后，要让伊撒自己统领一支军队。前提是伊撒和我都能活下来。

加拉哈特正负责照顾格温德瑞，他们两个与夏汶和我站在了一块儿。加拉哈特一直都是一个英俊潇洒的男人，但步入中年以后，他的俊朗面容增添了一种新生的尊严。他的头发从明亮的金色变成了灰色，也留起了一小撮胡须。他和我关系一直很好，但在那个艰难的冬天，或许由于时常在亚瑟左右的缘故，他渐渐疏远了其他人。加拉哈特那年并没有去海宫，所以没有亲眼目睹亚瑟受辱，正因如此——外加他平静温和的同情之心——亚瑟对他青睐有加。为了不让格温德瑞听到，夏汶故意压低声音问他亚瑟的近况。"我自己也想知道来着。"加拉哈特回答。

"他肯定很高兴吧。"夏汶说道说。

"为什么?"

"新婚燕尔?"夏汶提示。

加拉哈特微微一笑。"亲爱的女士,如果一个人骑马旅行,中途不慎被人偷走了马,那么他总会急匆匆地另买一匹。"

"事后也就不骑了,我听说?"我简单粗暴地说道。

"你也听说了吗,德瓦?"加拉哈特回答,既没有证实也没有否认谣言,只是付诸一笑。

"婚姻对我来说永远是个神秘的谜题。"他含糊地继续说道。加拉哈特本人从未结过婚,事实上,自从他的家乡特雷贝斯岛落入法兰克人之手以后,他再也没有找到心之所属。从那以后,他一直在德莫尼亚生活,眼看着一个世代的孩子长大成人,他自己却仍然是一名异乡访客。他在杜诺维瑞阿的宫殿里有自己的房间,只是家具很少,几乎谈不上什么舒适。他为亚瑟跑腿,走遍了不列颠大地,奔忙处理和其他王国之间的问题,或者在袭击撒克逊人边境时与塞格拉莫策马并行,他奔波忙碌的时候,仿佛也是他最畅怀开心的时候。我有时怀疑他爱上了格温薇儿,但夏汶总是取笑我这个想法。她说,加拉哈特爱上了完美,过于挑剔的性格让他注定不会爱上一个真正的女人。夏汶还说,他爱恋的是头脑中对女人的念想,却始终无法承受疾病、血光之灾和痛楚的现实。他对战争中的这些事情并没有表现出任何反感,但夏汶说,这是因为在战斗中的男人只有两种,要么双手沾满鲜血,要么不可信任,加拉哈特从来不会把男人理想化,他只对女人这么做。或许她是对的。我只知道,有时候我的这个朋友看似注定孤独,但他从不怨天尤人。"亚瑟对阿尔甘特很是自豪。"他温和地说道,只是话语间的语气在暗示他还有些话不能说出口。

"但她毕竟不是格温薇儿?"我提示。

"她当然不是格温薇儿了，"加拉哈特表示赞同，心里感激我把他的想法说了出来，"虽然她在某些方面和她并没有什么不同。"

"比如？"夏汶问道。

"她有野心，"加拉哈特犹豫地说道，"她认为亚瑟应该把瑟卢瑞亚割让给她的父亲。"

"瑟卢瑞亚还不是他的土地！"我说。

"不是，"加拉哈特同意，"但是阿尔甘特认为他能够征服它。"

我轻啐了一口。要想征服瑟卢瑞亚，亚瑟必须与格温特甚至是波伊斯作战，因为这块土地现在由这两个国家共同统治。"疯子。"我说。

"雄心勃勃，只是有些不切实际。"加拉哈特纠正了我。

"你喜欢阿尔甘特吗？"夏汶单刀直入。

他还来不及回答，宫门突然敞开了，亚瑟终于君临。他同往常一样，依旧一袭白衣，过去几个月里显露憔悴的脸一下子又苍老了许多。命运是残酷的，因为在他手臂一侧是他的新娘，新娘本人还只不过是一个姑娘。

那是我第一次看到尤伊利阿塞的公主、伊索尔德的妹妹阿尔甘特，她在很多方面都很像已故的伊索尔德。阿尔甘特是一个介乎于少女和成熟女人之间蓄势待发的柔弱姑娘，在初春节前夕的那个夜晚，她似乎更接近童年，而不是成年，因为她身上穿着一件曾经属于格温薇儿的亚麻长袍，但对于阿尔甘特来说，长袍显然太大了，阿尔甘特伸脚探出金色的裙褶，笨拙地向前行走。我曾经看到过她姐姐穿金戴银，那感觉就像是套上自己母亲珠宝的淘气孩子，而阿尔甘特更给人一种为了演戏而盛装打扮的印象，就像一个假装成年的孩子，她浑身带着一种自以为是的庄重感，似乎刻意在冲抵内在缺乏的尊严感。她的发辫梳得很长，像是垂柳一样散落在脑后，再用黑玉饰针固定，发色与她父亲那令人闻风丧胆的战士所用盾牌的颜色相同，成年人的格调不安分地印刻在她稚嫩的脸上，脖子上沉甸甸的金项链在她纤细喉咙的衬托下显得太过沉重。亚瑟领着她来到了高台，又

亚瑟王

弯腰拱手让她坐在了左手边的椅子上。不论是来宾，还是德鲁伊，又或是守卫，我怀疑院子里一定有人觉得眼前这两人是父女关系。阿尔甘特一坐定，大家都静了下来。气氛顿时尴尬起来，好像仪式的某一个环节被人遗忘，原本的庄严肃穆又变得荒谬不经，后来门口传来一阵喧闹和笑声，莫德雷德进入了人们的视野。我们的国王一瘸一拐地走进门，脸上挂着一副狡黠的笑容。像阿尔甘特一样，他也在扮演着一个角色，但有所不同的是，他是一个心里不情不愿的演员。他知道院子里的所有人都心向亚瑟，对他却憎恶有加，然而人们都在假装他是他们的国王，他则需要仰仗他们的忍耐苟且偷生。他爬上了高台。亚瑟鞠了一躬，我们也纷纷效仿。莫德雷德干硬的头发同往常一样疏于打理，圆脸上的胡须像是某种丑陋的附属物，他头略微一点，一屁股坐在正中央的椅子上。阿尔甘特颇让人意外地向他投去一个友好的目光，亚瑟坐在最后一把椅子上。落座的这三位里，有皇帝，有国王，也有年幼的新娘。

我不禁想到，如果换成格温薇儿，这一切或许会更加和谐。那样的话，至少会有温暖的蜂蜜酒解渴，也有更加温暖的火焰暖和身子，还有悠扬音乐掩盖刚才那种尴尬的沉默，但在这天夜晚，似乎没有人知道会发生些什么，直到阿尔甘特和她父亲的德鲁伊耳语了几句。费格尔紧张地环顾四周，然后匆匆走过庭院里，夺走一把火炬。他用火炬点燃了草环，随着火焰的节奏舞动身子，咿咿呀呀地念起了难以听清的咒语。

五只新生的羔羊让奴隶从羊圈里抱了出来。看到自己的孩子在奴隶的怀中紧张蠕动，母羊惨叫连连，哀号不止。费格尔等草环形成一个完整的火圈以后，下令把羔羊赶进烈焰之中。场面顿时乱了套：羔羊根本不知道德莫尼亚的人丁兴旺取决于自身俯首听命，于是向各个方向散开，就是不往火圈里走，巴林的孩子们兴高采烈地参与到赶羊的队列，结果却越帮越忙，好在后来羔羊一个接一个被收拢起来，驱赶着往火圈跑去。终于，五只羊全部跳过了火圈，但院子里的庄严气氛已经荡然无存了。毫无疑问，这样的仪式在阿尔甘特的家乡德米缇亚会更加庄重有序,所以她不禁皱起了眉头,但我们其他人都欢笑着聊起了闲天。费格尔为了挽回这个特殊夜晚的尊严,突然发出一声野性的号叫,我们所有人都安静了下来。这个德鲁伊脑袋向后一仰,一动不动地站在原地,眼睛紧盯云层,右手拿着一把宽刃的燧石刀,左手提起一只无助挣扎的小羊羔。

"噢,不要。"夏汶不情愿地转过身去。格温德瑞面露苦相,我伸出手臂揽住他的双肩。

费格尔向夜空怒吼,然后双手高举羊羔和刀子。他又尖叫了一声,残暴地用那把笨拙的钝刀为羊羔开膛破肚,那只羊羔更加虚弱地挣扎了几下,咩咩地呼唤自己的母亲,母羊也发出无助的回应,紧接着鲜血从羔羊的绒毛中溢出,滴洒在费格尔仰面朝天的脸上,顺着流到他那狂放不羁、缠着狐狸毛和小骨的胡子上。"我真庆幸,"加拉哈特对我耳语,"自己没有生活在德米缇亚。"

在这个非同寻常的献祭仪式进行的时候,我瞥了一眼亚瑟,他满脸都是厌恶之情。他看到我在看他,脸变得僵硬难堪。阿尔甘特,她的嘴急切地张开,目光炯炯地看着德鲁伊。莫德雷德咧嘴邪笑。羔羊死了,我们所有人都沉浸于恐怖之中,费格尔开始绕着庭院游走,双手晃动羔羊尸体,嘴里尖声祈祷。羊羔的血向我们飞溅。德鲁伊脸上早已鲜血淋漓,他一边舞动,一边从我们之中走过,我赶忙用斗篷护住夏汶。亚瑟显然不知道这场野蛮的屠宰是事先安排好了的,他还以为他的新娘要在盛宴之前举行某种高雅的仪式,然而这场仪式却堕落成为血腥的狂欢。五只羊羔被悉数屠宰献祭,等最后一只羊羔的细小喉咙被黑色的燧石刀划拉出一道血口子的时候,费格尔往后退了一步,用手指向火环。"南图苏尔塔在等着你,"他向我们呼吁,"她来了!快过来寻她!"他显然在期待我们的呼应,但大家全都一动不动。塞格拉莫注视着月亮,库尔威奇在胡子里捉虱子玩。零星的火焰沿着草环燃烧,燃尽的稻草灰烬飘零到院子里呈放血腥尸体的石头

亚瑟王

上,我们仍然不为所动。"快过来寻南图苏尔塔!"费格尔嘶哑地喊道。

阿尔甘特站了起来。她耸耸肩,褪下僵硬的金色长袍,露出里面一件简单的蓝色羊毛连衣裙,看起来比之前更像个孩子了。她的臀部紧实有如男童,双手生得纤细,面容精致,面色如同被刀子夺去生命之前的羔羊一样白皙。费格尔在召唤她。

"来吧,"他嘴里念念有词,"来到南图苏尔塔怀抱里,南图苏尔塔在召唤你,过来寻南图苏尔塔。"他一边低吟,一边指引着阿尔甘特走向她的女神。阿尔甘特神情恍恍惚惚,慢条斯理地向前迈步,每一步都很吃力,顺从德鲁伊的指引一步一停,一步一停。"来到南图苏尔塔的怀抱里,"费格尔喃喃吟诵,"南图苏尔塔在召唤你,过来寻南图苏尔塔。"

阿尔甘特闭上双目。至少对她而言,这是一个妙不可言的时刻,但我还是觉得,在其他人眼里,这一幕尴尬无比。亚瑟看上去震惊不已,这也难怪,因为这个场面简直就是把艾西斯换成了南图苏尔塔而已,而曾经与阿尔甘特订立婚约的莫德雷德则一脸急切,目不转睛。"来到南图苏尔塔的怀抱里,南图苏尔塔在召唤你!"费格尔依旧在指引她,只不过语调在刻意模仿女人尖厉的声音。阿尔甘特越来越靠近火环,她的面庞感受到了已是强弩之末的火焰热量,她睁开了眼睛,惊讶地发现自己正站在女神火焰跟前。她看了看费格尔,然后迅速地穿过了烟雾缭绕的火环。她得意洋洋地笑了笑,费格尔为她拍手叫好,还巴结我们其他人一起鼓掌。我们礼貌地回应了他,但在阿尔甘特蹲在死去的羔羊身边之时,我们并不热情的鼓掌声戛然而止。只见她用纤纤玉指浸入其中一只羊羔的刀伤之内,我们全部屏住了呼吸。她收回手指,高举示众,好让我们都可以看到她手指尖上厚厚的鲜血,她又转身让亚瑟也能看见。接着,她张开了嘴,露出了细小的白牙,眼睛直直盯着他,然后慢慢将手指塞入上下牙齿之间,合上了嘴唇。她把手指吮吸了个干干净净。我看到格温德瑞难以置信地看着他的继母。她并不比格温德瑞年长多少。夏汶则打了个寒战,紧紧地攥住我的手。

阿尔甘特一副意犹未尽的样子。只见她转过身,又用血沾湿手指,将血腥的手指插入火环掉落的余烬之中,随后,她蹲伏身体,往自己的蓝色连衣裙下摆里摸索了一番,将羊血和灰烬涂抹到了大腿上。她确信这么做能让她诞下婴儿。她正利用南图苏尔塔的力量,企图开创自己的王朝,在这个雄心壮志的年轻人面前,我们都成了见证者。她再次闭上双眼,近乎狂喜,又冷不丁地宣布仪式结束。她重新站起,向亚瑟招手。这是她那天晚上第一次绽放笑容,她的确很漂亮,这是一种鲜明而强烈的美丽,内里透着一股像格温薇儿一样的冷艳,但又缺少格温薇儿亮丽的发色予以调和。她接连向亚瑟招手,似乎根据仪式要求,他也必须穿过火环。他犹豫了片刻,看了看格温德瑞,下定决心不再接受任何迷信,于是站起来摇了摇头。"我们用餐吧!"他声音严厉,但又立刻对他的宾客微笑致意,缓解紧张的气氛;不过就在那一刻,我瞥了一眼阿尔甘特,看到她苍白的脸上怒气冲冲,有那么一瞬间,我还以为她会冲亚瑟大声吼叫。她的小身体绷得紧紧的,拳头死死握住,但是除我之外,似乎只有费格尔注意到了这个微妙的瞬间,他连忙在她耳边略作低语,好不容易才让她哆嗦着身子强抑住了怒火。亚瑟却什么都没有注意到。"带上火把。"他吩咐警卫,于是火把被带至宫殿内,宴会厅内灯火通明。"来吧。"亚瑟招呼我们大家,我们心怀感激地走向宫殿大门。阿尔甘特犹豫了一下,费格尔又向她耳语再三,她也就顺从亚瑟的召唤,一起进去了。只有德鲁伊还留在仍旧冒烟的火环旁边。

夏汶和我是最后一对离开庭院的人。我心里觉得有些蹊跷,所以才略作逗留,后来我碰了碰夏汶的手臂,把她拉到了拱廊的阴影中。在那儿,我们看到另一个人也留在了院子里,除了咩咩叫的母羊和浑身血污的德鲁伊之外,现在院子里似乎空无一人,那个人从阴影中缓缓走了出来。那是莫德雷德。他一瘸一拐地下了高台,穿过石板路,停在了火环旁边。他和

亚瑟王

德鲁伊相互盯着对方，接着莫德雷德做了一个蹩脚的手势，好像在寻求准许，能够穿过只闪着火星的火环。费格尔犹豫了一下，点了点头。莫德雷德低下头，走过了火环。他在另一头蹲下身，用手指浸润羊血，但我没有看完他后来做了什么，我把夏汶拉进宫殿里，那里浓烟缭绕的火焰照亮了罗马神灵和罗马人狩猎的画作。"如果他们今晚上吃羊肉，"夏汶说道，"那请恕我谢绝用餐。"

还好亚瑟用来款待我们的是鲑鱼、野猪和鹿肉。还有人用竖琴演奏助兴。莫德雷德虽然姗姗来迟，却并没有引起众人注意，他不由分说地在头把交椅落座，脸上带着狡猾的笑容。他没有和任何人说话，反正也没有人跟他说话，但他总是时不时地瞥一眼面色苍白、羸弱瘦小的阿尔甘特，后者似乎也没有从宴席中找到任何乐趣。我看到她与莫德雷德有过一次目光交会，彼此忿忿不平地耸肩致意，似乎在暗示他俩对我们其余人嗤之以鼻，但除了那一次眼神交际，她全程都在生闷气，亚瑟都为她感到难堪，我们其他人则假装没有注意到她糟糕的心情。当然，只有莫德雷德在享受似的把玩着她的闷闷不乐。

第二天早上我们启程去捕猎了。我们十几个人扬鞭策马，清一色全是男人。夏汶虽然喜欢打猎，但亚瑟请求她留下来陪阿尔甘特一起度过早晨时光，夏汶虽然不大情愿，但也应允下来。我们来到西部的树林，不过没抱太大希望，因为莫德雷德经常在这片树林里打猎，猎人们都怀疑我们找不到什么猎物。格温薇儿的猎犬——现在由亚瑟照顾——在黑色的树干中徘徊游弋，终于惊动了一头母鹿，我们立刻紧跟其后疾驰而去，但猎人看到这只猎物怀有身孕，于是叫住了猎犬。亚瑟和我的骑行轨迹恰好重合，本来想要在树林边缘夹击猎物的，可听到号角声响起的时候，我们都勒住了马。亚瑟看向四周，以为大家能够跟上来，却只看到我独自一人，于是轻哼了一声。"真是蹊跷，昨晚，"他局促地说道，"但女人们就喜欢这些东西。"他不屑一顾地补充。

"夏汶可不是这样。"我说。

他看了我一眼。他心里一定在犯嘀咕，怀疑夏汶是不是把他那次提议告诉给了我。但我面无表情，情绪毫无流露，他也就认准她并没有泄密。"不。"他说完又犹豫了一下，然后尴尬而自失地笑了起来，"阿尔甘特觉得我应该踏过火焰，用以印证我们的婚事，但我和她说了，我结婚与否不需要一只死羊羔来见证。"

"我还没来得及恭贺您新婚大喜，"我郑重其事地说道，"现在请允许我补上祝福。她的确是一个漂亮的姑娘。"

他很高兴。"的确如此，"一说完，他脸就红了，"但还只是一个孩子。"

"库尔威奇说好花堪折直须折，好姑娘该娶时就该趁早娶，大人。"我轻声说道。他没有理会我的花言巧语。"我本来不打算结婚的。"他面容平静。我再没说什么。他没有看着我，而是盯着休耕地。"但是一个男人应该结婚。"他言辞坚定，仿佛是在试图说服自己。

"确实。"我应和道。

"欧依戈斯很热心。等春天一到，德瓦，他就会倾巢出动，引军驰援。他们都是优秀的战士，黑盾战士。"

"锐不可当，大人。"我说，但是我听说，不论亚瑟与阿尔甘特成婚与否，欧依戈斯都会率兵前来。当然，欧依戈斯真正目的在于争取亚瑟，进而一同对抗波伊斯的昆格拉斯，一直以来，欧依戈斯的长枪兵都在不停袭扰后者的土地。毋庸置疑的是，狡猾的爱尔兰国王早已向亚瑟暗示，婚事一旦定下来，他将保证自己的黑盾战士会在春季开战时抵达助阵。这次联姻显然是临时起意，亚瑟分明面带悔意。

"当然啦，她想要个孩子。"亚瑟说，心里回想着让林第尼斯的院子充盈鲜血的可怕仪式。

"您不想要吗，大人？"

亚瑟王

"时候未到，"他简短地回答，"我看还是再等等吧，等赶走撒克逊人以后再说。"

"说到这，"我说，"我收到了格温薇儿夫人的请求。"亚瑟对我使了一个尖刻的脸色，但没有作声。"格温薇儿担心，"我接着说，"如果撒克逊人在南方发起突袭，她的处境将十分危险。她恳求您能把她的监狱转移到一个更加安全的地方。"

亚瑟向前躬身，摸了摸马儿的耳朵。我原以为一提到格温薇儿，他就会怒不可遏，但他并没有表现出丝毫愠怒。"撒克逊人确实有可能从南方发起进攻，"他温和地分析道，"事实上我还希望他们这样做呢，如果这样的话，他们的部队就要一分为二，我们也就可以各个击破。但如果他们在泰晤士河沿岸发动一次大规模攻势，德瓦，那才是更大的威胁。所以两害相权，我必须为最大的威胁做好准备。"

"再怎么谨慎也不为过，"我催促他说，"不如抓紧时间，把德莫尼亚南方所有有价值的东西统统转移走？"

他转身来看我。目光里带着嘲讽，好像在鄙视我对格温薇儿展露同情。"她还有什么价值可言呢，德瓦？"他问道。我一言不发，亚瑟扭过头，视线离开了我，转而盯着白茫茫的田野，画眉和燕八哥正在犁沟中找寻虫子。"我该杀了她吗？"他突然问我。

"杀掉格温薇儿？"我不禁重复道，心里对这个提议感到十分震惊，似乎这句话的幕后黑手是阿尔甘特。她姐姐曾经为格温薇儿犯下的罪行舍身赴死，想必她对格温薇儿也是耿耿于怀。"这个决定，大人，"我说，"我可不敢领受。但是话说回来，如果她罪有应得，是不是在几个月前就应该处死她？现在反而不行了。"

听到这番建议，他突然变了脸色。"撒克逊人会如何待她？"他问。

"她说他们会强奸她。但我怀疑他们会把她搬到某个王座上。"

他怒视着远方白雪皑皑的景象。他知道我说的是兰斯洛特的王座，他想象着他的死敌坐在德莫尼亚的王座上,格温薇儿在其身旁,策尔迪克则在幕后上下其手,这是任何人都无法忍受的尴尬念头。"如果她有落入敌手的危险,"他厉声说道,"那就请你杀了她。"

我几乎不敢相信我听到的话。我盯着他,但他不肯与我对视。"但是,把她转移到安全的地方是不是更简单些?她就不能去格兰温吗?"

"我操心的事情实在太多了,"他打断我,"没空搭理叛徒的安危。"他勃然大怒,我还是第一次见他发这么大的火,但过不多久,他又摇了摇头,叹了口气。"你知道我最羡慕谁吗?"他问。

"不妨说说,大人。"

"图锥克。"

我笑出了声。"图锥克!您难道想成为一个便秘的修道士?"

"至少他过得幸福,"亚瑟坚定地回答,"他找到了他一直寻找的生活。我不在乎他是否剃度,也不关心他的上帝,但我打心眼里羡慕他。"他面露苦涩。"为了准备这场除我以外所有人都不看好的战争,我身心俱疲。这根本就不是我要的生活!根本就不是!莫德雷德应该成为国王,我们曾经一起宣誓,要让他继位为王,如果我们能够战胜撒克逊人,我一定要让他君临天下,统御四海。"他语带挑衅,我却不相信他说的话。"我只想要,"他接着说,"一处门厅,一片土地,一群耕牛,顺应时节的作物,供我取暖的柴火,还有一间能够打铁的铁匠铺和一条小溪。这难道过分吗?"他很少沉湎于此类顾影自怜,我默不作声,任由他独自宣泄愤怒。他时常怀揣着这样一个梦想:篱笆环绕的住处,林木深深,田野辽阔,隔绝于世,里面住满了自己的乡里乡亲,但现在,当策尔迪克和阿尔召集各自的长枪兵时,他心里很清楚地意识到,他的梦想支离破碎了。"我不能永远占有德莫尼亚,"他说,"等我们击败撒克逊人以后,或许该另请高明约束莫德雷德了。至于我,我会跟随图锥克的足迹,找寻自己的幸福。"他收起了缰绳。"我现在没空去想格温薇儿的事儿,"他说,"如果她身处险境,

亚瑟王

姑且就先交给你解决吧。"在下达了简短的命令以后,他蹬了蹬鞋后跟,绝尘而去。我一人留在原地,心中大吃一惊,但终究还是摒弃内心的厌恶,细细一想,体会到了他决绝命令之中的弦外之音。他知道我不会杀死格温薇儿,所以也就知道她是安全的,但借由这条严厉的命令,他便不再需要背叛他对她的任何感情。我爱,我恨,我心戚戚。

那天早上,我们没有任何捕获。

下午,战士们在宴会厅齐聚一堂。莫德雷德也在,他坐在一张充当王座的椅子上。虽然他贵为一国之王,手上却没有任何实权,尽管如此,亚瑟还是礼貌地向他鞠了一躬。不仅如此,亚瑟打从一开始就宣称,等到撒克逊人入侵,莫德雷德将和他一起驰骋沙场,所有的军队都要在莫德雷德的红龙旗帜下战斗。莫德雷德点头表示同意,但话说回来,他哪有拒绝的胆量?我们心里都知道,亚瑟并不是要给莫德雷德一个在战争中赎回名声的机会,只是确保他不会节外生枝。因为如果莫德雷德有心重夺权力,唯有卖国求荣,甘当傀儡,与策尔迪克私定盟约一条路可走。但我们不会让他如愿,他将成为亚瑟的囚徒,受到严密监视。

亚瑟随后确认了格温特的国王莫里格不会参战的消息。此事虽在情理之中,众人却依然报以仇恨的低吼。亚瑟示意人群肃静。他说,莫里格确信即将到来的战争并不是针对格温特的战争,不过这位国王还是勉强准许昆格拉斯率领军队南下穿过格温特,也允许欧依戈斯的黑盾战士借道他的王国。亚瑟没有提到莫里格想要统治德莫尼亚的野心,或许他知道,要是公之于众,我们对格温特国王的怒火只会愈演愈烈。亚瑟仍然寄希望于莫里格回心转意,所以不想在我们和格温特之间招致更多仇恨。他说,波伊斯和德米缇亚的军队将在科里尼翁聚集,因为这座罗马人修建的城市有围墙工事,战争期间将成为亚瑟的大本营,同时也是我们囤积物资的目的地。"明天我们就要开始为科里尼翁筹备物资了,"亚瑟说道,"我要让它粮草丰足，我们将在那里战斗。"他停顿了一下。"这会是一场殊死搏斗，"他说，"撒克逊人将动用全部军队来对抗我们拼凑出来的每一个人。"

"围城战？"库尔威奇惊讶地问。

"不。"亚瑟说。他进一步解释，与此相反，他打算用科里尼翁充当诱饵。撒克逊人很快就会听说这座城里满是咸肉、干鱼和谷物，而他们自己同任何一支浩浩荡荡的远征部队一般缺少食物，便会像狐狸垂涎鸭子一样，被引诱到科里尼翁。亚瑟计划在那里彻底摧毁他们。"他们会把城镇团团围住，"他说，"我会命令墨凡斯坚守。"墨凡斯提前知道了自己的使命，此刻点头表示同意。"至于我们其他人，"亚瑟接着说，"将在城北的高山上以逸待劳。策尔迪克知道他必须先击败我们，所以他会暂停围城，转而将矛头对准我们，之后我们将占据地利与他作战。"

整个计划成功与否取决于撒克逊军队是否首先挺进泰晤士河谷，所有迹象都表明，撒克逊人正有此意。他们正往伦敦和庞蒂斯屯集物资，南部边境则没有储备迹象。守卫南部边境的库尔威奇曾深入洛依格腹地，据他所说，他在那儿并没有发现士兵聚集，也没有任何征兆表明策尔迪克在汶塔或其他边境城镇囤积谷物和肉类。亚瑟说，所有迹象都预示着撒克逊人将凭借压倒性的人数优势，在泰晤士河上野蛮地攻击，目标直指塞文海岸，并计划于科里尼翁某地展开决战。塞格拉莫的人已经在泰晤士河谷两侧的山顶上建造了烽火台，德莫尼亚南部和西部的山丘上也是烽火台林立，等看到烽火狼烟以后，我们就要前往各自的部署位置严阵以待。

"恐怕要等到五朔节以后。"亚瑟说道。他在阿尔和策尔迪克的大厅里安插了间谍，这些人报告说，撒克逊人会等到享用完他们春之女神的盛宴之后再发动进攻，也就是五朔节过后的整整一周以后。亚瑟解释说，撒克逊人希望得到春之女神的祝福，腾出时间让更多满载好战之士的船只穿越大海，壮大军势。

春之女神的盛宴庆典过后，撒克逊人即将进军，亚瑟有意诱敌深入，

亚瑟王

撒克逊人难求一战，只能沿途不断袭扰。塞格拉莫和他饱受战火洗礼的长枪兵会阻挡在撒克逊人前面，且战且退，只做除了盾墙以外的所有抵抗，而亚瑟则会利用这段时间在科里尼翁集聚盟军力量。

库尔威奇和我的任务则是在泰晤士河谷以南的山丘组织防御。我们不能指望能够击败铁心要通过南方山丘的撒克逊部队，但是亚瑟并不认为撒克逊人会从南面发动攻势。他一而再再而三地告诉我们，撒克逊人将沿着泰晤士河一路向西行进，但中途必然会向南部山区派遣小分队寻找粮食和牲畜。我们的任务是抵御这些小分队，迫使他们折返北方，这或许会让撒克逊人跨越格温特国界，迫使莫里格不得不宣战。尽管在那个烟雾缭绕的屋子里，我们每个人都心照不宣地怀揣着这份希望，但我们同时也知道，如果没有格温特训练有素的长枪兵，我们在科里尼翁附近的大决战注定九死一生。"所以要狠狠地揍他们，"亚瑟向我和库尔威奇吩咐，"杀掉找寻食物的敌兵，吓他们一个屁滚尿流，但切记不可恋战。骚扰、吓唬，等他们离科里尼翁还有一天行程的时候，放他们走吧，过来增援我。"为了科里尼翁的大决战，他需要召集所有能够召集的长枪兵，亚瑟似乎确信，只要我们占据制高点，就能赢下这场生死之战。

计划听起来确实很不错。撒克逊人将深入德莫尼亚腹地，被迫向陡峭的山坡发起攻击，至于计划是否成功，完全取决于敌人是否如亚瑟所料那样采取行动，但在我看来，策尔迪克可不是一个任人摆布的家伙。可不管怎么说，亚瑟似乎胸有成竹，至少这是一个令人安慰的信号。

我们各自回家了。我在自己的领土遍搜民房，没收谷物、咸肉和鱼干，人人怨声载道，不过我们还是留下了足够的物资，不至于让民众饿死，剩下的则尽数送往科里尼翁，为亚瑟的军队提供食物。这确实是一件费力不讨好的活计，农民害怕饥饿的程度几乎与他们畏惧敌兵的程度不相上下，我们被迫寻找百姓的藏粮之处，对一切指责我们横征暴敛的妇女尖啸充耳不闻。但我告诉她们，我们来找，总比撒克逊人掠夺蹂躏的好。

我们厉兵秣马,紧张备战。我拿出了全套军械装备,吩咐奴隶为皮革上衣涂漆,再让他们打磨锁子甲,梳理头盔上的狼毛,并且在重装盾牌上重新粉刷白色的星状图案。伴随着燕八哥的第一声歌唱,新的一年如约而至。敦卡里克后山的落叶松上,画眉鸟在枝头高歌,我们付钱给村里的孩子,让他们用石子和棍子在苹果园里驱赶偷食果芽的红腹灰雀。麻雀开始筑巢,溪水闪动着粼粼波光,水里出现了溯源的鲑鱼,羽色斑驳的鹡鸰叽叽喳喳地搅扰着薄暮苍茫。才过了几个星期,榛树上结出了花朵,林间生出了紫罗兰,树木长出了金色的嫩芽,像是镀上了一层圆锥形的金箔,阡陌原野之中,野兔翩翩起舞,羔羊欢腾玩耍。三月份,不知从哪里冒出来一群蟾蜍,我担心这是不祥的预兆,只可惜梅林不在,不然可以向他请教一二。他和妮慕已经不知所踪了,似乎这一次我们必须在没有他助阵的情况下进行战斗。云雀在放声高歌,食肉的喜鹊在稀疏的灌木丛中寻找其他鸟儿刚产下的鸟蛋。

新叶终于愈发茂密起来,随后传来了第一批南下的战士已经从波伊斯抵达的消息。他们人数并不多,因为昆格拉斯并不想过多消耗科里尼翁的食物供给,不过他们的到来让我们相信,五朔节后昆格拉斯将亲率大军与我们会合。小牛犊也接连降生了,人们开始制作黄油,夏汶则忙着整理整个冬天都烟气缭绕的大厅。

那是一段波谲云诡却又苦乐参半的日子,因为新年的春天突然变得光彩照人,天空阳光明媚,草地鲜花盛开,但是在此之中,又蕴涵着兵燹灾祸。此情此景像极了基督徒宣扬的所谓"末日之前",也就是世界命运走向尽头之前的那段时间,看来现在温婉可爱的春天似乎就是"末日之前"的预兆吧,就连日常生活也被赋予了一种不真实的感觉,每件琐碎小事都变得意义非凡:或许这将是我们最后一次燃烧冬季囤积的稻草,又或许这将是我们最后一次将小牛犊从母牛的子宫里接至世界。一切都变得特别起来,因为我们生活的一切都笼罩着前所未有的威胁。

亚瑟王

我们也知道，即将到来的五朔节有可能将是我们一家子庆祝的最后一个节日，大家也想尽办法，意图留下难以磨灭的记忆。五朔节承接着新年诞下的生命，在宴会庆典的夜晚，我们熄灭了敦卡里克所有的灯火，厨房的炉火曾烧了一整个冬季，现在全天闲置，到了晚上也只剩下火灰余烬了。我们把灰烬耙出来，将炉膛清扫干净，然后点起新火，而在村子东边小山丘上，我们放了两堆柴火，其中一堆放在我们的吟游诗人珀里格所选择的圣树边上。我们砍下了一棵年轻的榛树，运过村庄，横跨溪流，抬到山上准备举行仪式，树上挂满了布条，所有的房间和大厅同样也装点着新伐下的榛树树枝。那天晚上，整个不列颠无一人起灶生火，在五朔节的夜晚，黑暗统治一切。我们在大厅里准备盛宴，但没有用火做饭，也不用火光照亮高椽。不论哪里都没有火光，除了在基督教的城镇里人们故意生火藐视众神，不过在乡下，目之所及一片黑暗。黄昏时分，我们爬上山坡，看到一群村民和长枪兵正在从篱笆里往外驱赶牛羊。孩子们在玩耍，但一到夜幕降临，年纪最小的孩子全都睡着了，他们小小的身子躺在草丛中，我们其余的人则在未点燃的篝火旁边聚拢在一起，浅吟低唱"安努恩之殇"。

然后，在夜晚最黑暗的时候，我们迎来了新的一年。珀里格双手摩擦两根木棍生火，伊撒则在一旁慢慢放下落叶松的木屑喂火，只见一丝青烟渐渐生起。两人弯下腰，一边向微小的火焰吹气，一边填补引火物，最后终于闪腾起夺目火光。珀里格将新火传递到两堆木柴上，我们所有人都开始唱起太阳神贝勒洛斯的颂歌。五朔节的篝火终于火光烛天，睡着的孩子们也渐渐醒来，跑去寻各自的父母去了。

火光一起，我们就献祭了一只山羊。人们割断那畜生的喉咙以及珀里格向草地泼洒羊血的时候，夏汶一如既往地转过身去，目不忍视。珀里格将山羊的尸体扔向由神圣的榛树燃烧的火焰，然后村民们聚集起自己的牛羊，赶着它们走过两处篝火之间。我们在牛的脖子上挂着编织的稻草环，看着年轻女子在篝火之间盛装舞蹈，祈求众神能够赐福于她们的子宫。她们已经在初春节时绕着篝火舞蹈过，但总会在五朔节再跳一次。莫温娜也到了年纪，可以在篝火之间欢快起舞了，看着女儿迈着婀娜步伐旋转跳跃时，我竟感到一阵悲伤。她看起来是那么开心，心里也许幻想着结婚和诞下婴儿，但在几个星期之后，她很有可能死于战乱，或者被掳走当奴隶。想到这里，我已是满腔怒火，于是转身离开了篝火，惊讶地看到远处也燃起了五朔节的火焰。整个德莫尼亚都在用火焰迎接新一年的降临。

我的长枪兵带了两个巨大的铁质坩埚来到山顶，用烧木填满它们的肚子，然后带着火焰升腾的坩埚匆匆下山。进入村子以后，新火便会挨家挨户传递下去，每个小屋都有人出来取走新火，点燃炉膛中蓄势待发的木柴。我们最后去了大厅，迎着新火走进厨房。那时几近黎明，村民们围挤在栅栏旁等候朝阳。太阳的第一道光辉在东方地平线上绽放的那一瞬间，我们唱起了鲁格神的诞生之歌；人们载歌载舞，欢声笑语，喜气洋洋。我们面向东方，迎着太阳，在地平线上，我们看到五朔节篝火的黑烟升入苍白空阔的天空。等到壁炉的火焰烧热时，我们也开始烹饪食物。我为整个村庄策划了一场空前盛大的宴会，想到这有可能是我们最后一段幸福时光，寻常人家很少有机会吃肉，但在那年五朔节里，我们烧烤了五头鹿、两头野猪、三只家猪和六只羊；还准备了一桶又一桶新酿的蜂蜜酒和十篮面包，这些食物都是用去年的炉火烤制的。此外还有奶酪、蜜糖坚果和燕麦饼，面包皮上还印了五朔节的十字图案。在一周左右的时间里，撒克逊人就会杀来，这场盛宴兴许有助于我们的人民渡过难关。烹煮肉食的时候，村民们纷纷娱乐游戏。街上有人赛跑，有人摔跤，还有人比试力气。女孩们在发间插上花朵，早在宴会开始之前，我就看到一对对男女悄悄溜走了。我们在下午用餐，在享用盛宴的时候，诗人们纷纷吟诵诗句，游吟艺人也在歌唱助兴，他们作品的成功与否则要仰仗观众们鼓掌判断。我给所有的诗人和游吟艺人发了金币，哪怕表现最糟糕的也有份儿。大多数诗

亚瑟王

人还都是年轻人,他们羞怯地用笨拙可爱的文字向心仪的女孩表达爱意,女孩们则羞答答的,村民们戏弄着起哄、欢笑,然后要求每个女孩用亲吻的方式奖励诗人,如果吻的时间太短,大家就会让这对男女面对面站好,重头再来。我们酒喝得越多,诗歌的质量也就跟着显著提升。

但我喝得太多了。我们胃口都很好,喝酒更是畅快淋漓。在这节骨眼上,村里最富有的一个农民向我发出挑战,要我和比试摔跤,人群吆喝着让我接受,所以,酒喝了一半,我就拍了拍农夫的肩膀表示答应,他也拍了拍我,我和他都能闻到彼此散发的酒气。然后他试着用力抬我,我也反抬回敬,但谁都不能挪动对方半分,所以我们二人站在原地,像角逐的雄鹿一样脑袋顶着脑袋,人群则嘲笑着我们糟糕的表现。最后我终于将他摔翻在地,但这都是因为他喝得比我还大。我后来喝了更多,或许是想忘却未来。

夜幕降临时,我感到一阵恶心。我登上了东边壁垒上建造的点将台,靠在墙上,凝望着渐渐昏暗的地平线。我们在山顶点燃了新火,从那儿飘过来一缕青烟,虽然我酒醉疲倦,但多少还能看清楚十几处烟火。夏汶也攀上高台,嘲笑着我那洋相百出的醉酒模样。

"你喝醉了。"她说。

"还真是。"我同意。

"过不多久你就要像猪猡一样酣睡,"她责备地说,"也像猪猡一样打鼾。"

"要怪就怪这五朔节吧。"我找了借口,挥挥手向远处的烟雾示意,她靠在我旁边的护墙上。她在金发上插着野李花,看上去一如既往的端庄美丽。"我们必须和亚瑟谈谈格温德瑞的事。"她说。

"他娶莫温娜的事?"我问完又思忖了一下。"这几天亚瑟可没以前那么好说话了,"我终于鼓起了勇气,"或许他心里给格温德瑞另挑了个媳妇?"

"也许吧,"夏汶平静地说道,"如果是这样,我们也该为莫温娜另求婚事。"

"找谁呢?"

"我找你就是为这事,"夏汶说,"等你清醒以后再好好想想吧。也许是库尔威奇的一个儿子?"她凝视着敦卡里克山脚下的阴影。那儿有一堆乱糟糟的灌木丛,她看到一对男女在树叶间快活。"那是摩尔福特。"她说。

"谁?"

"摩尔福特,"夏汶说,"挤奶的姑娘。可能是想再生一个宝宝。她也到了该结婚的时候了。"她叹了口气,望着地平线。就这样沉默了很久,又皱了皱眉头。"难道你不觉得今年的篝火比去年多吗?"她问。

我老老实实地望向地平线,但说实话,我分不清每一处烟火究竟有何不同。"可能吧。"我敷衍地回答她。

她眉头紧锁。"或许根本就不是五朔节的篝火。"

"怎么不是!"我的语气像所有喝醉酒的人一样不容任何人置疑。

"是烽火。"她又说。

我花了点时间才明白她这番话的意思,惊得我突然酒兴全失。肚子里又感到一阵恶心,但并不是因为酒醉。我赶忙张目向东凝视。十几处似羽毛般的烟雾正向空中飘散,但有两处烟雾明显比其他地方浓厚,滚滚浓烟,不太像是昨天夜里残余下来,今天凌晨又任其自生自灭的火焰。

就在这一刹那,我猛烈地惊醒,那的确是警戒用的烽火。撒克逊人没有等到春之女神的盛宴结束过后再发动进攻,他们居然趁着五朔节突然袭击。他们一定知道我们准备了烽火台,但他们同样知道,在五朔节的时候,整个德莫尼亚的山顶都会点燃篝火。他们一定借此断定,沉浸在节日气氛的我们不会注意到烽火狼烟。我们活活让他们给算计了。就在我们享用盛宴、酩酊大醉的时候,撒克逊人浑水摸鱼发动了攻势。

德莫尼亚就这样卷入了战争的漩涡。

我负责指挥七十名经验丰富的战士，同时也统领一百一十名冬天训练的新兵蛋子。这一百八十名士兵占德莫尼亚所有长枪兵的近三分之一，然而却只有十六个人能够在黎明前行军。其余的人要么烂醉如泥，要么就是忍受着宿醉煎熬，就算我百般咒骂鞭策也没有效果。伊撒和我拖着酒气最重的几个到了河边，把他们扔到了寒冷的水里，依然成效甚微。我只好继续等待，一小时接一小时过去，恢复清醒的人终于越来越多。那天早上，只需二十几个清醒的撒克逊人就足以将敦卡里克夷为平地。

烽火仍熊熊燃烧，警告我们撒克逊人即将到来，我心里陡生出一种可怕的内疚感：我辜负了亚瑟。后来我才知道，在那天早上，几乎每一个德莫尼亚的战士都是同一副德行，只有塞格拉莫的一百二十名士兵保持着清醒，他们尽职尽责地守在后方，阻挡撒克逊人前进。而我们其余的人则满嘴胡话，呕吐不止，呼吸困难，像饿犬一样疯狂饮水。

到了中午，我的手下大多数人都能站起身来了，但还不是全部，只有少数人准备好长途跋涉。我的盔甲、盾牌和战矛全都装在一匹马身上，还有十只骡子驮着用食篮装载的食物，所有一切都是夏汶一整个早上忙前忙后的辛劳成果。她会在敦卡里克等候消息，或许是胜利的消息，但更有可能是某种噩耗，告诉她赶紧逃难。

接着，在中午过后不久，局势骤变。

一名骑手骑着汗渍涔涔的快马从南方赶来，原来是库尔威奇的长子——艾尼昂。他不顾鞍马劳顿，火急火燎地来给我们传信，只见他歪坐在马鞍上，几乎要跌落下来。"大人。"他大口喘息，不慎失足摔倒，赶紧又爬起来，简单地向我鞠了一躬。他气喘吁吁，有好长一段时间说不上话，然后又暴风骤雨般说了一大通，但他传信心切，心中郁结百感，却无从发泄，所以他说的话我们一句都没有听懂，我只听清了他从南方过来，撒克逊人正举兵向那里进犯。

我把他引到大厅旁边的一张长凳上，指示他先坐下。"欢迎来到敦卡里克，库尔威奇之子艾尼昂，"我非常正式地说道，"但请再说一遍。"

"大人，撒克逊人，"他说，"袭击了杜努姆。"

格温薇儿一语成谶，撒克逊人果真向南方进军了。他们从策尔迪克的领地启程，那地方比汶塔还要遥远，如今却已深入德莫尼亚。杜努姆是我们靠近海岸线的堡垒，昨日黎明时分陷落了。库尔威奇放弃了堡垒，不然他手下一百名士兵将难逃全军尽没的厄运。他如今流落到了敌人的锋锐之前。艾尼昂——这个和他父亲一样敦实矮胖的年轻人，悲伤地抬头看着我。"大人，他们人数实在太多了。"

撒克逊人愚弄了我们。首先，他们让我们相信他们不会在南方有什么小动作，又断定我们会把遥远的烽火误认为是五朔节的火焰，趁着节日盛况向我们发起了突袭，现如今，他们突破了我们在南方的松散防线。我想，兴许阿尔正沿泰晤士河推进，而策尔迪克的部队则在海岸线疯狂肆虐。艾尼昂不确定南方的突袭是否是由策尔迪克亲自领兵坐镇，因为他没有看到撒克逊国王标志性的旗帜——挂在死人剥皮皮肤上的红狼头骨，但是他看到了兰斯洛特的海鹰旗，猛禽的爪子里紧紧地抓着鱼。库尔威奇认为是兰斯洛特领着自己的追随者和两三百个撒克逊人一起发动了突袭。

"你走的时候他们已经到了哪里？"我问艾尼昂。

"依然在索尔维奥杜努姆以南，大人。"

"你父亲呢？"

"大人，他在镇上，但他不会在那里逗留太久。"

这么说，库尔威奇会放弃索尔维奥杜努姆的堡垒，以免身陷重围。"他想让我带兵接应吗？"我问。

亚瑟王

艾尼昂摇了摇头。"他已经遣人去了杜诺维瑞阿，大人，告诉那里的民众向北方转移。他认为你首先应该保护老百姓，护送他们到科里尼翁。"

"有谁在杜诺维瑞阿？"我问。

"阿尔甘特公主，大人。"

我轻声咒骂。亚瑟的新婚妻子断然不能抛弃不管，我终于明白了库尔威奇的用意。他知道兰斯洛特士气正盛，锐不可当，所以他希望我在德莫尼亚的心脏地带，尽可能地转移并拯救一切有价值的东西，进而向北撤退到科里尼翁，库尔威奇则尽最大努力减缓敌人的行军速度。这是一种孤注一掷的临场策略，最终我们会把德莫尼亚的大部分地区拱手让给敌军，但是俗话说得好，留得青山在，不怕没柴烧，我们仍然有机会赶到科里尼翁，与亚瑟一同并肩战斗。可是要救阿尔甘特就意味着放弃亚瑟让我在泰晤士河以南的山丘袭扰撒克逊人的计划。的确很可惜，但战场形势变化莫测，计划赶不上变化。

"亚瑟知道吗？"我问。

"我哥哥骑马找他去了。"艾尼昂对我说道，也就是说亚瑟可能还不知道这些消息。艾尼昂的哥哥抵达科里尼翁，或许要到下午晚些时候了，亚瑟刚在那里过完了五朔节，到那时候，库尔威奇或许还在大平原以南的某个地方，而兰斯洛特的军队会在哪里？我推测，阿尔依然会向西行进，或许策尔迪克和他在一起，这意味着兰斯洛特可能继续沿着海岸线逼近杜诺维瑞阿，或者转向北方，顺着库尔威奇的足迹去往卡丹城堡和敦卡里克。但无论如何，不到三四天的时间内，我脚下这片土地就要遭受蜂拥而至的撒克逊长枪兵的蹂躏了。

我给艾尼昂换了一匹马，请他快马加鞭为亚瑟送口信，告诉他我将护送阿尔甘特前往科里尼翁，并建议他调派骑兵在萨丽丝泉与我们会合，再一同护送她去往北方。接着我派伊撒和五十名精锐武士先行前往杜诺维瑞阿。我命令他们务必轻装疾行，只带武器，并且同时警告伊撒，他可能在中途遇到阿尔甘特以及其他向北逃难的民众,要把他们全部转移到敦卡里克。"运气好的话,"我告诉他,"明天晚上你就能回到这里。"

夏汶也准备好动身离开。她不是第一次躲避战乱了,她也知道她和我们的女儿只能拿走随身物品,其他一切都必须放弃,所以两名长枪兵在敦卡里克的一侧挖了一处洞穴,将我们所有金银细软藏了进去,又用草皮伪装完毕。村民们也在忙着做同样的事情,烹饪用的大锅、犁地的铲子、磨刀石、纺锤、筛子,一个都不留。因为这些东西太重,不能随身携带,丢掉又怪可惜。在整个德莫尼亚,贵重物品都让人埋起来了。

除了等候伊撒回来,我在敦卡里克几乎无事可做,索性骑马向南去了卡丹城堡和林第尼斯。我们在卡丹城堡保留了一小股驻军,这倒不是军事部署需要,而是因为这座山是我们的王室所在地,有必要进行戍卫。驻军由一群老人组成,大部分人还都是残疾,二十个人里头,或许只有五六个能够在组建盾墙时真正派上用场。我命令他们全部前往敦卡里克,自己则向西往林第尼斯驰骋。莫德雷德预感到了噩耗来临。谣言风语在乡野的传播速度快得让人难以想象,虽然没有信使来到宫殿,但他仍然猜到了我此行的使命所在。我向他鞠了一躬,礼貌地请他准备好在一小时内离开宫殿。

"哦,那是不可能的!"听到德莫尼亚岌岌可危的消息,他却被表情背叛了,竟然在转瞬间露出了喜悦之色。莫德雷德就是这种落井下石的货色。

"国王陛下,有何不可?"我问。

他大手一挥,指了指正殿里琳琅满目的罗马家具,其中大部分都有不同程度破损,要么镶嵌缺失,但仍然不失奢华富丽。"我有好些东西要打包,"他说,"还要见很多人。兴许明天吧?"

"请您一小时以后骑马向北,去科里尼翁,国王陛下。"我不由分说地答复道。当务之急是让莫德雷德避开撒克逊人的行军道路,这也是我来到此地,而非动身前往南方与阿尔甘特会面的原因。如果莫德雷德留在此

亚瑟王

地，无疑是给阿尔和策尔迪克留了一个大便宜，莫德雷德心里知道也这一点。有那么一刻，他似乎想要争辩，但还是命令我先走出正殿，然后大声叫来一个奴隶为他披挂盔甲。我找到了亚瑟派来负责国王卫队的兰瓦。"马厩里的每一匹马都要带走，"我吩咐兰瓦，"然后护送这个混蛋家伙去科里尼翁，亲自把他交给亚瑟。"

莫德雷德在一小时后动身走了。国王穿戴着盔甲，旌旗迎风飘扬。我十分想吩咐他收起旗帜，因为龙旗一出，只会在乡间招惹更多的谣言，但转念一想，传递警报并不是什么坏事，民众需要时间准备并藏匿贵重之物。我目送着国王骑着马从门口咔哒咔哒地向北行去，然后转身又回到了宫殿里，那个名叫迪里格的管家正向奴隶大喊大叫，吩咐他们赶紧收集宫殿里的宝藏。蜡烛台和锅碗瓢盆都被挪到了后花园，投入干枯的井底，而床罩、床单和衣服则堆放在推车上，准备藏在附近的森林里。"家具可以留下来，"迪里格酸溜溜地告诉我，"撒克逊人要想借用一下就请自便吧。"

我在宫殿的各处房间里漫步，试图想象撒克逊人在屋宇立柱之间摩肩接踵的样子，他们踩踏脆弱的椅子，捣毁精致的马赛克瓷砖。他们之中，又有谁想住在这里呢？策尔迪克？兰斯洛特？如果真有人愿意，那么我敢断定，一定非兰斯洛特莫属，因为撒克逊人似乎对罗马的奢侈品嗤之以鼻，他们会离开林第尼斯这处纸醉金迷的地方，任其腐烂，然后在附近用木材和茅草搭建自己的房屋。我在正殿里徘徊，想象着兰斯洛特在这里摆上一排排他钟爱的镜子，他存在于一个由抛光金属围绕的世界里，在那里他可以随时随地欣赏自己的俊美面庞。策尔迪克或许会摧毁整座宫殿，借以表明属于不列颠的旧世界已经落下帷幕，撒克逊人的残暴统治宣告开始。我内心忧苦，顾自踟蹰，殊不知迪里格拖着残腿走入房间，一下子打破了这份宁静。"如果您愿意，我也可以带走这些家具。"

"不。"我说。

迪里格从沙发上摘了一条毯子。"那混蛋在这里留下了三个姑娘，其中一个还有了身孕。我看一定要给她们金币。他可不会这么好心。咦，这是什么？"他停在莫德雷德雕刻精美的王座后面，我也走了过来，发现地板上竟然有一个地洞。"昨天还没有的。"迪里格坚称。

我半跪下来，发现一整块马赛克地板已经被人撬走了。这块地板位于正殿的边缘，是地板画面的一部分，画面角落是一串又一串葡萄标示的边界，中央区域则是一个由众仙女服侍的神灵，但是有一整串葡萄已经被人小心翼翼地挖走了。我看到一张皮革上黏着些许小一点儿的瓷砖，它们全都被切割成葡萄的形状，下面有一层狭窄的罗马砖，如今七零八落地铺在椅子底下。这是一个刻意造出来的藏物处，一直通向地板下方火炕的烟道。火炕底部有什么东西在闪闪发光，我俯身往灰尘和碎片当中摸索，竟掏出了两个金质的小纽扣、一块皮革，接着做了个鬼脸，原来还有老鼠的粪便。我擦干净手，然后将其中一个按钮交给迪里格。另一个放在我自己手上细细端详，上头有一个留着胡须、头戴头盔的脸，像是要打仗一样。制作工艺简单粗犷，但是人物目光如炬，栩栩如生。"撒克逊人做的。"我说。

"这个也一样，大人。"迪里格说，我看到他的纽扣几乎和我手里的一模一样。我不由得再检查了一遍火炕里面，却找不到类似纽扣和金币这样的物件了。莫德雷德显然藏了一些金器，但老鼠啃了他用来装金器的皮包，所以他再拿起宝贝时，几个纽扣从里面掉了出来。

"为什么莫德雷德有撒克逊人的黄金？"我问。

"您说呢，大人？"迪里格反问一句，马上又向洞里吐了口唾沫。

我小心翼翼地将罗马砖块放回到支撑地板的石拱上，然后将皮革背衬的瓷砖放置原位。仅凭想象，我几乎知道了为什么莫德雷德会有金子，但我不愿明说。亚瑟向我们透露对抗撒克逊人的战略计划时，莫德雷德也在场，这大概就是撒克逊人能够出其不意攻其不备的原因了。他们知道我们会把军力集中在泰晤士河沿岸，所以一直在玩弄疑兵之计，让我们相信那

亚瑟王

里的确是进攻的源头。谁知策尔迪克却在南方枕戈待旦，悄无声息地秣马厉兵。莫德雷德背叛了我们。我无法确定两枚金质纽扣能不能构成证据，但它的确给我们敲响了警钟。莫德雷德妄图恢复自己的权力，虽然在策尔迪克那里，他也得不到所有的权力，但他肯定一直都在渴望报复亚瑟。

"撒克逊人怎么和莫德雷德勾搭上的？"我问迪里格。

"这个简单，大人。经常有人来访此地，"迪里格说道，"商人，吟游诗人，变戏法的，还有姑娘。"

"我们真应该割开他的喉咙！"我咬牙切齿地说完，把纽扣放进了口袋。

"当初为什么不呢？"迪里格问道。

"因为他是乌瑟的孙子，"我说，"亚瑟绝不允许这么做。"亚瑟发了誓要保护莫德雷德，恐怕终其一生，亚瑟都要为此束手束脚。此外，莫德雷德是我们真正的国王，在他身上流淌着我们每一任国王的血液，一直追溯到伟大的贝利本尊，虽然莫德雷德道德败坏，但他血统神圣，亚瑟借此让他苟活于世。"莫德雷德的任务，"我对迪里格说，"是找一个合适的妻子传宗接代，等他一有继承人，我们就要建言献策，立刻为他套上枷锁。"

"难怪他不结婚呢，"迪里格说，"那如果他一直不婚该怎么办？如果没有继承人呢？"

"问得好，"我说，"不过回答这个问题以前，我们必须先击败撒克逊人。"

我离开了正在用灌木伪装枯井的迪里格。我本可以直接回到敦卡里克，因为要紧事都办好了：想必伊撒正动身护送阿尔甘特去往安全地带，莫德雷德也正安然无恙地巡幸北方，但我还有一件事没有完成，于是又策马踏上福斯路，跃北挺进，行至道路尽头——怀君岛边缘巨大的沼泽湖泊边上。刺嘴莺在芦苇丛中啁哳，而飞翼似镰的紫崖燕正忙着啄泥筑巢。杜鹃在沼泽地边缘的柳树和桦树上鸣叫。阳光普照德莫尼亚，橡树长出了嫩绿新叶，在我东侧的草地上也生出了报春花与雏菊。我不再往前赶路，而是让马儿一直漫步到林第尼斯以北几英里的地方，向西踏上通往怀君岛的陆桥。就眼下而言，为了亚瑟的最高利益着想，我不仅顾及到了阿尔甘特的安危，还确保莫德雷德老实听话，但现在我的所作所为或许会招致亚瑟的不满。不过也有可能正好顺遂了他的心意。

我去了圣荆神殿，赶巧发现莫甘正准备脚底抹油。她并没有听到任何确切的消息，但谣言四起，她已经知道怀君岛不安全。我把知道的一星半点儿消息全部和盘托出，听完我的寥寥数语以后，她透过黄金面具，戒备地死死窥探我。

"我的丈夫在哪里？"她刺耳地质问我。

"我不知道，夫人。"我回答。据我所知，桑森依然被关在德莫尼亚的埃姆里斯主教家里。

"你不知道，"莫甘对我说，"因为你不在乎！"

"说真的，夫人，我的确不在乎，"我老老实实告诉了她，"但我想他大概会和其他人一样逃往北方。"

"那就告诉他，我们往瑟卢瑞亚去了。去伊斯卡。"莫甘自然而然地对紧急情况做好了充分准备。她料想到撒克逊人入侵，一直忙于收拾圣殿的宝藏，船夫也都准备妥当，要将这些宝藏连同基督教妇女涉水穿过怀君岛的大小湖泊，往海岸摆渡，在那里有渡海的船只等候接力，之后横渡塞文海，往瑟卢瑞亚走。"告诉亚瑟，我会为他祈祷，"莫甘补充，"虽然他不配我祈祷。再告诉他，那婊子很安全。"

"不行，夫人。"她说到了我来怀君岛的目的。时至今日，我依然不知道自己为什么不肯让格温薇儿随莫甘一起走，我想或许是众神在冥冥之中指引着我，又或许，在撒克逊人粉碎我们精心布置的战略以后，我想留给格温薇儿最后一件礼物。我们从来都算不上什么朋友，但在我的脑海里，我习惯把她和美好的岁月联系在一起，当然，也是因为她的愚蠢行径引来

亚瑟王

了灾厄；我还亲眼看到，自从格温薇儿东窗事发以后，亚瑟性情大变。或许是我知道，在这样一个可怕的时刻，我们需要召集每一个强大的灵魂奋起反击，而汉尼斯-维恩的公主格温薇儿品性之坚韧不拔，实属世间罕有。

"她必须和我一起走！"莫甘并不退让。

"我是奉亚瑟的命令行事。"我不屈不挠地和莫甘争辩，且不论她哥哥的命令非但残忍，又含糊不清，但我还是说服了她。亚瑟告诉我，如果格温薇儿身陷险境，那么我一定要找到她，并将她杀死。不过我却决定先去找她，不是为了让她安然渡过塞文海，而是让她身赴险境。

"眼前这一幕，活像见到一群受到狼群惊吓的奶牛。"我来到格温薇儿的房间时，她对我说道。当时她正站在窗口，从那里眺望过去，莫甘的女仆们正于建筑物和神殿西侧栅栏外的船只之间来回奔波。"发生什么事了，德瓦？"

"您还真说对了，夫人。撒克逊人正挥师向南。"然而兰斯洛特领导这场南袭的消息，我却暂时决定不要告诉她。

"你觉得他们会来这里吗？"她问。

"我不知道。我只知道，除了亚瑟的所在地以外，我们什么地方都保护不了——他在科里尼翁。"

"换句话说，"她微笑着说，"如今形势七零八乱？"她笑出了声，仿佛意识到局势大乱，正好可以浑水摸鱼。她依然穿着那件稀松平常而又单调的衣服，阳光透过敞开的窗户照射进来，为她灿烂的红发裹上一层金色光晕。"所以亚瑟想拿我怎么办？"她问。

赐死？不，我决定还是不要这么做，他醉翁之意不在酒。他想要的恰恰是他骄傲的灵魂所不肯割舍的。"我只是奉命来接您，女士。"我回答道。

"去哪里呢，德瓦？"

"您可以和莫甘一起横渡塞文海，"我说，"或者跟我一起走。我正保护要人向北往科里尼翁转移，我斗胆建议，等我们抵达以后，您可以再去格兰温。在那儿您会很安全的。"

她挪步离开窗户，坐在空火炉旁的椅子上。"要人，"她念叨着刚才我话里的这个字眼。"是什么人，德瓦？"

我脸红了。"阿尔甘特。当然还有夏汶。"

格温薇儿笑了。"我倒想会一会这个阿尔甘特。你觉得她会不会也想见我一面？"

"我深表怀疑，夫人。"

"我也对此表示怀疑。我想，兴许她更期望我死了。这么说来，我要么和你一起去科里尼翁，要么和这群基督徒奶牛一起去瑟卢瑞亚？我这辈子已经听够了基督教的赞美诗了。除此之外，科里尼翁还有更伟大的冒险等着我们，你不这么觉得吗？"

"恐怕是的，夫人。"

"恐怕？哦，不必害怕，德瓦。"她振奋地欢笑起来，"看来你们都忘记了，亚瑟的拿手好戏就是绝地反击，没有人比他更厉害了。能够亲眼领略这沙场豪迈，想想就叫人高兴。我们什么时候动身？"

"现在，"我说，"或者等您准备妥当。"

"我已经准备好了，"她轻快地说道，"为了离开这个地方，我都足足准备一年了！"

"那您的仆人呢？"

"另找仆人也不难，"她漫不经心地回答，"我们走吧？"

我只有一匹马，出于礼貌，我让给了她骑，自己走在她旁边，一起离开了神殿。我很少看到格温薇儿的脸像今天一样容光焕发，几个月以来，她一直被囚禁在怀君岛的高墙里，突然间能够在露天畅享纵马之乐，驰骋于新生的白桦林间，冲破莫甘限制自由的藩篱，头顶着无边无际的辽阔天

亚瑟王

空了。我们爬上托尔山外的陆桥,行至这片裸露的高地上,她又笑了起来,给了我一个恶作剧般的目光。"还有什么能阻止我策马奔驰,德瓦?"

"没有了,女士。"

她像个少女一般欢呼着用鞋后跟一踢,接着又补了一脚,迫使疲惫的母马又开始疾驰冲刺。她在草地上自由飞驰,清风在她的红色卷发中如流水般飞淌。她大声欢呼,在我周围绕圈。她的裙子随风飘向身后,但她并不在乎,而是又踢着马,风驰电掣绕了一圈又一圈,直到那马止不住粗声喘气,她自己也气喘吁吁以后才作罢。她勒住马,滑下马鞍。"我身子发酸了!"她兴高采烈地说。

"您骑术精湛,夫人。"我说。

"我梦见过有朝一日还能骑马来着的。还有打猎。太多太多了。"她拍了拍裙子,向我投来一个愉快的目光,"亚瑟吩咐你如何处置我呢?"

我有些犹豫。"夫人,他说得并不清楚。"

"杀了我?"她问。

"不是,夫人!"我装作很震惊的样子,然后牵住母马的缰绳,和格温薇儿并排走。

"他肯定不希望我落在策尔迪克手里,"她一针见血地说道,"那样只会让他感到困窘!我怀疑他想过要割开我的喉咙,只不过不忍动手而已。阿尔甘特一定巴不得。如果我是她,我也会这么想。刚才绕着你转圈的时候,我一直在思考这个问题,假如德瓦真的奉命来取我性命,那该怎么办?我要不要骑着马逃之夭夭?后来我断定,即便有命在身,你或许也杀不成我。如果他真想让我死,他就会派库尔威奇来。"她突然哼了一声,弯下膝盖模仿库尔威奇一瘸一拐的步态。"库尔威奇会毫不犹豫割了我的喉咙,"她说,"连眼睛都不会眨一下。"说完她笑了起来,无法抑制自己的热烈兴致。"所以并不是亚瑟没有说清楚吧?"

"不是,夫人。"

"那么好，德瓦，你真是这么打算的吗？"她在向乡间挥手。

"是的，夫人。"我坦白道。

"我希望亚瑟认可你的行为，"她说，"否则你就麻烦大了。"

"反正已经惹上麻烦了，夫人，"我再次坦白，"旧的友谊似乎凋零了。"

她准是听到了我声音里的凄凉，于是伸出手臂搭进我的臂弯。"可怜的德瓦。我看他是心中有愧？"

我有些不好意思。"是的，夫人。"

"我犯了大错，"她语气悲伤，"可怜的亚瑟。不过，你知道什么东西能够让他恢复过来吗？还有你们的友谊？"

"说来听听，夫人。"

她抽出手臂。"将撒克逊人砍为齑粉，德瓦，然后我们熟悉的那个亚瑟就回来了。胜利！赐予亚瑟胜利，以前那个亚瑟就能原原本本地回到我们身边！"

"撒克逊人，夫人，"我提醒她，"几乎已经获得一半胜利了。"我把知道的消息全都告诉给了她：撒克逊人正分兵两路，向东向南大举入侵，而我们部队分散，唯一的希望就是赶在撒克逊人抵达科里尼翁之前重整旗鼓，同亚瑟守候的两百名长枪兵会合。我估计塞格拉莫正向亚瑟靠拢，库尔威奇则会从南方赶来，等伊撒和阿尔甘特到来以后，我们就能一起动身前往北方。昆格拉斯无疑将风尘仆仆地从北方进军，伊仑之子欧依戈斯则会在听到消息的那一刻从西方驰援，但是如果首先抵达科里尼翁的是撒克逊人，那么我们的希望就算彻底破灭了。即使能够战胜时间，我们也没有足够的胜算，因为如果没有格温特的长枪兵助阵，我们依然寡不敌众，或许只能希冀奇迹了。

"胡说！"听我解释完以后，格温薇儿抢白道，"亚瑟还没有开始战斗呢！我们会赢的，德瓦，我们一定会赢！"说完这番挑衅般的话，她开怀

亚瑟王

大笑，忘记了高贵的尊严，竟在路边舞动几步。一切似乎已经日暮穷途，但是突然间重获自由的格温薇儿却光芒四射，我从来没有像现在这样喜欢过她。那一刻，在五朔节黄昏时节辨认出烽火狼烟以后，我第一次感受到了希望。

但希望也在逐渐消失。因为在敦卡里克，除了一片混乱和一种神秘气息以外，什么也没有。伊撒仍旧没有回来，大厅下面的小村庄里挤满了因谣言而背井离乡的难民，没有一个人真正见过撒克逊人。难民带着他们的牛、山羊和家猪，所有人都聚集在敦卡里克，我的长枪兵为他们提供了一种安全的幻觉。我只好吩咐我的仆人和奴隶散播新的谣言，告诉人们亚瑟会向西撤退到康沃尔边境附近，而我要选取屠宰难民的牛群和羊群供我的士兵食用，不多时，大多数人都因为这些谣言踏上旅途，前往遥远的康沃尔边境了。在那片大荒野上，他们多少还算安全，并且向西逃难以后，他们的牛羊也不会阻挡我们前往科里尼翁的道路。如果我只是简单地命令他们向康沃尔转移，他们准会心生怀疑，徘徊不定，生怕我骗了他们。

夜幕降临时，伊撒依旧没有出现，我仍然没有过分担心，因为杜诺维瑞阿的道路本来就很漫长，说不定挤在路上的难民也是水泄不通。我们在大厅里做了一顿饭，珀里格给我们唱了一首乌瑟在艾登城堡大败撒克逊人的称颂歌曲。等歌声结束，我向珀里格扔了一枚金币，然后说我曾经听格温特的西纳尔唱过这首歌谣，珀里格听完来了兴致。"西纳尔是最伟大的吟游诗人，"他若有所思地品评道，"尽管也有人说格温内德的艾麦尔金要更加出色。如果有朝一日能听到他们中的任何一个人一展歌喉，我就算知足了。"

"我的兄弟，"夏汶评论道，"波伊斯现在有个更为优秀的吟游诗人，而且还很年轻。"

"谁？"嗅到竞争对手的味道，珀里格顿时来了兴致。

"他名叫塔利辛。"夏汶说道。

"塔利辛!"格温薇儿似乎很喜欢这个名字,情不自禁重复了一遍。这名字的本意是"神采飞扬的眉毛"。

"我从来没有听说过他。"珀里格一本正经地回答。

"等我们击败撒克逊人以后,"我说,"我们将要这个塔利辛编一首胜利之歌。当然还有你,珀里格。"后面一句是我急忙补充的。

"我曾听过艾麦尔金歌唱。"格温薇儿说。

"真的吗,夫人?"珀里格问道,再次露出钦佩的神色。

"那时我还只是一个孩子,"她说,"但我记得,他可以发出一种空洞的咆哮声,听者无不惊惧异常。他的双眼渐渐拉宽,然后咽下一口气,像公牛一样发出怒吼。"

"噢,老一套了,"珀里格不屑一顾地说道,"现如今,夫人,我们追求的是文字传情达意,而不仅仅是音调变化。"

"你们应该双管齐下,"格温薇儿尖锐地说道,"我毫不怀疑这个塔利辛不仅是传统老派的大师,同时也深谙韵律之道,但如果你们呈现的全部都是抖机灵似的节奏韵律,那又怎么能让观众恋恋不舍呢?你们必须时而让他们热血骤冷,时而让他们放声哭泣,时而又让他们抚掌大笑!"

"每个人不用教都能发出各种各样的噪音,夫人。"珀里格在为自己的手艺辩护,"但只有技艺精湛的艺人才能运用传情达意的文字加以润色。"

"很快,唯一能够理解字里行间复杂韵律的人,"格温薇儿争辩道,"就只有那些所谓技艺精湛的艺人自己了,所以你为了打动你的同伴诗人,不得不更加拼命地抖机灵,但你忘记了门外汉对你们这门手艺的第一印象。吟游诗人彼此吟唱角力,而我们其他人却不知道他们究竟在唱什么。珀里格,你的任务是让传奇故事永葆活力,而不是一味追求曲高和寡。"

"夫人,您不能让我们变得庸俗!"珀里格为了表达抗议,特意拨弄了竖琴的马鬃弦。

"我是让你庸俗的归庸俗,聪明的归聪明,"格温薇儿说道,"最好是兼而有之,如果你追求的只是用聪明讨巧儿,那你就剥夺了大家听故事的兴致,但如果你只懂得玩弄庸俗,那就没有领主或高贵的夫人愿意给你赏钱。"

"也有庸俗的领主。"夏汶狡猾地插道。

格温薇儿瞥了我一眼,我看她的样子似乎要把矛头指向我,可过不多久,她似乎有意收敛了这份冲动,大笑起来。"如果我有金子,珀里格,"她说,"我会毫不犹豫地奖赏你,因为你唱得很动听,但是,可惜唉,我没有。"

"您的赞美胜值千金,夫人。"珀里格奉承道。

格温薇儿一出现,我的长枪兵都吓了一跳,整个夜晚总是有人一小伙一小伙地过来偷看她,而她则无视众人的目光。夏汶欢迎她的时候,没有表现出任何惊讶。格温薇儿很聪明地对我的女儿们表示友好,如今莫温娜和塞伦甚至都睡在了她的身边,她们和我手下的长枪兵一样,都为这个身材高大的红发女子深深着迷。格温薇儿的名气和她的外表相得益彰,简直令人惊为天人。她在这里很自在,也很高兴。我们的大厅里没有桌子和椅子,只有高低不平的地板与羊毛地毯,可她只静坐在火炉边,就不费吹灰之力地成为了众人的焦点,双眼透着炽烈的目光,让人只敢远视,不敢近观。一头缠绕纠结的红发更显得她落落大方,格外惊艳,同样,她那份重获自由的喜悦也极具感染力。

"她能自由地在这里待上多久?"那天晚上夏汶问我。我们刚把私室让给了格温薇儿,这会儿正跟其他人围坐在大厅里。

"我不知道。"

"那你知道什么?"夏汶问。

"先等伊撒来,然后启程往北走。"

"去科里尼翁?"

"我会去科里尼翁,但我会把你连同家人一起送到格兰温。你们在那里足够靠近战场,万一有什么不测,可以马上向北进入格温特。"

第二天,伊撒迟迟未至,我开始忧心。在我看来,我们正在与撒克逊人竞赛,看谁能够率先抵达科里尼翁,在这里被拖延的时间越长,满盘皆输的可能性就越大。如果撒克逊人能够将我们的部队各个击破的话,那么德莫尼亚将如同朽木一般,在转眼之间土崩瓦解。我的部队虽然是这个王国数一数二的翘楚,如今却在敦卡里克停滞不前,只因为伊撒和阿尔甘特依然没有出现。到了中午,紧迫感愈发强烈,因为我们望见远处东方与南方的天空升起了第一缕烟雾,没有人妄自评论这高高升起的纤细烟雾,但我们都知道那是茅草燃烧的产物。撒克逊人所到之处,生灵涂炭,他们现在已经足够接近我们,我们都能够看到他们的烟雾了。

我派了一名骑手去找寻伊撒,其余的人则向田野走了两英里,往福斯路上去,如若不出所料,这条罗马人修筑的大路将是伊撒的必经之路。我打算再等等他,然后沿着福斯路,前往北方二十五英里以外的萨丽丝泉。一共五十五公里路程。三天漫长而又艰苦的跋涉。

我们在路旁一处小丘等待。我手下有一百多名长枪兵,此外还有至少同样数目的妇孺儿童以及奴隶仆从。不仅如此,我们的马、骡子和猎犬也全部翘首企足。塞伦、莫温娜和其他孩子在附近的木头上采摘风铃草,而我则在碎石路上来回踱步。难民队伍连绵不断从我们身边路过,可即便是来自杜诺维瑞阿的难民也没有任何阿尔甘特公主的消息。一位牧师说他曾目睹伊撒和他的人马抵达城镇,因为他辨认出一些长枪兵盾牌上的五角星,但至于这些人是在原地滞留,抑或启程离开,他就无从知晓了。难民们唯一能够确定的一件事就是撒克逊人已逼至杜诺维瑞阿附近,不过还没有人真正看见过撒克逊人的长枪兵。他们只是听到了谣言风声,但谣言风声跟随时间流逝愈演愈烈。人们风传亚瑟已死,不然就是逃往雷吉德,他们还说策尔迪克拥有口吐火焰的战马,以及断铁如布匹的魔斧。

亚瑟王

格温薇儿从我的猎人那儿借了一把弓，此刻正向路旁的死榆树练习射箭。她箭术十分了得，箭无虚发，腐烂的木头桩上插满了她的成果。但当她听到我的溢美之词时，却做了个鬼脸。"我疏于练习很久了，"她说，"以前百步开外射中奔驰雄鹿对我而言轻而易举，现在恐怕连五十步以外静止不动的鹿都射不中了。"她从树上摘下了箭。"但如果有机会，我兴许还能射中几个撒克逊人。"她把弓递还给我的猎人，后者赶忙鞠躬退去。"假设撒克逊人在杜诺维瑞阿附近，"格温薇儿问我，"他们接下来将有何动作？"

"从这条路杀过来。"我说。

"不再往西？"

"他们知道我们的计划。"我冷冰冰地回答完毕，接着又告诉她，我在莫德雷德的正殿里发现了撒克逊人的金纽扣。"阿尔正向科里尼翁行进，其他人则在南部烧杀掳掠。因为阿尔甘特迟迟未至，我们才困在此地不能动弹。"

"不如让她自生自灭，"格温薇儿不近人情地回应，然后耸了耸肩，"我知道你不能这么做。他爱她吗？"

"我不知道，夫人。"我说。

"你当然知道，"格温薇儿尖刻地说道，"亚瑟喜欢装作以理服人的样子，但他内心渴望受制于情感。为了爱情，他不惜让全世界天翻地覆。"

"他现在可没有这个念头。"我说。

"但他曾为我这么干过，"她语气平静，没有丝毫骄傲，"所以你打算去哪儿？"

我牵着俯首吃草的马向前行走。"我打算往南。"我说。

"如果你执意如此，"格温薇儿说道，"保不齐你也要陪葬。"

我很清楚，她说得对，但我心中的沮丧之情却在沸腾。为什么伊撒连个口信都没送过来？他带着五十名最出色的战士，却不知所踪了。我咒骂着又白白耽误的一天时间,这时突然窜出一个上蹦下跳、假扮长枪兵的无辜男孩,我顿时气不打一处来,狠狠地责罚了他,又往蓟草丛踢了一脚。

"我们可以先往北走。"夏汶语气平静,她在为妇孺儿童着想。

"不,"我说,"我们必须在一起。"我向南瞥了一眼,除了向北方跋涉的难民以外,路上什么也没有。大多数人家都牵着一头珍贵的奶牛,不然就是一头小牛,哪怕许多新出生的小牛根本还不能走路。被遗弃在道旁的牛犊悲戚地呼唤母亲。还有试图补救货物的商人。有个人的牛车里满载着篮子,篮子里装的全是黏土。另一个人带着皮革货品,还有一些人负载陶器。他们在路过的时候瞪了我们一眼,仿佛在指责我们没有及时阻止撒克逊人的侵略脚步。

塞伦和莫温娜厌倦了在树上采摘风铃草,这会儿在树林边缘的蕨草和金银花下找到了一窝子小羚羊,她们兴奋地招呼格温薇儿近前看,然后小心翼翼地抚摸着瑟瑟颤抖的小羚羊。夏汶柔情地望着她们。"她简直征服了咱们的女儿。"她对我说。

"也征服了我的长枪兵。"我的话千真万确。就在几个月前,我的手下还咒骂格温薇儿是下贱女人,如今却对她顶礼膜拜。她像是对他们施了魔法,一旦格温薇儿想要运用自己的魅力,便足以让所有人目眩神迷。"等着瞧吧,亚瑟再想把她关进高墙里边可就没有那么容易了。"我说。

"或许这正是他释放她的原因,"夏汶说,"他准是不舍得她死。"

"可阿尔甘特舍得。"

"我敢肯定她确实想。"夏汶附和道,又同我一起向南遥望,笔直狭长的道路依旧看不见任何长枪兵到来的迹象。

时至黄昏,伊撒终于姗姗来迟。他和五十名长枪兵一起,与他们一同前来的,还有三十名杜诺维瑞阿的宫殿守卫,以及十几名黑盾战士,他们是阿尔甘特的私兵,外加至少两百名难民。更糟糕的是,居然还有六辆牛车,恐怕这也是他们延误的原因。负载沉重的牛车比一个蹒跚老者的速度

亚瑟王

还要缓慢,伊撒居然还要带着这些笨重家伙以蜗牛般的速度向北行进。"你怎么回事?"我对他吼道,"哪有什么时间赶牛车!"

"我也知道,大人。"他惨兮兮地回答。

"你疯了吗?"我很生气。刚才还骑着马来找他,现在却不得不让到路边。

"你浪费了好几个钟头!"我咆哮。

"可我别无选择!"他争辩。

"你手里有一杆长枪!"我怒吼道,"你想干什么就干什么,是它赋予了你这么做的权力!"

他只是耸了耸肩,朝着在牛车中打头阵的阿尔甘特公主示意,后者正襟危坐在车上,手握缰绳。这辆牛车一共由四头牛拉动,牛的腹背因为连日鞭笞抽打而血流不止,此刻耷拉着脑袋在路上停了下来。

"牛车不能继续往前走了!"我对她喊道,"请您步行或骑马!"

"不!"阿尔甘特任性拒绝。

我滑下马背,顺着一线排开的牛车检查了一番,其中一辆车上装的全是用来装点杜诺维瑞阿宫殿庭院的罗马雕像,另一辆上头堆满了各式盛装和长袍,而第三辆车上则满载着烹饪用的锅碗瓢盆、环索以及青铜烛台。"叫它们离开马路!"我气愤地怒吼。

"不行!"阿尔甘特从高高的牛车上一跃而下,径直向我跑了过来,"是亚瑟命令我带上它们的。"

"夫人,"我转过身来,强抑住怒火,"亚瑟可不需要什么雕像!"

"它们必须和我一起走!"阿尔甘特叫嚷道,"不然我就不走了!"

"那您就留在这里吧,夫人,"我粗暴地说道,"让出道来!"我冲着赶牛车的人喊道。"快点动起来!让出道!马上!"我拔出海威贝恩,作势向最近的一头牛挥舞过去,把那畜生赶到了道路边缘。

"别听他的!"阿尔甘特尖叫着对赶牛人吩咐。她用手使劲拽着一只牛角,又将那困惑的畜生扯回到路上。"我绝不会把它们留给敌人!"她对我喊道。格温薇儿在路边静立,饶有兴致地冷眼旁观,这也难怪,因为阿尔甘特的样子就像一个被宠坏的顽童。阿尔甘特的德鲁伊费格尔匆匆赶到他的主子面前帮忙,抱怨说他所有的法术玩意儿都装在其中一辆车上。"还有宝藏。"他补充道。

"什么宝藏?"我问。

"亚瑟的宝藏。"阿尔甘特讽刺地说道,仿佛只消揭示金币的存在,她就赢下了这场争辩,"他想把宝藏转移到科里尼翁。"她走到第二辆牛车前,抬起盖在上面的厚厚长袍,敲了敲隐藏在下面的木箱。"全德莫尼亚的金币!你难道忍心把它们留给撒克逊人?"

"那也好过让他们活捉你我,夫人。"我刚说完,便手握海威贝恩用力一挥,一剑斩断了套牛的挽具。阿尔甘特见此厉声尖啸,时而发誓让我受到惩罚,时而叱责我窃夺她的宝藏,但我不为所动,紧接着又斩断另一副挽具,咆哮着让赶牛人放走这些畜生。

"听着,夫人,"我说,"我们脚力可不能比牛还慢。"我指了指远处的烟雾,"那些都是撒克逊人的杰作!几个钟头以后,他们就要赶到这里了。"

"可我们不能丢下这些不管!"她嘶声尖叫,眼里噙满泪水。虽然贵为一国之王的千金公主,但她的成长环境不见得有多富裕,如今她已经与德莫尼亚的统治者结了婚,瞬间尝到了暴富的甜头,因此绝不会轻易放弃来之不易的累累财富。"不要解开挽具!"她歇斯底里地对赶牛人大喊,而赶牛人也困惑不已,犹豫不决。我不动声色地斩断另一根皮革,阿尔甘特见势用拳头打我,咒骂我是可恶的小偷,并且是她不共戴天的敌人。

我轻轻推开她,但她不肯罢休,我又不敢太用劲。她现在正在气头上,嘴里骂骂咧咧,不断用小手打我。我再次试图把她推开,但她却向我吐口水,又对我一顿挥拳,呼唤她的黑盾战士帮忙。那十二个人先前犹豫

亚瑟王

不决,这下记起他们是她父亲的战士,而且也宣誓过要对阿尔甘特唯命是从,于是压低长枪向我逼近过来。我的手下见此情景,马上跑来护卫我。黑盾战士人数少得可怜,但他们并没有退缩,他们的德鲁伊正在他们面前跳来跳去,那如同狐狸毛一般的长髯摇摇晃晃,毛发上编织的小骨头发出啪嗒啪嗒的敲击声,一边还在祝福黑盾战士,许诺他们的灵魂将受到嘉奖。"杀了他!"

阿尔甘特手指着我,对她的保镖尖叫道:"现在就杀了他!"

"够了!"格温薇儿突然喊道,随后踱步至马路中央,盛气凌人地注视着黑盾战士。"别做傻事,把长枪放下。如果你们想死,那请找撒克逊人垫背,而不是德莫尼亚的子民。"她转身看向阿尔甘特,"过来,孩子。"她说完把那女孩拉到跟前,用斗篷一角抹去了阿尔甘特眼中的泪水。"你想要挽救宝藏的做法是完全正确的,"她告诉阿尔甘特,"但德瓦说得也没错。如果我们不赶紧启程的话,撒克逊人很快就会把我们统统活捉。"她又转向我。"真的不行吗,"她问,"只带金币走不行吗?"

"不行。"我的回答直截了当,情况也的确如此。就算我让长枪兵一起拉车,那样做仍然会严重阻滞我们的速度。

"可那是我的金币!"阿尔甘特又聒噪起来。

"现在归撒克逊人了。"我说完又向伊撒大喊,吩咐他挪开牛车,把牛放生。

阿尔甘特最后一次大叫着抗议,格温薇儿却将她拥入怀中。"在公众场合,"格温薇儿轻声低语道,"贵为人主可不宜轻易展露愤怒。亲爱的宝贝,一定要保持神秘,永远不要让男人知道你在想什么。你的力量潜藏于黑暗阴影之中,但在光天化日,你不是男人的对手。"

阿尔甘特不知道这个身材高大的漂亮女人究竟是谁,却默许格温薇儿安抚自己,眼睁睁地看着伊撒和他的手下将牛车拖到了草丛地上。我让女人们穿上了她们想穿的盛装和斗篷,将锅碗瓢盆、三脚架与烛台统统抛弃，伊撒发现了亚瑟的战旗，那是一张巨大的白色亚麻布，上面用羊毛绣着一头大黑熊，我们只带了这一样东西，以免落入撒克逊人之手。金币是说什么也带不走的，我们只好把装有宝藏的木箱带到附近的一处田地，找了一渠淹没的废水沟，把金币全都倒进了臭水里，一面希望撒克逊人永远也不要发现。眼看金币倒进浑黑的水里，阿尔甘特抽噎哭泣。"那是我的金子！"她最后一次抗议。

"曾经也是我的呢，孩子。"格温薇儿非常冷静地说道，"没了它们，我不也活得好好的吗？"

阿尔甘特突然挣脱出怀抱，诧异地盯着眼前这个高挑女人。"你的？"她问。

"孩子，难道是我还没有介绍自己吗？"格温薇儿故作嘲讽地问道，"我就是格温薇儿公主。"

阿尔甘特只是尖叫着，夺路逃到黑盾战士退避的地方。我轻哼了一声，将海威贝恩收入剑鞘，看着最后一块金币落水。格温薇儿找到了自己的一件旧斗篷，熊皮上装点着金光闪闪的羊毛流苏，然后她丢弃了监禁时的旧衣。"还真当是她的金子哩。"她愤愤地对我说道。

"看来我又树一敌了。"我说，眼看她正同那德鲁伊窃窃私语，无疑是在催他下咒绊我。

"这么说我们有了共同的敌人，德瓦，"格温薇儿微微一笑，"所以我们终于算是盟友了。这我喜欢。"

"谢谢您，夫人。"话一说完我才意识到，被她征服的不仅仅只有我的女儿和我的长枪兵手下。

最后一块金币也沉入了水沟，我的人回到路上，捡起了他们的长枪和盾牌。太阳在塞文海上空绽放如火焰般夺目的光芒，西方洒满了深红的颜色——我们终于开始向北跋涉，投入战斗。

亚瑟王

刚刚行了几英里天就黑了，于是又不得不寻找住处，但至少我们已经到达了怀君岛以北的山丘。那天晚上，我们在一所废弃的大厅里停了下来，在那里用硬面包和鱼干凑合吃了一顿。阿尔甘特故意和我们其他人分开坐在另一边，受她的德鲁伊和守卫保护，夏汶想要吸引她加入进来，和我们一起聊天，但她却始终不为所动，一直生着闷气。

我们吃完以后，我、夏汶和格温薇儿一起到大厅后面的小山顶上散步，那里有两座坟墓。我请求了死者的宽恕以后，爬上其中一处坟丘，夏汶和格温薇儿也一同攀了上来。三个人翘首向南张望。身下的山谷是白茫茫一片，月光点缀着苹果树的花骨朵儿，但除了焖烧的火焰之外，地平线上什么也看不到。"撒克逊人动作很快。"我不无怨恨地说道。格温薇儿将她的斗篷紧紧地往肩上扯了扯。"梅林在哪里？"她问。

"消失了。"我说。有人说梅林在爱尔兰，或者北方的荒野，还有可能是在格温内德的荒原，当然也有传言说他已经死了，妮慕砍掉了整整一座山腰的树木来为他准备火葬篝火。不过我告诉自己，谣言毕竟是谣言。

"没有人知道梅林在哪里，"夏汶轻声说，"但他肯定知道我们在哪儿。"

"我祈祷他真的知道。"格温薇儿热切地说，我倒想知道她现在向谁祈祷。还是艾西斯吗？又或是重新践行对不列颠众神的信仰？我不由得不寒而栗，因为众神最后还是放弃了我们。此刻连天烽火恰如麦敦之火，而诸神借以复仇的正是如今在德莫尼亚蹂躏肆虐的撒克逊大军。

黎明时分，我们又开始行军。夜晚阴云密布，天蒙蒙亮便下起一场薄雨。福斯路上挤满了难民，即使我调派全副武装的士兵向前开路，并且下令将所有牛车和牛群推离道路，但是我们的进展依旧十分缓慢。许多孩子根本没有办法跟上节奏，所以我们不得不把他们放到本来已经驮着长枪、盔甲和食物的牲畜身上，或者让他们骑跨在年轻力壮的长枪兵肩膀上。阿尔甘特骑着我的马，格温薇儿和夏汶则步行，轮流给孩子们讲故事。雨越下越大，沿着灰色的山坡向山顶扫掠，罗马人在道路两侧筑起的浅沟之中已是流水潺潺。

　　我原本希望中午能够抵达萨丽丝泉，但到了下午，我们疲惫不堪的人马才来到城镇所在的山谷。河水湍流泛滥，令人咋舌的漂浮物堵在了罗马桥的石墩上，形成了一座天然的大坝，并淹没了河流上游两岸的田地。此城的地方官职责之一就是保持桥梁溢洪道畅通，不受漂浮物泛滥的影响，但显然他忽略了这一任务，正如他忽略了维护壁垒的使命。壁垒距离大桥北面仅有百步之遥，萨丽丝泉并不是一座堡垒型城镇，从来不设高大壁垒，现如今它已经连屏障的作用也勉为其难了。木栅栏和石头壁垒顶部的围栏都已经拆下来用作木柴或建筑材料了，壁垒本身也已经腐蚀不堪，倘若撒克逊人汹涌来到，完全可以不费吹灰之力跨过壁垒。到处都能看到人们在疯狂地修补栅栏，但是要想重建整套防御体系，足足需要五百人耗费整整一个月的时间才能作业妥善。我们从城镇考究的南大门下进入城内，我注意到，虽然城里的人手不够修理壁垒，也不够维护桥梁免受河水泛滥之苦，但拱门上的密涅瓦像却依然难逃毒手，让人给玷污了。这个罗马女神的面庞虽然还在，但只剩下一块光秃秃的、遭人捣毁的石头，上面硬生生刻了个基督教十字架。"这里是基督教城镇吗？"夏汶问我。

　　"几乎所有的城镇都是了。"格温薇儿代我回答。

　　这里同样也是一座美丽的城镇。或者说曾经美丽，虽历经多年风吹雨打，曾经覆盖屋顶的瓦片已经被厚厚的茅草取代，一些房屋也已经倒塌，现如今不过是一堆砖块和石头而已，但街道仍然高柱林立，装潢奢华的密涅瓦大殿依旧在一座又一座小屋顶间鹤立鸡群。我的先锋部队强行驱散路上拥挤的人群，敞开了一条通往神庙的路，这里也是城镇神圣的中心。罗马人在中央神殿的四周建了一道内墙，内墙中即为密涅瓦神庙和罗马浴室，正是后者使这座城镇闻名于世、繁荣一时。罗马人为浴室建了屋顶，由神奇的温泉供水，不过有些屋顶瓦片已经掉了下来，水洞里冒出蒸汽，好似青烟缭绕不散。神庙由于导水沟堵塞而积攒雨水，满是青苔，门廊上的彩绘石膏也已剥落,颜色黯淡;尽管满目萧然,但它仍无愧屹立于城镇中央,仍足以触景生情,遥想起那些意欲寻找世外桃源、不受东方蛮族侵扰而缔造这一方世界的古人。

该城地方长官是一个满脸慌乱紧张的中年男子,名叫希尔戴德。他身着罗马长袍,很有派头,步履匆匆地离开圣殿前来迎接我。我从叛乱时就认识他,虽然他自己是一名基督徒,但在萨丽丝泉沦陷以后,他没有与狂热分子同流合污,所以在叛乱过后,他又恢复了地方长官的职位,但我猜他的权威已是大不如前了。他手里拿着一块石板,上面写了几十个名字,不出所料就是聚集在神庙大院里的应征兵的名字。"维修事宜正在着手准备!"希尔戴德省去了所有客套话,"我派人去砍伐木材,修筑壁垒。至少我这么做了。洪水倒是个麻烦事儿,真是这样,但说不好雨马上就停了呢?"他由着最后一句反问声音缓缓散去。

"洪水?"我问。

"河水陡涨时,大人,"他解释道,"水从罗马人的下水道里倒流出来,城里地势较低的地方都让水淹了。我担心的不仅仅是水,还有那股子味道,你闻到了吗?"他轻轻嗅了嗅。

"闻到了,"我说,"可桥梁石拱下堆满了漂浮物。疏浚是你的任务。修缮壁垒也是你的任务。"他的嘴一张一合,却一言未发,只是举起手里的石板,好像要展示他的工作效率,接着又无助地眨巴眨巴眼睛。"现在这些都不重要了,"我接着说,"此城难守。"

"难守!"希尔戴德抗议道,"不能放弃!这城必须守!我们不能拱手放弃!"

"如果撒克逊人来了,"我气势汹汹地说,"你别无选择。"

"但我们必须捍卫它,大人。"希尔戴德坚持道。

"拿什么捍卫?"我问。

"你的兵,大人。"他指着那些在神庙门廊下避雨的长枪兵。

"充其量,"我说,"我们可以驻守四分之一英里的壁垒,姑且管那叫壁垒吧。那么其他地方谁来守卫?"

"当然是征兵了。"希尔戴德向浴室旁等待的人群挥手致意。他们没有几个带了武器,有片甲防身的人更是寥寥无几。

"你见过撒克逊人发动攻势吗?"我问希尔戴德,"他们首先放出战犬,然后手握三英尺长的斧头和八英尺长的长枪跟在后面。他们全喝了酒,发了疯一般冲过来,除了你们这里的女人和黄金以外,他们别无所求。你觉得你这些应征兵能撑多久?"

希尔戴德对我眨了眨眼。"可我们不能放弃。"声音却低了八度。

"你的应征兵就没有像样的武器吗?"我指着那群在雨中低沉着脸等候的人问道。他们一共六十来人,其中两三个有长枪,我还可以看到一把古老的罗马剑,其余大多数人手里拿的是斧头和鹤嘴锄,有些人甚至连此等粗制滥造的武器都没有,竟然握着磨尖的烧火棒子。

"我们还在城里找,大人,"希尔戴德说,"一定在哪儿藏了长枪。"

"不管有没有,"我粗鲁地打断了他,"如果非得在这里战斗,你们都得横尸暴毙。"

希尔戴德目瞪口呆地看着我。"那我们该怎么办?"他终于问道。

"去格兰温。"我说。

"但这座城呢!"他脸色煞白,"那么多的商人、金匠、教堂还有珍宝。"他想象着这座城市陷落的严重后果,说话声戛然而止,但如果撒克逊人当真来到此地,这座城市又将不可避免地落入敌手。萨丽丝泉只是一个位于群山之上的美丽城市,并不适合屯军驻扎。希尔戴德在雨中眨巴着眼睛。"格兰温,"他闷闷不乐地说道,"大人,您会护送我们吗?"

我摇了摇头。"我要去科里尼翁,"我说,"但你得去格兰温。"我很想把阿尔甘特、格温薇儿、夏汶与我的家人一起托付给他,但还是不太信任希尔戴德能够为她们提供保护。既然如此,我决定亲自带领女人和家眷前

亚瑟王

去北方，再派一小队人把她们从科里尼翁护送到格兰温。

至少我可以借此摆脱阿尔甘特，因为就在我残酷地拒绝希尔戴德固守萨丽丝泉的渺小希望以后，一队重装骑兵快马加鞭地来到了神庙周边。他们是亚瑟的人，头顶悬着熊旗，由巴林领导，马蹄打着转儿咒骂着汹涌的难民潮。看到我以后，他终于松了一口气，接着又认出来格温薇儿，脸上露出惊讶之情。"你带错公主了吧，德瓦？"他从疲惫的马身上滑下来，张口便问。

"阿尔甘特在神庙里面。"我说，朝着阿尔甘特避雨的大殿撇了撇脑袋。她一整天都没跟我说过话。

"我要带她去找亚瑟。"巴林说。他是个蓄胡子的粗狂男人，前额有一个熊形文身，左脸颊留着一道锯齿状的白色疤痕。我问他有什么消息，他知无不言，但没有一件好消息。"撒克逊杂种正沿泰晤士河南下，"他说，"我们估计他们距离科里尼翁也就三天行程了，然而依然没有昆格拉斯和欧依戈斯的消息。局势一片混乱，德瓦，真是这样，一片混乱。"他不禁哆嗦了一下。"这里什么东西发臭？"

"下水道回溢了。"我说。

"整个德莫尼亚又何尝不是如此。"他阴沉地说道。"我必须加紧脚步，"他继续说道，"前天，亚瑟就下令接他的新娘到科里尼翁。"

"他给我的命令呢？"看着他就要顺着神庙台阶离去时，我叫住了他。

"赶紧去科里尼翁吧！动作快点！而且要带足粮食！"快要从神庙巨大的青铜大门消失以前，他高喊了最后一声命令。他带来了六匹马备用，只够给阿尔甘特和她的女佣以及德鲁伊费格尔使用，也就把负责护送阿尔甘特的十二名黑盾战士留给了我，能够摆脱蛮横的公主，我感觉他们和我一样满脸高兴。巴林在下午晚些时候骑马向北，我本来也想上路，但是孩子们太累了，雨又下个不停，夏汶最后说服我今晚在萨丽丝泉的屋顶下留宿，待到明天早晨再做打算。我在浴室周围设置了卫兵，让女人和孩子们享用热气腾腾的洗浴池,再派伊撒和一些人去城里寻找武器整备应征兵。在那之后,我又唤来希尔戴德,问他城里还剩下多少食物。"大人,真的没有了!"他言之凿凿,坚称不久前已经送走十六箱谷物、干肉和咸鱼了。

"那你搜查了民房没有?"我问,"教堂呢?"

"只征集了城里的粮仓,大人。"

"不如让我们教你怎么纳粮。"我向他提议。到了黄昏,我们又搜集了不少珍贵物资,足以载满六辆牛车。尽管时间已晚,我还是连夜将牛车发往北方。因为它们速度本来就很慢,黄昏时踏上行程总好过等到早上再走。

伊撒在神庙区域等我。他查遍了整座城市,只搜出来七把旧剑和十几根野猪叉矛,而希尔戴德的人也找来十五支长枪,其中八支破败不堪,但伊撒总算带来了些消息。"据说神庙里藏着武器,大人。"他告诉我。

"谁说的?"

伊撒指着一个身着屠夫围裙、上面血迹斑斑的蓄胡男子示意。"他说在叛乱以后,好多长枪都藏在圣殿里了,但是牧师死不认账。"

"牧师又在哪里?"

"就在里面,大人。我问起来的时候,他直接把我轰了出去。"

我跑上神庙台阶,两步并作一步穿过大门。这里曾经是密涅瓦和萨丽丝的神殿,一个是罗马人的神,一个是不列颠的女神,但是在这里,异教的神灵已经被驱逐干净,基督教的上帝取而代之。我上一次来到这里时,神庙里还有一座蔚为壮观的密涅瓦青铜雕像,四周油灯闪烁,但这座雕像在基督教叛乱期间被摧毁了,只剩下女神挖空的脑袋,立在基督教神坛后的柱子上充当战利品。

牧师见我,如临大敌。"此乃上帝寓所!"他咆哮喝止。他刚才还在神坛上进行某种神秘的仪式,周围被哭泣的女人包围,现在却中断了仪式,和我对峙。他是一个激情澎湃的年轻人,之前曾在德莫尼亚惹上麻烦,后来亚瑟以德报怨,侥幸赦免。但是这个牧师显然没有长教训。"这里是上

亚瑟王

帝的住所！"他又大喊道，"你的剑和矛玷污了圣地！难道在你主子的大殿里，你也会携带武器吗？既然如此，为什么还要武装闯入我主人的寓所呢？"

"用不了一个星期，"我说，"这里将成为托尔的神庙，他们会在你现在站着的地方献祭你的孩子。告诉我，这儿有长枪吗？"

"没有！"他语气强硬。我爬上祭坛台阶，女人们尖叫着避让，牧师手握十字架向我迎面跑来。"以上帝的名义，"他说，"并以他的圣子的名义，还有圣灵的名义。不！"最后一声呐喊是因为我拔出海威贝恩，抽开了他手里的十字架。我手一挥，用剑刃抵着他纠缠不清的胡须，他的十字架也跌落在神庙的大理石地板上。"我要一块接一块地掀开这里的地板，直到找到兵器为止，"我说，"然后把你那可怜的尸体埋在废墟和瓦砾下面。还不赶紧告诉我，长枪究竟放在哪里？"

他那目中无人的态度荡然无存了。苦心囤积的长枪原来就藏在神坛下的地穴里，他原本还指望在下一次起义时，用这些武器将某个基督徒推向德莫尼亚的王座。地穴的入口被巧妙地隐藏了起来，外人不细看，还以为是前来萨丽丝泉寻找治疗神力的人捐献金银的地方。已是惊弓之鸟的牧师抬起了大理石板，里面塞满了金子和武器。我们没有动金子，而是将长枪带给了希尔戴德的应征兵。这六十个人在战斗中究竟能不能派上用场，我深表怀疑，但最起码，一个手持长枪的男人看起来像个战士，从远处看，他们或许会让撒克逊人停下脚步。我告诉应征兵天一亮就行军，吩咐他们尽可能多收集口粮。

那天晚上我们在神庙里睡了一觉。我扫除了神坛上的基督教装饰物，郑重地将密涅瓦的头放在两盏油灯之间，整夜守护我们。雨从屋顶上滴漏下来，大理石地板也坑坑洼洼的，但是在夜半的某个时候，雨停了，黎明澄澈了天空，从东方刮来一股清凛寒风。

我们赶在太阳升起之前离开了这座城市。只有四十名应征兵与我们同行，其余人都趁着夜色开溜了。不过，四十名意志坚定之人总好过六十名摇摆不定的半吊子。路上已经没有难民了，因为我散布了传言，告诉人们科里尼翁并不安全，真正安全的地方是格兰温，所以向西的道路才挤满了牛群和民众。我们沿着福斯路向东挺近，那儿也是旭日的方向，道路在旁侧罗马人的坟墓之间笔直得犹如一杆长枪。格温薇儿翻译了墓志铭，想到这些生于希腊、埃及或罗马的人，如今纷纷埋葬他乡异土，不禁咋舌惊叹。他们都是罗马军团的退伍军人，在不列颠娶妻生子，并且在萨丽丝泉附近定居，地衣覆盖的墓碑时而会有感谢密涅瓦或萨丽丝多年来慷慨馈赠的铭文。一个钟头以后，我们走出了墓葬群，山谷地形也变窄了，道路以北的陡峭丘陵越发接近河流草地；我知道用不了多久，这条路就要急转向北方，蜿蜒爬上位于萨丽丝泉和科里尼翁之间的山丘。

到达山谷最狭窄的部位时，拉牛车的跑了回来。他们前一天刚刚离开萨丽丝泉，可到了黎明时分，行程缓慢的他们才抵达路的转北处，却又跑了回来，连七车珍贵的粮食也弃置不顾了。"撒克逊人！"一个人大声喊着向我们迎面跑来。"前面有撒克逊人！"

"傻瓜。"我咕哝一声，吩咐伊撒阻止那些逃跑的人。我一直让格温薇儿骑着我的马，但她识趣地滑下马背，我也就笨拙地爬上马背，策马前探。这条路在前方半英里的地方打转，牛和牛车刚好遗弃在弯道处，我小心地越过它们，以便往山坡上看。起初我什么也看不见，后来一伙骑兵在山顶的树荫下闪现。他们在半英里之外，明亮的天空勾勒出他们的轮廓，我看不清盾牌上的图案，但我猜他们是不列颠人而不是撒克逊人，因为我们的敌人并没有部署太多骑兵。

我催促马儿上坡。对方没有一个骑兵动弹。他们只是密切注视我，但就在此时，在我右手边的山顶却出现了更多的人。都是些矛兵，他们头顶上方高挂的恐怖旗帜告诉我来者不善。

旗帜的旗面看起来像一张破布，上头悬着一个骷髅头，我记得策尔迪克的狼头旗帜，人皮做的旗面正好状似破布。这些人的确是撒克逊人，他们挡住了我们的去路。目前还看不到多少长枪兵，大概十几名骑兵和五六十名步兵，但他们占据高地，我不知道山的另一边是否还埋伏着更多的人。我勒住马，紧盯这些长枪兵，这次可以看到一些人手里握着的宽刃斧闪耀地反射阳光。他们定是撒克逊人不会错了，但究竟是从哪里来的？巴林告诉我，策尔迪克和阿尔都沿泰晤士河前进，所以这些人似乎是从宽阔的河谷向南来的，但也有可能只是策尔迪克派来供兰斯洛特差遣的长枪兵。究竟从何而来似乎并不重要了，更重要的是我们行进的道路被堵住了。越来越多的敌人依次显现，手中的长枪顺着山脊延伸而去，连成一条撕裂天际的直线。

我转过头，看到伊撒正带着最富经验的长枪兵通过路的拐弯处。"撒克逊人！"我喝住他，"在这里摆好盾墙！"

伊撒向远处的长枪兵眺望过去。"我们要在这里战斗，大人？"他问。

"不是。"我可不敢在地形如此劣势的地方战斗。我们被逼上山，身后的家眷是我们的顾忌所在。

"要不然走到往格兰温的路上去？"伊撒建议。

我摇了摇头。格兰温的路上难民蜂拥，如果我是撒克逊人的指挥官，我会毫不犹豫地沿着这条路寻找兵力远不如己的敌人。我们将受到难民的连累，没有办法超过敌人追击的速度，撒克逊人将可以如入无人之境一般大开杀戒。更有可能的是，撒克逊人根本不会追击，而是转而向城市掠夺，但我不敢冒这样的风险。我凝视着长长的山丘，看到更多敌人来到阳光夺目的山顶，不可能估算清楚敌方人数，但至少不是个小数目。我自己的人正在组建盾墙，但我心里明白，绝不能在此作战。撒克逊人不仅人数占优，手中还握有制高点，在这里战斗就等于自寻死路。

我在马鞍上转了转身子。就在半英里外，福斯路的北边，有一处古人建起的要塞，土墙虽饱受岁月侵蚀，尚且立于陡峭山坡的顶部。我指向那片杂草丛生的堡垒。"我们去那里。"我说。

"那里，大人?"伊撒困惑不解。

"如果我们想逃，"我解释道，"他们定然紧追不舍。我们的孩子会拖慢速度，最后这些混蛋总会追上我们。别的法子没有了，如果我们在此地组成一个盾墙，把我们的家人放在中心，那么最后一个倒下的人将会听到我们的女人发出的第一声凄惨尖叫。最好找一处他们掂量再三才会发起攻击的地方，迫使他们做出抉择。要么离开我们去往北方，如果是这样，我们就一路紧随其后，要么选择战斗，但只要我们还在山顶，就有机会获胜。胜算更大。"我补充道："因为库尔威奇会从这条路赶来，用不了一两天时间，我们的人数甚至有可能超过他们。"

"那就不管亚瑟了?"伊撒对我的想法感到震惊。

"我们可以牵制撒克逊部队远离科里尼翁。"我说。但我对自己的选择并不满意，因为伊撒说得对。我抛弃了亚瑟，但我实在不敢拿夏汶和我女儿的性命冒险。亚瑟的精心部署被打乱了。库尔威奇在南部某个地方陷入战局，我被困在萨丽丝泉，而昆格拉斯和伊仑之子欧依戈斯仍旧杳无音讯。我骑马返回，准备自己的盔甲和武器，我来不及穿上铠甲，但还是戴上了狼尾头盔，找到了最重的长枪，然后举起盾牌。我牵马转交给格温薇儿，请求她率领家眷往山上暂避，又命令应征兵和我年轻的长枪兵推着七辆运粮车掉转车头，往要塞进发。"我不在乎你们怎么做，"我对他们说道，"但我不希望粮食落入敌手。如果迫不得已，你们用人力抬也得抬上去!"之前我曾放弃了阿尔甘特的牛车，因为在战争中，粮食远比黄金珍贵，我决心要保护这些物资。如果到了玉石俱焚的境地，我会烧掉牛车和粮食，但现在时候未到。

我回到伊撒那边，占据了盾墙的中心位置。敌人的队伍变得越来越密集，我做好了他们随时冲下山的准备。对方的数量远胜我们，却又按兵不动，每一次犹豫都为我们向山顶转移的家眷和粮车争取了时间。我时常

亚瑟王

张目回顾,看着牛车的进展,等他们到了半山腰以后,我吩咐我的长枪兵回撤。

我们的回撤刺激了撒克逊人向前试探。他们呐喊着战吼,从山上蜂拥而下,可惜为时已晚。我的人已经沿着原路返回,并且穿过了一道浅滩,山上一条小溪从这里翻滚汇入河流,我们现在占据了更高的地势,正向陡峭山坡上的要塞撤退。我的人仍保持队列,盾牌鱼鳞般重叠在一起,长枪稳稳地握在手里,训练有素的样子让撒克逊人在五十码外停下了追击脚步,只得满足于大喊大叫地挑战和羞辱我们。从他们当中走出一个赤身裸体的巫师,发端涂抹牛粪,一蹦一跳地前来进行诅咒,骂我们是猪、懦夫和山羊。他向我们大放厥词,而我则在清点他们的人数。对方组成的盾墙一共有一百七十人,此外还有更多的人尚未下山。我一边数着人数,撒克逊人的首领在盾墙后面站定坐骑,也在数着我们的人数。我终于清楚地看到了他们的旗帜,这是策尔迪克的旗帜,狼头骨下挂着一张人皮,但策尔迪克本人却并不在,想必这是南下泰晤士河的部队之一,数量远远超过我们。但他们的首领太狡猾,迟迟不肯发起攻势。他们自信能够击败我们,但同时也知道七十名经验丰富的战士会让他们付出可怕的代价,于是暂且按兵不动,满足于将我们驱离道路。

我们缓缓退上山。撒克逊人目送我们,只有他们的巫师还紧追不舍,过了一会儿就连他也没了兴趣。只见他向我们吐了口唾沫,又转过身回去了。我们肆无忌惮地嘲笑敌人的胆怯,同时我自己也松了一口气——他们并没有发动攻击。

我们花了一个钟头的时间才把七车珍贵的粮食推上芳草萋萋的古老要塞,接着停在微微隆起的山顶上。我走过山顶高原,惊讶地发现这里是一处易守难攻的绝佳阵地:山顶呈三角形,三面地势自上而下急剧下降,任何向其发动进攻的部队都要被迫钻入我们长枪组成的尖牙利齿之中。我希望陡峭的斜坡能让撒克逊人望而生畏,让他们于一两天后自行离开,到时候我们就能自由地向北去往科里尼翁。我们肯定要迟到了，亚瑟无疑会生气，但至少到目前为止，我们这一支德莫尼亚军队毫发无伤。我们有超过二百名长枪兵，还保护着一群妇女儿童、七辆马车以及两位公主，这处高山河谷的草丛山顶就是我们的庇护所。我找来一个应征兵，问他山的名字。

"山名即城名，大人。"他似乎有些吃惊，没想到我居然不知道山的名字。

"萨丽丝泉？"我问道。

"不，大人！旧名字！罗马人来之前的名字。"

"巴顿。"我说。

"就是巴顿山，大人。"他肯定地说道。

巴顿山。随着时间推移，诗人们或许会让这个名字传遍不列颠。在贵族的大厅里，人们将传唱它的名字，但此时此刻，它的名字对我而言毫无意义。它只是一处我们临时造访的山丘，一处野草布满围墙的要塞，以及一个我不情不愿地在其草坪上种下两面旗帜的地方。一面是夏汶的星旗，另一面则是我们从阿尔甘特的牛车中找到的亚瑟熊旗。

于是在晨光中，熊旗和星旗不畏撒克逊人之军势，于凛冽风中傲立飘扬。

这里便是巴顿山。

撒克逊人不敢轻举妄动。从第一眼看到我们开始，他们就没有发起攻击，而我们却登上巴顿山顶，暂时安全了。他们也满足于坐在南边山脚下，注视着我们的一举一动。下午，一大群长枪兵往萨丽丝泉的方向走去，他们一定能够发现那个几乎荒废的城市，我想过不多时就能看到茅草燃烧的冲天火光与烟雾，但这样的火灾并未出现，黄昏时，这伙长枪兵从劫掠的城市满载而归。夜幕降临，暗影笼罩河谷，在巴顿山顶的我们仍然享受着最后一缕白昼，而我们的敌人却已在眼皮底下生起了篝火。北方的丘陵地带还有更多火光。在山丘环绕之中，巴顿山就像一个离岸岛屿，中间隔着一片布满青草的鞍部地带。我半认真地想过，或许我们能够趁着夜色穿过山丘，向科里尼翁的方向挺进，所以在黄昏之前，我派伊撒和一些人来侦察这条路线，等他们回来却报告说，鞍部地带之外的山脊已经布满了撒克逊侦察兵。但我不肯作罢，依然想要率领大家向北逃跑，不过我也知道撒克逊骑兵一定会注意到我们，到了黎明，撒克逊人全军就能追上来。我一直游移不定，直到深夜终于两权相害择其轻：留守巴顿山。

对撒克逊人来说，我们的架势很像一支大军。我指挥着二百六十八名男子，而敌人不知道的是，这其中只有不到一百人是精锐长枪兵。其余有四十人是应征兵，三十六人是久经沙场的战士，曾经守卫过卡丹城堡或者杜诺维瑞阿的宫殿，不过这三十来号人大多数都因为上了岁数而动作缓慢，还有一百一十个是平生从未厮杀见过血的年轻人。我手下七十名经验丰富的长枪兵和阿尔甘特的十二名黑盾战士可以说是不列颠最优秀的勇士，虽然我并不怀疑三十六名老兵的作用，年轻的新兵中也不乏狠角色，但考虑到一百一十四名妇孺需要保护，我们的战斗实力根本捉襟见肘、不值一提。不过至少我们还有充足的食物和水源,因为我们有七车珍贵的粮食,巴顿山也有三股清泉。

第一天夜幕降临时,我们数清了敌人的数量。山谷中大约有三百六十名撒克逊人,北方陆地上至少还有八十人。敌人的数量足以将我们牢牢钉在巴顿山上难以动弹,只是尚不足以发起攻势。山顶无树木遮掩的平坦三面都是三百步宽,合在一起的防守面对我们来说实在过于庞大,但如果敌人发动攻击,我们可以在很远之外看到他们的行动,也有充足的时间部署长枪兵迎击。我估计,两三次攻击我们尚能挺住,因为不论在哪里,总有一道可怕的陡坡横在撒克逊人面前,需要他们攀爬,我的人可以以逸待劳,但如果敌人数量增加,那么我们势必被吞噬在茫茫人海之中。

第二天黎明,山谷中的撒克逊人依然按兵不动,他们的篝火烟雾和河边的水雾混杂在一起。随着薄雾消散,我们看到他们正在砍伐树木搭建小屋;这令人沮丧的迹象表明,他们打算驻扎于此。我自己的人也在山坡上忙碌,砍下小山楂和桦树的树苗,利用它们搭建掩护,抗击可能的敌人袭击。他们把小树枝丫拖回山顶,并且堆积在古壁垒上。我还吩咐了五十个人去鞍部地带以北的山顶上伐木,然后用一辆卸了粮食的牛车拖回山上。这些人带回来的木材足够盖一间木屋。不过我们的小木屋比不上撒克逊人的精致,没有用草甸或者茅草铺设屋顶,而是用粗糙的木材围着四辆牛车凑合搭起来,再用枝条做顶罢了。好在里面足够宽敞,能为妇孺家眷遮风避雨。

第一天夜晚,我就派了两个长枪兵去往北方。他们俩都是从新兵蛋子里挑出来的机灵鬼。我命令他们尽全力到达科里尼翁,然后将我们的困境告诉亚瑟。我不奢望他发兵引援,但至少得让他知道出了什么事儿。第二天,我担心再次见到这两个年轻人,生怕看到他们被绑在撒克逊骑兵身后,但却根本连他们的影子都没找到。我后来才知道,两人都幸免于难,得偿所愿抵达了科里尼翁。撒克逊人建造了住所,我们也在矮墙上部署了

亚瑟王

更多荆棘和树枝。没有一个敌人靠近，我们也没有下去搦战。我把山顶分为若干部分，每个地方都分配给一队长枪兵把守。最优秀的七十名战士负责守卫面向敌人的南方壁垒。新兵蛋子一分为二，分别部署在精锐战士的两个侧翼，将山的北侧防御交给十二名黑盾战士，由应征兵和来自卡丹城堡与杜诺维瑞阿的守卫提供支援。率领黑盾战士的是一个名为尼尔的莽汉子，身上伤痕累累，他曾参与过一百多次丰收季节的掳掠战斗，手指上戴满了战士的戒指。尼尔在北部壁垒上竖起了他自己临时制成的旗帜，那不过是插在草地上的一根被剥去树枝的桦树苗，尖端挂着一片从黑色斗篷上撕扯下来的布条。这褴褛的爱尔兰旗帜竟带着一种狂野不羁的挑衅意味。我仍然寄希望能有机会金蝉脱壳。撒克逊人这会儿忙着在河谷中搭建栖身之地，北方的高地却依然在不停诱惑我，所以到了第二天下午，我骑马穿过尼尔的旗帜抵达对面的山顶。在激荡的云层下面是一片空旷的荒野，我吩咐老兵伊切林指挥一伙新兵来山顶伐木，此刻他走到了我的坐骑旁边。看到我正盯着空旷的沼泽地，他似乎猜到了我的心思。他往地上吐了口唾沫。"那儿全都是撒克逊杂碎，全都是。"他说。

"你确定？"

"来了又走，大人。多是骑兵。"他的右手拿着一把斧头，向西比画着山谷围绕沼泽呈西北走向的地方。小山谷里，树木越长越密，只能看到它们青绿的树冠。"树林里有一条路，"伊切林说，"他们都潜伏在那里。"

"这条道准是通向格兰温的。"我说。

"可必须经过撒克逊人，大人，"伊切林说道，"那些杂碎都在，全都在。我听到他们用斧头砍树的声音。"

我猜这条山谷道路被砍倒的树木拦腰切断了。但我心里还是痒痒。如果我们捣毁粮食，抛弃任何有可能减缓我们速度的物品，那么仍然有可能突破撒克逊人的封锁，与亚瑟的军队会合。我一整天都良心不安，因为交代给我的明确职责是与亚瑟会合，然而现在困在巴顿山的时间越长，亚瑟的任务就越难进展，我不知道是否可以趁夜色偷偷穿过沼泽地。今晚是半月，不过足够照亮道路，如果我们速度够快，肯定能够避开撒克逊人的主力。或许会遭受撒克逊骑兵的袭扰，但我的长枪兵能够应付下来。但是过了沼泽地以后呢？毫无疑问是丘陵地区，连日的降雨让河水肆虐，我不仅需要一条路，需要浅滩和桥梁，还需要行军速度，不然孩子们就会落在后边，到时候长枪兵也只能慢下脚步提供保护，撒克逊人就能像疾走的恶狼一般轻松赶上待宰的羊群。我能想到逃离巴顿山的办法，但我无法预见如何克服重重艰难险阻抵达科里尼翁，而不至于沦为敌人的刀下之鬼。

终于在黄昏时分，我拿定了主意。当时我还在考虑一路飞速向北，希望利用营火欺骗敌人，让对方以为我们依然留在巴顿山的山顶上，谁知正想间，撒克逊人的增援又来了。这些人来自东北方向，也就是科里尼翁的方向，其中一百人来到我寄希望能够瞒天过海的荒野上，随后向南逼近，驱赶着我派去伐木的士兵，迫使他们越过鞍部地带，回到巴顿山。我们现在真的身陷重围了。

那天晚上我和夏汶坐在篝火旁。"眼前让我想起，"我说道，"在莫岛的那天夜晚。"

"我想也是。"她说。

在那个夜晚，我们发现了圣锅，大家蜷缩在一堆乱石中，周围笼罩着丢尔纳赫的魔力。没有一个人幻想过还能活命，但是梅林突然复活，起身嘲笑我。"身陷重围，是吗？"他问我，"寡不敌众，是吗？"我两次点头，梅林反而笑了。"就这样你还自认勇士哩！"

"是你让我们陷入困境。"夏汶引用梅林的话，回忆着露出微笑，接着叹了口气。"如果我们没有和你们在一起，"她指着围在篝火旁边的妇孺说道，"你会怎么做？"

"往北走。在中途打一仗，"我朝着鞍部地带撒克逊人点燃的星星火光点了点头，"然后继续向北行进。"我并不确定我真会这么做，因为这样做

亚瑟王

意味着抛弃所有在山脊部位因作战而负伤的战友,但其余的人由于不受妇女或儿童的束缚,肯定能够超过撒克逊人追击的速度。

"假设,"夏汶轻声说道,"你请求撒克逊人让妇女和儿童安全撤离呢?"

"他们先答应,"我说,"然后一等你们走出我们的保护范围,就开始虏获你们,强奸你们,杀死你们,最后奴役儿童。"

"也就是说,这不是一个好主意?"她温和地问道。

"的确不是。"

她头靠在我肩膀上,尽量不打扰到头枕在母亲膝盖上睡觉的塞伦。"那我们能坚持多久?"夏汶问。

"我可以老死在巴顿山,"我说道,"前提是前来攻击的人数不超过四百。"

"那他们会派四百人吗?"

"或许不会。"我撒了谎,夏汶也知道我撒了谎。他们显然会派遣超过四百人攻山。无数次战争告诉我,通常你最怕什么,敌人就做什么。这次我们遭遇的敌人肯定会尽遣所有兵力。

夏汶沉默了一会儿。遥远的撒克逊人营地里传来狗吠,在寂静的夜晚显得格外嘹亮。我们的狗也开始回应,小塞伦在睡梦中挪了挪身子。夏汶抚摸着女儿的头发。"如果亚瑟在科里尼翁,"她轻声问道,"为什么撒克逊人会来这里?"

"我不知道。"

"你觉得他们会北上同主力会合吗?"

我曾经也这么想过,但越来越多撒克逊人来到此地让我产生了怀疑。我怀疑我们遭遇的是一支撒克逊人大军,他们故意绕过科里尼翁,迂回进入深山老林,准备杀向格兰温,威胁亚瑟的后方。除此之外,我想不到为什么会有这么多撒克逊人出现在萨丽丝泉山谷,但这并没有解释他们为什么不继续前进。与此相反,他们竟然在此安营扎寨,看来是想要围困我们。这样说来，或许我们留在此处也是帮了亚瑟的忙。我们牵制住了敌人大军远离科里尼翁，但如果我们对敌情估计正确，那么撒克逊人的兵力远超预料，竟然能够在亚瑟和我们之间应转自如、同时碾压。

夏汶和我都陷入了沉默。十二名黑盾战士已开始放声歌唱，等他们一曲罢了，我的手下也用一首埃尔提德的战歌作为回报。我的吟游诗人珀里格也在演奏竖琴歌唱。他找了一块皮革胸甲，并且用盾牌和长枪武装了自己，但这副架势在瘦弱身板的衬托下显得十分别扭。我希望他永远都不要丢下竖琴而去舞刀弄枪，因为那样意味着所有的希望都覆灭了。我想象着撒克逊人蜂拥而至——看到如此多的妇女和孩子，他们禽兽般欣喜若狂——我马上抹去了这可怕的想法。我们必须活着，我们必须坚守城垣，我们必须打赢战斗。

第二天早上，在一片灰蒙蒙的天空下，清风卷集着西方的雨水，我也穿上了装备。它很重，到目前为止，我一直有意不穿它，但撒克逊人的增援部队到了，我确信必有一战，所以，为了让自己宽心好受，我还是披挂上自己最好的盔甲。首先，在我的亚麻衣服和羊毛绒裤上，我套了一件垂落至膝盖的皮革外衣。皮革很厚，可以阻挡剑刃，但经不住长枪穿刺。外衣上头，我穿上弥足珍贵的罗马重装锁子甲，我的奴隶已经将锁子甲抛光如新，每一处细小的勾连鳞甲都在闪闪发光。锁子甲的边缘镶嵌着金箔，袖子和颈部也饰有金色圆环。这一件锁子甲价值连城，全不列颠都难以找寻，其锻造手法之娴熟足以对抗除长枪之外的任何武器。我的及膝长靴上缝制了青铜片，防止敌人从盾墙下面挥舞长剑砍我的脚。头盔上饰有一条正欲振翅攀上金色山峰的银色飞龙，左右还可以拉下银质的贴腮片，这样一来，敌人就看不到我的正脸，只能望见头盔后面那两块杀气腾腾的眼部暗影。只有伟大的军阀才配得上如此昂贵的盔甲，震慑敌人心魄，叫他们心生恐惧。我把海威贝恩的腰带绑在锁子甲上，然后往脖子上系了一件斗篷，最后举起了分量最重的战矛。随后，我穿戴妥当，背着盾牌，绕着巴

亚瑟王

顿山山顶的围墙走了一圈，好让我的部下以及敌人都能清楚地看见我，让他们知道有一个出身不凡的骁勇战士已经做好了战斗准备。我在南面山顶结束游行，居高临下地望着敌人，掀起了锁子甲和皮革外衣，往山下撒克逊人的方向撒尿。

我不知道格温薇儿也在附近，她放声一笑才让我回过神来，这笑声打乱了我的动作，我心里很尴尬。她挥挥手，没有在意我的道歉。"你看起来精神头儿不错嘛，德瓦。"她说道。

我旋开头盔的贴腮片。"夫人，我希望，"我说，"再也不用穿这身装备了。"

"听起来跟亚瑟一模一样。"她苦笑一声说道，然后走到我身后，欣赏着我盾牌上为了向夏汶致意而用银条捶打的星形图案。"我真是弄不明白，"她转过来面对我，"为什么你大多数时间都打扮得像个猪倌，一到打仗时又那么光芒万丈。"

"我才不像什么猪倌呢。"我抗议道。

"是不像我的，"她说，"我可不能忍受身边有人脏兮兮的，猪倌也不例外，所以我总是赏给他们体面的衣服。"

"我可是去年才洗的澡。"我毫不退让。

"去年才洗！"她假装吃了一惊。她手握一把猎人弓，背上一袋箭。"如果他们真攻了上来，"她说，"我打算送他们一些人的灵魂去另一个世界。"

"如果他们真攻上来，"我知道他们当然会这么做，"除了头盔和盾牌之外您什么也看不见，您只会浪费您的箭。要等到他们抬起头来冲撞我们的盾墙时，您才有机会瞄准他们的眼睛。"

"我不会浪费弓箭的，德瓦。"她冷酷地回答。

第一处威胁来自于北方，刚刚抵达的撒克逊人在鞍部地带的树林中组成了一道盾墙，将巴顿山和高地一分为二。我们最丰沛的泉水就来自于鞍部地带，或许撒克逊人是想切断我们的水源供给。中午刚过，他们排起盾墙进入到了小山谷。尼尔站在我们的壁垒上紧盯不放。"八十人。"他告诉我。我让伊撒带着五十名部下来到北方壁垒，用这些人对付八十个撒克逊人上坡绰绰有余，但我们很快就发现，撒克逊人并不打算攻击，他们只是想引诱我们到鞍部地带，那样他们就可以在更加公平的条件下与我们作战。毫无疑问，一旦我们遂了他们心愿，会有更多的撒克逊人冲出茂密的林木伏击我们。"留在此地，"我告诉我的手下，"不要下去！等候命令！"

撒克逊人在嘲笑我们。有的人晓得些不列颠语，大声咒骂我们是懦夫、女人或蠕虫。偶尔会有一小群人爬上斜坡中途，诱惑我们打乱队列冲下山坡，但是尼尔、伊撒和我吩咐所有人保持冷静，岿然不动。一个撒克逊巫师慢吞吞地爬上湿滑的山坡，然后紧张兮兮地向我们冲了几步，嘴里叽叽喳喳、念念有词。他只有一张狼皮披肩，下面赤身裸体，头发用粪便固定成一个高耸的锥形。他时而发出刺耳的咒骂，时而哀号法术咒语，之后往我们的盾牌扔了一根小骨头，但我们仍然纹丝不动。巫师吐了三次口水，浑身哆嗦着跑回鞍部地带，撒克逊首领另想了个办法，试图引诱我们其中一人单打独斗。这是一个身材魁梧的男人，头上梳着油腻而肮脏的金色发辫，一直垂到金色的盔甲领口。他的胡子用黑色的缎带绑在一起，铁甲加身，护胫则以罗马青铜制成，盾牌上画着一只咆哮的狼头。头盔两侧饰有牛角，正中央用黑色缎带绑了一个货真价实的狼头骨。他的上臂和大腿都围系着一圈黑色兽毛，手握一把硕大无比的双刃战斧，皮带上还挂着一柄长剑，以及一把短阔的"撒克逊短斧"，这也是撒克逊人名字的由来。他叫嚣着亚瑟能下山和他一对一单挑，但叫了许久发现无人应战，干脆又转而向我发起挑战，骂我是懦夫，一个胆小如鼠的奴隶和一个麻风妓女的儿子。他全部用撒克逊语骂骂咧咧，我的部下都不明白他究竟说了些什么，我只把他的话当耳旁风。下午过了一半的时候雨停了，撒克逊人厌倦了引诱我们下山应战，转而带了三个被俘的孩子来到了鞍部地带。这些孩子还非常年轻，不过五六岁而已，脖子前全架着撒克逊短斧。

亚瑟王

"有种的快下来啊,"撒克逊人首领喊道,"不然他们就得死!"

伊撒看了看我。"让我下去吧,大人。"他恳求道。

"这是我的防区,"黑盾战士领导人尼尔坚决地说道,"让我宰了那个混蛋。"

"可这是我的山顶。"我说。这里不仅仅是我的山顶,我还有责任在这里指挥第一场战斗。国王可以让他的勇士代替自己和敌人决斗,但是作为一个军阀,如果能够亲力亲为,岂有差遣他人、李代桃僵之理?所以我合上了贴腮片,隔着手套碰了碰海威贝恩剑柄上的猪骨,然后往锁子甲下头按了按,感应着夏汶的胸针隆起来的小疙瘩。我静下心来,推开粗木栅栏,缓步走下陡峭的斜坡。

"你和我!"我用撒克逊语朝大个儿撒克逊人喊道,"就以孩子的性命为赌注。"我用长枪指向那三个孩子。

眼见终于有一个不列颠人下山应战,撒克逊人顿时爆发出山呼海啸的呐喊。他们纷纷回撤,并且带走了孩子,把鞍部地带留给了他们的勇士和我。身材魁梧的撒克逊人左手抄起大斧,往金凤花丛中吐了口唾沫。"你说起我们的语言还挺顺溜的,猪猡!"他粗鲁地"问候"我。

"因为这本就是猪猡的语言。"我说。

他将斧头高高地抛向空中,斧刃一边旋转,一边在微弱的阳光下闪烁寒光,几乎要洞穿云层。这柄斧头很长,双刃斧首十分沉重,但他却轻而易举地在半空中抓住了它。大多数人很难在短时间内操持如此庞大的武器,更不要说高高抛起又稳稳抓住了,但这撒克逊人分明举重若轻。"亚瑟不敢来应战,"他说,"所以才派你来送死。"

我不明白他为什么要提亚瑟之名。但如果敌人真认为亚瑟在巴顿山,那么我也不会傻到泄露军机。"比起碾死一只臭虫,亚瑟还有更重要的事情要做,"我说,"所以他吩咐我来宰了你,然后在埋葬你臃肿的尸体时,将你的双脚指向南方,叫你的灵魂孤独徘徊,永远不能到达彼世。"

他又啐了口唾沫。"你叫起来的样子就像猪猡。"出言不逊成了一种仪式，单挑决斗也不能免俗。亚瑟两样都不喜欢，他认为出言不逊是白费口水，单挑决斗是浪费精力，但只要能够击倒敌方勇士，我倒没有什么意见反对。这样的战斗确实只有一个目的，如果我能杀死这个人，我的部队将会欢欣鼓舞，撒克逊人会从他们勇士的死亡中看到可怕的征兆，不过也要担上输掉决斗的风险。但在那段日子里，我对自己很有自信。撒克逊人比我的个头高一尺，肩膀也更加宽阔，但我怀疑他速度不会很快。他看起来主要依靠的是力量，而我不仅强壮，脑子也很聪明。他抬头看着我们挤满了男女的壁垒。我看不到夏汶，但是格温薇儿在战士之中亭亭玉立，风姿绰约格外显眼。"那是你的婊子吗？"撒克逊人用斧头指着她问道。

"今晚她就是我的了，你这可怜兮兮的蠕虫。"他向我走近了两步，现在我和他只有十几步之遥，然后他又把斧子扔向空中。他的人在北坡为他欢呼，而我的人则在壁垒里为我助威鼓劲。

"如果你怕了，"我说，"我可以给你些时间先清理清理你的肠子。"

"等我为你的尸体开膛破肚吧。"他停下，向我啐了唾沫。我还在琢磨该用长枪还是海威贝恩取他性命，最后还是决定用动作更加迅速的长枪，前提是他没有招架住。很明显，他很快就会发起进攻，因为他已经在眼花缭乱地快速挥动斧头，我怀疑他想用迷人眼睛的斧刃向我直冲过来，然后用盾牌挡开我的长枪，再用斧头砍向我的脖子。"我的名字是沃夫格尔，"他正式地自报家门，"策尔迪克的萨尔纳德部落首领，这片土地将成为我的领地。"

我从左臂取下盾牌，将其转移到右臂，改换左手握住长枪。我没有把盾牌缠绕在右臂，而是紧紧握住盾牌的木柄。萨尔纳德的沃夫格尔是左撇子，如果我把盾牌放在左臂，那么他的斧头可以攻击我毫无防备的一侧。我其实不太擅长左手持矛，但是为了速战速决，我心里已经有了一个主意。"我的名字，"我也正式地回答说，"是盎—英王国国王阿尔的儿子德

亚瑟王

瓦。也就是那个在里奥法面颊上留下剑痕的人。"

最后一句是我为了让他内心不安而故意吹嘘的，或许起了些效果，但他没有并没有任何表露。相反，他突然咆哮了一声，发起了攻击，他的士兵都在震耳欲聋地为他欢呼。沃夫格尔的斧头在半空中呼啸，他的盾牌已经准备好将我的长枪格挡到一边，他像公牛一样猛冲而来，可我却把自己的盾牌往他的脸上扔了过去。我故意往盾牌的一边发力，因此整个盾牌就像一块金属镶边的木头圆盘一样向他飞转而去。

猝不及防间，眼看一块极有分量的盾牌向自己的脸呼啸飞来，他赶忙抬起自己的盾牌，止住了手里挥舞旋转的斧头。我听到他盾牌发出咔哒一声，但我早已单膝跪地，从底下抽出长枪向上斜刺。萨尔纳德的沃夫格尔虽然灵敏地格挡住我的盾牌，却无法收住他步履沉重的冲刺，没能及时按下盾牌，所以直挺挺地撞上了长枪的利刃。我瞄准了他的腹部，也就是在他铁胸甲下面的某个地方，那里有皮革上衣充当防护，但我的长枪依然能像针插进亚麻布般穿刺皮革。当长枪利刃依次扎入皮革、皮肤、肌肉和内脏，深深埋进沃夫格尔的下腹时，我站起了身，扭动着长枪杆，然后看到他的斧头晃动了一下，我才开始咆哮自己的战吼。我又扎了一次，长枪依然深深刺入他的腹部，接着我再次扭动着状如秋叶的利刃，萨尔纳德的沃夫格尔只能张大嘴愣神地盯着我，我甚至注视到他眼里的惊惧。他想抬起斧头，奈何腹痛难忍，腿脚又绵软无力，摇摇欲坠，大口喘息，跪倒在地。我准备抽出海威贝恩了结掉他，所以扯出长枪，退后了一步。"这是我们的土地，萨尔纳德的沃夫格尔，"我故意放大嗓门，让他的人都能听到我说的话，"永远都是我们的土地。"我干净利落地挥舞剑刃，重重砍向敌人颈背处头发凌乱的部位，直接切斩他的颈椎。

眨眼之间，他就这样倒地死了。

我握住长枪杆，靴子踩在沃夫格尔的肚子上，用力扯出剑刃，然后弯腰从他的头盔上拧下狼头骨。我把泛黄的头骨展示给敌人们看，接着扔落在地上，用脚踩成碎片。我解开了死人的金项链，捡起他的盾牌、斧头和刀子，向哑然失色的敌人挥舞炫耀战利品。我的手下则一片欢呼雀跃。最后，我弯下腰，解开他沉甸甸的青铜护胫，那上面还装饰着我的信仰——密特拉的图腾。我站在掠夺品之中。"放孩子们走！"我对撒克逊人喊道。

"有种的你自己过来接他们呀！"一人喊叫着回应，然后挥刀划开了其中一个孩子的喉咙。另外两个孩子尖叫起来，接着也先后受戮，撒克逊人似乎还不解气，往他们幼小的尸体上吐口水。有那么一刻，我以为手下会失去理智向鞍部地带直冲过来，但伊撒和尼尔没让他们离开壁垒半步。我向沃夫格尔的尸体也吐了口水，对奸诈的敌人回以冷笑，然后夹带战利品回到山上。

我把沃夫格尔的盾牌给了一个应征兵，刀给了尼尔，斧头给了伊撒。"打仗时不要用它，"我说，"砍木头的时候再用。"

我带着金项链找到了夏汶，但她却摇了摇头。"我忌讳拿死人的金器。"她说。我们的女儿们簇拥在她的怀抱里，我可以看到她一直在哭泣。夏汶并不是一个喜欢流露感情的女人。小时候她就知道，她继承了她那令敌人胆寒的父亲的达观性格，不知何故，这种乐天天命的性格已经深深植入她的灵魂，可她现在却完全掩饰不住担心和痛苦。"你差点儿命都没了！"她急切地说道。我无言以对，只是蹲在她旁边，摘下一把草，沿着海威贝恩的边缘擦除血迹。夏汶对我皱了皱眉。"他们杀了那些孩子？"

"是的。"我说。

"是谁的孩子？"

我耸耸肩。"谁知道呢？兴许是偷袭时抓获的孩子。"

夏汶叹了口气，抚摸着莫温娜的金发。"你非得去决斗吗？"

"你忍心我派伊撒去吗？"

"不。"她承认。

"那么好，我必须去决斗。"我说，事实上，我很享受刚才的战斗。只

亚瑟王

有傻瓜才想决斗，但开弓没有回头箭，绝不能三心二意，甚至不能带着悔意战斗，必须在近乎野蛮的快感之中战胜敌人。正是这种野蛮的快感刺激着我们的吟游诗人写下有关爱情和战争的伟大歌谣。我们战士像对待爱情一样盛装参与战斗；我们衣着华丽，穿金戴银，我们在银色的头盔上安插顶饰，我们趾高气昂，我们夸口吹嘘，当屠戮的刀刃无比接近我们的时候，我们感觉仿佛是神灵在我们流淌的血液中释放了咒语。人生而热爱和平，但如果连全力以赴地英勇战斗都做不到，那就不配拥有这份和平。

"如果你死了，我们该怎么办？"夏汶问道，眼睛注视着我把沃夫格尔精致的护胫扣在靴子上。

"那就请将我火葬，我的爱人，"我说，"将我的灵魂送去陪伴戴安。"我亲吻了她，然后将金项链献给了格温薇儿，她倒是对这礼物很满意。前不久，她失去了自由，也失去了所有的珠宝，尽管她对撒克逊人的做工毫无兴趣，但她还是将项链戴在了脖子上。

"我很享受这场战斗，"她说着，拍了拍金片，让它们复归原位，"我希望你能教我一些撒克逊语，德瓦。"

"当然可以。"

"骂人的话。我要骂个痛快。"她笑了，"越粗鲁越好，德瓦，你只管教我最糙、最脏的话。"

格温薇儿恶语相向的对象不在少数，敌人的长枪兵正在山谷越聚越多。山顶南角派了人警告我，我站在两面旗帜下方的壁垒上，看到两列长枪兵正从东部的山丘上鱼贯开拔至河边草地。"刚刚来的，"伊切林告诉我，"望不见尽头。"

的确难以计数。这不是普通的别动队，而是一整支军队，一整个部落，人山人海，数之不尽。男人、女人、野兽和孩子们纷纷从东部的山丘涌入萨丽丝泉山谷。长枪们排成长长的队列，秩序井然，行伍之间是成群的牛羊以及散落的妇女儿童。骑兵分列在侧翼，更多聚集在两面大旗下，预示撒克逊国王君临在即。这不是一支军队,而是两支,是策尔迪克和阿尔的联军,他们没有在泰晤士河谷应战亚瑟,而是转战至此。在我看来,他们的刀光剑影多如繁星。

我足足看了一个钟头,伊切林老兵说得没错:根本望不见队伍尽头。我碰了碰海威贝恩的剑柄,心里比以往任何时候都要确信,我们这次真的在劫难逃了。

那天晚上,撒克逊营地的火光就像是天上的某个璀璨星座坠入了萨丽丝泉的山谷;篝火的光芒一直依傍河流方向,远远地向南绵延、向西横跨。东部山区的火光甚至更多,那是撒克逊人的殿军在高地安营扎寨,但到了黎明时分,我们看到这些人也下山进入山谷之中。

眼看天色将欲回暖,可早晨依旧十分清冷。日出时,山谷仍然一派黑暗弥漫,撒克逊人的炊烟与河边迷雾交杂在一起,巴顿山看起来仿佛化作一叶孤舟,孑然漂浮于一片危机四伏的灰色汪洋之中。我晚上没有睡好觉,因为有个女人在夜里分娩了,她的喊声一直搅扰着我不得安眠。不幸的是,孩子是个死胎,夏汶说是因为早产了三四个月的缘故。"他们说这可不是个好兆头。"夏汶惨淡地补充道。我心想也是,但嘴上不敢承认。相反,我想尽办法表现得自信满满。

"众神是不会抛弃我们的。"我说道。

"那是黛尔法。"夏汶说出在夜里折磨大家睡不着觉的那女人的名字。"她的第一个孩子。一个男孩,是的。还非常小。"她犹豫了一下,然后对我露出一个悲伤的微笑,"人们有一种恐惧,德瓦,众神早在萨温节那个夜晚就抛弃了我们。"

她只是把我潜藏在心的害怕说了出来,但我依然不敢承认。"那你相信吗?"我问她。

"我不愿意相信,"她说完又想了几秒钟,正准备继续说下去,南方的壁垒传来一声叫喊。起初我一动也没有动,那人又喊了一声。夏汶摸了摸

亚瑟王

我的胳膊。"去吧。"她说。

我跑到南部壁垒去寻找值最后一班夜哨的伊撒，我的目光则俯视山谷，搜索着浓雾阴影。"大约十几个家伙。"他报告说。

"在哪儿？"

"看见树篱了吗？"他指着光秃秃的山坡，在那里有片白色的山楂树篱表示着山坡的尽头以及山谷耕地。"他们在那里。我们看到他们穿过了麦田。"

"只是过来侦察的。"我没好气地说道，心里不满他为了这么小的事情就让我离开了夏汶。

"我可说不好，大人。他们的模样有些奇怪。那里！"他又伸手指了过去，我看到一伙长枪兵手脚并用地翻过篱笆。翻越过后又蹲伏下身子，似乎还往身后看了看，而不是观察我们。他们等了几分钟，突然向我们跑来。"逃兵？"伊撒猜测道，"没理由啊！"

的确很奇怪，居然有人愿意抛弃人数庞大的撒克逊军队，反而投奔身陷重围的我们。但伊撒还真说对了，因为当这一行十一人到达山坡中途时，他们惹眼地将盾牌上下颠倒过来。撒克逊人的哨兵终于察觉到了叛徒，赶忙召集了一群长枪兵追了过来，但这十一人已经遥遥领先，三下五除二跑到了我们这边。"等他们来了以后，带他们来见我。"我吩咐完伊撒，又回到了山顶的中心地带，然后换上锁子甲，将海威贝恩扣在腰间。"是逃兵。"我告诉夏汶。伊撒带着那十一个人穿过草地。我首先认出了这些盾牌，因为那上面画的是兰斯洛特的海雕，爪子里还牢牢地握着刚捕获的鱼，紧接着我认出了鲍斯——兰斯洛特的侄子和勇士。他看到我的时候，紧张地笑了笑，然后我也开怀大笑，他也就放了心。"德瓦大人。"他向我打招呼。他宽阔的脸庞由于刚才的一路攀爬而泛起潮红，魁梧的身躯因吸气重重起伏。

"鲍斯大人。"我客套地回应他，然后将他一把抱住。

"就算是难逃一死,"他说,"我也宁可死在自己人的身边。"他一一介绍了身边的长枪兵,他们都是为兰斯洛特效劳的不列颠人,又都不愿意听凭撒克逊人摆布。他们向夏汶鞠躬,然后坐了下来,我吩咐用面包、蜂蜜酒和咸牛肉招待他们。他们告诉我,兰斯洛特北上和阿尔与策尔迪克会师了,所有的撒克逊人军队都已经在我们下方的山谷集结完毕。"他们人数大约超过两千。"鲍斯说道。

"我这里不足三百。"

鲍斯皱了皱眉头。"但亚瑟在这里,是吧?"

我摇了摇头。"没有。"

鲍斯张着满是食物的嘴,吃惊地抬头看我。"不在这里?"他终于说出话。

"据我所知,他在北方某处。"

他咽下食物,轻声咒骂了一句。"那还有谁在这里?"他问。

"只有我。"我指着山丘,"以及你能看到的所有人。"

他举起一角蜂蜜酒,豪饮了一口。"这么说我们要战死在这里了。"他语气严肃。本来他还以为亚瑟在巴顿山。事实上,鲍斯告诉我,策尔迪克和阿尔都以为亚瑟在山上,正因如此,他们才会让部队沿着泰晤士河南下来到萨丽丝泉。撒克逊人首先将我们赶到这里,又在巴顿山看到了亚瑟的旗帜,并向在泰晤士河上游寻找亚瑟足迹的撒克逊国王报告消息。"这些混蛋知道你们的计划,"鲍斯警告我,"他们知道亚瑟想在科里尼翁附近决战,但是他们没有找到他。德瓦,他们想赶在昆格拉斯抵达以前找到亚瑟,因为他们认为亚瑟一死,不列颠人势必士气低落,无心再战。但是亚瑟——聪明的亚瑟——从策尔迪克和阿尔的眼皮子底下金蝉脱壳了,接着撒克逊国王打听到萨丽丝泉附近的一处山顶上扬起了亚瑟的熊旗,所以他们亲率大军南下,并且吩咐兰斯洛特引兵会合。"

"你有库尔威奇什么消息吗?"我问鲍斯。

亚瑟王

"他在南边某个地方,"鲍斯含糊地向南挥了挥手,"我们还没有找到他。"他突然身子僵硬了,我环顾四周,原来是格温薇儿正目不转睛地看着我们。她已经舍弃了幽禁时穿的长袍,身上罩着一件皮革外套,下着羊毛长裤和长靴,一身男儿装扮,一如她以前打猎的飒爽英姿。我后来才知道,这些衣服是她在萨丽丝泉找到的,虽然质地很差,但她还是为这身装扮增添了优雅的气息。她脖子上戴着撒克逊的金项圈,背上挂着一副箭囊,手握猎人弯弓,腰上别挎短刀。

"鲍斯大人。"她冰冷地和老情人的勇士打了声招呼。

"夫人。"鲍斯站了起来,笨拙地向她鞠了一躬。

她看着依然描绘着兰斯洛特徽章的盾牌,不禁眉头一蹙。"你也腻烦他了吗?"她发问道。

"因为我是不列颠人,夫人。"鲍斯僵硬地作答。

"而且是勇敢的不列颠人,"格温薇儿热情地说道,"我们很荣幸能够有你拔刀相助。"她说话的分寸恰到好处,反倒是因这不期而遇而感到尴尬的鲍斯突然变得腼腆了起来。他喋喋不休地说着什么"能够在此面见格温薇儿尊容感到很高兴"一类的话,但他毕竟不善阿谀奉承,说着说着就脸红了。"我冒昧一问,"格温薇儿问他,"你的老主子和撒克逊人在一起吗?"

"是的,夫人。"

"那我可要祈祷他进入我的射程范围了。"格温薇儿说道。

"可能不会,夫人,"鲍斯说,因为他知道兰斯洛特不会轻易将自己置于险地,"但是在今天结束以前,您一定能杀死许许多多撒克逊人。绰绰有余。"

他说得对,在我们脚下,河边最后一片迷雾也让阳光蒸发掉了,撒克逊人正成群结队地集结。策尔迪克和阿尔仍然认为不共戴天的最大仇人此刻就困在巴顿山,于是计划发动一场一劳永逸的压倒性攻势。这一次不会是试探性的攻击，因为没有长枪兵包抄我们的侧翼，相反，这会是一次简单粗暴的单线攻击，以山呼海啸的气势直逼巴顿山南面。为此，有数百名战士正在紧张集结，他们密密麻麻的长枪在晨光中闪闪发光。

"那儿有多少人？"格温薇儿问我。

"数不胜数，夫人。"我顿感前途黯淡。

"他们一半的军队。"鲍斯说道，然后向她解释了撒克逊国王认为亚瑟和他的左膀右臂都困在了山顶上。

"所以说他狠狠地耍了他们一把？"格温薇儿不无骄傲地说道。

"不如说是我们耍了他们。"我表情阴沉地指向微风中飘扬的亚瑟旗帜。

"所以我们唯有打败他们一条路可走了。"格温薇儿轻快地回答，不过我根本想不出取胜的办法。从前我只有在遭受丢尔纳赫的人马追击、困厄在莫岛的时候才能感受到这种无助。但至少在那个残酷的夜晚，我身边还有梅林引为盟友，最后也是他的魔法帮助我们逃出生天。我现在可没有任何魔法加持，眼里除了厄运，什么也看不见。

整个上午，我眼巴巴地看着撒克逊人在小麦地里不断集结，看着他们的巫师沿着队列起舞，首领们则在滔滔不绝地煽动鼓舞。撒克逊队列中充当锋锐的人员数量充足，全部由训练有素的战士组成，他们向各自领主发誓必定血战到底，但是这个庞大的队伍里想必也有相当一部分的应征兵，撒克逊人称之为"民兵"。这些人还在东溜西走。有些人去往河边，有些人回到营地，从我们的制高点来看，就像看着牧羊人试图聚拢一大群绵羊；大军这里刚刚调度完毕，那边又开始分崩离析，不得不重新开始，只有撒克逊人的鼓声不曾间歇。他们用来充当战鼓的是空心圆木，以木棍击打，鼓声雄浑，他们自己的心跳声与河谷远处飒飒作响的茂密树林似乎也在遥相呼应。为了提振杀戮需要的勇气，撒克逊人也会借酒壮胆。我的手下此刻也在喝酒。我试图劝阻，但劝士兵戒酒就如同命令恶狗不再吠叫，

亚瑟王

许多人都需要蜂蜜酒下肚以后从心底油然而生的熊熊烈火，他们相信这样就能成为与我一样百里挑一的战士。敌军人数近千，我方尚不足三百。

鲍斯提出要让他和他的人在队列中央战斗，我点头同意了。我希望他痛快地死去，被斧头或长枪砍倒，因为如果他被生擒，那么敌人肯定要让他生不如死，百般折磨。他和他的人如今把盾牌放在了裸木之上，正忙着痛饮蜂蜜酒，我丝毫没有责怪他们的意思。

伊撒倒是很清醒。"他们会团团包围我们，大人。"他很担忧。

"他们会的。"我同意，希望自己能说些更有用的话，但我内心被敌人秣马厉兵的架势震慑到了，脑海里根本不知道该如何应对。我毫不怀疑我的人完全可以与最优秀的撒克逊战士白刃搏斗，但是我的长枪兵只够组成一个宽约百步的盾墙，而等到撒克逊人发起攻击以后，对方摆开的阵势将是这个宽度的三倍。我们会被围在中心浴血拼杀，蜂拥的敌人会突破我们的侧翼占据山顶，然后从后方宰杀我们。

伊撒眉头紧皱。他的狼尾头盔是我用旧了以后赐给他的，他在上面用锤子锻了一个银星图案。他的妻子思嘉莱已经有了身孕，刚在一处泉水附近发现了一些马鞭草，伊撒便在头盔上戴了一根，希望能借此护身辟邪。他想分给我，但我没有要。"还是你自己留着吧。"我说。

"我们该怎么办，大人？"他问。

"跑是跑不掉了。"我回答。本来我曾想过不顾一切向北方冲刺，但北方的鞍部地带之外还有撒克逊人，要想冲上山坡，我们就不得不与他们火拼，突围的可能性微乎其微，更有可能被两股敌人围困在鞍部高地。"我们必须在这里击败他们。"我强抑住必败无疑的念想，故作镇定地回答他。我们可以与四百人，甚至六百人迎战，但面对山坡脚下近千名摩拳擦掌的撒克逊人，我们无能为力。

"如果我们阵中有一个德鲁伊……"伊撒话说到一半就住了口，但我很清楚他的烦恼根源。没有祈祷就投入战斗并不符合惯例。我们队伍中的基督徒正在伸出双臂，模仿他们的神慷慨赴死的样子，还告诉我说他们不需要任何牧师代劳，但我们这些所谓的异教徒却习惯于战前让德鲁伊暴风骤雨般地对敌人诅咒一番。可现如今上哪儿找寻德鲁伊呢？这不仅剥夺了我们诅咒敌人的机会，还预示着我们必须在没有众神助力的情况下投入战斗，需知诸神已因麦敦祭典半途而废一事而抛弃我们了。

我传唤了珀里格，命令他诅咒敌人。他登时脸色煞白。"可我只是个吟游诗人，大人，我可不是德鲁伊。"他抗议道。

"但你好歹也接受过德鲁伊的训练了吧？"

"大人，所有吟游诗人都会接受这种训练，但从来没有人教过我什么魔法。"

"反正撒克逊人也不知道，"我说，"下山去，一边单腿跳，一边诅咒他们肮脏灵魂的归宿就是安努恩的粪堆。"

珀里格使出了浑身解数，就是无法保持平衡，我能察觉到他的诅咒中更多是恐惧，而不是咒骂。撒克逊人看到他以后，派来了六名巫师前来抵消他的魔法。这些巫师全部赤裸身体，头发上挂着小物件，僵硬地扎成刺头，上面还涂着牛粪。他们爬上斜坡，向珀里格吐口水，诅咒珀里格。珀里格看到他们越靠越近，紧张地跑远了。其中一个撒克逊巫师手里拿着一根人的大腿骨，追在可怜的珀里格屁股后面，赶他上了山坡。眼见我们的吟游诗人吓得屁滚尿流，撒克逊人摆出了污秽淫邪的姿势。敌人的巫师们越来越近，他们的尖叫声甚至都盖过了山谷中回响的隆隆战鼓声。

"他们在喊些什么？"格温薇儿站到我身旁。

"下咒，夫人。"我说，"他们在恳求他们的神在我们心里散播恐惧，将我们的双腿变成一摊水。"我又听了几句。"他们在乞求我们的眼睛受蒙蔽，手中长枪脱落，刀剑钝朽。"那个手握大腿骨的男人看到了格温薇儿，特意转过身，发出一连串猥亵之音。

"他这是在说什么？"她问。

亚瑟王

"您不想知道的,夫人。"

"不,德瓦,我真想知道。"

"那我也不想说。"

她笑了。这个巫师现在离我们只有三十步,向她抬起遍布文身的胯部,一边摇头,一边快速转动眼珠,尖叫着骂她是个受诅咒的女巫,下咒说她的子宫会如盐碱地一般干涸贫瘠,乳房只能产出苦如胆汁的毒液。突然我的耳边传来一声闷响,那巫师突然哑口了。一支箭贯穿了他的食道,射穿了他的脖子,箭头从他的颈背扎了出来,带羽的箭轴从他的下巴探了出来。他双目圆瞪,盯着格温薇儿,嘴里叽里呱啦胡言乱语,人骨从他手里滑落。他指着箭头,仍然死死望着她,然后身子哆嗦一下,颓然倒地。

"杀死敌人的巫师会招致厄运的。"我轻声责备道。

"这次不会,"格温薇儿以牙还牙,"这次不会。"她从箭囊取出另一支箭,搭在弓绳上,只是剩下五个巫师已经目睹了同伴的下场,各自手忙脚乱地逃离山坡,跑出了射程。他们一边仓皇逃窜,一边愤怒地尖叫,抗议我们的不齿行径。他们有权这么做,我担心死了一个巫师只会让他们更加义愤。格温薇儿卸下箭。"他们接下来会怎么做呢,德瓦?"她问我。

"用不了多少分钟,"我回答道,"敌人大军便会攻向山顶。您可以清楚地看见他们的布阵。"我向下指着撒克逊人依旧推搡微调的战阵,"一百人排在最前列,每列又有九个或十个人将前面的人向我们的长枪枪口上推。我们可以对付前面的那一百人,夫人,但是我们每列只有两三个人,没办法将他们全部推到山下。我们能对抗一段时间,两军盾墙紧紧地锁咬在一起,但我们没办法迫使他们后退,接着等我们的人动弹不得的时候,他们就会调派预备部队从后方包围我们。"

她碧绿的眼睛盯着我,脸上露出嘲讽的表情。她是唯一一个能够直视我的女人,而我总是对她的目光感到不安。格温薇儿有一种能够让男人自觉愚不可及的本事,虽然那天撒克逊人鼓声震天、大军全副武装攻向我们摆出阵势的时候,她除了希望我成功以外,别无所求。"你是说我们已经输了吗?"她轻声问。

"夫人,我的意思是我不知该怎么赢。"我冷冷地回答。我还在犹豫要不要出其不意,用我的人组成一个楔子状阵列,冲下山坡刺入撒克逊人的军队。这种攻击的确能够出其不意,甚至能让敌军心生恐慌,但也有让我们自己陷入敌人重重包围的危险。等我们最后一个人战死沙场以后,撒克逊人会爬上山顶,掳掠我们完全不设防的家眷。格温薇儿把弓悬在肩膀上。"我们可以打赢,"她胸有成竹地说道,"而且轻松取胜。"起初我根本没把她的话当一回事。"我可以直捣敌人的心脏所在。"她语气更加铿锵有力。我瞥了她一眼,看到了她脸上闪过凶狠的喜悦之色。如果哪天她真想要什么把戏愚弄某人,那一定是针对策尔迪克和阿尔,绝不会是我。"我们怎么可能赢?"我问她。

她脸上露出恶作剧的表情。"你相信我吗,德瓦?"

"我当然相信您,夫人。"

"那就挑二十个人给我。"

我有些犹豫。在山坡北面的壁垒上,我被迫留了些长枪兵以防敌人跨过鞍部地带发起攻击,南面的二十个人更是难以抽调;但是我很清楚,哪怕能够多出二百名长枪兵,这场山顶的战斗也是败局难逃,所以我颔首答应了她。"我会从应征兵里挑出二十人给您,"我同意道,"作为交换,请您赐我一场胜利。"她略作微笑,迈着大步走开了,我大声喊伊撒过来,让他帮我凑齐这二十个人,然后交付她指挥。"她要给我们大家伙儿一场胜利!"我特意让我的人都能听到这番话,这些人仿佛在万念俱灰之中重新感受到了希望,纷纷喜笑颜开,哈哈大笑。

然而我心里明白,要想胜利,除非奇迹降临,或者盟友来到。库尔威奇究竟在哪儿?我整天都希望从南方看到他率军前来,可惜什么也没有,我心想他必是绕开了萨丽丝泉,走远路往亚瑟的集结点去了。我甚至一度

亚瑟王

悲观地以为，不会有人来帮助我们了，但反过来，即使库尔威奇能够与我们并肩作战，他的人马也难以让我们渡过难关。

撒克逊人攻势在即。巫师们完成了他们的工作，一伙撒克逊骑兵绕开了队伍，开始策马登上山坡。我叫来了自己的坐骑，伊撒拱握双手抬我上了马鞍，我顺坡而下，骑马迎接敌人的使节。鲍斯作为一名领主，本来应该与我一同前往，但他不愿面对他刚刚弃如敝屣的旧相识，所以我只好一个人去了。

九个撒克逊人和三个不列颠人走近了。其中一个不列颠人是兰斯洛特，他的白色盔甲在阳光下熠熠生辉，令人眼花缭乱，头上还戴着一顶银色头盔，张悬的天鹅翅膀正在微风吹拂下徐徐振翅。他的两个同伴分别是安赫和罗赫，这两个家伙为了对抗自己的父亲，竟然甘心对策尔迪克的人皮狼头旗和我生父的牛头旗俯首称臣，两面旗帜都因此战沾染上了斑驳血渍。策尔迪克和阿尔纷纷骑上山坡，与他们一起同前来的还有六名撒克逊首领，他们全部身着兽皮长袍，披挂刀剑，两鬓蓄着胡须。剩下一个撒克逊人是翻译，他和其他撒克逊人一样，骑马姿势笨拙难堪，和我也没有什么两样。只有兰斯洛特和那两个双胞胎的驾驭之术才算得上体面。

我们在山坡中央相遇。没有一匹马喜欢这块地方，全都紧张兮兮地游移乱窜。策尔迪克怒目圆睁，盯望着我们的壁垒，他能够看到两面大旗，还有我们充当临时屏障上方的凛凛长枪，但也仅此而已了。兰斯洛特刻意避开我的目光，阿尔则面目严峻地向我点了点头。

"亚瑟在哪儿？"策尔迪克终于发问了。他用不屑的眼神打量着我，他头上戴着一顶镶金头盔，上面可怖地悬着一只死人的手，毫无疑问，那是某个不列颠人的手。这个战利品经受了火焰洗礼，颜色焦黑，手指像爪子一样牢牢钩在一起。

"国王陛下，亚瑟正在休息，"我说，"他正在筹划该如何清除不列颠土地上的污秽气味，因此命令我代他向您致以问候。"翻译在兰斯洛特耳边低语。

"亚瑟在这儿吗?"策尔迪克质问道。交战双方的领导人在战斗前会面是古而有之的惯例,策尔迪克显然把我的存在当成了一种侮辱。他原本以为亚瑟会来见他,而不是派遣某个下属。

"他在这里,国王陛下,"我轻快地回答,"他无处不在。梅林可以让他自由翱翔天际。"

策尔迪克听了直吐口水。他身着重甲,除了金缘头盔顶部的可怕战利品之外,没有其他惹眼之处。阿尔则一如往常,披着黑色兽皮,手腕和脖子上都戴着金器,头盔正前方探出了一个公牛角。他岁数更大些,照理应该他走在前面,但策尔迪克却一如既往地一马当先,抢占风头。后者那张机灵而又紧绷的脸向我投来不屑一顾的目光。"可别难为你们自己了,"他说道,"现在从山上下来,缴械投降还来得及。我们充其量杀死一些人,作为我们对众神的供奉敬意,其余人等留作奴隶,但你们必须把那个胆敢杀害我们巫师的女人交出来。她必须处死。"

"可她是听了我的吩咐才杀了巫师,"我说,"为了报梅林胡子的一箭之仇。"策尔迪克曾经斩断了梅林一束胡子,这在我看来是一种无法原谅的侮辱。

"也就是说我们必须杀了你。"策尔迪克说。

"里奥法从前也有此意,"我故意刺激他,"昨天萨尔纳德的沃夫格尔也想这么做来着,自己却先送了性命。"

阿尔忍不住介入。"我们不杀你,德瓦,"他大声喊道,"只要你肯投降。"策尔迪克出言抗议,阿尔却立马伸出手指残缺的右手打断。"我们不杀他,"他态度强硬。"你给你的女人戴上戒指了吗?"他问我。

"她现在就戴着,国王陛下。"我指了指山上。

"她也在这里?"他惊讶地问道。

"和您的孙女们一起。"

亚瑟王

"让我看看她们。"阿尔请求。策尔迪克又想阻挠。他到这里是想将我们屠戮殆尽,可不是见证其乐融融的团圆聚会,不过阿尔无视了盟友的抗议。"我想马上看到她们。"他告诉我,于是我转身向山顶呼喊。

片刻之后,夏汶一手拉着莫温娜,一手牵着塞伦出现在我们视野中。起初她们在壁垒上犹豫不决,后来才放下芥蒂,漫步走下山坡。夏汶穿着亚麻长袍,头发在春天的明媚阳光下金光闪烁,我一直自豪地认为她的美貌是一种魔法。看着她踱步而下,我突然喉咙有些哽咽,眼睛不禁湿润。塞伦看起来很紧张,莫温娜的脸上却透着初生牛犊不怕虎的勇气。她们停在我的马旁边,盯着撒克逊国王的队列。夏汶和兰斯洛特相互打量着对方,夏汶故意在草地上啐了口唾沫,免得沾惹他的晦气。

策尔迪克假装心不在焉,阿尔则笨拙地从破旧的皮革马鞍上滑身下马。"跟她们说,我很高兴能见到她们,"他吩咐我,"告诉我孩子的名字。"

"姐姐叫莫温娜,"我说,"妹妹叫塞伦。意思是星辰。我看了看女儿们。"这位国王,"我用不列颠语告诉她们,"是你们的祖父。"

阿尔往自己的黑袍子里摸索着掏出两枚金币。他给了女孩一人一个,然后静静地看着夏汶。她明白了他的意思,放开了女儿们的手,走入他的怀抱。他身上一定很臭,因为他的毛皮袍子很油,满是污秽,但她并没有退缩。他亲吻她以后,退了一步,把她的手抬到唇边,微笑着端详着那枚金色戒指上的蓝绿色玛瑙。"告诉她,我会放过她的性命,德瓦。"他说道。我原话告诉她,她微笑示意。"告诉他,如果他能回去自己的土地就更好了,"她说,"我们会很高兴去那里拜访他。"

阿尔听完翻译后笑了笑,策尔迪克皱了皱眉头。"这就是我们的土地!"他激烈抗辩,说话间,他的马在用马蹄刨地,我的女儿们吓了一跳,纷纷站得远远的。

"让她们走吧,"阿尔向我吆喝道,"我们该谈谈正经事了。"他目送她们又走上山坡。"你可算继承了你父亲对美女的品味。"他说道。

"以及不列颠人对自取灭亡的钟情，"策尔迪克酸溜溜地说道。"你们命途已定，"他继续说，"除非你现在吩咐人马下山，把长枪堆在路上。"

"我会的，国王陛下，"我回答，"不过首先得让长枪刺穿您的身体。"

"你说话的样子就像病猫喵喵叫苦。"策尔迪克嘲讽道。他换了个眼神看向我，表情变得更加严峻，我扭头看到格温薇儿现在正站在壁垒上。她穿着猎人的衣服亭亭玉立，一团红色头发分外夺目，肩膀上横着一把弓，看起来与战争女神无异。策尔迪克准是认出她就是那个杀死巫师的女人。"她是谁？"他凶狠地问我。

"不妨问问您的小狗。"我指着兰斯洛特说道，我怀疑那个撒克逊人没有准确翻译我的话，于是又用不列颠语自己说了一遍。兰斯洛特没有搭理我。

"格温薇儿，"安赫告诉策尔迪克的翻译，"她是我父亲的婊子。"他冷笑道。我曾经说过更不中听的字眼，但现在我却全然无法忍受安赫对格温薇儿出言不逊。我从来没有对格温薇儿抱任何感情，她太傲慢，太任性，太精明，又太喜欢捉弄人了，正因如此，她注定不能成为一个让人感觉轻松的伴侣，但最近几天下来，我却对她刮目相看，于是我听到自己疯狂诅咒安赫。我现在已经不记得自己说过什么了，不过出于愤怒，我一定用了最恶毒的话语。我一定骂他是蠕虫，是奸诈小人，是恬不知耻、人人恨不得杀之而后快的过街老鼠。我朝他吐口水，诅咒他，骂骂咧咧地把他和他兄弟轰下了山，然后我又把矛头指向兰斯洛特。"鲍斯向你致以问候，"我告诉他，"他还承诺要亲自为你开膛破肚，你就祈祷他能如愿吧，因为如果你不巧落到了我的手里，我一定要叫你生不如死。"

兰斯洛特吐了口唾沫，甚至都不想回复。策尔迪克饶有兴致地看着我们对峙。

"你还有一个小时的时间再次来到我的面前，匍匐在我身下，"他想要结束这次会晤，"如果你不这样做，我们就把你们杀光。"他掉转马头，下

亚瑟王

山去了。兰斯洛特和其他人紧随其后,只有阿尔依然站在自己的坐骑旁边。

他扬起一边嘴角微笑着,几乎有些难为情。"我的儿子,看来咱们免不了要刀光相见了。"

"似乎必须如此。"

"亚瑟真的不在吗?"

"这就是您来这里的原因,国王陛下?"我没有正面回答他的问题。

"如果能杀死亚瑟,"他长话短说,"这仗就打赢了。"

"那您必须先杀了我,父亲。"我说。

"你以为我不会?"他严厉地问道,然后向我伸出残疾的手。我简短地握了握,然后目送他牵马下坡去了。

伊撒眼神古怪地迎接我归来。"口舌之战算是赢下了。"我冷冷地说道。

"很好的开始,大人。"他轻快地说道。

"结局却是他们的。"我轻声说着,转身望着敌人的国王回到他们的阵营。鼓声聒噪,气势凌人。最后一批撒克逊人也终于集结完毕,密密麻麻的大军已经准备好攀山屠戮,除非格温薇儿的确是战神下凡,否则我真不知道该如何击败他们。

撒克逊人的起步有些笨拙,山脚的田地树篱打破了他们的整齐步伐。夕阳西沉,撒克逊人花了整整一天时间准备这一次攻击,但是该来的还是来了,我们可以听见他们吹起公羊角,声势冲天地突破树篱,继而越过田地。我的人也开始高歌。我们总习惯在战斗前高歌,如同往常所有大战一样,这一天我们唱的也是贝利大帝的战歌。这伟大的鸿篇巨制怎能不触动每一个战士的心灵!它诉说着杀戮,麦田里的血雨腥风、尸横遍野,还有敌人如同待宰的牛群一样溃不成军。它讲述着贝利大帝的靴子踏破横亘的山脉,剑锋所向无人可挡。歌曲的每一节都以一声胜利的呼号结束,听着战士们动情歌唱，我竟然情不自禁地落下热泪。

我下了马，在属于我的位置站定，紧挨着站在两面大旗下的鲍斯。我放下了贴腮片，左臂上的盾牌紧紧贴着皮肤，右手的战矛发沉。我的周围歌声震耳，但我自己并没有歌唱，因为我心里满是不祥的预感。我知道将要发生什么：我们可以在盾墙后坚持一段时间，但是撒克逊人终将突破我们侧翼脆弱的屏障，从后面包抄我们，将我们一一砍倒在地，然后在嘲笑声中看着我们流尽鲜血。我们中最后一个死的人会看到第一个女人遭受强奸，但我们没有办法阻止惨剧发生，所以我们放声高歌，还有些人在没有设置荆棘的壁垒顶上大跳剑舞。我们没有在要塞中心设置荆棘，心存侥幸地希望撒克逊人直接向我们的长枪发起冲击，而不是试图包抄迂回。

撒克逊人越过了最后一道树篱，开始向空旷的山顶攀爬。当中佼佼者已行至队伍前列，我可以看到他们的盾牌彼此紧密地锁在一起，长枪密不透风，斧刃寒光四射。但是没有看到兰斯洛特手下的身影，似乎这样的场面只会留给撒克逊人自己。巫师走在大军的前面，公羊的号角在催他们跟紧脚步，他们国王的血染狼旗则在头顶猎猎作响。前排的一些人手里牵着战犬，等着在离我们防线几码远的地方放开。我的父亲在敌军前排，而策尔迪克则在后面驾马监军。

他们速度很慢。山坡陡峭，盔甲沉重，他们也觉得没有必要马上展开厮杀。他们知道，不论过程如何短暂，这场战斗都是一次庄重而严酷的大事。他们会冲向盾墙组成的铁壁，到了要塞跟前，我们的盾牌便会撞在一起，接着他们会试图向后推。他们用斧头抢过我们的盾牌，也用长枪突刺。人群中咕噜声、号叫声和尖叫声不绝于耳，有人哭号，有人垂死挣扎，无奈敌人源源不断，了无尽头，最后终于包抄后路，而我的狼尾精锐将纷纷战死。但此时此刻，我的狼尾精锐正纵声高歌，拼尽全力要与敌人刺耳的号角声和鼓声争个高下。撒克逊人越靠越近了，我们可以看到他们圆形盾牌上的各式武器了；策尔迪克的人戴狼首面具，阿尔则以牛头蒙面，其间夹杂着其他军阀领主的盾牌：有隼，有鹰，还有腾跃的骏马。战犬嗷嗷叫着想要挣脱约束，迫切想要撕开我们的盾墙。巫师们尖叫连连，不停向我们诅咒。其中一人叮叮当当地敲击人骨，另一人则像疯狗一样四肢乱窜，嘴里骂骂咧咧。

我在山顶的壁垒南角等待，这里像船首一样向前突出，俯瞰山坡。同时，这里也是撒克逊人首当其冲的攻击点。我曾经想过让他们越过此地，然后快速地组成一道盾环，围在我们的家眷外面。然而，这样一来，我就要在平坦的山顶作战，放弃高地优势。最好在敌军彻底淹没我们的时候尽可能多杀几个。我尽力不去想夏汶。我还没有同她吻别，也没有亲吻我的女儿们，也许她们会活下去。或许在兵荒马乱之中，阿尔的长枪兵会认出夏汶手上的戒指，然后安然无恙地带她们去见他们的国王。

我的人开始用长枪敲打盾牌。他们还没有必要彼此紧锁盾牌。这一步可以等到兵戎相见的最后一刻。撒克逊人抬起头，山坡顶上地动山摇。因为山坡过于陡峭，他们没有一个人向前跑来投掷长枪——但有一条战犬挣脱了束缚它的皮带，一阵风一般爬上了草地。埃尔林——我两个猎人中的一个——用箭射穿了它的身子，那畜生张口吼叫，腹部中箭仍在绕圈乱跑。两个猎人不约而同地向其他战犬射箭，撒克逊人不得不将它们拖回盾牌后面保护起来。巫师们眼见厮杀即将开始，纷纷跑到了侧翼。一个猎人的箭射中了撒克逊人的盾牌，另一支箭擦过某人的头盔。战斗一触即发。还有一百步。我舔了舔干燥的嘴唇，又眨了眨眼，盯着敌人面露凶相、扬眉奋髯的面庞。他们大肆咆哮，但我偏偏听不见他们的呼号。我只记得他们的号角声，他们的鼓声，还有他们的靴子踏过草地发出的砰砰声，然后就听见拔刀出鞘和盾墙碰撞的声音。

"快让开！"我们身后响起格温薇儿充满喜悦的声音，"快让开！"她再次呼喊。

我转过身，忽然看到她的二十个人正将两辆牛车推向壁垒。牛车本身十分笨重，车轮是用硬木制成，格温薇儿还在上面添加了两件武器来增加重量。她去除了两侧的车辕，用长枪取而代之，牛车里头装的也不是粮食，而是熊熊燃烧的荆棘柴火。她生生将牛车改造成了霹雳火箭，意欲将其推下山去，直冲排列紧密的敌军，在这些牛车后面，兴奋的女人和孩子们纷纷上前来看这非同一般的景象。

"动起来！"我招呼我的人，"动起来！"他们停止了歌唱，匆匆离去，让出了壁垒的中心。撒克逊人现在只有七十或八十步之遥，看到我们的盾墙分成两块，他们像看见了胜利一般加快了步伐。格温薇儿大声呼唤她的人抓紧时间，越来越多人跑去帮她推动浓烟滚滚的牛车。"走！"她喊道，"快走啊！"士兵们龇牙咧嘴奋力推车，牛车的速度终于加快了。"走！走！走！"格温薇儿尖叫着指挥，更多的人簇拥在牛车后面，迫使这两个笨重的玩意儿越过古老的壁垒。我原本还以为牛车会因地势起伏而停下来，因为我看到车速减缓，人群也笼罩在浓烟之中，惹得众人咳嗽连连。

"用力推！"格温薇儿声嘶力竭，"用力推！"牛车依旧在壁垒上没有动弹，最后终于在人们咬牙坚持下开始向前倾斜。"就是现在！"格温薇儿喊道，突然没有任何力量可以阻挡了，牛车面前是一片陡峭的草坡，下面则是敌人的大军。看到两辆燃烧的牛车终于冲下山坡时，因为奋力推车而疲惫不堪的人群终于长舒了一口气。

起初两辆牛车速度还很慢，然后开始在不平整的草皮上呼啸加速，炽烈燃烧的枝条从车厢侧面滚落下来。斜坡越来越陡，两辆车像离弦的霹雳火箭，势不可挡；敌人顿时目瞪口呆。

撒克逊人没有机会躲避。他们的队列太密集了，要想逃脱好似痴人说梦，而且牛车的目标很明确，正卷集着火焰向敌人攻击的中心位置俯冲直下。

"集合！"我赶快对士兵喊道，"组成盾墙！组成盾墙！"

趁着牛车突入敌阵，我们匆匆返回原位。敌人的线列已经停滞不前，

亚瑟王

有些人试图逃脱，但是那些处于牛车冲撞直线路径上的人就没有那么走运了。我的耳畔响起连连尖叫，固定在牛车前端的长枪扎进密集的人群，然后一辆牛车的前轮碾过倒下的尸体，车身反弹蹦起，却依然没有停下来的意思，继续一路碾压，一路燃烧，沿途冲散敌军。车轮所到之处，就连盾牌也破为两半。第二辆车在冲入撒克逊阵线时转了向。刚开始两个轮子悬空，然后翻滚到一边，在撒克逊人的队伍里散落火焰。刚才还坚固可靠、纪律严明的敌军瞬间混乱不堪，四处充盈着恐惧和恐慌，就连没有遭受牛车冲撞的队列也开始军心溃散，无人幸免。

"冲啊！"我喊道，"跟我冲啊！"

我呼号战吼，一个箭步跳下壁垒。本来我并不打算下山杀敌，但见牛车所到之处一片狼藉，敌人大惊失色，趁势追击也在情理当中。

我们一路高歌奔跑下山。这是胜利的呐喊，敌人几近溃不成军，我们只需要痛打落水狗。虽然撒克逊人的数量仍然远超我们，但他们的盾墙已经被打破了，气数已近强弩之末，而我们从高地直冲下来，气势如虹。我将长枪刺进某人腹中，从剑鞘里拔出海威贝恩继续挥舞，如同劈砍干草。这样的战斗来不及任何算计，没有策略，只有一种满足的狂喜，因为压制敌人而狂喜，因为沉湎血腥杀戮而狂喜，因为注视到敌人眼中的恐惧而狂喜，也因为后续的敌军疯狂逃命而狂喜。我声嘶力竭地呐喊，享受着屠敌快感，在我身边，狼尾精锐砍的砍，杀的杀，取笑那些扬言要在我们的尸体上跳舞的敌人。

然而对方依然有机会逆转，毕竟他们的人数摆在那里，但盾墙阵型被打破以后，他们很难再攻上山坡，我们的突然袭击也摧毁了敌方的士气。许多撒克逊人都是一副酩酊大醉的样子，醉酒的人或许能在顺风的局面奋勇作战，但在逆风的时候很容易惊慌失措，虽然策尔迪克试图阻止，但他的长枪兵却作鸟兽散。我的新兵追敌心切，一小撮人没有经受住诱惑，追得太远，为自己的冒失付出了代价，但我还是设法叫住了其他人，让大家留在原地。大多数敌人都逃脱了,但我们打赢了,为了作证,我们站在撒克逊人的血泊之中,山坡上尸横遍野,满是他们留下的伤兵和武器。翻倒的那辆牛车在山坡上熊熊燃烧,压在下面的撒克逊人发出凄厉的尖叫,而另一辆依然横冲直撞,直到最后撞上山脚的篱笆。我们的一些妇女也开始下山掳掠死者、杀死伤员。阿尔和策尔迪克都侥幸逃脱,但尸体丛中有一个身材魁梧的首领,脖子挂着金项链,手握利剑,剑柄饰有黄金,剑鞘由黑色软皮革制成,零星点缀着白银;我从他身上捡起腰带和宝剑,带上山献给了格温薇儿。我跪倒在她身前——这是我从未有过的表示。"这场胜利属于您,夫人,"我说,"全部属于您。"我向她献出宝剑。她收下宝剑,又扶我起来。"谢谢你,德瓦。"她说。

"这的确是一把好剑。"我说。

"我谢你可不是为了这把剑,"格温薇儿说,"而是为了你能够信任我。我一直都知道,我自己是很有战斗天赋的。"

"比我强,夫人。"我自愧不如地说道。为什么我就没想到要动用牛车呢?

"比他们都强!"格温薇儿指着落荒而逃的撒克逊人。她喜笑颜开:"明天我们可以重来一遍。"

那天晚上撒克逊人并没有杀回来。暮色怡人,光晕柔和。夜晚的阴影逐渐扩大,撒克逊人生起了篝火,我的哨兵则在壁垒上踱步警戒。我们一起吃了饭,然后我和伊撒的妻子思嘉莱聊了几句,她召集了其他女人,大家聚在一起凑齐针、小刀和线。我给了她们一些从撒克逊死尸身上剥下的斗篷,女人们开始在黄昏时分紧张工作,并一直伴随着我们篝火的火光忙到半夜。第二天早上格温薇儿醒来的时候,巴顿山的南部壁垒上竖起了第三面旗帜:在亚瑟的熊旗和夏汶的星旗中央,为了表彰领袖的功勋荣誉,格温薇儿的月光鹿旗正迎风飘扬。黎明的风卷起旗面,她看到了上面的纹章,我也看到了她的笑容。

然而在我们脚下,撒克逊人的长枪兵又开始云集列阵。

黎明时战鼓雷动，不到一个钟头，巴顿山的山脚又冒出来五个巫师。看起来，策尔迪克和阿尔今天誓要一扫重复战败之辱。至少五十具撒克逊人尸体依然横七竖八地围在烧焦的牛车旁边，一群乌鸦正享用盛宴，我的手下想把尸体拖到壁垒上，堆成一个可怖的尸冢来"问候"撒克逊人的新一轮攻击，但我禁止了。我估计用不了多久，我们的尸体就要任由撒克逊人处置了，如果我们玷污了他们的阵亡将士，我们自己也休想善终。很快我们就发现，撒克逊人这次吸取了教训，不再毕其全力集中攻打一个点。与此相反，他们计划将兵力拆分成若干队列，从南方、东方和西方同时发起攻势。每个敌军队列只有七八十来号人，即便如此，我们依然难以招架。我们或许可以击退三到四个兵团，但余下的，恐怕只能坐视他们轻松翻越壁垒而却无能为力，除了呢喃祈祷、纵声高歌、大口吃饭，外加需要喝酒壮胆的人痛快豪饮之外，我们已是回天乏术。我们向袍泽兄弟承诺力战至死，要倾尽所有高歌战斗到最后一刻，但人人都知道，等待我们的结局可不只是一首蔑敌之歌那么简单，敌人巴不得对我们百般羞辱，让我们陷入痛苦和恐怖的漩涡。女人的情形只会更糟。

"我该投降吗？"我问夏汶。

她一副很吃惊的样子。"这不是我能决定的。"

"我必须先听听你的建议。"我告诉她。

"两军交战之时，"她说，"我没有什么建议能够给你，恐怕我只会问，如果你不投降，等待我们女人的，该会是怎样的结局。"

"被强奸，奴役，或者发落给男人做妻做妾。"

"那如果你投降了呢？"

"大致相同。"我坦白道。或许只会稍稍压抑敌人的奸淫兴致。

她笑了。"那你不必征求我的建议。去战斗吧，德瓦，如果我没有在彼世见到你，那么请你带着我的爱穿越宝剑之桥。"

我和她深情相拥，又亲吻了我的女儿，回到南部壁垒的突出部。眼看撒克逊人就要开始上山了。这次撒克逊人的准备时间并不比第一次更加漫长，因为上一次他们需要集中聚拢大量人员，今天的敌人却不需要任何动员。他们为复仇而来，而且队列人数分散，即便我们从山上滚落牛车，也能轻而易举地各自避开。他们并不需要与时间赛跑，所以也并不急于求成。我把手下分成了十个战队，每个战队负责对付两支撒克逊人的队列，但我怀疑哪怕是最优秀的长枪兵恐怕也撑不过三四分钟。最有可能的情形是，敌人眼看要形成包围之势时，我的人会迅速跑回来保护他们的女人，将战场转移到我们临时搭建的小屋及其周围的篝火旁，局势也将进一步演变成为一边倒的屠杀惨象。就这样吧，我一边想，一边穿行在士兵之中，感谢他们浴血厮杀，并激励他们尽可能多杀几个撒克逊人垫背。我还特别提醒他们，在战斗中杀死的敌人将成为他们在彼世的仆人，"所以奋勇杀敌吧，"我说，"让他们苟且偷生的幸存者仓皇恐怖地铭记这场战斗。"他们中的一些人开始演唱薇琳娜的死亡之歌，曲调缓柔而忧郁，诉说着战士葬礼的滔天烈焰。眼看撒克逊人越逼越近，我和大家一起放声高歌，也因为我在歌唱，还有我的头盔紧紧地贴着耳朵，所以我并没有听到黑盾战士的尼尔在山的另一边向我呼喊。终于，我听到了女人们的欢呼声，不由得转过身来。我并没发现有什么不寻常的东西，但是，我的耳边响起了刺耳的号角声，声势之大，甚至压过了撒克逊的战鼓聒噪。

这个号角声我从前听到过。想当年初次听到时，我还只是一个初出茅庐的长枪手，当时是骑马的亚瑟救了我一命，这次居然也没有例外。

亚瑟和他的手下马飞如箭，重装骑兵在鞍部地带的远山势如破竹，并逐渐向山坡这边疾驰靠近，尼尔向我大喊不停。女人们赶忙跑到壁垒上一

亚瑟王

睹为快,亚瑟并没有骑到山顶,而是带领他的人在上坡方向围拢。他穿着银光锃亮的鳞甲,头戴镶金头盔,手握银锻盾牌。他的战旗迎风傲立,亚麻布上的黑熊张牙舞爪,旗面如同亚瑟头盔上的鹅毛一般雪白皎洁。他的白色斗篷从肩膀上随风飘动,长枪的底端绑着一条白色缎带。山脚下,每一个撒克逊人都知道他是谁,也知道重装骑兵能够对他们的小股部队带来毁灭性打击。亚瑟只带了四十个人,因为前一年兰斯洛特叛乱时窃取了亚瑟大部分战马,但四十匹战马加上四十名重装士兵足以让敌方步兵望而却步。

亚瑟在壁垒的南角底下勒马稍歇。风并不大,因此格温薇儿旗帜上的徽章无法辨识,只知道那是一面临时悬挂的旗帜。他举目寻找我的身影,终于辨认出我的头盔和铠甲。"一英里之外还有我的两百长枪兵!"他冲我喊道。

"太好了,大人!"我回话道,"欢迎您!"

"我们可以坚持到长枪兵赶过来!"他喊道,然后挥了挥手示意手下前进。他并没下山,而是继续骑着马,绕着巴顿山的上坡巡视,好像在挑衅撒克逊人上山迎战。

但这些骑兵足以让敌军有所顾虑,停滞不前,没有一个撒克逊人想当出头鸟,被骑兵的长枪挑落在地。如果敌军聚集在一起,碾压亚瑟的人马本来不费吹灰之力,但是崎岖的山丘意味着大多数撒克逊人彼此自顾不暇,每个队伍都寄希望另一队首先向骑兵发起攻击,结果就是全部畏缩不前。有一段时间,一群勇敢的人开始向上攀爬,可每当亚瑟的骑兵重新回到视线以后,他们又会紧张地往山下退却。策尔迪克亲自来到了壁垒南角的正下方督战,但当亚瑟的人转而面对这些撒克逊人时,他们的军心再度摇摇欲坠。撒克逊人只想到要与少数长枪兵作战,故而没有做好准备面对骑兵。他们不敢上坡,更不敢迎战亚瑟的骑兵。换作别人兴许还吓不着他们,但他们知道那个穿着白色斗篷、头戴鹅羽头盔、手中盾牌如太阳一般金光闪耀的人是谁。他意味着死神降临，敌军无一人胆敢僭越雷池半步。半小时后，亚瑟的步兵来到了鞍部地带。我方的增援一到，曾经驻守在鞍部地带北山上的撒克逊人便逃跑了，疲惫的长枪兵在我们震耳欲聋的欢呼声中爬上了我们的壁垒。撒克逊人听到了欢呼声，惊讶地注意到古壁垒上又出现了更多长枪兵，顷刻间所有的雄心壮志灰飞烟灭。撒克逊的队伍开始退散，巴顿山上又可以安然享受新一轮的曙光了。

亚瑟取下头盔，驱策着略显疲惫的勒姆芮踱步走到我们的旗帜下边。一阵风吹拂过来，他抬起头，格温薇儿的月光熊旗正在他自己的熊旗旁边飞翔，眼见此景，他脸上的笑容并无改变。他滑下勒姆芮的马背，没有对旗帜做任何品评。他一定知道格温薇儿和我在这里，因为巴林在萨丽丝泉见过她，我派去的两个信使也可以把情况告诉给他，但他依旧假装一无所知。我们就像过去一样拥抱在一起，仿佛我们之间的隔阂顷刻间不复存在了。他所有的忧郁也都烟消云散。脸上又焕发出生命的气息，这种情绪在人群中迅速蔓延，大家纷纷聚集在他身边，侧耳聆听消息，不过首先问起情况的人是他。他骑过山坡上的撒克逊人尸体，所以很想知道这些人是怎么死的。我的人夸大了敌军前一天发起袭击的人数，这也无可厚非。在听到我们将两辆燃烧的牛车推下斜坡时，亚瑟笑了。"干得好，德瓦，"他赞许，"干得好啊。"

"不是我，大人，"我说，"而是她。"我把头撇向格温薇儿的旗帜。"大人，这一切都是她的功劳。我几乎都做好了战死的准备，谁知她想到了这条妙计。"

"她还是老样子。"他轻声说，但没有再问下去。格温薇儿本人并不在视野中，他也没有问她在哪里。不过他看到了鲍斯，坚持要拥抱他并且听一听他的消息，听完以后才爬上壁垒，向下眺望撒克逊人的营地。他威严肃立良久，向沮丧的敌人炫耀自己雄姿英发，但过了一会儿，他招手唤来我和鲍斯。"我从来没有打算在这里与他们战斗，"他对我们说道，"但这

亚瑟王

地方比任何地方都更合适。冥冥之中自有天意。撒克逊人都在这里吗？"他问鲍斯。

鲍斯预想到撒克逊人会发起进攻，所以先前喝了些酒，此刻正努力保持清醒。

"所有人都在，大人。除了安布拉城堡的驻军。他们本来想追击库尔威奇的。"鲍斯往东边的山丘地带扬了扬头，那里还有更多的撒克逊人正下山走回营地，"也许就是那群人，大人？没准只是出来觅食的？"

"安布拉城堡的敌人根本没有找到库尔威奇，"亚瑟说道，"因为昨天我就收到了他的消息。他离我不远，昆格拉斯也不远了。不出两天时间，我们将再添五百雄兵，敌我兵力不过二比一了。"他大笑。"干得好，德瓦！"

"干得好？"我有些惊讶地问道。本来我还以为，亚瑟会因为我困在此地，迟迟不能抵达科里尼翁而训斥我。

"我们总要和他们打个你死我活，"他说，"而你选择了这个地方。我很满意。毕竟有制高点优势。"他故意放大嗓门，想把这份自信传递给在场所有人。"本来我能早一点来到这里的，"他补充道，"但我首先要确保策尔迪克咬住了诱饵。"

"什么诱饵，大人？"我一时没有明白。

"你啊，德瓦，就是你啊。"他哈哈大笑，转身从壁垒上跳了下来，"战争充满了意外，难道不是吗？偶然间，你就找到了这么一处可以据险战胜他们的天赐之地。"

"您的意思是让他们疲于攀爬吗？"我问。

"他们才不会那么愚蠢，"他愉快地说，"不，恐怕我们最后不得不下山，在山谷与他们决一死战。"

"拿什么决一死战？"我面带痛苦，因为即便昆格拉斯的军队能够来到，我们的人数跟敌军比起来仍然不值一提。

"就凭我们所有人,"亚瑟胸有成竹,"不过不包括女人。"该让我们的家眷转移到更加安全的地方去了。

妇女和儿童并不需要走太远;北边一个钟头的行程外有一处小村庄,大多数人都能在那里找到容身之所。就在妇孺离开巴顿山时,亚瑟的长枪兵也从北方纷至沓来。这些是亚瑟在科里尼翁附近召集的人马,堪称不列颠最优秀的战士。塞格拉莫率领无坚不摧的战士来到亚瑟身边,像亚瑟一样,他也走到了巴顿山的南角,俯瞰敌人阵营,敌人也可以抬起头看到他的黑色盔甲。他的脸上露出了难得的笑容。"过度自信让他们铸成大错,"他轻蔑地说道,"他们自己把自己困在低地,动弹不得了。"

"怎么动弹不得?"

"撒克逊人一旦安营扎寨就很难再挪窝了。策尔迪克要想从这片河谷开拔,起码需要动员一周或更长的时间。"撒克逊人和他们的家眷确实心生安定之念,河谷两岸布满了层层叠叠的小茅草屋,两处村落中,有一处更靠近萨丽丝泉,另一处则位于东边两英里处河谷向南急转的地方。策尔迪克的人在东边的小村落里,阿尔的长枪兵要么驻扎在城镇,要么住在外围新建的小屋里。令我感到惊讶的是,撒克逊人竟然把小镇当成了住所,而没有直接烧毁,在每个黎明时分,都有一群人从大门方向出来,身后萨丽丝泉方向的茅草屋顶升起了炊烟。撒克逊人起初的入侵速度十分迅速,然而到了现在,驱策他们的动力正逐渐消失。"为什么他们要把部队一分为二?"塞格拉莫满腹狐疑地看着阿尔和策尔迪克二者营地中间留下的可观距离。

"这样我们只能向一处敌军发起攻击了,"我说,"就在那儿,"我指向河谷,"我们会被他们困在中间。"

"但我们也可以让他们首尾不能相顾,"塞格拉莫高兴地说道,"用不了几天他们就会患病。"每当大军在一个地方定居久了,疾病总会接踵而至。从前正是一场瘟疫阻止了策尔迪克入侵德莫尼亚,后来在我们一路攻

亚瑟王

向伦敦时，严重的传染病疫情让我军蒙受惨痛损失。我担心类似的疫病会削弱我们的有生力量，但出于某种原因我们又能够坚持下去，也许是因为我们的人数仍然很少，又或许是因为亚瑟在巴顿山三英里外的山顶上分散了自己的军队。只有我和我的手下全都留在了山上，新来的长枪兵则负责守卫北山的补给路线。亚瑟抵达后的前两天，敌人仍然有机会夺取这些山丘，因为山丘上的驻守很是单薄，但亚瑟的骑兵不停出现，亚瑟又吩咐长枪兵在山脊的树丛中不断移动，制造草木皆兵的假象。撒克逊人只敢远观，不敢贸然发动攻击，就这样到了第三天，昆格拉斯和他的人马终于从波伊斯抵达了，我们终于能够在整个山脊部署岗哨监视敌军，一有风吹草动便能迅速首尾呼应。虽然我们人数仍处劣势，但我们占据了制高点，现在又有了足够的人手严阵以待。

撒克逊人也可以另辟蹊径，离开河谷。他们可以向塞文海进发，进而围攻格兰温，这样一来，我们将不得不放弃制高点，跟在敌人后面。但是塞格拉莫的分析十分正确：人一旦安定，再想挪窝就很困难了，所以策尔迪克和阿尔依然顽固地在河谷里按兵不动，以为是在围攻我们，实际情形却是我们困住了他们。后来，他们终于开始向山顶发起一系列攻势，但没有一次宣告成功。撒克逊人首先蜂拥爬上山坡，但一看到山脊顶部出现盾牌阵列的身影，并且又有亚瑟的重骑兵在侧翼掩护时，其嚣张气焰便为之大减，不久便退回了他们的村庄。撒克逊人每挫败一次，我们的信心便涨添一分。

我们的士气日益高涨，甚至在昆格拉斯的军队抵达以后，亚瑟都觉得能够暂行离开。起初我很是惊讶，因为他没有留下任何解释，只说还有一件非常重要的差事，需要整整驾马骑行一天时间。他一定看出我大惊失色，于是用胳膊揽住我的肩膀。

"我们还没有打赢。"他告诉我。

"我知道，大人。"

"等我们打败他们的时候,德瓦,我希望是一场压倒性的胜利。除此之外没有任何理由能让我离开这里。"他微微一笑,"相信我吗?"

"当然,大人。"

他让昆格拉斯代为指挥我们的军队,但严令禁止我们攻击河谷。要让撒克逊人以为自己已把我们逼得走投无路,为了达成这种欺骗,一些士兵自愿假装成逃兵跑去撒克逊人的阵营,故意散播我们士气低落的谣言——之所以士气低落是因为许多人宁愿逃跑也不愿交战,由此我们的领导人出现了严重的分歧,在到底应不应该在此地迎战撒克逊人,抑或是向北往格温特寻求庇护的问题上,我们分裂成了剑拔弩张的两派。

"我仍然看不出能够打破僵局的办法。"昆格拉斯在亚瑟离开后的第二天向我坦白。

"我们足以击退他们占领制高点的企图,"他接着说道,"但还不足以攻入河谷彻底击败他们。"

"所以,亚瑟是不是寻求帮助去了,国王陛下?"我提议。

"什么帮助?"昆格拉斯问道。

"库尔威奇?"虽然这不太可能,因为据说库尔威奇在撒克逊人的东边,而亚瑟却向北方策马。"伊仑之子欧依戈斯?"我又建议道。德米缇亚的国王曾许诺派遣他的黑盾战士,但这些爱尔兰人直至现在依然迟迟未到。

"欧依戈斯,或许吧,"昆格拉斯附和道,"但即使有黑盾战士助阵,我们的人手还是不够击溃撒克逊杂碎。"他往河谷点了点头。"我们还需要格温特的长枪兵。"

"但莫里格不会发兵的。"我说。

"莫里格不会发兵,"昆格拉斯赞同,"但是在格温特有人会这样做。就是那些还记得勒格溪谷战事的人。"他痛苦地笑了笑,因为在当时,昆格拉斯曾经是我们的敌人,而作为我们盟友的格温特却害怕与昆格拉斯父

亚瑟王

亲所率领的军队交战。格温特的一些人仍然对那次失败深感羞耻，因为亚瑟竟然在他们袖手旁观的情况下收获了胜利。在我看来，如果莫里格允许，亚瑟回来时或许能够带领一些志愿军南下萨丽丝泉；但我仍然不知道他该怎么样召集足够的人马一举捣毁撒克逊人的老巢。

"或许，"格温薇儿建议道，"他去找梅林了？"

格温薇儿拒绝与妇女和孩子一起离开，她坚持有始有终，一定要看到战斗分出胜负。我以为亚瑟会让她离开，但亚瑟每次走上山顶，格温薇儿都有意隐藏起来，通常是挤进我们在搭建的简陋小屋里，只等亚瑟离开以后，她才再次现身。亚瑟肯定知道她留在巴顿山，因为他亲眼看着我们的家眷小心翼翼地离开，一定注意到她不在其中，但嘴里什么也没有说。格温薇儿现身时，她也没有提到亚瑟，尽管每次知道他默许她的旗帜留在壁垒上时，她都要会心一笑。我曾劝她离开此地，但她一笑置之，我的手下所有人都不想让她离开。他们将自己的生存归功于格温薇儿，这也无可厚非，他们的回报便是将掳掠的辎重装备敬献给她，枕戈待旦备战迎敌。他们从一个出身不凡的撒克逊尸体上扒下一件做工精美的锁子甲，洗掉上面的血迹，然后送给了格温薇儿，还在一个缴获的盾牌上画下她的符号，我的一个部下甚至让出了他无比珍视的狼尾头盔，她现在的穿着和我其他的长枪兵别无二致，但是格温薇儿毕竟是格温薇儿，她的这身战士行头却有一种让人说不出来的感觉，风华绝代，英姿飒爽。她简直成了我们的护身符，我们所有人的女英雄。

"没有人知道梅林在哪儿。"我告诉她。

"有谣言说他在德米缇亚，"昆格拉斯说道，"说不定他会和欧依戈斯一块儿来？"

"那你的德鲁伊来了吗？"格温薇儿问昆格拉斯。

"马莱因在这里，"昆格拉斯确认道，"他的咒术法力很不错。或许不如梅林一样好，但还凑合。"

"塔利辛呢？"格温薇儿问道。

昆格拉斯倒不稀奇她也听说过这个年轻的游吟诗人，毕竟塔利辛声名远播。"他去找梅林了。"他淡淡说道。

"他真的很厉害吗？"格温薇儿问道。

"是真的，"昆格拉斯说，"他可以用歌声召唤天空中的雄鹰以及池沼中的鲑鱼。"

"我祈祷我们很快能够听到他的歌声。"格温薇儿说道，说来也奇怪，在那些日子里，那处阳光明媚的山顶上似乎更适合歌唱而不是战斗。春天景象千娇百媚，夏天也不远了，我们在温暖的草地上休养生息，目睹敌人突然变得无助起来。他们徒劳地想要在山上发起猛攻，但无奈有心无力，始终没有真正离开河谷。我们后来听说他们彼此争执不下，阿尔想让所有的撒克逊长枪兵集结向北进入山丘，意图将我们的军队一分为二各个击破，但策尔迪克宁愿等到我们食物短缺、军心涣散，不过这是徒劳的，因为我们食物充足，军心也是与日俱增。饿肚子的是撒克逊人，因为亚瑟的轻骑兵们已经开始掳掠他们的后勤补给，撒克逊人的信心正在削弱，一周后我们看到他们的小屋旁的草地上出现了新鲜的泥土，这是敌人在为死者挖掘坟墓——敌人染上了疫病，腹泻不止，力量全失，撒克逊人的身子骨正日益衰弱。撒克逊妇女在河里布置陷阱以为孩子准备食物，男人在挖掘坟墓，我们却躺在明媚的阳光下，吟诗唱歌。

第一批撒克逊人的坟墓出现以后，亚瑟回来了。他策马越过鞍部地带，沿着巴顿山陡峭的北坡骑了上来，格温薇儿见状赶忙戴上新获得的头盔，蹲伏在我们一群人中间。她的红发像旗帜一样从头盔边缘翘起，但亚瑟假装没有注意到。我走过去迎接他，可在山顶的中途，我停下了脚步，不可思议地盯着他。

他的盾牌本是一块用皮革覆盖的柳木板，皮革上面有一块薄薄的抛光银，在阳光照射下格外耀眼，但现在盾牌上多出来一个新的符号。居然是

亚瑟王

一个十字架。红色十字架,由粘贴在银条上的布条制成。这是基督教的十字架。他看我一脸讶异反而咧嘴笑了。"你喜欢它吗,德瓦?"

"您成基督徒了吗,大人?"我吃惊不已。

"我们都是,"他说,"你也一样。请用烧红的长枪枪尖往盾牌上烙一道十字。"

我辟邪地吐了口唾沫。"您想让我们怎么做,大人?"

"你都听到了,德瓦。"他从勒姆芮的背上滑下来,走到南部壁垒,盯着敌人的方向。"他们还在,"他说,"很好。"

昆格拉斯无意间听到了亚瑟刚才的话,这会儿也加入进来。"您想让我们在盾牌上烙十字架?"他问。

"我无权要求您也这么做,国王陛下,"亚瑟说,"但如果您和您手下的盾牌多了一道十字架的话,我将不胜感激。"

"为什么?"昆格拉斯言辞激烈。他对外来新教的深恶痛绝是出了名的。

"因为,"亚瑟眼睛依然凝视着敌人,"十字架是我们向格温特借兵的代价。"

昆格拉斯盯着亚瑟,好像不敢相信自己的耳朵。

"莫里格来了吗?"我问。

"不,"亚瑟转向我们,"不是莫里格。图锥克国王即将驾临。好人图锥克。"

图锥克是莫里格的父亲,只是他已经禅让了自己的王位成为一名僧侣了,看来亚瑟此前是往格温特恳求这位老人再度出山了。"我知道有可能说动他,"亚瑟告诉我,"因为加拉哈特和我一整个冬天都在和图锥克商谈。"据亚瑟说,老国王原本并不愿意放弃自己虔诚而节俭的清静生活,但是格温特依然有不少人声援亚瑟和加拉哈特,于是在小礼拜堂祈祷之后,图锥克不情愿地宣布他要暂时收回王位并且带领格温特的军队南下。莫里格坚决反对,因为他认为此举无异是一种出尔反尔的责备和羞辱,但格温特的军队支持他们的老国王,所以此刻正向南驰援而来。"这是有代价的,"亚瑟承认,"我将不得不向他们的上帝低头,并承诺把胜利果实拱手奉献给他。"

"还有什么代价?"昆格拉斯刁钻地问道。

亚瑟的脸都扭曲了。"他们希望您允许莫里格的传教士进入波伊斯。"

"就这个?"昆格拉斯反问。

"我可能给他们留下了您会赞成的印象,"亚瑟承认,"对不起,国王陛下。两天前他们才刚刚提出要求,这是莫里格的想法,但他的颜面是必须顾及的。"昆格拉斯面露苦相。他尽了最大的努力让基督教远离他的王国,认为这样就能免去波伊斯的信仰之争,但他没有向亚瑟提出任何抗议。他准是下定了决心,波伊斯可以有基督徒,但绝不能有撒克逊人。

"这就是您对图锥克的承诺,大人?"我不可置信地问亚瑟。我记得莫里格曾经垂涎德莫尼亚的王座,而亚瑟也渴望早日卸下这一责任。

"条约里总有些不值一提的细节,"亚瑟轻快地回应,"不过我还答应释放桑森。他现在也是德莫尼亚的主教,并且恢复了高阶议会的顾问职责。图锥克坚持这一点。每次我们的老好人主教都被打倒,却总能东山再起。"他哈哈大笑。

"这就是您的全部承诺了吗,大人?"我又问了一遍,依旧满腹狐疑。

"能承诺的都承诺了,德瓦,全都是为了格温特发兵增援,"亚瑟语气坚定,"他们已经承诺在两天内率六百名精兵来到此地,甚至连阿格里科拉也自认老当益壮,抢着要来。你还记得阿格里科拉吗,德瓦?"

"当然了,我记得他,大人,"我说。图锥克的老将军阿格里科拉或许上了年纪,但他仍然是全不列颠最负盛名的战士之一。

"他们要从格兰温过来,"亚瑟向西指向河谷中通往格兰温的道路,"等他们一来,我会率领我的人马同他们合兵一处攻打河谷。"

他站在壁垒上,向下凝视着深邃的山谷,但在他的脑海里,他没有关

亚瑟王

注田野、道路和被风压弯的庄稼,也没有关注罗马人的坟墓,而是在构思即将展开的战斗场面。"起初,撒克逊人会仓皇失措,"他继续说道,"但最终敌军会从这条道路匆匆赶来,"他指着巴顿山正下方的福斯路,"不过您,我的国王陛下,"他向昆格拉斯鞠躬,"还有你,德瓦,"他从低矮的壁垒上跳下来,用手指戳了戳我的肚子,"将在侧翼攻击他们。直冲下山,攻击他们的盾墙!我们会同你们会合。"他伸出手来,比画自己率军迂回撒克逊人的北翼,"然后我们齐心协力,一同逼迫他们向河对岸走。"

亚瑟将从西方来,我们将从北方进攻。"然后他们会向东逃跑。"我冷淡地分析。

亚瑟摇了摇头。"库尔威奇将于明天向北行进,加入伊仑之子欧依戈斯的黑盾战士,他们现在正从科里尼翁赶来。"他自说自话,自得其乐,这也未尝不可,如果一切顺利,我们将形成包围之势,将敌军一网打尽。但这个计划并非没有风险。我在想,等到图锥克的人抵达、且欧依戈斯的黑盾战士也加入战阵,我们的人数将与撒克逊人不相上下,但亚瑟建议将我们的军队拆分成三个部分。如果撒克逊人头脑清醒,他们完全可以各个击破,不过,如果他们张皇失措,我们攻势又猛烈,如果他们被震天的喊杀声、沙场扬尘和恐怖态势混淆了视听,那么我们也可以像屠宰牛羊一样将其斩尽杀绝。"两天,"亚瑟说,"只要两天。祈祷撒克逊人没有听到风声,祈祷他们留在原地。"他呼唤勒姆芮,瞥了一眼那个红头发的"长枪兵",然后去找塞格拉莫,一起骑马往鞍部地带后方的山脊进发。在战斗的前一天晚上,我们都在盾牌上烙了一个十字架,虽然我知道,亚瑟付出的代价肯定不止这些,但往盾牌上弄个十字架的确也不算什么。有朝一日,这所有的代价必将由鲜血代偿。"我想,夫人,"那天晚上我告诉格温薇儿,"明天您最好留在这里。"

我和她分享了蜂蜜酒。我还发现她喜欢在深夜聊天,我也养成了在睡前和她围坐在篝火旁谈天说地的习惯。她对我的提议付之一笑。"我常常认为你是一个沉闷无趣的人，德瓦，"她说，"沉闷无趣，不修边幅，感觉迟钝。但我现在开始慢慢喜欢你了，所以请不要让我觉得从前对你的看法一直都是对的。"

"夫人，"我恳求道，"盾墙后边可不是女人待的地方。"

"监狱也不是，德瓦。此外，你觉得没有我在，你还能赢吗？"她坐在我们用牛车和树木搭的小屋里张嘴问道。我把小屋的整个一角都让给了她，那天晚上我们宰了一头牛，她邀请我一起享用了牛肉。我们用来烹饪的火也开始黯淡，青烟缭绕，繁星点点。镰刀状的月亮低垂在南边的山丘上，月光洒在壁垒的哨兵身上。"我想要有始有终，"她的眼眸在月影中亮闪闪的，"多年来我都没有如此畅快淋漓过，德瓦，很多年都不曾有过了。"

"夫人，明天在河谷里发生的事不会很愉快的，"我说，"战事将异常艰苦。"

"我知道，"她停顿了一下，"但你的人相信我会把胜利带给他们。战事艰难的时候，你难道忍心拒绝他们吗？"

"不，夫人，"我妥协了，"但务必请您留在安全的地方，我求您了。"

听到我的恳求，她只是笑了笑。"德瓦，这是祈祷我安然无恙呢，还是担心如果我受到伤害，亚瑟会生你的气呢？"

我犹豫了。"估计他会生气的，夫人。"我承认。

格温薇儿品味着我的回答。"他向你问过我吗？"她终于问我。

"不，"我实话实说，"一次都没有。"

她凝视着篝火余烬。"或许他爱上了阿尔甘特。"她若有所思地说道。

"我甚至怀疑他连看都不想看她。"我回答。一个星期之前，我还没有这么心直口快，但现在格温薇儿和我彼此之间的感觉亲近了许多。"在他看来，她太年轻了，"我接着说，"而且还不够聪明。"

她抬头看我，眼里闪烁着火焰的光芒。"聪明，"她重复道，"我曾以为自己很聪明。但你们总是把我当傻瓜，难道不是吗？"

亚瑟王

"不是的，夫人。"

"你一撒谎就露出破绽，德瓦。所以不论如何你都做不了朝臣。要成为一个好的朝臣，信口雌黄也必须笑脸盈盈。"她又盯着火堆，很长一段时间陷入沉默，等她再次说话时，言语中轻柔的嘲讽口气消失了。也许是战斗迫近让她向我表露了一个之前从未听说的真相。"我真是个傻瓜。"她声音是那么微小，我不得不前倾身子，才能从噼啪作响的柴火声和男人的歌曲旋律中听到她的话。"我现在告诉自己，以前的事情是出于一种疯狂，"她接着说，"但我从前不这么看。我以前把那当成雄心壮志。"她再次安静下来，看着闪烁的细微火焰。"我想成为一个类似凯撒之妻的人物。"

"您就是。"我说。

她摇了摇头。"亚瑟不是凯撒。他并没有称王称霸，而我却一直想让他君临天下，做一个像高菲迪特那样的人。"高菲迪特是夏汶和昆格拉斯的父亲，一个手腕强硬的波伊斯国王，也曾是亚瑟的敌人，如果谣言属实，他甚至还是格温薇儿的秘密情人。她肯定也想到了这个谣言，冷不丁突然问我。"我有没有告诉过你，他曾试图强奸我？"

"有过，夫人。"我回答。

"事实并非如此。"她很凄凉地说道，"他不只是尝试，他强奸我的事情千真万确。或者说，我告诉自己那是强奸。"

她的话一股脑地冒了出来，仿佛难以承认事情真相。"但也许并不是强奸。我渴望金银珠宝、荣华富贵和显耀地位。"她在摆弄下摆，从这磨损的编织物中剥去一小撮亚麻布。我很尴尬，但没有打断她，因为我知道她想倾诉。"但我什么也没有得到。他很清楚我想要什么，但他更清楚自己想要什么，所以从来都不打算为我付出代价。相反，他把我许配给了韦拉伦。你知道我当时想对韦拉伦做些什么吗？"她再次向我露出挑衅的眼神，这一次，在她眼里不再是跃动的火光，而是晶莹的泪水。

"不知道，夫人。"

"我打算让他成为波伊斯国王，"她复仇心切地说道，"我打算用韦拉伦来报复高菲迪特。我有能力做到，但后来遇到了亚瑟。"

"在勒格溪谷，"我小心翼翼地说，"我杀死了韦拉伦。"

"我知道。"

"他的手指上有一枚戒指，女士，"我接着说，"上面有您的徽章。"

她瞪大眼睛看着我。她知道我的言下之意。"上面有一个情人的十字架？"她平静地问道。

"是的，夫人。"我说完摸了摸我自己的情侣戒指。许多人都在情侣戒指上雕刻一个十字架图案，但我和夏汶戒指上的十字架却是用圣锅上的黄金制成的。

"你把戒指怎么样了？"格温薇儿问道。

"扔到河里了。"

"你告诉过别人吗？"

"只和夏汶说过。"我说道。"伊撒也知道，"我补充说，"因为他后来又找到了戒指，带回给了我。"

"你没告诉亚瑟？"

"没有。"

她听后笑了。"在我认识的所有朋友里边，你是最可靠的一个，德瓦。"

"这都是为了亚瑟，夫人。我是为了保护他，而不是您。"

"我想是的，一定如此。"她回头望着火堆。"当这一切都结束了，"她说，"我会尽力给亚瑟他想要的东西。"

"献出您自己吗？"

我的话似乎让她十分惊讶。"他想要吗？"她反问。

"他爱您，"我说，"或许他不会问您的近况，但他每次来这里都会找

亚瑟王

您。就算您身在怀君岛,他也在找寻您。虽然他从来没跟我提起过您,但他把心里话都告诉给了夏汶。"

格温薇儿面无表情。"德瓦,你知道爱情也会让人腻烦吗?我不想受人崇拜。我不想有求必应。我想感受到对方发自肺腑的回应。"她很激动,我刚想说些话来为亚瑟辩护,她却示意我噤声。"我知道,德瓦,"她说,"我现在无权要求任何东西。我会好好的,我向你保证。"她笑了。"你知道亚瑟为什么无视我吗?"

"不知道,夫人。"

"因为在胜利之前他不想面对我。"

我心里明白,她或许说得对,但亚瑟自始至终并没有流露出半点感情,所以我觉得最好让她心里有些准备。"或许一场胜利对他来说就已足矣。"我说。格温薇儿摇了摇头。"我比他更了解他自己,德瓦。我很了解他,我可以用一个词来形容他。"

我绞尽脑汁想知道那个词是什么。勇敢?这个字眼当然不错,但却遗漏了他所有的体贴和奉献精神。或许奉献更加贴合,但这个词并没有描述他内心的不安。善良?他当然很善良,但这简单的两个字掩盖了他那无法预测的愤怒。"是什么词,夫人?"我问。

"孤独。"格温薇儿说,我记得在密特拉山洞里,塞格拉莫也用了相同的词。"他是孤独的,"格温薇儿说,"像我一样。所以让我们为他争取一场胜利,也许他从此便不再孤独了。"

"众神保佑您,夫人。"我说。

"应该是女神。"看到我脸上的恐怖表情,她笑了。"不是艾西斯,德瓦,不是艾西斯。"格温薇儿对艾西斯的崇拜让她上了兰斯洛特的床,也让亚瑟陷入痛苦。"我想,"她接着说,"今晚我会向萨丽丝祈祷。她似乎更合适。"

"我会与您一同祈祷的,夫人。"

我起身离开，她却伸出手来抓住我。"我们一定要赢，德瓦，"她认真地说，"我们一定会赢，一切将因此改变。"

我们经常这么说，遗憾的是从来都没有成真。但现在，在巴顿山，我们要再试一次。

我们在一个如此美丽的日子里布置了陷阱，摩拳擦掌，心里直痒痒。夜色预示着第二天将是漫长的一天，夜晚的时间越来越短，傍晚的天光久久徘徊不散。

在战斗前一天的晚上，亚瑟从巴顿山后面的山丘上撤回了自己的部队。他命令部下让那里的篝火继续燃烧，让撒克逊人相信他们仍在原地，然后率兵往西部格兰温的路上迎接格温特人去了。昆格拉斯的战士也离开了山丘，不过他们来到了巴顿山的山顶，与我合兵一处，静候佳音。

晚上，波伊斯的首席德鲁伊马莱因在长枪兵之间游走。他向士兵分发了马鞭草、精灵石和风干的槲寄生叶片。基督徒聚集在一起祈祷，但我注意到还是有不少人接受了德鲁伊的礼物。我在壁垒旁边祈祷，恳求密特拉赐予我们一场大胜，之后我试着睡觉，但是巴顿山总是萦绕着人们的窃窃私语以及磨刀霍霍的声音。

我早已削尖了长枪，还打磨了海威贝恩的剑刃。我从来不会让仆人在战斗前替我磨砺武器，我习惯亲力亲为，并像所有人一样痴迷于此。我再次确认武器已经无比锋利以后，又将它们放在靠近格温薇儿住处的地方。我很想睡觉，但却无法摆脱站立于盾墙之中的恐惧。我在绞尽脑汁地搜寻先兆，心里十分担心会看到一只猫头鹰出没，于是又开始祈祷。最后我一定是睡着了，断断续续地做了几个梦。从我与同袍组成盾墙并肩作战开始已经过去相当长一段时间了，其间捣毁的敌人盾墙更是不计其数。

我早早醒来，浑身发抖。大地覆盖着厚厚一层白露。男人们鼾声连连，有人咳嗽，也有人起来一边撒尿一边打哈欠。虽然我们挖了厕所，但苦于没有溪流冲刷，山上恶臭交织不散。"满是男人的气味和声音。"小屋

亚瑟王

阴影中传来格温薇儿辛辣的声音。

"您睡了吗，夫人？"我问道。

"一会儿，"她爬出了充当屋顶和房门的低矮树枝，"天真冷啊。"

"马上就会暖和起来。"

她蹲在我身边，紧紧裹着斗篷。她的头发蓬乱，眼睛因刚刚睡醒而略显浮肿。"你在战斗时都会想些什么？"她问我。

"活着，"我说，"杀敌，取胜。"

"里头是蜂蜜酒吗？"她指着我手中的角杯问道。

"是水，夫人。蜂蜜酒会让人作战的时候动作迟缓。"

她取过我的水，往眼睛上淋了一些，然后把剩下的水一饮而尽。她神色紧张，但我知道，要想说服她留在山上简直是痴人说梦。"那亚瑟呢，"她问道，"他在战斗中都想些什么？"

我笑了。"战后的和平，夫人。他相信每场战斗都将是最后一场。"

"然而对于战斗本身而言，"她像是说梦话一般，"永远没有尽头。"

"或许如此，"我同意，"但在这场战斗中，夫人，无论如何请待在我的附近。不要走远。"

"遵命，德瓦大人。"她嘲弄地说道，然后还给我一个绚烂的微笑，"谢谢你，德瓦。"

太阳在东部山丘后面渐露光辉，山丘上卷集着绯红的层云，并且向撒克逊人驻扎的河谷投下深深的阴影。我们全部披挂齐整，等到太阳升起，阴影越来越稀薄并逐渐缩小。薄雾蜿蜒地在河边萦绕，篝火的烟雾也愈发浓郁，敌人正在这重重烟雾中以不同寻常的力量窸窣移动。"那儿正在酝酿着什么大动作。"昆格拉斯对我说。

"或许他们知道我们要来了？"我猜测道。

"要真是这样可就难办了。"昆格拉斯冷冷地说道，尽管撒克逊人确实对我们的计划有所察觉，但他们并没有表现出明显的戒备：没有在巴顿山前组成盾墙，也没有派驻军队向西切断通往格兰温的路。相反，当太阳升到足以蒸发河岸雾气的高度时，他们才最终决定完全放弃宿营地并准备行动，但是说不清他们究竟意图向西、向北或是向南行进，因为他们当务之急是整备牛车、驮马，还有数不清的牛群和羊群。从高处往下看，撒克逊人就像是蚂蚁倾巢出动，起初一片混乱，后来才逐渐显示出秩序的迹象。阿尔的手下在萨丽丝泉北门外面收拾行李，策尔迪克的人手则在河边的营地组织行军。有一小片茅屋在燃烧，无疑他们计划在离开之前，要将两座营地统统付之一炬。第一批上路的是一群轻骑兵，他们穿过萨丽丝泉，一路向西骑行，前往格兰温道路。"真不幸呐。"昆格拉斯语气平静。这些骑兵正在为撒克逊人探查路线，只是他们不知道自己正径直奔向亚瑟设下的埋伏。

我们仍在耐心等待。我们不会轻易下山迎敌，除非看到亚瑟率军进入视线范围之内，然后我们必须快速填补阿尔和策尔迪克二人部队之间的空隙。阿尔将不得不面对亚瑟的雷霆军势，而策尔迪克则被我和昆格拉斯阻挡在他盟友的外围。但我们几乎肯定会寡不敌众，亚瑟希望自己能够突破阿尔的战阵，进而为我们提供支援。我瞥了一眼左手方向，希望在福斯路上看到欧依戈斯的人，但那条遥远道路仍然空无一人。如果黑盾战士迟迟不到，昆格拉斯和我将受困于双重撒克逊军队之间。我看着自己的部下，体会他们的紧张情绪。他们不能俯视河谷，因为我命令他们，直到向撒克逊人侧翼突袭前，务必保持隐蔽。有些人闭着眼睛，一些基督徒双膝跪下，伸出双臂做祈祷状，其余人则用磨刀石不厌其烦地打磨已经锋利无比的长枪。德鲁伊马莱因则在吟唱着某种护身咒语，珀里格在祈祷，格温薇儿瞪大眼睛望着我，仿佛能从我的表情洞知接下来即将发生的事情。

撒克逊人的侦察兵消失在西方尽头，突然又跑了回来。马蹄仓皇，尘土飞扬。看来他们打探到了亚瑟的行踪，过不多久，撒克逊人就要一改原本乱七八糟的队列，排列组成盾和矛的坚墙了。我握住自己的长枪，闭上

亚瑟王

双眼，暗暗祈祷一声，希望这祈祷能够直抵云霄，能够让贝利或者密特拉听到。

"快看！"昆格拉斯在我祈祷时突然惊呼，我睁开眼睛，看到亚瑟的人马正向河谷西面大举进攻。太阳照耀在他们的脸上，数百个寒铁剑刃和锃亮头盔也跟着夺目闪耀。在南边，亚瑟的骑兵也在向前冲刺，并且占领了萨丽丝泉以南的桥梁，格温特的军队则一线排开，穿过河谷中心。图锥克的士兵清一色身着罗马人的制式装备：青铜胸甲，红色斗篷，头戴鬃毛羽冠，因此，从巴顿山的山顶望去，他们组成了一个绯红色和金色交织而成的方阵，只是头顶上方的大旗上并不是格温特的黑公牛，而是红色的基督教十字架。在他们的北面是亚瑟的长枪兵，由塞格拉莫领导，中间飘扬着他的黑色大旗，旗杆上吊着一个撒克逊人的头骨。时至今日，大军降临的盛况仿佛又在我的眼前浮现——触目可见清风吹拂旗面，看到整齐划一的友军，留神他们身后飞扬的尘土，并且目睹大军沿途所到之处，庄稼作物尽数拜服在地。

而在他们面前的敌人则是一片恐慌和混乱。撒克逊人赶忙跑去寻找盔甲，挽救他们的妻儿，搜索他们的首领，或者试图以小组为单位集结起来，最终在萨丽丝泉旁的营地筑起了第一道盾墙，但样子看上去稀疏松散，并不牢靠，我看到一个骑手正挥手示意盾墙撤回。在我左手边，我看到策尔迪克的人正迅速组建队伍，但他们距离亚瑟的先锋部队还有两英里多的距离，也就是说阿尔的人将不得不孤军奋战、首当其冲。这一波袭击过后，远处还有一群黑压压的人手持镰刀、斧头、锄头和棍棒冲杀过来，那是我们的应征兵。

我看到阿尔的旗帜在罗马人的墓地中升起，看到他的长枪兵急忙撤回到血腥的头骨下重新集结。撒克逊人已经放弃了萨丽丝泉，他们抛弃了西大营，放弃收集行李的企图，或许他们希望亚瑟的人能停下来掠夺辎重，但亚瑟早就有所警觉，所以带领自己的人去往城墙以北扫荡。格温特的长枪兵守卫着夺下不久的桥梁，让重装骑兵自由驰骋到他们金色和深红色的阵列后面。一切似乎发生得格外缓慢。从巴顿山山顶，我们可以俯瞰战场，同时看到最后一批撒克逊人翻过萨丽丝泉破败的城墙，也可以看到阿尔的盾墙终于初具规模，策尔迪克的人也赶忙发兵支援，我们默默地催促亚瑟和图锥克，希望他们在策尔迪克加入战斗之前一举摧毁阿尔的军队，但似乎攻击的速度已经放慢了。只有骑马的信使在长枪兵部队之间飞奔疾驰，除此之外大家都慢吞吞的，不慌不忙。

阿尔的部队已经从萨丽丝泉撤回了半英里，这会儿组成了阵势，等着亚瑟发起攻击。他们的巫师在田野里蹦蹦跳跳，但我在图锥克的人里面看不到一个德鲁伊。他们是以基督教的上帝之名行军，在整饬了盾墙之后，终于向敌人逼近。我期望在短兵相接之前看到双方各自领导人出列会晤，在两军对垒前先行进行仪式性的咒骂。我曾经见识过交战双方盾墙后的战士彼此盯着对方好几个钟头，然后才有一方鼓起勇气发起冲锋，但那些格温特的基督徒并没有减缓步伐。双方领导人也没有会晤，甚至都没有留时间让撒克逊的巫师充分施展他们的法术，基督徒只是降下长枪锋芒，举起他们涂上十字架的椭圆形盾牌，笔直走过罗马人墓地，向敌人的盾墙行进。

我们听到了山上盾牌的撞击声。那是一种沉闷刺耳的声音，如同平地惊雷，这就是成百上千长枪和盾牌对垒的声音了，两军终于开始正面交锋。格温特人遭遇撒克逊人的阻击，后者人数远超前者，我知道那边定是一场恶战，死伤惨重。他们或者被长枪刺中，或者被斧头砍伤，或者被踩在脚下。男人们透过盾牌边缘互相口吐唾沫、嘶吼咆哮，人群之间摩肩接踵，几乎很难抬剑施展。

随后塞格拉莫的战士从北翼发起进攻。显然，努米底亚人想要包抄阿尔，但撒克逊国王已经看到了危险并派出一部分预备役部队组成了一道防线，用盾牌和长枪承受着塞格拉莫的冲锋。耳畔又响起盾牌激烈碰撞的响

亚瑟王

声,然后,对于能够俯瞰战场的人来说,战斗场面变得愈发奇怪。两群人紧紧锁在一起,犬牙交错,后面的人推搡着前面的人,而前面的人全都试图摆开长枪以便再次向前突刺,策尔迪克的全部人马都在沿着福斯路匆匆赶去。一旦他们加入战斗,塞格拉莫将轻易陷入包围。策尔迪克的人可以绕至侧翼,从后方包抄塞格拉莫的盾墙,正是因为这个原因亚瑟才把我们留在山上。

策尔迪克一定是猜到我们还留在原地。他在河谷里什么也看不到,因为我们的人隐藏在巴顿山低矮的壁垒后面,但是我看到他骑马来到一群士兵面前,指引他们向山坡上进军。我想是时候登场亮相了,于是看了看昆格拉斯。他也在注视我,并且对我微笑致意。"愿诸神与你同在,德瓦。"

"彼此彼此,国王陛下。"我握住他伸过来的手,然后用手掌按了按锁子甲,感应着夏汶给我的那枚胸针。

昆格拉斯走上壁垒,转身面向我们。"我从来不善言辞,"他喊道,"撒克逊人就在那里,而你们都是不列颠的好男儿、屠宰撒克逊杂碎的好手。那么不妨证明自己!记住!一到河谷,务必保持盾墙紧密!保持紧密!跟我来啊!"

人群从山坡倾巢出动,我们开始欢呼起来。策尔迪克派去侦察山顶的人登时停住脚步,眼看我们人数越来越多,他们开始节节败退。我们一共五百多人,势如猛虎一般从山上下来,步履匆匆,朝西进军,目标是策尔迪克的增援部队。

脚下是一片草丛,又高又密。我们并没有按任何次序下山,大家争先恐后地抵达山脚,践踏小麦田,并爬过两个与荆棘缠绕在一起的树篱,之后才组建盾墙。我站在队列的左侧,昆格拉斯在右侧,在整备完毕、盾牌紧靠在一起以后,我向我的人高呼前进。在我们面前的田野里,撒克逊人也组织了盾墙,路上也不断有人匆匆跑来阻挡我们。在向前进的时候,我不禁向右看了一眼,我们和塞格拉莫之间隔着一道巨大的距离,甚至连他的旗帜都望不到。我不喜欢两军间隔如此遥远，不仅前路漫漫，后路还有被敌人切断的恐怖危险，但亚瑟之名不容忤逆。他曾说过，不要犹豫，也不要等塞格拉莫来找你，只想着浴血厮杀就好。我想，只有亚瑟才能说服格温特的基督徒不停地发动进攻。他意图以雷霆万钧之势击溃撒克逊人，让他们陷入恐慌，现在轮到我们迅速上阵了。撒克逊人的盾墙是临时拼凑起来的，规模比较小，或许只有两百来策尔迪克的士兵，他们并没有打算在这里战斗，只是想越过此地加入阿尔的后备军队。他们神色紧张。我们也同样紧张，但现在根本没有时间让恐惧驱散勇气。我们必须像图锥克的人一样战斗，我们必须不停向敌人发起冲锋，让敌人首尾不能相顾，所以我咆哮出一声战吼，马上加快了步伐。我早已拔出海威贝恩，左手紧紧握住，剑刃朝上，盾牌则用系带绑在我的前臂。我的右手抓着重矛。敌人也拖着脚步迎了上来，盾牌抵着盾牌，长枪水平垂落而下，我的左边还有敌人放出了战犬向我们狂奔过来。我听到野兽号叫，但除了面前的一张张胡须面孔以外，战斗的疯狂景象几乎让我的大脑一片空白。

　　战斗中涌现出可怕的仇恨，那是一种发自灵魂的仇恨，每一个男人都充盈着激烈而嗜血的愤怒。当然还有享受。我知道撒克逊盾墙坚持不了多久。在我攻击之前，我就能够看出来。他们的盾墙太薄了，组织过程过于匆忙，敌人也太紧张，所以我冲开阵列，咆哮嘶吼着冲天愤怒，英勇地向敌人跑了过去。那一刻我只想杀敌。不，还有别的，我希望不久以后，吟游诗人将为巴顿山的德瓦·卡丹谱写史诗。我希望大家钦佩地看着我，然后不吝赞许地诉说一名战士在巴顿山勇猛突破敌人盾墙的光辉事迹，我想要赢得声誉，获取那一呼百应的力量。细数不列颠，只有十几人拥有这种力量；亚瑟、塞格拉莫和库尔威奇就是其中的佼佼者，除了王权之外，这种力量能够凌驾于其他所有力量。我们的世界是一个由战功论资排辈的世界，放下手中的剑就意味着放弃荣誉，所以我带头奔跑，灵魂充斥着野蛮的狂喜，一边挑选受害者，一边赋予我可怕的力量。我的目标锁定在两个

亚瑟王

年轻人身上，他们个头都比我小，面色十分慌张，就连胡子都没有长齐，甚至还没等我出手就已经畏缩了。他们看到的是一个不列颠军阀，而我看到的则是两个行将就木的撒克逊人。我用长枪刺穿其中一人的喉咙，顺势放弃长枪，这时一把斧头砸到了我的盾牌上面，其实我看到它砸了过来，及时用盾牌隔挡，然后借力用肩膀拱着盾牌向第二个人撞了过去，右手扯出海威贝恩，用剑往下劈砍，我看到一柄撒克逊长枪上飞起一片火星，紧接着察觉到我的部下从我身后蜂拥而上。我将海威贝恩挥舞过头顶，又是劈斩，又是尖叫，用剑砍向一边，突然我的面前只有开阔的草地、金凤花、道路和远处的河流草甸。我穿过敌人的盾墙，呼号着胜利，然后我转身过去，用海威贝恩刺入一个男人的背部，扭转剑锋，眼看着鲜血从剑尖滴落，仿佛眨眼之间，再没有任何敌人阻挠了。撒克逊人的盾墙已经消失不见了，更确切地来说，它已经变成了一片由死尸和垂死之人组成的恐怖地带，血浸绿草，微风萧瑟。我记得自己向太阳高举盾牌和长枪，呼号着向密特拉致以谢意。

"盾墙！"就在我庆祝的时候，我听到伊撒嘶吼着发令。我弯下腰取回长枪，转身看到更多撒克逊人正从东边纷至沓来。

"盾墙！"我回应了伊撒的呼喊。昆格拉斯正在组织他的盾墙，面向西方保护我们免受阿尔后方战士的攻击，同时我面向策尔迪克来犯的东方布置阵线。我的人尖叫着嘲讽敌人。他们刚把一座盾墙砍成了齑粉，现在的状态更加嗜血狂热。在我身后，就在昆格拉斯和我之间的狭小空间里，仍有一些受伤的撒克逊人活着，我的三个手下正在结束他们的痛苦。由于没有时间接纳战俘，他们利落地割断了敌人的喉咙。我看到格温薇儿正在协助。

"大人快看，大人！"那是伊切林在我右手边的盾墙一侧大喊，我顺着他的指向望过去，一群撒克逊人正匆匆穿过我们与河流之间的间隙。间隙距离很大，但是撒克逊人的目标并不是我们，而是想赶快赶去支援阿尔。

"不要理会他们!"我喊道。我更担心面前的撒克逊人,因为他们已经调整好了队列。这些人刚刚目睹了我们的战斗,恐怕不会让我们再次轻易得手,所以阵列足足有四五排,随后他们开始叫嚣示威,从中走出一个巫师对我们破口大骂。这个巫师只能用癫狂来形容,因为他不仅向我们吐出肮脏的唾沫,脸还不由自主地接连抽搐。撒克逊人很看重这帮人,认为他们长着神灵的耳朵,但哪怕他们的神听到这些人的诅咒也不免脸色煞白。

"要不要我宰了他?"格温薇儿指了指自己的弓箭问我。

"我真希望您不在这里,夫人。"我说。

"现在说这个可有点儿晚了,德瓦。"她说。

"就由他去吧。"我说。巫师的诅咒并没有丝毫搅扰我们的兴致,战士们一直冲着撒克逊人挑衅,邀请他们过来尝尝刀锋利刃的滋味,但撒克逊人却裹足不前,没有前进的意思。他们在等待身后不远的人过来增援。

"国王陛下!"我对昆格拉斯喊道。他闻声转过身来。

"您能看到塞格拉莫吗?"我问他。

"还不能。"

我也看不到伊仑之子欧依戈斯的黑盾战士,这些人应该冲下群山,突入撒克逊人侧翼。我开始担心我们冲锋太早了,现在被困在阿尔和策尔迪克的长枪兵之间,敌人也从恐慌之中逐渐恢复元气,此刻正一丝不苟地加固盾墙,然后准备向我们碾压过来。之后,我又听到伊切林高喊一声,赶忙向南望去,只见撒克逊人正向东跑,而不是向西。在我们的盾墙和河流之间的土地上满是因为恐慌而四散逃窜的杂兵,有那么一刻我甚至都没回过神来,甚至不知道自己究竟看到了什么,后来耳朵才反应过来,那滚滚雷鸣般的声响——是马蹄声。

亚瑟的战马又高又大。塞格拉莫曾经告诉我,亚瑟从法兰克国王克洛维斯那里俘虏了许多马匹,克洛维斯这群马以前可是罗马人开疆辟土的得力助手,不列颠没有其他品种能够与之匹敌,亚瑟为此还选择了身材最高

亚瑟王

大的手下来驾驭它们。亚瑟还有不少战马落入兰斯洛特手中，我曾期望能够在敌人队伍中再看到那些失落的大马，但亚瑟却不以为然。他告诉我，兰斯洛特捕获的大多是育崽的母马和未经训练的小马，训练一匹马必须花费数年的时间，不仅如此，还要训练骑手学习如何在马背上运用笨重的长枪进行战斗。兰斯洛特身边没有称职的训练师，但亚瑟有，现在他正从北坡率领骑兵对抗与塞格拉莫缠斗的阿尔。

这群高大的战马总共有六十匹，首先驰援南侧占据桥梁，接着又辗转来到战场另一侧发动侧翼攻势，因此显得十分疲倦，但亚瑟却策马疾驰，猛烈地向阿尔后方冲击。阿尔后方部队的士兵纷纷向前推搡拥挤，歇斯底里地想把前锋部队推到塞格拉莫的盾墙上，而亚瑟的袭击又是如此突然，敌人甚至都没有时间转身并组织起自己的盾墙。战马在敌人队伍中冲出一条大口子，撒克逊人抱头鼠窜，塞格拉莫的战士们趁势击退了敌人前翼，突然之间，阿尔军队的右翼溃不成军。一些撒克逊人向南逃奔，企图在阿尔剩余的部队中找寻庇护，还有人向东逃向策尔迪克，我们可以在河边草地上看到他们。

亚瑟和他的骑兵无情地追赶敌人。骑兵们用长剑砍倒逃兵，河边的草地上尸横遍野，到处散落着被遗弃的盾牌和刀剑。我看见亚瑟从我身边疾驰而过，他的白色斗篷上满是鲜血，手中的埃克斯卡利伯也血光闪闪，脸上却露出了久违了的欢乐神情。他的仆人海崴德手执熊旗，旗帜的下角添上了一处红十字架的标记。海崴德一向沉默寡言，此刻却向我投来笑容，从我身边掠过，跟随亚瑟回到山上，让战马暂且休养生息并威胁喝阻策尔迪克的侧翼。"丑八怪"墨凡斯在最初袭击阿尔的军队时战死了，这是亚瑟唯一的损失。

亚瑟的冲击使得阿尔的右翼分崩离析，塞格拉莫正率领他的手下沿着福斯路赶过来与我会师。我们尚未包围阿尔的军队，但却已经将他们死死地钉在大路与河流之间，而图锥克秩序井然的基督徒正向这条走廊推进，所到之处杀声震天。策尔迪克仍然在包围口外围，他肯定动过抛弃阿尔的念头，想要坐视他的撒克逊盟友遭受灭顶之灾，但他没有这么做，反而选择负隅顽抗，坚信自己依然握有胜算——只要今天这仗打赢了，整个不列颠都将沦为洛依格。

策尔迪克无视亚瑟骑兵的威胁。他肯定知道亚瑟的骑兵已经痛击了阿尔的软肋，也是最混乱的地方，但是纪律严明的长枪兵所组成的盾墙根本不需要担心骑兵骚扰，所以他命令部卒盾牌紧锁在一起，平举长枪开始前进。

"紧些！再紧些！"我一边喊，一边挤到前排位置，继而将我的盾牌牢牢地与邻人的盾牌重叠在一起。撒克逊人正向前推进，他们想要用盾牌冲撞我们的盾牌，眼睛不断搜索我们防线的薄弱部位，整齐划一地直指我们的盾墙。我并没有看到巫师，但是敌人阵列的中心高高地竖着策尔迪克的旗帜。我记得自己看到了敌人的胡须和角盔，听到公羊角不停地发出刺耳的进军号，看到无数的长枪和斧头。策尔迪克本人也在队列之中，因为我可以听到他在大声呼唤他的手下。"盾牌紧些！再紧些！"撒克逊的国王在高声下令。两头壮硕的战犬突然向我们这边冲了过来，我顿时听到右边某处传来惨叫声，随后感觉到战犬冲击所带来的混乱。撒克逊人一定注意到我军盾墙发生了动摇，因为他们突然爆发山呼海啸的声响，进而人潮开始涌动。

"紧！"我大声呼喊，然后把矛头举过头顶。撒克逊人发起冲锋时，至少有三个人目不转睛地盯着我。因为我贵为领主，穿金戴银，如果他们能把我的灵魂送往彼世，他们就能为自己赢得莫大的声名和财富。其中一人跑在同伴前面，率先为了光宗耀祖而发动冲击，他的长枪瞄准了我的盾牌，我猜他会在最后一刻转而刺向我的脚踝。马上就没有时间进行这样的思考了，剩下的全凭战场直觉。我用长枪往那个男人的脸上撞去，把盾牌依次向前向下拱挡他的突刺，但他仍然划伤了我的脚踝，透穿了我右靴底

亚瑟王

下从沃夫格尔身上取下的护胫，但我的长枪把他的脸刺得血肉模糊，在我收回长枪的时候，他也跟着倒下了身，另外两个家伙又过来想取我性命。他们一齐冲了过来，身边响起两军盾牌的碰撞声音。我甚至可以闻到撒克逊人身上的气味，那是一股皮革和汗水交织的味道，但我闻不到酒味。这场战斗发生得太早了，出乎撒克逊人的意料，他们还来不及将酒劲转化成厮杀的勇气。我的人在推我的后背，让我的身子抵在他们的盾牌上，撒克逊人的盾牌则与我的盾牌紧咬在一起。我往那个留着胡须的脸上吐了口唾沫，将长枪刺过他的肩膀，感觉有一个人用手抓住了它。我马上撒手，向前猛推了一把，争取出施展海威贝恩的空间。我用剑击倒面前的敌人。他的"头盔"只不过是一个满是破布的皮帽，而海威贝恩的锐利的剑锋直接穿过了他的脑袋。剑锋一时间拔不出来，我正挣扎着冲抵死人的重量时，一个撒克逊人挥舞着斧头向我劈砍。我的头盔承受了打击，脑袋顿时嗡嗡作响，我两眼一抹黑，而后眼冒金星。我的人后来说我有好几分钟都不省人事，不过我并没有摔倒，因为战友们用身体接住我，让我保持直立。我自己却什么都不记得了，但在两军对垒的时候，很少有人能记清楚具体的战斗场景，只能记得呕吐、诅咒、吐唾沫，以及在可能的时候攻击。旁边的人说我在承受了斧头打击后一直跌跌撞撞，几乎绊倒在尸体旁边，但是我身后的那个人抓住我的剑带，让我不至于跌倒，我的狼尾精锐在保护我。敌人能够察觉到我受伤了，所以越发拼命，疯狂地用斧头劈砍散落的盾牌和裸露的剑刃刀片，还好我逐渐恢复了意识，发现自己置身于阵列的第二排，谢天谢地，仍然有人用盾牌支撑着我，海威贝恩依然握在手中。我的头受了伤，但我没有感觉到，只知道战斗还未结束，只知道继续砍杀，继续呐喊。伊撒在拼命弥补敌人战犬打开的缺口，面无表情地杀死闯入我们前线的撒克逊人，用他们的尸体堵住缺口。

虽然策尔迪克的兵力占压倒性优势，但他无法从北边包抄我们，因为那儿有重装骑兵虎视眈眈，而且他也不想让自己的士兵上山抵御骑兵的冲锋,所以调派了部队包抄我们的南方,但塞格拉莫想到了这一点,于是正率领自己的长枪兵填补这个差距。我记得自己听到那里传来盾牌的冲撞。此时我的右靴满是鲜血,每当我把重心转向右脚,它都疼得厉害。我的脑袋则时不时疼痛难忍,让我不得不张开嘴嗥叫不止。在前排取代我位置的那个人不肯把位置还给我。"他们要撑不住了,大人,"他对我喊道,"他们要撑不住了!"可以肯定的是,敌人的压力正在减弱。但他们并没有被击败,只是撤退而已。耳畔突然传来一声敌人呐喊,呼唤着保持战线,于是他们最后一次发起冲击,有用长枪刺的,也有用斧头劈的,可还是被击退了。不过我们并没有追击。我们血染战袍,身心俱疲,无法追击,身前还被一堆用长枪和盾牌标记的尸体阻挡。里面有死人,也有在奄奄一息中求死的活人。

策尔迪克撤回了他的士兵,组织起新的盾墙,声势依然浩大,虽然塞格拉莫已经填补了我们与河流之间的大部分空隙,但策尔迪克的军势有可能让这一切土崩瓦解,进而增援已经被切断的阿尔军团。我后来才知道,阿尔的人被图锥克的长枪兵一直逼到了河岸,亚瑟留下了足够的人来围困这些撒克逊人,自己和另外的人则策马赶来支援塞格拉莫。

我的头盔左侧有一处凹痕,凹痕底部是裂缝,干净利落地透穿了铁片和皮革衬里。我想卸下头盔,却发现它和我头发上的凝血粘在了一起。我小心翼翼地摸了摸头皮,所幸没有感觉骨头碎裂,只有瘀青和涌动的疼痛而已。我的左前臂上有一处惨烈的伤口,胸部也受了伤,右脚踝还在流血。伊撒一瘸一拐的,但他嘴硬地说不过是擦伤而已。黑盾战士的首领尼尔已经战死了。一把长枪透穿了他的胸甲,他整个人仰面躺着,长枪直插向天空,嘴里满是鲜血。伊切林失去了一只眼睛。他用一块破布绑在头皮上,遮住了自己空洞的眼窝,然后将头盔戴在粗糙的绷带外,发誓要以眼还眼,加倍奉还。亚瑟骑下山坡,赞扬我的手下。"再挡住他们一次!"他向我们喊道,"阻止他们,直到欧依戈斯前来,然后我们就能一举击溃他

亚瑟王

们了！"莫德雷德在亚瑟身后骑行，他的旗帜与熊旗并列，我们的国王手握利剑，因为将近一整天的厮杀而兴奋得怒目圆睁。河岸绵延两英里全是尘土和鲜血，死人和垂死的人混杂在一起，铁剑利刃刺穿肉体。

图锥克金红色的队伍已经将阿尔军团的幸存者包围了个水泄不通。那些撒克逊人仍在负隅顽抗，策尔迪克则妄图再次突围给予盟友支援。亚瑟领着莫德雷德回到山上，而我们也再度紧凑了盾牌。"他们求胜心切。"眼见撒克逊人又开始进军，昆格拉斯忍不住议论。

"而且没有喝醉，"我说，"这才是原因所在。"

昆格拉斯没有受伤，他确信自己的生命仿佛被祝福了一般，信心格外高昂。这场战斗爆发之前，他并非没有经历过沙场厮杀，他杀过敌，同样没有留下任何伤痕。但他从没有赢得战士的声名，这点不像他的父亲，然而此刻他却坚信自己马上就要赢得无上荣耀了。

"保重，国王陛下。"在他即将返回到自己方阵的时候，我向他问候。

"我们就要赢了，德瓦！"他招呼道，然后赶去对抗撒克逊人的袭击。这次撒克逊人使出了浑身解数，气势远非第一次攻势可以比拟，策尔迪克甚至将自己的亲兵卫队布置在了阵列中心，还有人松开了牵绳，向我们线列中心的塞格拉莫释放巨型战犬。随后，撒克逊人的长枪兵闯了过来，直接冲入战犬在我们队伍中撕咬出来的缝隙。我听到盾牌撞击的声音，根本来不及考虑塞格拉莫，因为撒克逊人的右翼已经突入我们的士兵之中。

两军的盾牌再次撞击在一起。我们或用长枪奋勇抗击，或用利剑向下砍，再一次陷入犬牙交错的战斗。在我对面前来挑战的撒克逊人丢弃了自己的长枪，试图用短刀刺中我的肋部。然而他的刀无法刺穿我的锁子甲，刀片与锁甲绞扭在一起，他嘴里咿呀咕哝，咬牙切齿。我无法腾出右臂往下抓住他的手腕，索性用海威贝恩的剑柄猛烈捶打他的头盔，直到他倒在我的脚下，我顺势踩在了他的身上。他仍然想用刀割伤我，但我身后的那个人刺中了他，接着以盾牌抵住我的后背，支撑我杀入敌军。在我的左边,一名撒克逊豪杰正用斧头左右劈砍,活生生撕扯出一条小路,但不巧有人用长枪绊倒了他,见他倒下,五六个人手握兵器一哄而上,让他永远地躺在刚刚被他戮杀的尸体之间。

策尔迪克在他的队伍后面不停骑行,指挥他的军队大举压上、奋勇杀敌。我喊着他的名字,号召他像个男人一样下马与我决战,但他要么是没有听到,要么直接选择置若罔闻。只见他向南驾马来到亚瑟与塞格拉莫并肩作战的地方,亚瑟看到了塞格拉莫的巨大压力,于是率领骑兵加强努米底亚人的阵线,因此我们的骑兵突入前线,在人们的头顶挑枪奋战。莫德雷德也在那里,后来人们都说他战斗的样子犹如恶魔。我们的国王打起仗来堪称勇冠三军,一改日常生活中缺乏理性、不顾体面的形象,他并不善于马上作战,所以早已下马站在了阵列前排。我后来见到他浑身是血,但没有一处地方是他自己的鲜血。格温薇儿在我们阵线的后方。她看到被莫德雷德遗弃的马匹,于是骑了上去,弯弓搭箭,骑射敌人。我见到策尔迪克的盾牌中了一箭,但他像是掸去苍蝇一样将弓箭轻轻拂去。

第二次冲突纯粹以两军疲敝而告终。我们双方都力战到了临界点,甚至连剑也举不起来了,只能用盾牌倚住彼此,向敌人破口大骂。偶尔会有人挥动全身的力量举起斧头或用长枪突刺,战斗的怒火在那一刻死灰复燃,紧接着又以盾牌的化解招式而消退。我们都在流血,全部伤痕累累,嘴巴干得要命,等敌人退却时,个个都感激能有喘息之机。

我们也撤了回去,两军盾墙对垒之地徒留尸体成山。我们只能将伤员带走。在死者当中,有一些人的额头被红热的长枪打上了烙印,这些人前一年加入了兰斯洛特叛乱,现在却为亚瑟战死。我还找到了躺在地上的鲍斯,他身负重伤,身体颤抖,抱怨天气过于寒冷。他的肚子让人切开了,当我抬起他的时候,他的内脏溢了出来,我只好放下他,他又发出呻吟,我告诉他,彼世已经准备好了熊熊篝火,无数同袍伙伴和无尽蜂蜜酒都在等待他。在我抽动海威贝恩,快速割断他喉咙的一瞬间,他用力地握了我

亚瑟王

的左手一下。一个撒克逊人可怜兮兮地在死人堆里盲目爬行，嘴里不断流出血液，伊撒抄起一把斧头，笔直斩断了这个撒克逊人的骨干。我看着我们中的一个年轻人忍不住呕吐，另一人见他蹒跚了几步，赶忙上前一把将其抱住。这个年轻人在放声大哭，嘴里呕吐了个一干二净，他为自己感到羞耻，但他并不是唯一一个有这种感觉的人。战场上弥漫着粪便和血液的恶臭。

阿尔的人已经被我们远远甩在身后，他们背靠河流筑起了一堵严密的盾墙，图锥克的人将他们围得密不透风，但没有继续战斗下去，因为常言道困兽犹斗，越是走投无路的敌人越容易爆发出恐怖的战斗力。策尔迪克依然不舍得放弃他的盟友。他仍然希望可以冲破亚瑟长枪兵的封锁与阿尔合兵一处，然后向北攻击，将我们的部队一分为二。他试了两次，终于又要发起最后一搏，为此聚集了所有的残余部队。他仍然有新鲜力量，其中一些是从克洛维斯的法兰克人那儿雇来的战士，这些人被带到了战线的前面，我们看着对方的巫师在向敌人长篇大论提振士气，然后转身对我们施放咒语。撒克逊人这次攻击并没有任何匆忙。没有这个必要，毕竟时候尚早，连中午都没有到，策尔迪克甚至有时间让他的人吃饱喝足，准备妥当。他们的一个战鼓终于沉闷地敲打出节奏，越来越多的撒克逊人开始汇集到军队的侧翼，有些人牵着战犬。但我们都筋疲力尽了。我派人到河边去取水喝，大家一起分享，凑合着用死者的头盔舀水。亚瑟过来找我，看到我的状态不禁犯了难。"第三次你还挺得住吗？"他问。

"必须的，大人。"我说，虽然这实在困难。我们失去好几十人，盾墙越来越薄，矛和剑也变得迟钝，磨刀石不够用，而敌人还有新兵补强，这些人的武器还未投入战场。亚瑟从勒姆芮背上滑下，缰绳扔给了海崴德，和我一起走到死者如潮的前沿。他知道其中一些人的名字，一些年轻人甚至在遭遇敌人之时，还来不及反应就失去了性命，亚瑟看着他们的尸体，不禁皱起了眉头。他弯下腰，用手指碰了碰鲍斯的额头，又停在一个撒克逊人的旁边,那撒克逊人的嘴里插着一支箭。有那么一刻我以为亚瑟想说些什么,而他只是笑了笑。他知道格温薇儿和我的人在一起,他肯定在马上见过她,看到她的旗帜与我的星旗一起飞扬。他再次仔细端详了那支箭,我看到他脸上闪过一丝幸福的神采。他拍了拍我的胳膊,带我回到了那群正倚靠长枪或坐或躺的士兵里边。

撒克逊人队伍中有人认出了亚瑟,大步流星走入两军间隔出来的广阔空间,冲他大放厥词,原来是曾经与我决斗过的里奥法,他将亚瑟辱骂作懦夫和女人。我并没有翻译,亚瑟也没有问我。里奥法走得更近了。他手上连盾牌也没有拿,身上片甲未挂,甚至连头盔也没戴,仅仅一人一剑而已,那把剑还安稳地放在剑鞘里,好像特意表明他根本不把我们放在眼里。我还能清楚地看到他脸颊上的伤疤,我很想再教训他一次,送他一处更大的伤疤,让他一直带去坟墓下葬,但亚瑟阻止了我。"随他放肆吧。"他说。

里奥法在继续他的嘲弄。他学着女人的样子娇声呻吟,暗示我们像娘们儿一样,又背对着我们,挑衅我们中间出来一人向他挑战。但大家全都纹丝不动,他只好又转过身来再次面对我们,仿佛是为我们的怯懦而故作怜悯地摇摇头,款款大步走下了阵亡士兵组成的小丘。撒克逊人在为他欢呼,而我们则默默地看着他。我让周围的人传话,告诉他们此人是策尔迪克的勇士,狡猾而危险,不要中了他的激将法。我的人气得咬牙切齿,只能眼睁睁地看着这个撒克逊人无法无天。不过放任里奥法不管总比让他羞辱我们一个疲惫的长枪兵好。亚瑟想提振我们的士气,于是上马,无视里奥法的嘲讽,沿着一列尸体奔驰,并驱散了赤身裸体的撒克逊巫师,又取出埃克斯卡利伯向撒克逊阵线靠近,炫耀着他的白色羽冠与血色斗篷。印着红色十字的盾牌在他手中闪闪发光,我的人群看到以后无不高声欢呼。撒克逊人纷纷从他身旁退缩了回去,里奥法相形见绌,只能无能为力地大骂亚瑟女人心肠。亚瑟掉转马头,又回到了我的身边。他的举动暗示里奥

亚瑟王

法根本不值得他动手,这无疑挫伤了撒克逊勇士的骄傲,他向我们越走越近,仍然在寻找对手。

走至一堆尸体面前,里奥法停住了脚步。他走进血腥之中,随手抓起一面盾牌,高举着,好让我们都可以看到象征波伊斯的雄鹰,当他确定我们已经看到了符号以后,又随手一扔,岔开小腿,竟当众对着波伊斯的徽章撒起尿来。他不停羞辱,还适时改换目标,尿液洒落在盾牌主人的尸体上头,侮辱至此,简直是可忍孰不可忍了。

昆格拉斯爆发出愤怒的咆哮,从阵列中冲了出来。

"别去!"我赶忙大喊,向昆格拉斯迎了过去。如果真要动手,那还不如让我来对抗里奥法,至少我知道他的伎俩和速度,只可惜已经来不及了。昆格拉斯拔出剑,根本不理会我。那天他确信自己所向披靡。他相信自己就是战场的王者,急于向众人展示自己英雄的一面,事实上他已经证明了自己,这使得他更加坚信一切皆有可能。他会当着手下的面痛击这个嚣张无礼的撒克逊人,若干年后依然会有吟游诗人赞颂伟大的国王昆格拉斯,称呼他为撒克逊杀手,勇者之王昆格拉斯。我根本没办法拉住他,如果他反悔,或者让另一个人代他出战,结局只能使他颜面尽失,我只能惊恐地看着他大步走向那个身无片甲的撒克逊人。昆格拉斯还穿着他父亲的旧铠甲,鎏金铁甲,头盔顶端饰有鹰翼。他当时面带微笑,雄姿英发,目之所及全是那一天的英雄气概,他相信自己受到了众神的祝福,所以丝毫没有犹豫,直接挥剑向里奥法斩了过去。我们几乎可以发誓,这一招眼看就要命中目标,但是里奥法却只是微微腾身,让到了一边,脸上也笑了起来,然后又轻轻挪了一步,眼看昆格拉斯又一次抡空。

我们这边的士兵和撒克逊人都受到了极大鼓舞,只有亚瑟和我一言不发。我眼看着夏汶的兄弟正一步一步向死亡迈进,却又没办法阻止,或者说我无能为力,因为如果我去救昆格拉斯,那对他而言无异于羞辱。亚瑟坐在马鞍上,一脸忧虑地低头看我。

我没有办法排遣亚瑟的担忧。"我和他交手过一次,"我痛苦地说道,"他是个杀人的好手。"

"可你还活着。"

"因为我是一名战士,大人。"我说。昆格拉斯从来都不是一个战士,这也是他想要证明自己的原因,可里奥法却将他玩弄于股掌之中。昆格拉斯不断攻击,想用自己的剑击倒里奥法,但撒克逊人每次都只是躲避或挪闪至一边,从来没有一次反击;慢慢地,我们沉默了,因为我们可以看到昆格拉斯正在耗费精力,里奥法简直是在戏耍他。

见此情形,一伙波伊斯人冲上去想要勤王,里奥法迅速向后退了三步,用剑平静地指了指这伙人示意。昆格拉斯转身望向他的手下。"退下!"他喊道,"快退下!"他面色更加愠怒地重复命令。恐怕他也知道自己注定失败,但他宁可丧命也不肯损失颜面。荣誉即一切。

波伊斯人停了下来。昆格拉斯转回到与里奥法的对决当中,只是这一次他并没有急于发难,而是变得谨慎稳重。他的剑终于破天荒地碰触到了里奥法的剑刃,我看到里奥法似乎马上要滑倒在草地上,昆格拉斯大吼着胜利,不顾一切举剑想要了结难缠的对手,谁知里奥法身子一转,故意装成失足滑倒,却在转身的同时挥动利剑拂过草地,不偏不倚正中昆格拉斯的右腿。有那么一会儿,昆格拉斯站得笔直,手里的剑却摇摇晃晃,随后,里奥法刚刚站起身,昆格拉斯却两腿一沉倒了下去。撒克逊人等着波伊斯的国王倒在自己面前,不慌不忙地一脚踢开他的盾牌,利落地用剑刺了下去。

撒克逊人嘶哑地振臂高呼,他们将里奥法的胜利看做战斗胜利的先兆。里奥法自己却赶紧夺走昆格拉斯的剑,接着三步并作两步轻巧地躲过赶来复仇的波伊斯士兵,向自己的阵营跑去。他不费吹灰之力就赢得了赛跑,最后还不忘转身嘲笑。他没有必要再和他们战斗,因为他赢得了决斗。他杀死了对手的国王,我丝毫不会怀疑,经此一战,撒克逊人的游吟

亚瑟王

诗人会将里奥法大书特书，歌颂他是屠戮国王的勇士。他将那一天的第一场胜利献给了所有撒克逊人。亚瑟下了马，和我一同把昆格拉斯的尸体带回给他的手下。我们都洒下了眼泪。在漫长如歌的岁月里，我们再也找不到一个比波伊斯国王昆格拉斯更加可靠坚定的盟友了。他从来没有和亚瑟争吵过，也从来没有让他失望过，而对我来说，他胜似手足兄弟。他无愧为正人君子，慷慨好施，秉持公义，谁曾想如今却惨死敌手。波伊斯的战士从我们手中取回他们的国王，静静地将他抬至盾墙后面。"杀他的人，"我对他们说道，"名叫里奥法，谁能取他项上人头，我愿赏金一百。"

就在此时，耳畔传来一声呐喊，我不禁回过头去，撒克逊人仿佛胜券在握一般，已经开始了进军的脚步。我的人也纷纷站起身，擦掉眼睛里的汗水。我戴上血淋淋的破损头盔，合上了贴腮片，从地上抓起长枪。

又到了战斗的时刻。

撒克逊人发起了当天最为壮烈的攻势，一伙长枪兵从早些时候的惊诧中逐渐恢复元气，此刻正如潮水般卷土重来，企图突破我们的防线，为阿尔施以援手。他们一边冲，一边咆哮着战吼，一边用长枪敲打盾牌，彼此立下誓言，不把不列颠人杀得片甲不留决不罢休。撒克逊人摆出了一副胜利者的姿态，他们已经承受住了亚瑟最猛烈的打击，他们一直战斗到了我们难以为继的局面，他们刚刚目睹己方的勇士杀死了敌人的国王，现在，他们的先锋部队得到了新鲜补充，只等着一声令下，好将我们碎尸万段。法兰克人后仰着准备投掷轻型长枪，好让我们的盾墙经受一番钢铁之雨，突然，巴顿山响起了号角。

起初我们只有几个人听到了号角，接着响起了震天动地的喊杀声和脚步声，其间混杂着临死的呻吟，然后又响起了第二声号角，紧接着是第三声，这一次大家纷纷转过身，盯着巴顿山空无一人的壁垒，甚至连法兰克人和撒克逊人都不自觉地停下脚步。距离号角声响大约只有五十步远的地方,撒克逊人像我们一样,纷纷转身向狭长的山坡眺望过去。

我们看到一个手握旗杆的骑士。

只有一面旗帜,但硕大异常;一阵风吹过白色的亚麻布,旗面绣着德莫尼亚红龙。这头龙张牙舞爪,尾巴随风摆动,口吐火焰,紧接着狂风猛烈地拂展大旗,几乎要掀翻手擎旗帜的骑士。即使距离很远,我们仍然可以看到骑手骑行的姿势僵硬而笨拙,好像他既没有办法驾驭胯下的黑马,也没有力气握定旗杆,但随后两个长枪兵来到他身后,用手里的兵器捅了他的坐骑,那野兽便在山上跳站起身,骑手也被突然的动作向后猛拉。等到马从斜坡上奔驰下来时,骑手又向前摇摆,身上的黑色斗篷飞到后面,我看到斗篷下面的盔甲是白色的,就像那面飘扬旗帜的亚麻布面一样洁白。在他身后,如同我们在黎明之后冲下巴顿山的情境一样,一股声势浩大的部队如水银泻地般山呼而来,有人手握黑色盾牌,其他人的盾牌上带着獠牙野猪的图案。原来是伊仑之子欧依戈斯和库尔威奇一块儿来了,他们没有顺着科里尼翁走,而是首先前来巴顿山,以便与我们合兵一处。但我的注意力仍不自觉地转向那个骑士,他骑行的动作实在笨拙,我终于可以看清楚,原来他是被绑在马上的。他的脚踝用绳索绑在公马的黑色腹部底下,身体则被藤条固定在马鞍上动弹不得。他没有戴头盔,长头发在风中飞散,在头发下面,骑手的脸竟然是一片干瘪的黄皮肤,皮肤下面是一个绽放着阴冷笑容的头骨。原来是高文,死了的高文,他的嘴唇和牙龈已经萎缩不见,鼻孔有两条黑色的缝隙,双目空洞无神。他的头颅颤颤巍巍,而他的身体——不列颠的龙旗就绑在上面——也跟着左摇右摆。在撒克逊人眼中,骑在那匹名为安驳尔的黑马身上的正是死神化身,撒克逊人惊恐地目睹生命收割者驾临侧翼,他们的信心动摇了。黑盾战士在高文身后咆哮,跑过骑手,越过篱笆,直奔撒克逊人的侧翼。黑盾战士并没有组织阵列,而是一拥而上。这是爱尔兰人独特的战斗方式,他们发动攻击时就像盲目而疯狂的恋人一样目空一切、不计后果。

亚瑟王

在那一瞬间，大地开始颤抖。撒克逊人眼看即将收获胜利果实的瞬间，却让亚瑟注意到他们突然的犹豫，于是他出人意料地向我们发号施令。"压上！"他不住呐喊，接着又指挥道："冲锋！"莫德雷德也学这样子下令道："冲锋！"

巴顿山的屠杀终于拉开序幕。吟游诗人已经记录了这里的故事，而且他们这一次丝毫没有任何夸张。我们越过了由死尸组成的线列，手握长枪冲入撒克逊军队，黑盾战士和库尔威奇组成的联军则冲入敌军侧翼。电光石火之间，双方刀光剑影，斧头从盾牌上方向下劈斩，紧锁的盾墙后面是此起彼伏的呐喊，所有人都大汗淋漓，不久之后，撒克逊军队出现裂缝，我们趁势杀了进去。法兰克人和撒克逊人血流成河。撒克逊人开始逃跑，可他们的阵型被一名身骑黑马的死亡骑士所率领的野蛮人冲锋给打破了，我们上前手刃敌军，所到之处无人可挡，形势瞬间演变成为一边倒的屠杀。我们接连送撒克逊人前往彼世的宝剑之桥，以长枪刺杀，把他们开膛破肚，还有一些让我们逼入河里淹死了。起初我们不接受任何俘虏，肆意发泄对敌人积怨已久的仇恨，策尔迪克的军队在两路大军的冲击下溃不成军，我们咆哮着冲入敌军队伍，相互比赛杀戮仇敌。这是一场死亡的狂欢，纯粹的屠戮。有些撒克逊人恐惧殊甚，甚至连动也没有动弹，单单睁大眼睛等候死亡，而其他人则像魔鬼一样战斗到最后一刻，剩下的一路狂奔逃跑，有的试图逃到河边。我们早已脱离了盾墙，活似一群疯狂的战犬，迫切想把敌人撕成碎片。我看到莫德雷德在砍倒撒克逊人以后还不过瘾，一瘸一拐地用脚踩在尸体上，我还看到亚瑟骑马追赶逃亡敌军，波伊斯的人则在为他们的国王复仇，战斗力瞬间提升千万倍。我看到加拉哈特在马背上左切右砍，表情却像以往一样静如止水。我看见图锥克身着牧师的长袍，瘦削身材，头发蓬乱，手里一把大剑野蛮地披荆斩棘。老主教埃姆里斯也在那里，脖子上挂着醒目的十字架，长袍上还用马鬃编的绳子系着一块旧胸甲。"下地狱吧！"他一边用长枪捅向无助的撒克逊人，一边又大声咆哮,"永生永世在圣洁火中燃烧!"

我看到了伊仑之子欧依戈斯,他的胡子浸润着撒克逊人的鲜血,仍在用长枪杀敌。我看到格温薇儿骑着莫德雷德的战马,手里挥舞我们献给她的宝剑。我又望向高文,他的头骨完全掉落在地,他的坐骑虽然在流血,却在撒克逊人的尸体中静悄悄地低头吃草。我终于看到了梅林,是他把高文的尸体带入战场,虽然他已是老者,仍用手里的木杖击打撒克逊人,嘴里咒骂他们是可怜的蠕虫。在他身旁有一队黑盾战士护卫。他也看到了我,微笑着向我挥手示意。

我们攻占了策尔迪克的村庄,那里的妇女和儿童都在小屋里蜷缩着不敢动弹。库尔威奇和他的人正冷酷地与少数几个想要保护家人以及辎重的撒克逊长枪兵战斗。撒克逊人的守卫战死了,他们掠夺的金子像米糠一样散落了个遍地。我记得灰尘像雾一样升起,女人和男人尖叫连连,其中混杂着惊惶失措的儿童以及狗的声音,还有从付之一炬的小屋喷出的烟雾,亚瑟的战马呼啸着穿过惊恐的敌人,亚瑟则用长枪刺向敌人后背。再没有什么能比剿灭整整一支大军那样叫人畅快淋漓的事情了。盾墙崩溃,死亡主宰了一切,我们不知疲倦地杀戮,直到手臂累得再也举不起剑为止。杀戮结束以后,我们发现自己置身于一汪血泊之中,就在那时,我们的人发现撒克逊人丢弃的辎重里还有啤酒和蜂蜜酒,于是开始痛饮。一些撒克逊妇女得到了我们少数几个清醒的士兵的保护,他们正从河里取水给伤员饮用。活着的人都在寻找战友,相互拥抱,如果同袍战死,我们就为他们哭泣。对于大获全胜以后的歇斯底里,我们有最切身的体会,相互是又抹眼泪又欢声大笑,有些人身体累坏了,但还是出于纯粹的快乐手舞足蹈。策尔迪克逃脱了,他和亲卫趁乱爬上了东边的山丘。撒克逊士兵有的顺河向南,还有的追随策尔迪克而去,另外有些假装死亡,趁夜溜走了,但他们大多数人都留在巴顿山的山谷里,永远也回不去了。

我们赢了。河边的田地也变化成了我们的屠宰场。我们拯救不列颠于

亚瑟王

水火,同时帮助亚瑟实现了他的梦想伟业。我们加封人屠之王、死亡领主,天空中久久回响着我们欢庆胜利的呼号。

撒克逊人经此一役,元气大伤。

第三部
妮慕的诅咒

伊格莲王后傍窗而坐，浏览着最后一张羊皮纸，时而问我几个撒克逊词语的含义，除此之外，一言不发。她匆匆翻阅战斗的故事，然后一脸厌恶地将羊皮纸扔到地上。"阿尔最后怎么样了？"她愤愤不平地质问我，"还有兰斯洛特呢？"

"等时机一到，我自会讲述他们各自命运的结局，夫人。"我说。我用左臂的残肢将一根羽毛笔压在桌子上，右手用刀子磨尖笔头。我把碎屑吹到了地上。"不是不讲，时候未到。"

"时候未到！"她讥讽道，"你可不要虎头蛇尾的啊，德瓦！"

"会有一个结局的。"我答应道。

"现在就讲，"我的王后不肯罢休，"这才是故事的重点。人生哪有什么整齐划一的结局，故事必须讲求起承转合。"她的怀胎之身已经呼之欲出，差不多要到临盆的节点了。我要为她祈祷，她的确需要我的祈祷，因为有太多女子死于分娩。奶牛、猫、狗、猪、羊和狐狸几乎都不受分娩之苦，唯独女人深受其苦，桑森说这是因为夏娃在伊甸园偷吃了禁果，由此玷污了天堂净土，使我们犯下了原罪。圣徒们布道称女人是对男人的惩罚，而孩童则是对女人的惩罚。"那阿尔到底怎么样了？"看我没有回话，伊格莲又问了起来。

"死了，"我说，"叫一根长枪取了性命。正好刺在了这里。"我用手敲了敲心脏上方的肋骨。当然，这个故事说来话长，我当时也并不急于告诉她，因为我很难忘记自己父亲的死，虽说故事必须完结，但我想暂且按下不表。亚瑟留下士兵扫掠策尔迪克的营地，然后骑马原路返回，想要检视图锥克的基督徒是否还在和阿尔的军队僵持。他发现撒克逊人的残余仍在

亚瑟王

负隅顽抗，流血的流血，战死的战死，但仍然斗志不减，挑衅不断。阿尔本人受了伤，盾牌也举不起来了，但他不肯屈服。相反，在亲卫和最后一批长枪兵的簇拥下，他在静候图锥克的士兵过来取他性命。

格温特的长枪兵却迟迟不肯攻击。走投无路的敌人相当危险，如果碰上像阿尔这班还能组织起盾墙的人，那就更加危险了。格温特有太多长枪兵战死了，其中包括老战士阿格里科拉，幸存下来的人也不愿再逼近撒克逊半步了。亚瑟并没有苛求，而是想劝降阿尔，但得知阿尔拒绝投降以后，他又把我传唤到身前。我一边琢磨，一边来到亚瑟身边，只见他身上的白色斗篷换成了一件深红色的，定睛一看才知道还是同一件，只是溅满了血，看起来深红而已。他拥抱着迎接我，然后用胳膊搂着我的肩膀，领我走到对面盾墙之间的空地。我记得那里有一匹垂死的马，还有一个死人，旁边是丢弃的盾牌和破烂的武器。"你的父亲不肯投降，"亚瑟说，"但我想兴许他会听你的话。告诉他只有投降一条路可走，但我们保证他能保有荣誉，安稳地度过余生。我同时保证他手下的性命安全。他只需要把自己的佩剑敬献于我。"他看向撒克逊人寡不敌众的受困部队。他们全都沉默不语。如果相同的境地摆在我们面前，我们准会高声歌唱，但撒克逊人的长枪兵却完全沉浸于静默之中等候死亡。"告诉他们，死了足够多的人了，德瓦。"亚瑟说。

我解开海威贝恩的剑鞘带，把它和盾牌与长枪一同放下，然后走到我父亲的面前。阿尔看起来疲惫不堪，心力交瘁，伤痕累累，但他还是挣扎着过来迎接我。他没有带盾牌，只有残疾的右手握着一把剑。"我就知道他们会派你来！"他低吼道。他的剑尖已经深深地凹陷下去，刃上沾满鲜血。当我开始述说亚瑟的提议时，他突然挥动了手里的兵器。"我知道他什么要求，"他打断道，"他想要我的剑，但我可是阿尔，不列颠的共主，我绝不会拱手献出自己的剑。"

"父亲。"我又开始求情。

"你要叫我国王！"他咆哮道。

我只能微笑着接受他的蔑视，然后低下头。"国王陛下，我们可以保您的手下性命无忧，而且我们……"

他再次打断了我。"一个人如果在战斗中死去，"他说，"那么他的灵魂可以升入天国，返回受到祝福的家乡。但要想抵达天国宏伟的大厅，他就必须双脚站着死去，手里还要拿着剑，身子前面受致命伤。"他停顿了一下，等他又开始说话时，他的声音柔和了起来。"你什么都不亏欠我，我的儿子，但如果你愿意送我去天国大厅，我将视为至善之举。"

"国王陛下。"我抢着说道，但他第四次打断了我。

"我会埋葬在此，"他继续说，对我的话听而不闻，"双脚向北，手中握剑。除此之外我别无所求。"他转向自己的人，我看到他几乎不能保持直立。他一定受了重伤，只是他的大斗篷隐藏着伤口而已。

"罗斯加尔！"他在呼叫他的一个长枪兵，"把你的矛拿给我的儿子。"一个高大的年轻撒克逊人听从了国王的吩咐，从盾墙里跑了出来，老老实实地把矛递给了我。"拿着它！"阿尔对我说，我顺从了。罗斯加尔紧张地又瞥了我们一眼，然后匆匆忙忙跑回到战友那里。阿尔闭上眼睛的一瞬间，我仿佛看到他冷峻的脸上闪过一丝笑容。他的脸上满是泥土和汗水，面目苍白，可突然之间，他咬紧牙关，强忍着伤口疼痛的蹂躏，好在他经受住了，甚至试图微笑着走上前来拥抱我。他整个人压在我的肩膀上，我几乎能听到他喉咙里传出喘息的声音。"我想，"他在我的耳边低语，"你是我儿子里面最争气的一个。现在送我一份礼物吧。痛痛快快了结我，德瓦，让我去那属于真正勇士的盛宴大堂。"他步履沉重地向后退了一步，用剑撑着身体，然后费力地解开了皮毛斗篷的皮绳。随着斗篷掉落，我看到他身体的左侧全部浸透了鲜血。他的胸甲下面还插着一根长枪，肩膀上还有另一处伤，整个左臂毫无用处地无力吊悬，只能用残缺的右手解开固定在肩部和腰部的胸甲皮带。他摸索着扣子，我想上前帮忙，他却挥手拒

亚瑟王

绝。"我不会让你为难的，"他说，"等我死了以后，请你把胸甲穿回到尸体上。在盛宴殿堂里，我必须戎装在身，因为那里还有很多战斗。无尽的战斗，无尽的盛宴，还有……"他停下来，痛苦再次涌上心头。他又咬紧牙关，大声呻吟，随后挺直身板，同我对视。"现在就杀了我。"他命令道。

"我不能。"我说，但是我心里却想起疯子母亲曾经的预言——阿尔将死于自己儿子之手。

"不然我就杀了你。"他边说边笨拙地向我挥剑砍来。我躲过他的攻击，他吃力地想跟上来，却摇晃着跌倒了。他停了下来，气喘吁吁，目光锐利地死盯着我。"看在你母亲的分上，德瓦，"他恳求道，"你忍心让我像狗一样匍匐在地、凄惨死去吗？你什么都不肯留给你的父亲？"他又向我挥剑，但这次用力过猛，整个身子都开始摇摆，我看到他的眼里噙着泪水，我终于明白他的死非同小可。他硬撑着身子，竭尽全力举起剑来，新鲜的血液从他身体左侧渗出，他目光炽热，从始至终一直勾视着我的双眼，直到他向我的腹部迈出最后一步，意图发起最后一次冲刺。

愿上帝原谅我，我向前探出了长枪。为此我动用了自己身体的重量和全部力量，长枪的重刃撑起了他的身子，穿透了肋骨，深深地钻入心脏，却让他始终保持直立。他浑身发出巨大的震颤，垂死的脸上涌动着坚毅的决心，我心里以为他想要挥剑完成最后一击，但后来看到他只是想用受伤的右手紧紧握住剑柄。他重重地摔倒在地，在撞击在地之前就已经死了，但他那把破烂而血淋的利剑却依然握在手里。他的人暴发出一阵哀鸣，不少人都流下了热泪。

"德瓦？"伊格莲呼喊道。"德瓦！"

"夫人？"

"你又睡着了。"她指责我。

"年纪大了，亲爱的女士，"我说，"都怨我上了岁数。"

"这么说阿尔是战死的了，"她轻快地说道，"那兰斯洛特呢?"

"这事下回再说。"我固执地说。

"现在就告诉我!"她不肯罢兵。

"我都告诉您了，"我说，"下回再说，我实在不喜欢只顾结尾不顾开头的故事。"

我本以为她得势不饶人，但她却只是为我的顽固叹了口气，转而继续忙活她未完成的清单了。"撒克逊人的勇士里奥法后来怎么样了?"

"死了，"我说，"死相非常可怕。"

"好极了!"她一下子来了兴致，"快说来听听!"

"是得了一种疾病，夫人。他的腹股沟开始肿胀，既不能坐着也不能躺着，连站着都痛苦不堪。后来他越发憔悴瘦弱，最后汗流不止、打摆子死了。总之我们是这么听说的。"

伊格莲义愤填膺。"这么说他没有死在巴顿山?"

"他和策尔迪克一起逃脱了。"

伊格莲悻悻地耸了耸肩，好像是我们故意放跑了这个臭名昭著的撒克逊勇士。"但那些吟游诗人，"她话刚说出口，我就按捺不住一声呻吟——每当我的王后提到吟游诗人时，我就知道自己即将与他们嘴里念叨的历史版本对簿公堂，哪怕我是历史的见证者，伊格莲也会不可避免地偏向吟游诗人，甚至都不管他们当时可还没有出生的事实。"吟游诗人，"她无视我的抗议，继续说道，"他们都说，昆格拉斯与里奥法的战斗持续了整整一个上午，而昆格拉斯在受戮之前还杀死了六个勇士。"

"这些歌谣我全听过。"我不愿多说。

"然后呢?"她瞪着我不放。昆格拉斯是她丈夫的祖父，她感觉家族的荣耀受到了威胁。

"嗯?"

"我当时就在现场，夫人。"我直截了当地说道。

亚瑟王

"可你上了年纪,记不牢实了,德瓦。"她不以为然地拆台,我毫不怀疑戴维德将要动手动脚——此人正是负责将我写的羊皮纸翻译成不列颠语的文员,等他看到昆格拉斯之死的章节时,一准要依伊格莲的默许修饰一二。为什么不呢?昆格拉斯是数一数二的英雄人物,如果他能以伟大的战士声望名留青史似乎也无伤大雅,尽管追根究底,他并不是冲锋陷阵的士兵。他是一个体面人,也是一个明智人,他的智慧让同时代的人望尘莫及,但他偏偏不是一个舞枪弄棒、血脉偾张的武夫。他的去世是巴顿山的悲剧,但是大家光顾着歇斯底里地庆贺胜利,反倒冷落了这出悲剧。我们在战场上就地火化了他,那团篝火燃烧了三天三夜,最后一天黎明,等到火堆里的余烬只剩下昆格拉斯火熔的盔甲残余时,我们全部聚集在火堆周围,高唱薇琳娜的悼亡之歌。我们还杀死了一批撒克逊俘虏,遣送他们的灵魂为昆格拉斯保驾护航,以充后世之用。我记得,我当时觉得兴许昆格拉斯的死不是一件坏事,至少我亲爱的戴安能有舅舅照顾了,他们可以在安努恩的世界里相互陪伴。

"还有亚瑟,"伊格莲嘴没闲着,"他跑去见格温薇儿了吗?"

"我并未见到他们团聚。"我说。

"你看没看到并不重要,"伊格莲严厉地说,"我们在乎就成。"她冲着成堆的羊皮纸直跺脚。"你真该好好说说他们会面的情形,德瓦。"

"我告诉您了,我并没有见到。"

"这有什么关系?本来就是一场战斗结束以后皆大欢喜的结局。不是每个人都喜欢短兵相接的杀戮,德瓦。战斗细节总让人觉得无聊,爱情的故事却引人入胜。"毫无疑问,一等她和戴维德编排我的故事以后,这场战斗势必充满浪漫事迹。我有时希望能用不列颠语写下这个故事,但是这里有两个传道士认字,他们很可能把我出卖给桑森;因此,我必须用撒克逊语写作,并且相信等到戴维德翻译完毕以后,伊格莲不会篡改。我知道伊格莲想要什么:她希望亚瑟穿过尸横遍野的战场,看着格温薇儿张开双臂迎接他,两人久别重逢,千言万语都在不言之中,或许当初真有其事,但我表示怀疑,要么就是她太骄傲了,要么就是他太怯懦了。我想他们再度相遇,一定喜极而泣,但他们谁也没有告诉过我,所以我一无所知。我确实知道亚瑟在巴顿山以后就变了一个人,变得更加幸福了,这份幸福可不仅仅只因为战胜了撒克逊人。

"那阿尔甘特呢?"伊格莲忍不住想知道,"你凭什么卖这么多关子,德瓦!"

"阿尔甘特的事我以后会讲。"

"可她的父亲也在那里。亚瑟回格温薇儿那儿,难道欧依戈斯不生气的吗?"

"阿尔甘特的事我自会揭晓,"我答应,"只是眼下时候未到。"

"那安赫和罗赫呢?你没把他们给忘了吧?"

"他们逃脱了,"我说,"找了一叶小圆舟,划到了河对岸。不过别担心,我们还会再提到他们。"

伊格莲还想从我这撬出更多细节,但我坚持要按自己的节奏和顺序讲述这个故事。她终于作罢,弯腰把羊皮纸放至她要带回城堡的皮包里;她弯腰有些困难,但不肯让我帮助。"等婴儿出生,我就享福了,"她说,"现在我胸口酸,双腿痛,背也疼,我走路也少了,总像大鹅一样蹒跚而行。布洛奇维尔也厌烦了。"

"做丈夫的从来都不喜欢妻子怀胎十月。"我说。

"那他们就别那么着急弄大我们妇道人家的肚子啊!"伊格莲尖刻地回嘴。听到桑森因为勒崴宁把牛奶桶摆在过道里而大声斥责,伊格莲马上住了嘴。可怜的勒崴宁。他在我们修道院初来乍到,没有人比他干活更加卖力,现在,就因为一个木桶,往后一周的时间他都少不了要挨特博圣人的殴打了,后者还是个年轻后辈——差不多还是个孩子,被当成了桑森的继任者培养。我们整个修道院都怕这个特博,因为伊格莲的面子,只有我一

亚瑟王

个人可以不受他糟糕的性子。桑森需要伊格莲丈夫的保护，自然也不敢怠慢了她。

"今天早上，"伊格莲说，"我看到一头雄鹿身旁只有一头母鹿为伴。这可不是一个好兆头，德瓦。"

"我们基督徒，"我说，"不要相信什么兆头。"

"但我却看到你去摸桌上那个钉子。"她说。

"习惯成自然。"

她顿了顿。"我有些担心。"

"我们都在为您祈祷。"我知道光说这些还不够。我可不光是在修道院的小教堂里祈祷。我找了一块鹰石，在石头面上刻下她的名字，然后将它埋在一棵白蜡树下。如果桑森知道我动用了古老的魔法，准会把布洛奇维尔的庇护忘得一干二净，好好地让特博圣人教训我一个月。在那时候，如果圣徒知道我正在写亚瑟的故事，也会对我照罚不误。但不论如何，这故事我都要写下来，好不容易渐入佳境，又恰逢和平而幸福的岁月。但这其中也潜藏着危机，只是我们不知道而已，因为我们只看到了阳光，从未注意到阳光照耀不到的暗影；本以为已经将暗影击败，太阳将永远照耀不列颠。巴顿山是亚瑟的胜利，也是他最大的成就，或许故事应该在这里结束；但伊格莲说得对，人生没有整齐划一的结局，所以我必须继续讲述亚瑟的故事，他是我的尊主、我的挚友以及不列颠的救难者。

亚瑟留了阿尔手下的性命。这些人放下手中的长枪，自己分给了胜利者做奴隶。我招呼了其中一些人来帮我挖掘父亲的坟墓。我们在河边柔软的湿土动土，再让阿尔双脚朝北，手握宝剑，在他心脏受的致命伤上套上胸甲，用盾牌盖住他的肚子，连同取走他性命的长枪一同放在身旁，然后往坟墓里填土，撒克逊人向他们的雷神祈祷，而我向密特拉祷告。

到了晚上，送葬的火焰仍在熊熊燃烧。我帮着将自己部下的尸体火化，然后让其他人以歌唱的形式送他们战友的灵魂去往另一个世界，自己找回马匹，孑然一人穿过重重暗影。我骑马向那座为我们的家眷提供庇护的村庄驰骋，当我进入北部山区时，战场的喧嚣渐渐从耳畔远逝。只听见此处暖火堆的噼啪声和女人的哭泣，有人在吟唱挽歌，也有醉汉借酒浇愁。我把昆格拉斯的死讯告诉了夏汶，没想到话音刚落，她将信将疑地盯着我好一会儿，脸上没有任何表情，反倒是泪水涌上双眼。她把斗篷拉扯到脑袋上。"可怜的皮德尔。"她说的是昆格拉斯的儿子，现在不得不继位成为波伊斯的国王。我把她哥哥是怎么死的也一起告诉了她，她听完默默退回到她和我儿女寄居的小屋里，本来想把我脑袋上的伤口包扎起来，但她现在却悲伤得不能自已，要和女儿们一起为昆格拉斯哀悼。她们就这样把自己关了三天三夜，闭门不出，不见天日，与任何人都不来往。当时天色已暗，我原本可以留在村里过夜，但我没有贪图这份安逸，而是在稀薄的月光掩映下，又骑回了南方。我先去了萨丽丝泉，以为可能在城里找到亚瑟，却发现在火炬的光线下，四处都是大屠杀过后的破败景象。我们的应征兵已经翻越了撒克逊人不足退守的城墙，不论城墙内是何许人，一概格杀勿论，还好后来图锥克的军队占领了这座城镇，恐怖的杀戮也宣告结束了。基督徒清理了密涅瓦的神庙，舀出撒克逊人留下的三块献祭公牛的内脏，公牛还躺卧在岩石上血流不止，等到神殿恢复平静，基督徒举行了一场感恩仪式。我聆听他们的歌声，循路去找我自己耳熟能详的歌曲，只不过我的部下都在策尔迪克的废墟营地落脚，萨丽丝泉满是陌生的面孔。我找不到亚瑟和任何故友，只找到了酩酊大醉的库尔威奇，于是在寂静的夜晚里，我沿着河边又向东骑行。空气中弥漫着血腥气味，想必周遭必然遍布孤魂野鬼，但我迫切想找到同伴，对任何危险也都不管不顾了。后来我发现了一群塞格拉莫的人在围着篝火歌唱，但他们也不知道自己的指挥官在哪里，我只好骑着马继续东行，不久便看到一群人围在篝火旁载歌载舞。

亚瑟王

跳舞的是黑盾战士，他们迈步踢腿的幅度很高，因为他们几乎是踩在敌人的头颅上跳舞。我本来要从他们身旁骑行而过，但眼睛的余光瞥见了两个穿着白色长袍的人，他们围坐在篝火旁跳舞的人群里面，面目安详。其中一个是梅林。我见状把缰绳绑在一棵刺槐树上，接着穿过跳舞的人群。梅林和他的同伴正一边吃面包、奶酪，一边喝啤酒，梅林第一眼瞟过来的时候，可能还没有看清我。"走开，"他厉声说，"不然我就把你变成一只癞蛤蟆。哦，是你啊，德瓦！"他的声音听起来心事重重，"我是担心好不容易找到东西吃，马上就冒出个人饿着肚子、觍着脸来纠缠我嘛。你是不是饿了？"

"是的，大人。"

他示意我坐在他旁边。"我怀疑这奶酪是撒克逊人做的，"他一脸怀疑地说道，"我找到它的时候，上面满是人血，不过我把它洗干净了。嗯，我都擦了好几道，味道还真不赖。给你吃足够了吧。"的确如此，哪怕十几个人一起吃都足够了。"这位是塔利辛，"他简短地介绍了同伴，"来自波伊斯的吟游诗人。"

我赞许地打量着这位闻名遐迩的吟游诗人，原来不过是一个神情机敏的年轻人。他像德鲁伊一样剃光了脑袋的前半部分，脸上蓄着短小的黑胡子，下巴很长，凹陷的脸颊上长着一个细窄的鼻子。他剃光的额头上绕着一圈薄薄的银环。此刻他正微笑着点头示意。

"久仰大名，德瓦大人。"

"彼此彼此。"我说。

"噢，别！"梅林呻吟道。"如果你们两个执意吹捧彼此，那还不如上别的地方凉快去。德瓦打架一流，"他告诉塔利辛，"是因为他从来都没有真正长大成人，你之所以有名，是因为你碰巧有一副好嗓子。"

"我不但唱歌也能写歌。"塔利辛谦虚地说道。

"哼，只要喝醉了酒，所有人都能创作歌曲。"梅林轻蔑地说完，又挤眉弄眼地打量我。

"你头发上是血吗?"

"是的,大人。"

"你应该心怀感激,没伤到关键部位。"他自己哈哈大笑,然后指着黑盾战士,"你觉得我这帮子保镖怎么样?"

"他们舞跳得很好。"

"他们有充足的理由欢歌跳舞。多么让人荡气回肠的一天啊。"梅林说。"高文难道没有发挥作用吗?傻瓜也能派上用场,结果十分令人满意,特别是像高文这样的大傻瓜!这家伙一点意思都没有!永远幻想要改变世界。为什么年轻人总是自命不凡地以为自己比长辈更了解这个世界?你,塔利辛,可不要重蹈覆辙。塔利辛,"梅林在向我解释,"是来学习我的智慧的。"

"我有很多需要学习。"塔利辛喃喃道。

"说得很对,说得很对。"梅林说。他推了一壶啤酒给我。"你享受这场小小的战斗吗,德瓦?"

"并没有。"说实话,我心里感到莫名的沮丧。"昆格拉斯死了。"我解释道。

"昆格拉斯的事情我听说了,"梅林说,"真是个蠢才!他真应该把类似这种英雄主义留给你这样的傻瓜。不过,我很遗憾他就这么死了。他并不算聪明,不是我说的那种聪明,但他也绝非傻瓜,在当今这个世道,这已经难能可贵了。更何况他待我很不错。"

"待我也十分善良。"塔利辛加了一句。

"看来你得另寻主顾了,"梅林告诉吟游诗人,"可别指望德瓦。他甚至分不清什么是老牛放屁,什么又是天籁之音。生活成功与否的秘诀,"他正向塔利辛传授机宜,"就是要有一对富裕的父母。看看我,光靠收租佃就能舒舒服服地度日,不过现在想起来,我好多年都没有收租了。你有

亚瑟王

没有勤交租金啊，德瓦？"

"我想是想，大人，但我不知道该往哪里交啊。"

"不重要了，"梅林说，"我老了，身子骨越来越弱了。怕是不久于人世了。"

"胡说八道，"我说，"您身子骨硬朗得很。"当然，他看起来很老，但他的眼中充满了想要捉弄人的火花，就连沟壑纵横的脸上也富有活力。他的头发和胡须上都打理着精致的辫子，又用黑色的缎带扎起，袍子除了风干的血迹以外显得很干净。他心情也不错；不过我想，或许不是因为我们取得了胜利，而是因为他享受有塔利辛作伴。

"大获全胜真叫人神清气爽，"他轻蔑地说，"但恐怕用不了多久胜利就会被我们遗忘。亚瑟在哪里？"

"谁都不知道，"我说，"我听说他和图锥克谈了很久，但现在不和他在一起了。我怀疑他找格温薇儿去了。"

梅林冷语嘲讽："这就叫狗改不了吃屎。"

"我开始喜欢她了。"我在为她辩护。

"想你也会。"他轻蔑地说道。"我敢说她现在也兴不起什么风浪了。她能成为你的好主顾，"他告诉塔利辛，"她对诗人有着近乎荒谬的敬意。只是千万不要爬上她的床。"

"这您无需担心，大人。"塔利辛说。

梅林笑了。"我们这个吟游诗人啊，"他告诉我，"是个独身主义者。他是一只去了势的云雀。为了珍惜和保护上苍的礼物，他已经放弃了男人可以拥有的最大乐趣。"

塔利辛注意到我好奇的目光，微笑着解释道。"并非我的声音，德瓦大人，而是预见未来的能力。"

"这才是真正的礼物！"梅林毫不掩饰自己的钦佩之情，"虽然我怀疑这是否值得你独身。但如果要我付出同样的代价，我会毫不犹豫放弃自己的德鲁伊身份！我宁可从事更加卑微的工作，比如做个吟游诗人或者长枪兵。"

"你能预见未来？"我问塔利辛。

"他今天就预见了这场胜利，"梅林说，"他一个月前就知道昆格拉斯必死无疑，不过他机关算尽，也没有算到一个撒克逊窝囊废会过来偷走我的奶酪。"他说完从我身边抢回了奶酪。"我猜现在，"他说，"你想让他预测你的未来，德瓦？"

"不，大人。"

"很好，"梅林说，"千万不要提前窥探未来，这才是生存之道。毕竟一切都将以泪水结束，这就是未来的所有意义。"

"但欢乐也能重现。"塔利辛温和地说道。

"哦，亲爱的，不！"梅林喊道，"欢乐又重现了！黎明又来了！树枝又发芽了！乌云又散开了！冰雪又消融了！你还不如那些多愁善感的家伙。"他沉默了。他的保镖已经停止了舞蹈，开始折磨被俘的撒克逊妇女。这些女人都有孩子，他们的哭声扰得梅林大为光火，眉头紧皱。"命运是无情的，"他酸溜溜地说，"一切都将以眼泪告终。"

"妮慕跟您在一起吗？"我问他，可塔利辛向我使了个眼色，我顿时意识到不该问起这茬儿。

梅林凝视着火焰。火舌向他吐出一块灰烬，他也向火里吐了口唾沫，驱散晦气。"别跟我提妮慕。"吐完口水以后，他悻悻说道，连刚才的好心情也消失不见了，我顿时无比尴尬。他摸了摸他的黑色手杖，然后叹了口气。"她很生我的气。"他解释道。

"为什么呢，大人？"

"因为一切没有按照她的设想进行下去。换做任何人都难免要生气的。"在他吐完唾沫以后，他又往火里加了根木柴，此刻木头在火焰中噼啪暴裂，他赶忙从长袍上掸去火星。"落叶松，"他说，"刚砍下的落叶松

亚瑟王

不喜欢就这么被白白烧掉。"他凝视着我陷入沉思。"妮慕不同意我利用高文加入这场战斗。她认为这是一种浪费。我想她或许说得对。"

"可他带来了胜利,大人。"我说。

他闭上眼睛,似乎又叹了口气,仿佛在暗示我是个不可救药的傻瓜。"我这一辈子,"他过了一会儿又说道,"只为一件事。一件简简单单的事。我想恢复众神的荣光。难道这很难理解吗?但要做好任何一件事,德瓦,都需要你花一辈子的时间。哦,对你这样的傻瓜来说没关系,让你一天当地方执政官,另一天当长枪兵你也心满意足。但是等一切终归虚无以后,你又取得了什么成就呢?没有!为了改变这个世界,德瓦,你必须从一而终。亚瑟很接近这个标准,我能这么替他说话。他想让不列颠人免受撒克逊人的侵害,可能在一段时间以内,他已经达成了这个目标,但撒克逊人仍然存在,而且极有可能卷土重来。或许我这一生再不会看到战火重燃,或许你也不会,但你的子孙后代可就难说了。"

"众神自有安排,天道轮回。"我说。

"天道轮回,"他同意我的观点,"那是我一生的事业。"他说完低头看着黑色的德鲁伊手杖发呆,塔利辛正襟危坐,眼睛盯着他不放。"小时候我做过一个梦,"梅林非常温柔地说道,"梦见自己去了卡尔·英利山①曲径通幽的洞穴,还梦见我长了双翅膀,高飞翱翔,俯瞰不列颠诸岛,壮阔异常,真是美不胜收,绿意盎然。四周环绕着盛大的薄雾,我们的敌人不得靠近半步。一片受上天祝福的岛屿,德瓦,众神的岛屿,这世上只有这个地方配得上众神之名,自从做了这个梦以后,德瓦,它变成了我毕生的追求。我要带回这个受赐福的岛屿。迎接众神回归。"

"但是……"我试图打断。

"别犯傻了!"他大声喝阻,塔利辛为止一笑。"好好想想!"梅林呵斥

---

① 位于威尔士普瑞斯里群山之间。——译者注

我,"这是我一生的事业,德瓦!"

"麦敦。"我轻声说道。

他点点头,良久无言。人们在远处唱歌,到处都是篝火的火光游弋。受伤的人在黑暗中顾自哀号,狗和食腐动物在死人和垂死人之间游荡觅食。黎明之后,这支醉醺醺的军队准会被眼前的战后惨景惊醒,但现在他们只顾纵情享用缴获的啤酒,高歌不休。"在麦敦,"梅林打破沉默,"我一度很接近内心梦想。很接近,很接近。但我就是心太软了,德瓦,太软弱了。我太爱亚瑟了。为什么?他并不诙谐,说出来的话可能跟高文一样乏味无聊,他对美德有着近乎荒谬的热忱,但我就是爱他。你也一样。我知道,这算是我的弱点。我可以对顺从我的人予取予夺,但我真正喜欢的是诚实之人。你瞧,我很佩服这种看似简单的品质下所爆发出来的伟大力量,在麦敦,我让这种情感倾向削弱了决心。"

"格温德瑞。"我说。

他点了点头。"我们应该献祭了他,但我知道自己办不到。不能是亚瑟的儿子。这是我致命的弱点。"

"这不算。"

"别傻了!"他语带疲惫,"格温德瑞的性命对神来说算得了什么?比起重塑不列颠的愿景呢?简直不值一提!但我不能这样做。哦,我有自己的理由。卡勒庭的卷轴里说得很清楚,必须牺牲'领地之王的儿子',亚瑟不是王,但说到底这也只是狡辩之辞。格温德瑞必须死在仪式上,但我还是于心不忍。献祭高文可就简单多了,我还巴不得,省得听那傻呆瓜唠叨个没完,但格温德瑞不行,所以仪式功亏一篑。"他说完悲戚地哼了一声,苦心愁肠溢于言表。"我失败了。"他苦涩地补充道。

"妮慕不肯原谅您?"我犹豫着问道。

"原谅?她根本就不明白这个词的含义!不懂得宽恕就是妮慕的弱点!她琢磨着要另办仪式,她可不肯接受失败,德瓦。哪怕那意味着杀死每个

亚瑟王

不列颠母亲的儿子,她都会照做无误。哪怕把他们全部放入锅中,搅拌均匀!"他似笑非笑,耸了耸肩,"但是现在,当然,我有意从中作梗。我真是个多愁善感的老傻瓜,千方百计也要帮亚瑟渡过难关。为此我不惜动用高文,我想现在她大概恨死我了吧。"

"为什么?"

他抬起眼睛,仰望烟雾缭绕的天空,仿佛在祈求众神赐予我一星半点的智慧。"在你看来,你这个傻瓜,"他问道,"哪有唾手可得的王子尸体?何况还是个童男王子?我花了好几年时间才说动那个傻瓜,让他为自己的牺牲做好准备!看看我如今做了什么?我就这么把高文放弃了!全为了助亚瑟一臂之力。"

"但我们赢了!"

"别犯傻了。"他瞪着我,"你们赢了?看看你们盾牌上是什么东西?"

我转身看着盾牌。"十字。"

梅林揉了揉眼睛。"德瓦,这是众神之间的纷争,但今天我却把胜利献给了耶和华。"

"谁?"

"就是基督教上帝的名字。到目前为止,我可以确定他只不过是来自遥远国度的某个神阶不高的火神而已,如今却打算篡夺诸神的尊贵地位,就像一个雄心勃勃的小蟾蜍,可他倒真赢了,是我今天亲手将这场胜利拱手相让的。你觉得人们会怎么铭记这场战斗?"

"亚瑟的胜利。"我语气坚定。

"一百年以后,德瓦,"梅林说,"人们才不会记得是胜还是败。"

我停顿了一下。"昆格拉斯战死沙场?"我嘴里又说道。

"谁在乎昆格拉斯?充其量又一个被遗忘的国王。"

"阿尔身死?"我又建议。

"还不如一只垂死的狗惹人注目。"

"那是什么?"

我的执迷不悟让他直做鬼脸。"德瓦,他们只会记得你们盾牌上的十字架。就在今天,你这个傻瓜,我们把不列颠拱手交给了基督徒,我就是那个亲手献给他们胜利果实的人。我成全了亚瑟的抱负,但是德瓦,这里面的代价全由我一人承担。你现在明白了么?"

"明白了,大人。"

"所以我算是给妮慕下了绊子,她的任务也更加艰难了。但她还是会绞尽脑汁的,德瓦,她恨我。而且她可并不软弱。妮慕内心刚烈,刚烈得致命。"

我嘴角含笑。"她可别想打格温德瑞的主意,"我自信满满,"因为亚瑟和我都不会迁就她,她拿不到埃克斯卡利伯,就这样她还怎么赢?"

他盯着我不放。"白痴,你以为你和亚瑟能经得住妮慕的考验?她是一个女人,女人想要什么就能得到什么,只管在这现世豪取横夺,哪管身后洪水滔天。她会先攻破我这一关,接着把目光转向你。我难道说错了半个字,我年轻的先知啊?"他问塔利辛,但吟游诗人闭上了眼睛并不作答。梅林耸了耸肩。"我会把高文的骨灰带给她,给她些力所能及的帮助,"他说,"因为我答应过她。但一切终将以泪水结束,德瓦,将以泪水结束。瞧我弄得一团糟,真叫个剪不断理还乱。"他把斗篷扯过肩头。"我现在要睡觉了。"他自顾宣告。

篝火之外,黑盾战士在强奸他们的俘虏,而我则望着火光出了神。虽然我帮助亚瑟赢得了一场伟大的胜利,心中的悲伤却无以言表。

那天晚上我没有见着亚瑟,只在黎明前的半抹光亮中与他短暂相遇。他恢复了以往的活力,英姿飒爽地向我打招呼,还用胳膊搂着我的肩膀。"我想要感谢你,"他说,"最近几周,我一直在关注格温薇儿。"他全副戎装,正匆忙吃着一根发霉的面包,权当早餐。

亚瑟王

"别的暂且不论,"我说,"格温薇儿对我有恩。"

"你说的是那几辆牛车!我真希望能亲眼看见!"看到他的仆人海崴德领着勒姆芮走出阴影时,他扔下了面包。"今晚再来找你,德瓦,"亚瑟说完,又让海崴德扶他上了马鞍,"或许明天也说不定。"

"您去哪儿,大人?"

"当然是追击策尔迪克了。"他在勒姆芮的背上坐稳,收紧缰绳,再从海崴德手中接过盾牌和长枪。他踢了一脚,开始加入到他的骑兵队列,一行人在雾中化为阴影。莫德雷德也和亚瑟一起骑行,不再受人保卫,他凭自己的本事得到了众人接纳,派上了用场。我看着他勒住马,又想起在林第尼斯找到的撒克逊金币。莫德雷德究竟有没有背叛我们?哪怕有,我也无法证明,战斗的结果否定了他的背叛,但是对这个国王,我心里仍不自觉涌起一股仇恨。他瞥见了我恶毒的目光,掉转马头走开了。亚瑟呼喊着他的人马,我听见他们的马蹄声越奔越远。

我用长枪的底托催促我的人醒来,命令他们去找撒克逊俘虏过来挖掘坟墓,干完以后再多建几处火葬场。只怕我自己也免不了要干这些苦活,只是眼看要到正午的时候,塞格拉莫派来了使节,请我带一队长枪兵前往萨丽丝泉解决麻烦。骚乱始于图锥克的长枪兵放出谣言,他们风传策尔迪克的财宝被发现了,亚瑟却有意私吞。亚瑟失踪倒成了他们的口实,作为报复,他们叫嚣要将城镇中央的神殿夷为平地,因为那里曾是异教徒的神庙。为了平息骚乱,我宣称确实发现了两箱金币,只是此刻正严加看管,等亚瑟回来再与众人分享。我们听从了图锥克的建议,派了他手下六十名士兵协助守卫金币箱子,仍然留在策尔迪克的营地残骸之中。

格温特的基督徒刚回复平静不久,波伊斯的长枪兵又挑起事来,他们指责伊仑之子欧依戈斯支援来迟,不然昆格拉斯不至于横尸战场。波伊斯和德米缇亚之间的敌意由来已久,伊仑之子欧依戈斯平素就喜欢掳掠他们富裕邻居的收成;事实上,波伊斯在德米缇亚被唤作"咱的粮仓",不过今天是波伊斯的人反咬一口，指责黑盾战士若不是姗姗来迟，昆格拉斯就不会死。爱尔兰人从来都不是畏战怕死之辈，图锥克这边刚消停，庭外又生枝节，波伊斯人和黑盾战士甚至爆发了小型流血冲突。塞格拉莫儆杀了两边的挑事者，暂且压下了双方的气焰，但过不多时，两方又生间隙。当得知图锥克派了一支部队占据拉克托杜若姆时，各方反目成仇的态势愈演愈烈，这个拉克托杜若姆是一处不列颠人已经失守了近一个世代的北方堡垒，然而群龙无首的波伊斯人坚称堡垒在自己的领土之内，不归格温特管辖，一群波伊斯长枪兵不愿甘居图锥克之后，也风风火火地上路追讨去了。可谁承想，和拉克托杜若姆八竿子打不着的黑盾战士却坚决支持格温特人，就因为他们知道这样能够激怒波伊斯人，于是一场斗殴再度爆发。他们为一个小城争吵不休，甚至不惜大打出手，也不管大多数参战人员从来都没有听说过那个地方，而且城镇或许依然还攥在撒克逊人手里。

我们德莫尼亚想方设法不介入，所以派遣长枪兵驻守街道，将战斗限制在小酒馆里，但是当阿尔甘特和一些仆人从格兰温过来以后，我们又被迫卷入争议的漩涡。格温薇儿在密涅瓦神庙后面的主教宫殿住下。主教宫殿并不是萨丽丝泉中最大和最舒适的住处，这两项殊荣都归执政官希尔戴德的宫殿所有，但兰斯洛特在萨丽丝泉作威作福的时候，住的就是希尔戴德的房子，所以格温薇儿有意避而不用。哪里晓得阿尔甘特执意要住进主教的房子，因为它在神圣的围场之内，于是就有一伙蛮横不讲理的黑盾战士前去驱逐格温薇儿，结果碰上了我手下自发要保护格温薇儿的士兵。冲突导致两人死亡，后来格温薇儿宣称她不介意住处贵贱，搬到了和大浴场建在一起的牧师议事厅。阿尔甘特在那次冲突中占了上风却不罢休，紧接着又奚落格温薇儿的新住处"恰如其分"，因为她说，这个牧师议事厅曾经是一处妓院，阿尔甘特的德鲁伊费格尔还领了一群黑盾战士来到浴室，自娱自乐地高声询问妓院价位，吆喝着要让格温薇儿展示玉体。另一支黑盾战士占领了这座神庙，并将图锥克放置在祭坛上方的十字架扔了出去，

亚瑟王

格温特的几个红袍长枪兵聚在一起,想要一路闯进神庙,重新立起他们的十字架。

塞格拉莫和我领着长枪兵来到神圣的围场,如果任事态发展,那么到傍晚时候,这里将在所难免地兴起血雨腥风。我的人把守住殿门,塞格拉莫负责护卫格温薇儿,但我们两个人的人手加起来也抵不过醉酒的德米缇亚和格温特兵丁,而波伊斯人幸灾乐祸地想要惹恼黑盾战士,不嫌事大地声援格温薇儿。我穿过了吵闹的人群,鞭笞了闹得最凶的捣蛋鬼,但我担心随着太阳西沉,暴力事件有失去控制之势,最后还是塞格拉莫在傍晚时恢复了暂时的和平。他爬到浴场屋顶,在两个雕像之间站定,大吼着号召大家安静下来。他光着膀子,与身旁白色的大理石战士雕像形成鲜明对比,他的黑色皮肤也更加引人注目。"如果你们中任何一人仍心存不满,"他用自己口音奇怪的不列颠语宣布,"那就首先和我较量一番。男人对男人!用剑或用矛,任你来挑。"他拔出长长的弯剑,双目瞪着下面那群愤怒的男人。

"杀了那个妓女!"从黑盾战士中传来一个喊叫。

"你对妓女有意见?"塞格拉莫喊道,"那你又是个什么样的战士?处子吗?如果你自恃天真无邪,那就过来这里,看我不亲手阉了你。"这话一出,下面顿时笑作一团,迫在眉睫的危机也暂时告一段落。

阿尔甘特在她的宫殿里生闷气。她自称德莫尼亚的王后,吩咐塞格拉莫和我向她提供德莫尼亚的卫兵保护,但看到她的父亲已经派了那么多黑盾战士保护她,我们也就没有服从。相反,我们脱光衣服,泡在罗马浴场的温泉里头,有气无力地躺着不动。温泉池子非常安静。蒸汽通过屋顶破碎的瓷砖散发出去。"有人告诉我,"塞格拉莫说,"这里是不列颠最大的室内建筑。"

我看了一眼巨大的屋顶。"或许吧。"

"不过在我还是个孩子的时候,"塞格拉莫说,"我曾经在一座比这更大的房子里给人当奴隶。"

"在努米底亚?"

他点了点头。"虽然我来自更加遥远的南方,但我在很小的时候就已被变卖为奴,连自己的父母都不记得了。"

"那你是什么时候离开努米底亚的?"我问。

"在我第一次揭竿而起杀人以后。那人是个管家。当时我十岁?或者十一岁?总之我逃跑了,加入了一支罗马军队,混了个投石兵的差事。现在我都能够在五十步内用石头命中敌人的眉心。然后我学会了骑马。我在意大利、色雷斯和埃及战斗过,然后加入法兰克人的雇佣军。再后来亚瑟把我俘虏了。"他很少敞开心扉与人深谈。事实上,沉默是塞格拉莫的武器,同他雄鹰般的面孔以及令人闻之色变的名声一样威力十足,但在私下里,他有一个温柔而富于思想的灵魂。"我们站在谁的一边?"他的问题让我不明所以。

"你什么意思?"

"格温薇儿?阿尔甘特?"

我耸耸肩。"不如你来告诉我。"

他低下头,然后抬起,接着又擦了擦眼睛。"我想是格温薇儿,"他说,"如果谣言属实。"

"什么谣言?"

"她昨晚和亚瑟在一起,"他说,"不过照着亚瑟的性子,他们一整晚都只有聊天叙旧。他要唠叨起来,舌头都能折弯利剑。"

"换成你可就不会了。"

"是不会,"他笑着说,然后等他抬头看我时,他笑得更欢了,"我听说,德瓦,你攻破了一道盾墙?"

"很薄的一道而已,"我说,"里头都是些愣头青。"

"我攻破过非常厚的一道盾墙,"他笑着说,"非常之厚,里面全是经

亚瑟王

验丰富的战士。"我听了报复式地把他按在水里，然后赶在他想回头溺死我之前，扑腾着热水游走了。浴室里很阴沉，火炬并没有点燃，当天最后一缕阳光无法透过屋顶的孔洞。蒸汽让大半个房间模糊不清，虽然我知道还有其他人享用巨大的浴池，但就是一个人也看不清楚。恰在此时，当我游过大半个池子的时候，我看到一个身穿白色长袍的身影正弯腰和一个坐在台阶上的男人交谈。我认出了弯腰男子剃光的前额和两侧的发簇，接着又听清楚了他嘴里的话。"相信我，"他以一种故作安详的热切口吻说道，"您尽管交给我，国王陛下。"说完他抬起头，正好看见了我。此人正是主教桑森，亚瑟兑现了和图锥克的承诺，桑森重获自由并恢复了往昔一切荣誉。他看到我的时候，似乎很惊讶，但笑得格外开心。"德瓦大人，"他边说边小心翼翼地拾级而下，"我们的英雄！"

"德瓦！"池边那个男人也呼唤道，我定眼一看，原来是伊仑之子欧依戈斯，他正迎过来想要熊抱我。"我还是第一次拥抱浑身赤条的男人呢，"黑盾战士之王说道，"我还不太适应这里。这是我第一次泡温泉。你觉得我会被它害死吗？"

"不会。"我说完瞟了桑森一眼，"倒是旁边这个人来路蹊跷，国王陛下。"

"狼身上也生跳蚤，德瓦，狼身上也生跳蚤。"欧依戈斯嘟哝道。

"那么，"我问桑森，"我的国王陛下有什么事情要交代给你呢？"

桑森没有回答，欧依戈斯本人也流露出不自然的困窘。"神庙，"他终于说出答案。"好心的主教说他可以略作安排，让我的人暂时住在这里。你说是不是，主教？"

"确实如此，国王陛下。"桑森说。

"你们都是糟糕的骗子，"我话音刚落，欧依戈斯大笑。桑森不怀好意地向我使了个眼色，然后脚踩石阶，头也不回地走了。他重获自由才数小时光景，现在却已然在密谋筹划什么了。

"国王陛下,他到底是怎么和您说的?"我仍想从欧依戈斯嘴里套出信息,我心里其实挺欣赏他的。他是一个生性简单、孔武强壮的男人,性子虽然粗犷了点,但却是一个非常好的朋友。

"你觉得呢?"

"他在打您女儿的主意。"我猜道。

"标致的小美人,对不对?"欧依戈斯说,"就是太瘦了,但内心如狼一般。这真是一个奇怪的世界,德瓦。我养的儿子个个像老牛一样沉闷,女儿却像恶狼一样犀利。"他停下来同跟随我游过来的塞格拉莫打招呼。"阿尔甘特今后的日子将会如何?"欧依戈斯问我。

"我不知道,国王陛下。"

"亚瑟已经迎娶了她,难道不是?"

"这个恐怕连我也说不清。"我说。

他目光锐利地看了我一眼,体会到了我的意思,然后笑了笑。"她说他们已经完婚了,但后来又闪烁其词。我不确定亚瑟是否真想和她结婚,但我不能逼他。你知道,当时只有不到一个月的时间考虑。"他停顿了一下。"这么跟你说吧,德瓦,"他接着说,"亚瑟可不能把她送回去!不然就是存心羞辱,而且,我也不想让她回来了。就算没有她,我还有一大帮子女儿需要料理。很多时候我甚至都不知道她们当中哪些是我亲生的,哪些不是。你想找一个妻子吗?来德米缇亚,随便你自己挑,但我警告你,她们都和她一个样,容貌倾国倾城,但是齿尖牙利。亚瑟究竟打算怎么做?"

"桑森是怎么提议的?"我问。

欧依戈斯装作没听见,但我知道他总会告诉我们,因为他不是个守口如瓶的人。"他只是提醒我,"他最后承认,"阿尔甘特曾被许配给莫德雷德。"

"真的吗?"塞格拉莫一脸惊讶地问道。

亚瑟王

"是有人提过，"我说，"很久以前了。"其实正是欧依戈斯本人提过这门婚事，当时他迫切希望能够巩固与德莫尼亚的联盟，这是他同波伊斯争风吃醋的可靠保障。

"如果亚瑟没有与她完婚，"欧依戈斯继续说道，"那么莫德雷德也不失为一种安慰，难道不是吗？"

"的确如此。"塞格拉莫酸溜溜地回答。

"她将成为王后。"欧依戈斯说。

"是的。"我同意道。

"所以这也不是一个坏主意。"欧依戈斯说的轻描淡写，但我怀疑他在心里早就翘首以盼了。与莫德雷德的婚姻将弥补德米缇亚受挫的骄傲，但也会使得德莫尼亚有义务保护王后的故国家乡。对我自己而言，桑森的提议简直是我这辈子听到过最坏的点子，因为我几乎可以预见，莫德雷德和阿尔甘特的组合会滋生出怎样的恶果，但我选择保持沉默。"你知道这澡堂子还缺了什么吗？"欧依戈斯问道。

"请告诉我，国王陛下。"

"女人。"他笑了，"所以你的女人在哪儿呢，德瓦？"

"在哀悼。"我说。

"哦，为了昆格拉斯，这是自然的了！"黑盾战士的国王耸了耸肩，"他从来不喜欢我，我却很喜欢他。他是一个信守承诺的人，着实罕见得很！"欧依戈斯笑了，因为他自己正是那种一拍脑门就满口承诺，可惜从来不思遵守的人。"但不管怎么说，我为他的死感到遗憾。他的儿子还只是个男孩而已，尚且离不开他的母亲。她和她那些可怕的姨妈会一起统治一段时间。三个女巫一台戏！"他又笑了，"我似乎看到我们可以从这三位女士身上夺回几片土地。"他慢慢地把脸沉入池子里。"我想把虱子往水面上赶。"他解释完，顺手捏住一只灰色的小虱子。为了躲避漫上的热水，这些小虫子正顺着他乱糟糟的胡须往上爬。

一整天我都没有见着梅林，晚上加拉哈特告诉我，伟大的德鲁伊已经离开了山谷，向北走了。我是在昆格拉斯的遗体篝火旁见到加拉哈特的。"我知道昆格拉斯不喜欢基督徒，"加拉哈特向我解释，"但我觉得他不会反对基督徒祷告的。"我邀请他在我的人中间睡一宿，他和我一起走到营地。"梅林确实给我留了个口信，"加拉哈特告诉我，"他说你会在枯树林里找到你在寻找的东西。"

"我有什么东西可找呢？"我问。

"那不妨去枯树林看看，"加拉哈特说，"兴许能找到你意想不到的东西。"

那天晚上我什么也没有去找，而是在战场上披着斗篷同我的人一起睡着了。第二天，我很早就醒来了，头疼欲裂，关节酸痛。晴朗的天气已经不复，从西边散落起淅淅沥沥的雨幕。雨水威胁着焚尸的篝火，我们大家又开始采集木材填喂火焰，这反倒让我想起了梅林的古怪口信，但我根本看不到什么枯树林。我们用撒克逊战斧砍伐橡树、榆树和山毛榉，只保留神圣的白蜡树，所有树木都足够健康。我问伊撒哪有什么枯树林，他也直摇头，但伊切林却说他在河边见到了些枯木。

"带我去看看。"

伊切林领着我们一大帮子人下到河岸，河水急流向西，从柳树半裸露的树根望去，我们的确瞧见了不少枯树。枯萎的树下满是由河流冲刷而下的各种杂屑，里面全是一文不值的东西。"如果梅林说这里藏了什么东西，"加拉哈特说，"那么我们最好仔细找找。"

"或许他说的不是这处枯树林。"我说。

"我看都差不多。"伊撒说完，为了防止打湿，他索性脱下了剑鞘，然后腾空一跃，跳入乱糟糟的枯树林。他用一根树枝往河水里试了试。"给我一把长枪！"他喊道。

加拉哈特递过一支长枪，伊撒用它往树枝间戳来戳去。有一处地方上

亚瑟王

面覆盖着磨损并涂有焦油的渔网,上面一层满是厚厚的枯叶,活生生形成一个类似帐篷的物体,伊撒用尽全身力量才把这乱糟糟的一团挑到一边,谁知这一下歪打正着,倒破除了一处掩护。原来有个人一直躲在网下,很不舒服地坐在一根一半浸没在水里的树干上,现在,他就像一只被猎犬追咬的水獭,挣扎着躲过伊撒的长枪,试图往上游逃跑。但枯枝绊倒了他,盔甲的重量也减缓了他的速度,我的人轻而易举就追了上去。要不是这家伙身着盔甲,他兴许会跳入水中,向对岸游泳,但他现在除了投降,别无选择了。想必此人花了一天两晚的时间才来到河边,后来又发现了这处藏身地方,自以为可以一直躲在这里,直到我们全部离开战场再做打算,可现在还是被抓住了。此人不是别人,正是兰斯洛特。我还是因为他那黑色长发才第一眼认出他来,他还是那么爱慕虚荣,在泥巴和枝条下面,我看到了他那身臭名昭著的白色亮漆盔甲。他一脸惊惧,目光从我们身上扫向河边,好像在考虑要不要一头扎进水里,然后他回头看了看同父异母的兄弟,仿佛见到了救命稻草。"加拉哈特!"他呼唤道,"加拉哈特!"

加拉哈特与我对视一会儿,接着做了个十字架的手势,转身走开了。

"加拉哈特!"看着自己兄弟的身影消失在河岸边畔,兰斯洛特又喊了一声。加拉哈特却头也不回,脚步不歇。

"把他带上来。"我命令道。伊撒用矛刺向兰斯洛特,那家伙吓破了胆,手忙脚乱地攀上了河岸边生长的荨麻。他仍然带着剑,但刀刃想必已经因为浸水而生锈了。等他爬了上来,我赶过来同他对峙。"国王陛下,你愿意同我在此地决斗吗?"我问完就拔出了海威贝恩。

"放我走吧,德瓦!我保证,我会送你大笔大笔钱!"他喋喋不休地向我承诺要送给我一大笔金子,数量远超我的想象,但他就是不肯拔剑,直到我用海威贝恩的剑尖猛戳着他的胸口,他这才知道自己必死无疑。于是他先向我吐唾沫,接着后退一步,拔出佩剑。这把剑曾经被称为坦纳维尔,字面意思是"光明屠刃",但当桑森为兰斯洛特施洗以后,这把剑又被重新命名为"基督之刃"。虽然"基督之刃"已经生锈，却仍然不失为一件令人生畏的武器，不过更加令我惊讶的是，兰斯洛特是个擅长使剑的好手。我一直拿他当懦夫看待，但那天他战斗得很勇敢。他困兽犹斗，在绝望中发起一系列让我目不暇接的快攻，可他毕竟累了，身子又湿又冷，很快便不堪重负，所以在招架了第一轮攻势之后，我就已经能够决定他的生死了。他因绝望而更加歇斯底里，攻势也更加狂暴，但是我躲过了其中一记，顺势握住海威贝恩蹲下来并结束了战斗，海威贝恩的剑刃由于兰斯洛特自己的冲力而从手腕一直划到肘部，割裂了他的血管。鲜血流淌出来，他惊声大叫，手里的剑也无力滑落，他只能惊恐地等待最后的致命一击。

我扯了一把草清理了海威贝恩的剑刃，用斗篷擦干，接着又收进剑鞘。"我不想用这把剑夺走你的灵魂。"我告诉兰斯洛特，他刚刚面露感激，就让我接下来说的话给打破了幻想。"你的人杀了我的孩子，"我告诉他，"你还派人想把夏汶掳到你的床上奸淫。难道你认为我会原谅你吗？"

"那不是我的命令，"他拼命辩白，"相信我！"

我往他脸上吐了口唾沫。"不如让我把你交给亚瑟，国王陛下？"

"别，德瓦，拜托！"他拱手求饶，声音颤抖，"求你了！"

"让他像女人一样死去。"伊撒催促我，他的意思是让我们扒光他的衣服，挥刀阉了他，叫他双腿间失血而死。

我很想这么干，但我又于心不忍。复仇的确让人痛快，想当初，我让害死戴安的凶手落得个惨死，良心没有丝毫痛苦，因为我出了口恶气，但我面对眼前这个浑身颤抖、希望破灭的人，却又不忍折磨。他浑身颤抖得厉害，连我都不免心生怜悯，内心争斗，不知到底该不该让他苟活下去。我当然知道他死有余辜，因为他是一个叛徒和懦夫，但他恐惧殊甚的样子，又让我打心底里为他难过。他一直是我的敌人，一直不把我放在眼里，但当他在我面前跪下，泪眼汪汪的时候，我真想从轻发落，不论宽恕他还是处死他都能让我感觉宽慰。有那么一阵,我想看他对我感恩戴德的样子,可后来又想起了我女儿垂死的脸,不禁怒从心来,气得我浑身震颤。亚瑟向来以宽恕敌人而闻名,但眼前这人恰恰是我永远都无法原谅的敌人。

"女人的死法。"伊撒又建议道。

"不,"还没等我说完,兰斯洛特就带着新的希望抬头看我,"就把他当普通的重罪犯绞死吧。"我说。

兰斯洛特鬼哭狼嚎,我却铁了心。"绞死他。"我再次发令,大家准备执行。我们找了一条马毛绳,将它绑在一棵橡树的树枝上,然后把他吊了起来。他一边腾空扑腿,一边双手挥舞,一直折腾到加拉哈特回来,狠心拽了一下他同父异母兄弟的脚踝,亲手结束了他窒息的痛苦。

我们将兰斯洛特的尸体剥了个精光。我把他的剑和精致盔甲扔进河里,还烧了他的衣服,然后用一把硕大的撒克逊战斧肢解了他的尸体。我们没有烧他,而是把他扔进河里喂鱼,让他黑心的灵魂不要在彼世当中继续发臭。我们将他从这个世上彻底抹去,只留下他的亮漆剑带,送给亚瑟当礼物。中午我遇见了亚瑟。他追击策尔迪克回来以后,和他的人骑着疲惫的战马进入山谷。"我们没有赶上策尔迪克,"他告诉我,"不过也抓了好几个落队的。"他拍了拍勒姆芮汗白的脖子。"策尔迪克还活着,德瓦,"他说,"但他弱不禁风,今后不足为患了。"他笑了笑,马上发现我的心情并不太好。"怎么了?"他关切地问。

"您看这个,大人。"我说着举起价值不菲的亮漆剑带。

有那么一会儿,他以为我在向他展示掠夺之物,然后他辨认出来,这是他自己送给兰斯洛特的礼物。那一瞬间,他闪现出巴顿山大战数月之前的表情。苦闷和痛苦全写在他的脸上,良久才抬头对视我的眼睛。"它的主人呢?"

"死了,大人。耻辱地绞死了。"

"好,"他语气平静,"这件东西,德瓦,你可以扔掉了。"于是我把剑带扔进了河里。

兰斯洛特就这么死了,尽管由他出资编纂的歌曲依然流传于世,时至今日他的名声仍与亚瑟平起平坐——亚瑟是以统治者之名流芳千古,而兰斯洛特则是以战士之名为人熟知——事实上,他只是一个没有领地的国王,一个懦夫,同时也是不列颠最声名狼藉的叛徒,他的灵魂至今仍徘徊于洛依格不见尸首,因为我们将他的尸体大卸八块,扔进河里喂鱼了。如果基督徒所言非虚,如果这世上真有地狱,那么他或许永世都要在那里忍受痛苦折磨。加拉哈特和我跟着亚瑟进了城,我们路过昆格拉斯的焚尸篝火,又经过罗马人的坟墓,那里死了阿尔很多部下。我事先警告过亚瑟,只是等他听说阿尔甘特也在这里时,他脸上并未露出半点沮丧之色。

得知他来到萨丽丝泉的消息,数十名焦虑的请愿者吵着嚷着要见他。这些人有过来邀功耀武的,有过来瓜分金银奴隶的,还有意欲解决撒克逊人入侵之前的纠纷的,亚瑟让他们统统去神庙等候,但等他抵达以后,却又对他们一概无视。相反,他把加拉哈特传唤到神庙前厅,过了一会儿,又派人去找桑森。主教匆匆穿过大院时,德莫尼亚的长枪兵暗地里戳着他的脊梁骨直笑。他与亚瑟交谈良久,之后伊仑之子欧依戈斯和莫德雷德也被叫到了亚瑟的面前。围场里的卫兵都在打赌亚瑟究竟会先去主教的住处找阿尔甘特呢,还是去牧师议事厅探访格温薇儿。

亚瑟不想听我的忠告。相反,在召唤会晤欧依戈斯和莫德雷德以后,他让我转告格温薇儿,就说他已经回来了,于是我穿过院子去了牧师的宿舍,然后在一间房子的上层找到了格温薇儿,她的身边还有塔利辛陪伴。吟游诗人一身纤尘不染的白色长袍,黑色的头发上饰有银色的发带,看到我进来,他起身鞠了一躬。手里还端着一把小竖琴,但我感觉他们二人一直在交谈,而非欣赏音乐。他微笑着从房间里退了出来,顺手将厚厚的门帘拉上。"真是绝顶聪明。"格温薇儿说完便站起来迎接我。她身着奶油色

亚瑟王

长袍，上面饰有蓝色带状下摆，脖子上还戴着我在巴顿山送给她的撒克逊项链，她的红头发在银色头冠周围汇聚如火。她不像我在流年战乱之前所记得的格温薇儿那样优雅，但也和那个纵马驰骋于沙场上的戎装女子相去甚远。我走近的时候，她嫣然一笑。"你还挺干净的嘛，德瓦？"

"夫人，因为我洗了个澡。"

"而你居然还活着！"她巧言取笑我，然后吻了我的脸颊，刚刚吻毕，她又紧紧地搂住我的肩膀。"我欠你太多了。"她呢喃中饱含柔情。

"不，夫人，不。"我脸颊发红，赶忙挣脱开来。

我的困窘反而逗乐了她，随后她坐在窗台旁，俯视庭院。雨水湿透了石头，滴滴答答落在神庙肮脏的外墙上，亚瑟的马就拴在一根固定在石柱上的扣环上。她几乎都不需要我来通告亚瑟已经回来了，她肯定早就看到他了。"他和谁在一起？"她问我。

"加拉哈特、桑森、莫德雷德和欧依戈斯。"

"亚瑟没有传唤你吗？"她又用原来的嘲弄口气问我。

"没有，夫人。"我试图隐藏自己内心的失望。

"我敢肯定他并没有忘记你。"

"希望如此，夫人。"我这里说完，又犹豫片刻，接着一口气告诉她，兰斯洛特已经死了。至于是怎么死的我并没有详细说明，只告诉她，他翘辫子了。

"塔利辛已经告诉我了。"她低头看自己的手。

"他是怎么知道的？"我问道。兰斯洛特尸骨未寒，塔利辛当时也并不在场。

"他昨晚梦见了。"格温薇儿说，然后突然做了一个手势，示意这个话题到此为止。"那么他们在那里讨论些什么呢？"她问道，余光瞥了一眼神庙，"那个俏新娘的事？"

"我想是的，夫人。"我告诉她桑森主教对伊仑之子欧依戈斯的建议：

阿尔甘特应该和莫德雷德成婚。"这还是我听过的最糟糕的主意。"我忿忿不平地抗议。

"你真的这么想吗？"

"这真是个荒谬的想法。"我说。

"这不是桑森的主意，"格温薇儿笑着回答，"而是我的。"

我盯着她，惊讶得几乎说不出话。"您的，夫人？"我终于问道。

"不要告诉任何人这是我的主意，"她警告我，"如果让阿尔甘特知道是我的主意，那她根本连考虑都不会考虑了。她宁可下嫁给猪倌，也不会正眼对待我的建议，所以我就派人去找小桑森，请求他告诉我有关阿尔甘特和莫德雷德的谣言是否属实，还说自己是多么厌恶撮合他们二人的想法，当然，我越这么做，桑森就越是来劲儿，样子假装无动于衷而已。为此我不惜洒下几滴眼泪，请求他永远不要告诉阿尔甘特我有多么厌恶这个想法。可到了那会儿，德瓦，他们估计已经生米煮成熟饭了。"她得意洋洋地笑了笑。

"可这是为什么？"我问，"莫德雷德和阿尔甘特？他们在一起只会层出不穷地捅娄子！"

"无论他们结婚与否，他们是少不了要捅娄子的。如果莫德雷德想要子嗣，德瓦，他就必须婚娶，而且必须要与王室联姻。"她停下来，指了指胸前的项链，"我承认，我宁可他没有子嗣，如果真是那样，在他去世以后，国王宝座就会空缺。"她故意欲言又止，我向她投去好奇的表情，而她则摆出一副天真无邪的样子作为回应。她是不是想说，如果莫德雷德没有留下继承人，那么亚瑟就能名正言顺地夺取王位？但亚瑟自己从未有过僭越之念。我这才顿悟，如果莫德雷德真的死了，那么格温薇儿的儿子格温德瑞比任何人都更有资格竞逐王位。格温薇儿一定察觉到我茅塞顿开，脸上洋溢着笑容。"并非我们一直在觊觎王位继承大统，"我还没来得及说些什么，她就继续说道，"因为亚瑟坚持认为，莫德雷德可以按照自

亚瑟王

己的意愿结婚,似乎这个卑鄙的家伙让阿尔甘特迷住了心窍。他们两个倒真是天造地设的一对呢,就像两条在腌臜巢穴里阴森蠕动的毒蛇。"

"但亚瑟这么做无异于让两个敌人联手。"我说。

"不,"格温薇儿说,然后她叹了口气,透过窗户向外望去,"除非我们让他们得偿所愿,并且我让亚瑟得偿所愿。你知道我是什么意思,对吧?"

我略作思索,终于大彻大悟。我现在才明白,在战斗过后的漫漫长夜里,她和亚瑟究竟谈论了些什么,同时也醒悟清楚,亚瑟正在密涅瓦神庙里安排什么。"不!"我大声抗议。

格温薇儿依旧笑容不改。"我也不想,德瓦,但我确实想与亚瑟重归于好。不管他想要什么,我都必须满足他。我欠他一份幸福,不是吗?"她问。

"难不成他要放弃手中的权力?"我问道,她点点头。亚瑟曾经说过,他只想与妻子和家人过一个有田有地的简单生活。他想要一个大厅、一处栅栏、一个铁匠铺和一块田地。他心猿意马地想象自己是一方地主,除了担心鸟儿偷食种子、野鹿采食庄稼以及雨水破坏收成以外,无忧无虑,了无牵挂。这是他多年以来的梦想,如今撒克逊人已经被击退,他看似终于要美梦成真了。

"莫里格也希望亚瑟放弃权力。"格温薇儿说。

"莫里格!"我吐了口唾沫,"我们凭什么要在意莫里格的想法?"

"在同意由他父亲率领格温特大军参战之前,莫里格就已经提出了这个要求。"格温薇儿说,"亚瑟之所以没有在战斗前告诉你,就是因为他知道你会和他争个面红耳赤。"

"为什么莫里格希望亚瑟放弃权力?"

"因为他相信莫德雷德是一个基督徒,"格温薇儿耸耸肩说道,"也因为他希望德莫尼亚经营不善。这样,德瓦,莫里格就有机会趁虚而入,夺取德莫尼亚的王座了。他这是癞蛤蟆想吃天鹅肉。"我用比这更加难听的字眼骂他。格温薇儿笑了。"说得好，"她说，"但他是个不达目的誓不罢休的人，所以亚瑟和我要去瑟卢瑞亚的伊斯卡生活，莫里格会在那里照料我们。我倒不介意住在伊斯卡。总比住在某些腐朽阴冷的大厅里强。在伊斯卡有些许精美的罗马宫殿和上乘的狩猎场地，我们会领一些长枪兵一起去。亚瑟觉得没有必要，但他树敌众多，有必要保留一支军队。"

我在房间里来回踱步。"但是莫德雷德！"我痛苦地抱怨，"难道能信任他重获大权吗？"

"这是我们召集格温特军队所必须付出的代价，"格温薇儿说，"如果阿尔甘特要与莫德雷德喜结连理，那么他势必先夺回自己的权力，否则欧依戈斯绝不可能同意这桩婚事。莫德雷德至少要重新恢复些许权力，再必须实行分权。"

"这等于让亚瑟前功尽弃！"我说。

"亚瑟已经从撒克逊人手里解放了德莫尼亚，"格温薇儿说道，"他不想成为国王。这些你都知道，我也知道。虽然我也不愿如此，德瓦。我一直希望亚瑟能够成为至尊王，并让格温德瑞接替他，但他不想要，也不会为此而战。他告诉我，他只想安宁度日。如果他不能统治德莫尼亚，那么莫德雷德必须担负起这个责任。格温特的步步相逼以及亚瑟对乌瑟的誓言都促成了这一点。"

"那他就是让德莫尼亚陷于不公正和暴政之中！"我抗议。

"不，"格温薇儿说，"因为莫德雷德不会拥有全部的权力。"

我目不转睛看她，她的语气让我猜到自己并没有洞悉一切。"请您说下去。"我小心地说道。

"塞格拉莫会留下来。撒克逊人被击败了，但边界依然存在，没有人比塞格拉莫更精通如何卫戍边疆。剩下来的德莫尼亚军队将向另一个人宣誓效忠。莫德雷德可以统治，因为他是国王，但他没有兵权，没有兵权就相当于没有实权。兵权握在你和塞格拉莫二人手里。"

"不行!"

格温薇儿莞尔一笑。"亚瑟就知道你会这么说,这也是我主动请缨来说服你的原因。"

"夫人!"我开始抗议,但她举起一只手示意我不再出声。

"你要统治德莫尼亚,德瓦。莫德雷德将成为国王,但你拥有兵权,谁有兵权谁就有统治之权。看在亚瑟的分上,请务必接受,因为只有你同意他才能放心离开德莫尼亚。为了他着想,别让他再操劳了,或许,"她顿了顿,"也是看在我的分上?求你了。"

梅林说得对。女人想要什么,她就能得到什么。

于是我就要统治德莫尼亚了。

塔利辛谱写了一曲巴顿山颂歌。他以旧式风格创作，主旋律简洁明了，辅之以戏剧色彩浓郁以及英雄主义泛滥的浮夸之辞。整首歌谣洋洋洒洒，长篇巨制，每一名参与的战士都值得用半行的溢美之词讴歌传颂，而我们这些领兵之主则另有完整的章节详细记述。战斗结束后，塔利辛来到了格温薇儿的住处，作为回报，他明智地对自己的主顾歌功颂德，惟妙惟肖地讲述她运用奇计大破敌军，但省去了她用箭射杀撒克逊巫师的不祥情节。他将她的红发比作浸透了撒克逊人鲜血的大麦麦穗，挺拔傲立于尸横遍野的沙场上，我以前从没听过这样的比喻，感到十分新奇。在谈论老主顾昆格拉斯的战死情形时，他用婉转缓慢的挽歌表示哀悼，故去国王的名字像鼓声一样不断重复，经久不衰。接着来到高文领军冲锋的一幕，他的节奏明显加快，摄人心魄地将当时的情景描述成为我们已故的长枪手灵魂从宝剑之桥重返人间，势如破竹地冲向敌人侧翼。他称赞图锥克，对我也不吝溢美之词，还向塞格拉莫表示敬意，但最让人荡气回肠的莫过于庆贺亚瑟旗开得胜了。在塔利辛的歌曲中，亚瑟所到之处，敌军血染山谷。亚瑟不仅击溃了敌人的国王，之后还席卷残敌，让那敌寇鼠辈躲至洛依格瑟瑟发抖。基督徒十分厌恶塔利辛的歌谣，于是炮制了自己的版本，将领导击败撒克逊人的壮举归功了图锥克。基督徒的歌谣里说道，万能的上帝聆听到了图锥克的祈求，吩咐他恭迎天堂的主人驾临战场，在那里，上帝的天使用焚火圣剑英勇斩杀撒克逊人。他们的歌谣里只字不提亚瑟，所有异教徒都与胜利之荣绝缘，时至今日依然有人面不改色地声称亚瑟当时根本就没有在巴顿山现身。一首基督徒歌谣甚至将阿尔之死归功于莫里格，全然罔顾了莫里格当时隔着巴顿山十万八千里，在格温特的老巢里优哉游

亚瑟王

哉呢。在战斗之后，莫里格恢复了王权，图锥克则重返修道院，受格温特的主教迎奉为圣徒。那年夏天，亚瑟忙得不可开交，根本无心挂念什么歌谣和封圣仪式。在大战结束后的几个星期里，我们收复了洛依格大部分失地，无奈撒克逊人仍然人多势众，收复洛依格全境依然遥遥无期。我们越往东进军，撒克逊人的抵抗就越强大，不过到了秋天，敌人被牢牢按死在只有当初一半大小的领土上动弹不得。策尔迪克甚至破天荒地在那一年向我们进贡，并且承诺要一直供奉十年，但却从未兑现。相反，他悄悄地迎接每一艘从大海彼端驶来的船只，慢慢积蓄力量，韬光养晦。阿尔的王国四分五裂。南方领土又回到了策尔迪克的手中，北方领土则分裂成为三四个小王国，不断受到来自阿尔蒙特、波伊斯和格温特的军队的无情摧残。成千上万的撒克逊人接受了不列颠人的统治，事实上，德莫尼亚新扩张的东方领土全都有撒克逊人定居。亚瑟希望我们能对收复之地实行移民安置，但鲜有不列颠人愿意去往那里，因此撒克逊人留在了原地，辛劳耕种，梦想着有朝一日他们自己的国王能够归来。塞格拉莫成为德莫尼亚新增领土的实际统治者。撒克逊各部族的首领都知道他们的国王是莫德雷德，但是在巴顿山大战过后的早几年间，他们争先恐后朝贡觐见的对象却是塞格拉莫。庞蒂斯古河道的要塞上空也飘扬着塞格拉莫的亮黑大旗，他的士兵则驻扎于此，捍卫和平。

亚瑟率兵收回了失落的土地，许多领土失而复得，撒克逊人也同意了新边界的划定，亚瑟随即离开了德莫尼亚。我们中的一些人仍寄希望他违背对莫里格和图锥克的承诺，可他去意已决。他从来没有觊觎权力。在德莫尼亚国王年方幼小、周围环伺野心勃勃的军阀时，他就主动承担起王国兴废的大任，若不是因为他，恐怕这片土地早已在军阀纷争之中分崩离析了。但是最近这几年里，他比以往任何时候都更加渴望过上简单的生活，等到撒克逊人战败以后，他也就有十足的理由来兑现自己的梦想。我恳求他三思而后行，可他却摇了摇头。"我老了，德瓦。"

"可我的年纪更长,大人。"

"那你也老了,"他笑着回答。"四十多了!想想看有多少人能活四十岁?"

的确寥寥无几。但即便如此,我还是认为,如果亚瑟得到了他想要的东西,那么他依然会留在德莫尼亚,那便是人们的感激之情。他是一个骄傲之人,他知道他为这个国家日夜操劳,但这个国家却总是以不温不火的态度回报他。基督徒首先破坏了他历经千辛万苦铸造的和平大业,在这之后,随着麦敦之火烟消云散,异教徒也背弃了他。他让正义重回德莫尼亚,不仅收复了大片失落的领土,还重新划定了边界。他治国秉持公正,却落得个逆神者的名声。不仅如此,他还答应莫里格要离开德莫尼亚,而这一承诺无疑加深了他对乌瑟的誓言——拥护莫德雷德成为国王。现在他宣称要完全遵守两个承诺。"除非恪守誓言,否则我良心不安,哪怕一天的幸福都感受不到。"他告诉我,语气不容否定。所以,当撒克逊人划定新的边界、策尔迪克第一次朝贡以后,他转身离开了。随他一起走的,还有六十名骑兵和一百名长枪兵,他们一路浩浩荡荡,一同前往瑟卢瑞亚的伊斯卡镇,那地方与德莫尼亚北边的塞文海隔海相望。他最初并不想带长枪兵,但格温薇儿说服了他。她说,亚瑟树敌众多,需要士兵以防万一,此外,他的骑兵是不列颠战斗力最强的战士,她不希望这些人被纳入他人麾下。亚瑟被说服了,事实上我认为他内心早已经做好了打算。他倒是梦想成为一个生活在宁静乡村的地主,除了担心牲畜的健康和庄稼的收成情况以外了无牵挂。但他同时也明白,自在的生活需要自己打拼,而一个没有士兵的领主永远也别想活得自在。

瑟卢瑞亚是一个面积狭小、经济贫穷并且无人问津的凋敝王国。其旧王朝的最后一位国王是在勒格溪谷死去的甘德利亚斯,后来兰斯洛特篡位登基,但他不喜欢瑟卢瑞亚,宁肯对其弃置不顾,而将目光转向更为富裕的贝尔盖人。由于没有国王管辖,瑟卢瑞亚被拆分成为两个傀儡王国,一个为格温特服务,另一个向波伊斯效忠。昆格拉斯自称西瑟卢瑞亚国王,

亚瑟王

而莫里格则以东瑟卢瑞亚国王自居，但事实上，两位君王都不把这片群山耸立、绵延至海的山谷领土放在眼里。昆格拉斯将这里当做兵源地，而格温特的莫里格仅仅只是派遣传教士，唯一对瑟卢瑞亚感兴趣的国王是伊仑之子欧依戈斯，他曾在山谷中掳掠食物和奴隶，但除此之外，瑟卢瑞亚是一片不受眷顾的不毛之地。部族首领相互争斗，心有不甘地向格温特或波伊斯缴纳赋税，但亚瑟的到来改变了这一切。不论他喜欢与否，他成了瑟卢瑞亚声望最高的居民，实际上也自然而然地反客为主，尽管他自称不问世事，可也不惜动用武力结束首领们无休止的争斗。在巴顿山大战一年之后，我们第一次访问伊斯卡的亚瑟和格温薇儿，他自嘲成了罗马人口中的总督，不过他对这个称号颇为满意，因为它并不带有任何王权的内涵。伊斯卡是一个美丽的小镇。罗马人首先在此地建立要塞镇卫河道，但随着罗马军团向西部及北部推进，罗马人渐渐不再热衷于修筑要塞，于是把伊斯卡变成了一个与萨丽丝泉相似的地方：一座供罗马人休闲娱乐的小镇。小镇里有一个圆形剧场，虽然没有温泉，但仍然建有六处浴场、三座宫殿以及罗马众神的神庙。

小城已经破败不堪，不过亚瑟正在修理法院和宫殿，他干起这样的活来总是神采奕奕。最大那间宫殿，曾经兰斯洛特也住过，后来交给了库尔威奇，库尔威奇被任命为亚瑟卫兵的指挥官，大多数卫兵与库尔威奇一同住在宫殿里。规模居次的宫殿现在成了曾经的德莫尼亚主教、如今的伊斯卡主教埃姆里斯的家。"他在德莫尼亚留不住了。"亚瑟一边告诉我，一边向我展示小城风景。那是巴顿山之战一年以后的事情了，夏汶和我第一次拜访乔迁后的亚瑟。"在德莫尼亚，埃姆里斯和桑森一山不容二虎，"亚瑟解释道，"所以埃姆里斯跑这里帮我的忙来了。他天生就好管事，永远都闲不下来，不仅如此，他还能让莫里格的基督徒离我们远远的。"

"真的吗？"

"大多数人都吃他这一套，"他笑着回答，"这真是个好地方，德瓦，"

他双眼凝视着伊斯卡铺砌的街道,"真是一块宝地!"他为自己盖起的新房子感到自豪无比,小城伊斯卡不像周遭乡村淫雨霏霏、连日不开。"我看到山顶上积雪皑皑,"他告诉我,"阳光就照在这苍翠欲滴的草地上。"

"是的,大人。"我笑着附和。

"是真的,德瓦!千真万确!我驾马离开小城时,一定要带一件斗篷,骑马到了一地,热量全部消失,这时必须扯上斗篷。我们明天去打猎你就明白了。"

"听起来像是魔法。"我轻声戏弄他,因为照往常来讲,他对任何有关魔法的言论嗤之以鼻。

"我觉得或许就是这么回事!"他一脸严肃地说完,就领着我走上基督教大教堂旁的小巷,从那儿一直走到小城中心的山丘。然后,我们顺着螺旋小路爬上了山丘顶峰,古人在此挖了个浅坑,里头全是为众神留下的无数小祭品:丝带破布、羊毛杂碎、小徽章,所有这些都证明了莫里格的传教士忙活来忙活去,却怎么也没有完全清除旧教的影响势力。等到我们爬到土墩顶,目光盯着这芳草萋萋的浅坑时,亚瑟告诉我:"如果真有什么魔法,那么这里大概就是源头所在了。当地人说这是彼世的入口。"

"您相信他们?"

"我只知道这是一处幸福的地方。"他愉快而平静地俯瞰夏末的伊斯卡。澎湃的海潮涌动着吞没河口的河水,任其在绿色的河岸回旋打转,阳光映照着白色的建筑围墙,也映照着庭院繁茂的草木,眺望北方,小山丘和作息繁忙的农田顺着群山的方向平静延展。很难相信,仅仅数年以前,这里曾惨遭撒克逊人洗劫,那群人屠杀农民,捕获奴隶,所到之处只留下焦土和成堆尸体。那次袭击发生在乌瑟统治期间,而亚瑟的成就恰恰是将撒克逊人赶到遥远的地方,在那个夏天以及之后数个夏天之内,几乎任何一个自由的撒克逊人都不敢靠近伊斯卡半步。

小城最小的宫殿位于山丘西边,亚瑟和格温薇儿就居住在那里。我们

亚瑟王

从充满神秘力量的土墩高处俯瞰下去，正好可以看到格温薇儿和夏汶正在庭院踱步，很明显格温薇儿一直说个不停。"她正在筹划格温德瑞的婚姻，"亚瑟告诉我，"当然，新娘是莫温娜。"他微笑着补充道。

"她已经准备好了。"我热切地说道。莫温娜是个好姑娘，但最近却经常情绪低落，烦躁不安。夏汶向我保证，莫温娜的行为仅仅只是一个适龄姑娘的恐婚症状，如果能有好心人早早治愈她，我一定会充满感激。

亚瑟坐在山丘的草坪上，眼睛向西眺望。他在宫殿靠近马厩的位置盖了间铁匠铺，我注意到他手上有一些小小的黑色疤痕，那全是拜铁匠铺的烘炉所赐。他一直对锻造冶炼很感兴趣，如果让他打开话匣子，他可以滔滔不绝地说上好几个钟头。不过他现在另有心事。"如果埃姆里斯主教主持这场婚礼的话，"他问道，"你会介意吗？"

"我为什么要介意？"我挺喜欢埃姆里斯的。

"只有埃姆里斯主教，"亚瑟说，"没有德鲁伊在场。你必须明白，德瓦，我住在这里就要顾及莫里格的感受。毕竟，他是这片土地的国王。"

"大人。"我开始抗议，但他举起一只手让我暂且忍住，我也就没有任由性子继续说下去。我就知道年轻的莫里格国王没安好心。他一直对自己的父亲暂时收回王权一事耿耿于怀，又因为没有在巴顿山之战的无上荣誉中分得一杯羹而闷闷不乐，继而对亚瑟心生嫉妒。这个山丘之外不过几码的距离就是莫里格的格温特王国，那里是尤斯卡河上罗马大桥的尽头所在，而这片瑟卢瑞亚的东部地带则是莫里格的另一块合法地界。

"莫里格想让我租住在这里，"亚瑟解释说，"但是图锥克却赋予了我所有皇室税收之权。至少他还挂念着我们在巴顿山所取得的成绩，但我非常怀疑年轻的莫里格是否乐见其成，所以我要借自己对基督教的忠诚来安抚他。"他学着样子做了个十字架的手势，然后看向我，用自嘲般的神情朝我做了个鬼脸。

"你不需要安抚莫里格，"我忿忿不平，"给我一个月的时间，我保证能把那只可怜虫抓来这里,让他跪倒在您的脚下。"

亚瑟笑了起来。"你想再兴战火?"他摇了摇头,"莫里格或许是傻,但他从来不是战争贩子,所以有一说一,我倒挺欣赏他的。只要我不冒犯他,他就不会多管我的闲事。此外,我手头的战事已经够多的了,根本顾不来格温特。"

他说的战事实际不值一提。欧依戈斯的黑盾战士袭扰了瑟卢瑞亚的西部边境,亚瑟为此设下一小队长枪兵驻扎防范。然而他并没有对欧依戈斯动怒,因为他实实在在将其认作朋友,但欧依戈斯无法抵御抢劫他人收成的诱惑,就像没有什么能够阻挡一只狗反复挠抓身上的跳蚤一样。瑟卢瑞亚的北部边界更令人不安,自从昆格拉斯去世以后,波伊斯群龙无首,混乱不堪。昆格拉斯的儿子皮德尔虽名为国王,但少说也有六名强大的部族首领认为自己比皮德尔更有资格继承王位,至少也应握有摄政大权,因此曾经盛极一时的波伊斯王国令人唏嘘地沦为肮脏的杀戮之地。格温内德——波伊斯北部的贫困领地,军阀肆意厮杀,龙争虎斗,今朝刚刚立下的城下之盟,明日便可无情撕毁,相互发难,甚至灭门。每当察觉到自己有被斩尽杀绝的危险时,这些人就会躲进深山卧薪尝胆。皮德尔身边不乏兵士勤王,暂时可保王位无忧,但毕竟捉襟见肘,不足以镇压地方叛乱首领。"我想我们必须介入。"亚瑟告诉我。

"我们,大人?"

"莫里格和我。哦,我知道他厌恶战争,但迟早他在波伊斯的传教士就要被一一害死,我怀疑最终这会成为他派兵援助皮德尔的理由。当然,作为回报,皮德尔要同意接受基督教,但只要能夺回自己的王国,他肯定会同意的。如果莫里格宣布开战,他可能会差遣我上阵厮杀。他情愿借此消耗我的兵马,自己保存实力。"

"还要我们举着基督教的大旗?"我一针见血地问道。

"我看非这样不可,"亚瑟平静地说,"我已经成为他在瑟卢瑞亚的税

亚瑟王

务官,为什么不能成为他在波伊斯的军阀呢?"他对这奇怪的前景付之一笑,自失地看了我一眼。

"格温德瑞和莫温娜以基督徒的仪式成婚还有另一层原因。"他过了一会儿又说道。

"是什么呢?"一看就知道他有难言之隐,我得想办法套出他的话。

"假如莫德雷德和阿尔甘特没有孩子?"他问我。

我一时哑口无言。我在萨丽丝泉与格温薇儿交谈时,对方就提出了一样的可能性,但这似乎有些不切实际。我却依然反应震惊。

"但如果他们没有孩子,"亚瑟追问道,"谁最有权继承德莫尼亚的王权?"

"当然是您。"我坚定地说道。哪怕只是个私生子,亚瑟毕竟是乌瑟的儿子,没有其他的人选。

"不,不,"他说道,"我不想这么做。从来都没有想过!"

我盯着格温薇儿,怀疑是她提出了谁应该在莫德雷德身后继承大统的问题。"难道是格温德瑞?"我问。

"正是格温德瑞。"他肯定道。

"那他自己的想法呢?"我问。

"我想他愿意。他听他母亲的话,而不是我。"

"您不想让格温德瑞成为国王吗?"

"我希望格温德瑞能够成为他自己想要成为的人,"亚瑟说,"如果莫德雷德没有继承人,而格温德瑞希望继承王位,那么我会支持他。"他一边说,眼睛一直盯着格温薇儿,我猜她是背后真正的主导力量。她一直想与国王成婚,但如果亚瑟拒绝王位,她也会欣然接受成为国王母亲的命运。"但正如你所说,"亚瑟继续说,"这一切似乎不太可能。我希望莫德雷德香火旺盛,但如果莫德雷德膝下凄惨,且格温德瑞有意问鼎,那么他就需要基督徒的支持。德莫尼亚现在正是基督徒当道,难道不是吗?"

"的确如此,大人。"我有些隐忧地回答。

"因此,让格温德瑞的婚姻遵守基督教章程是政治所需,"亚瑟说完狡猾地笑了笑,"瞧瞧看,你的女儿离王后之位又有多近了?"这是我从来没有想过的一点,想必是我的困惑明明白白地写在了脸上,亚瑟又笑逐颜开。"我并不想让格温德瑞和莫温娜按基督徒的方式操办婚事,"他承认,"如果让我来决定,德瓦,我倒希望他们能够在梅林的见证下结婚。"

"你有他的消息吗,大人?"我迫不及待地问道。

"并没有。我还希望你多少知道些。"

"只听说了谣言。"我说。我们已经有一年没见梅林了。他带着高文的骨灰离开了巴顿山,或者说是一堆包含高文烧焦的骨头和一些有可能属于这位死去王子的灰烬,也有可能是木灰,自从那天起,再没有人见过梅林。传闻说他魂归彼世,也有人议论他在爱尔兰或西部山区,然而没有人知道事情的真相。他曾告诉我,他会去帮助妮慕,但妮慕人在哪里也是一个谜。

亚瑟站起来,拂去身上的草屑。"到吃饭的时间了,"他说,"我警告你,塔利辛也许又要唱关于巴顿山的无聊歌曲了。更糟糕的是,这首歌竟然还没有完成!他还在孜孜不倦地填词写句。格温薇儿告诉我这将是一部旷世奇作,我知道如果她也这么说,那肯定是八九不离十了,可我为什么偏偏要在每天享用晚餐的时候熬这么一出呢?"

那还是我第一次聆听塔利辛一展歌喉,自然兴致十足。正如格温薇儿后来向我描述的那样,他的歌声宛如天籁之音,遗世独立,嗓音如清泉纯净,气息则比我听过的任何一个吟游诗人还要悠长。他后来告诉我,他经常有意练习气息(我从来都没想到这还是一个需要练习的技巧),正因如此,他的声音可以一直徘徊在一个渐弱的音符上经久不息,只有在最恰当的时候,既可以轻抚手中竖琴,让歌声随琴声戛然而止,也可以利用空间场地营造余音绕梁的效果。我发誓,在伊斯卡的那个夏夜,他用歌声活灵

亚瑟王

活现地复原了巴顿山的激烈战斗。我后来又听塔利辛唱过许多次,每次都让我惊讶莫名。他又偏偏是一个虚怀若谷的人,深知自己的功力,对此心满意足。他很高兴能够服侍格温薇儿,因为她很慷慨,而且懂得欣赏他的艺术,她甚至还允许他去宫殿外告假数周。我问他在那期间都去了哪儿,他回答说自己醉心于游山玩水,并为不同的人唱歌。"不只是唱歌,"他告诉我,"我还一路聆听。我对古老曲调情有独钟。有时人们只记住只言片语,我就尽力让它们再次完整起来。"他还说,最让他受益匪浅的做法是聆听普通民众的歌谣,由此可以知道人们喜欢什么,不过他也会把自己的歌曲唱给他们听。"伺候达官贵人相对容易,"他说,"因为他们只需要娱乐,但农民不谙音律,听曲儿的时候容易昏昏欲睡,如果我能让他们保持清醒,那么我的歌曲就有可取之处。"他还告诉我,有时他纯粹是唱给自己听。"我时而在星空下席地而坐,自弹自唱。"他苦笑着告诉我。

"你真的能够预见未来吗?"我在那次谈话中问他。

"我能梦见,"他说,仿佛这根本不是什么了不起的天赋,"但是预见未来就如同凝望薄雾,回报与投入不成比例。此外,大人,我永远无法说出我预见的未来景象究竟来自神谕还是起源于我自己内心的恐惧。毕竟,我只是一个吟游诗人。"我认为他有所回避。梅林告诉我,塔利辛为了保留自己预见未来的能力,甚至不惜守身如玉,所以他嘴里说得云淡风轻,内心肯定更加重视这份能力,但为了避免他人过问,他又不得不自轻自贱,摆出一副不甚在乎的样子。我认为,往往在我们一无所知的时候,他早已洞见我们各自的未来,只是不愿透露而已。他是一个非常看重隐私的人。

"只是吟游诗人而已?"我重复着他的话语,"人们都说你是所有吟游诗人当中最了不起的一个。"

他摇摇头,拒绝接受我的奉承。"只是吟游诗人而已,"他坚持说,"虽然我确实接受过德鲁伊的训练。我师从康诺瓦的塞拉菲迪学习秘法。

整整学了七年零三月，可到了最后一天，就在我能够接掌德鲁伊法杖的时候，我却从塞拉菲迪的洞穴中出走，从此以吟游诗人的身份自称。"

"为什么？"

"因为，"在长时间的停顿后，他接着说道，"德鲁伊有德鲁伊的责任，而我不愿担负。我喜欢游历山水，德瓦大人，也喜欢诉说故事。时间本身就是一个故事，就让我成为它的诉说者，而不是它的缔造者吧。梅林想要改变故事走势，但他失败了。我可不敢好高骛远。"

"梅林失败了吗？"我问他。

"不说那些细枝末节，"塔利辛语气平静，"而是说大是大非吗？是的。众神离我们越来越远。我深深怀疑，不论是我的歌曲，还是梅林的篝火，都不能再召唤众神了。大人，这个世界已经转而皈依新的神灵，或许这倒不是什么坏事。上帝也是一个神，为什么我们要在乎究竟是哪一个神在主宰呢？是我们的骄傲和习惯让我们同从前的神灵纠缠不清。"

"你这是在暗示我们都应该成为基督徒吗？"我义正辞严地质问。

"您崇拜哪一路神灵对我来说并不重要，大人，"他说，"我只是来这里历练见识、细心聆听和弹琴歌唱的。"

因此，亚瑟与格温薇儿共同治理瑟卢瑞亚，塔利辛则负责献声歌唱。我的任务则是成为制约莫德雷德的缰绳，防范他在德莫尼亚胡作非为。梅林却不见踪影，或许深入西部，置身于某处迷雾之中。撒克逊人罢兵退去了，但他们心里依然渴望得到我们的土地。在天界，众神又开始无所顾忌地重掷骰子。

巴顿山之战过后，莫德雷德却一直兴致不减。这次战斗让他品尝到了带兵打仗的甜头，从而激发了他更加贪婪的求战欲望。起初，他还能够老老实实地遵照塞格拉莫的指导进行战斗：一骑当先杀入实力日益不振的洛依格，或者追捕掠夺我们庄稼和牲畜的小股撒克逊人，但过了没多久，他

亚瑟王

就对塞格拉莫稳扎稳打的策略大为不满。努米底亚人并不想挑起全面战争，也不想去碰策尔迪克的硬钉子，挑衅撒克逊人势力尾大不掉的地区。但是莫德雷德好战心切，他渴望冲入盾墙，与敌厮杀。他曾命令塞格拉莫的士兵跟随他杀入策尔迪克的领土，但这些人以没有收到塞格拉莫命令为由，一口回绝了他，一如既往地彰显着塞格拉莫令行禁止的铁军风范。莫德雷德只能干生闷气，但后来阿莫里凯地区的不列颠王国布罗塞利昂发来求助，莫德雷德大喜过望，亲自统领一支志愿者组成的部队，同虎视眈眈的法兰克人到布蒂克国王的边界作战去了。他在阿莫里凯整整鏖战了五年有余，在那段时间里，他赢得了自己的名声。人们告诉我，他在战斗当中无所畏惧，一路凯歌更是让天下之士云集响应于他的龙旗之下。前来投靠的都是无主骑士；无一例外，全是靠掳掠人民、巧取豪夺的流氓货色和不法分子，莫德雷德则乐此不疲地往他们心中培植欲望。他收回了贝诺克这一古老王国的大半失地，吟游诗人开始传唱他是乌瑟再世，甚至称赞他是亚瑟第二。当然，随之漂洋过海的还有没有编入歌曲的逸闻故事，里面却无一不在控诉这帮人奸淫掳掠、谋杀屠戮，揭露他们残暴不仁的禽兽本质。

　　亚瑟自己也是征战不停，如他所预见，莫里格有不少传教士在波伊斯被杀害了，莫里格请求亚瑟帮忙将叛乱分子绳之以法，因此亚瑟骑马向北，一路高歌猛进。我并没有在他鞍前马后服侍协助，因为我在德莫尼亚另有职责，但我们都听到了战场的传言。亚瑟说服伊仑之子欧依戈斯攻击德米缇亚的叛乱分子，于是欧依戈斯的黑盾战士从西方发动攻势，亚瑟自己则从南方进军，比他们晚了两天才开拔的莫里格军队抵达战场以后，叛乱早已镇压，大多数谋害传教士的凶手也已经束手就擒，但仍有一小部分潜入格温内德避难，这个多山王国的国王拜尔蒂格却拒绝交出凶手。拜尔蒂格有自己的算盘，他想利用这些叛乱分子图谋波伊斯的土地，所以亚瑟无视莫里格按兵不动的建议，继续向北挺进。他在盖伊城堡击败了拜尔蒂格,然后又马不停蹄,以杀人凶手仍有可能向北逃窜为理由,继续率军向北追击,他踏破了暗影之路,进入了恐怖的林恩王国。欧依戈斯依然追随他,在格温菲尔河汇入大海的佛里德沙滩上,欧依戈斯和亚瑟用计使得丢尔纳赫国王两面受敌,如摧枯拉朽一般击溃了林恩的血盾战士。丢尔纳赫跳海淹死了,手下一百多名长枪兵惨遭屠戮,其余人惊慌失措,作鸟兽散。仅仅用了两个夏天,亚瑟就平息了波伊斯的叛乱,其间重挫了拜尔蒂格,毁灭了丢尔纳赫,后者曾是谋害格温薇儿父亲的凶手,亚瑟凭借此举兑现了帮助格温薇儿复仇的誓言。格温薇儿的父亲雷欧狄甘曾是汉尼斯－维恩的国王,但是丢尔纳赫从爱尔兰远征而来,以暴风骤雨般的速度将汉尼斯－维恩纳为己有,并将其改名为林恩,格温薇儿因此沦为身无分文的流亡者。现在丢尔纳赫死了,我原以为格温薇儿或许要执意将这片王国土地留给她的儿子,但当亚瑟将林恩交给欧依戈斯时,她并没有表示任何抗议,亚瑟希望借这个机会让欧依戈斯的黑盾战士忙于治理新地而无暇顾及波伊斯。亚瑟后来告诉我,林恩应该有一个爱尔兰统治者,因为那儿绝大多数都是爱尔兰人,他们永远都会把格温德瑞当成外人看待,因此欧依戈斯留下自己的长子统治林恩,亚瑟则带着丢尔纳赫的宝剑回到伊斯卡,将其赐给了格温薇儿。

很可惜我都不在场,那时我正忙于治理德莫尼亚,我的长枪兵负责协助莫德雷德收集税款,巩固莫德雷德的统治基础。伊撒负责大部分的工作,他现在也成了贵族,我分了一半兵力交给他统领。不仅如此,初为人父的他又添一喜——他的妻子思嘉莱马上又要诞下第二个孩子。她和我们一起住在敦卡里克,伊撒从这里骑马去各地巡逻,我也是从这里每个月不情愿地去南部参加杜诺维瑞阿的高阶议会。阿尔甘特负责主持会议,莫德雷德留下敕令,吩咐她在丈夫在外征战期间暂时落座头把交椅。就连格温薇儿都没有参加过高阶议会,这都是莫德雷德的授意,所以阿尔甘特手中握有召集开会的大权,并且还同桑森主教结为了盟友。桑森在宫殿里有自

亚瑟王

己的住处，他永远都对阿尔甘特的一只耳朵窃窃私语，而费格尔——她的德鲁伊——则对她另一只耳朵说三道四。桑森自称要与所有异教徒划清界限，但他同时也清醒地意识到，要么自己与费格尔共享权力，要么就一无所有，所以他的仇恨竟然变质成为一种邪恶的沉瀣一气。桑森的妻子莫甘在巴顿山战役结束以后回到了怀君岛，桑森则在妻子陪伴与王后欢心二者中，果断选择了后者，留在了杜诺维瑞阿。

阿尔甘特贪恋王权。我觉得她对莫德雷德并没有任何好感，但她对财富却有异乎寻常的热情，她之所以留在德莫尼亚，就是要让自己能够经手王国大部分税收。她对待财富又十分吝啬，并没有像亚瑟和格温薇儿那样大兴土木，也不关心桥梁修复或者要塞整备，而是把用盐、谷物以及兽皮偿付的税款统统置换成为黄金。她将其中一部分黄金送给了她的丈夫，后者永远都在伸手要钱，供养军队开销，但大部分黄金都堆积在她宫殿的金库之中，杜诺维瑞阿的民众甚至认为他们的城镇地基底下全是黄金。阿尔甘特很久以前就收回了我藏在福斯路旁边的宝藏，她的财富与日俱增，桑森主教也在撺掇她囤积黄金——现在的桑森不仅是德莫尼亚全境的大主教，还被任命为首席顾问兼皇室财务大臣，我丝毫不怀疑他利用自己职务之便中饱私囊。有一天我当面指责他，他却立刻摆出一副受害者的可怜模样。"大人，我一点也不在乎什么黄金，"他故作虔诚，"难道不是我们的上帝教导我们不要在尘世中积累宝藏，而要积财宝在天堂吗？"

我不为所动。"他爱怎么说教就怎么说教，"我说，"但你依然不惜将自己的灵魂出卖给黄金，主教，你理应这么做，因为在你看来，这是一笔划算的交易。"

他狐疑地对我使了个眼色。"划算的交易？为什么？"

"必然如此，因为你为了钱不惜行事龌龊。"我言辞犀利。总之我不论如何都不喜欢桑森这个家伙，怎么掩饰也掩饰不来，不过我知道他也不喜欢我。"耗子神"总是指责我减免人民赋税、沽名钓誉，作为证据，他指责国库收入逐年递减,但这与我实不相干。都是因为桑森说服莫德雷德签署了法令,豁免所有基督徒的税赋,我敢说为了招徕皈依者,他们再想不出比这更奏效的办法了。但是莫德雷德一想到有多少人趁机投机倒把,又有多少税赋流失,赶忙又撤销了这项法令;后来桑森又说服国王,由教会专门负责征收基督徒的税赋。这项举措的确增加了当年的收益,后来却又逐年回落,因为基督徒发现,比起向国王纳税,还不如直接贿赂桑森来得便宜。随后桑森又提议将所有异教徒的税收加倍,但阿尔甘特和费格尔叫停了这一举措,相反,阿尔甘特建议对撒克逊人征收双倍的税款,又被塞格拉莫拒绝了,他认为如果这样做,我们刚刚收复的洛依格旧山河势必局势紧张,有引发叛乱的危险。难怪我会厌恶参加这样的高阶议会,经过一两年毫无结果的无休止争吵以后,我索性再也不参加了。伊撒继续征税,可只有诚实的人才交税,且人数逐年减少,所以莫德雷德一直抱怨经费不足,而桑森和阿尔甘特却愈发富裕起来。阿尔甘特虽然富有,却膝下无子,她时而也会去布罗塞利昂,莫德雷德也会在很长一段时间以后回到德莫尼亚,但阿尔甘特的肚子就是大不起来。她连连祈祷,献祭牺牲,在她想要生孩子的时候,甚至不惜跋山涉水拜访圣泉,然而就是什么动静也没有。我记得在理事会议上,她曾经戴着一条有新生儿粪便的腰带,据说这是治疗女人不孕的偏方,但效果就和她每天喝的那种由泻根和曼德拉草制成的混合药剂一样,半斤八两。最终桑森说服她,只有基督教才能为她带来奇迹,所以,在莫德雷德初征布罗塞利昂的两年以后,阿尔甘特将自己的德鲁伊费格尔驱逐出宫殿,并在流经杜诺维瑞阿北部的弗洛河上公开受洗。她每天都要参加桑森在城中心大教堂的日常供奉,一连坚持了六个月,肚子却一如以往,一马平川。所以,费格尔又被召回宫中,这次他还带了新鲜的蝙蝠粪便和鼬鼠血液,信誓旦旦地声称这些东西混在一起可以让阿尔甘特如愿怀胎。

那时,格温德瑞和莫温娜已经结婚,还生下了第一个孩子,他们将这

亚瑟王

个男孩取名为亚瑟，也就是后人熟悉的小亚瑟。孩子由埃姆里斯主教亲自主持洗礼，阿尔甘特却将此举视作挑衅。她知道亚瑟和格温薇儿对基督教的热衷全是逢场作戏，只是想要通过给他们孙子施洗的方式，讨好德莫尼亚的基督徒，为今后格温德瑞夺取王位奠定基础。此外，小亚瑟的存在无疑像扇了莫德雷德一记耳光：国王就应该儿孙满堂，这是其职责所在，显然莫德雷德没有履行这一职责。他在德莫尼亚和阿莫里凯播种的野种并不算数，而他在阿尔甘特身上又颗粒无收，王后总是暗自嫌弃他残废的跛脚，她想起了他出生时的邪恶征兆，随后将目光转向瑟卢瑞亚，眼红地看到她的竞争对手——我的女儿——却有能力诞下后代，进而对王位构成威胁。王后变得愈发绝望，甚至不惜动用国库黄金，昭告天下，重赏能够让她怀胎的人，但不是所有的不列颠女巫都有办法帮她受孕——正如同她手下的宫廷守卫也并非全部清白，如果谣言属实的话。而且，格温德瑞一直在瑟卢瑞亚等候时机，阿尔甘特知道，除非自己能够诞下王位继承人，不然等到莫德雷德去世，格温德瑞就能顺理成章地统治德莫尼亚。

　　在莫德雷德统治的早期阶段，我竭尽所能维护德莫尼亚的和平，有一段时间，我之所以取得成就完全得益于国王远征在外。我任命了治安法官，伸张亚瑟所建立的正义秩序。亚瑟对法律情有独钟，他认为法律是将一个国家凝聚在一起的纽带，就像盾牌的柳树板和皮革面一样紧紧地钉在一起，他还克服万难任命了诸多信得过的治安法官维护公正。他们当中大多数人是地主、商人和牧师，几乎所有人都足够富裕，因此经得起贿赂和腐败的诱惑。亚瑟总是说，如果有人可以用金钱凌驾于法律之上，那么法律将变得一文不值，所以他遴选的治安法官都是以诚实的品质而闻名的君子，但德莫尼亚的民众没过多久就发现还是可以钻治安法官的空子。不法之徒向桑森或阿尔甘特豪掷千金，这两人则保证莫德雷德会从阿莫里凯写下国王手谕，逆转某项仲裁决议，就这样日复一日，年复一年，我发现自己仿佛是与不公正的汪洋大海搏斗。诚实的治安法官宁可辞职，也不愿看到自己的裁决接连不断地遭遇逆转，而那些原本应该向法院提出申诉的人，从此也开始青睐诉诸武力。对法律的侵蚀虽然是一个缓慢的过程，我却依然无计可施。我本该充当限制莫德雷德的缰绳，提防他的反复无常，但是阿尔甘特和桑森却是一对配合默契的马刺，在马刺的刺激下，野马正千方百计摆脱缰绳的制约。

但总的来说，这是一段快乐的时光。很少有人能活到四十岁，我和夏汶都做到了，并且我们两人都受到了众神赐福，身体健康。莫温娜的婚姻为我们带来了欢乐，小亚瑟的诞生更是如此，一年后我们的女儿塞伦嫁给了阿尔蒙特的王储艾德林。这是一次王国联姻，因为塞伦是波伊斯国王皮德尔的第一表亲，此举意在巩固阿尔蒙特和波伊斯之间的联盟，尽管夏汶以两位年轻人之间没有爱情基础为由反对联姻，但塞伦已经决心要成为王后，执意远嫁王储，从此与我们分离了。可怜的塞伦，她从来没有圆自己的王后之梦，因为她死于难产，诞下的女儿也只比母亲多活了半天而已。

我们为塞伦流泪哭泣，但悲伤程度不及戴安之死，只因戴安是惨死。在塞伦去世后仅仅一个月，莫温娜诞下了第二个孩子，她和格温德瑞的女儿，取名就叫塞伦，孙儿孙女为我们的生活中增添了一抹亮色。他们没有涉足德莫尼亚，不然难免因阿尔甘特的嫉妒而处于危险，但夏汶和我经常去瑟卢瑞亚。说实话，我们到访的次数已愈加频繁，格温薇儿甚至在她的宫殿里预留了房间供我们使用。过了一段时间，我们在伊斯卡的时间甚至超过了住在敦卡里克的时间。我白了头发，灰了胡子，喜欢同孙子孙女玩耍，只留下伊撒与阿尔甘特角力。我还在瑟卢瑞亚的海岸为我母亲盖了一所房子，可她老人家疯得厉害，总想回到海上悬崖的小木屋。她死于某年冬天的一场瘟疫，我遵守了和阿尔的承诺，按照撒克逊人的传统，将她双脚面向北方入土为安。

德莫尼亚日益腐败，我对此一筹莫展，因为莫德雷德总有足够的手段阻挠我，我和夏汶索性在瑟卢瑞亚流连，只有伊撒还在倾其所能匡扶秩序

亚瑟王

与正义。我在伊斯卡留下了多么美好的回忆：阳光明媚的日子里，我们聆听着塔利辛吟唱摇篮曲，格温薇儿打趣地嘲笑我的幸福时光，而我则摇着草地上倒置的盾牌，盾牌里头睡着小巴赫和塞伦。亚瑟常与孩子们嬉戏，因为他喜欢小孩子，有时候加拉哈特也会加入，他、亚瑟和格温薇儿三人的"流亡"生活充满了惬意。

加拉哈特还没有结婚，膝下却有一个孩子。原来是他过继而来的侄子——兰斯洛特之子佩雷杜王子，兰斯洛特早已成为孤魂野鬼，在巴顿山的亡者之中流泪游弋。佩雷杜越长越像他父亲，二人有同样的深色皮肤，同样瘦削英俊的面庞，连黑色头发也如出一辙，但他的性格却随加拉哈特，而不似兰斯洛特。他生性聪明，为人严肃认真，理想是成为一名优秀的基督徒。我不清楚他晓得多少有关自己父亲的事迹，但佩雷杜总是在面对亚瑟和格温薇儿的时候尤其紧张，我觉得，他们二人也发现了他的不安。这不是他的过错，因为他的脸让他们想起了我们大家都希望忘记的旧事，等佩雷杜二十一岁被送到格温特的莫里格宫廷学习战士技能时，他们都很感激。他是一个好孩子，但他的离开却似一道阴影从伊斯卡上空消散。后来，也就是亚瑟的故事终结已久后，我才算真正认识了佩雷杜，并且由衷对他赞赏有加。

佩雷杜或许让亚瑟心生恻隐，不过除此之外，他很少感到烦恼。在那段黑暗的日子里，人们回首历史，想起跟随亚瑟离去而失去不复的所有，他们通常都会谈到德莫尼亚，也有人为瑟卢瑞亚哀悼，因为在那段岁月里，亚瑟将这个无人问津的王国治理得井井有条，树立了一个和平与正义的时代。虽然仍然有疾病，仍然有贫穷，人们也没有因为亚瑟的治理而停止酗酒和互相残杀，但是寡妇知道亚瑟的法庭会伸张正义，而饥饿的人也知道亚瑟的粮仓总有食物赈济以应过冬之需。没有外敌胆敢进犯瑟卢瑞亚的边界，只有基督教信仰在山谷中迅速蔓延，但亚瑟不会让基督教牧师玷污异教神龛，也不允许异教徒攻击基督教教堂。经年累月，他让瑟卢瑞亚成为了自己梦寐以求的不列颠范本：人间天堂。儿童不受奴役，庄稼不被烧毁，军阀也不得蹂躏家园。

然而，在这人间天堂之外，看不见的阴影也在悄然酝酿。梅林的失踪就是其中之一。日复一日，年复一年，仍然没有他的消息，过了许久，人们都认为德鲁伊一定是死了，因为就算是梅林也不可能有如此长寿的天命。作为邻居，莫里格整天叨扰不停，永不停歇，总是要求提高税收或者清除所有躲在瑟卢瑞亚山谷的德鲁伊，不过他的父亲图锥克总是在关键时候充当调停角色，这名老人一直过着饥肠辘辘的隐士生活。波伊斯积贫积弱，德莫尼亚则越来越无法无天，如果莫德雷德在自己的王国，恐怕情况还要更糟。在瑟卢瑞亚，人们至少安居乐业，夏汶和我也打算要在伊斯卡安度余生。我们有财富，有朋友，有家人，日子过得顺心如意。

简而言之，我们很满足，但命运一直是自满的敌人，正如梅林总是告诫我的那样，命运是无情的。

第一次听到莫德雷德遭遇不幸的消息时，我正在伊斯卡北面的山上同格温薇儿一起打猎。当时正值冬天，树木光秃秃的，德莫尼亚的一位使者找到了我，格温薇儿珍贵的猎鹿犬刚刚擒获了一头巨大的红色雄鹿。使者先是递给我一封信，然后瞪大眼睛，亲眼看到格温薇儿走过咆哮不止的猎狗群，用长枪怜悯地终结了雄鹿的性命。她的猎人助手从雄鹿尸体旁赶走了猎犬，并用刀子给雄鹿开膛破肚。我拉开羊皮纸，阅读简报，然后抬头看回信使。"你有没有通知亚瑟？""还没有，大人，"信使说，"信是给您的。""请把它转交给亚瑟。"我说完把羊皮纸递回给他。

格温薇儿身上还留着血迹，得意洋洋地跨步过来。"看你的样子应该是个坏消息，德瓦。"

"恰恰相反，"我说，"是个好消息。莫德雷德受伤了。"

"好啊！"格温薇儿欢呼道，"我猜，他伤得挺厉害？"

亚瑟王

"似乎如此。腿被斧头砸中了。"

"只可惜没有砸中他的心脏。他人在哪里?"

"还在阿莫里凯。"我说。消息源自桑森,他还说莫德雷德遭遇法兰克人的至尊王克洛维斯引军突袭,饮恨兵败。在战斗中,我们的国王腿部严重受伤,侥幸逃脱,现被克洛维斯围困在一处名为贝诺克的山顶要塞。我估计,莫德雷德难免要在自己从法兰克人手里征服的领土上越冬了,无疑他还做着能够在大海彼岸建立起第二座王国的美梦,然而克洛维斯出其不意地发起了冬季攻势,率领法兰克人大军突然奔袭向西。莫德雷德吃了败仗,虽然人还活着,但已形同瓮中之鳖。

"消息有多可靠?"格温薇儿问道。

"足够可靠,"我说,"国王布蒂克亲派使者告诉了阿尔甘特。"

"很好!"格温薇儿又欢呼道,"真好!就让我们寄希望法兰克人能宰了他吧。"她挪步回到猎物旁边,从热气腾腾的内脏中,挑了一块肉喂给了她心爱的猎犬。"他们会宰了他的,对不对?"她回头问我。

"法兰克人从来不以怜悯而著称。"我说。

"我希望他们在他尸骨上跳舞,"她说,"就这货色还敢自称乌瑟第二!"

"夫人,他也打了不少漂亮仗。"

"重要的不是你打了多少漂亮仗,德瓦,最后一场战斗的胜败才是关键。"她又扔了些雄鹿的内脏给猎狗吃,再往长袍上擦拭刀片,接着收进刀鞘。"那么阿尔甘特想找你干什么?"她问我,"勤王?"阿尔甘特的确是这么要求的,桑森也不例外,这正是他写信给我的原因。他的消息里命令我率领本部兵马前往南海岸,找到船只,漂洋过海,前去拯救莫德雷德于水火。我如实告诉格温薇儿,她向我投来嘲讽的目光。"然后你会告诉我,你对这个小混蛋效忠的誓言会迫使你服从命令?"

"我并未向阿尔甘特立誓,"我说,"对桑森更是没有。"耗子神大可以按照他的意愿命令我,但我没有必要服从他,我自己也没有任何想要解救莫德雷德的想法。此外，我怀疑根本不可能在凛冽寒冬将军队运往阿莫里凯，即使我的长枪兵能够在波涛汹涌的航海中幸存，他们的数量也不足以与法兰克人一战。莫德雷德唯有寄希望于布罗塞利昂的老国王布蒂克——此人是亚瑟姐姐安娜的丈夫——但布蒂克或许乐见莫德雷德在曾经是贝诺克的土地上与法兰克人厮杀，自己却并不想向莫德雷德施以援手，以免引火烧身，招致克洛维斯的报复。我由此盘算，莫德雷德注定在劫难逃，哪怕不是死于重伤，也难免了克洛维斯的铁蹄屠刀。

那年冬天，阿尔甘特不断遣使送信，要求我率兵前往海边，但我却留在瑟卢瑞亚按兵不动，对她置若罔闻。伊撒也收到了同样的要求，但他断然拒绝服从，塞格拉莫干脆把阿尔甘特的信件扔进了火焰。眼看着自己的权力随着丈夫生命的凋零而日益衰落，绝望感促使阿尔甘特愈发歇斯底里，只要有人愿意前往阿莫里凯，她甚至不惜一掷千金。许多士兵虽然拿了金币，但他们情愿向西航行到康沃尔，或者向北驶入格温特，也不愿意直接向南渡海迎战克洛维斯以逸待劳的浩荡雄军。阿尔甘特越是绝望，我们的希望就越大。莫德雷德陷入围困，身负重伤，迟早会传来预想的消息，到那时候，我们计划要举起亚瑟的旗帜，和格温德瑞一起骑马前往德莫尼亚，支持他成为王位候选人。塞格拉莫将从边境地区与我们汇合，届时德莫尼亚根本没有人能够与我们匹敌。

但其他人也对德莫尼亚的王权跃跃欲试。早春时节，我听闻了圣徒图锥克去世的消息。亚瑟因为冬季最后一场感冒而喷嚏连连，浑身颤抖，他只能托付加拉哈特参加老国王在格温特首府的葬礼，那地方距离伊斯卡只有一小段水程，加拉哈特恳请我陪他一起去。我为图锥克哀悼，历经千锤百炼，他的确是我们的好战友，但我本人并不想参加他的葬礼，不愿忍受基督教仪式那看似无休无止的折腾，但亚瑟也和加拉哈特一起请求我。"我们住在此地完全仰赖莫里格的性子，"他提醒我，"我们应该向他表示尊重。如果可以的话，我自己也会去。"他停下来打了个喷嚏。"但格温薇

亚瑟王

儿担心我拖着病体，只怕有去无回。"

于是加拉哈特和我代替亚瑟去参加葬礼，整个过程实在冗长无比。仪式是在一个大教堂里举行的，整个教堂大如谷仓，是莫里格为了纪念耶稣基督降临在这罪恶的世间五百周年而兴建的，即便听完了教堂里的祈祷和吟唱，我们也不得不忍受人们对图锥克重复不断的祈福。这里没有火葬堆，也没有唱歌的士兵，只有地上一个冰冷的大坑，摩肩接踵的牧师，以及图锥克终于入土埋葬以后，招待急不可耐而又不顾体面之人的城镇小酒馆。

莫里格要求加拉哈特和我一起吃晚饭。加拉哈特的侄子佩雷杜和布瑞恩的主教也位列席间，主教名叫拉达恩，神态阴沉，整天都在负责最乏味的祈祷，开始用餐之前，他又长篇大论地念了一遍祷告，之后又细致入微地盘问着我的信仰，当我向他保证，我的内心属于密特拉时，他一下子变得悲伤起来。这样直白的答案通常会激怒莫里格，不过他似乎注意力不太集中，没有留意到这次挑衅。我知道，他并不怎么把父亲过世当回事，因为他心里仍然对图锥克收回王权、发兵巴顿山一事耿耿于怀，但他还是摆出痛苦的样子，言不由衷地向我们赞美他父亲超凡入圣的远见卓识。我希望图锥克没有死于痛苦，莫里格则告诉我，他的父亲是在模仿天使不食人间烟火时活活饿死的。

"到最后他几乎不成样子了，"拉达恩主教娓娓道来，"只剩皮包骨，真的，皮包骨头！但是教士纷纷评论他的皮肤像是镀了一层天赐之光，赞美上帝！"

"如今圣徒回到了上帝的右手边，"莫里格插嘴道，"有一天，我会和他重逢。大人，尝尝牡蛎吧。"说完他推给我一道银盘，接着自顾自斟酒。他是个面色苍白的年轻人，眼珠暴突，留着薄薄的胡须，喜欢卖弄，又个性急躁。他对罗马人的礼仪了若指掌，这点和他父亲一个样。稀疏的头发上戴着一个青铜王冠，身穿长袍，躺在长椅上慵懒地用餐。那张长椅非常不舒服。他娶了一个面目悲伤却又壮如公牛的女子，此人是雷吉德的公主，从格温特嫁过来时还是一名异教徒，并为莫里格生下一对男双胞胎，随后一直忍受基督教鞭笞凌辱她顽固的灵魂。她出现在这光线昏暗的晚餐室里，瞪大眼睛盯着我们，什么也没有吃，然后像她悄然出现时一样，倏忽间又神秘消失了。

"你有莫德雷德的消息吗？"在自己的妻子短暂访问过后，莫里格张口问我们。

"并未听说什么新的消息，国王陛下，"加拉哈特说，"只知道他受困于克洛维斯，至于他是死是活，我们还不得而知。"

"我有了消息，"快人一步的莫里格似乎很高兴，"一个商人昨天带来了布罗塞利昂的消息，他告诉我们莫德雷德快死了。他的伤口正在恶化。"国王边说边用象牙牙签剔牙。"这必定是上帝的审判，加拉哈特亲王，上帝的审判。"

"赞美他的名字。"拉达恩主教不失时机地回应。主教蓄着很长的灰胡子，一直垂到长椅下边望不见了。他先把胡须当餐巾擦脸，接着又把手上的油脂往又长又脏的胡子上揩拭。

"我们也听过这些谣言，国王陛下。"我说。

莫里格耸了耸肩。"那商人似乎很有把握。"他说完将一只牡蛎往嘴里倒。"所以，哪怕莫德雷德现在没死，"他接着说，"他的死期也快了，而且没有子嗣！"

"是的。"加拉哈特说。

"波伊斯的皮德尔也没有孩子。"莫里格继续说道。

"皮德尔还未婚娶，国王陛下。"我提醒。

"可他想结婚吗？"莫里格质问我们。

"有人为他和康沃尔的公主牵线来着，"我说，"一些爱尔兰的国王也愿意把女儿嫁给他，只是他母亲希望他能再等个一两年。"

亚瑟王

"他母亲代他治理朝政，不是吗？难怪他孱弱不堪，"莫里格以他高傲的口气说道，"他简直弱不禁风。我听说在波伊斯的西部山区，不法之徒十分猖獗？"

"我也有所耳闻，国王陛下。"我说。自从昆格拉斯去世以来，濒临爱尔兰海的群山来了一群无家可归的乌合之众，亚瑟在波伊斯、格温内德和林恩附近的军事活动使得这一情况愈演愈烈。其中一些难民是丢尔纳赫血盾战士中的残兵败将，他们与波伊斯居心叵测的人联合了起来，假以时日恐怕将对皮德尔构成威胁，但到目前为止，他们不过是一群讨人厌的不法之徒。那伙人掠夺牛和粮食，抢走儿童充当奴隶，然后跑回山寨，逃避制裁。

"那么亚瑟呢？"莫里格询问道，"为什么不见他来？"

"他身子不太好，国王陛下，"加拉哈特说，"他本来希望能来这里的，唉，可是在冬天发烧感冒了。"

"不严重吧？"莫里格询问的表达方式就好像他巴不得感冒能要了亚瑟的性命似的。"当然，我们都希望他没有大碍，"他急忙补充道，"可他已经老了，年轻人不屑的小病或许会对老人家构成莫大的麻烦。"

"我可不觉得亚瑟老了。"我说。

"他差不多都五十岁了吧！"莫里格有些忿忿不平地说道。

"那还要等一两年以后呢。"我说。

"那也是老了，"莫里格坚持说，"老了。"他又陷入沉默，我瞥了一眼宫殿大厅，四周灯火通明，由青铜油灯的灯芯照亮。除了五张长椅和矮桌之外，没有其他家具，唯一的装饰是挂在墙上的十字架，上面雕刻有基督。主教啃着一根猪肋骨，佩雷杜则静静地坐着，加拉哈特带着一丝淡淡的神情看着国王。莫里格又在剔牙，然后用象牙牙签指着我。"如果莫德雷德去世会怎样？"他迅速眨了眨眼睛——在他紧张的时候，他总会这样做。

"那就必须找一名新的国王人选，国王陛下。"我随口一说，就好像这个问题对我来说并不重要。

"我也知道，"他酸酸地说道，"但是谁有这个资格？"

"德莫尼亚的领主将由表决决定。"我有意闪烁其词。

"难不成要选择格温德瑞吗。"他抢白我的时候又眨了眨眼睛，"我是这么听说的，他们会选择格温德瑞！我说对了吗？"

我什么都没说，加拉哈特终于按捺不住。"格温德瑞肯定有这个资格，国王陛下。"他字斟句酌地说道。

"他没有这个资格，没有！没有！"莫里格大怒，"我必须提醒你们，他的父亲可是私生子出身！"

"我也一样，国王陛下。"我插道。

莫里格选择无视。"'私生子不可入耶和华的会①'！"他振振有词，"圣经里白纸黑字写着。难道不是吗，主教大人？"

"'他的子孙，直到十代，也不可入耶和华的会'，国王陛下。"拉达恩吟诵完，在胸口画了道十字，"国王陛下，赞美归于他的智慧和引导。"

"你看！"莫里格好像打赢了所有辩论。

我微微一笑。"国王陛下，"我轻轻提醒他，"如果国王不能由私生子的后代继承，那天底下或许早就不存在什么国王了。"

他面如死灰，瞪着眼睛盯着我不放，绞尽脑汁想知道我是不是在侮辱他的血统，最后还是决定不要争吵。"格温德瑞还年轻，"他调整语气说道，"而且也不是国王的儿子。撒克逊人势力越来越强大，波伊斯统治败坏。不列颠缺乏领袖，德瓦大人，缺乏真正强大的国王！"

"我们每天都在赞美上帝，因为您就是现成的模范，国王陛下。"拉达恩油腔滑调。

---

① 此处与下文均出自《圣经·申命记 23：2》。——译者注

亚瑟王

"我认为主教的奉承只不过是礼貌的反驳而已,朝臣免不了对国王说些华而不实的话,但莫里格却把它当作福音真理。"正是如此!"国王一下子来了劲,睁着眼睛死盯着我,仿佛等候我顺着主教的意思巴结他。

"那么,"我问道,"您希望谁来坐德莫尼亚的王座,国王陛下?"

他突然快速地眨了眨眼睛,此举表明他对这个问题心有不安。答案是显而易见的:莫里格自己想要窃夺王位。他曾经有意无意地在巴顿山大战之前觊觎过,并且一口咬定除非亚瑟放弃自己的权力,不然绝不会调派格温特一兵一卒协助亚瑟迎战撒克逊人。他的做法的确算计精明,目的是想削弱德莫尼亚的王权,以便有朝一日可能出现的王位空缺。现如今,他终于看到了自己的机会。不过话说回来,除非莫德雷德驾崩的确凿消息传回不列颠,否则莫里格绝不敢冒天下之大不韪,公开宣布自己具备候选人资格。

他趁热打铁地说道:"我愿意支持任何能够表明自己是我主耶稣门徒的王位候选人。"他做了个十字架手势。"因为我甘愿为万能的上帝效劳,除此之外别无所求。"

"赞美他!"主教匆匆迎合。

"我得到了可靠的消息,德瓦大人,"莫里格一本正经地继续道,"德莫尼亚的基督徒都在齐声呼唤一位信仰基督教的统治者出现。人民在呼唤!"

"国王陛下,是谁告诉你他们在呼唤的?"我刻意挖苦他,就连可怜的佩雷杜也察觉到了剑拔弩张的气氛,面露惊慌。莫里格没有回答,我也没有期望他回答,所以我索性自问自答。"桑森主教?"从莫里格愤慨的表情中我知道自己说对了。

"为什么你会认为桑森与此事相干?"莫里格红着脸质问道。

"桑森是格温特人,难道不是吗,国王陛下?"我刚问完,莫里格的脸变得更红了,桑森之心路人皆知,他就是想把莫里格推到德莫尼亚的王座,并且桑森断定,莫里格出于回报,一定不惜重谢。"然而我可不认为德莫尼亚的基督徒需要您的保护，国王陛下，"我继续说道，"他们也不需要桑森。格温德瑞和他的父亲一样，都是和您一样信仰的教友。"

"教友！亚瑟算哪门子的基督教友！"拉达恩主教忿忿不平，"瑟卢瑞亚依然有异教神龛存续，牲畜被献祭给异教旧神，女人在月光下裸舞，婴儿穿过火环，德鲁伊仍旧口念咒语！"主教口喷唾沫，一边清点种种罪孽。

"如果没有基督的祝福，"莫里格身子向我倾斜过来，"就不可能有和平存在。"

"国王陛下，现在有两个人想要同一个王国，"我干脆地说道，"而您又说不可能有和平存在。您究竟想让我如何回复自己的女婿？"

莫里格再一次因为我的直截了当而坐立不安。他一边考虑答复，一边摆弄牡蛎壳，最后耸了耸肩。"你可以向格温德瑞保证，他将享有土地、荣耀、头衔还有我的保护。"他眼睛又迅速地眨巴了一下，"但我不许他成为德莫尼亚的王。"他话音刚落，自己的脸先涨红了。莫里格的确是个聪明人，可他心虚，必须铆足了劲才能坦率地表露内心的真实想法。或许他害怕招致我的怒火，但我还是礼貌地给了他一个答复。"我会转告他的，国王陛下。"但事实上，我会把这个消息传达给亚瑟，而不是格温德瑞。莫里格的话无非双重意思，其一是表露自己想要统治德莫尼亚的野心，其二是在警告亚瑟，格温特的大军将站出来反对格温德瑞的候选资格。

拉达恩主教倾身向莫里格匆匆耳语几句。他说的是拉丁语，自信加拉哈特和我都听不懂，但这瞒不过加拉哈特，他听到了其中一半的话。"你打算让亚瑟一直留在瑟卢瑞亚吗？"他用不列颠语指责拉达恩。拉达恩顿时脸红了。除了布瑞恩的主教，拉达恩还是国王的首席顾问，有权有势。"我的国王，"他朝莫里格的方向颔首，"不允许亚瑟领兵借道格温特的疆土。"

"这是真的吗，国王陛下？"加拉哈特礼貌地问道。

"我是一个爱好和平的人，"莫里格夸口道，"维护和平的一个方法就是让士兵老老实实地留在家里。"

　　我什么也没有说,因为我担心控制不住自己的怒火,进而口无遮拦地大放厥词火上浇油。如果莫里格咬定我们不能借道他的领土带兵回归故土,那么他就能成功地分裂支持格温德瑞的力量。也就是说,亚瑟将无法与塞格拉莫合兵一处,两人难以相互呼应,如果莫里格得逞,那么他离德莫尼亚的王座无疑又近了一大步。

　　第二天,我们沿着河流向伊斯卡骑行。虽然柳树在薄雾中探出了嫩叶,但寒风与氤氲雾气依然提醒我们冬天未尽。加拉哈特轻蔑地说:"我料莫里格也不敢大动干戈。"

　　"不好说,"我说,"关键要看回报是否足够吸引他。"事实上,莫里格的回报可谓不巨大,如果他能够同时通知格温特和德莫尼亚,那么他将掌控全不列颠最富有的两个王国。"还要看,"我说,"有多少兵力反对他。"

　　"你、伊撒、亚瑟,还有塞格拉莫的军队。"加拉哈特说道。

　　"撑死了五百人?"我说,"更何况塞格拉莫山高路远,亚瑟必须越过格温特的领地才能抵达德莫尼亚。反观莫里格麾下多少人马?一千总有吧?"

　　"他不敢贸然开战,"加拉哈特坚持道,"他对巨大回报垂涎欲滴是不假,但他对风险也有所顾忌。"他勒住马,看到一个渔夫在河中心捕鱼。渔夫撒网的动作看似漫不经心,但加拉哈特却能欣赏其中的灵巧技艺,而我暗自将眼前景象视作某种征兆,我告诉自己,如果这次投网打上来的是鲑鱼,那么莫德雷德就要死去。结果真的打捞上来一条不断挣扎的大鲑鱼,可我又反而觉得这预言毫无意义了,因为我们所有人都难逃一死,所以我告诉自己,如果下一次撒网能够捕获鱼,那么莫德雷德将在五朔节之前死去。然而这次捕捞一无所获,我不自觉摸了一下海威贝恩的剑柄。渔夫将一部分渔获出售给我们,我们将鲑鱼装入马鞍袋,继续骑行。我向密特拉祈祷方才自己愚不可及的征兆纯属误导,接着又祈祷加拉哈特所言非虚,祈祷莫里格真的不敢发兵。可那毕竟是德莫尼亚,富饶的德莫尼亚,即使是莫里格这样谨小慎微的鼠辈恐怕也会认为值得铤而走险。弱小的国王是这世间的一道诅咒,但鉴于我们已经向国王起誓,如果誓言不被遵守,那么法律就没有立锥之地;如果没有法律,势必陷入各行其是的混乱状态,因此我们必须遵守法律,而遵守法律又务必恪守誓言。如果一个人可以随心所欲地左右国王更替,那么只要遇到有碍自己意志的国王,他就会毫不犹豫地将对国王的誓言弃如敝屣。正因如此,为了建立一套永恒而不能随意更替的法律体系,我们不能没有国王。这些都是真理,然而加拉哈特和我骑马穿过寒冷迷雾踏上返程的时候,我却想哭泣一场:我们心中众望所归的那个人并非国王;而永远都不该君临天下的人,却又无一例外纷纷窃国称王。

我们在亚瑟的铁匠棚子里找到了他。这棚屋是他自己修建的,里面用罗马砖砌成了一个带烟囱的锻造炉,还买了一个铁砧和一套铁匠工具。虽然格温薇儿经常说,一个人想要成为什么样的人和能够成为什么样的人完全不是一码事,但亚瑟还是坦言自己有志成为一名铁匠。亚瑟可不是说说过嘴瘾,说干就干!他雇了一个名叫莫里迪格的铁匠,此人身材瘦削,沉默寡言,手艺精湛。铁匠的任务是向亚瑟传授技巧,但是莫里迪格知道亚瑟不是这块材料,教他的时候总是感到绝望,反倒是亚瑟自己乐在其中、热情不减。我们所有人都得到了亚瑟的锻造品:扭曲的铁烛台、畸形的烹饪锅(连握把都是错位的),还有一遇明火便会弯折的火钳。不过铁匠铺的存在让他成天乐呵呵的,他在嘶嘶作响的锻造炉旁一呆就是好几个钟头,心里总是确信熟能生巧,坚信总有一天自己也能练就莫里迪格那样浑然天成的技巧。

加拉哈特和我从布瑞恩回来时,亚瑟正独自一人在铁匠铺里忙前忙后。他分出精力哼了一声以示欢迎,然后继续锤击一块不成形的铁片,他说这是一块马蹄铁。直到我们把买来的一条鲑鱼递给他的时候,他才不情

亚瑟王

愿地放下手里的锤子，打断我们的汇报，说他已经知道莫德雷德时日无多的消息了。

"昨天从阿莫里凯来了一个吟游诗人，"他告诉我们，"他说国王的大腿根部已经开始腐烂。还说莫德雷德像死蟾蜍一样发臭。"

"一个吟游诗人又怎么知道？"我还以为莫德雷德身陷重围，被迫断绝了与阿莫里凯所有不列颠人的来往。

"他说这事在布罗塞利昂人尽皆知。"亚瑟刚说完，又高兴地补充道，他预计德莫尼亚的王座将在数日之内空缺出来，但是我们告诉他，莫里格拒绝借道，这个消息将亚瑟的兴致瞬间扫得一干二净。听了我怀疑桑森参与其中之后，亚瑟更是愁眉不展。我以为亚瑟会出言咒骂——他很少这么做——但他还是控制住了冲动，将鲑鱼从火炉旁移开。"现在还不想拿它做饭，"他说，"这么说莫里格已经封锁了外界与我们的道路？"

"他说是为了和平，大人。"我试图解释。

亚瑟笑得厉害。"他想要证明自己，这就是他的打算。自己的父亲刚刚去世，他渴望向人们证明他比图锥克更厉害。最好的方法莫过于成为一名战斗英雄，第二好的方法则是不费一兵一卒窃取一个王国。"他猛地打了个喷嚏，然后生气地摇了摇头。"我恨自己偏偏这时感冒。"

"您应该好好休息，大人，"我说，"不要操劳过度。"

"看来不行，这里是我的兴趣所在。"

"您应该用款冬泡酒喝。"加拉哈特说。

"这一星期时间我就没喝别的东西。只有两件东西能够治愈感冒：死亡和时间。"他拿起锤子，重重敲击了一下冷却的铁块，然后抽动皮革制的鼓风机往炉膛喂火。冬天已经结束，尽管亚瑟口口声声说伊斯卡的天气不错，但那天依然寒气逼人。"你的耗子神到底想要干什么？"他一边问我，一边让炉子里闪闪发光，直冒热气。

"他可不是我的主子。"我回答。

"可他诡计多端,不是吗?企图让自己看重的候选人登上王位。"

"可莫里格无权登基!"加拉哈特抗议。

"完全没有,"亚瑟同意,"但他手下兵甲众多。如果他与寡居的阿尔甘特结婚,他就有了一半继承之权。"

"他不能娶她,"加拉哈特说,"他已经结婚了。"

"一根毒蘑菇就可以让碍手碍脚的王后撒手人寰,"亚瑟说,"乌瑟就是这样摆脱自己结发妻子的。一碗毒蘑菇汤。"他略作思忖,又把马蹄铁扔进火里。"叫格温德瑞过来。"他对加拉哈特说道。

我们等人来的时候,亚瑟还在折磨那块炽热的铁。说实话,马蹄铁不过是一个简单物件,一块保护马蹄免受碎石子损伤的铁片而已,所需要的技巧仅仅只是将铁片锻造成拱形,然后在尾端做两个突出部方便皮带拴系,但亚瑟似乎没有把握住要领。他的拱形做得太窄,弧度翘起过高,板块扭曲,突出部分又太大。"就快好了。"他说完又开始一阵歇斯底里的敲打。

"什么好了?"我问。

等加拉哈特和格温德瑞一起回来以后,亚瑟又把马蹄铁扔回炉子里,然后将做工围裙扯了下来。亚瑟告诉格温德瑞有关莫德雷德即将死亡的消息,接着讲起莫里格背信弃义的打算,最后以一个简单的问题结束。"你想成为德莫尼亚的国王吗,格温德瑞?"

格温德瑞像是吃了一惊。小伙子人挺不错,就是年纪尚轻,涉世未深。在我看来,虽然有个雄心勃勃的母亲,但他自己却相当恬淡寡欲。他的长相很像亚瑟,身材修长,总是一副警醒的表情,好像他总能预料到命运会突然对他当头棒喝。他很瘦,但由于我经常和他练剑的缘故,所以我知道他那看起来瘦弱的身体里蕴含着强大的力量。"我有权继承王位。"他言之谨慎。

"那也是因为你祖父和我母亲上过床,"亚瑟急切地说道,"所以你有

亚瑟王

权。格温德瑞,不要东扯西扯的。我就想知道你到底想不想成为国王。"

格温德瑞求助似的向我瞥了一眼,但我没有任何表示,于是他回头看向自己的父亲。"我想,是的。"

"为什么?"

格温德瑞又一次犹豫了,我想在他脑海中,一定有许多原因在打转,最后他终于理清思绪,双眼绽放出不惧一切的光芒。"因为这是我的天赋之权。我和莫德雷德一样,都是乌瑟的继承人。"

"你以为这是你的天赋之权,嗯?"亚瑟讽刺地反问道。他弯下腰,用鼓风机送气,弄得火炉里嘶嘶作响,火树银花从砖罩向四周升华。"这里每一个人都是国王的儿子,唯独你不是,格温德瑞,"亚瑟狠心地说道,"你还说自己天赋王权吗?"

"那么您来当国王,父亲,"格温德瑞说道,"这样我也就成为国王之子了。"

"说得好。"我插了一句。

亚瑟愤怒地向我使了个眼色,然后从铁砧旁边乱糟糟的一堆里取出一块抹布,擤了擤鼻涕。他把抹布扔到炉子上。如果换成我们其他人,顶多用食指和拇指来回捏按鼻孔就完事了,但亚瑟一直很挑剔。"姑且让我们认定,格温德瑞,"他说,"你身上有国王的血统。正因你是乌瑟的孙子,所以有权继承德莫尼亚的王位。我也有这个权利,可我选择放弃,因为我太老了。但是请你告诉我,德瓦和加拉哈特他们又凭什么要助你登上德莫尼亚的王座呢?告诉我原因。"

"因为我将成为贤明之王,"格温德瑞的脸一下子红了,然后他看了看我,"莫温娜也会成为母仪天下的王后。"他补充道。

"每个国王都口口声声要做一名贤君,"亚瑟抱怨道,"可是大多背道而驰。你凭什么会与众不同?"

"不如您来告诉我,父亲。"格温德瑞说道。

"是我在问你!"

"知子莫如父,"格温德瑞巧妙回答,"不然还有谁说得清呢?"

亚瑟走向铁匠铺的门,一把将其推开,目光望向马厩的庭院。除了猎狗之外,那儿没有任何动静,于是他又转过身来。"你是一个体面人,我的儿子,"他有些勉强地说,"一个体面人。我为你感到骄傲,但你总把这个世界想得太好了。殊不知这世间充满了邪恶,真正的邪恶,你却不相信。"

"当您还是我这个年纪的时候,"格温德瑞反问,"您相信吗?"

亚瑟皮笑肉不笑地肯定了这个问题的尖刻。"当我还是你这个年纪的时候,"他说,"我相信自己可以重新创造这个世界。我相信这世界需要诚实和善良。我也相信,如果你善待人民,如果你赋予他们和平与正义,他们就会充满感激。我以为我可以驱散所有邪恶。"他一时语塞。"我想我是把人民当成了狗,"他沮丧地说道,"如果你为他们投入足够多的感情,那么他们就会变得温顺,但他们不是狗,格温德瑞,他们是狼。国王必须统御千千万万野心,还有欺下犯上者的野心。人前大家对你阿谀奉承,人后又对你阳奉阴违。人们这一刻还言之凿凿地向你发誓永远效忠,下一刻却密谋将你除之后快。如果你能从他们的阴谋当中幸存下来,那么有一天你会发现,自己变得像我一样胡子灰白,到那时你再去回顾你这一生,突然意识到居然什么成就也没有。什么都没有。你可以赞叹那尚在母亲襁褓中的婴儿,可等他们长大以后,却蜕变成磨牙吮血的杀人犯,你倾其一生所奉行的正义将变得一文不值,受你庇护的人仍然忍饥挨饿,而你曾经击败的敌人将再度威胁你的边疆。"他越说越生气,忽又一笑置之,愤怒之情烟消云散。"这就是你想要的吗?"

格温德瑞与他父亲四目相对。我一度以为他要放弃,或者继续和他父亲争辩,但他却给出了一个很好的答案。"父亲,我只想要善待人民,"他说,"守护他们平安,并为他们伸张正义。"

听到自己说的话又还给了自己,亚瑟面带笑意。"这样我们或许应该

亚瑟王

让你成为国王,格温德瑞。但是现在的情况呢?"他走回炉子,"我们不能带兵借道格温特,莫里格会阻止我们,但如果我们不带兵,我们就不可能得到王位。"

"用船。"格温德瑞说。

"船?"亚瑟问。

"在我们的海岸上,怎么也得有四十多条渔船吧,"格温德瑞说,"每条渔船可以携带十个或十几个人。"

"但不包括马匹,"加拉哈特说道,"我怀疑那些船根本不能载马。"

"所以我们必须在没有马匹的情况下战斗。"格温德瑞说。

"我们甚至都不需要战斗,"亚瑟说,"如果能够抢先到达德莫尼亚,塞格拉莫也会带兵加入我们,我想莫里格哪怕再年轻气盛也会举棋不定的。如果伊仑之子欧依戈斯再向东引兵发往格温特,莫里格肯定不敢轻举妄动。我们可以用疑兵之计唬住莫里格,让他动弹不得。"

"为什么欧依戈斯会帮助我们对抗他自己的女儿?"我问。

"因为他不在乎她,这就是原因,"亚瑟说,"我们并没有和他的女儿战斗,我们是和桑森作战。阿尔甘特可以继续留在德莫尼亚,但她不能成为王后,如果莫德雷德死了她就做不成。"他又打了个喷嚏。"我看你得尽快去德莫尼亚一趟,德瓦。"他补充说道。

"为什么,阁下?"

"为了一探耗子神的虚实。他诡计多端,需要一只猫来给他一点儿教训,而你正好爪牙锋利。你可以展示格温德瑞的旗帜。我不能去,因为那样会引起莫里格的注意,但是你可以在没有人怀疑的情况下渡过塞文海,等莫德雷德去世的消息传来,你就在卡丹城堡打出格温德瑞的旗号,并且确保桑森和阿尔甘特无法到达格温特。好好看住他们,告诉他们这么做是出于保护。"

"我需要人手。"我提醒他。

"先带一船的人,再去指挥伊撒的人。"亚瑟一到做出决定的时候就振奋异常。"塞格拉莫也会为你提供军队,"他补充道,"等一听到莫德雷德驾崩的消息,我就会带着格温德瑞和士兵一起赶来。当然,前提是我还活着。"他说完又喷嚏连连。

"您肯定能的。"加拉哈特不动声色地回答。

"下周,"亚瑟用布满血丝的眼睛抬头看我,"下周就去,德瓦。"

"遵命,大人。"

他弯下腰,把另一块煤扔到炽热的火炉里。"众神可鉴,我从来不想坐上那个王座,"他说,"但不管怎么说,我的一生都是为了捍卫它而战。"他嗅了嗅。"我们要开始征集船只了,德瓦,你负责在卡丹城堡召集士兵。如果我们能成功制造声势,那莫里格也要三思而后行了。"

"如果他执迷不悟呢?"我问。

"那我们就输了,"亚瑟说,"输了。除非打上一仗,但我不想这么做。"

"您一向如此,大人,"我说,"但您总能打赢。"

"侥幸,"亚瑟神色黯淡,"侥幸。"

他拿起火钳从火上取出马蹄铁,我也动身去找能够渡海的船只。

第二天早上，大海回潮，尤斯卡的河面让西风吹打成无数短急的波浪，我顶着风踏上了巴里格的船。巴里格是一个渔夫，娶了我同父异母的妹妹琳娜，在发现自己居然与德莫尼亚的领主扯上关系时，他反倒哈哈大笑，觉得滑稽。当然，这意想不到的关系也让他从中获益，不过所有好运都是值得的，因为他是一个很能干的体面人。这会儿，他吩咐我的六名士兵掌管船桨，又命令另外四个人蹲坐在船舱里。我在伊斯卡只有十几名士兵，其余的人都和伊撒在一起，但我估计这十个人应该能保证我安全抵达敦卡里克。巴里格邀请我坐在转向桨旁边的木箱上。

"晕船忍不住要吐的时候请您往大海里吐。"他爽朗地补了一句。

"我不是一直如此吗？"

"还真不是。上次您吐得昏天黑地，害得整个甲板都是您的早餐，大概是因为吃坏了东西，嗯。解开缆绳，你这个懒骨头！"最后一句是对船员喊的，那人是一名撒克逊奴隶，在巴顿山被俘虏，现在娶了一个不列颠人做妻子，还生下了两个孩子，别看他和巴里格总是吵闹，两人的友谊是经得起考验的。"他很懂航海之术哩，我很欣赏他。"巴里格品评着那个撒克逊人，然后弯下腰，准备松开同岸上拴连的缆绳。他正要动手，忽然听到一声呐喊，我们俩都抬起头，看到塔利辛从伊斯卡圆形剧场的草地上匆匆向我们跑来。巴里格紧紧地将系泊绳握在手中。"您想让我等等吗，大人？"

"是的。"我站起身，等着塔利辛接近。

"我要和你们一块儿去，"塔利辛喊道，"等等我！"除了一个小皮包和一把镀金竖琴外，他什么都没带。"等等！"他再次呼喊，然后手提白色长袍的下沿，脱掉了鞋子，蹚进尤斯卡河岸的糯泥里蹒跚过来。

"等不及了，"吟游诗人还在泥巴里艰难跋涉，巴里格却忍不住抱怨，"潮水不等人。"

"就一下，就一下。"塔利辛并不放弃。他把竖琴、包和鞋子都扔到了船上，最后搂高长袍，踩进水里。巴里格伸出手，紧紧抓住吟游诗人的手，毫不客气地将他拖上船。塔利辛跌趴在甲板上，找到了他的鞋子、包和竖琴，然后从长袍里拧水。"您不介意我跟来吧，大人？"他问我，银色的发带都歪向一边。

"为什么要介意呢？"

"我其实并不是有意与你同行的。我只想途经德莫尼亚。"他捋直了银色发带，向我那群咧嘴而笑的士兵皱起了眉头。"这些家伙知道怎么划桨吗？"

"他们当然不知道，"巴里格替我回答，"他们当兵的一无是处。大家一起用劲啊，你们这群混蛋！准备好了吗？向前推！桨向下划！"他有些绝望地摇了摇头。"还不如教猪跳舞。"

从伊斯卡出海大约有九英里行程，借助海水退潮以及河流漩涡，我们很快就驶入大海。尤斯卡在泥滩之间波光闪闪，这些滩涂又一直向上延伸到休耕地，现在成了光秃秃的树林以及广袤的沼泽地。河岸上可以看到用柳条编成的捕鱼陷阱，苍鹭和海鸥争抢着因为潮汐影响而落单拍水的鲑鱼。沙锥鸟爬上自己的巢穴振翅高飞，红脚鹬则唱起哀怨的歌声。我们几乎不需要桨，因为潮流和漩涡足够让我们快速航行，我们一到塞文海的入海口，水域顿显开阔，巴里格和船员旋即升起了一面破烂的棕色船帆，鼓着西风继续航进。"收起桨来。"他命令我的士兵，自己抓起了转向桨，兴致勃勃地坚守岗位，监督小船一头扎入第一道大浪。"今天浪头比较大，大人，"他兴高采烈地喊道，"赶快来舀水！"他又对我的士兵招呼道。"船里不能有水。"我开始晕船，巴里格则幸灾乐祸地咧嘴一笑。"还有三个钟

亚瑟王

头,大人,然后我们就能让您上岸啦。"

"你不喜欢船吗?"塔利辛问我。

"厌恶至极。"

"向玛纳怀登祈祷,或许能够免受晕船之苦。"他平静地说。他往我面前拖了一张渔网,自己坐在上面。他对船的猛烈摇晃不为所动,反而有乐在其中的意思。"我昨晚在圆形剧场睡了一觉,"他告诉我,"我就喜欢幕天席地,"看到我身子难受无法回应,他又继续说道。"耸立的座位看起来和梦庙里的一模一样。"

我瞥了他一眼,他的话让我想起怀君岛的托尔峰顶上,梅林曾经也拥有一座梦庙,我翻江倒海的恶心也好了许多。梅林的梦庙是一个木质结构的中空建筑,他说这样能够让神的声音更加洪亮,可以想见,伊斯卡的罗马圆形剧场那又高又向前微倾的座位也是为了能够让环绕的沙地竞技场拥有同样的氛围。"那你预见未来了吗?"我鼓起勇气问他。

"只看到了一些,"他承认,"但昨晚我还在梦中见到了梅林。"

他一提起这个名字,瞬间驱走了我肚子里最后的一丝不适。"你和梅林谈话了吗?"我问。

"是他对我说,"塔利辛纠正我,"但他听不见我的声音。"

"那他说了什么?"

"大人,他说了很多很多,没有一件事是您希望听到的。"

"到底是什么?"我还是问道。

船从滔天的波浪中俯冲而下时,他不由得抓住了船尾柱。海水从船首喷薄进来,溅湿了我们绑在一起的盔甲行囊。塔利辛将他的竖琴护在长袍底下,然后摸了摸头上的银色发带,确认东西都在。"依我看,大人,您正涉足险境。"他平静地说道。

"是梅林托梦,"我摸了摸海威贝恩的剑柄,"还是你的一个幻象?"

"只是一个幻象,"他坦白,"正如我曾经告诉过您,大人,与其琢磨飘忽不定的幻象不如对眼下的景象审视清楚。"他顿了顿，仿佛在斟酌要说的下一句话。"我想，您大概还没有听到莫德雷德去世的确切消息？"

"的确没有。"

"如果我的幻象属实，"他说，"那么您的国王根本不是朝不保夕，而是痊愈康复了。但我可能是错的，但愿我的预示是错的，但您有过任何预兆吗？"

"关于莫德雷德的死？"我问。

"关于您自己的未来，大人。"他说。

我想了一下。我曾经用捕捉鲑鱼的渔网做过一次小小的占卜，但我将其视作内心的迷信作祟，而非众神的旨意。更令人担忧的是，阿尔送给夏汶的那枚蓝绿色玛瑙戒指竟然自己掉落了，我的一件旧斗篷也让人偷了，这两件事都可以解释为不好的预兆，但或许仅仅只是意外事故。究竟孰是孰非的确难说，每件事情似乎又轻微得不足以向塔利辛提及。"我最近并没有什么不顺心的事。"我回答他。

"很好。"他跟着船的摆动摇摇晃晃。黑色长发迎风飞扬，我们的风帆吹得鼓荡而膨胀，磨损的边缘也猎猎作响。海风掠过白色波浪的顶峰，不断将水雾刮进船内，不过我感觉从船体裂缝中涌进来的海水要更多些。我的士兵见状赶紧往外舀水。"但我觉得莫德雷德还活着，"塔利辛继续说道，无视船中央热火朝天的大家伙儿，"之所以散播他不久于世的消息，其实是一个诡计。但我不能起誓。有时我们把恐惧误认为预言，可我真的梦见了梅林，大人，他说的每一句话都不是我的凭空想象。"

我又摸了一下海威贝恩的剑柄。只要提起梅林，任何有关他的消息都能让我心头一暖，可这次塔利辛的冷静话语却令我不寒而栗。

"我梦见梅林在密林深处，"塔利辛用他特有的语气继续说道，"他找不到出路；其实是每当他刚刚开辟出一条道路时，就有一棵树像野兽一样嘶吼着冲过来，又挡住了他的去路。在我的梦中，梅林陷入困境。我在梦

亚瑟王

中与他交谈,但他听不到我的声音。我想这大概是在告诉我,他被困在某个地方无法脱身。如果派人去找他,不仅找不到,还有可能丧命。但我知道他需要帮助,所以才会给我托梦。"

"那林子在哪里?"我问。

吟游诗人向我投来黑暗深沉的目光。"大人,或许根本就没有什么林子。梦境就像诗歌。它们的存在并不是世界的确切形象,而是表达其中某种深意。我想,这片林子是在告诉我,梅林身陷囹圄,脱身乏术。"

"一定是妮慕。"我一口咬定,除此之外,我实在想不到还有谁吃了熊心豹子胆敢挑战梅林。塔利辛点点头。"我想也是,她囚禁了梅林。她想要获得他的力量,等得手以后,她不惜绑架整个不列颠来实现自己的梦想。"

我发现自己甚至很难回想起梅林和妮慕。这么多年过去了,我们并没有顺遂他们的意志生活。我们一直为莫德雷德的存在、莫里格的老谋深算以及亚瑟浪迹天涯的一厢情愿所牵累,丝毫没有顾及梅林那前途迷茫而充满未知的恢弘梦想。正因如此,我们的世界岌岌可危。"可妮慕的梦想,"我驳斥道,"其实和梅林一样。"

"不对,大人,"塔利辛温和地辩解,"事实并非如此。"

"她想要的和他一样,"我坚持说,"都是要恢复众神荣光!"

"但是,"塔利辛说,"梅林把埃克斯卡利伯还给了亚瑟。难道您看不出来,他还将自己的某些力量一同附赠给了亚瑟吗?我想了很久他为什么要这么做,梅林永远都不会向我解释,但我现在想明白了。梅林其实知道,如果众神失败,亚瑟就有可能成功。亚瑟的确不负众望收获了胜利,但他在巴顿山的胜利并非一锤定音。不列颠的命运的确又重新回到不列颠人自己的手中,但这并没有挫败基督教的蔓延势头,所以对古老的众神来说,这又是一场失败。大人,妮慕永远都不会接受这种不完全的胜利。在妮慕看来,我们与众神是一荣俱荣、一损俱损的关系。只要众神回归并且她的敌人折戟沉沙，她才不关心不列颠会为此付出怎样恐怖的代价，为了实现这一点，大人，她需要埃克斯卡利伯。她渴望收集所有神器，这样才能重新燃起篝火，众神也将不得不做出回应。"

我明白了。"不只是埃克斯卡利伯，"我说，"她还觊觎格温德瑞。"

"的确如此，大人，"塔利辛表示认同，"统治者的儿子就是权力的源泉，无论他是否情愿，亚瑟是不列颠不争的杰出领袖。如果他选择自己做国王，大人，那他完全配得上至尊王的殊荣。所以，是的，她的确想要格温德瑞。"

我盯着塔利辛的侧影。他看起来很享受航船可怕的颠簸。"你为什么要告诉我这些？"我问他。

我的问题反而使他困惑。"我有什么理由不告诉您呢？"

"因为你告诉了我，"我说，"就相当于警告我去保护格温德瑞，如果我保护格温德瑞，那么我就是阻止了众神回归。如果我没弄错的话，你是希望看到众神回归的。"

"我是希望，"他承认道，"可梅林求我务必要告诉你。"

"那为什么梅林要我去保护格温德瑞？"我依然不解，"他不也是希望众神回归的吗！"

"大人，您忘了，梅林预见了两条路。一条是神的道路，另一条是人的道路，亚瑟属于第二条道路。如果亚瑟兵败身死，那么我们就只有神可以指望了，我想梅林其实心里知道，众神已经不再眷顾我们了。还记得高文的事情吗？"

"死了都没放过他，"我忧郁地回答，"让他擎着旗帜投入战斗。"

"他是死了，"塔利辛纠正我，"然后被放进了圣锅。大人，原本他应该复活才对，因为圣锅有这个魔力，而他没有。他永远停止了呼吸，这就意味着古老的魔力正在衰弱。但它并没有消亡，我怀疑它会在最终消亡之前制造一场浩劫，可我又感觉，梅林是想告诉我们，我们凡人的幸福要向凡人自己寻求，而不是向众神祈求。"

高高的船首劈开一道巨大的白色波浪，碎浪让我不由闭上双眼。"那你说说，"等碎浪散去，我又说道，"梅林失败了吗？"

"在我看来，高文没有因圣锅复活时，梅林就已经知道他失败了。为什么还要把高文的尸骨带到巴顿山呢？因为梅林想到，哪怕只能派上一丁点作用，他也不惜动用高文的尸骨来召唤神力，物尽其用而已。"

"可他仍然把骨灰带给了妮慕。"我说。

"是的，"塔利辛承认，"但那是因为他答应过要帮助她，高文的尸体哪怕烧成灰也会留下些许神力。梅林或许知道他失败了，但是像任何男子汉一样，他不愿放弃自己的梦想，说不定他认为妮慕具备召唤诸神的力量呢？然而大人，他没有预见妮慕竟会滥用他的魔力。"

"反过来惩罚他。"我无比苦涩地说。

塔利辛点点头。"因为他的失败，她鄙视憎恶他，她还相信梅林隐瞒了自己的知识，所以哪怕是现在，大人，哪怕是到了梅林风烛残年的晚年，她都在逼迫梅林倾吐自己的秘密。她其实知道很多，但她并非全部知道，如果我的梦境属实，她仍在贪婪地汲取他的知识。她可能需要数月或数年的时间才能洞悉一切，但是她十分善于学习，大人，等学成以后，她一定要亲身运用这层力量。我想，您会第一个作见证。"当船急剧从波浪上倾跌时，他双手紧紧抓住了渔网。

"大人，梅林一再命令我要警告您，所以我才过来找您，但究竟想警告什么，我也不知道。"他笑了笑聊表歉意。

"警告我不要前往德莫尼亚？"我问。

塔利辛摇了摇头。"我认为您将面临的危险远非潜伏在德莫尼亚的敌人所能比拟。等待您的命运凶险异常，大人，梅林甚至为此哭泣。他还告诉我，他现在只求一死。"塔利辛凝视着船帆，"如果我知道他在哪里，大人，如果我有这个能力，我真宁愿带您了结他的痛苦。但我们必须先等妮慕现身。"

我握住海威贝恩冰冷的剑柄。"所以你的建议是？"我问他。

"我还不够资格为领主建言献策。"塔利辛说。他向我回眸一笑，我突然看到他深陷的眼窝里露出冰冷刺骨的炯炯目光。"对我而言，无论您是生还是死，于我都没有关系，因为我只是个吟游诗人，而您存在于我的歌曲之中，但是现在，我承认，我会跟着您一起谱写歌曲的旋律，如果有必要，我也会编修一二。梅林有求于我，我自然要帮他完成使命，但我认为，他这次或许能救你一次，但与此同时，他又把你推向了另一个更大的危险。"

"我没听懂。"我抢白道。

"大人，其实我们都不理解。我相信未来会变得越来越清晰。"他语气和缓，但我的恐惧却像乌云压顶一样萦绕不散，心中忐忑似大海一样汹涌澎湃。为了寻找慰藉，我摸了摸海威贝恩的剑柄，向玛纳怀登祈祷，并告诉自己塔利辛的警告只是源自他的一个梦而已，梦是不会害死人的。

但他们可以，他们也这么做了。在不列颠的某个地方，在某个暗无天日的地方，妮慕得到了圣锅，并且正在用它制造噩梦。

巴里格让我们在德莫尼亚的某个海滩上上岸。塔利辛愉快地向我告别，健步如飞地向沙丘走远。"你这是要去哪儿？"我向他背影呼喊。

"走到哪儿算哪儿，大人，"他招呼完就消失了。我们换上了盔甲。这次我并没有带上最好的装备，只有一副勉强可用的旧胸甲和一个破旧头盔。我把盾牌挂在背上，拿起我的矛，跟着塔利辛的足迹踏上内陆。

"您知道我们在哪里吗，大人？"伊切林问我。

"足够近了，"我说。在雨中，我可以看到山峦，"往南走可以到敦卡里克。"

"您想让我悬挂旗帜吗，大人？"伊切林问道。我们带的并非星旗，而

亚瑟王

是格温德瑞的旗帜，上面有亚瑟的熊与德莫尼亚的龙，但我决定暂时不这么做。在强风中举起旗帜并不明智，更何况，十一名长枪兵簇拥在巨大的旗帜下行进，只会显得可笑，谈不上威风，所以我决定等到伊撒的人加入以后再展开旗帜。我们在沙丘间找到了一条小路，然后沿着荆棘和榛木一直走，来到六个小屋前。村民看见我们拔腿便跑，只留下一个佝偻残疾的老太太。我们走近前去，她匍匐在地，轻蔑地向我们吐口水。"你们什么也得不到，"她声音嘶哑，"除了粪堆，我们这里什么都没有。"

我蹲在她身边。"我们什么也不要，"我告诉她，"除了一点儿消息。"

"消息？"她觉得奇怪。

"你知道你的国王是谁吗？"我轻声问她。

"乌瑟，大人，"她说，"一位伟人，就是他，大人。如同神明！"

我们在这里套不出任何消息，这点是显而易见的了。看来只能继续前进，中途停下来吃了些行囊里的面包和干肉。明明是在自己的国家，但很奇怪，我们就像步入了敌人的腹地一般，我责备自己太在意塔利辛模棱两可的警告，继续顺着两侧树木繁茂的小路行进，到了傍晚时分，我带领这一小队人马通过树林，来到地势更高的地方，心想或许可能看到其他士兵。但什么也没有发现，南方远处，一缕残阳穿过云堤，照耀着怀君岛绿意盎然的托尔山。

我们没有生火。直接在山毛榉树下露宿，早上醒来，浑身又冷又僵。我们继续向东走，借道光秃秃的树下，从我们脚下俯瞰，男人们正在地里犁沟，妇女负责播种，孩童吆喝着吓跑鸟儿，不让它们偷吃种子。"以前在爱尔兰我也干过这活计，"伊切林说，"一半的童年都在赶鸟儿。"

"不如在田沟里放一只死乌鸦，这方法不错。"一名士兵说道。

另一人则建议说："也可以在靠近田地的树上钉几只乌鸦。"

"没有用，"第三个人插道，"只会让你心里感觉好一点儿罢了。"

我们沿着篱笆之间的狭窄小道继续前进。嫩叶还没有完全舒展，藏不住树上的鸟巢，喜鹊和松鸦忙着偷蛋，等我们走近时，它们叽叽喳喳尖叫。

"总有人会知道我们来到了这里，大人，"伊切林说，"他们或许看不到我们，但他们会听到这些鸟叫。"

"没关系。"我说。我甚至觉得没有必要做贼心虚似的躲躲藏藏，充其量是因为我们人数很少，像大多数战士一样，我也希望自己身旁前呼后拥，人数越多我感觉也越舒坦。所以在和大部队会合之前，我们应尽全力隐迹匿踪；但是临近中午的时候，我们沿路走出了树林，跋涉到连接福斯路的开阔地带。野兔在草地上舞蹈，云雀在我们头上歌唱。我们什么人也没有看见，可是农民肯定看到了我们，毫无疑问，我们路过的消息已经不胫而走。全副武装的士兵总会引起民众恐慌，所以我让一些人在前面高举着盾牌领路，好让当地人能够看到盾牌上的徽章，知道是他们的子弟兵。直到我们走过罗马道路、接近敦卡里克以后，我才看到了另外一个人，那是一个女人，当时我们还离她很远，因为看不清我们盾牌上的星形图案，她撒腿就跑到村子后头的树林里躲了起来。"这里的人都很紧张。"我对伊切林说。

"人们都听说莫德雷德快死了，"他吐了口唾沫，"他们难免担心未来会发生什么，但他们应该为那个混蛋的死而感到高兴。"莫德雷德还是个孩子的时候，伊切林就是他的守卫之一，这层经历让这位来自爱尔兰的长枪手对国王产生了深深的仇恨。我很欣赏伊切林，虽然人并不算很聪明，但在战斗中坚韧不拔，品性忠诚而勤勉。"他们担心会爆发战争，大人。"他补充道。

我们顺着流经敦卡里克的河流，绕过房屋，来到陡峭的小路，来到小山丘的栅栏旁。一切都很安静。村里的街道上甚至连一条狗都没有，更令人担忧的是，栅栏前面并没有士兵守卫。"伊撒不在这里。"我不由得摸了摸海威贝恩的剑柄。没有看见伊撒并没有什么好奇怪的，本来他大部分时

亚瑟王

间都在德莫尼亚的其他地方，但我实在不解他为什么不派一兵一卒把守敦卡里克。我瞥了一眼村子，只见家家户户大门紧闭，屋顶上没有炊烟萦绕，甚至连铁匠铺上空也是干干净净。

"山上也没有狗。"伊切林有些不安地说道。敦卡里克的大厅里养了一群狗，现在这些狗早应该跑下山来迎接我们才对。与此相反，大厅的屋顶上只有啁晰的乌鸦，栅栏上叫唤的乌鸦还要更多。一只乌鸦飞出大院，从它的喙尖垂下一块长长的红肉。

爬山途中，我们不发一语。静无人声是恐怖的第一个征兆，然后是乌鸦，走到半山腰，我们嗅到了比任何气味都要强烈的恶臭——死亡的气息，事实胜于雄辩，似乎在警告我们在门户洞开的大厅内是什么在等待着我们。只有死亡。敦卡里克已经成为一片死亡地带。庭院内满是男人和女人横七竖八的尸体，大厅内更是不忍直视。尸体总共有四十六具，全是无头尸体。地上血流成河。大厅被洗劫一空，早让人翻箱倒柜，马厩也是空空如也。就连狗也难逃厄运，但它们至少还留了全尸。猫和乌鸦成了唯一的活物，一看到我们的身影便迅速四下逃跑。

我头皮发麻地走过惨案现场。过了一会儿，我注意到死者中只有十个年轻男人，他们一定是伊撒留下的守卫，其余的尸体则属于这些人的家眷。珀里格也在那里，可怜的珀里格自知无法与塔利辛角逐技艺，索性在敦卡里克定居下来，现在却横尸暴毙，他的白袍浸透了血液，弹奏竖琴的双手则因为抵挡剑击的缘故，留下了很深的伤口。伊撒不在那里，他的妻子思嘉莱也不在，因为在这阴森可怖的地方，既没有年轻女性，也没有孩童。想必年轻女子和儿童都被带走充当玩物和奴隶了，至于老年人、婴儿和守卫全部惨遭屠杀，头颅还被割下拿去邀功。这场人间惨剧看来刚发生不久，因为没有一个尸体开始浮肿或腐烂，苍蝇在血泊上空飞舞，但死者的伤口尚未见到蛆虫蠕动。

我看到大门已经从铰链上掉了下来，但现场没有任何打斗的迹象，我怀疑刽子手最初是被人请进来当嘉宾招待的。

"这是谁做的，大人？"我的一个长枪兵问道。

"莫德雷德。"我凄凉地回复。

"可他死了！不然也是命不久矣！"

"他就是要让我们这么想。"除此之外，我想不出任何解释。塔利辛已经警告过我，我担心真让他一语成谶。莫德雷德根本没有死，他已经归来并且放任手下士兵在自己的国家为所欲为。他散播死亡的谣言，目的就在于让人们放松警惕，而他真正的计划则是突然杀一个回马枪，将每一个胆敢和他唱反调的士兵杀之而后快。莫德雷德渐渐成为一匹脱缰之马，在敦卡里克的屠杀之后，他肯定会继续向东，前去寻找塞格拉莫，也可能向南和向西寻找伊撒。前提是伊撒仍然活着。

我把眼前此景归咎为我们自己铸下的大错。在巴顿山大战之后，亚瑟放弃了他的权力，我们曾天真地以为，德莫尼亚将受到那些忠于亚瑟且愿意追随亚瑟之人的庇护，莫德雷德则会因为没有兵权而受到约束。我们谁都没有预见巴顿山过后，我们的国王尝到了战争的甜头，从此一发不可收拾，成功地将数目众多的长枪兵招致麾下。现在莫德雷德手里有了兵，有兵就有政权，我亲眼目睹了这份新兴力量第一次试炼之后的恶果。莫德雷德正在举国找寻那些曾经限制他王权的人，清算所有想要支持格温德瑞登上王位的人。

"我们该怎么办，大人？"伊切林问我。

"我们回家，伊切林。"我说，"回家。"这里的"家"指的是瑟卢瑞亚。我们在这里无能为力。毕竟我们只有十一个人，甚至很难有机会与塞格拉莫会合，他的部队在遥远的东方。此外，我们这帮人对塞格拉莫而言也派不上多少用场。敦卡里克小股戍卫部队或许只是莫德雷德眼里的软柿子，迎战努米底亚人的军队才是真正的艰巨任务。我甚至都不能指望能够找到伊撒——如果他还活着。所以，除了强抑沮丧的怒火之外，我们别无

亚瑟王

他法。这是一种难以形容的愤怒。对于莫德雷德来说,他的内心充满了目空一切的冰冷仇恨,而我们却感受到一种无能为力和痛苦的炽烈仇恨,因为我自知无法马上为我的领民复仇。我仿佛感觉到自己辜负了他们。我感到内疚,怒火中烧,同时又有对逝者的悲悯和痛苦。

我吩咐一人守在敞开的大门口,其他人和我将尸体拖进大厅。我本来想火化尸体,但是大院里没有足够的燃料,我们也没有足够的时间将大厅屋顶上的茅草覆盖到尸体上,所以只能将就着将尸体体面地摆成一条线,并祈祷密特拉能让我们有朝一日报仇雪恨。"最好搜查一下这个村庄。"祷告结束以后,我吩咐伊切林,但是一切都来不及了。在那天,众神抛弃了我们。

门口负责把风的人并没有保持监视。这我也不能责怪他。来到山顶上以后,我们的思绪全都乱了,哨兵忍不住会看血流成河的院落,而不是监视门外,所以当他看到骑兵冲过来的时候已经太晚了。我听到他惨叫一声,等我跑出大厅时,哨兵已经死了,一个浑身黑衣的戎装骑士正从他的尸体上拔出长枪。"抓住他!"我喊完便朝那骑士跑了过去,我以为他会掉转马头,哪知他没再管那根长枪,反而策马踏入院落,他的身后突然出现更多的骑兵。

"集合!"我张口大喊,另外九人迅速在我身边围成一个小型盾墙,只是大多数人手里都没有盾牌,因为我们刚把尸体拖进大厅,有些人甚至连长枪都没有。我拔出海威贝恩,但是我知道我们机会渺茫,因为对方有二十余名骑兵,后面还跟着更多人。他们一定是在村外的树林里等待,或许是等着伊撒自投罗网。我在贝诺克用过同样的计策——我们会在一些偏远的前哨站杀死法兰克人,然后伏击等待更多敌人落入陷阱,现在反被以其人之道还治其人之身了。

我没有认出这些骑兵,他们的盾牌上没有留下任何徽章。一些骑兵的皮盾甚至涂上了沥青,但这些人并不是伊仑之子欧依戈斯手下的黑盾战士。他们是一群令人生畏的沙场老兵，留着胡须，披头散发，眉目间透出近乎冷酷的自信。领头一人骑着一匹黑马，头戴一顶漂亮头盔，贴腮片上还镌刻着图案。他的手下展开格温德瑞的旗帜时，他放声大笑起来，然后转过身，策马向我迎了过来。"德瓦大人！"他向我打招呼。

我有意对他视而不见，眼睛望着满地鲜血，脑袋里不切实际地思考逃脱的手段，但我们已经被这群骑兵团团围住，只要一个命令，对方便会毫不犹豫地拔出长枪和利剑杀死我们。"你是谁？"我向那个头戴华丽头盔的男人发问。为了让我看清他的脸，他收起了贴腮片，对我微笑。那不是个令人愉快的笑容，他也不是别人，正是亚瑟的双胞胎私生子之一——安赫。"亚瑟之子安赫。"我说出他的名字，然后吐了口唾沫。

"是安赫王子。"他纠正我。像他的兄弟罗赫一样，安赫也曾对他私生子的身份愤懑不满，所以才铁了心要僭越王子的称号，即使自己的父亲并不是国王。他这个行为是一种病态的自负，不过自从我上一次在巴顿山见到他以后，他的样貌却发生了很大的改变。首先看上去更老了些，体格也更加强壮。他的胡子长密了，鼻子上留下了疤痕，胸甲上多出来十几处长枪刀刃的痕迹。在我看来，安赫在阿莫里凯的战场上得到了历练，但这份成熟丝毫没有抹杀他那郁郁寡欢的怨恨。"我没有忘记你在巴顿山对我的侮辱，"他告诉我，"我每时每刻都在渴望复仇。但我想，我兄弟见了你会更高兴。"从前就是我按住罗赫的胳膊，让亚瑟砍下了他的手臂。

"你兄弟人在哪里？"我问。

"和我们的国王一起。"

"你的国王是谁？"我问。我明知答案，却希望得到确认。

"和你的一样，德瓦。"安赫说道，"我亲爱的叔叔，莫德雷德。"我暗自心想，在巴顿山之后，安赫和罗赫还能去哪儿呢？像其他许多无主的不列颠人一样，他们会簇拥至莫德雷德麾下寻求庇护，眼见这么多走投无路的丧家之犬聚集在自己的旗帜之下，莫德雷德自然喜不自胜。更何况这其

亚瑟王

中还有亚瑟的儿子!

"国王还活着吗?"我问。

"他好得不能再好了!"安赫欢呼起来,"他的王后向克洛维斯付了赎金,比起将我们赶尽杀绝,克洛维斯显然更愿意接受金钱。"他微笑着向他的人示意。"所以我们来到了这里,德瓦。现在我们该要为今早的行动画上句点了。"

"我会把你的灵魂献祭给这些惨死的人。"我一边说一边用海威贝恩指着敦卡里克院落中的黑色血泊。

"你的下场只有一个,德瓦,"安赫身子在马鞍前倾,"那就是听凭我、我兄弟以及我叔叔的发落。"

我毫无惧色地盯着他。"我曾经忠诚地为你叔叔效劳过。"

安赫满脸坏笑。"但我怀疑他不再需要你为他效劳了。"

"那我也该功成身退了。"我说。

"我看不行,"安赫轻讽道,"我的国王还想最后再见你一面,我知道我的兄弟也渴望能和你说几句。"

"我宁可远走他乡。"我说。

"不行,"安赫坚持道,"你得跟我走一趟。放下你的剑。"

"有种你来拿,安赫。"

"这可是你逼我的。"他摆出毫无顾忌的架势,他有什么可忌惮的呢?他的人数超过我们,而且我们至少有一半人没有盾牌和长枪。我转向我的手下。"如果有人想要投降,"我对他们说道,"现在可以走出来。但我本人会斗争到底。"有两个手无寸铁的士兵踌躇着想迈上前去,但碍于伊切林的喝阻,他们僵住了。我向他们挥了挥手。"走吧,"我伤心地招呼道。"我不会拉上不情愿的战友一起踏上宝剑之桥。"这两个人走开了,谁知安赫向他的骑兵点头示意,骑兵上前围住那两人,毫不留情地挥剑乱砍,敦卡里克的山顶又洒下了鲜血。"你这个混蛋!"我怒不可遏地大喊一声,向安赫冲了过去。但他只是抽动缰绳，骑马离开了我的攻击范围，就在他躲开的时候，他手下向我的矛兵发起了冲锋。

又是一场屠杀，我无能为力。伊切林杀死了安赫一个手下，但还没等他把长枪从死者肚子里拔出来，另一名骑士就从背后砍倒了他。我的人很快就被屠戮殆尽。至少，安赫的长枪兵还算仁慈，他们没有折磨我的人，而是用蛮力直接将我的人切碎、刺死，没有让他们身首异处，没有让他们的灵魂无助徘徊。可后来的事情我记不太清了，因为正当我追向安赫的时候，他的一个手下策马来到我的身后，往我的后脑勺重重敲了一下。我跌倒在地，脑袋像是蒙了一层黑色雾气，只能隐隐约约看到些光亮。我记得自己跪倒在地，头盔又遭受第二重打击，我以为自己必死无疑了，但安赫想留我一条性命，等我恢复意识的时候，发现自己躺在敦卡里克的一块粪堆上，手腕上系着绳子，海威贝恩的剑鞘却挂在安赫的腰上。我的盔甲已经被剥了下来，脖子上的薄金项圈也不见了，但安赫和他的手下并没有找到夏汶的胸针，我仍然能够感觉到它安全地置于上衣下面。现在他们忙着用刀剑斩断我的长枪枪头。"混蛋！"我在咒骂安赫，但他只是咧嘴坏笑，又转身继续他的可怕暴行。他用海威贝恩砍断伊切林的脊椎，揪着头发抓住脑袋，把它扔到一旁的京观之上。"真是一把好剑哩！"他故意手握海威贝恩冲我说道。

"那就用它送我入彼世。"

"要是我给了你一个痛快，我兄弟永远也不会原谅我。"他用褴褛的披风清理海威贝恩的剑刃，随后将其插入剑鞘。他向三名手下招手，从腰带上拿出一把小刀。"在巴顿山，"他恶狠狠地盯着我，"你骂我是杂种，还咒我是满身蛆虫的丧家之犬。你以为我会忘掉这侮辱吗？"

"只有真相才令人难忘。"我不得不强迫自己义正辞严，但我的灵魂已经惶惶不安。

"一定叫你死得难忘，"安赫说，"但现在你只需忍受毛发修剪之苦。"

亚瑟王

他向手下点了点头。

我不肯就范，虽然双手被束缚，但我的脑袋还可以撞动，但这根本阻止不了他们。两个男人紧紧地将我按在粪堆上，第三个人抓住我的头发，和安赫一起右膝盖顶住我的前胸，硬是开始剃断了我的胡子。他的动作很粗暴，每次都切到了皮肤，剃完一点儿就丢给一旁咧嘴直笑的男人，那男人一边笑一边将胡子编成短绳。绳子一编完，他就将其套在我的脖子上示众。对被俘的战士来说，用奴隶自己的胡须将其束缚是最骇人听闻的羞辱。他们用尽一切嘲笑我，安赫突然猛地拽了一下胡须做的绳子，我向前一瘫，只能四脚撑地。"伊撒也是一样的下场。"他说。

"骗子。"我无力地反驳道。

"他的妻子就在一旁看着，"安赫满脸邪笑地说道，"然后我们又掉过头，让他眼睁睁看我们是怎么修理他老婆的。两个家伙现在都死了。"

我往他的脸上吐唾沫，但他只是哈哈大笑。我嘴里骂他是骗子，心里却对他的残暴不仁深信不疑。我心里暗叹，莫德雷德竟能如此神速地返回不列颠。在他命不久矣的消息闹得沸沸扬扬之时，阿尔甘特将囤积的金币送给了克洛维斯，克洛维斯见钱眼开，放了莫德雷德一马。现在，莫德雷德以迅雷不及掩耳之势踏海返回德莫尼亚，急欲清算自己的敌人。伊撒已经死了，不用说他的大多数手下和我留在德莫尼亚的士兵也已惨遭毒手，我自己也成了阶下囚。只剩下塞格拉莫可以指望了。

他们把牵我的那根绳子绑在安赫的马尾上，接着向南开拔。安赫的四十名长枪兵一路押送，一路对我冷嘲热讽，一看到我跌跌撞撞，他们就笑个没完。格温德瑞的旗帜则让他们绑在另一匹马的马尾，拖泥带水一路曳行。

他们把我押到了卡丹城堡，然后把我扔进一间小屋里。这里倒不是多年以前我们监禁格温薇儿的小屋，它要小很多，门十分矮，我不得不佝偻着腰才能进去，当然押解我的人还用靴子和长枪柄"帮"了我。我钻进了小屋的阴影之中，看到另一个从杜诺维瑞阿带来的男子，他的脸因哭泣不止而变得通红。起初因为我没了胡子，他甚至都没有认出我，但过不多时，他吃惊地气喘吁吁问道："德瓦？"

"主教。"因为是桑森，所以我的语气有些懒洋洋的，我们都成了莫德雷德的囚犯。

"一定是哪里弄错了！"桑森不停说着，"我不应该在这里！"

"和他们说去，"我朝着小屋外面的卫兵抬头示意，"别和我说。"

"我什么也没干。一心一意服侍阿尔甘特！看看他们是怎么打发我的！"

"别说了。"我说。

"哦，亲爱的耶稣！"他跪在地上，张开双臂，凝视着茅草丛中的蜘蛛网，"赐我一位天使！带我去向您的怀抱。"

"你就不能安静会儿吗？"但他不顾我的咆哮，依旧不停祈祷、泣涕涟涟，而我则闷闷不乐地朝着卡丹城堡的西峰眺望，那儿有一处由头颅组成的京观。我手下士兵的脑袋也在，剩下的几十个均来自德莫尼亚。京观上有一张椅子，上面盖着浅蓝色的布料，那便是莫德雷德的王座了。妇女和儿童——莫德雷德兵士的家眷——先凝视着可怕的京观，又看向我们小屋的低门，嘲弄我这张没了胡子的脸。

"莫德雷德在哪儿？"我问桑森。

"我怎么会知道？"他中断了祈祷回答我。

"那你都知道些什么？"我问。他拖着身子走到板凳跟前，抖抖索索地帮我从手腕上解开了绳索，但是有限的自由并没有带给我多少安慰，因为我看到小屋外有六名士兵把守，恐怕不远处还有更多，只是我没看见而已。一个男人正面朝入口坐在小屋外，乞求我迈过低门，这样他就有理由用手里的长枪捅我。如果和他们当中的任何一个人交手，我怕是一点儿胜算也没有。"你究竟知道些什么？"我又问了桑森一遍。

亚瑟王

"国王是两天前回来的，"他说，"和他一起的还有数百人。"

"多少？"

他耸了耸肩。"三四百？我数不清，总之人多势众。他们还在杜诺维瑞阿杀了伊撒。"

我闭上眼睛，为可怜的伊撒和他的家人祈祷。"他们什么时候抓住你的？"我问桑森。

"昨天。"他看起来很愤怒，"什么理由也没有！我还欢迎他重返家乡来着！我不知道他还活着，但我很高兴能见到他。我很高兴！可他还是逮捕了我！"

"为什么他们要逮捕你？"我问他。

"阿尔甘特声称我和莫里格私通有无，主啊，这怎么可能！我压根儿不会写信。这您是知道的。"

"你可以委任他人代劳，主教。"

桑森换了一副义愤的表情："我为什么要跟莫里格通信？"

"因为你在算计要将王位送给他，桑森，"我说，"先别着急否认。我两周前还和另一个当事人谈过这件事。"

"我没有写信给他！"他气冲冲说道。

我相信他，因为桑森这人老奸巨猾，根本不会把自己的阴谋写在纸上，但我并不怀疑他派遣了使者。其中一个使者——或许也是莫里格宫廷的双面间谍——已经背叛了桑森，垂涎桑森财宝的阿尔甘特坐收渔利。"不管发生什么都是你活该，"我告诉他，"想想看那些善待你的国王是如何被你设计陷害的。"

"我做的所有事情都是为了这个国家，为了基督！"

"你这只浑身蛆虫的癞蛤蟆，"我鄙夷地吐了口唾沫，"你都是为了争权夺利。"

他手画十字，厌恶地盯着我。"这都是费格尔的错。"他说。

"为什么要怪他?"

"因为他想当财务主管!"

"你的意思是他想和你一样富有?"

"我?"桑森摆出一副惊讶的表情,"我?富有?以上帝之名,我所做的一切都是积少成多,以备王国不时之需!我可是相当节俭,德瓦,相当节俭。"他继续为自己辩护,我逐渐意识到,对于他所说的每一句话,他自己都深信不疑。桑森这人两面三刀,只要他自信行为正当,他可以背叛任何人,也可以密谋杀死任何人,当初我们逮捕莱加塞特时,他就试图害死亚瑟和我,他甚至还妄图榨干国库。他做事的唯一原则就是满足自己的野心,在那个悲惨的日子终于夜幕降临的时候,我自顾遐想,如果这个世界没有了像亚瑟和昆格拉斯这样的人以后,类似桑森这样的小人便会横行霸道。如果塔利辛所言非虚,我们的神正在消失,德鲁伊将追随他们远去,伟大的国王也将就此成为历史,到那以后,无数耗子神就会跳出来成为我们的主宰。

第二天阳光明媚,微风习习,尸体堆积的恶臭也飘散进了我们的小屋。我们不能离开小屋,只能在角落处行方便。没有人送东西给我们吃,只有灌在尿泡里的臭水给我们喝。卫兵换了人,警惕不减。安赫幸灾乐祸地来过小屋一次。他拔出海威贝恩,亲吻它的剑刃,用披风擦亮,然后指着新磨的剑锋。"真是锋利无比啊,不如用它斩断你的手,德瓦,"他说道,"我兄弟就盼着斩下你的手解恨呢。他可以用来装饰自己的头盔!至于另一只嘛,可以交由我保管。我想做个新的羽冠。"我一言不发,过了一会儿,他自觉无趣,用海威贝恩劈斩蓟草,径自走开了。

"或许塞格拉莫能杀死莫德雷德。"桑森小声对我说。

"但愿如此。"

"我确信,莫德雷德准是去找他了。他先来到这里,让安赫去敦卡里克,自己骑马向东。"

亚瑟王

"塞格拉莫有多少人?"

"两百。"

"并不多。"我说。

"或许亚瑟会来?"桑森提示。

"他现在已经知道莫德雷德回来了,"我说,"但他不能借道格温特,莫里格不会答应,所以他必须乘船。我看他不会这么做。"

"为什么不会?"

"因为莫德雷德是合法的国王。亚瑟无论多么嫌恶莫德雷德,也不会否认他的王权。亚瑟不会违背对乌瑟的誓言。"

"那他就不会救你了吗?"

"怎么救?"我反问道,"这些人一看到亚瑟,第一件事就是割断我们的喉咙。"

"但愿上帝能够拯救我们,"桑森祈祷道。"但愿耶稣、玛利亚和圣徒保护我们。"

"我宁愿向密特拉祈祷。"我说。

"异教狂徒!"桑森虽然低吼,但并没有试图打断我的祈祷。

时间在流逝。那本是一个十分可爱的春日,但对我来说却格外痛苦的。我知道,我的脑袋迟早要被扔到卡丹城堡顶峰的京观里,可这不是我内心痛苦的根本原因;我之所以痛苦,是因为我辜负了自己的手下。是我领着他们落入陷阱,我只能眼睁睁地看到他们惨遭屠戮,我辜负了他们。如果我们在彼世重逢时他们责备我,那我也是罪有应得,但我知道他们只会高兴地欢迎我,这让我感到更加内疚。不过,死亡反倒对我是个解脱。因为在彼世有我的同袍战友以及两个女儿,等这场折磨结束,我的灵魂将离开躯壳,享受团圆之乐,桑森却没办法在他的宗教信仰中寻得安慰。那天他时而呜咽,时而呻吟,时而哭泣,时而咆哮,但他的哭诉始终得不到任何回应。我们就这样熬过一个夜晚和另一个饥肠辘辘的漫长日子,终于，莫德雷德在第二天下午晚些时候回来了。他骑马从东边来，身后是一群趾高气昂的士兵，向安赫的士兵致以问候。一群骑兵拱卫着国王，当中一人正是罗赫。我承认自己害怕见到他的身影。莫德雷德的一些人带着几捆包裹，我怀疑里面都是砍下的脑袋——果然不出我所料，只是数量远比我担心的要少。大概又有二十或三十几个脑袋丢在了苍蝇横飞的京观上，其中并没有黑人的头颅。我猜莫德雷德只是突袭了塞格拉莫的一支巡逻队，但他错失了主要目标。塞格拉莫还活着，这是一个安慰。所有人都想结交塞格拉莫这样的朋友，但是所有人都不想与他树敌，亚瑟能轻易成为别人的敌人，因为他总是选择宽恕，塞格拉莫却是不留情面的。努米底亚人为了手刃仇敌，哪怕只身前往世界的尽头也在所不惜。

不过，那天晚上塞格拉莫逃脱的消息对我而言并没有什么用处。听到我被捕获以后，莫德雷德大声欢呼，然后吩咐扯出格温德瑞那面布满泥巴的旗帜。他看见上面的熊和龙就笑了起来，命令将旗帜平放在草地上，和手下往上面撒尿。罗赫听说我被俘虏，甚至还跳起了舞步，要知道他的手就是在这个山顶上被砍下来的。这是对他忤逆父亲意志的惩罚，现在他可以报复他父亲的挚友了。

莫德雷德下令要见我，安赫手里握着那根用我胡子做的绳子过来抓我。和他一起来的还有一个膀大腰圆的男人，长着一对儿白星眼，嘴里没有牙齿，弯腰进了小屋的门，一把抓过我的头发，逼得我伏下四肢，然后把我推过矮门。安赫在我脖子上缠了绳子，当我挣扎着想要站立时，他又强迫我伏倒在地。"给我爬！"他命令道。嘴里无牙的畜生按着我的脑袋，安赫牵着绳子，强迫我路过在一旁嘲笑的男女老少，向山顶上四脚攀爬。在我经过的时候，人群向我投掷物品，有些人还趁机用脚踢我，其他人用长枪柄打我，但安赫没让他们过火，不至于让我残废。他之所以护我周全，是想幸灾乐祸地看看他兄弟想要如何对我发落。

罗赫在京观旁伫立等待。他右臂的残肢被银质护手包裹，护手的末端

亚瑟王

固定着一对熊爪。当我爬到他的脚边时,他不怀好意地笑了笑,异常的兴奋之情让他语无伦次。他喋喋不休地向我口吐唾沫,不由分说对着我的腹部和肋部一阵拳打脚踢。虽然他的腿很有力量,但因为他愤怒得近乎盲目,所以顶多只是让我身上多了几处瘀青。莫德雷德在他的宝座上旁观,王座恰好在苍蝇嗡嗡飞舞的京观之上。"够了!"过了好一会儿他才大喝一声,罗赫最后踢了我一脚,然后站到了一边。"德瓦大人。"莫德雷德以嘲弄的礼貌语气向我打招呼。

"国王陛下。"我回应道。我被夹在罗赫和安赫之间,贪婪的人群则聚集在一起等着看我受辱。

"站起来,德瓦大人!"莫德雷德命令我。

我站起来,眼睛凝视着他,但我看不清他的面目,因为太阳正从他身后落下,身前一阵眼花缭乱。不过我却可以看到阿尔甘特站在京观一侧,她的德鲁伊费格尔也在。他们一定是在白天从杜诺维瑞阿向北骑马而来,因为我之前并没有见到他们。她落井下石地看着我那张没了胡子的脸。

"你的胡子怎么了,德瓦大人?"莫德雷德故作关心地问。而我什么都没说。

"说话!"罗赫命令我,用假肢闪了我一耳光,我感觉到熊爪掠过脸颊的刺痛。

"被割了,国王陛下。"我说。

"被割了!"他抚掌大笑,"你知道为什么被割吗,德瓦大人?"

"不知道,国王陛下。"

"因为你是我的敌人。"他说。

"不是这样的,国王陛下。"

"你就是我的敌人!"他突然暴跳如雷,敲了椅子的把手,试探我是否会被吓到。"在我还是个孩童的时候,"他向人群宣布,"这家伙负责将我抚养长大。但他打我!他讨厌我!"人群听了以后不停戏弄我,直到莫德雷德伸手示意噤声。"这个家伙，"他用手指着我，仿佛是想诅咒我，"帮着亚瑟斩断了罗赫王子的手。"人群再一次愤怒地呐喊咆哮。"昨天，"莫德雷德继续说道，"德瓦大人带着一面奇怪的旗帜来到了我的王国，"他猛挥右手，两个人扯着格温德瑞被尿液浸透的旗帜跑上前来，"这是谁的旗帜，德瓦大人？"莫德雷德问道。

"此旗属于亚瑟之子格温德瑞，国王陛下。"

"为什么格温德瑞的旗帜会在德莫尼亚出现？"

我很想信口胡诌。或许我可以借此声明，擎着旗帜是为了向莫德雷德行朝觐之礼，但我知道他不会相信，我自己也会鄙视撒谎的行为。所以我干脆昂首回答："我希望在获知您驾崩的消息以后举起这面旗帜，国王陛下。"

我的坦白让他颇为意外。人群喃喃议论，莫德雷德用手指敲打宝座扶手。"你这是自认叛国了吗？"他过了一会儿才说道。

"不，国王陛下，"我说，"我只是设想着您有性命之虞，但我什么也没有做。"

"可你没有来阿莫里凯勤王！"他高喊斥责。

"是的。"我说。

"为什么？"他虎视眈眈地问道。

"因为不值得，不能为了营救坏人而将好人置身险境。"我指了指他的战士。这些人都在一旁大笑。

"你有没有希望克洛维斯会杀了我？"等众人笑够了，莫德雷德继续发问。

"很多人都这么希望，国王陛下。"我的诚实似乎让他颇感讶异。

"那么给我一个理由，德瓦大人，为什么我不能现在就杀了你呢？"莫德雷德问我。我沉默了一会儿，然后耸了耸肩："国王陛下，我想不出来。"

亚瑟王

莫德瑞德拔出利剑，悬于两腿之上，然后将双手平放，搭在剑刃上。"德瓦，"他宣布，"我要定你的死罪。"

"请将处刑之荣赐予我，国王陛下！"罗赫迫不及待地请求道，"请您务必恩准！"人群纷纷支持他。看我被慢慢折磨致死无疑是他们晚餐之前一档不错的余兴节目。

"你有权砍下他的手，罗赫王子。"莫德雷德下令。他右手握剑，站起身，小心翼翼地一瘸一拐从京观上走了下来。"至于取他性命，"离我很近的时候，他又接着说道，"我可是当仁不让。"他把剑刃抬到我的两腿之间，狰狞地笑着看我。"在你死之前，德瓦，"他说，"你失去的可不单单只是你的手而已。"

"但不是今晚！"从人群后面传来一个尖锐的声音，"国王陛下！不是今晚！"人群交头接耳。莫德雷德没有因为被打断而感到冒犯，反而觉得惊奇不已，但他什么也没说。"不是今晚！"那人又招呼了一遍，我转身一看，人群虽然群情激愤，但还是渐次让开了一条路，让塔利辛平静地走近。他带着竖琴和小皮包，但多出了一根黑色法杖，看起来就像一个德鲁伊。"为什么德瓦今晚不能死，且让我向您陈述一个非常好的理由，国王陛下。"塔利辛走到京观前的空地。

"你又是谁?"莫德雷德质问道。

塔利辛没有理会这个问题。相反，他走向费格尔，两人拥抱在一起，彼此吻面致意，等到正式问候完毕以后，塔利辛才回头看向莫德雷德。"我是塔利辛，国王陛下。"

"亚瑟的走狗！"莫德雷德冷笑。

"我不是任何人的走狗，国王陛下，"塔利辛平静作答，"如果您选择侮辱我，就当我什么也没说吧。反正我无所谓。"他转身背对莫德雷德，拔腿就走。

"塔利辛！"莫德雷德叫住他。吟游诗人转身看着国王，但什么都没说。"我不是故意要侮辱你的。"莫德雷德并不想招致德鲁伊的敌意。

塔利辛犹豫了一下,然后点了点头,接受了国王的道歉。"国王陛下,"他说,"我感谢您。"

他语气郑重,就像所有德鲁伊对国王讲话的口气一样,不卑不亢。塔利辛是以吟游诗人,而不是德鲁伊的身份而名扬四海的,但是在场所有人都全然将他视作德鲁伊,他也并不觉得有何不妥。他剃着德鲁伊的发式,手握黑色法杖,说起话来掷地有声,富于威严,并以同道的礼遇与费格尔问候。塔利辛显然希望人们相信他的伪装,因为德鲁伊不能受到虐待,也不能被随意处死,哪怕是敌人的德鲁伊也要遵从这一通则。在战场上,德鲁伊可以在两军之间安全行走。塔利辛的德鲁伊装扮至少可以保证他自己没有性命之忧,要换作吟游诗人可就没有这豁免之权了。

"那请告诉我,这玩意儿,"莫德雷德用剑指着我,"为什么不能在今晚处死。"

"几年以前,国王陛下,"塔利辛说道,"德瓦大人给了我金钱,让我对您的妻子施咒。诅咒她不得生育、膝下凄凉。为了施咒,我取来母鹿的子宫,往里头填满了夭折孩童的骨灰。"

莫德雷德看了看费格尔,后者点点头。"这方法的确可行,国王陛下。"爱尔兰的德鲁伊证实道。

"他说的不是真的!"我痛苦地嘶吼,罗赫随即又用假肢上的熊爪扇了我一耳光。

"我可以解除魔法,"塔利辛心平气和地说道,"但是必须在德瓦大人活着的时候才能解除,正所谓解铃还须系铃人,并且不能在太阳落山以后做。国王陛下,我必须在黎明时解除魔法,因为撤销秘咒时太阳必须升起,否则您的王后将永远无法生育。"

莫德雷德又瞥了一眼费格尔,后者点头表示认可,胡子上的小骨饰物嘎嘎作响。"国王陛下,他说的是真的。"

亚瑟王

"他说谎!"我抗议。

莫德雷德把剑推回剑鞘。"为什么你要帮我,塔利辛?"他问道。塔利辛耸了耸肩。"亚瑟老了。他的力量减弱了。德鲁伊和吟游诗人必须懂得良禽择木而栖的道理。"

"费格尔已经是我的德鲁伊了。"莫德雷德说。我原以为他是一个基督徒,但朝三暮四的品性安在他身上也不足为奇。莫德雷德从来都不是一个虔诚的基督徒,而这还是他罄竹难书的罪行当中最不值一提的一个。

"我很荣幸能够从我兄弟那儿学习到更多技能,"塔利辛向费格尔鞠了一躬,"我会发誓遵从他的教导。国王陛下,我什么都不寻求,只求有机会贡献我的小小力量,为您谋求无上荣光。"

他巧舌如簧,舌尖仿佛浸润蜂蜜。我根本没有付钱让他下咒,但是那里的每个人都信以为真,莫德雷德和阿尔甘特更是深信不疑。因此,明眉亮眼的塔利辛又多让我活了一夜。罗赫很失望,但莫德雷德向他承诺,等到黎明时,我的灵魂和我的手都将归他所有,这多少给了他一些安慰。

我被人按着向小屋爬去。途中又遭到众人的拳打脚踢,但我好歹挺了过来。

安赫从我的脖子上取下绳索,一脚把我踹进了小屋。"等黎明再见吧,德瓦。"他说。

眼前阳光熹微,我的脖间却横着一把刀,随时可以教我丧命。

那天晚上,塔利辛在为莫德雷德的人献艺歌唱。桑森曾经在卡丹城堡建了一座未完工的教堂,如今已经成了一处没有屋顶、砖墙破败的大厅,人群聚集在这里,聆听塔利辛的迷人音乐。在我看来,那天晚上塔利辛的歌唱简直前无古人,后无来者。起初,就像任何一个吟游诗人取悦战士一样,他不得不与吵闹的声音争个高下,但他娴熟的技巧终于让众人安静下来。他一边弹奏竖琴,一边歌唱哀咏,哀婉之音绕梁不绝,莫德雷德的长枪兵们充满敬畏地默不作声。等到吟游诗人塔利辛歌唱入夜以后，就连狗也停止了吠喊，安静地躺在地上。如果他在歌曲之间停顿太久，兵士便会请他再唱一曲，于是他再度放声高歌。等到旋律即将结束，他的声音也渐渐消弭，接着又在高潮部分澎湃激荡，但永远让人听了舒缓镇定，莫德雷德边喝酒边侧耳聆听，在酒精和歌声的作用下也忍不住哭泣，塔利辛不为所动，依旧为他们歌唱。桑森和我也在努力倾听，为悲伤而空灵的曲调抹眼泪，但随着参回斗转，塔利辛开始吟唱摇篮曲，甜蜜而又细腻的摇篮曲，醉酒的人听了昏昏欲睡，空气也愈发寒冷，我看到卡丹城堡上空薄雾渐起。

雾气竟然越来越稠，塔利辛仍在浅吟低唱。我不知道历尽千秋万代以后，人们还能不能听到如此神奇的歌曲。云雾在山顶缭绕，雾气使得火光暗淡，歌声的基调也变得阴暗，如同死亡之地的幽灵歌曲。

然后，在黑暗中，歌曲结束了，我只听到竖琴的甜美和弦，但是和弦的声音越来越接近我们的小屋，门口的看守坐在潮湿的草地上专注地听着音乐。

竖琴的声音越来越近，我在雾中终于看到了塔利辛。"我给你们带了蜂蜜酒，"他对看守说道，"大家分了吧。"他从袋子里拿出一个带塞的罐子，递给一名看守，当他们来回传递酒罐时，塔利辛开始为他们歌唱。他唱着最柔和的曲目，一首能够让喧嚣世界都沉睡的摇篮曲，只为了勾起看守们的睡意。看守终于一个接一个地侧倾身子，昏昏欲睡，塔利辛歌声不减，他的声音仿佛为整个要塞施加咒语一样，等到其中一名看守开始打鼾，他才停止歌唱，弹奏竖琴的手也垂了下来。"我想，德瓦大人，您现在可以出来了。"他镇定自若地说道。

"带上我！"桑森刚说完就一把将我推开，抢先要往门口挤。等我出来以后，塔利辛笑了笑。"是梅林命令我前来救您的，大人，"他说，"虽然他说您可能不会感谢他。"

亚瑟王

"我当然要感谢他啦。"我说。

"快走吧!"桑森喊道,"没时间东扯西扯了。快!快!"

"等一等,你这可怜虫。"我弯腰从一个睡着的守卫那里拿起一把长枪。

"你用的是什么魔法?"我问塔利辛。

"喝醉酒的人根本不需要什么魔法就能轻易睡着,"他说,"不过我给这些守卫的酒里掺了点儿曼德拉草根的汁液。"

"在这儿等我。"我说。

"德瓦!我们得赶紧离开!"桑森惊恐地拦住我。

"你必须等着,主教。"我一说完就溜进了雾里,模模糊糊地向火光最大的地方走去。半途而废的教堂外围着一圈未完成的木墙,梁木之间间隙很大,里面有几处篝火。教堂之内满是沉睡的人群,有些人正缓缓醒来,睡眼惺忪,像施了法一样迷迷糊糊。狗在睡觉的人中间寻觅食物,它们的动静唤醒了更多人。一些刚刚醒来的人眼睁睁看着我,却没有一个人认出我。对他们来说,我不过只是一个在夜间行走的长枪兵而已。

我在其中一处篝火旁找到了安赫。他正张着嘴呼呼大睡,并马上将以同样的姿势死去。我猛地用长枪刺入他大张的嘴里,故意停留许久,好让他睁开双眼,在弥留之际看清我的脸。等他认出我以后,我用长枪刺穿了他的脖子和脊椎,结结实实地把他钉在地上。我杀他的时候,他猛地一哆嗦,在这个世界上,他垂死的灵魂看到的最后一幕便是我的笑容。之后我弯下腰,从他腰带上取下胡须做的绳索,再解开海威贝恩,走出了教堂。我本来还想找莫德雷德和罗赫寻仇的,可越来越多的人醒了过来,其中有一个人喊着问我是谁,我只好又借着迷雾的掩护,匆匆上坡来到塔利辛和桑森等待的地方。

"我们必须走了!"桑森抱怨道。

"大人,我在壁垒旁备好了缰绳。"塔利辛告诉我。

"你想得还挺周全！"我不无钦佩地说道。话音刚落，我把自己的胡须扔进了给看守取暖的火里，当我看到最后一根胡须烧成灰烬以后，才跟着塔利辛去往北方的壁垒。他在暗处找到了缰绳，我们爬上了点将台，借着浓雾躲避守卫，然后翻过墙，落在山坡上。雾气在半山腰消散，我们快步跑到牧场，莫德雷德的大部分马匹都还在睡觉。塔利辛唤醒了其中两匹，轻轻地抚摸着它们的鼻子，在它们耳边轻声念诵，那两匹马像是通了灵一样，平静地让他把缰绳套在了头上。

"没有马鞍的马您能骑吗，大人？"他问我。

"如果有必要，今晚就算没有马都行。"

"那我呢？"我跨坐在一匹马上的时候，桑森可怜巴巴地问道。我低头看着他。说老实话，我真想把他留在这里，这家伙一辈子都不改奸诈小人的本性，我巴不得早点儿眼不见心为净，但或许今晚我们还有地方利用他，所以我伸出手把他拉到身后。"我真该把你留在这里的，主教。"等他坐好以后，我不忘说道。他没有任何回应，只是紧紧地抱住我的腰。塔利辛牵着第二匹马走向牧场，然后打开了栏门。"梅林吩咐过你，我们现在该怎么办吗？"我蹬马走过栏门，向吟游诗人问道。

"并没有，大人，明智的做法是去海边找一条船。大人，我们必须赶快，山顶上的人不会睡多久，一旦发现您不见了，他们肯定会派人来找。"塔利辛利用栏门跨坐上马。

"我们该怎么办？"桑森惶恐万分，他抱得我都发疼了。

"不然先杀了你？"我提议道，"这样塔利辛和我就能安生了。"

"不要，大人，不要！求你了，不要！"

塔利辛抬头看着迷雾中浑浊星光。"我们往西骑？"他建议。

"我知道该去哪儿。"我策马踏上通往林第尼斯的大路。

"你说去哪儿？"桑森问道。

"去见你的妻子，主教，"我说，"去见你的妻子。"这也是我在那天晚

亚瑟王

上搭救桑森的原因，因为我们最好的指望莫过于莫甘了。我怀疑她会不会帮我，如果塔利辛请求她伸出援手，她一定会往他脸上吐唾沫。但如果是为了桑森，她什么都愿意做。

于是，我们开始向怀君岛倍道兼程。

我们唤醒了睡梦中的莫甘，她来到大厅门口，脾气异常暴躁，或者说比平常骂骂咧咧的脾气更为光火。她没有认出我光溜溜的脸，也没有看到她饱受骑行之苦而落在后边的丈夫；莫甘只认出了塔利辛的德鲁伊装扮，认定他是一个冲犯圣地的异教徒。"罪人！"她刺耳尖叫，朦胧乍醒的状态并没有成为她大放厥词的障碍。"亵渎者！偶像崇拜者！以圣洁的上帝和受祝福的圣母之名义，我命令你滚开！"

"莫甘！"我向她呼唤，但就在那时，她看到了桑森一瘸一拐的邋遢身影，脸上闪带出一丝喜悦，快步匆匆向他走去。蛾眉月的月光在她金色的面具上闪闪发亮，这块面具下掩盖的是她烧伤的脸。

"桑森！"她呼喊道，"我的心肝儿！"

"亲爱的！"桑森回答道，两人在夜色中紧密相拥。

"亲爱的，"莫甘喋喋不休，抚摸着他的脸，"他们都对你做了些什么？"

塔利辛微笑旁观，就连平日里讨厌桑森并且对莫甘无感的我眼见此景，也难以抑制地笑逐颜开。在我所知道的所有婚姻中，他们这一对是最奇怪的。桑森不比任何一个男人诚实，而莫甘却比任何一个女人都要诚实，可他们偏偏能够相濡以沫，至少莫甘对桑森推崇备至。她其实天生丽质，但在杀死第一任丈夫以后，可怕的火焰吞噬了她的身体，让她的面目变得狰狞恐怖。因为美貌而爱上莫甘是不可能的，她的性格也因为毁容以后而变得乖戾，男人爱上莫甘只可能因为她是亚瑟姐姐的缘故，而且，我曾经认为桑森正是因为这层特殊的关系而对她青睐有加。但如果说他没有爱上她本人的话，那他一定是爱情高手，技巧高明到足以让她信服，同时又能够给予她幸福，我甚至愿意为此原谅耗子神的虚伪。他是爱慕她的，因为莫甘是一个聪明的女人，桑森特别看重这一点，所以他们都能从婚姻当中获益；莫甘收获了温存，桑森则得到了庇护和参谋，既然双方都不觊觎对方的肉体之欢，他们的婚姻反而比大多数人更幸福。

"在一个钟头之内，"我残酷地打破了他们幸福的团圆，"莫德雷德的人就会赶到这里。我们必须远走高飞，还有您的女人，夫人，"我对莫甘说道，"最好逃到沼泽地里去。莫德雷德的人可不会在乎您的女人圣洁与否，他们都是强奸犯。"

莫甘的一只眼睛透过面具，死死地瞪着我。"德瓦，你没了胡子以后还真像个玉面小生呐。"她挖苦道。

"没了脑袋恐怕会更不中看，夫人，莫德雷德在卡丹城堡堆起了一座京观。"

"我不知道桑森和我为什么要拯救你一个罪恶之人，"她抱怨道，"但上帝吩咐我们要仁慈。"她从桑森的怀抱中转过身去，用一种可怕的尖啸叫醒她的女仆。塔利辛和我被她吩咐着进入神庙，有人递给我们篮子，然后指示我们用篮子装上金银财宝，莫甘则派人去村庄里唤醒船员。她的行动非常高效。神庙里的人惶惶不安，但是莫甘却一派尽在掌控的架势，过了没几分钟，第一批步入平底船的人就已整装待发，随后便乘船进入笼罩不散的沼泽迷雾。

我们最后一批离开，我发誓，当船夫把平底船推入黑乎乎的水潭时，我听到了东方传来马蹄的声音。塔利辛坐在船头，开始唱起埃德菲尔的悲歌，但莫甘立刻要求他停止异教音乐。他从小竖琴上抬起手指。"音乐不分宗教，夫人。"他轻声责备她。

"你只会吟唱魔鬼的音乐！"她不分青红皂白地咆哮道。

"并不尽然。"塔利辛说完又开始歌唱，但却是一首我从未听过的

亚瑟王

歌曲。

"依偎静坐巴比伦河畔①,"他唱道,"思念家乡心惆怅,苦涩泪水欲断肠。"我看到莫甘往面具里伸入一根手指,好像在擦拭眼泪。雾气渐渐将我们团团罩住,伴随着吟游诗人的歌声,我们的船夫摇桨摆渡通过窸窣作响的芦苇和黑水,高耸的托尔山渐渐远去。等到塔利辛结束他的曲目,我们只听见船底湖水泛起的涟漪声,船夫忽地向下撑橹,船又开始向前猛冲。

"你真应该为我主基督歌唱。"桑森略带责备地说。

"我为所有的神歌唱,"塔利辛说,"在未来的日子里,我们需要众神的指引。"

"这世上只有一个神!"莫甘恶狠狠地说道。

"如果诚如您所言,女士,"塔利辛款语温言,"恐怕他今晚没有聆听您的祈祷,"他指向怀君岛,我们全部转过身来,炽热的火光透过身后的雾气弥漫开来。我之前看到过那种光芒,在同一处湖泊上看到过同样的雾气。那正是建筑物被付之一炬的烈焰,茅草熊熊燃烧的火光。莫德雷德跟来了,他将自己母亲下葬的圣荆神殿烧成了灰烬,不过置身沼泽地的我们是暂时安全的,除非他能找到向导。

德莫尼亚又一次落入邪恶的魔掌。

但是我们暂无性命之虞,黎明时分,我们找到了愿意前往瑟卢瑞亚的渔夫,并向他付了黄金。因此,我们侥幸又回到了亚瑟的身边。

有更加恐怖的事情,等待着我们。

---

① 原文出自《圣经·诗篇:137:1-4》:"我们曾在巴比伦的河边坐下,一追想锡安就哭了。我们把琴挂在那里的柳树上,因为在那里,掳掠我们的要我们唱歌;抢夺我们的要我们作乐,说:'给我们唱一首锡安歌吧!'我们怎能在外邦唱耶和华的歌呢?"——译者注

夏汶生病了。格温薇儿告诉我，当初我离开伊斯卡几个钟头后，夏汶突然病来如山倒，先是浑身颤抖，然后开始发冷汗，到了晚上几乎连站立的力气都没有了，只能病卧在床，由莫温娜照料她，并请来巫女给她喂了一种用款冬和芸香熬制的药汁，还在她胸前放了一个护身符。但是到了早晨，夏汶的皮肤开始生疖子，每一处关节都疼痛难忍，嘴巴根本无法吞咽，嘶哑的喉咙传出急促的呼吸。突然之间，她又变得歇斯底里，在床上不停挣扎，尖叫嘶吼。莫温娜认为夏汶命不久矣，并安慰着让我做好心理准备。"她觉得自己被诅咒了，父亲，"她告诉我，"因为在你离开的那天，有一位女士前来乞食。我们给了她麦谷子，但等她走了以后，我们发现门柱上有血。"

我摸了摸海威贝恩的剑柄。"诅咒是可以解除的。"

"我们从凯芬-克瑞布①找来了德鲁伊，"莫温娜告诉我，"他从门上洗刷血渍，又交给我们一块魔石。"她顿了顿，泪流满面地盯着挂在夏汶床头的穿孔石头。"但是诅咒没有解除！"她泣不成声，"她快死了！"

"还没有，"我说，"还没有。"我实在无法相信夏汶已是日薄西山，她一直都很健康，头上甚至连一丝银发都找不到，牙齿也大多健在，在我离开伊斯卡时，她还像女孩一样步履轻盈，但现在，她突然变得老态龙钟，饱经风霜蹂躏。总之她很痛苦，可她无法向我们描述这种痛苦，只能从她脸上看出来，豆大的泪珠从她双颊滚落，嘴里只顾号啕，让人心碎。

塔利辛仔细端详良久，同意夏汶的确被诅咒了，莫甘却意乌猝嗟。

---

① 位于今威尔士东部托法恩。

亚瑟王

"异教徒的迷信！"她发泄完，就忙着去端她用蜂蜜煮的草药，用勺子喂到夏汶的唇边。但我亲眼所见，莫甘喂药的动作异常温柔，毫不在意夏汶是她眼里的异教罪人。

我很无助，只能守坐在夏汶身边，握住她的手，流泪不止。她的头发变得松软，在我回来两天以后，就开始一大把一大把地脱落。身上的疖子开始爆裂，脓液和鲜血浸得整床都是。莫温娜和莫甘用新鲜的稻草和床单做了新床，但每天夏汶都会弄脏床铺，旧的床单必须丢进大桶里用沸水煮。然而痛苦仍不休止，反而变本加厉，过了一段时间，我甚至开始祈祷死亡能够让她解脱，但夏汶偏偏没有死。她仍然承受着痛苦，时而疼得大声尖叫，用一股可怕的力量紧紧攥着我的手指，我只能替她擦拭额头，呼唤她的名字，浑身上下体悟到一种孤独莫名的恐惧。

我是如此爱着我的夏汶。即使是多年以后的现在，每每想起她，我的嘴角都会扬起微笑，有时我会在夜里醒来，脸上蒙着泪水，这都是因为她的缘故。我们相知相爱似大火燎原一般炽烈，智者说，激烈的情感必有终焉，但我们的爱却没有结束，而是蜕变成为一种经久不息并且深沉复杂的感情。我喜欢她，我钦佩她，因为她的存在，日子似乎变得更加敞亮，可刹那之间，我只能眼睁睁地坐视她被恶魔折磨，看她因为痛苦而浑身战栗，疖子越变越红，越长越大，进而迸裂出污秽之物，可她依然求死不能。有几天加拉哈特和亚瑟会来接替我的照看责任，每个人都想帮忙，格温薇儿还找来瑟卢瑞亚山上最有能耐的巫女，不惜挥金如土，请她们从偏远的泉水中带来草药或圣水。库尔威奇头虽然脑袋秃了，性子依旧粗暴好战，但就是这样一个铮铮汉子也在为夏汶哭泣。他递给我一块在西边山区找到的精灵石，但是莫甘在夏汶的床上发现了这些异教魔物，像对待德鲁伊的魔石以及夏汶双乳之间的护身符一样，统统扔掉了。主教埃姆里斯在为夏汶祈祷，就连桑森在动身前往格温特以前也在一起祈祷，尽管我怀疑他的态度并没有埃姆里斯呼召上帝一样真诚。莫温娜一直在她母亲病榻忙前忙后，没有人比她的心情更加焦急。她照料她，清洁她的身体，为她祈祷，并且同她一起哭泣。格温薇儿无法忍受夏汶病房的气味，但在加拉哈特或者亚瑟照料夏汶的时候，她同我一起漫步散心，一走就是好几个钟头。我记得有一天，我们走到圆形剧场，在沙滩上踱步，格温薇儿有些笨拙地想要安慰我。"你很幸运，德瓦，"她说，"因为你的经历很难得。你拥有一场伟大的爱。"

"您也是，夫人。"我说。

她面露惭色，我希望这句话没有让她想起那段备受宠溺且不快的历史，但事实上，她和亚瑟的关系已经翻篇了。我猜想那份芥蒂还在，只是隐蔽成一个深邃的阴影，在某些时候，只要一有某个傻瓜提到兰斯洛特的名字，空气中旋即开始弥漫一种尴尬而难堪的沉默。来访的吟游诗人无知者无罪地唱起讲述妻子不忠的《布罗迪维德挽歌》，等他唱完，整个宴会厅死一般的静默。不过在大多数时候，亚瑟和格温薇儿享受的是发自内心的幸福。

"是的，"格温薇儿说，"我也很幸运。"她简短地回答，倒不是因为厌恶我，而是因为她总是对亲密的谈话感到不舒服。只有在巴顿山，她卸下过所有包袱，几乎成为与我无话不说的朋友，但从那以后，我们渐渐疏远了，不是因为我们过去的敌意，而是因为一种谨慎而又亲切的熟络。"你没了胡子以后反倒好看了，"她改换了话题，"也更加年轻了。"

"我发了誓，莫德雷德一日不死，我就一日不蓄须。"我说。

"期望你早日如愿。那臭虫一天不入土，我也死不瞑目。"她恶狠狠地说道，甚至真的担心她会死在莫德雷德之前。我们那时都四十多岁了，很少有人能活到这个年纪，当然，梅林活了八十多岁，我们也认识几个能够活到五六十岁，甚至七十岁的人，可我们毕竟还是老了。格温薇儿的红色头发布满了银丝，但她仍然是一个美女，富有力量感的脸庞依旧以傲慢的态度审视这个世界。她停下脚步，看着格温德瑞骑着马进入圆形剧场。格

亚瑟王

温德瑞向她挥手示意，然后开始测试马匹的能耐。他正在以战马的标准训练种马，训练它用蹄子向后踢，并且在静止的时候保持腿脚移动，以防敌人刺它的腿筋。格温薇儿打量了他一会儿。"你觉得他到底能不能当上国王？"她若有所思地问道。

"能，夫人，"我说，"莫德雷德迟早会犯错，到那时我们给他致命一击。"

"希望如此。"她把手插进我的臂弯里。她这么做不是想安慰我，而是安慰她自己。"亚瑟有没有跟你说安赫的事？"她问道。

"说得不多，夫人。"

"他不怪罪你的。这你一定知道，对不对？"

"大概吧。"我说。

"嗯，你不必担心，"她有些唐突地说道，"他的悲伤源于他为人父亲的失败，而不是因为那个小混蛋的死。"

在我看来，德莫尼亚发生的事情比安赫更让亚瑟痛心疾首，他对大屠杀的消息深感痛苦。像我一样，他渴望复仇，奈何莫德雷德麾下有一支大军，亚瑟只有不到两百人，如果要与莫德雷德作战，就必须乘船渡过塞文海。说实话，他看不到解决的办法。他甚至担心复仇的合法性。"他杀了的人，"他告诉我，"都是宣誓要效忠于他的人。他有权杀死他们。"

"我们也有权替他们报仇雪恨。"我态度坚定，只是心里不确定亚瑟是否完全赞同。他总是试图将法律摆在个人情感之上，如果根据我们以誓约治国的法律，法律出自国王，国王也是所有誓约的源泉，因此莫德雷德完全可以按照自己的意愿在自己的领土为所欲为。这就是颠扑不破的法律，亚瑟担心违背法律，同时也为死去的男人和女人哭泣，为惨遭奴役的孩子动容。他深知如果莫德雷德还活着，还会有更多的人死去或遭受奴役。如此一来，似乎只有从法律中找到折中办法，只是亚瑟不知如何是好。如果我们可以借道格温特，然后带领人马深入东部，直抵与洛依格接壤的边境土地，与那儿的塞格拉莫联手，或许还能有足够的力量击败莫尔德雷德的残暴之师，至少能与其旗鼓相当。但是莫里格国王顽固地否定了这一想法。如果我们乘船越过塞文海，那么我们必须放弃马匹，这样一来，不仅与塞格拉莫相距甚远，莫德雷德也有机会各个击破。他可以先击败我们，再回头处置努米底亚人。不过塞格拉莫仍然活着，这算是一个不大不小的安慰。莫德雷德虽然屠杀了塞格拉莫的一些人马，但并没有找到塞格拉莫本人，等到塞格拉莫欲行报复之前，莫德雷德早已将人马从边境撤回了。我们听说，塞格拉莫和他的一百二十名兵士在南境的一处要塞避难。莫德雷德忌惮围城战，反观塞格拉莫也没有足够的兵力来击败莫德雷德的军队，因此他们相互虎视眈眈，却迟迟没有投入战斗。反倒是策尔迪克麾下的撒克逊人抓住了塞格拉莫自顾不暇的处境，再次向西扩张到我们的土地。为了对付撒克逊人，莫德雷德不得不拆分兵马，因此很难防范那些在自己的领土穿梭，并在亚瑟和塞格拉莫之间往来的使者了。使者传达了塞格拉莫的两难处境——他如何才能让自己的人金蝉脱壳并率领他们跋涉至瑟卢瑞亚呢？在这一路上，不仅路途遥远，周围还有敌人环伺。报仇雪恨遥遥无期，但是在我从德莫尼亚回来的三周以后，莫里格的王廷传来了消息。桑森透露给我们一个谣言——原本他和我一起来到了伊斯卡，但是终日陪伴亚瑟让他感觉腻烦，所以他留下莫甘照看她的弟弟，自己却跑去格温特，或许是想向我们显摆他和国王的关系多么亲近——他告诉我们，莫德雷德想要借道格温特进攻瑟卢瑞亚，眼下正在寻求莫里格的准许。桑森还说，莫里格尚未决定如何答复。

亚瑟重复了桑森寄给我的信件。"耗子神又在打什么鬼主意？"他问我。

"他想在你和莫里格之间两面下注，大人，"我苦涩地回答，"这样你们两个都会感激他。"

"可他说的都是真的吗？"亚瑟不置可否。他倒希望事实如此，如果莫德雷德首先攻击亚瑟，那么任何法律都不会谴责亚瑟反戈一击；如果莫德雷德挥师北至格温特，那么我们就有机会南渡塞文海，前往德莫尼亚之南

亚瑟王

与塞格拉莫会合。加拉哈特和埃姆里斯主教都怀疑桑森消息的真假，我却不这么认为。莫德雷德憎恨亚瑟胜过憎恨任何人，在我看来，他早巴望着能够在战斗中击败亚瑟了。

因此，我们花了好些日子筹备计划。我们让士兵用长枪和剑训练，亚瑟向塞格拉莫派遣使者，让他做好打仗的准备，不过后来要么是莫里格拒绝了莫德雷德的请求，要么就是莫德雷德放弃了入侵瑟卢瑞亚，总之风平浪静。莫德雷德的军队依旧阻挡在我们和塞格拉莫中间，我们也没再收到桑森的消息，所能做的只剩下等待。

除了等待就是眼看夏汶受苦。眼看着她变得憔悴。耳听她疯狂呓语，心里感受她的恐惧，鼻子嗅到那悬绕在她头顶的死亡气息。

莫甘试着用新的草药。她在夏汶赤裸的身体上放置了一个十字架，但是十字架一触碰夏汶的身体，夏汶就尖叫不止。塔利辛依旧认为诅咒才是病因，所以一天夜晚，趁莫甘还在睡觉，塔利辛做了一场消解咒语的法事。我们宰了一只野兔，在夏汶的脸上涂了兔血；用一小段烧成灰的法杖触碰她滚烫的皮肤；我们围绕她的卧榻，摆了一圈鹰石、精灵石和驱魔石，还在她的床上绑了一段从椴树砍下来的荆棘枝条和槲寄生，甚至还把不列颠宝藏之一的埃克斯卡利伯放在她身边，但是她的病情依旧没有好转。我们向治愈之神格栏纳斯祈祷，但我们的祈祷没有得到回应，我们的献祭也被忽略不计。"这个法术实在太强大了。"塔利辛悲伤地说道。第二天晚上，等莫甘再次睡去，我们将一个从瑟卢瑞亚北边来的德鲁伊带进了病房。他是个乡下德鲁伊，满脸胡子，满身臭气，嘴里咿咿呀呀念了个咒语，然后将云雀的骨头压成粉末，在盛满冬青的杯中和着艾草一起搅拌。他把杯中物滴入夏汶嘴里，但是这药一点作用也没有。德鲁伊还想喂她吃火烤黑猫心，但她全吐了出来。无奈之下，他使出了看家本领，用一个死人的手骨触摸夏汶。这东西让我想起装饰在策尔迪克头盔顶部那焦炭一般的黑手。德鲁伊用手骨抚摸夏汶的额头、鼻子和脖子，压在她头皮上，口诵咒语，但除了把他胡须上的虱子转移到她脑袋上以外，什么也没有发生。就在我们为夏汶清理虱子时，她的最后一根头发也被梳落在地。我付了德鲁伊钱。塔利辛正在烧草药，不仅气味呛人，烟也很浓，我只好领着德鲁伊出了庭院。莫温娜陪伴着我。"你该休息了，父亲，"她说。

"以后再休息也不迟。"我看着德鲁伊在黑暗中走远。莫温娜搂着我，头靠在我的肩膀上。她有一头和夏汶一样金光灿烂的头发，闻起来也一样芳香。

"也许根本就不是什么法术作祟。"她说。

"可如果不是法术，"我说，"那她早就应该解脱了才对。"

"听说在波伊斯有个女的，道行十分高超。"

"派人请她来吧。"我有气无力，对任何巫师都没有信心。来了不下二十多人，每人都拿了金币，就是没有一个能够治好夏汶的病。我向密特拉献祭，又向贝利和棠祈祷，依然没有任何效果。夏汶不停呻吟，又尖叫起来，听到她的惨叫我也吓了一跳，轻轻推开了莫温娜。"还是我亲自去找她好了。"

"你还是歇会儿吧，父亲，"莫温娜说道，"我去找她。"

就在那时，我看到了庭院中央躲着一个人影，只是我看不出到底是男人还是女人，也不知道那人站在那里有多久了。我只感觉刚才院子里还空空如也，现在突然却有一个披着斗篷的陌生人站在我的面前，脸上被头罩遮住了，我突然感到恐惧，难不成这是死神显灵？我走向这个人。"你是谁？"我问道。

"说了你也不知道，德瓦大人。"说话者是个女人，她一边回答，一边把头罩推向脑后，我看见她把脸涂成了白色，眼窝上抹了烟灰，看起来就像一个栩栩如生的头骨。莫温娜吓得喘不过气来。

"你到底是谁？"我再次质问道。

"我是西风的气息，德瓦大人，"她向我窃窃私语，"以及落在卡迪

亚瑟王

尔-艾德瑞的雨,还有伊瑞山顶峰的霜冻。我是国王时代来临以前的使者,也是那个舞者。"说这话时她笑了,这笑声衬托着那个夜晚的疯狂。塔利辛和加拉哈特纷纷赶到病房的门口,他们笔立不动,盯着这个面如白雪、笑个不停的女人。塔利辛碰了碰门的铁锁,加拉哈特则做了十字架的手势。

"过来,德瓦大人,"那个女人吩咐我,"到我身前来,德瓦大人。"

"去吧,大人!"塔利辛鼓励我,我突然希望是那个满身虱子的德鲁伊起了作用,虽然他没有帮夏汶解除病痛,但却召来了眼前这个幽灵。我走进月光,向这个披着斗篷的女人靠近。

"抱住我,德瓦大人。"她的声音如同死人,但我还是哆嗦了一下又迈出一步,双手抱住她瘦弱的肩膀。她身上有股蜂蜜和火灰的味道。"你想让夏汶活下去吗?"她在我耳边低语。

"想。"

"那就跟我来吧,"她低声说道,然后扯开我的拥抱。"就现在。"她看到我犹豫时又重复了一遍。

"请允许我去取斗篷和剑。"我说。

"我们去的地方不需要带剑,德瓦大人,至于斗篷你可以和我共用。来吧,不然你的女人就要受苦。"话音刚落,她便转身走出庭院。

"快去!"塔利辛催促我,"去吧!"

加拉哈特想与我同去,但那女人在大门口转过身,命令他回去。"要么德瓦大人一个人来,"她说,"要么就别来。"

于是,我追随"死神",星夜中向北方前行。

我们一整晚都在赶路,黎明时分来到了群山边缘,但她依然行色匆匆,一路上远离所有人烟之地。这个自称为舞者的女人赤脚行路,时而蹦跳几步,好像在她内心膨胀着无法抑制的喜悦一样。黎明过去大约一个钟头,太阳在群山洒下金辉,她在一处小湖边停下,舀起水来冲洗自己的脸,然后又用一把绿草擦拭脸颊,洗去了蜂蜜和火灰的混合物。她的皮肤变得很白皙。在这以前,我甚至都不知道她究竟年方几何,现在才看清她顶多二十多岁,容貌非常漂亮。她的脸十分精致,充满生机,目光带着悦色,笑容煞是迷人。她对自己的美貌很是自信,看到我赞赏有加的样子,她笑了起来。"您愿意同我寻欢作乐吗,德瓦大人?"她问。

"不。"我说。

"如果这样能够治愈夏汶呢,"她问道,"您愿意同我寻欢作乐吗?"

"愿意。"

"可它不会!"她说,"它不会!"她笑着跑到我前面,接着脱下厚重的斗篷,露出包裹在薄亚麻连衣裙里的曼妙胴体。"您还记得我吗?"她转身面向我。

"我们见过吗?"

"我记得你,德瓦大人。您像个饥渴的男人一样盯着我的身体不放。那么饥渴,您还记得吗?"然后,她闭上了眼睛,沿着羊肠小道向我走来,每一步都踮着脚,步伐又高又精准,我立刻想起了她。这个女孩赤裸的皮肤曾经在黑暗中闪闪发光。"你是奥伦,"过了这么多年,她的名字又浮现回到我的脑海里,"银月之轮奥伦。"

"原来您还记得我。我现在年纪大了,姑且叫我老奥伦吧。"她笑道,"来吧,大人!披上斗篷。"

"我们去哪?"我问。

"远方,大人,远方。去往雨露微风的摇篮,薄雾的汇聚之地,去往没有国王统治的地方。"她在路上跳舞,似乎有着无穷无尽的活力。她跳了一整天,嘴里不停对我说些莫名其妙的话语。我以为她疯了。有一次,我们走过一个小小的山谷,银色的树木在微风吹拂中枝丫颤抖,她脱下衣服,赤身裸体地在草地上翩翩起舞,仿佛是为了勾引我、诱惑我,可我毅

亚瑟王

然决然地从她身旁走过,丝毫没有唤起占有她的欲望,她只是嗤嗤一笑,把衣服挂回到肩膀上,走到我旁边,好像她不在意自己赤裸着身子。"你的家人受诅咒的时候,我也在场。"她不无自豪地告诉我。

"为什么?"

"因为非这么做不可,"她理所当然地回答,"就像现在必须解除咒语一样!这就是我们要去山上的原因,大人。"

"去找妮慕?"我已经顿悟了,从奥伦第一次出现在庭院里以后,我就知道我们要去找妮慕。

"就是找妮慕,"奥伦高兴地附和,"您看,大人,时机已到。"

"什么时机?"

"当然是终结一切的时机。"奥伦说着把她的衣服塞进我的怀里,这样她就没了负担。

她跳到我的面前,时而转过身来,对我做一个狡猾的鬼脸,取笑我不苟言笑的模样。"阳光普照的时候,"她告诉我,"我就喜欢不穿衣服。"

"什么叫做终结一切?"我问她。

"我们要把不列颠变成一个完美无瑕的地方,"奥伦说道,"没有疾病,没有饥饿,没有恐惧,没有战争,没有暴风雨,也没有赤身的羞耻。大人,一切都会结束!山脉坍塌,河川倒流,海水沸腾,群狼号叫,但等到一切结束以后,这个国家将绿草如茵、遍地金黄,再也不会有岁月流逝,再也没有时间的概念,我们都将成为男神和女神。而我会成为一个树神,掌管落叶松和鹅耳枥,早晨我会跳舞,晚上我会和金人睡觉。"

"你不是应该和高文睡觉吗,"我问她,"等他从圣锅里复活以后?我原以为你会成为他的王后。"

"大人,我的确曾和他躺在一起,但他已经死了。通身干瘪的死人。还带着盐味儿。"她哈哈大笑,"死了,干巴巴的,盐咸味。整整一夜我都在温暖他的身体,可他就是一动不动。我才不想和他躺在一块儿。"她绘声绘色地补充道,"但直到那天晚上,大人,我才真正体味到什么叫做幸福!"她轻轻地转过身,在春日的草地上又跳了一步。

我心想她是疯了,但却透着一种让人心碎的美,如同夏汶曾经一样美丽,不过这个女孩并没有夏汶白雪般的皮肤以及金黄的秀发,她的皮肤受了日晒,头发也是乌黑色的。"为什么他们叫你银月之轮奥伦?"我问。

"因为我的灵魂绽放着银光,大人。我的头发是黑的,但我的灵魂却是银色的!"她在小路上旋转脚步,然后轻快地跑了起来。我快步跟上,又停下来喘了口气,凝视着眼前一个深幽的山谷,恰好看到一个人在放羊。牧羊人的狗奔上山坡,撵回落单的羊儿,在羊群的下方,我看到一间房子,屋外毛茸茸的灌木丛上摆了好几件湿衣服准备晾干。大概眼前这一切都是真实的,而穿越山丘的旅程更像是一个疯狂经历,一场虚无缥缈的梦。我摸了摸左手掌上的疤痕,这道疤痕让我与妮慕心意相通,此时疤痕逐渐发红。多年以来,这道疤痕一直是白色,现在却突然鲜活起来。

"我们还得赶路,大人!"奥伦在呼唤我,"继续赶路!直入层云。"我松了一口气,因为她终于穿回衣服,把裙子从头上套了下去,然后不断摆动纤细的身体。"云层中很冷的。"她解释说,接着又开始跳舞,我向牧羊人和他的狗投去最后一丝苦恼的目光,随后跟着曼舞的奥伦走上一条狭窄的小道,在高耸的岩石之间跋涉前行。下午的时候我们稍作休息,在一处陡峭的山谷里停了下来,那里生长着梣树、山梨树和梧桐树,还有一个狭长的小湖,在微风的吹拂下卷起了浑黑的涟漪。我靠在一块巨石上睡了一会儿,当我醒来的时候,我看到奥伦又一次赤身裸体,只是这一次她竟然在寒冷的黑水中游泳。她浑身哆嗦着走出湖水,用斗篷擦干身体,穿上衣服。"妮慕告诉我,"她说,"要是你经不住诱惑,夏汶就得死。"

"那你为什么要诱惑我?"我严厉地问道。

"当然要测试你是不是真的爱着你的夏汶。"

"我爱她。"我说。

亚瑟王

"那么你就能救她了。"奥伦愉快地说道。

"妮慕是怎么诅咒她的?"我问。

"利用火焰,利用流水,利用黑刺李,"奥伦说完蹲坐在我脚下,盯着我的眼睛,"还利用替身进行黑暗诅咒。"她有些诡秘地补充道。

"她为什么要这样?"我愤怒地问道,心里并不在意诅咒的细节,只想弄清楚为什么要下咒害我的夏汶。

"为什么不呢?"奥伦反问,然后笑了起来,把湿哒哒的斗篷挂在肩膀上,又走了。

"来吧,大人!你饿了吗?"

"饿了。"

"您应该吃饭。吃饭、睡觉、说话。"她又在起舞,迈着精妙的赤足,在坚硬的道路轻舞。我注意到她的脚在流血,但她似乎不以为意。"我们要向后退。"她告诉我。

"什么意思?"

她回身旋转,向后一跳,面对着我。"大人,是时光倒流。我们正在时空之中穿梭。旧日的时光从我们身边飞速流逝,速度如此之快,甚至让人难辨白昼与黑夜。您那时还没有出生,您的父母也没有出生,于是我们回到过去,回到这世上还没有国王的岁月。大人,那就是我们要去的地方。国王治前的时代。"

"你的脚在流血。"我说。

"会痊愈的。"她又转身跳跃。"快来!"她呼唤道,"快点来到国王以前的时代!"

"梅林会在那儿等我吗?"我问。

提起梅林的名字,奥伦停下了脚步。她站直身子,转过头来皱眉看我。"我和梅林睡过一次,"过了一会儿,她又补充道,"常有的事!"她突然变得诚实起来。不过我并未感到惊讶。他的确是一头精力旺盛的山羊。

"他在等我们吗？"我问。

"他在前国王时代的中心。"奥伦认真地回答。"中心时期，大人。梅林好比冰霜中的寒冷，雨中的水，阳光中的火焰，风中的气息。快来吧，"她突然紧紧抓住我的袖子，"现在不能多说。"

"梅林被抓了吗？"我问道，可是奥伦并不回答。她只顾在我前面跑，时而不耐烦地等我赶上，我一追上去，她又撒欢似的向前跑。她轻而易举地登上陡峭的小路，而我却在后面吃力追赶，渐渐地在山间越走越深。我估摸着我们一行二人已经穿越瑟卢瑞亚，进入波伊斯领地了。不过这里是一片不毛之地，年轻的皮德尔尚且鞭长莫及。这片土地不受法律束缚，强盗在此啸聚山林，可是奥伦却视危险如无物，继续轻盈地跳跃。

夜幕终于降临。西方阴云密布，很快我们就完全陷入黑暗之中。我环顾四周，什么也看不见。没有灯光，甚至远处也看不到有任何火烛之光。我猜想，这大概是贝利第一次来到不列颠这座小岛，准备将生命和光明带到世间的时候才能看到的景象吧。奥伦挽起我的手。"快来，大人。"

"你怎么看见的！"我不解。

"我能看见一切，"她说，"相信我，大人，"然后她领着我前行，时而警告我避开障碍。"大人，我们必须蹚过这条小溪。"她绵言细语。

我知道脚下的路在逐步攀升，除此之外一无所知。我们越过了一片诡异的石林，奥伦依然紧紧抓住我的手，记得我们沿着高高的山脊跨走，风吹着我的耳朵，奥伦唱着一首精灵的奇异小曲。"在这山上还有精灵呢，"歌声结束后，她告诉我，"在不列颠的其他地方，精灵都被杀了，但这里不会。我还见过他们。他们教我跳舞。"

"他们教得很好。"她说的话我一句也不相信，却又让她纤纤小手中透出的暖意弄得不明就里。

"他们身着蛛丝做的披风。"她说。

"不应该是赤身裸体地跳舞吗？"我戏弄着问她。

亚瑟王

"一件蛛丝披风可什么也藏不住，大人，"她回嘴道，"话说回来，我们为什么要隐藏美丽的东西呢？"

"你和精灵也睡过吗？"

"总有一天会的。现在还没有。在国王时代之后，我会的。跟他们还有金人翻云覆雨。但首先，我必须和另一个盐腌的人躺在一起。肚皮贴肚皮，和另一个干巴巴的东西躺在圣锅里。"她笑了笑，拉着我的手，离开山脊，爬上一片平滑的草坡，抵达更高的山顶。乌云遮住月亮以后，我第一次看到了光亮。在一片黑暗的鞍部地带，耸起一座小山，中间一定有一处山谷，从里面亮着火光，照亮了小山丘。我站在原地，手不知不觉地握住奥伦。看到我紧紧盯着那突如其来的光亮时，她高兴地笑了起来。

"这里就是国王时代来临之前的土地，大人，"她告诉我，"您可以找到朋友和食物。"

我抽出自己的手。"对夏汶下咒还算什么朋友？"

她拉回我的手。"来吧，大人，现在不远了。"她说完拉我走下斜坡，想让我跑起来，但我依然不急不慢，心里想起塔利辛在卡丹城邦的迷雾中告诉我的事情；梅林吩咐救我一命，但我或许不会因此而感谢他。我走近空灵的火光，似乎理解了梅林的意思。奥伦嘲笑我，她嘲笑我的恐惧，眼睛闪烁着火焰的光芒，但我却心情沉重，向青灰色的天际线攀爬。山谷的边缘有长枪兵把守，这些人面貌野蛮，身披毛皮，手中的长枪木柄粗糙，刀口阴森可怖。我们走过去的时候，他们什么也没有说，只有奥伦高兴地和他们打招呼，然后带着我沿小路走进山谷烟雾缭绕的心脏腹地。山谷中有一汪细狭的湖泊，黑色湖水的周围布满烟火，火光旁掩映着小木屋的影子，周围则有树林环绕。一定有一大群人在这里扎营安家，大概有两百来处火光。

"来吧，大人。"奥伦拉着我上了坡。"这边是过去，"她告诉我，"那边是未来。这里就是时间的交汇之地。"

而我却告诉自己,这里不过是波伊斯群山中的一个山谷,无处容身的人才会选择在此落脚。我安慰自己,什么时间的交汇根本就不存在,但即便如此,当奥伦领我来到湖边营地的小屋时,我还是感到一阵忧虑。我原以为这里的人一定在睡觉,因为当时正值深夜,但当我们走到湖泊和小屋之间时,一群男人和女人从小屋里鱼贯而出,目送我们经过。他们全是些奇怪的人。有些人无缘无故地大笑,有些人毫无章法地喋喋不休,另外一些人面部抽搐。我看到了浮肿病变的脸、瞎子、兔唇、不修边幅的头发以及扭曲的四肢。"他们是谁?"我问奥伦。

"疯人大军,大人!"她说。

我向湖边啐了口唾沫辟邪。他们并非全是疯子或残废,这些可怜的人有的是长枪兵,还有少数人的盾牌披着人皮,上面还撒了人血;看得出是丢尔纳赫落败的血盾战士。其他人的盾牌上有波伊斯的鹰,还有一个盾牌上甚至带着瑟卢瑞亚的狐狸,这是一个自甘德利亚斯时代以后就没再使用过的徽章。和莫德雷德的军队一样,这些人都是不列颠的祸害:被击败的残兵败将,没有土地的浪人,也是为了重获胜利而不惜付出一切代价的狂徒。山谷里满是这样的渣滓败类。它让我想起了德莫尼亚流放疯子的死亡之岛,我以前曾在那儿救过妮慕。眼前这些人也长着相似的狂野面庞,仿佛在毫无征兆的情况下,他们随时都有可能一扑而上、胡乱抓挠,让人心里惴惴不安。

"你们怎么养活他们?"我问。

"士兵们负责取食,"奥伦说,"正经的士兵。我们大量食用羊肉。我喜欢羊肉。大人,我们到了。旅途结束!"她轻快地把手从我的手中拉开,然后跳到了我的身前。我们来到了湖的尽头,在我面前是一片巨大的树林,它生长在高高的岩石峭壁之间。

树林中烧了十几把火,我看到树干组成了两条线,整个树林形成一座巨大的大厅,大厅的远端是两块灰石,状如远古之人竖起的巨石之阵,不

亚瑟王

过究竟是古人所为,还是今人新立,我不得而知。

在石头中间,有一人高坐在一张闪耀的木椅上,手里握着梅林的黑色法杖,此人正是妮慕。奥伦向她跑了过去,跪伏在她的脚边,双臂抱住妮慕的双腿,头枕在妮慕的膝盖上。"我把他带来了,夫人!"

"他有没有和你行隐曲之事?"妮慕虽然在问奥伦,眼睛却紧盯着我。我看到两块耸立的巨石上端摆着两只头骨,上面还覆盖着厚厚的融蜡。

"没有,夫人。"奥伦说。

"你有没有邀请他呢?"妮慕的独眼依旧凝视着我。

"有,夫人。"

"你有没有向他展示身体?"

"夫人,我一整天都没穿衣服。"

"真乖。"妮慕拍了拍奥伦的头发,我差不多可以想象这个姑娘要在妮慕的脚下满足地像猫一样咕噜叫唤。妮慕仍然盯着我,而我则在摆放着火盏的高高树干间踱步,与她四目相对。

妮慕看起来和我从死亡之岛救出她的时候一样,一副多年没有洗澡或是梳理头发的样子,也没有任何打扮。她没有遮住空洞的眼窝或是填补假眼,憔悴的脸上扎眼地露出皱缩的疤痕。她的皮肤上积累着厚厚的泥土,头发一团油腻,乱蓬蓬地纠结在一起,垂落腰间。以前她的头发是黑色的,如今却成了骨白色,勉强只能看见一条黑色的发束。她的白色长袍脏兮兮的,身上穿着一件破旧的外套,只是尺寸太大了,但我突然意识到那是不列颠宝藏之一的帕达恩之裘,她的左手手指戴着铁质的艾利耐德之戒。她的指甲很长,有几颗牙齿都熏黑了;看起来就像上了年纪的老妇人,或许只是因为脸上的皱纹吸纳了太多污垢。她从来就不符合世人的审美,但是她的面容因智慧而变得深邃,使她又变得颇具吸引力,不过现在的她看起来令人厌恶,曾经生气勃勃的脸愁容不展,只是在举起左手的时候,才给了我一个意味深长的微笑。她在向我展示左手留下的疤痕,我的左手也有同样的疤痕，于是我举起了自己的手掌以示回应，她满意地点了点头。"你来了，德瓦。"

"难道我有其他选择吗？"我苦涩地反问，然后指着手上的伤疤，"这不正是我对你的誓约吗？为什么要用诅咒夏汶的方式找我？"我又拍了拍手上的刀疤。

"因为你不会来。"妮慕冷语回答。那群疯子像朝臣一样向她的宝座靠拢，还有一些人负责添火，有一个家伙像狗一样嗅着我的脚踝。"你从未相信过，"妮慕指责我。"你向众神祈祷，但你不相信他们。除了我们，恐怕现在已经没有人相信了。"她停顿了一下，用法杖指使着那些独眼、残疾和疯子，这些人都面露崇拜地盯着她。"只有我们肯相信，德瓦。"她说。

"我也相信。"我回答。

"你没有！"妮慕厉声尖叫，一些树下的人惊恐地叫出了声。她用法杖指着我继续说道："亚瑟从麦敦之火夺走格温德瑞时，你就在那里！"

"总不能让亚瑟眼睁睁地看着自己的儿子引颈就戮吧！"我回答。

"傻瓜，我原本指望贝利振翅飞过，指望他驱散灼热燃烧的空气，指望他召唤流星，似秋风卷落叶一般从空中划落！这就是我的指望！这就是我应得的！"她仰天长啸，所有奇形怪状的疯子也跟随她猿啼犬嚎，只有银月之轮奥伦保持沉默。她微笑着注视我，仿佛在暗示在这个狂人的避难所中，只有她和我是理智的。"这就是我想要的！"妮慕的嘶吼夹杂着哭腔，"这也是我必将拥有的。"她说完站了起来，走出奥伦的拥抱，用法杖召唤我。"过来。"

"你知道什么是疯狂吗？"妮慕向我吐口水，"就凭你和你那小脑瓜，那可怜的小脑瓜。你自以为能评判我吗？哦，痛苦！"她用刀刺入了黏土做的乳房。"痛！痛！"我背后发疯的人群和她一起叫喊。"痛！痛！"人群兴高采烈，有的人拍手称快，有的人笑个不停。

"住手!"我喊道。

妮慕蹲在受折磨的泥塑上,摆好了刀子。"你想让她康复吗,德瓦?"

"想。"我几乎溢出眼泪。

"她对你就这么宝贵吗?"

"你明知故问。"

"你宁愿和这玩意儿睡,"妮慕指着形态怪诞的泥人,"也不愿意和奥伦翻云覆雨?"

"除了夏汶,我心里再容不下别的女人。"我说。

"那么我可以让她康复。"妮慕温柔地抚摸着黏土的额头。"我会把你的夏汶还给你,"妮慕承诺,"但首先你必须把我最宝贵的东西带来给我。这就是代价。"

"那对你来说最宝贵的东西是什么?"在她回答之前,我其实已经知道了答案。

"你必须把埃克斯卡利伯带来给我,德瓦,"妮慕说道,"还必须把格温德瑞带来。"

"为什么是格温德瑞?"我质问道,"他不是统治者的儿子。"

"因为他被许诺给了神,而众神吩咐要得到他们的应许。在下一个满月之前,你必须把他带到我身边。你要把格温德瑞和剑带到南图杜①之下、流水汇合之地。你知道是哪里吗?"

"我知道。"我低落地回答。

"如果你违背了承诺,德瓦,那么我向你发誓,夏汶的痛苦会加倍。我会在她的肚子里塞蠕虫,我会把她的眼睛融为浊水,我会让她的皮肤剥落,让她的肉在摇摇欲坠的骨架上腐烂,哪怕她乞求死亡我也不发遣她,只教她成百成千倍痛苦。只有痛苦。"我恨不得上前一步杀掉妮慕。她曾

---

① 位于今威尔士南部。

经是我的朋友,甚至是我的情人,但现在我们仿佛云泥异路,她已走火入魔,神话虚幻在她眼中成为现实,现实却反而沦为玩物。"把格温德瑞和埃克斯卡利伯带来给我。"妮慕又吩咐道,她的独眼在洞穴的幽暗中闪闪发光,"事成以后我会让夏汶从这个替身中解脱,并且解除你对我的誓言,两样换两样。"她走到洞穴后面,拿出一块东西,她摇了摇,好让我看清那是我在伊斯卡被盗的旧斗篷。她摸索着,从斗篷里找出什么东西,然后用食指和拇指捏住,我定睛一看,原来是夏汶戒指上那颗小小的玛瑙。"一把剑和一个牺牲品,"她说,"换这件斗篷和石头。你答应我吗,德瓦?"她问。

"我答应,"我言不由衷,因为我不知道还能说些什么好,"那你现在会放过她吗?"我问道。

"不行。"妮慕浅笑道,"不过你想让她今晚安生吗?仅此一晚,德瓦,我让她先喘口气罢。"她吹落灰烬,挑出浆果,扯下固定在泥塑上的魔物。"到了早上,"妮慕说,"我再安回去。"

"不要!"

"并非全部,"她说,"每天多一点,直到我得知你来到南图杜的消息。"她从黏土肚子里掏出一块烧焦的骨头。"等我拿到埃克斯卡利伯,"她接着说,"我的手下就将燃起篝火,让萨温节的夜晚变成白昼。到那时候,格温德瑞会回到你的身边,德瓦。他将躺在圣锅内,众神会亲吻他,重新赋予他生命,奥伦则会和他躺在一起,他将手持埃克斯卡利伯,策马奔腾。"她拿来一罐水,轻柔地将水洒在泥塑的眉毛上,然后轻轻抚平闪闪发亮的黏土。"走吧,"她说,"你的夏汶今晚能睡个安稳,奥伦还有另外一件事要告诉你。黎明时分,你就要离开。"

我跌跌撞撞地跟在奥伦身后,匆匆穿过咧嘴偷笑的可怕人群,这些人依然簇拥在山洞附近,而我则跟着舞步曼妙的姑娘沿着悬崖走到另一处洞穴。在洞穴里面,我看到了第二个黏土泥塑,这次是男人的形象,奥伦指

亚瑟王

着它,咯咯地笑了起来。"那是我吗?"我问道,这个泥塑表面光滑,没有被折磨的痕迹,但是随着我们向黑暗中越走越近,我看到黏土人的眼睛被挖了出来。

"不,大人,"奥伦说道,"这不是你。"她弯下身子,捡起泥塑大腿旁边的一根长骨针。"看哪。"她说着将针扎入黏土的脚底,在我们身后的某个地方,传来一个男人痛苦的呐喊。奥伦咯咯地笑了起来。"再来一次。"她说完又把骨针扎入另一只脚,那痛苦的声音又响了起来。奥伦哈哈大笑,伸手去握我的手。

"来吧。"她领着我走进峭壁间一处幽深的裂口。这处裂缝逐渐变窄,突然在我们面前戛然而止,只能看到高高的岩壁上反射着火焰的昏暗光泽,然后我看到在峡谷尽头有一个笼子。这里长了两株山楂,树干被粗糙的木材钉在一起,制成了一个简陋的监狱。奥伦放开我的手,推我上前。"大人,我早上再来找你。那边有东西吃。"她笑了笑,转身跑开了。

起初我以为这笼子是某个避难所,等我靠近,却在木板间找到了一个入口,但是没有门。笼子围挡住了峡谷的最后几码地方,一株山楂的下面摆放着食物。可我只发现发霉的面包、羊肉干和一罐水。我坐下身,撕开面包,突然感觉有什么东西在笼子里挪动,吓得我惊慌失措。

起初我以为是野兽,然后才发觉是个男人——不是别人,正是梅林。

"我会听话的,"梅林对我恳求道,"我会听话的。"我这才知道第二个泥塑就是梅林,因为梅林眼睛也瞎了。不,是没了眼睛,只剩下骇人的面庞。"不小心踩到了荆棘,"他连声抱歉,"踩到了荆棘。"然后他倒伏在笼子旁边,呜咽着作揖讨饶。"我会听话的,我保证!"

我蹲了下来。"梅林?"我试探地问。

他打了个寒战。"我会听话的!"他绝望不已,当我伸出手去抚摸他纠缠不清的脏头发时,他猛地抽回身子,浑身颤抖。

"梅林?"我又呼唤了一遍。

"黏土里洒血,"他说,"必须把血洒在黏土里,然后混合搅拌。孩童的血效果最好,我也是道听途说。亲爱的,我从来没有这样做过。我只知道,坦纳波斯这么做过,我和他谈过这件事。当然,他是个傻瓜,但他知道一些雕虫小技。他告诉我,要取一个红头发孩子的血,最好是一个残疾的孩子,红头发的残疾孩子。当然,任何一个孩子都可以,但红头发的跛子再好不过了。"

"梅林,"我说,"我是德瓦。"

他仍然喋喋不休,念叨着应当如何制作泥塑替身最好,以便能够在很远的地方控制诅咒对象。他谈到了血液和露水,还有要在雷声大作时为黏土塑形。他听不见我的话,我试图站起来撬开木板的时候,两个长枪兵从我身后的阴影中现身,咧着嘴坏笑。他们是血盾战士,手里的长枪告诉我不要妄图营救这个老人。我又蹲下身。"梅林!"我说。

他悄悄走近,鼻子嗅着气味。"德瓦?"他问。

"是我,大人。"

他向我摸索,我把手伸给他,他紧紧抓住。然后,他握着我的手一屁股沉在地上。"我疯了,你知道吗?"但他听上去还很理智。

"你没有,大人。"我说。

"我受了惩罚。"

"无罪受罚,大人。"

"德瓦,真的是你吗?"

"大人,是我。您想吃东西吗?"

"我有很多事情想告诉你,德瓦。"

"希望如此,大人。"我说,但他似乎无法平复理智,又开始讲起如何制作黏土,然后讲解其他法术,再次忘记我是谁,称呼我亚瑟,继而陷入沉默。"德瓦?"他终于又开口问道。

"是我,大人。"

"一句话都不准写下来,听懂了吗?"

"您讲过很多次了,大人。"

"我们所有的传说都必须铭记在心。卡勒庭把一切记录在案,于是众神相继隐退。我只用脑袋记事。是的。结果被她抢走了。所有的。几乎所有。"最后四个字他故意压低了声音。

"妮慕?"我提起她的名字时,他把我的手握得发疼,然后又默然不语。

"是她害您眼瞎的吗?"我问。

"哦,她必须这么做!"他皱着眉头,示意我不要表露不满。"别无他法,德瓦。任凭谁都看得出。"

"可我就不知道。"我苦涩地说。

"这么明显!想不到才让人觉得奇怪。"他放开我的手,试图捋了捋自己的胡须和头发。他的秃顶已经隐匿在一层乱蓬蓬的毛发和污垢之下,胡须上散乱地夹杂着树叶,而他的白色长袍则沾满了泥土的颜色。"她现在是一名堂堂正正的德鲁伊了。"他的语气十分奇怪。

"我以为女人不可能成为德鲁伊的。"我说。

"别这么荒谬,德瓦。不要因为没有女德鲁伊就以为她们当不成德鲁伊!任何人都可以成为德鲁伊!你只需记住伟大的贝利流传下来的六百八十四道诅咒和二百六十九道魔法,并且在脑袋里记住一千个其他有用的知识。我必须有一说一,妮慕是个相当优秀的学徒。"

"那为什么要弄瞎您?"

"心眼相通。以眼观心。"他没再说下去。

"告诉我泥塑的事情,大人。"我说。

"不行!"他从我身边走开,惊骇不已。"她吩咐我什么都不要告诉你。"他嘶哑地低声说道。

"我该怎么破解?"我问。

他笑了。"就凭你，德瓦？你想破解我的魔法？"

"告诉我该怎么做。"我不肯放弃。

他回到木栏边缘，空洞的眼窝在左右转动，好像在找寻暗中偷听我们的敌人。"有那么几次，"他说，"我梦见了卡尔·英利山[①]。"他又陷入疯狂呓语，整个晚上以来，每当我试图从他嘴里套出解除夏汶诅咒的秘密时，他都会不知所云胡说一通。他会满嘴描述梦境，念叨着那个他曾经在克莱文水域邂逅并喜欢上的麦地女孩，或是一群在特里格韦尔斯对他穷追不舍的猎犬。"这是我待在这里的原因，德瓦，"他敲打着木板条，"这样猎犬就没法儿捉住我，为什么我没有眼睛呢，因为这样它们就看不到我。你知道的，如果你没有了眼睛，猎犬就看不到你了。你应该记住这一点。"

"妮慕，"我曾问起，"会把诸神带回来吗？"

"正因如此她才要侵占我的内心，德瓦。"梅林说。

"那她会成功吗？"

"问得好！非常好。这个问题我也不断询问自己。"他环抱着骨瘦如柴的膝盖坐了下来。"我这个人欠缺勇气，不是吗？最后自己背叛了自己。但是妮慕不会。她不达目的誓不罢休，德瓦。"

"那她会成功吗？"

"我想养一只猫，"过了一会儿，他才说道，"我真想那些猫啊。"

"告诉我召神的事情。"

"你全都知道了！"他愤愤不平，"妮慕会找来埃克斯卡利伯，还会找来可怜的格温德瑞，然后顺顺当当举行仪式。就在这里，在这山上。但众神会来吗？这倒是个问题，不是吗？你崇拜密特拉，不是吗？"

"是的，大人。"

"你了解密特拉么？"

[①] 位于今威尔士南部彭布罗克。

亚瑟王

"战士之神,"我说,"生于山洞之中。还是太阳神。"

梅林笑了。"你真是一知半解!他还是誓言之神,这你知道吗?你知道密特拉教的位阶吗?你自己又在哪个位阶?"我犹豫不语,不愿透露教会的秘密。"别傻了,德瓦!"梅林的声音又和以前一样朝气蓬勃。

"是多少呢?二?还是三?"

"两个,大人。"

"瞧瞧!你忘记了剩下的五个!你记得的两个又是什么呢?"

"士兵和父亲。"

"迈尔斯和佩特①,这才是真正的名称。还有莱奥、科拉斯、帕撒斯、纽帕斯和海路德米斯。你对自己的神知之甚少,所以,你的崇拜只是一种盲目的迷信。你爬过七阶圣梯吗?"

"没有,大人。"

"你饮过红酒,吃过面包吗?"

"基督徒才这么做,大人。"我反对道。

"基督徒才这么做!瞧瞧你们是何等愚蠢!密特拉的母亲是处女之身,牧羊人和智者前来看望她的新生儿,密特拉后来长大,又成为一名治疗师和一名教师。他有门徒十二人,在他去世前夕,他赐予门徒最后一餐——面包和酒。他被埋葬在一座岩石墓中,后来再度复活,早在基督徒将他们的上帝钉在树上之前,密特拉就已经有这些事迹了。你这是让基督徒偷走了原属于你的神的衣服,德瓦!"

我不可置信地望着他。"这是真的吗?"我问他。

"千真万确,德瓦,"梅林一边说,一边向粗糙的木板条抬起饱受蹂躏

---

① 密特拉教的成员分成七个等级,其名称分别为:科拉斯(Corax,大乌鸦)、纽帕斯(Nymphus,新娘)、迈尔斯(Miles,士兵)、莱奥(Leo,狮子)、帕撒斯(Perses,波斯)、海路德米斯(Heliodromus,太阳-旅行从仆)、佩特(Pater,父亲)。——译者注

的脸,"你的崇拜徒有其表。所以你看好了,和我们的神一样的下场,你的神也正在远去。他们都走了,德瓦,他们正飞身度越虚空。看哪!"

他指着阴云密布的天空。"众神来了,众神又去了,德瓦,我也不知道他们是否还能听到或者看到我们。他们驾驭着天间的巨轮远走高飞,现在到了基督教的上帝统治众生,他将统治一段时间,但总有一天,巨轮也要将他送入虚空,届时人类将再度陷入黑暗与混沌之中,无助颤抖,渴望寻找到新的神。他们能够得偿所愿,因为众神来了又去,去了又来,德瓦,一切自有天数。"

"那么妮慕会让巨轮反转吗?"我问。

"或许她会,"梅林伤感地说道,"我也希望如此,德瓦。我想找回我的眼睛,我的青春,还有我的快乐。"他用额头贴住木条。"我不会帮你打破秘咒,"他声若游丝,我几乎听不到。"虽然我爱夏汶,但如果夏汶必须为众神受苦,那么她就是在做一件高尚的事。"

"大人。"我开始恳求。

"不行!"他大吼道,在我们身后的营地里,有一群狗跟着号叫起来。"不行,"他放缓了语气,"我妥协过一次,这次我不再妥协,妥协的代价是什么?痛苦!如果妮慕可以主持仪式,那么我们所有的苦难都将终结。功成在即。众神回归,夏汶欢欣舞蹈,我也能重见光明。"

他开始睡觉,我也睡了一会儿,不知过了多久,他突然从囚笼里伸出手,一把抓住我的手臂,弄醒了我。"卫兵睡着了吗?"他问我。

"我想是的,大人。"

"寻找银雾。"他低声对我说。

我以为他又开始疯语。"大人?"我故作不解。

"我有时会想,"他的声音非常清醒,"世上只留存了些许魔法。这魔法像众神退去一样正逐渐消失。但我没有给予妮慕一切,德瓦。她以为我已经倾囊相授,但我还是留下了最后一道秘咒。这是我为你和亚瑟施的秘

亚瑟王

咒,因为我舍不得你们两个。如果妮慕失败,德瓦,你就去找卡多。还记得卡多吧?"

卡多是多年前在特雷贝斯岛救过我们的船夫,后来帮过梅林捕捉海笋。"我记得。"我回答。

"他现在住在卡姆兰,"梅林低声说,"找到他,德瓦,然后去寻找银雾。务必记住,如果妮慕失败、恐怖的事情发生了的话,就把亚瑟带到卡姆兰,找到卡多并寻找银雾。这是最后的秘咒。也是我送给朋友们最后的一份礼物。"他用手紧紧搂着我的胳膊。"答应我,你一定会去找的吧?"

"我会的,大人。"我答应了他。

他似乎松了一口气。抓着我的胳膊坐着不动,然后叹了口气。"我希望能和你一起去。但我不能。"

"你可以的,大人。"我说。

"别傻了,德瓦。我要待在这里,妮慕还要最后利用我一次。虽然我老了,眼瞎了,快疯了,行将就木了,但我仍然有力量。她想要获取这份力量。"他害怕地呜咽了一声。

"我现在连眼泪都哭不出来啦,"他说,"有时候我真想大哭一场。但是在银雾中,德瓦,在银雾中,你将再也不用哭泣,那儿没有时间,只有欢乐。"

他又睡了一觉,醒来的时候已是黎明,奥伦过来找我了。我抚摸着梅林的头发,但他又犯起了疯病,像狗一样狂吠,奥伦边笑边听。我希望自己能留给他些小物件,好让他有个念想,可惜什么也没有。于是我不明所以地带着他最后的礼物,同他分别了:最后的秘咒。

奥伦并没有带我走回去往妮慕营地的原路,而是领我走下冲沟,进入一处黑森林,耳畔传来溪水在岩石之间翻滚流淌的声音。天开始下雨,我们走的路又湿又滑,但奥伦披着湿淋淋的斗篷依旧在我面前跳舞。"我喜欢下雨!"她向我呼唤。

"我还以为你喜欢太阳。"我挖苦道。

"两个我都喜欢,大人。"她说。她还是那么快乐,但我几乎听不进她说的大部分内容了。我心里思来想去的只有夏汶、梅林、格温德瑞和埃克斯卡利伯。仿佛我已经落入陷阱,看不见任何出路。难道必须在夏汶和格温德瑞之间做出选择吗?奥伦肯定猜中了我的心思,只见她过来,手臂挽着我。"您的麻烦很快就会结束的,大人。"她宽慰道。

我扯开自己的手臂。"这才刚刚开始。"我痛苦地回应。

"格温德瑞是不会死的!"她鼓舞我,"他会躺在圣锅里,而圣锅会赐予他生命。"她对此深信不疑,可我却不是。我仍然相信众神,但我不再相信我们可以让众神屈服于我们的意志。我想,亚瑟一直都是对的。自助者天助,我们的目光不能总盯着神。他们自有他们的安排,只要我们没有成为他们的玩物,我们就应该感到庆幸。奥伦在树下的池塘旁边停下脚步。"这里有海狸。"她盯着积攒着雨水的水坑,看我什么也没有说,她抬起头明眸一笑。"如果你顺着溪水一直走,大人,你就会找到一条小路。顺着路下山,就有一条大道。"

我听从了她的指引,顺着路走过群山,就来到了古老的罗马要塞希库丘,现在这里聚集着有如惊弓之鸟一般的难民家庭。其中的男人们一看见我,立刻抄起长枪、牵着猎狗从要塞破门而出,但我依然气定神闲地在溪边跋涉,爬上山坡。他们看到我没有恶意,手里也没有武器,肯定不是意欲劫掠的侦察探子,便得意洋洋地嘲笑我。从小到大,我还从未赤手空拳长达如此之久。对于一个男人来说,这种感觉无异于赤身裸体。

我花了两天时间到家;整整两天只顾昏天黑地思前想后,却全然没有任何答案。格温德瑞是第一个看到我从伊斯卡的主街走来的人,兴冲冲地跑来迎接我。"她比以前好多了,大人。"他说。

"接着又急转直下了。"我说。

他有些犹豫。"是的。但两天前我们还以为她正在康复。"他焦急地看着我，我严峻的表情让他有些担忧。

"从那以后，每过一天，"我说，"她的情况就越来越糟。"

"但我们要有信心。"格温德瑞想要鼓励我。

"或许吧，"我自己是毫无希望可盼。我去到夏汶床边，她认出我来，努力挤出微笑，但痛苦再次涌上她心头，笑容也变成了形同骷髅一般的苦相。她长出了一头新发，颜色却全是白色。我弯腰，虽然浑身邋遢，但还是亲吻了她的额头，然后我换了身衣服，沐浴剃须，把海威贝恩绑在腰上，找到亚瑟。我将妮慕的事情统统告诉给他，可亚瑟却闭口不回应，要么就是不肯说。他不会舍弃格温德瑞，这实际相当于宣布夏汶的死刑，但他开不了这个口。看起来他很生气。"我已经受够这些无聊的事情了，德瓦。"

"大人，可这是夏汶痛苦的病灶。"我反驳他。

"那我们就治好她。"他良心过意不去，于是顿了顿，眉头不自觉地紧锁一团，"如果把格温德瑞放在圣锅里，你相信他能够复活吗？"

我想了想，决定老实交代。"不相信，大人。"

"我也不信。"他把格温薇儿也传唤了过来，但她能提出的唯一建议就是让我们咨询塔利辛。

塔利辛听了我的故事。"再把诅咒的名称说一遍，大人。"他吩咐我。

"以火焰之名诅咒，"我说，"以流水之名的诅咒，以黑刺李为名诅咒，还有以替身之名的黑暗诅咒。"

我说完最后一道诅咒后，他不由得畏缩了一下。"前三个我倒是可以解除，"他说，"至于最后一个，据我所知，没有人能够破解。"

"为什么？"格温薇儿很想知道。

塔利辛耸了耸肩。"这是更高阶的知识，夫人。德鲁伊的学习并不会因为训练结束而终止，反倒是开始了一段又一段新的解谜历程，这条道路我尚未涉足。我怀疑，除了梅林之外，不列颠也找不出第二个人染指此道。替身术极尽奥秘，为了对抗它，我们需要一个同等奥秘的魔法。只可惜,我不会。"

我凝望着伊斯卡上空的雨云。"如果我斩断夏汶的脑袋,大人,"我对亚瑟说,"您会不会立刻又斩断我的头颅?"

"不会。"他厌恶地说。

"大人!"我恳求道。

"不行!"他很气愤,大概是刚才有关魔法的谈论冒犯到了他。他理想中的世界是理性的世界,而不是魔法大行其道的世界,但他的理性现在却全无用武之地。

格温薇儿轻启朱唇。"莫甘。"她说。

"她怎么了?"亚瑟问道。

"在妮慕之前,她是梅林的女祭司,"格温薇儿说,"如果有人能够了解梅林的魔力,那这个人非莫甘莫属。"

于是我们找来莫甘。她一瘸一拐地走进庭院,一如既往地面带愠怒。当她依次打量我们每个人的时候,金色的面具闪闪发光,找了一圈也看不到任何基督徒身影以后,她做了个十字架的手势。亚瑟取来一把椅子,但她拒绝落座,暗示没有多余时间陪我们。在丈夫去了格温特以后,莫甘在伊斯卡北部的一座基督教圣地里忙得不可开交。生病的人去那儿弥留,她负责照看他们,给他们食物并为他们祈祷。人们依然称呼她丈夫为圣人,但我看来真正被上帝祝福的圣人应当是身为他妻子的莫甘才对。亚瑟将事情原委娓娓道来,每说一句,莫甘就轻哼一声,等亚瑟讲到诅咒的时候,她在胸口画了个十字,透过面具敞口处啐了口唾沫。"所以你们想要我做什么?"她语带戒备地问道。

"你有办法解除诅咒吗?"格温薇儿问道。

"可以祈祷!"莫甘大声宣告。

"但你已经祈祷过了,"亚瑟有些恼怒,"埃姆里斯主教也已经祈祷过了。伊斯卡的所有基督徒都在祈祷,但夏汶仍然卧病在床。"

亚瑟王

"因为她是异教徒,"莫甘说道,"上帝有自己的羊群需要照顾,为什么要浪费时间去怜悯异教徒呢?"

"你没有回答我的问题。"格温薇儿冷冰冰地说道。她和莫甘彼此厌恶,但因为亚瑟的缘故,照面的时候好歹也会冷言冷语地寒暄一二。

莫甘沉默了一会儿,短促地点了点头。"可以解除,"她说,"如果你们愿意相信这些迷信。"

"我相信。"我说。

"但心里相信迷信就是罪孽!"莫甘号啕起来,再次做了个十字标志。

"你的上帝一定会原谅你。"我说。

"你又如何了解我的上帝,德瓦?"她话里带刺。

"因为我知道,夫人。"我试图想起多年以来加拉哈特告诉我的所有事情,"你的上帝是一位慈悲为怀的神,一位宽恕待人的神,还是一位愿将自己的儿子送至人间的神,目的就是不让其他人再受苦。"我停顿了一下,但莫甘没有回答。"我还知道,"我轻轻地走了过去,"妮慕将在群山之上兴起浩劫。"

提到妮慕的名字就有可能说服莫甘,因为她曾经因为妮慕凭借年轻姿色而取悦梅林,继而篡夺自己权位一事耿耿于怀。"是泥塑吗?"她问我,"里面有孩童的鲜血、露水,并且是在雷声大作时捏制成形的?"

"一点儿也没错。"我回答。

她打了个激灵,张开双臂,默默祈祷。我们都不说话。她一直祷告了很长时间,或许她希望我们就此舍弃她,但我们没有一个人离开院子,她又放下手臂,腾转回身面向我们。"那巫婆做的是什么法?"

"浆果,"我说,"骨头,还有余烬。"

"不,傻瓜!是什么魔法?她是怎么找到夏汶头上的?"

"她有一枚夏汶的戒指和我的一件斗篷。"

"啊!"尽管对异教徒的迷信深感厌恶,莫甘却突然来了兴趣,"为什么是你的一件斗篷呢?"

"我不知道。"

"这还不简单,傻瓜,"她厉声说,"借你来施法!"

"我?"

"你还不明白吗?"她厉声说道,"你就是媒介。你以前和妮慕很要好吧,难道不是?"

"是的。"我情不自禁脸红了。

"以何为证?"她问,"她给了你一个护身符?一块骨头?还是别的什么异教垃圾挂在你的脖子上?"

"她给了我这个。"我向她展示左手上的伤疤。莫甘看着刀疤,不禁又哆嗦了一下,什么也没说。

"破解咒语吧,莫甘。"亚瑟恳求她。

莫甘又一次默然不语。"这是被禁止的,"过了一会儿她才说道,"不能涉猎巫术。《圣经》告诉我们,行邪术的女人不可让她存活①。"

"那请告诉我该怎么做。"塔利辛央告。

"你?"莫甘喊道,"就凭你?你认为能够破解梅林的魔力吗?如果要做,就一定要找到合适的人选!"

"由你?"亚瑟一发问,莫甘便开始抽搭,用那只好手画了十字,然后摇了摇头,似乎一时间说不出话来。亚瑟皱了皱眉头。"你的上帝,"他问道,"到底想要什么?"

"你的灵魂!"莫甘破口喊道。

"你想让我成为一名基督徒?"我问。

刻有十字架的金色面具恐怖地同我对视。"是的。"莫甘低声说道。

"既然如此,我愿意。"我回答得轻巧明快。

---

① 语出《圣经·旧约·出埃及记 22:18》。——译者注

亚瑟王

她指着我。"你愿意受洗,德瓦?"

"愿意,夫人。"

"你还要发誓服从于我的丈夫。"

这一要求让我有些犯难。我只能盯着她。"桑森?"我无力地问道。

"因为他是主教!"莫甘言辞强硬,不容置喙。"他拥有上帝的权威!你必须发誓服从他,并且同意接受洗礼,这样我才能解除诅咒。"

亚瑟注视着我。恍惚之间,我无法忍受莫甘要求中包藏的羞辱,但后来我想到了夏汶,点了点头。"我愿意。"我告诉她。

于是,莫甘冒着她的上帝雷霆震怒的风险,帮我们解除诅咒。

她是那天下午开始解除咒语的。当时她身着一袭黑色长袍,款步来到宫殿庭院,脸上没有戴任何面具,那张因火焰肆虐而毁于一旦的脸,连同所有赤红的疤痕,全部一览无余。她在和自己较劲,不过还是信守承诺,匆匆忙忙准备停当。她在火盆里点上火,用煤炭喂火,等火焰饱满以后,几个奴仆取来了一篮子黏土,莫甘将黏土塑造成一个女人的形象。除此之外,她使用了镇上一个当天早上死去的孩子的血,还有奴隶从院子潮湿的草地上接取的露水,两样东西和黏土混合在一起。只是当时并没有打雷,不过莫甘说解除咒语并不需要雷声助阵。她对自己即将要做的事情心怀恐惧。这是一个怪诞的形象,一个乳房巨大、双腿岔开、产道大张的女人,在泥塑的肚子里,她挖了一个洞,解释说邪恶就藏在这个子宫里。亚瑟、塔利辛和格温薇儿看得入了神,莫甘渐渐让泥塑成形,接着又绕着这个污秽的作品走了三圈。走完第三圈以后,她停下脚步,抬起头凝望云端,长啸不止。有那么一刻,我以为她很痛苦,无法继续,仿佛是她的上帝命令她停止仪式,但后来她那张扭曲的脸转而面向我。"现在我要逼出邪恶了。"她说。

"什么意思?"我问。

她嘴角一道缝隙似乎在微笑。"你的手，德瓦。"

"我的手？"

我这才看清她那张没有嘴唇的一道口缝的确在笑。"就是这只手将你和妮慕联系在了一起，"莫甘说道，"不然你以为邪恶是怎么找上门来的？你必须把手切掉，德瓦，还要把它交给我。"

"我就知道！"亚瑟开始抗议。

"是你强迫我犯下禁忌的！"莫甘恼羞成怒，冲她兄弟咆哮嘶吼，"然后你又要挑衅我的智慧？"

"不是的。"亚瑟匆匆说道。

"反正也不关我什么事，"她轻佻地说道，"如果德瓦想保住自己的手，那就保吧。反正受苦的是夏汶。"

"不要，"我说，"不是这样的。"

我们找来了加拉哈特和库尔威奇，接着亚瑟领着我们三人来到他的铁匠铺，锻造炉在那儿日夜燃烧。我从左手手指取下戒指，交给了亚瑟的铁匠师傅莫里迪格，请他把戒指封存于海威贝恩的剑柄圆头。戒指的材质是普通的铁，不过是个战士的戒指而已，但其中藏着我从圣锅上偷取的金十字架，戒指一共有一对儿，另一枚在夏汶手上。

我们在铁砧上垫了一块厚木头。加拉哈特紧紧抱住我，双臂缠着我，我露出手臂，把左手放在木头上。库尔威奇按住我的前臂，不是为了保持静止，而是防止它向后缩。

亚瑟举起了埃克斯卡利伯。"你确定要这么做吗，德瓦？"他问。

"动手吧，大人。"我说。

剑刃蹭着铁砧上方的磨刀石，寒光闪动，莫里迪格不由得瞪大了眼睛。亚瑟停顿了一下，然后一剑砍了下去。他下手果断，有那么一刻我甚至没有感到痛苦，一点也没有，但是库尔威奇抓住我血液迸射的手腕，并将它插入锻造炉内燃烧的煤炭之中，砭骨之痛才像长枪利刃一般刺入心

亚瑟王

头。我号啕不止，接下来的事情全然记不得了。后来我听说莫甘把那只割下来的手，连同致命的刀疤一起封存在了泥塑的子宫里。之后，她诵念了一个年代堪比异教肇始的咒语，从产道中扯出血淋淋的手，扔进了火盆。

从此以后，我便是一名基督徒了。

第四部
最后的秘咒

春天终于光顾狄那拉克峡谷了。修道院暖和了起来，我们的默然祈祷也逐渐被羔羊的咩叫声与云雀的歌唱声打断。白色紫罗兰和针叶草也从积雪最深的地方嫩芽展露，但最让人欣喜的莫过于伊格莲诞下孩子的喜讯了。伊格莲顺利产下了一个男婴，母子平安。感谢上帝，感恩终于能够温暖地度过冬季，除此之外别无其他。春天会是一个快乐的季节，但也潜藏着敌人蠢蠢欲动的谣言。

撒克逊人卷土重来，但没有人知道，昨晚在东方地平线上看到的火灾究竟是不是他们的所作所为。当时火焰冲天，在夜空的衬托下仿佛地狱降临。黎明时分，一个农民分给了我们一些椴树枝条，我们可以用来制作一架新的奶油搅拌器，他还告诉我们火灾是爱尔兰人打家劫舍时弄的，但我们有所怀疑，因为过去几周的时间里，已经传来太多有关撒克逊军队出没的消息了。亚瑟的成就是让整整一代人免受撒克逊人袭扰，为此他还教会了我们的国王要有勇气，但从那以后，我们的统治者变得多么弱不禁风！现如今，撒克逊人就像瘟疫一样死灰复燃。

负责将我的羊皮纸历史翻译成不列颠语的推事戴维德告诉我，火灾肯定是撒克逊人所为，他还说，伊格莲的儿子将命名为亚瑟。名字是不错，但戴维德显然不太赞成，对此我一开始也摸不着头脑。他是一个小个子，和桑森如出一辙的是，他也有一张纠结而操劳的面庞，以及一头粗硬的头发。此刻他就坐在我的窗前，读完我刚写完的羊皮纸，不停地发出啧啧之声，脑袋直摇。

"为什么，"他终于开口问我，"亚瑟要放弃德莫尼亚？"

"因为莫里格坚持这么要求，"我解释道，"亚瑟本人也从来不想君临

亚瑟王

天下。"

"他这是不负责任的表现！"戴维德言辞严厉。

"亚瑟不是国王，"我说，"我们的法律坚持认为只有国王才能君临天下。"

"法律也是可以通融的嘛，"戴维德嗤之以鼻，"连我都知道，亚瑟应该称王。"

"我同意，"我说，"但他不是。这不是他的天赋之权，莫德雷德才有这个权利。"

"那格温德瑞也不是天赋的王权。"戴维德反驳道。

"是的，"我说，"但如果莫德雷德驾崩，除了亚瑟之外，格温德瑞比其他人更有资格继位为王，反倒是亚瑟并不想成为国王。"我总是在为同一件事耗费口舌。

"亚瑟当初来到不列颠，"我说，"就是因为他宣誓要保护莫德雷德，在辗转前往塞卢瑞亚以前，他已经完成了所有使命。他统一了不列颠诸王国，他将正义赋予德莫尼亚，他还击败了撒克逊人。本来也可以拒绝莫里格让他解甲归田的无理要求，但他心里却不想这样做，所以才把德莫尼亚交还给了合法的国王，结果眼睁睁地看着一切成就土崩瓦解。"

"所以他应该继续掌权下去。"戴维德争辩道。我总觉得戴维德像极了圣人桑森，总喜欢和人一较高低，从不服低认小。

"是的，"我说，"但他累了。他希望有其他人选来担负这一重任。如果真要揪出一个人来接受责备，那这个人非我莫属！我应该留在德莫尼亚，而不是在伊斯卡荒度日子。但当时我们谁也没有预见即将发生什么事。我们都没有注意到，其实莫德雷德领兵打仗还挺有一套，在他驰骋沙场的时候，我们还坚信他离死期不远，格温德瑞即将成为国王。真是那样就好了。我们当时活在希望，而不是现实之中。"

"我还是觉得亚瑟辜负了我们。"戴维德的语气解释了他为什么不赞成王储的新名字。这是我第几次被人裹挟着听他们谴责亚瑟了？人们总说，只要亚瑟继续掌权,那么撒克逊人仍会对我们百依百顺,不列颠的领土也将连通四海,可是不列颠真正拥有亚瑟的时候,他们却又只知抱怨不懂珍惜;亚瑟将人们想要的东西带去的时候,人们反倒怨声载道,贪得无厌。基督徒攻讦他,因为他偏袒异教徒;异教徒攻讦他,因为他容忍基督徒;反观为人王者,除了昆格拉斯和伊仑之子欧依戈斯以外,全部嫉妒他。来自欧依戈斯的支持实际上并不多,而当昆格拉斯死去以后,亚瑟就失去了最得力的左膀右臂。此外,亚瑟并没有辜负任何人。是整个不列颠自甘堕落、自食恶果。不列颠坐视撒克逊人卷土重来,自己内部诸王国却彼此钩心斗角,继而又将所有过错归咎于亚瑟。是谁曾经将胜利带给了他们?是亚瑟!

戴维德又浏览了最后几页。"夏汶后来康复了吗?"他问我。

"赞美上帝,是的,"我说,"并且又活了好几年。"我准备告诉戴维德最后几年的一些事情,却又看出他并不感兴趣,所以又把这份记忆保留给自己。夏汶最后感染上热病死了。弥留之际,我陪伴在她左右。后来我想烧掉她的尸体,但桑森坚称应该以基督徒的方式埋葬。我只得服从,但一个月以后,我叫来老部下的儿孙,吩咐他们挖出夏汶的尸体,将其放在火堆上焚化,好让她的灵魂可以前往彼世与我们的女儿团聚,即便因此犯下罪,我也无怨无悔。如果我有一天死去,恐怕任何人都不会将我火葬,如果换作伊格莲,待她读完这些文字以后,或许会网开一面为我筑起火堆。我只能这么祈祷了。

"翻译时你会篡改故事吗?"我问戴维德。

"篡改?"他看起来很愤怒,"我的王后一个字都不让我改!"

"真的?"我问。

"我也许会纠正一些语法上的错误,"他合上羊皮纸,"其他就没有了。这故事快到尾声了吧?"

"是的。"

"那我这周再抽个时间过来。"他许完诺,动手将羊皮纸收到袋子里,

亚瑟王

然后匆匆离开了。过了一会儿，主教桑森急急忙忙走进我的房间。他带了一个奇怪的包裹，起初我以为是用旧斗篷包起来的一根棍子。"戴维德带来了什么消息？"他问。

"王后顺产，"我说，"孩子也很健康。"我决定不告诉桑森这个孩子的名字，免得徒增圣人烦恼，如果桑森脾气不错，狄那拉克峡谷的生活会轻松许多。

"我要听新的消息，"桑森厉声说，"不是女人磨嘴皮子的话。大火是怎么回事？戴维德提到火灾了吗？"

"他还以为我们知道的更多呢，主教，"我说，"不过布洛奇维尔国王认为是撒克逊人干的。"

"上帝保佑我们！"桑森踱步走到我的窗前，东边仍然可以看到烟雾，"上帝和他的圣徒保佑我们。"他连连祈祷，来到我的办公桌前面，甩手将一个奇怪的包裹放在桌上。他扯开斗篷，我瞬间目瞪口呆，几乎落下了眼泪，那包裹之中竟是海威贝恩。我不敢表露自己的情感，而是按捺住性子，画了一道十字，仿佛我对修道院里出现武器一事感到震惊。"敌人就在附近。"桑森在解释为什么要带这把剑过来。

"我担心您说得对，主教。"我说。

"敌人还挑拨山上的饿汉子造反，"桑森继续说道，"所以到了晚上你要守在修道院里。"

"那好吧，大人。"我谦卑地说。但是居然让我？站岗？我这么一个白发苍苍、老弱无力的人？指望我站岗放哨还不如指望一个蹒跚学步的孩子。但我没有做出任何抗议，等到桑森离开房间，我从剑鞘中抽出海威贝恩仔细端详，时过境迁，它一直保存在修道院的储物箱内，如今在手里仔细掂量，竟发觉它沉重而笨拙，但依然称手，毕竟是我的剑。我凝视着镶嵌在剑柄上的泛黄猪骨，又看了看封存在圆头上的戒指，从戒指上还可以隐约看到我从圣锅上偷偷取走的一小块金子。这把剑又勾连起过往许多故事。剑刃有一块锈迹,我用削笔刀小心翼翼地将其刮掉,然后长抱宝剑,不愿分离,想象着自己回复年轻,重归强壮,挥动宝剑,快意恩仇。但要让我去站岗?桑森并不希望我站岗,而是希望我像个傻瓜一样挡在前面,白白牺牲,他自己却一手牵着圣特博,另一只手抱着修道院的金子,夺后门望风而逃。但如果这是我的命运,我也不会抱怨。我宁愿像我的父亲一样,手握利剑,荣誉战死,即使我手中已无缚鸡之力,剑刃也早已钝慢。梅林并不想让我逢此厄运,亚瑟也不想,但对于一个战士来说,这不失为一种体面的告别方式。尽管这么多年过去了,我已是一名修道士,皈依基督教的时间甚至更为漫长,但是在我充满罪恶的灵魂中,我仍然是信仰密特拉的长枪手。所以我亲吻了海威贝恩,为我们的久别重逢欣喜万分。重获宝剑,我想大概也到了书写故事终结的时候了,我打从心里希望自己还来得及为我主亚瑟的故事画上句点,他遭受背叛,忍受诽谤,却在离去之后深受缅怀,其程度之深,感情之切,是不列颠历史上任何人都不能望其项背的。

　　我的手被砍下以后,我就不省人事了。等到醒来时,夏汶正坐在我的床边。起初我差点认不出她,因为她的头发变短了,色如白灰。但那的确是我的夏汶,她不仅活了下来,而且重回健康。看到我眼中闪过的泪光,她身子前倾,脸颊贴在我的身上。我用左臂搭在她身旁,却发现手臂前端已经没有手来抚摸她的后背了,只剩下一个用血淋淋的绷带绑住的残肢。我仿佛还能感觉到自己的手,甚至可以察觉它在发痒,但实际并非如此。手已经扔进火里烧掉了。一周后,我在尤斯卡河受洗。主教埃姆里斯主持了仪式,他按着我的脑袋浸入冷水的时候,夏汶也跟着走下泥泞的河岸,坚称自己也要受洗。"我的男人去哪儿,我就跟去哪儿。"她这样告诉主教埃姆里斯,于是他让她将双手搭在胸前,按着她的后背,也让她浸入河水。在我们受洗的同时,有一个女人组成的唱诗班在歌唱,那天晚上,我

亚瑟王

们身着白衣,第一次接受了基督徒的面包和酒。弥撒过后,莫甘买来一张羊皮纸,在上面郑重地写下我要服从她丈夫的基督教承诺,并要求我签名。

"我已经向你口头许诺了。"我有些反感。

"必须要你签名才算数,德瓦,"莫甘不肯罢休,"还要让你在耶稣受难像前发誓。"

我叹了口气,只好签字。似乎基督徒并不相信古老的誓约形式,只肯接受白纸黑字。就这样,我承认桑森是我的主,在签署了自己的名字以后,夏汶坚持要添上她自己的名字。所以,尽管和莫甘最初的设想有所出入,我的后半生——也就是宣誓对桑森效忠的人生——就此拉开了帷幕。如果桑森知道我正在书写这段故事,他一定会把它解释为背弃承诺,并对我严加惩罚,可我已经不在乎了。我虽犯下了许多罪,但违反誓言并不在此之列。

受洗之后,我有些期盼桑森传唤,他仍然和格温特的国王莫里格在一起,但是耗子神只是保留了我的书面承诺,其他一概不问,甚至没有问我要钱。当时还没有。因为一直坚持使用盾牌练习的缘故,我的手腕残肢愈合缓慢。在战斗中,男人将左臂穿过两个盾牌的扣环,并牢牢握住木制手柄,但是我不能再用手抓握盾牌了,所以我将扣环重制成为可以收紧的扣带,这样一来,盾牌没有以前牢实了,但总比没有的好,我一习惯用扣带,就拿着剑和盾牌去找加拉哈特、库尔威奇或者亚瑟演练对抗。这样持盾虽然笨拙,但仍然可以战斗,每次练习过后,我的断肢就会流血,每当为我换上包扎的时候,夏汶总会责骂我。满月到来之后,我没有履行承诺前往南特图杜。我在等着妮慕寻仇,但什么人也没有过来。依照惯例,满月后的一周会举行盛宴,而夏汶和我服从了莫甘的命令,既没有扑灭篝火,也没有守夜观看新火点燃,但库尔威奇管不了那么多,第二天早上,他擎着新火的火种来到我们家,把火扔进了炉膛。"你想让我去一趟格温特吗,德瓦?"他问。

"去格温特?"我问,"为什么?"

"当然是为你除掉桑森那只小癞蛤蟆了。"

"他又没有招惹到我。"

"现在是没有,"库尔威奇抱怨道,"但他会的。真是很难把你当做一个基督徒看待。你感觉有什么不同吗?"

"没有。"

可怜的库尔威奇。他很高兴看到夏汶康复,但又讨厌我为此要和莫甘讨价还价。他和许多其他人一样,都很好奇我为什么没有矢口否认对桑森的承诺,但我担心如果这样做,夏汶的病就要死灰复燃,所以我坚持了下来。从此以后,服从就变成了一种习惯,后来就算夏汶去世,束缚我的誓约失去效力以后,我发现自己反而没有任何违背承诺的意愿了。

但是,在象征新生的火焰将壁炉的寒冷一扫而尽时,上述种种都只不过是遥不可知的未来。那天阳光明媚,春暖花开。我记得早上我们在市场上买了一些雏鹅,好让我们的孙子辈能够在屋后的小池塘看着它们长大,然后我和加拉哈特一起去了圆形剧场,在那里我用笨拙的盾牌又开始练习。我们是那里唯一的长枪武士,其他大多数人仍然处于大宴过后的宿醉状态。"养雏鹅可不是什么好主意。"加拉哈特边说边用长枪猛击我的盾牌。

"为什么呢?"

"它们长大后脾气特别暴躁。"

"没关系,"我说,"等它们长大就成晚餐了。"

格温德瑞打断我们,说他父亲找我们有事相商。我们回到镇上,发现亚瑟已经去了主教埃姆里斯的宫殿了。主教坐在座位上,亚瑟穿着短衣和长袍,靠在一张铺满木屑的大桌子上,主教则在桌上写了好几张士兵、武器以及船只的清单。亚瑟抬头看着我们,一时什么也没说,但我记得他胡须灰白的脸凛若冰霜。他只说了两个字:"战争。"

加拉哈特用手画十字,而我仍然习惯了以前的方式,触碰了一下海威

亚瑟王

贝恩的剑柄。"战争?"我问。

"莫德雷德正向我们杀来,"亚瑟说,"千真万确!莫里格准许他借道格温特了。"

"三百五十名士兵,我们是这么听说的。"埃姆里斯补充道。

时至今日,我依然相信是桑森鼓动莫里格背叛亚瑟的。虽然我没有证据证明,桑森也是矢口否认,但这样一个阴谋诡计,不论从哪里都透着一股耗子神的狡猾劲儿。有一点可以确认,桑森曾经警告我们早做准备,但是耗子神做事一向谨小慎微,就连背叛企图也设计得严丝合缝,如果亚瑟不出意料赢得了在伊斯卡的战斗,那么桑森还可以回过头来邀功请赏。他肯定不巴望得到莫德雷德的奖励,因为如果真是桑森的计策,那么不管他怎么做,其实都是为了让莫里格收获好处。让莫德雷德和亚瑟龙争虎斗,莫里格作壁上观,随后出面接管德莫尼亚,耗子神则可以打着莫里格的旗号作威作福。

莫里格确实有意将德莫尼亚收入囊中。他垂涎那里丰饶的农田和富裕的城镇,所以尽管嘴巴极力否认,背地里却在煽动战争。他可以狡辩,如果莫德雷德想要拜访亲故,他莫里格有什么理由制止呢?如果莫德雷德需要三百五十名长枪兵充当护卫,那么莫里格又有什么资格反对国王的随行要求呢?所以他给了莫德雷德许可,就在我们刚刚听到莫德雷德发动袭击的时候,他的先头部队已经路过格兰温,向西方杀过来了。

于是,因为一场背叛,也因为一个卑鄙国王的野心,亚瑟的最后一场战争终于打响了。

我们也为这场战争做好了准备。不过我们原本预计莫德雷德会在几周之前发动袭击,虽然他对时机的选择着实让我们意外,但也不至于打我们一个措手不及。我们计划向南渡过塞文海,再前往杜诺维瑞阿,并期望能够与塞格拉莫会合,待两军会师以后,我们将高举亚瑟的熊旗挥师北上,和从瑟卢瑞亚班师的莫德雷德进行大决战。这场战斗我们期盼已久,同时也渴望大获全胜,在此之后,我们将在卡丹城堡拥立格温德瑞成为德莫尼亚之王。又是老调重弹:再战斗一次,之后试看拨云见日、天翻地覆。

我们派遣信使前往海岸,要求渔民将所有船只从塞卢瑞亚赶往伊斯卡,这些船赶着春潮入海时,我们则在一头准备启程的辎重。大家磨尖剑刃长枪,抛光盔甲,并将食物放入篮子或麻袋之中。我们收集了三座宫殿中的宝物和金库中的钱币,并且警告伊斯卡的居民要赶在莫德雷德之前向西逃亡。

第二天早上,一共有二十七艘渔船在桥下的河里停泊待命。一百六十三名长枪兵准备登船,大多都携家带口,所幸船上仍有空间富余。但我们不得不舍弃马匹,这是因为亚瑟发现,马匹不胜舟船劳顿之苦。在我去寻找妮慕的时候,亚瑟曾试图将马匹哄至其中一艘渔船上,但哪怕是最轻微的波浪,这些动物也会惊慌失措,甚至有一匹马踢破了船身,夺路而逃,所以在航行的前一天,我们把马匹全都迁往一处遥远的牧场,并许诺等到格温德瑞成为国王以后,我们就会回来。莫甘拒绝和我们同行,选择和她的丈夫一道去了格温特。我们在黎明时开始装船。首先,将黄金压在船底,在黄金上方,我们堆放了盔甲和食物,随后,借着灰色的天幕和轻快的清风,我们开始登船。大多数船只能够搭载十到十一个人,人员齐备以后,船就划至河中央并且锚定,好让整个船队可以一齐启程。在最后一艘船装船的时候,敌人来了。船队当中规格最大的船属于我的妹夫巴里格,船上坐着亚瑟、格温薇儿、格温德瑞、莫温娜和她的孩子、加拉哈特、塔利辛、夏汶和我,还有库尔威奇和他一个妻子以及两个儿子。亚瑟的旗帜在船头迎风飞扬,格温德瑞的旗帜则在船尾舞动。本来我们意气风发,满以为航行之后就能护佑格温德瑞登上王座,但就在巴里格向亚瑟的管家海崴德大声催促的时候,敌人却赶到了。

海崴德正在搬运亚瑟宫殿里的最后一捆行李,离河岸仅仅五十步之遥

亚瑟王

时,他回头一望,看到骑兵已经从城门倾泻而出。他刚想放下包裹,佩剑扯到一半,后头的骑兵拍马赶到,狠狠地将长枪刺入他的脖子。巴里格见势赶紧将船板扔到船外,从腰带解下一把刀,砍断了紧绷的系泊绳。他的撒克逊船员也扔掉了船头套索,在骑兵赶至岸边时,我们的船已经漂到了河水中央。亚瑟惊魂甫定,站在船上,眼睁睁看着垂死的海崴德,但我的目光却转向了从圆形剧场蜂拥而出的人马。

这不是莫德雷德的军队,而是一群丧心病狂的疯子。从圆形剧场的石拱门周围,一群弯腰驼背、面目可憎、气势汹汹的卑鄙之人正火急火燎地向河岸跑来,嘴里发出奇怪的喊叫声。这些人衣衫褴褛,毛发乱作一团,目光充斥着狂热的愤怒。他们是妮慕疯人大军。大多数人除了棍棒外什么都没有,只有少数人手握长枪,是装备长枪和盾牌的骑兵们,这些人看上去倒并没有丧失理智。这些骑兵曾经是丢尔纳赫的血盾战士,仍然穿着破烂的黑色斗篷,带着血暗色的盾牌,他们驱散着疯狂的步兵,在河岸策马扬鞭紧跟我们的步伐,一些疯子摔倒在马蹄之下,还有几十个人跳入河水,笨拙地朝我们的小船游过来。亚瑟大声指挥船员赶紧斩断锚绳,满载负荷的船只一个接一个地开始顺水漂流。一些船员不愿意舍弃充当船锚的大石块,试图将它们拖起来,所以漂流的船只撞向了静止的船只,而那不顾一切向我们冲过来的疯子又在肆无忌惮地靠近。"用矛柄!"亚瑟边喊边抓住自己的矛,转过身,猛捶游泳者的脑袋。

"撑桨!"巴里格在呼唤,但大家都没有工夫搭理他。我们都在忙着驱离游泳者。我只能用一只手将这些疯子逼至水下,其中有个家伙抓住了我的长枪,差点还把我拉到水里。我让他拿走武器,拔出海威贝恩将他切成碎片,河面染上了第一波鲜血。

河流北岸聚集着妮慕的大军,他们鬼哭狼嚎,蹦跳着呼唤更多人赶上来。有些人向我们投掷长枪,但大多数人只是充满怨恨地号叫,其他人则跟着先驱者跃入河中。一个兔唇的长发男子试图爬上我们的船首,但撒克逊人朝他的脸狠狠踢了一脚，接着又是一脚，甚至还让自己摔了一跤。塔利辛找到了一把长枪，用锋利的刀刃劈刺。在我们下游，一艘船漂浮到了泥泞的河岸上，船员们正拼命撑桨试图摆脱，但来不及了，妮慕的长枪兵一拥而上。他们跟着血盾战士的指引，这些训练有素的杀人犯发出蔑视的低吼，挥舞长枪在掉队的船只周围左劈右刺。这是埃姆里斯主教的船，我看到白发苍苍的主教正在用剑绝望地格挡长枪，可还是寡不敌众，这群疯子又跟着血盾战士爬上了鲜血淋漓的甲板。主教之妻错愕地尖叫，不多时就被长枪贯穿。一阵刀光剑影，血液从缝隙向外流出，往大海扩散。一个身着鹿皮的男子在这艘刚刚擒获的船只尾端站稳身子，等我们的船顺流漂过去时，他突然朝着我们的舷缘跳了过来。格温德瑞见状举起手中的长枪，那人尖叫一声，身体瞬间被长枪洞穿。我记得他的身体还在挣扎，双手死死握住矛杆，格温德瑞将长枪和敌人一起投入河中，然后拔出了剑。他的母亲正用长枪狠扎那些在船缘不断拍水的手臂，只要看到有手紧紧抓住我们的舷缘，我们就赶忙用脚去踩，或者用剑切砍，就这样，我们的船逐渐远离了危险。现在所有船只都在漂流，有些侧着船身，有些船尾绕到了前面，船员们要么冲着彼此大喊大叫，要么呼唤长枪手赶紧去撑桨，突然一支长枪从岸边飞来，一头扎进我们的船体，然后又有一支箭飞来。这是猎人的箭，当它呼啸而过时，我们的头皮刮过一阵凉风。

"盾！"亚瑟喊道，我们沿着船舷摆出一面盾墙抵挡箭矢。我蹲伏在巴里格身边，保护我们两个人，我能感受到弓箭命中盾牌时的金属震颤。

幸好河水湍急、大海回潮，我们混乱无序的船只才能迅速避开弓箭的射程。山呼海啸般的军队仍在紧跟不放，但在圆形剧场的西边有一片沼泽，阻滞了他们的速度，为我们争取了时间，终于让这一片混乱告一段落。耳边喊杀震天，追击者的尸体从我们的小小舰队旁漂流而去，但最后我们齐心划桨，终于摆正船首，跟着其他船驶向大海。两面旗帜已经让箭矢弄得不堪入目。

亚瑟王

"他们是谁?"亚瑟盯着那群人。

"妮慕的军队。"我苦涩地回答。多亏莫甘出手相助,妮慕的诅咒被挫败了,所以她只得调派人马前来夺取埃克斯卡利伯和格温德瑞。

"为什么我们一开始没有觉察到?"亚瑟不解。

"大人,或许他们用了某种藏身的魔法?"塔利辛猜测道,而我也记得妮慕很擅长使用类似把戏。

加拉哈特在嘲笑异教徒的离奇见解。"他们趁着夜色行军,"他说道,"然后躲在树林里直到准备完毕,我们都忙得不亦乐乎,哪还有什么心思注意到他们呢?"

"这婊子现在可以和莫德雷德干一仗了。"库尔威奇说道。

"不会的,"我说,"她会加入他的行列。"

但是妮慕还没有放过我们。一群骑兵正沿着北进的道路在沼泽之中驰骋,一大群人则赤足跟在后面。这条河并没有直接汇入大海,而是在沿海平原上形成了若干个巨大回环,我知道敌人一定会在每一个向西凸出的河曲部位严阵以待。

骑兵确实在等我们出现,只是越接近大海,水流速度也越快,我们也就安然无恙地渡过了每一个河曲弯道。骑兵对我们咒骂连连,疾驰去寻找下一处弯道,一路向我们投掷长枪、发射弓箭。在入海之前,有一条长长的直道,妮慕的骑兵一直沿路紧追不舍,也就是在那一刻,我看到了妮慕。她骑着一匹白马,白色长袍赫然在目,头发修剪成德鲁伊的式样。她带着梅林的法杖,腰间佩一把剑。她对我们大吼大叫,然而风声盖过了她的话语,随后河水向东急转,我们在遍布芦苇的堤岸之间离她越来越远,妮慕掉转马头,向河口疾驰。

"我们现在安全了。"亚瑟说。鼻腔传来大海的气息,海鸥在我们头顶上方呼唤,耳畔响起海浪拍打海岸无休无止的声音,巴里格和撒克逊人正用绳子拴住风帆,再将绳索悬挂到桅杆上。这条河还有最后一处回转地带,我们将在那里与妮慕的骑兵最后一次相遇，之后就能顺利进入塞文海了。

"我们损失了多少人？"亚瑟很想知道，大家在船队里纷纷呐喊着发问和应答。只有两人中箭，一艘船不慎搁浅，落入敌手，但其余大多数人暂时安然无恙。"可怜的埃姆里斯。"亚瑟说完又沉默良久，随后斩断了忧郁之情。"只消三天，"他说，"我们就能与塞格拉莫会合。"

他已经向东边发遣了使者，莫德雷德的军队也已经离开德莫尼亚，没有什么能够阻拦塞格拉莫与我们会师。"到时候我们就能组成一支军队，"亚瑟说，"而且是一支能打胜仗的军队，击败莫德雷德不在话下，然后我们重头再来。"

"重头再来？"我不解。

"再击败策尔迪克一次，"他说，"还要让莫里格长点儿记性。"他苦笑了一下。

"总是还有一场战斗，注意到了吗？每当你认为一切都尘埃落定，新一轮麻烦又跳了出来。"他碰了碰埃克斯卡利伯的剑柄，"可怜的海崴德。我会想念他的。"

"您也会想念我的，大人。"我悲切地说道。左手腕的残肢疼得厉害，已经异处的手却感到一阵不可思议的瘙痒，千真万确，甚至让我一度想要抓挠。

"想念你？"亚瑟扬起眉毛。

"等桑森传唤我的时候。"

"噢！耗子神啊。"他瞬间乐开了花，"我想我们的耗子神也巴不得回到德莫尼亚，不是吗？他在格温特似乎没有什么前途可言，那儿的主教已经人满为患了。是啊，他肯定想回来，而那可怜的莫甘也想在怀君岛上重建神庙，所以我还要和他们做笔交易——以格温德瑞准许他们在德莫尼亚生活为条件换取你的灵魂。我们要解除你的誓约，德瓦，这个你不用担心。"他拍了拍我的肩膀，然后爬到了格温薇儿在桅杆下面的座位。

亚瑟王

巴里格从船尾柱上拔出一个箭矢，拧下箭头，塞入口袋保管，然后将羽毛箭轴扔到船外。"天色可真难看。"他朝着西方猛提下巴，向我说道。我转过身，看到远处的大海乌云密布。

"要下雨了吗？"我问。

"也可能是一阵狂风。"他不祥地回答，然后向船外吐唾沫辟邪。"好在目标近在咫尺，兴许能够避开。"船经过河流最后一个大回环，他身子靠在转向桨上摆渡。我们现在正向西航行，顶着烈风，河水表面波涛汹涌，白色波浪在我们的船头撞碎，溅在甲板上。风帆尚未挂起。"划！"巴里格指挥着桨手。撒克逊人有一支桨，另一支在加拉哈特手中，塔利辛和库尔威奇负责中间的船桨，剩下的船员由库尔威奇的两个儿子充当。六人迎着强风，使劲划船，所幸河流和回潮帮了我们不少。船头和船尾的旗帜饱受强风摧残，旗面的箭头在叮当响动。在我们面前，河流向南转，我知道巴里格即将扬起风帆，好借助风力驶向大海。等到了海上，我们将不得不先留在宽广浅滩之间一条用柳条绳索标记的通道内，之后才能到达深水区域，在那里我们向下风偏转，朝德莫尼亚的海岸跃进。"不会花太长时间的，"巴里格瞥了一眼乌云，宽慰着说道，"不会太久的。应该能赶在起风以前。"

"大家的船可以靠在一起吗？"我问。

"足够近了。"他猛地抬头看前面最近的船，"老船会落在后头，就像一头怀了猪崽的母猪一样。但大家都足够近了，足够近了。"

妮慕的骑兵在河流向南汇入大海的地方等着我们。当我们靠近时，她从长枪兵中骑马出列，驾驭马匹踏入浅水，我看到她的两名长枪兵将一名俘虏拖到她的旁边。起初我以为那人是落难船只上的某个不幸的家伙，后来才看清是梅林。他的胡子被割断了，蓬乱的白发在风中狂舞，虽然他看不见我们，但我可以发誓他在微笑。因为距离太远，我无法清晰地看到他的脸，但我真的可以发誓，当他被拽入波浪中时，他分明在微笑。似乎他已经知道将要发生什么了。

　　一刹那间，我也豁然顿悟了，但心里又感到无能为力。妮慕小时候就是在这片海上遭致不幸的。她在德米缇亚被一群暴徒掳走，然后乘船从塞文海被带到了德莫尼亚，但是在航行过程中，风暴骤起，暴徒的船只尽数沉没。船员和俘虏都淹死了，只有妮慕一人安然无恙地冲刷到维尔岛的岩石海岸，后来梅林救了她并且称她为薇薇安，因为是海神玛纳怀登救了她，薇薇安是向玛纳怀登致敬的名字。天生反骨的妮慕却拒绝使用这个名字，但我分明看在眼里：玛纳怀登着实对她宠爱有加，我知道她即将利用神明对我们施放恐怖的诅咒。

　　"她在做什么？"亚瑟问道。

　　"不要看，大人。"我说。

　　两名长枪兵已退回岸边，失明的梅林和骑马的妮慕独自留在原地。他没有逃跑的意思。只是伫立不动，白色头发迎风飞舞，而妮慕抽出了劳弗洛德之刀。

　　"不要！"亚瑟大喊，但狂风怒号，他的抗议声音只能在沼泽地和芦苇丛中回荡，逐渐消散于无形。"不要！"他再次放声嘶吼。

　　妮慕用手里的德鲁伊法杖指向西方，抬起头向天空咆哮。梅林仍然一动不动。我们的船队从他们身旁掠过，每艘船匆匆靠近妮慕所在的浅滩，接着船员们扬起风帆继续向南。妮慕等候着我们这艘悬挂旗帜的船驶近，然后垂头低眉，用独眼紧盯我们。她在笑，梅林也一样。我们终于足够接近，看得十分清楚了，当妮慕手握刀刃从马鞍上俯下身来，梅林依旧面带微笑。只有一次，手起刀落。梅林长长的白发和白色长袍瞬间遍染血色。

　　妮慕又号啕了一遍。我听她号啕过许多次，但这次异乎寻常，因为这声号啕既带有痛苦，又有胜利，二者融合为一。她终于完成了咒语。

　　她滑身下马，放开了手里的法杖。梅林很快便一命呜呼，但他的身体仍然在波浪中漂泊，并且有那么一瞬间，妮慕仿佛正在和这个死人搏斗。

亚瑟王

她的白色长袍上溅满了血红，在她将梅林的尸体拽入水中时，海水瞬间稀释了血色。最后，梅林身上洗净了泥土，尸体漂浮了起来，她把他推向河流，作为献祭给玛纳怀登的礼物。

这是一份怎样的礼物啊。每个德鲁伊自身就是一种强大的魔法，法力足以睥睨这可怜世间所拥有的一切魔法，而梅林则是德鲁伊中前无古人的集大成者。当然，在他身后仍有后继之人，但没有一个人能够具备他的知识，没有一个人能够匹敌他的智慧，也没有一个人能掌握他的一半力量。现在所有这些力量全部贡献给了一道咒语，贡献给了多年以前曾经救过妮慕的海神。

她从波浪之中取回随波逐流的法杖，大手一挥，指向我们的船，然后竟然笑了起来，头向后仰，像那群从山上蜂拥而下的疯子一样放声大笑。"你们会活下去的！"她呼唤道，"我们后会有期！"

巴里格扬起风帆，海风瞬间鼓撑帆面，载着我们顺利驶入海面。我们谁也没有说话，眼睛盯着妮慕，在灰色波浪卷集的一片混乱之中，梅林的尸体顺着我们的方向，沉入水底深处。

沉入玛纳怀登等待我们的地方。

我们把船转向东南，让风吹进破烂的帆腹，每一次波浪汹涌，我的肚子里也跟着翻江倒海。

巴里格正在用转向桨拼命保持航向。我们已经收回了其他船桨，单凭风力航行，但是排山倒海似的潮水不断向我们奔涌而来，一直将我们的船头往南方推，狂风吹打着风帆，转向桨以近乎不可思议的程度弯折变形，但是船总会慢慢地返回方向，风帆也会像凭空抽了一鞭子一般再次鼓起，船首垂入波谷，我的肚子跟着翻腾，喉头涌起胆汁的滋味。天空渐渐变暗，巴里格抬头看着密布的云层，吐了口唾沫，接着又用力推动转向桨。开始下雨了，豆大的雨点飞溅在甲板上，脏兮兮的帆布颜色越变越深。

"把旗子都收起来！"巴里格喊道，加拉哈特卷起船首大旗，而我则竭尽全力想要收住船尾的旗帜。格温德瑞帮我把旗子拉下来，却在船迈入波峰倾斜的时候失去了平衡。当海浪冲过船头时，他倒在了船舷边上。"往外舀水！"巴利格喊道，"往外舀水！"

此时正值风高浪急。我忍不住在船尾晕船呕吐，抬头看着其余的船员在碎浪飞溅的灰色噩梦中手忙脚乱。我听到上方传来破裂的声音，抬头看到我们的帆已被撕扯成两半。巴里格咒骂连天。在我们身后，海岸成为一条黑线，在黑线之外，阳光普照，瑟卢瑞亚的山丘映照绿光，然而我们周围却昏天黑地、浊浪排空、危机四伏。

"往外舀水！"巴里格再一次呼喊，船腹部位的人开始用头盔舀水，尽量不让水浸湿旁边成捆的财宝、盔甲以及食物。

风暴终于来袭。截至目前，我们经受的仅仅只是暴风雨的前奏，转眼之间海面狂风怒吼，大雨倾盆，白色巨浪声势震天。我看不见其他的船，雨幕重重，暗无天光。海岸消失不见，我只能看到白浪滔天的噩梦景象，水从四面八方涌入船里。帆布在风中饱受摧残，帆面已被撕裂成若干布条，像破损褴褛的战旗一样狂舞不停。雷霆劈裂苍穹，船从波峰上俯冲直下，我看到绿色和黑色的海水搅在一起，汹涌澎湃地溢上船身，真不知道巴里格是如何将船头引入波浪，海水只是在船舷上踌躇片刻，又在我们迎着下一道波峰勇进的时候急剧坠落。

"减轻负重！"巴里格在暴风中号叫起来。

我们把金子扔到了船外。我们抛弃了亚瑟的宝藏、我的宝贝，还有格温德瑞和库尔威奇的金银细软。我们把它们全部贡献给了玛纳怀登，金币、杯子、烛台和金条全部倒进他贪得无厌的腹中，然而他还不肯罢休，于是我们把篮子里的食物和发皱的旗帜全部扔下船，但亚瑟不肯舍弃他的盔甲，我也不会，所以我们将铠甲和武器一同安置在后甲板下的小舱之内，转手将船上的压舱石跟着金银一起抛弃。我们像醉酒一样在船上摇摇

亚瑟王

晃晃，一不小心就被海浪掀翻，一双双脚在呕吐物和海水以及雨水的混合物中来回滑动。莫温娜紧紧抱住她的孩子，夏汶和格温薇儿低语祈祷，塔利辛戴着头盔面色凝重，库尔威奇和加拉哈特则在帮助巴里格与撒克逊船手降下风帆残余。

"如此来势凶猛的风暴我还是第一次见呐！"巴里格向我喊道。细想其实不足为奇，这可不是寻常的风暴，而是天神为一个德鲁伊的死去而产生的盛怒，当我们吱吱作响的船在波浪冲击中俯仰起落时，我们耳边传来大气和海洋的怒吼。海水在船体的木板间隙迸射，我们则拼了命般尽可能快速舀水。

接着我看到波峰上出现了第一片残骸，片刻之后又瞥见一个男人在游泳。他试图向我们呼唤，但是大海把他卷走了。亚瑟的船队溃不成军。有时候，当一阵暴风雨过去，天色瞬间明朗之时，我们可以看到乌泱泱一群人在疯狂地舀水救船，看到他们在汹涌波浪中船身极低的船，随后暴风雨再度袭来，什么也看不见了，等到下一次间歇来临，视线里再没有一艘船，只有漂浮的木板。亚瑟的船队就这么一艘接着一艘沉没，男女老少葬身海底，身着盔甲的男人死得最快。

恰在此时，就在我们忙活得热火朝天的船外，在被海水浸泡的风帆碎片的后方，梅林的尸体跟着漂了过来。我们刚刚将船帆扔出船外不久，他就出现了，一直陪伴着我们，我也在波浪中看到了他的白色长袍，又看到它消失，直到下一次海水涌动又漂回视线。有一个瞬间，好像他从水中抬起头，我看到他喉咙上的伤口，在海水冲洗下显得尤其雪白，他空洞的眼窝仿佛也在注视着我们，但海水再次将他浸没，我摸了一下船尾的铁钉，请求玛纳怀登能够仁慈地将这名伟大的德鲁伊送入海底。带他下去吧，我祈祷，让他的灵魂能够进入彼世，但每一次我又分明看到他仍然在那里，白色的头发在海面扩散漂泊。梅林仍然在那里，周围却望不见一艘船了。我们透过雨水和飞溅的浪花向外极目凝望，除了一片翻腾的黑暗天空、一片灰白肮脏的海洋、渔船残骸以及雷打不动的梅林以外，什么也望不见，所以我认定，梅林在冥冥之中保护着我们，不是因为他要护我们周全，而是因为妮慕还没有和我们了结。我们的船上有她最为渴望的东西，所以我们的船必须安然渡过玛纳怀登的统治领域。

在暴风雨消失之前，梅林并没有消失。我又最后一次见到他的脸，之后他才缓缓下沉。一时间，他成为了一个白色形状的物体，在绿波荡漾的海浪中伸展双臂，最后彻底消失不见了。随着他的消失，风势也渐趋平缓，雨也跟着停了下来，海水仍在晃动着我们前进，但空气清晰起来，云层从黑色转为灰色，又变成若干片破碎的白云，我们的周围全是空旷浩瀚的大海。我们成了唯一幸存的船只，亚瑟盯着灰色的海浪，我看到了他眼中的泪水。他所有部下几乎都去见玛纳怀登了，这些人都是他骁勇善战的得力战士，如今全军覆没了。

只剩下我们几个而已。

我们捞回了桅杆圆材和残余的风帆，然后划着船度过了漫长一天的剩余时光。除了我以外，每个人手上都磨出了水泡，就连我也划了几下船，但我发现我的一只好手根本控制不住桨，所以只能坐在旁边，目送一行人向南穿越波浪起伏的海洋，到了晚上，船的龙骨搁浅到了沙滩上，我们挣扎着上岸，并将为数不多的财产拽下船来。

我们直接睡在沙丘上，早上清理了武器上的海盐，数了数所剩无几的钱币。巴里格和他的撒克逊人待在船上，不服输地声称还有办法让船脱离困境，我把最后一块金子给了他，给了他一个拥抱，然后跟随亚瑟向南进发。我们在沿海山区找到了一处殿宇，殿宇的主人是亚瑟的支持者，他给了我们一匹上了鞍的马和两头骡子。我们想付他金币，但他拒绝了。"我希望，"他说，"能找来长枪给您，但真是不巧。"他耸了耸肩。他的房子很简陋，他已经给了我们超出他能力价值的物品。我们吃了他的食物，用火晾干衣服，和亚瑟一起坐在大厅果园的苹果树下。"我们现在不能和莫

亚瑟王

德雷德战斗。"亚瑟目露凄楚地告诉我们。莫德雷德的部队至少有三百五十名长枪兵，只要他追击我们，妮慕的追随者就会帮助他，而塞格拉莫的人不过两百。这场战争在打响之前就已经注定失败了。

"欧依戈斯会来帮助我们。"库尔威奇建议道。

"他心有余而力不足，"亚瑟品评道，"因为莫里格永远不会让黑盾战士借道格温特。"

"策尔迪克必定趁火打劫，"加拉哈特镇静地说道，"只要他打听到莫德雷德和我们作战，他就会挥师前来。我们必须有两百人才行。"

"只会更少。"亚瑟插话道。

"要打多少？"加拉哈特问道，"四百？还是五百？就算能够幸存下来，即便我们获胜，又必须马不停蹄对抗策尔迪克。"

"那我们该怎么办？"格温薇儿问道。

亚瑟面带苦笑。"我们去阿莫里凯，"他说，"莫德雷德不会追到那里。"

"那可不一定。"库尔威奇抱怨道。

"不然只能兵来将挡了。"亚瑟平静说道。那天早上他百感交集，唯独没有生气。命运可怕地对他当头棒喝，他现在唯一能做的，只有重新制订计划，并且试图重新燃起我们内心的希望。他提醒我们，布罗塞利昂的布蒂克国王娶了他的姐姐安娜，所以亚瑟确信布蒂克国王会向我们提供庇护。"我们会一贫如洗，"他怀着歉意对格温薇儿报以微笑，"但所幸我们还有朋友，他们会周济我们。布罗塞利昂会欢迎塞格拉莫的长枪兵的。我们饿不死。谁说不是呢？"他又向儿子微笑，"莫德雷德或许死期将至，到时候我们再回来也不迟。"

"可是妮慕，"我说，"她可不惜追到天涯海角。"

亚瑟面露窘迫。"那就必须杀死妮慕，"他说，"但这个问题也必须交由时间解答。我们现在的当务之急是制订好去往布罗塞利昂的方案。"

"我们可以去卡姆兰，"我说，"并请求船夫卡多协助。"

亚瑟因为我话语间的笃定而表现得有些惊讶。"卡多？"

"梅林都安排好了，大人，"我说，"他还告诉我，这是他最后送给您的礼物。"

亚瑟闭上了眼睛。他正暗自追思梅林，我以为他要落泪，但他只是打了个寒战。"那就去卡姆兰吧。"他睁开眼睛说道。库尔威奇的儿子艾尼昂骑上那匹上了马鞍的马向东寻找塞格拉莫，指示塞格拉莫领受新的命令，寻找船只南渡至阿莫里凯。艾尼昂还要告诉努米底亚人，我们会在卡姆兰找到供我们自己使用的船，并期望能够在布罗塞利昂的海岸与他重逢。不会再有针对莫德雷德的战斗，也不会再有卡丹城堡的问鼎逐鹿，取而代之的是一次漂洋过海的含恨逃亡。

艾尼昂离开以后，我们抱着小亚瑟和小塞伦骑上其中一头骡子，盔甲则堆在另一头骡子背上，停当以后又向南启程。亚瑟知道，莫德雷德肯定已经发现我们逃离了瑟卢瑞亚，德莫尼亚的军队也开始撤退了。妮慕的人无疑会加入，而且他们可以走罗马人修砌的大道，我们却只能在连绵数英里的丘陵之间寻路穿梭，所以我们必须加快脚步。

或者说，我们尽力往前赶路，但是坡陡路长，夏汶身子骨依旧羸弱，骡子脚力也颇显吃力，而库尔威奇早在我们和阿尔与伦敦大战以后就已经一瘸一拐了。我们走得十分缓慢，亚瑟看起来一副听天由命的表情。"莫德雷德不知道上哪儿找我们。"他说。

"但是妮慕或许知道，"我提醒道，"谁知道她最后强迫梅林说了哪些秘密呢？"

亚瑟一时沉默不语。我们正穿过一片树林，林子里长满了夺目耀眼的风信子，枝头新叶柔软醉人。"你知道我想怎么做吗？"过了一会儿他才说道，"我真该找一口深井，然后把埃克斯卡利伯扔进去，再用石头封住，这样直到世界走向尽头也不会有人找到它了。"

"那您为什么不这么做呢，大人？"

亚瑟王

他笑了笑，摸了一下剑柄。"我已经习惯它了。我会一直将它留在身边，直到不需要为止。但如果有这个必要，我一定会把它好好藏起来。只是现在时候未到。"他加快了脚步，若有所思。"你在生我的气吗？"他隔了好久又突然问道。

"生您的气？为什么？"

他做了一个包罗万象的手势，似乎要将德莫尼亚全境囊括。那个春天的早晨格外美丽，群芳争艳，新叶成荫。"如果我当初选择留下，德瓦，"他说，"如果我拒绝赋予莫德雷德权力，那么这一切悲剧都不会发生。"他听起来后悔不已。

"但是谁又知道，"我问道，"莫德雷德居然是一块带兵打仗的材料？而且还有本事组建一支军队？"

"的确，"他承认，"在我同意莫里格的要求时，我以为莫德雷德会在杜诺维瑞阿慢慢腐烂。我以为他会自讨苦吃，或者行将就木，多行不义必自毙，遭人暗算。"

他摇了摇头。"他或许永远都不该成为国王，但我能有什么选择呢？我曾向乌瑟发过誓。"

一切又回到了誓言，我想起了不列颠举行的最后一次高阶议会的情形，乌瑟发起誓言，钦定莫德雷德将为国王。他当时垂垂老矣，脾气喜怒无常，常年游走于疾病和死亡之间，我那时还是个孩子，一心想要成为一名长枪手。而在这许久之前，妮慕一直都是我的朋友。"乌瑟甚至都不想让您成为立誓人之一。"我说。

"我本来也从未有过奢望，"亚瑟说，"但我欣然接受了。誓约就是誓约，如果我们故意违背誓言，那无异于视世间所有誓言如无物。"可我心想，这世间还是有许许多多的誓言被打破了，但我选择缄口不言。亚瑟曾一心恪守他的誓言，这对他来说是一种安慰。这时他突然微笑，思绪又转向一个更加快乐的主题。"很久以前，"他告诉我，"我在布罗塞利昂看中了一片土地。那里是一个通往南海岸的山谷,我记得那里有一条小溪和一片桦树林,想必是一片宜居的好地方。"

我笑了。哪怕是现在,他真正想要的不过是一个安身之地而已,外加一片土地和亲朋好友;这便是他心驰神往的全部。虽然他喜欢驰骋沙场,但他从不青睐琼楼玉宇,也没有因为权力而忘乎所以。虽然他竭力否认,但他善于战斗,思维敏捷,令敌胆寒。他也因此威名远扬,人尽皆知,成功地团结不列颠人击败撒克逊人,但这以后,他却选择急流勇退,过于相信人性本善,并且近乎狂热地坚持誓言神圣而不可亵渎,结果让小人窃取果实,他的成就也因此毁于一旦。

"大厅要用木头造,"他如坠梦中,"要有一个面向大海的拱廊。格温薇儿喜欢大海。那地方正好向南微倾,往海滩方向延伸,我们可以在上面建造我们的房子,这样一整天都可以听到浪涛在沙滩上此起彼伏的摩挲声。在房子后面,"他接着说道,"我要再建一间铁匠铺。"

"这样您就能折磨更多的金属了?"我打趣道。

"*Ars longa*,"他轻声说道,"*vita brevis*。"

"拉丁语吗?"我问。

他点了点头。"'艺术路程漫长,生命羁旅短暂。'我会改进技艺的,德瓦。我的缺点就是耐不下性子。总是一看到想要的金属形状,就赶紧快马加鞭,但是锻造铁器终究不是一时半会的工夫。"他把一只手搭在我的绷带上。

"你和我一样,来日方长啊,德瓦。"

"我希望如此,大人。"

"年复一年,"他说,"我们一同变老,倾听歌曲,讲述故事。"

"还有光复不列颠的千秋大梦?"我问。

"我们已经尽职尽忠了,"他说,"现在要靠它自己了。"

"如果撒克逊人卷土重来,"我发问道,"人们再次呼唤您,您还会回

亚瑟王

来吗?"

他笑了。"我或许会回来助格温德瑞登上王位,不然就将埃克斯卡利伯高悬于房梁之上,德瓦,让它层层包裹在蜘蛛网里。我悠然观海,种植庄稼,笑看孙儿长大。我和你已经完成了使命,我的朋友。我们已经履行了誓言。"

"除了一个。"我说。

他目光尖锐地看着我:"你是说我要助班一臂之力的誓言?"

我早已忘了亚瑟未能信守的誓言,这也是唯一一个让他力有不逮的誓言,但是至那之后,这份挫败感一直困扰着他。班的贝诺克王国已经沦陷于法兰克人之手,尽管亚瑟曾派遣人马赶赴增援,但他并没有亲自涉足贝诺克的土地。这毕竟是陈年旧事,我从来没有为此责备亚瑟。他本来有心相助,无奈阿尔的撒克逊人却一直步步紧逼,亚瑟分身乏术,不可能同时打两场战争。"不,大人,"我说,"我在想自己对桑森的誓言。"

"耗子神会忘记你的。"亚瑟轻蔑地说道。

"他没有忘记,大人。"

"那我们就逼他改变主意,"亚瑟说,"如果没有你,我真不知该如何终老。"

"我也深有此感,大人。"

"所以我们应当归隐山林,你和我,人们会问,亚瑟哪儿去了?德瓦哪儿去了?加拉哈特哪儿去了?还有夏汶?无人知晓,因为我们要归隐于海边的白桦树下。"他笑了,脑海中却又无比接近这个梦想,这份希望驱策他度过了漫长征程的最后一段。

我们花了四天四夜,最后终于抵达德莫尼亚南海岸。我们绕过了大沼地,在高山的山脊上跋涉,风尘仆仆走向海边。我们在山脊顶部停了下来,傍晚的光芒似潺潺流水般从我们肩头滑过,照亮了通往脚下海洋的宽阔河谷。这里便是卡姆兰了。

我以前来过这里，此地位于德莫尼亚伊斯卡南部，当地民众喜欢在脸上装饰靛蓝色刺青。我第一次来的时候还是为欧文大人效劳，在他的领导下，我参加了高地沼泽那场轰轰烈烈的大战。多年以后，我和亚瑟一起去营救崔斯坦的时候，我曾近距离骑到山脚，但是最后很遗憾，我们并没能解救崔斯坦。现在我算是第三次来到这里。说实话，这地方煞是可爱，和我在不列颠看到的所有地方一样美丽，只是它又勾起了我对惨案的记忆，但是我也知道，我更宁愿安然无恙地坐在卡多的船里，目送眼前景象渐渐消失。我们凝望着旅程的尽头。埃克斯河流从我们眼下汇入大海，但在河流抵达海洋之前，又形成了一个巨大的海湖，夹在一片促狭的沙滩之中。这片沙滩就是人们称之为卡姆兰的地方，在沙滩尖角位置，我们可以从高处望见罗马人建造的一处小型要塞。在那里面，罗马人树起了一根高大的铁杆，上边挂着铁索，用来为夜间航行的船只提供火光，以免撞上这片凶险的海角滩涂。我们俯视海湖、沙坑以及翠绿的海岸。眼前并没有敌人出没。晚霞并没有映射长枪的刀光，岸边小道看不到骑兵巡弋，沙滩上也找不见零星半点的长枪兵。我们的孤独感简直到了无以复加的境地。

"你认识卡多？"亚瑟打破了沉默。

"很多年以前曾见过他一次。"

"那就去找他，德瓦，告诉他我们在要塞里等他。"

我向南望向大海。海面浩渺而空虚，波光粼粼闪闪发亮，我们将从这里离开不列颠。我骑马下山，想办法让这次航程成为可能。

傍晚最后一缕光线照亮了我前往卡多住处的路。我向百姓询问方向，顺着指引来到卡姆兰北岸之滨的一间小屋前，由于潮汐未至，小屋空对着一片光芒夺目的泥巴地。卡多的船没有进入水中，而是高高地停在陆地上，龙骨下安放了滚轮，船体底下则有木杆支撑。

"普莱登，船的名字。"卡多没有任何寒暄，直接对我说道。他看到我站在船边，自己从房子里走了出来。这个老人脸庞粗犷，皮肤晒得黝黑，

亚瑟王

身穿小羊皮袄，上面涂着沥青，还可以看到鱼鳞。

"是梅林让我来的。"我说。

"我看也是。他打过招呼了。那他也会来吗？"

"他死了。"我回答。

卡多啐了口唾沫。"真是没有想到，"他又啐了口唾沫，"我总以为他是不会死的。"

"他是被人杀死的。"我说。

卡多弯下腰，将一些原木扔到一个正在冒泡的锅底下，继续烧火。锅里煮着沥青，我看到他在填补普莱登木板之间的缝隙。船看起来很漂亮，木质船体已被打磨干净，闪亮的新木材与黑色沥青涂层形成了鲜明对比，不过之所以要涂抹沥青，就是要解决木材之间的渗水问题。船头十分高大，巨硕的船尾柱和新造的桅杆夺人眼球，搁浅的船体静静地横卧在支架上。"您一定会喜欢它的。"卡多说道。

"我们一行十三人，"我告诉他，"在要塞等候佳音。"

"明天这个时候。"他说。

"那么晚？"我有些震惊。

"我不知道您什么时候来，"他抱怨道，"潮水不足就不能冒险行船，明天早上才会涨潮，等到我把桅杆运到船上、卷起风帆并装上转向舵以后，潮水将再次消退。船要等到下午才能再次漂浮，我会尽快赶去你们那儿，但不管怎么样，恐怕都要到黄昏以后了。您应该早点通知我的。"

话是没有错，但我们想都没有想过要告知卡多，因为我们对航海一窍不通。我们原本以为来到这里以后，找到了船，便可顺理成章扬帆远航，从未想过船还有可能离开水面。"那还有其他的船吗？"我问。

"都不足以搭载十三人，"他说，"也没有一艘能够把你们带到我要去的地方。"

"我们要去布罗塞利昂。"我说。

"我会把你们带到梅林告诉我的地方。"卡多固执已见,转身走到普莱登船首,指着上面一块大约苹果大小的灰色石头。这块石头本来并不惹人瞩目,只是让人熟练地嵌入船首,仿佛镶嵌在黄金之中的宝石一样牢牢锁固在橡木里。"他给了我那块石头,"卡多说道,"这是一块幽灵之石。"

"幽灵之石?"我还从未听说过有这种东西。

"它能够让亚瑟去往梅林想要他去的地方,除此之外别无他法。其他的船都不能把他带到那里,只有梅林选中的船可以。"卡多煞有介事地说道。普莱登这个名字即为不列颠的意思①。"亚瑟和您一起吗?"卡多突然神色焦急地问我。

"是的。"

"那我还得带上黄金。"卡多说。

"黄金?"

"梅林老人家留给亚瑟的,估计他用得着。我留着也没用,黄金又不能捕到鱼。不过我得说,黄金能够买一张新帆,还是梅林告诉我要新买一张风帆的,所以他不得不给了我金子,但金子钓不来鱼。只能钓女人。"他咯咯直笑,"钓不来鱼。"

我抬头看着搁浅的船。"你需要帮手吗?"我问。

卡多故作幽默地笑了一声。"您又能帮上什么忙呢?就凭您和您的短臂?您可以填补船缝吗?您可以操作桅杆或者系挂帆布吗?"他停下来吐唾沫。"我只要吹一声口哨,马上就有好些个男人过来帮我。明天早上您就能听到我们歌唱,这就意味着我们已经将船拖入水中。至于明天晚上,"他向我点点头,"我会去要塞找您。"他转过往小屋走了回去。

我也马不停蹄回到了亚瑟身边。天色已晚,星光满天。月亮高悬于海

---

① 普莱登原文为 Prydven(威尔士语),在威尔士语中,"不列颠岛"即写作 Ynys Prydain。

亚瑟王

面之上,月光照耀着一条狭长小径,也照亮了要塞的残垣断壁,我们全都期盼着普莱登早日来到。

我想,这将是我们在不列颠度过的最后一天。经历了这最后一个夜晚,我们将与亚瑟一同踏上这条月光照亮的道路,从此将不列颠化作记忆,珍藏心底。

夜风吹过要塞支离破碎的墙壁。用来充当灯塔的铁器也已经生锈歪斜,绵延的海滩搅碎了细细的波浪,月亮缓缓落入大海的怀抱,夜色变得更加昏暗。

我们睡在壁垒的小棚里。罗马人用沙子堆砌起要塞的墙壁,上面铺了一层海草,还在墙上设置了一道木栅栏。但即便如此,墙体依然脆弱,不过这个要塞也不是前沿哨所,仅仅只是一个为灯塔工作者建设的避风场所而已。木栅栏现在几乎全部腐朽了,在风雨的冲刷下,大部分沙墙已经磨损,不过少数地方仍有四五英尺高。

清晨拂晓,天朗气清,小小的渔船簇拥着出海作业,海湖之滨只剩下普莱登孤零零一个身影。小亚瑟和塞伦在湖沙滩上玩耍,加拉哈特和库尔威奇的儿子一起踏上海岸寻找食物。他们带回来面包、鱼干和一整桶余温尚存的新鲜牛奶。那天早上我们都出奇的幸福。我记得,大家看到塞伦从沙丘滚下来时,笑声爽朗;小亚瑟从浅滩拖出一大堆海藻时,我们放声欢呼。这一大堆绿色海藻该和他一样重,但他使出浑身解数,不知怎么,硬是一直拖曳到了要塞的破墙之前。格温德瑞和我则在一旁为他的努力喝彩,然后我们又开始谈天说地。

"命运是无情的,"他看着我的时候,我笑了笑说道,"梅林最喜欢这么说。其次就是那一句'别傻了,德瓦'。我在他眼里总是愚不可及。"

"我觉得你不是。"他诚挚地说道。

"我们都是如此。妮慕和莫甘除外。我们其他人根本就不够聪明。也许你的母亲也不在此列,但她和他从来都不能算作真正的朋友。"

"真希望能够多多了解他一些。"

"等你老了,格温德瑞,"我说,"你仍然可以拍着胸脯告诉别人,你和梅林有过一面之缘。"

"没有人会相信我。"

"是的,他们或许不信,"我说,"等你上了年纪,人们会捏造许许多多有关他的新故事。你父亲的也一样。"我从要塞上面扔了一块贝壳下去。在遥远的海面,我可以听到人们洪亮的歌声,知道这意味着普莱登要下海了。不会太久啦,我告诉自己,不会太久啦。"或许没有人会知道真相。"我对格温德瑞说道。

"真相?"

"你父亲的,"我说,"或是梅林的。"已经有人为莫里格在巴顿山莫须有的事迹歌功颂德,也有许多赞扬兰斯洛特胜过亚瑟的歌曲,我四处寻找塔利辛,很想知道他想不想为此拨乱反正,可那天早上,吟游诗人告诉我们,他并不打算同我们一起漂洋过海,只想徒步返回瑟卢瑞亚或者波伊斯。我只觉得塔利辛已跟我们走了很远,风一程雨一程,一路与亚瑟交谈,一边记录他的人生事迹,也或许塔利辛已经洞见了未来,但不管他的理由是什么,吟游诗人此刻正和亚瑟交谈。可亚瑟突然离开了塔利辛,匆匆走向海边湖岸,他静立不动,向北张望,突然间,又转身跑向附近最高的沙丘,三步并做两步爬了上去,继续北望。

"德瓦!"亚瑟呼唤道,"德瓦!"我滑下要塞,匆匆走过沙滩,爬上了沙丘侧翼。"你看到什么了?"亚瑟问我。

我从波光粼粼的海湖放眼瞭望。普莱登刚刚准备到一半,人们煮盐的地方闪动着火光,还有渔民在用浓烟熏制捕获,我还看到许多木杆插入沙中,上面悬挂着渔网,在此之后,我才看到了一彪骑兵。阳光从一处长枪尖头闪过,又从另一处一闪而过,突然间,我看到一群人,一个接一个,看似声势浩大,沿着海湖与内陆之间的道路步履蹒跚而来。"隐蔽!"亚瑟

亚瑟王

喊道,我们顺着沙丘滑了下去,赶紧带走塞伦和小亚瑟,活像逃难罪人一样,在要塞摇摇欲坠的壁垒内蹲伏观望。

"他们肯定看见我们了,大人。"我说。

"也许没有。"

"有多少人?"库尔威奇问道。

"二十?"亚瑟拿不准,"三十?或许不止。他们从森林里出来,哪怕说一百来个都不为过。"

我听到一阵轻柔的摩擦声,转身一看,原来库尔威奇已经拔剑出鞘,正若无其事地对着我笑。"我不在乎,哪怕两百人也好,德瓦,我绝不会让他们剪掉我的胡子。"

"他们要你的胡子有什么用?"加拉哈特问道,"还不是臭气熏天、满是虱子的一团乱麻?"

库尔威奇笑了。他喜欢戏弄加拉哈特,也享受着对方反唇相讥,就在他搜肠刮肚地想着该如何回应的时候,亚瑟小心翼翼地从壁垒上抬起头,向西望向长枪兵即将出现的地方。他纹丝不动,震慑我们安静下来,突然又站起来挥手致意。"是塞格拉莫!"他向我们呼唤,声音中蕴含的兴奋之情溢于言表。"是塞格拉莫!"他又喊了一声,神采飞扬,小亚瑟也被感染得眉开眼笑。"是塞格拉莫!"小男孩跟着喊道,我们其余人也爬上壁垒,看到塞格拉莫严整肃穆的黑旗在悬挂骷髅的矛杆上飘扬飞舞,塞格拉莫自己头戴黑色锥形头盔一马当先,看清亚瑟以后,他向前冲过沙滩,亚瑟跑去迎接他,塞格拉莫也兴奋地从马上跳了下来,跌撞着双膝跪地,不由分说紧紧环腰抱住亚瑟。

"大人!"塞格拉莫罕见地真情流露,"大人啊!我以为再也见不到您了。"

亚瑟扶他起来,又与他团团相拥。"我们会在布罗塞利昂见面的,我的朋友。"

"布罗塞利昂?"塞格拉莫说完侧身吐了口唾沫。"我讨厌大海。"他黑色的面庞流下了眼泪,我想起他曾经对我说过他追随亚瑟的始末。"因为,"他说道,"在我一无所有的时候,亚瑟给了我一切。"塞格拉莫来到此地并不是因为自己不愿登船逃跑,而是因为亚瑟有难。

努米底亚人此行一共带来了八十三人,库尔威奇的儿子艾尼昂也在一块儿。"我只有九十二匹战马,大人,"塞格拉莫告诉亚瑟。"这几个月以来我一直在集中马匹。"他曾希望可以抢在莫德雷德之前,率领全部兵马抵达瑟卢瑞亚,但人算不如天算,只能把尽可能多的兵马带到了海湖和海洋之间的这片干涸的海角地带。有些战马在途中夭折了,只有八十三匹撑了下来。

"你的其他人呢?"亚瑟问道。

"他们昨天和我们所有的家眷一起乘船向南了。"塞格拉莫说道,然后退出亚瑟的怀抱,回头看向我们。恐怕我们在他面前一定是丧家犬般的窘迫德性,因为他在向格温薇儿和夏汶低头鞠躬之前,首先罕见地对我们笑了一笑。

"我们只有一艘船过来。"亚瑟担忧地说道。

"那么请您放心去乘这艘船,大人。"塞格拉莫静如止水地说道,"我们将向西往康沃尔进发,到那里再找船与您一同向南。但是我还是想在这一侧掩护你们,以免你们被敌人发现。"

"到目前为止还没有见到敌人影子。"亚瑟摸了摸埃克斯卡利伯的剑柄,至少,在塞文海的这一面还没有。我祈祷接下来的一整天都不要看到敌人。我们的船会在黄昏时分赶来,之后我们会赶紧乘船离开。"所以我要在黄昏以前一直保护您。"塞格拉莫说,他的人都从各自的马鞍上滑下身,从背上解下盾牌,并将长枪插入沙中。他们的马匹汗水泛白,气喘吁吁,疲惫不堪,塞格拉莫的兵士则拖着疲惫的四肢蹒跚行走。我们现在组成了一支战队,几乎可以称之为军队,军旗则由塞格拉莫的黑旗担纲。

但是,就在一个钟头以后,一匹又一匹像塞格拉莫他们一样疲惫的马出现在我们眼前——敌人也到卡姆兰了。

夏汶帮我穿上铠甲，因为我很难用一只手来整理锁子甲，也不可能独自扣上自己在巴顿山上缴获的护胫，这个护胫可以帮助我抵御从盾牌下沿偷袭而来的长枪。待护胫和锁子甲准备完毕，海威贝恩的剑带也扣到了腰上，我又让夏汶帮着把盾牌绑带系到了左臂上。"再紧些。"我本能地用断臂紧紧压着锁子甲，尽量感受着她的胸针在我贴身部位隆起的小疙瘩。胸针依然还在，它可是伴随我经历无数次战斗的护身符。

"或许他们不会攻击。"她尽可能紧地扯动绑带。

"只能祈祷如此了。"我说。

"向谁祈祷？"她打趣地问道。

"你信仰谁我就向谁祈祷，亲爱的。"我说完吻了她。我戴上头盔，她帮我把扣带和我的下巴固定在一起。在巴顿山上遭遇重击的头盔已经修理了凹痕，表面也已打磨光滑，裂缝部位让新的铁板铆接妥当。我又吻了夏汶一次，然后放下了贴腮片。海风将头盔上的狼尾吹到了眼缝，我向后扭头，将长长狼尾甩到一边。我已经是最后一名狼尾战士了。其他人要么死于莫德雷德的屠刀，要么落入玛纳怀登的怀抱。我是最后一名狼尾战士，也是最后一名盾牌上有夏汶的星形图案的战士了。我举起战矛，感觉到它的长柄和夏汶的手腕一样粗细，矛刃是由莫里迪格最好的钢材锻造而成。"卡多马上就会来到这里，"我告诉她，"不用等太久。"

"或许一整天。"夏汶抬头望着海湖，普莱登在泥滩边缘漂浮，男人们正齐心协力将桅杆拉直，但很快就会退潮，再次让船只搁浅，我们又不得不等待下一次涨潮，但至少敌人并没有留意卡多——本来也没有理由这样做。在他们看来，卡多不过是另一个渔民而已，所以不屑打他的主意，我们才是他们的正经对手。

敌军有六七十来人，清一色骑兵，他们一定是星夜兼程才勉强追上我们，现在却在海角的陆地一端静静等待，我们都知道他们身后还会有步兵跟随。到了黄昏，我们有可能和一支军队对峙，也有可能是两支，因为妮慕的人肯定会和莫德雷德一道穷追不舍。

亚瑟也全副武装。他身着鳞甲，铁片之间由金线严丝合缝地联结，在阳光下看起来闪闪发光。我看着他戴上头盔，上面还装饰着白色鹅毛，通常是由海崴德为他佩戴铠甲，但斯人已逝，格温薇儿取而代之，帮他把十字形状的埃克斯卡利伯连着剑鞘绑在腰上，又将白色斗篷披挂在肩。他向她温柔一笑，倾着身子听她说话，然后哈哈大笑，放下头盔的贴腮片。有两个人帮他坐上塞格拉莫一匹战马的马鞍，等他坐定以后，他们又把他的矛和他的银盾递了过去，盾牌上的十字架早已被剥去。他用持盾的手握住缰绳，向我们骑了过来。"我们不妨戏弄他们一下。"他招呼我身边的塞格拉莫。

我们留下了一些人来保护要塞里的妇孺，其他人跟随塞格拉莫，来到一处面向海滩的沙丘洞穴，要塞以西，是一片沙丘和坑洞的混杂地带，陷阱丛生，暗巷林立，只有要塞以东的大约两百步开外才是一览无余的平地。亚瑟一直等到我们隐蔽妥当，这才率领他的三十战士沿着涟漪迭起的海岸向西逐浪奔腾。我们借着沙丘掩护，蹲伏待命。我把矛留在了要塞里，宁可只用海威贝恩进行战斗，塞格拉莫也算计着单用利剑交战。他抓起一把沙子，从弯刀上擦去一块铁锈。"你怎么把胡子丢了。"他奚落我。

"我用它换了安赫的性命。"

我看到他皓齿一闪，原来是他在头盔的暗影下咧嘴一笑。"这买卖值当。"他说，"那你的手呢？"

"献给了法术。"

"还好不是你用来挥剑的手。"他按住刀片，不让它反射光线，心满意

亚瑟王

足地打量去除了铁锈的弯刀,然后抬起头,细细聆听,但是除了波涛之外,我们什么都听不到。"我不应该来的。"过了一会儿,他又说道。

"此话怎讲?"我还从未见识过塞格拉莫畏战不前的样子。

"他们一定是跟着我来的。"他向西抬起头指着敌人。

"也可能是他们本来就知道我们会来这里。"我试图安慰他,但是除非梅林将卡姆兰的消息泄露给妮慕,不然几乎可以确信,莫德雷德狡猾地留下轻装骑兵,将塞格拉莫的一举一动尽收眼底,然后又知道了我们的藏身之处。无论如何,为时已晚,多说无益。莫德雷德的人已经知道我们的方位,现在轮到卡多和敌人进行争分夺秒的竞赛了。

"听到了吗?"格温德瑞提醒道。他身着盔甲,盾牌上是他父亲的熊形图章。他紧绷着神经,这点不足为奇,因为这将成为他第一场真正的战斗。

我仔细聆听。头盔里的皮革软垫压低了声音,但最后我的确听到了沙子上传来马蹄响动。

"脑袋低下来!"塞格拉莫对那些试图从沙丘顶峰探出脑袋的人低吼。骏马在海边沙滩上驰骋,我们则躲在沙滩之外的沙丘后面。声音越来越近,马蹄声逐渐演变成震耳雷鸣,我们也紧紧握住了各自的长枪和利剑。塞格拉莫的头盔上装饰着一只面目狰狞的狐狸面具,我盯着狐狸,耳朵却听到马蹄声越来越大。天气很温暖,汗水从我脸上涔涔流下,锁子甲感觉沉甸甸的,不过在战斗开始之前,难免会有这种感受。

第一波马踏声刚从耳畔闪过,又传来亚瑟在海滩上的呐喊。"出击!"他喊道,"出击!"

"出击!出击!"

"上啊!"塞格拉莫高呼,我们都赶紧往沙丘上爬。但我们的靴子在砂砾上打滑,似乎我永远也无法到达沙丘顶部,但过不多久,我们还是全部越过沙丘顶端,杀声震天地跑到海滩上,那里正有一群骑兵在海边的湿沙中艰难前行。亚瑟已经掉转头,他的三十名战士开始与敌人的追兵激烈交锋,敌人的人数比亚瑟的两倍还多,但这群追兵也看到我们正朝着他们的侧翼跑去,其中更加谨慎的人立刻掉转马头,回奔向安全的西方,大多数人选择留下来拼死交战。

我号啕着发出战吼,用盾牌的中心抵挡住一名骑兵的长枪突刺,拔出海威贝恩斩断战马的后腿腿筋,就在他的马即将向我倒下来的时候,我又将海威贝恩强行刺入骑手的背部。他痛苦地大叫一声,我向后跳了回去,目睹他人仰马翻,血染黄沙。我踢了一脚那个倒在地上抽搐的男人,用海威贝恩斩了下去,又向后挥剑,扫向另一个惊慌失措的骑兵,这家伙还想用长枪偷袭我,可惜力道太弱。塞格拉莫嘴里发出一种可怕的狂吼,格温德瑞则在海边用长枪捅向一名坠马的敌人。敌人正企图突围,意欲从浅滩驾马逃走,海水在那儿搅揽漩涡,连沙子和鲜血一齐吸回退潮的海浪之中。我看到库尔威奇正策马追击一个敌人,直接将那家伙从马鞍上撞了下来。那人试图站起来,但是库尔威奇反手用剑一挥,接着掉转马头,又砍了一剑。幸存下来的少数敌人被困在我们和大海之间,我们毫不留情地杀光了他们。就在他们赴死的时候,战马嘶鸣,马蹄声急,海浪都染成了粉红血色,沙子也带上了血黑色。我们一共杀敌二十人,擒获了十六名俘虏,等到战俘告诉我们他们所知道的一切以后,我们也将他们尽数屠戮。亚瑟在下令时无比煎熬,因为他不喜欢手刃手无寸铁的敌人,但是我们的人手不够看守俘虏,对待这些以手握无名盾牌而吹嘘炫耀的野蛮敌人,我们也无需任何怜悯。我们很快了结了他们,逼他们跪在海威贝恩或塞格拉莫锋利的剑锋之下。他们都是莫德雷德的追随者,莫德雷德亲自率领他们追上海滩,但是国王在我们伏击暴露的第一时间就已经掉转马头逃跑了,还一边扬长而去,一边不忘向他的人大声下令撤退。"我差点就靠上去了,"亚瑟沮丧地说,"可惜不够近。"莫德雷德逃脱了,但我们拿到了首场交锋的胜利,不过我们也有三人阵亡,另有七人负伤流血。"格温德瑞表现怎么样?"亚瑟问我。

亚瑟王

"十分勇敢，大人，十分勇敢。"我回答。剑上满是鲜血，我尽力用一把沙子刮擦血迹。"他杀了敌人，大人。"我向亚瑟保证。

"很好。"他说完一个箭步走向他的儿子，搂着他的肩膀。我用一只手擦洗海威贝恩的血，然后把头盔的扣带解下，从头上脱了下来。我们杀掉了受伤的马匹，未受伤害的战马则带回要塞，开始挑拣起敌人的武器和盾牌。"他们不会再来了，"我告诉夏汶，"除非有援军撑腰。"我抬头看着太阳，看到它在无云的空中缓缓爬升。我们的水所剩无几，只有塞格拉莫的人带来的一丁点儿补给，只能定额分配。日子将会格外漫长，大家口渴难耐，对我们的伤员来说尤其难熬，其中一个人浑身打颤。脸色苍白，几乎要变成珠黄色，塞格拉莫想把最后一点水滴入这人的嘴里时，他虽然痉挛不止，却死死地咬住嘴唇不肯张嘴。随后他开始呻吟，痛苦的声音无时无刻不在折磨着我们的灵魂，塞格拉莫只好用剑给了他一个痛快。

"我们必须生火，"塞格拉莫说道，"就在海角尽头。"他朝着平坦的沙地点了点头，那儿有一堆从海上漂浮而来的木头，已经被太阳晒得焦干。

亚瑟似乎没有听到这个建议。"如果你愿意，"他对塞格拉莫说，"现在你可以上路去西边了。"

"把您留在这里？"

"如果你要留下来，"亚瑟静静地说，"到时候我也不知道该怎么带你一起走。我们只有一艘船。还会有更多人加入莫德雷德，我们却一兵一卒的增援也没有。"

"来一个杀一个，来两个杀一双。"塞格拉莫直截了当地回答，但我知道他大概已经铁了心要血战到死。卡多的船只能摆渡二十个人，再多是不可能的了。"我们可以游到对岸，大人。"他抬头向着海峡东岸示意，那里海水深不可测，猛浪若奔。"只要我们还游得动。"他补充说。

"你会游泳吗？"

"要学也来得及，"塞格拉莫说完啐了口唾沫，"再说，我们还没死呢。"

我们也没有被打败,时间每过去一分钟,我们就离安全更近一步。我可以看到卡多的人将风帆搬运到普莱登上,船在向海水边缘倾斜。桅杆已经竖直,不过仍然有人在桅顶上操纵缆索,再过一两个小时潮水又会涌起,船也会跟着再一次漂浮起来,为航行做好准备。我们不得不继续熬过傍晚,于是用浮木搭起了一个巨大的柴堆,烧火的时候,我们也将战死者的尸体投入火焰。他们的头发在火焰的吞噬中闪耀光芒,四周弥漫烧焦的气味。我们扔进去更多木头,直到篝火演变成为一个熊熊燃烧的白热地狱。

"用鬼栅栏可以吓退敌人。"塔利辛一边为四名火葬者吟唱祷告,一边说道。这些人的灵魂正随着烟雾寻找他们的归宿。我已经很久没再见过鬼栅栏了,但那天我们却动手做了一个。当时的场景可怕极了,我们一共找来三十六具敌人尸体,割下他们的头颅,分别插在缴获的长枪上,然后将长枪插在海角隔岸,塔利辛则穿上格外显眼的白色长袍,手握长枪,以一个德鲁伊的样子从一个个血淋淋的头颅之间穿行而过,让敌人以为他正在制造秘咒。如果没有德鲁伊的帮助,很少有人会鲁莽到冒险穿越鬼栅栏。等到鬼栅栏设立妥当以后,我们就可以休息了。大家半饥半饱地吃了一顿午饭,我记得亚瑟在用餐的时候,神色沮丧地望着鬼栅栏。"从伊斯卡一路沦落至此。"他轻声说道。

"从巴顿山一路沦落至此。"我说。

他耸了耸肩。"可怜的乌瑟。"他准是又在想着拥立莫德雷德称王的誓言,这个誓言最终让我们沦落到眼前夕阳柔暖的海角。莫德雷德的增援部队于下午早些时候抵达了,他们呈一列方阵,沿着海湖西岸步行而来。我们统计了一下,大约一百多人,看架势还会有更多人跟来。

"他们一定累坏了,"亚瑟告诉我们,"更何况我们还有鬼栅栏。"

但敌人现在有了德鲁伊。费格尔跟随增援部队抵达,就在我们看到第一批长枪兵方阵的一个小时之后,我们看到这个德鲁伊悄悄地靠近栅栏,

亚瑟王

像狗一样嗅着海盐味的空气。他向最近的一颗头颅上扔了一把沙子，又单腿跳了好一阵，最后跑向长枪阵列，一把推倒。鬼栅栏就这么被摧毁了，费格尔脑袋侧倾，眯睨阳光，高声炫耀任务完成。我们见势戴上头盔，找来各自的盾牌，并相互传递磨刀石，准备大战来临。

潮汐已经变化，第一批渔船正驶向归途。在他们经过海角的时候，我们向他们欢呼致意，但大多数人对我们的招呼充耳不闻，普通民众有充分的理由对当兵的提防再三，不过加拉哈特灵机一动，向他们挥舞一枚金币，这个诱饵确实招来了一只船，那船小心翼翼地驶向岸边，然后停靠在熊熊炽烈的篝火附近。船上有两名船员，脸上都是文面，他们同意带着妇女和儿童去往卡多几乎要漂浮起来的船上。我们给了渔民金子，然后将妇女和儿童带上船，并派遣一名受伤的长枪兵保护他们。"告诉其他渔民，"亚瑟吩咐这些面带刺青的船手，"只要有人肯跟着卡多的船一起出海，金子有的是。"他说完又向格温薇儿匆匆告别，我和夏汶也同样依依不舍。

"活下去。"她对我说道。

"为了你，"我说，"我愿意。"我帮衬着将船推入大海，看着它慢慢地驶入海峡通道。

片刻之后，我们的一个侦察兵从毁坏的鬼栅栏附近跑了回来。

"他们来了，大人！"他喊道。

我让加拉哈特帮我扣上头盔，然后伸出胳膊，方便他帮我紧紧地绑住盾牌。最后他把长枪递给了我。"上帝与你同在。"他说完又拿起自己的盾牌，上面印着基督教的十字架。

这次我们不会在沙丘上作战，因为我们没有足够的人手来组建一个横挡在沙坑上方的盾墙，也就是说莫德雷德的骑兵可以包抄至我们的侧翼，再将我们团团包围，如果敌人步步紧逼，我们唯有战死一条路了。我们也没有在要塞里进行战斗，因为在那儿我们也会被团团包围，并且还会与走水路的卡多切断联系，所以我们撤回到海角的狭窄地带，在这里盾墙刚好可以从海岸一侧延伸至另一侧。篝火依旧在燃烧，杂草丛生的浅滩标记着潮水的极限，我们等待敌人的同时，亚瑟吩咐往火焰上添放浮木，于是我们继续喂火，一直等到莫德雷德的士兵靠近，我们在这火焰之前组建盾墙。塞格拉莫的黑色旗帜被设置在阵列中心，彼此的盾牌边缘靠着盾墙边缘。我们一共八十四人，莫德雷德则率领了一百多人前来攻击，但就在看到我们已经组织好盾墙并且准备就绪时，他们却停下了脚步。莫德雷德的一些骑兵冲入海湖浅滩，想要包抄绕到我们的侧翼，但是水流在靠近海峡南岸的部位急剧加深，他们发现根本没有办法骑到我们身侧，只好退下马鞍，拿起盾牌和长枪加入莫德雷德的阵势。我抬头看到太阳终于在高山西部落下，普莱登几乎漂浮了起来，不过依然有人在忙前忙后操纵不停。我心想，卡多还没来，西方道路上却出现了更多敌人的身影，莫德雷德的势力越发壮大，我们的形势却越发严峻。

费格尔走到我们的盾墙前面，他的胡子上绑着狐狸皮，还系挂着各种小骨。只见他单腿跳跃，单手指天，单眼紧闭。他在诅咒我们，口口声声要将我们的灵魂献祭给丰收之神的噬火蠕虫以及雪墩山飞箭谷的狼群，我们的女人也将沦为安努恩恶魔的玩物，我们的孩子将钉死在橡树上。他诅咒我们的长枪和利剑，施展魔法粉碎我们的盾牌，发誓要将我们的肠子变成一摊臭水。他刺耳尖利地吟诵咒语，鄙夷我们必须在冥王猎犬的粪便当中找寻食物，只能舔舐毒蛇的胆汁解渴。"你们的眼睛将血流不止，"他低声咒骂，"你们的肚子将长满蛆虫，你们的舌头发黑腐烂！你们会亲眼看到自己的女人被强奸，孩子引颈就戮！"他还叫唤着我们一些人的名字，威胁他们将要忍受难以想象的折磨，作为反击，我们在高唱贝利大帝的战歌。

从那以后一直到现在为止，我再也没有听到勇士们高唱这首歌谣，也再没有当年落日余晖、蓝海黄沙的意境。虽然人数寡少，但我们是亚瑟手下最出色的战士。盾墙后面只有一两个年轻人，其余人都已久经沙场、百

亚瑟王

炼成钢,闻过屠杀滋味并且深谙杀敌之道。我们都是铮铮硬汉。

这其中没有一个软弱之人,大家相互信任,保护身旁战友,胸中积攒着永不磨灭的勇气,我们的歌声响彻云霄!我们的声音让费格尔的诅咒叫嚣化为乌有,歌声飘过海洋,一直传递到隔岸的家眷妇孺,激励她们等候普莱登准备就绪。我们高歌向贝利大帝致意,歌颂他御风而行、驱策战车,赞美他的长枪壮硕如橡,利剑犹如收割镰刀一样杀敌无数。我们唱起了他的刀下野鬼,为敌人尸横遍野而欣欢鼓舞,也感慨在贝利雷霆盛怒之下,不知多少寡妇饮恨垂泪。我们歌唱他的战靴状如石磨,瞬间能将敌人碾为齑粉;盾牌形同铁崖,刀枪不入;头盔上的羽饰高耸,足以摘星揽月。唱到深情之处,我们眼中噙泪,敌人心魄震慑。

最后歌曲以一声狂野的号叫结束,甚至在叫声结束之前,库尔威奇就已经一瘸一拐地走出盾墙,手中长枪向敌人一挥。他嘲笑他们是懦夫,恨不得向他们八辈祖宗脸上吐唾沫,还邀请他们尝一尝手中长枪的滋味。敌人眼巴巴看着他,却没有一个人敢接受他的挑战。这些人不过一群衣着破烂、面目可怕的乌合之众,虽然像我们一样身经百战,但还不敢轻易靠近盾墙。他们劫掠不列颠和阿莫里凯的土地,分明是一群强盗、法外之徒以及无家可归的恶棍,他们纷纷聚集在莫德雷德麾下,无非就是想继续为非作歹、奸淫掳掠。随着时间的推移,他们的队伍更加壮大,但是新来的人全是一步一脚印跋山涉水而来,看起来疲惫不堪,而沙嘴逐渐窄小的地形限制了他们与我们正面交锋的攻击面。他们或许能够将我们往后推,但没办法包抄我们。

似乎他们也不愿意出面迎战库尔威奇。所以库尔威奇走向莫德雷德对面,在敌人的中心位置站定。"你这个下贱婊子养的,"他向国王大放厥词,"乳臭未干的毛头小儿!敢和我一决雌雄吗!别看我腿脚不灵便!上了岁数!又秃了脑袋!可你小子就是没胆量挑战我!"他往莫德雷德的方向吐唾沫,但莫德雷德的士兵依旧不为所动。"毛孩子们!"库尔威奇嘲笑他们，然后背对敌人，肆意展示着他的蔑视。

就在那时，一名年轻人从敌军队伍中冲了过来。他的头盔对于他这个胡子还没长齐的脑袋来说太大了，胸甲也不过是一片剪裁粗糙的皮革，盾牌是两块板子钉在一起，中间还有一条大缝。他是一个血气方刚的毛头蛋子，只有成功斩杀敌将才可能有飞黄腾达的出头机会。只见他全速向库尔威奇奔了过去，嘴里发出仇恨的呐喊，莫德雷德的其他士兵则向他欢呼。

库尔威奇转过身，半蹲身子，长枪对准来敌胯部。年轻人也抬起自己的长枪，想用它撞击库尔威奇的矮盾，使出浑身解数向下猛击，口中大声喊叫，然而他的喊声变成了窒息之前的哀号，因为库尔威奇的长枪以迅雷不及掩耳之势透穿了他张开的大嘴。解决战斗以后，库尔威奇这个沙场老将向我们这边退了回来。敌人甚至连他的盾牌都没有触碰到。奄奄一息的年轻人依旧跌跌撞撞，长枪还卡在喉咙里。他向库尔威奇半转过身，然后跌倒在地。库尔威奇用脚踢着敌人紧攥的手，解除了他的武器，再用劲扯开自己的长枪，接着又向年轻人的脖子猛地刺了进去，然后他对莫德雷德的士兵横眉冷笑。"下一个是谁？"他又挑衅。对面无一人敢动分毫。库尔威奇又向莫德雷德吐了口唾沫，走回到我们欢呼的队伍，他走近的时候，还向我眨了眨眼。"瞧见刚才发生什么了吗，德瓦？"他胜利地炫耀，"好好看，好好学。"我旁边的人爆发出热烈的笑声。普莱登终于漂浮入海，苍白的船体在西风吹卷的海面上闪闪发光。这阵风也让我们闻到了莫德雷德那群乌合之众的恶臭：空气中混杂着皮革、汗水以及蜂蜜酒的气味。许多敌人都已醉意阑珊，要不是借着酒劲估计还真不敢与我们短兵相接，我想知道此刻那个双唇发黑、周身苍蝇飞舞的年轻人在面对库尔威奇之前是否也曾喝酒壮胆。

莫德雷德开始怂恿他的人出阵，他们当中最勇敢的人也在鼓励其他人前进。太阳一下子低沉了许多，我们的视线也因为光线的原因开始缭乱；费格尔诅咒我们以及库尔威奇挑衅敌人的时候，我还没有意识到过了多长

亚瑟王

时间,敌人依旧没办法鼓起攻击的勇气。一些人会突然跑上前来,但其余的人却裹足不前,莫德雷德对这些人咒骂不止,并且在靠近盾墙的时候,一再催促他们发动攻势。如此循环,无一例外。敌人鼓足极大的勇气向盾墙靠近,虽然我们的盾牌规模不大,但却众志成城,背后全是威震四海的战士。我瞥了一眼普莱登,看到船帆从院子里摘了下来,又看到新的船帆像是被血染成了猩红色,上面画着亚瑟的黑熊图章。卡多为了置办这面风帆一定费了不少金子。可很快,我就没有工夫再去看远方的船,因为莫德雷德终于足够靠近,其中的勇士已经在催促其余人跑步出击。

"顶住!"亚瑟下令以后,我们纷纷弯下膝盖,准备抵御盾牌即将遭受的冲击。等到亚瑟又大声喊起来的时候,敌人与我们只有几十步的距离了,然后只有十步之遥,眼看就要响起战吼。"就是现在!"他振臂一呼,敌人闻声惊骇,不知道他什么意思,莫德雷德却叫嚣着趁势厮杀,最后他们终于和我们短兵相接了。

我的长枪击中一块盾牌并被格挡开去。我松开手,扯出插在沙地里的海威贝恩。过不多时,莫德雷德的盾墙和我们的盾墙已呈犬牙交错之势,一把短剑闪着寒光从我脑袋上方急掠而过。我的耳朵因为头盔受到打击而开始嗡嗡直叫,我挥舞海威贝恩,从盾牌底下找到了攻击者的一只腿。我感应到剑刃击中了目标,使劲一扯,看到那个男人被我弄残废以后,步伐踉跄蹒跚。他哆嗦了一下,但依然没有倒下。他有一头乌黑的卷发,头发杂乱地塞在一个破旧的铁头盔下,在我终于从盾牌后面拉回海威贝恩的时候,他朝我吐了口唾沫。我一个大转身,格挡住他的短剑,然后一记重剑劈头盖脸地砸向他的脑袋。他腿一沉,倒在了沙滩上。"在我前面!"我向身后的战友喊道,然后他用长枪刺入那个残废敌人的腹股沟,敌人不知是痛苦还是惊慌张口大喊,我向左看了一眼,视线却被剑斧林立的兵刃遮挡住了,只能看到一根熊熊燃烧的浮木被扔到了敌人的头上。亚瑟正巧妙地运用篝火作为武器,在双方盾墙撞在一起之前,他用最后一句命令吩咐士兵抓住柴火末端,并将其掷入莫德雷德的阵列。敌人的长枪兵本能地退避火焰,亚瑟则率领我们冲入得来不易的盾墙裂口。

"快让开!"从我身后传来一声呐喊,原来是一个长枪兵抱着一根燃烧的巨木穿过我们的队伍,我赶忙躲向一边。他举着巨木直接向敌人的脸上撞去,敌人纷纷躲避,我们趁势跳入缝隙。就在大家横冲直撞、抢占身位的时候,熊熊火焰熏黑了我们的脸面。越来越多火光从我们身旁飞掠而过。最靠近我的敌人都对火焰避之唯恐不及,不经意间把未受保护的一侧暴露给我身旁的战友,在长枪一阵疾风骤雨般的突刺中,我听到他肋骨骨折的声音,看到他嘴唇吐出血泡。我已经冲到了敌人的第二列,掉落的木炭正在灼烧我的大腿,不过我将痛苦转化为愤怒,手举海威贝恩深深扎入敌人的脸,身后的战友则在推进的同时,将沙子踢入火焰灭火,好让我顺利闯入敌人第三列阵势。我现在没有空间挥舞利剑,只得和另一个咒骂我的敌人盾牌撞盾牌,他试图用剑从我的盾牌边缘绕过来刺我,但从我肩膀上闪过一支长枪,不偏不倚地扎进那家伙的脸颊,与此同时我也借着巧劲,顺势把自己的盾牌向前一推,持剑杀敌。稍久之后,我记得自己爆发出一阵不连贯的怒吼,直接将那个人撞倒在沙子里。战斗的疯狂让我们欲罢不能,这种疯狂源自困兽犹斗似的背水一战,敌人正在动摇,愤怒演变成恐怖,我们就像天神一样奋勇杀敌。西山已是斜阳夕照。

"盾墙!盾墙!盾墙!"塞格拉莫咆哮不止,提醒我们保持盾墙,我右手边战友手里的盾牌和我的盾牌撞在一起,他咧嘴一笑,继续用长枪向前开路。一个敌人出鞘的利剑被强行截退,我见势往这个敌人的手腕上砍了一剑,海威贝恩斩断了敌人的手腕,仿佛敌人的骨头如芦苇一般脆弱。敌人的利剑就这么飞向我们的后排,血淋淋的手腕竟然还握着剑柄。左手边的战友被敌人的长枪击中腹部,但是马上就有人取代了他的位置,并大呼报仇,盾牌向前猛拱,手里大剑一落,敌人应声倒地。

另一支火把从我们头顶不高处掠过,落在了两个敌人身上,他们立刻

亚瑟王

让开一条缝隙，我们一步跃进裂口，突然间面前出现了空阔的白沙地。"待在一起！"我喊道，"待在一起！"敌人正在崩溃边缘徘徊，最前排或死或伤，第二排的人员也损失惨重，而位于阵列后方的人却是最不想打仗，同时又最容易命丧沙场的那群人。这些后方队伍擅长的是奸淫掳掠而非战斗，他们还从未见识过如此气势如虹的盾墙攻势，我们简直如入无人之境。敌人的盾墙溃不成军，士气受到火焰和恐惧的双重腐蚀，我们嘴里却在高歌胜利歌谣。我不小心踩到一具尸体，踉跄着向前一摔，赶紧翻过身，用盾牌护住脸。一把利剑砸中盾牌，震耳欲聋，接着塞格拉莫的士兵从我身上踏过，一名长枪兵伸手拖着我走。"受伤了吗？"他问。

"没有。"

他继续前进。我找到了我们盾墙需要加固的位置，但所有地方几乎都有三排士兵交战，大家像是绞肉机一般对落难的敌人毫不留情、高歌猛进。每个人都挥动手中武器，嘴里粗重地哼气，用剑刺，用刀片划开敌人的肉体。这种战斗快感令人如痴如醉，捣毁盾墙，向不共戴天的仇敌挥剑复仇，这些都给我们带来了最纯粹的兴奋。我看着亚瑟，虽然比我认识的所有人都要善良，但他眼里分明只留下杀戮的快感。每天祈祷要谨遵基督诫命、广施博爱的加拉哈特，现在也红了眼，杀敌如麻。库尔威奇则一边粗言秽语，一边大杀四方。他索性舍弃了盾牌，好用双手握住沉甸甸的长枪。别看格温德瑞脸面稚嫩，此时竟然也杀兴大起，咧嘴而笑，塔利辛则一边唱歌，一边补刀杀死前方部队留下来的伤残之敌。狭路相逢勇者胜，两军对垒的胜利并不是靠理智和谦虚取得的，反而要仰仗这种近乎通神的咆哮和疯狂。

敌人无法抵挡我们如惊涛骇浪般的狂暴攻势，纷纷吓破了胆，开始逃跑，莫德雷德试图阻止，但已成徒劳，只能和他们一起逃往要塞。我们中的一些人内心杀意沸腾，拔腿就要追敌而去，但塞格拉莫及时叫住了他们。他持盾一侧的肩膀受了伤，但他拂手不让我们处理他的伤口，并咆哮着大吼穷寇勿追。的确不能追,虽然敌人遭受迎头痛击,但如果追过去,我们就会失去地利,反过来被敌人包围。于是,我们留在原地,极尽嘲讽之能事,羞辱我们的懦夫敌人。

一只海鸥在啄弄一具死尸的眼睛,我看向别处,普莱登的船首正对着我们并解开了系泊,只是闪耀的风帆在轻风吹拂下毫无起色。这艘船缓缓移动,风帆的颜色映照在如琉璃般的水面,莫德雷德也看到了船和风帆上的大熊徽章,他知道敌人有可能逃向大海,所以嚷嚷着让手下又摆出了一道新的盾墙。增援部队也正在缓缓加入他的行列,这些人都是妮慕的手下,因为我看到其中有两个血盾战士。

我们回到了最初战斗的位置,这里已是一片染血黄沙,我们在立下奇功的篝火之前再一次组织盾墙。最先战死的四具尸体只火化了一半,面部烧焦,嘴唇萎缩,变了颜色的牙齿露了出来,摆出一副狰狞笑容。我们把敌人的尸体留在沙滩上,阻止生灵靠近,但是把己方的死尸拖回来并堆在篝火旁边。我们有十六人阵亡,另有二十余人身负重伤,但仍有足够人手搭建盾墙,仍然可以继续战斗。

塔利辛对我们唱着他自己编创的巴顿山凯歌,我们也循着节奏再一次将彼此的盾牌碰击在一起。我们的剑和长枪都砍钝了,上面鲜血淋漓,敌人却是新来的一拨,不过在他们向我们走过来的时候,我们依然振奋昂扬。普莱登几乎一动没动,看起来就像一艘摆放在镜子上的船,但过不多时,我又看到长长的船桨像翅膀一样从船体边缘展开。

"宰了他们!"莫德雷德发号施令,他也陷入到了战斗的狂怒之中,这份冲动促使他跑到了我们队伍之前。有些勇敢的家伙跟着他,后面则是妮慕那帮癫狂的大军,所以我们首先承受的是这一群衣衫褴褛之徒的冲锋,之后还跟来了想要证明自己的新来者,于是我们再次弯曲膝盖,蹲伏在盾牌后面。太阳眩目刺眼,但是就在敌人狂热的冲锋即将到来之前,我看到西山有闪光传来,看来高地上还有不少长枪兵。我只有一个模糊的印象,

亚瑟王

这一整支新来的长枪军队已经抵达山顶，但他们来自哪里，或者谁带领他们，我全然不知，不过我马上就来不及再考虑这群初来乍到的士兵，不知不觉向前推动起了自己的盾牌。与敌人盾牌相撞使得我的断臂涌上一阵痛苦，当我用海威贝恩向下劈砍时，我禁不住哀号一声。一个血盾战士跳出来和我厮杀，察觉到他胸甲和头盔之间的缝隙，我狠狠地砍了下去，等我把海威贝恩拔出他的身体以后，我又向另一个癫狂的敌人挥舞过去，顷刻间人头掉落，鲜血从对方的脖子、鼻子和眼睛喷薄而出。

第一批敌人已经跑到了莫德雷德的盾墙前面，但敌人的大部队已经袭来，我们则前倾身子，从盾牌缝隙抽出刀刃，大呼杀敌。我记得当时一片混乱，刀光剑影，盾牌相互猛烈碰撞，战斗往往就是分寸之争，敌我之间也仅仅只是分寸之间的间隙，你甚至能闻到他们的鼻息，听到他们喉咙里喘气，也能听到他们发出低吼的咕噜声；能感觉到他们变换重心，也感觉到他们唾沫横飞。你规避危险，回头看向下一个必须要杀死的男人的眼睛，杀出一条血路，牢牢占据地利，然后再次关闭盾墙，向前迈步，感觉到后面战友在推着你前进，几乎快被地上的尸体绊倒，马上恢复平衡，继续向前，在此之后你记忆寥寥，只能勉强回想起几乎可以杀掉你的一击。你浴血奋战，推动盾牌、挥舞利剑试图在敌人的盾墙上打开一个缺口，接着你咕哝着冲刺过去，撕开缺口，只有在这时候，看到敌人军心涣散，杀戮的疯狂才会正式接管战斗，你就可以像天神一样神挡杀神，向那些吓破了胆子、拔腿就跑，或者恐惧不已且呆若木鸡的敌人挥舞屠刀，他们无能为力，只能任凭你收割灵魂。

我们又一次击退了敌人，再一次用到了篝火的火焰，并且击溃了他们的盾墙，但是我们自己的盾墙也蒙受了损失。我记得在西部巍峨的高山后，阳光格外敞亮，我记得自己蹒跚地走进一片开阔的沙滩，大喊着让人来搀我一把，我还记得自己用海威贝恩砍到敌人裸露的颈背，目睹鲜血从他的断头位置涌了出来，脖子还猛地抽搐了一下。我看到两条战线互有突破，我们成了这片星火闪烁的沙滩上，为数不多的几个幸存下来的战士，浑身鲜血淋漓。

但我们赢了。敌人压阵的队伍望风而逃，没再过来尝我们的利剑滋味，但是在中心区域，莫德雷德正与亚瑟激战，两个领袖都没有逃跑，他们之间展开了你死我活的龙争虎斗。我们试图包围莫德雷德的人马，但那些人依旧负隅顽抗，我看到我们自己也所剩无几，许多人已经血洒卡姆兰，再也不能战斗了。一群敌人在沙丘上看着我们，但他们是懦夫，不敢前来帮助自己的战友，所以我们最后一拨人与莫德雷德最后一拨人展开了最后的战斗。我看到亚瑟用埃克斯卡利伯劈砍，试图接近莫德雷德，塞格拉莫和格温德瑞也在那里。我也加入了战斗，把盾牌和长枪一齐扔弃，只用海威贝恩力战向前，我的喉咙干涸得冒烟，声音也变得如乌鸦一般嘶哑。我向另一个敌人击打，海威贝恩在他的盾牌上留下了一道痕迹，他蹒跚退却，想再靠回来却已经没了力气，我自己的力量也在消退，所以只能用被汗水刺痛的眼睛对他怒目而视。他缓缓地向前挪步，我用剑刺了过去，他用盾牌接了这一击，又摇摇晃晃地退了几步，用手里的长枪向我刺回来，于是又轮到我向后退却。我气喘吁吁，整个海角地带敌人和我们已是强弩之末，疲惫不堪。

加拉哈特受了伤，他用来持剑的手臂骨折了，脸上还流着血。库尔威奇已经战死。我没有看到这一幕，后来发现在他尸体没有铠甲保护的腹股沟位置插着两把长枪。塞格拉莫一瘸一拐，但他凌厉的快剑依旧致命。他正竭尽全力保护格温德瑞，后者脸颊上流着血，一心想要到他父亲身边。亚瑟头盔上的鹅毛染成了血红色，白色斗篷上血迹斑驳。我看着他砍倒了一个大高个儿，一脚踢开敌人绝望的一击，埃克斯卡利伯顺势砍了下去。

就在那时，半路突然杀出个罗赫。之前我一直没有看见他，但他却看到了自己的父亲，赶紧用剩下的那只手挺枪策马杀了过去。他嘴里骂骂咧咧，从面带倦意的残兵当中横冲直撞。马累得翻着白眼，吓破了胆，然而

亚瑟王

等到罗赫用武器瞄准亚瑟时,塞格拉莫扯出一根长枪投掷过去,马腿应声中标,跌倒在人群之中,在沙子上打滚。塞格拉莫走近这匹马蹄乱舞的畜生,用黑色剑刃斜劈了下去,我看到罗赫脖子上喷出鲜血,可就在塞格拉莫夺取罗赫灵魂的瞬间,另一个血盾战士冲了上去,使劲用长枪刺向塞格拉莫。塞格拉莫反手一挥,利剑尖端还洒落着罗赫的热血,血盾战士应声倒地,紧接着有人大呼,亚瑟已杀至莫德雷德身前,我们其余人本能地转身侧目,不愿错过这两个人的对峙场面。他们二人一辈子的仇恨即将尘埃落定。

莫德雷德不紧不慢地抽出剑,比画了一下,示意他的手下,他要亲自和亚瑟决一雌雄。敌人识趣地跛行让开。莫德雷德,就像他在卡丹城堡登基时候一样,通身黑色装束:黑色斗篷、黑色胸甲、黑色呢绒裤、黑色靴子和黑色头盔。黑色盔甲已是刀痕累累,有些地方刷蹭掉了干沥青,露出里面的金属。他的盾牌也涂着沥青,唯一不一样的颜色来自于他脖子上悬着的一根皱缩的马鞭草,以及头盔上装饰用的头骨眼窝。我觉得那是一个孩子的头骨,因为实在太小,眼窝里还塞满了红布。他一瘸一拐地走向前,手里挥动利剑,亚瑟指使我们退后一步,好给他腾出空间战斗。他举起了埃克斯卡利伯,银色盾牌蓄势待发,盾牌已饱受践踏、遍布血腥。当时我们还剩下多少人呢?我不知道。估计四十?或许更少,普莱登已经到了河道的转弯处,现在正朝着我们的方向航行,船头镶着一块灰色灵石,风帆在微风当中几乎一动不动,船桨下沉又升起。几乎已经满潮了。

莫德雷德扑了过来,亚瑟从容招架,也用自己的剑冲抵过去,莫德雷德退了回去。虽然国王速度很快,年龄也占优势,但他的脚踝和他在阿莫里凯受的腿伤却让他不如亚瑟敏捷。他舔了舔干燥的嘴唇,再次挺身出剑,在傍晚的空气中,挥剑的声音格外清晰。一个观战的敌人突然趔趄了一步,毫无征兆地摔倒在地。当莫德雷德快步向前,并以一道耀眼的弧线挥动手里的剑时,他索性一动也不动了。亚瑟不敢疏忽,用埃克斯卡利伯格挡以后，又推着盾牌向莫德雷德撞去，可惜被莫德雷德摇摇晃晃地躲开了。亚瑟见状想要趁势反击，但莫德雷德不知怎么就已脚下站定，用剑抵挡住亚瑟的弓步突刺，并以一阵快速的劈刺回击。

我甚至能够看到格温薇儿站在普莱登的船头，夏汶也出现在她身后。在煞是可人的傍晚日光下，船体几乎是用银制成的一样，亚麻帆布也变成一团猩红之色。长长的船桨渐次一升一降，一升一降，慢慢悠悠地在海面徜徉，直到暖风终于鼓撑起风帆上的熊图案，海水也在银色的侧翼上泛起波纹，这时莫德雷德大吼着发起冲刺，两人剑刃交错，盾牌碰撞在一起，埃克斯卡利伯从莫德雷德头顶那个可怕的头骨上扫掠而过。莫德雷德猛地向后挥剑，我看到亚瑟中了一剑，身体皱缩了一下，但是他用盾牌将国王推开，两人各走开了一步。亚瑟用剑柄试探了一下中招的腰，然后摇了摇头，仿佛在示意他没有受伤，但塞格拉莫却急在心里。他一直目不转睛地观看这场战斗，现在却突然吃力地弯腰，跌跌撞撞地走向沙滩。我赶紧走了过去。"肚子中了根长枪。"他说，我看到他用双手捂住腹部，阻止内脏流出来。就在他杀死罗赫的一瞬间，那个决死的血盾战士也用长枪击中了塞格拉莫，塞格拉莫自知命不久矣。我用独臂抱住他，扶他躺在地上。他紧紧握住我的手，牙关紧锁，不停呻吟，强忍着痛苦把脑袋转向亚瑟一侧。

亚瑟的腰间有血迹。莫德雷德上一次挥剑刺穿了盔甲，命中了金属片之间的缝隙，并且已经深深地扎入亚瑟的身体。亚瑟纵身上前，新的血液就会从剑伤的部位溢出，但亚瑟突然箭步一跃，紧接着又变换成向下劈砍，照劈在莫德雷德招架的盾上。莫德雷德甩开盾牌，连带着挡开埃克斯卡利伯，用自己的剑刺了过去，但亚瑟一面用盾牌抵挡，一面收回了埃克斯卡利伯。就在这时，我看到他的盾向后倾斜，又看到莫德雷德的剑剔去盾牌的银皮，莫德雷德发喊连天，更加用力压剑，亚瑟没有注意到剑尖，直到莫德雷德的剑突破了盾牌的边缘并刺入他头盔的眼孔。

我看到了血。但是我也看到埃克斯卡利伯以前所未有的恢弘气势从天

亚瑟王

而降。

埃克斯卡利伯切穿了莫德雷德的头盔，如剪断羊皮纸一样撕裂黑色的铁条，然后击穿国王的头骨并切入了他的大脑。反观亚瑟这边，他头盔的眼孔里闪着血光，双脚一瘸一拐，重新找到重心后，他从一片血肉模糊中抽回埃克斯卡利伯。莫德雷德在埃克斯卡利伯劈开头盔的那一刻就一命呜呼了，他向前摔倒在亚瑟脚下。鲜血冲刷到了沙滩上，沾湿了亚瑟的靴子，他的手下眼睁睁地目睹国王宾天，亚瑟却仍然站着，嘴里发出低声呻吟，向后退了一步。

塞格拉莫奄奄一息，我抓住了他的手。"盾墙！"我喊道，"盾墙！"我们几个奇迹般幸存下来的人都在亚瑟面前排起了长队，彼此又将盾牌的边缘紧挨在一起，踏过莫德雷德了无生气的尸体向前挺进。我以为敌人会发动报复，但他们撤退了。他们群龙无首，而我们却依旧战意盎然，那天晚上他们已经无心恋战。

"留在原地！"我吩咐完盾墙，又回到亚瑟身边。加拉哈特和我帮他解下头盔，里面的血刷地一下涌了出来。还差一个手指的宽度他的右眼就废了，伤在他眼睛外的骨头上，伤口血流不止。"拿布来！"我喊道，一名受伤的男子从一个娃娃兵尸体身上撕下亚麻布，我们用它擦拭伤口。塔利辛从自己的长袍上撕下布条将伤口包扎起来。等塔利辛处理完毕，亚瑟抬起头看着我，好像有话想说。

"别说话，大人。"我说。

"莫德雷德。"他说。

"死了，大人，"我说，"他死了。"

他似乎笑了，这时普莱登的船首终于冲到了沙滩上。亚瑟脸色苍白，鲜血如同小溪一般从他脸上流落。

"你现在可以安心蓄胡子了，德瓦。"他说。

"是啊，大人，"我说，"我很高兴。但请您别再说话了。"他的腰间渗着大量积血，虽然我担心他的腰伤比脑袋上的伤口还要严重，但却不能脱去他的盔甲处理伤口。

"埃克斯卡利伯。"他对我说道。

"安静，大人。"我说。

"拿着埃克斯卡利伯，"他说，"把它扔进海里。答应我好吗？"

"我会的，大人，我保证。"我从他的手中拿走那把鲜血淋漓的宝剑，随后吩咐四个未受伤的人抬起亚瑟，带他上船。他们拱护着亚瑟，从舷侧上船，格温薇儿帮衬着扶起他，把他放在甲板上。她卷起他血淋淋的斗篷为他充当枕头，然后蹲在他身边，抚摸着他的脸。"你上来吗，德瓦？"她问我。我指着仍在沙滩上坚守岗位的盾墙。"能带他们走吗？"我问，"还能不能给伤员腾出位置？"

"顶多再装十二个人，"卡多在船尾招呼道，"顶多十二个。再多可就装不下了。"

没有其他的渔船过来。不过静下心想，它们有什么理由过来呢？靠海吃海的人们，为什么要卷入这场血雨腥风和疯狂的流血杀戮之中？我们只有普莱登可以指望，并且必须在没有我的情况下航行。我对格温薇儿微微一笑。"我不能来，夫人，"说完我转过身，又指向盾墙，"必须有人留下来指引他们跨过宝剑之桥。"我的左手断臂流着血，肋骨上有瘀伤，但至少我还活着。塞格拉莫奄奄一息，库尔威奇早已身死，加拉哈特和亚瑟身负重伤。除了我，再找不到合适的人选了。我是亚瑟诸多军阀中撑到最后的那一个。

"我可以留下来！"加拉哈特无意中听到了我们的对话。

"您胳膊都断了，没办法打仗了，"我说，"还是上船吧，带上格温德瑞。快点！潮水要退了。"

"我应该留下来。"格温德瑞沉重地说道。

我抓住他的肩膀，把他推到浅滩。"和你的父亲一起走吧，"我说，

亚瑟王

"就当是成全我。告诉他我的真心至死不渝。"可我又突然拦住了他,让他转过身面对着我,并且看到他年轻稚嫩的脸上噙着泪水。"告诉你的父亲,"我说,"我至死也拥戴他。"

他点点头,和加拉哈特爬上船。亚瑟终于和他的家人在一起了,当卡多用船桨将船重新引入海峡时,我退后了一步,接着抬头看着夏汶,我微笑着,眼里盈满泪水,但除了告诉她我会在彼世的苹果树下等她以外,我再也想不出其他的话。但就在我说出这笨拙的话语之前,就在船从沙子上滑下的时候,她轻盈地走到船头,一跃跳下浅滩。

"不要!"我喊道。

"是的。"她伸出一只手让我扶她上岸。

"你知道他们会如何处置你吗?"我问。

她亮出左手让我看到一把刀,这就是说,她会在被莫德雷德的男人带走之前自尽。"我们同甘共苦太久了,我的爱人,现在要想分别又谈何容易。"她说完就站在我身旁,一起看着普莱登驶入深海。我们的女儿和她的孩子们即将漂洋远航。潮水已经转变,第一波退潮的海水正拍打着银色的船体拥向大海的怀抱。

我陪着塞格拉莫度过了他最后的时光。我抱着他的头,紧握他的手,将他的灵魂送到了宝剑之桥。我双眼含泪,走回到盾墙里,卡姆兰已是一派遍插长枪的惨烈景象。山坡上那一整支军队也全部开拔过来了,只是为时已晚,他们的国王已经不复存在,但若是要来收拾我们,他们倒时间充足。我也终于看到了妮慕,她一袭白袍和一匹白马在沙丘的暗影中格外惹眼。她是我昔日的故友和情人,如今却成为了我最后一个面对的敌人。

"找匹马过来。"我吩咐一个长枪兵。到处都是失魂落魄的无主之马,不多时那个长枪兵便抓起一根缰绳,牵了一匹母马回来。我让夏汶解开盾牌,然后在长枪兵的帮助下跃上马背,坐稳以后,我就将神剑夹在左臂下,右手握住缰绳。我用脚一蹬,马兀自向前跳了起来,我又踢了它一次，黄沙从马蹄下腾起，人们纷纷从路上让开。我骑过莫德雷德的人群，他们犹如丧家之犬，毫无战斗欲望。这些无主之人的身后则是妮慕的乌合之众，在这群衣衫褴褛的人群后面还有第三支军队，他们刚刚来到卡姆兰的沙滩。那便是我在群山以西所看到的那支军队了，我猜测他们大概一直紧随莫德雷德身后，向南一路进军，趁机将德莫尼亚据为己有。他们不辞辛劳，却亲眼目睹亚瑟和莫德雷德自相残杀，如今战斗已经结束，格温特的军队却在十字旗帜的指引下蠢蠢欲动。他们接管了德莫尼亚，莫里格则不费吹灰之力窃夺了王位。红色斗篷和猩红羽饰在暮色掩映下乌泱泱的一片，我抬头一看，第一颗星星绽放的微弱星光已经划破长空。

我向妮慕骑马过去，但在距离故友一百步之外停了下来。我看到奥伦正看着我，还看到妮慕不怀好意地注目凝望，我对她报以微笑，右手握住埃克斯卡利伯，高举左臂残肢，好让她明白过来是怎么一回事。然后我向她展示埃克斯卡利伯。她猜透了我的计划。"不要！"她连声尖叫，她那帮乌合之众也一同鬼喊鬼叫，他们此起彼伏的号啕声几乎响彻晚空。

我把埃克斯卡利伯收到胳膊底下，拾起缰绳，蹬着马腹，转过身去。我策马疾驰，一下子把它驱策到沙滩上，我听到妮慕的马在我身后狂奔过来，但她来不及了，一切为时已晚。

我纵马向普莱登的方向奔去。微风充盈着它的风帆，船已经驶出了海角，船首上的灵石在无尽的波浪中浮浮沉沉。我又蹬了一脚，马甩了甩脑袋，我不停喊着，让它踏入黑暗深邃的海水，不停地踢它，直到海浪冲上它的胸口，这才甩开缰绳。就在我用右手拿起埃克斯卡利伯的时候，我身下的马儿开始颤抖。

我收回手臂。剑上有血，但剑身似乎在发光。梅林曾经说过，赖泽赫之剑会在最后关头化作火焰，或许真是如此，但或许是眼中的泪水欺骗了我。

"不要！"妮慕大惊失色。

亚瑟王

我挥手掷出埃克斯卡利伯，用尽全力将它扔向深水，潮水汹涌地冲上卡姆兰的沙滩。

埃克斯卡利伯划过夜空。再没有比它更美丽的宝剑了，梅林曾发誓它是由戈万南在彼世所创。它曾是赖泽赫的佩剑，也是不列颠的宝藏，曾经也作为德鲁伊的礼物被送给亚瑟。当它在夜空中转动身姿的时候，剑刃闪烁着蓝色的火焰，映照着明朗的星光。在那眨眼之间，它的确成为天空中一道蓝色火焰，随后陨落。

它掉落在海峡的中心。几乎没有飞溅海水，只是白浪一闪，就不见了。

妮慕发出凄厉尖叫。我策马回到海滩，穿过尸横遍野的战场，回到最后一批战士等待的地方。在那里，我看到妮慕的疯狂大军正作鸟兽散。为了躲避莫里格的军队，莫德雷德手下的幸存者也开始纷纷逃离海滩。在软弱的国王统治下，德莫尼亚注定堕落，撒克逊人注定卷土重来，但我们尚能保住性命。

我从马背滑落，抓住夏汶的胳膊，把她带到了附近沙丘的顶端。西方天空红光耀眼，夕阳西下，我们一起站在交替的阴影之中，目送普莱登涌上潮水，接着又跌落至海浪之中。由于夜晚西面起了风，船的风帆终于鼓满了，普莱登的船头推波斩浪，船尾在海面上留下了一道宽阔的尾迹。它先向南航行，然后转向西边，由于西风正劲，任何船只都无法直接驶入风眼，不过我发誓那艘船不一样。它依然向西航行，西风依然强势，但船的风帆已经张满，硕大的船头将水劈斩成白色浪花，或许我根本说不清楚眼前究竟是一幅怎样的景象，因为我热泪盈眶。俄顷，泪水夺眶而出，泪流满面。

夏汶紧紧抓住我的胳膊。水上先是升起一小团海雾，但规模逐渐扩大，中间闪闪发光。太阳已经落山，月光尚未显耀，只有星光和暮光交相辉映，大海银光点点，和漆黑的船只相映成趣，但是雾气之中确实有光亮。就像星星在浪花飞沫中灵光一现一般，雾气也闪烁着晶莹光亮。或许是我眼中的泪水作祟。

"德瓦！"桑森在呼唤我。他和莫里格一起，翻过沙丘向我们款款走来。"德瓦！"他又喊了一声，"我需要你！快过来！现在！"

"我亲爱的大人啊。"我不是在对他说话，而是在向亚瑟道别。

我一边目送，一边哭泣，胳膊搂着夏汶，看到白船逐渐被闪闪发光的银色薄雾吞噬。

就这样，我的大人走了。

从那以后，再没有人见过他。

全书完

史料拾遗

作为一名历史学家,吉尔达斯或许在亚瑟王时期就已写下《不列颠的毁灭与征服》(*De Excidio et Con questu Brittaniae*),其中就记录了巴顿山的围歼之战。令人着迷的是,他并没有提到亚瑟曾亲自现身于这场史诗大捷,而是感叹这场战斗是"奸佞小人的最后一次失败"。《不列颠人史》(*History of the Britons*)是一部成书于亚瑟王时期过后至少两个世纪的著作,它的作者可能是也可能不是一个名叫尼尼乌斯的人,但它却是第一份明确声明亚瑟是巴布山战斗指挥官的著作,书中记载:"亚瑟领军突袭,毙敌九百六十,敌众震伏,盖武功强悍,世所未有。"在公元十世纪,威尔士西部一帮僧侣曾撰写了《威尔士编年史》(*The Annales Cambriae*)一书,其中有记:"巴顿之役,亚瑟肩负吾主耶稣基督之十字架三天三夜,不列颠大获全胜"。撒克逊人圣贝德尊者在其成书于公元八世纪的《英国教会历史》一书中承认有这一次兵败,却只字未提亚瑟,但这似乎并不令人惊讶,因为贝德的大部分信息就来源于吉尔达斯。这四部文献仅仅只是我们参考的早期资料(其中三部在时间上甚至算不上"早")。那么这场战斗当真发生过吗?历史学家虽然不愿意承认亚瑟的传说曾经真实存在,但似乎都不约而同地赞同在接近公元五百年的某个时候,不列颠人曾经在一次大战中大胜来犯的撒克逊人,至于交战地点的确切名称则众说纷纭。此外,历史学家都认为这是一场意义非凡的战斗,因为它在一个世代的时间内,似乎颇具成效地遏制住撒克逊人企图征服不列颠土地的野心。正如吉尔达斯所感叹的那样，这也是"奸佞小人的最后一次失败"，因为在兵败过后的两百年里，撒克逊人在现今被称为英格兰的地方迁徙扩散，剥夺了当地许多不列颠人的生计。在英国历史上最为黑暗的时期里，这场战斗是一次重要的历史事件，但遗憾的是，我们并不确定它发生在哪里。对此古今圣贤提出过很多建议，威尔特郡的利丁顿城堡和多塞特郡的巴特伯里围场都是其中的候选地址，而蒙茅斯的杰弗里则在其十二世纪的论述中，将战斗的地点放在巴斯，很可能是因为内尼乌斯①将巴斯的温泉描述为"沐浴的巨人"的缘故。后来的历史学家还将小索尔斯伯里山列为参考，该地位于巴斯附近，处于埃文河谷的巴斯顿地区以西，作为战场，我的小说继承了这个参考。那么战斗是一场围歼吗？没有人真正清楚，也不知道双方谁为攻守。大家普遍同意的是战斗应当发生在巴顿山，无论在哪里，都可能是一场围攻战，但也有可能不是，或许就发生在公元五百年左右，但至于撒克逊人是否真的大败而归，以及亚瑟是否亲自指挥了这场历史大捷的问题，没有一个历史学家能够以名誉担保。

内尼乌斯在《不列颠人史》中将十二场战斗归功于亚瑟，其中大部分都已难辨地址，而且他并没有提到传统意义上的亚瑟故事终结之地——卡姆兰。《威尔士编年史》是我们已知最早记录此次战斗的文献，但由于成书时间太晚又不具备权威性，如此一来，卡姆兰之战的神秘程度较之巴顿山之战实属有过之而无不及，交战地址难以确定，甚至连是否确有其事也是迷雾重重。蒙茅斯的杰弗里曾认为，战斗爆发于康沃尔郡的骆驼河畔，而在十五世纪，托马斯·马洛里爵士则将地点放在索尔兹伯里平原。还有人提出威尔士的梅里奥弗恩、在南吉百利（"卡丹城堡"）附近的卡姆河、哈德良长城，甚至爱尔兰的几个地方。我最后还是把这处地点放在了南德文郡的道利什沃伦，原因无他，因为我曾经在埃克河口泛舟航行，并

---

① 威尔士历史学家，古物收藏家，诗人。《不列颠人史》的作者。

亚瑟王

一路通过沃伦抵达大海。卡姆兰在字面上的意思可能是"弯曲的河流",虽然埃克河口的河道比任何地方都要曲折,但我的选择纯粹是率性而为。

《威尔士编年史》中更是着墨寥寥:"亚瑟与莫德雷德皆于卡姆兰战死。"或许故事的真相确实如此,但是在有关亚瑟的传说都一口咬定,亚瑟虽然身负重伤,却幸存下来并被带至一个名为阿瓦隆的神奇小岛,他和他的战士在那里长眠。我们早已跨越了任何一个有自知之明的历史学家都不敢贸然冒险的领域,将亚瑟的不朽解释成为人们对逝去英雄深沉且广得人心的长久缅怀,并且在英伦诸岛中,再也找不到任何比"亚瑟依旧活着"更为历久弥新的传说故事了。"一处坟墓给马克,"《卡马森黑皮书》曾记载,"一处坟墓给格温瑟,一处坟墓给执红剑的格贡,但是,请打消你不必要的念头,亚瑟并不需要坟墓容身。"亚瑟或许并非国王,甚至可能根本就不存在,但静下心想,十四世纪一位抄录员的评述似乎自有其道理:亚瑟,乃过去与未来之王。

伯纳德·康威尔